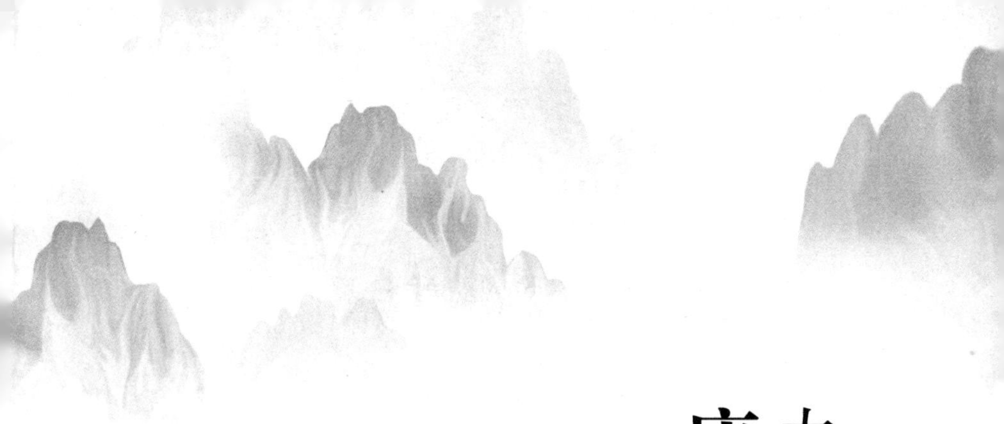

大美中文课之

唐宋词千八百首

（上）

奥森书友会 编

天津出版传媒集团
天津人民出版社

图书在版编目（CIP）数据

大美中文课之唐宋词千八百首：全3册 / 奥森书友会编. -- 天津：天津人民出版社，2021.10
ISBN 978-7-201-15884-6

Ⅰ. ①大… Ⅱ. ①奥… Ⅲ. ①唐宋词—选集 Ⅳ. ① I222.84

中国版本图书馆CIP数据核字(2020)第063698号

大美中文课之唐宋词千八百首：全3册
DAMEI ZHONGWENKE ZHI TANGSONGCI QIAN BABAI SHOU
奥森书友会 编

出　　版　天津人民出版社
出 版 人　刘　庆
地　　址　天津市和平区西康路35号康岳大厦
邮政编码　300051
邮购电话　（022）23332469
电子信箱　reader@tjrmcbs.com

责任编辑　谢仁林
装帧设计　张合涛

制版印刷　艺堂印刷（天津）有限公司
经　　销　新华书店
开　　本　880毫米×1230毫米　1/32
印　　张　42
字　　数　852千字
版次印次　2021年10月第1版　2021年10月第1次印刷
定　　价　198.00元

前言

唐诗宋词向称中国古代文学的“双璧”。2018年、2019年奥森书友会先后推出《大美中文课之唐诗千八百首》（全三册）、《大美中文课之古文观止新编》，颇受关注。应广大读者的要求，奥森书友会再次推出《大美中文课之唐宋词千八百首》（全三册），以飨读者。

词，又名“曲子词”，即歌词，以燕乐为基础，是一种可以歌唱的音乐文学。词源于隋朝，成于唐代，兴于两宋，它从《诗经》《楚辞》及汉魏六朝诗歌里汲取营养，又为后来的明清戏剧小说输送了有机成分。

在发展过程中，词还有诗余、乐府、长短句等别名。宋人词集有称“乐章”的，如柳永《乐章集》；有称“歌词”的，如鲖阳居士《复雅歌词》；有称“歌曲”的，如姜夔《白石道人歌曲》；有称“琴趣”的，如欧阳修《醉翁琴趣外篇》；等等。

20世纪初，在甘肃敦煌莫高窟发现的“敦煌曲子词”，主要是唐代（兼有五代）的民间创作，朴素、率直、活泼、清新，散发着浓郁的生活气息，反映的社会生活面相当广阔，体现百姓的喜怒哀乐。如：

菩萨蛮

枕前发尽千般愿。要休且待青山烂。水面上秤锤浮。直待黄河彻底枯。

白日参辰现。北斗回南面。休即未能休。且待三更见日头。

词的曲调很多来自民间，如《竹枝词》，由古代巴蜀民歌演变而来，唐代刘禹锡把它变成文人的诗体，如：

杨柳青青江水平，闻郎江上唱歌声。
东边日出西边雨，道是无晴却有晴。

盛唐、中唐时期民间词已很发达，“倚声填词”在文人圈子里渐成风气。但是从李白到白居易，这些文人词作者还应算是诗人而非词人，他们创作的主要成就在诗而不在词。此时的文人词处于萌芽阶段。

到了晚唐，温庭筠出现，其词“深美闳约，精艳绝人”，达到很高的艺术水准。在他手里，词专主艳情、香而软的传统格局定型。后蜀赵崇祚编撰我国第一部文人词集《花间集》。“花间派”脉承温飞卿，以醇酒美人为主要创作对象，也有抒亡国之深悲、发怀古之遐想、摹写北陲战伐、描绘南疆风情的作品。

“南唐词派”代表作家是南唐中主李璟、南唐后主李煜和宰相冯延巳。王国维《人间词话》：“词至李后主，而眼界始大，感慨遂深，遂变伶工之词而为士大夫之词。”

北宋初期代表词人是晏殊、欧阳修。他们都官至宰辅，词作侧重反映士大夫阶级闲适自得的生活和流连光景、感伤时序的情怀，所用词调仍以唐五代文人驾轻就熟的小令为主。词笔清丽典雅，词风近似南唐冯延巳。艺术造诣不可谓不高，但因袭成分较重，尚未摆脱南唐词的影响。

词至柳永，完成了第一次转变，但这转变只是翻新了音乐外壳，并未能从内容上根本突破“艳科”的藩篱。柳永一生漂泊，沉沦下僚，接近民众，又精通音律，长期混迹秦楼楚馆，与民间乐工歌妓合作创制了许多新腔，大都是更宜于表现繁复多变的都市生活的慢曲长调。他的作品多抒发羁旅情怀，描绘都市风光、男欢女爱，内容比晏、欧词丰富，语言也俚俗家常，颇合市民阶层的口味，是以“凡有井水饮处，即能歌柳词”。

苏轼以诗为词，“无意不可入，无事不可言”，他在词里怀古伤今，论史谈玄，抒爱国之志，叙师友之谊，写田园风物，记遨游情态。宋胡寅《酒边词序》：“及眉山苏氏，一洗绮罗香泽之态，摆脱绸缪宛转之度，使人登高望远，举首高歌，而逸怀浩气，超然乎尘垢之外，于是花间为皂隶，而柳氏为舆台矣。”

李清照一生横跨两宋，以其特有的纯挚和缠绵悱恻，自成一家。《漱玉集》的最高成就，主要体现在她南渡以后的作品里。

“国家不幸诗家幸，赋到沧桑句便工。”南宋爱国词潮至辛弃疾出而上升到巅峰。他出生于北方沦陷区，青年时即献身抗金复国的大业，南归后却始终不得南宋朝廷信任，屡官屡罢，被闲置乡里二十余年，才能无处发挥，一腔忠愤尽托于词。

南宋晚期格调较高的篇什大都问世于亡国之后。宋郑思肖在《山中白云词序》中说：“吾识张循王孙玉田先辈，喜其三十年汗漫南北数千里，一片空狂怀抱，日日化而为醉……鼓吹春声于繁华世界，飘飘徵情，节节弄拍，嘲明月以谑乐，卖落花而陪笑，能令后三十年西湖锦绣山水，犹生清响。”

《大美中文课之唐宋词千八百首》以中华书局《全唐五代词》《全宋词》为底本，收录历来脍炙人口的唐宋词佳作一千八百余首，分上、中、下三册，收录名家、大家之作品精华，也不忽略单篇行世的作品，并收录《敦煌曲子词》及宋代无名氏作品多篇，为诗词爱好者展现唐宋词的概貌及集大成者。其选取之丰，视野之广，考证之严密，为诗词玩家难得一觅的案牍珍品。

奥森书友会已推出《大美中文课之唐诗千八百首》《大美中文课之古文观止新编》《花间集》《李清照全集》，还将陆续推出《纳兰词》《东坡乐府》等系列图书，敬请期待。

奥森书友会

二〇二一年九月

目录

上册

唐五代

「张先」

中册

唐五代

「李白」

菩萨蛮

平林漠漠烟如织，寒山一带伤心碧。暝色入高楼，有人楼上愁。　玉阶空伫立，宿鸟归飞急。何处是回程，长亭更短亭。

注释

①菩萨蛮：唐教坊曲名，后为词调名，又名“子夜歌”“重叠金”等。唐苏鹗《杜阳杂编》：“大中初……其国（女蛮国）人危髻金冠，璎珞被体，故谓之‘菩萨蛮’。当时倡优遂制《菩萨蛮曲》，文士亦往往声其词。”龙榆生据此认为，其调原出外来舞曲，输入在大中元年（847）后。但开元时人崔令钦所著《教坊记》中已有此曲名。杨宪益《零墨新笺》认为，《菩萨蛮》是古代缅甸的乐曲，唐开元、天宝时由云南传入中原。　②漠漠：迷蒙、广阔貌。梁元帝有“登楼一望，唯见远树含烟。平原如此，不知道路几千”句。　③暝色：暮色。　④伫：久立。⑤回：一作“归”。　⑥长亭：古路旁亭舍，常用作饯别处。《白孔六帖》：“十里一长亭，五里一短亭。”《一切经音义经》：“汉家因秦十里一亭。亭，留也。”

点评

宋僧文莹《湘山野录》：“此词不知何人写在鼎州沧水驿楼，复不知何人所撰。魏道辅泰见而爱之。后至长沙，得古集于子宣内翰家，乃知李白所作。”

宋黄昇《唐宋诸贤绝妙词选》:“《菩萨蛮》《忆秦娥》二词,为百代词曲之祖。”

忆秦娥

箫声咽。秦娥梦断秦楼月。秦楼月。年年柳色,灞桥伤别。

乐游原上清秋节。咸阳古道音尘绝。音尘绝。西风残照,汉家陵阙。

注释

①忆秦娥:词牌名。又名“秦楼月”“碧云深”“双荷叶”等。 ②秦娥:西汉扬雄《方言》:“秦晋之间美貌谓之娥。”后多指秦地美女。此指秦穆公女弄玉。 ③秦楼:秦穆公为其女弄玉所建之楼。亦名凤楼。相传秦穆公女弄玉,好乐。萧史善吹箫作凤鸣。秦穆公以弄玉妻之,为之作凤楼。二人吹箫,凤凰来集,后乘凤,飞升而去。事见西汉刘向《列仙传》。 ④灞桥:在今陕西省西安市东,汉、唐时长安人送客东行,多至此折柳送别。 ⑤乐游原:长安东南郊汉宣帝乐游苑故址。地势很高,可俯瞰长安城,唐代游览之地。 ⑥清秋节:农历九月初九重阳节,人们登高赏菊的节日。 ⑦陵阙:代指陵墓。阙,陵墓前之楼观。

点评

清刘熙载《艺概》:“梁武帝《江南弄》,陶弘景《寒夜怨》,陆琼《饮酒乐》,徐孝穆《长相思》,皆具词体,而堂庑未大。至太白《菩萨蛮》之繁情促节,《忆秦娥》之长吟远慕,遂使前此诸家悉归环内。太白《菩萨蛮》《忆秦娥》两阕,足抵少陵《秋兴》八首。想其情景,殆作于明皇西幸后乎。”

王国维《人间词话》:“太白纯以气象胜。‘西风残照,汉家陵阙’,寥寥八字,遂关千古登临之口。后世唯范文正之《渔家傲》,夏英公之《喜迁莺》,差足继武,然气象已不逮矣。”

清平调三首

云想衣裳花想容。春风拂槛露华浓。若非群玉山头见，会向瑶台月下逢。

一枝红艳露凝香。云雨巫山枉断肠。借问汉宫谁得似，可怜飞燕倚新妆。

名花倾国两相欢。常得君王带笑看。解得春风无限恨，沈香亭北倚阑干。

注释

①清平调：唐代曲名，后用为词牌。天宝三载，玄宗与杨贵妃于沉香亭赏牡丹，命乐师李龟年宣李白，进《清平调》三章。宋王灼《碧鸡漫志》：“清平调辞，乃于清调、平调制词也。” ②群玉：传说中西王母居住的神山。瑶台，西王母居住之地。极言杨贵妃美貌如仙女。 ③巫山云雨：战国时期宋玉《高唐赋》中描述楚王和巫山神女在梦中欢爱的故事，后以“巫山云雨”代指男女欢爱。另，李善注《文选》，神女名瑶姬，赤帝之女，未嫁而亡，葬于巫山，化为巫山神女。后以“巫山神女”代指美丽的女子。 ④飞燕：赵飞燕，汉成帝皇后，容貌绝美，体态轻盈，能歌善舞，受到汉成帝的宠爱。汉哀帝时，她遭到外戚王氏集团的打击，贬为庶人，后自尽。后世常以赵飞燕作为以美貌魅惑君王的代表。 ⑤倾国：西汉李延年《佳人歌》：“一顾倾人城，再顾倾人国。”后以“倾城倾国”形容美色惊人。

点评

清沈德潜《唐诗别裁》：“三章合花与人言之，风流旖旎，绝世丰神。或谓首章咏妃子，次章咏花，三章合咏，殊见执滞。”

清平乐

禁闱清夜。月探金窗罅。玉帐鸳鸯喷兰麝。时落银灯香灺。

女伴莫话孤眠。六宫罗绮三千。一笑皆生百媚，宸衷教在谁边。

注释

①清平乐(yuè):原为唐教坊曲名,后用作词牌名,又名“忆萝月”“醉东风”。欧阳炯为赵崇祚《花间集》作序云:“在明皇朝,则有李太白应制清平乐词四首。”此其一也。②闱:后宫妃子住的地方。③罅:空隙。④鸳鸯:鸳鸯状的香炉。⑤兰麝：香料。⑥灺（xiè）：烛燃尽的余灰。⑦六宫：皇后嫔妃居住的地方。⑧罗绮:代指后宫佳丽。⑨宸(chén)衷:帝王的心意。宸，北极星所在，后借指帝王所居，又引申为王位、帝王。

点评

宋吴开《优古堂诗话》：“白乐天《长恨歌》云‘回眸一笑百媚生，六宫粉黛无颜色’，盖用李太白应制《清平乐》词云‘女伴莫话孤眠。六宫罗绮三千。一笑皆生百媚，宸衷教在谁边’。”

秋风清

秋风清。秋月明。落叶聚还散，寒鸦栖复惊。相思相见知何日，此时此夜难为情。

注释

①《词谱》：“此本《三五七言诗》，后人采入词中，其平仄不拘。”有好事者续“入我相思门，知我相思苦，长相思兮长相忆，短相思兮无穷极，早知如此绊人心，何如当初莫相识”。

「王维」

渭城曲

渭城朝雨浥轻尘。客舍青青柳色春。劝君更尽一杯酒，西出阳关无故人。

注释

①渭城曲：即“阳关曲”。中华书局《全唐五代词》九六四：此首本送人使安西绝句诗，后被于歌……《乐府诗集》收入《近代曲辞》类，《唐词纪》《历代诗余》《词谱》亦收录。兹从之录入。宋秦观：“《渭城曲》绝句，近世又歌入《小秦王》，更名《阳关曲》。”此亦七言绝句，唐人为送行之歌，三叠其歌法也。渭城，在今西安市西北、渭水北岸，秦代咸阳古城。 ②浥（yì）：润湿。 ③客舍：驿馆，旅馆。 ④柳色春：柳，音谐“留”，象征离别。春，一作“新”。 ⑤阳关：今甘肃省敦煌西南，古代通西域的要道。

点评

明李东阳《麓堂诗话》：“王摩诘‘阳关无故人’之句，盛唐以前所未道。此辞一出，一时传诵不足，至为三叠歌之。”

清钱良择《唐音审体》：“刘梦得诗云‘更与殷勤唱渭城’，白居易诗云‘听唱阳关第四声’，皆谓此曲也，相传其调最高，倚歌者笛为之裂。”

相思

红豆生南国，春来发几枝。愿君多采撷，此物最相思。

注释

①题注：一作“相思子”“江上赠李龟年”。 ②红豆：又名相思子，一种生在江南地区的植物，籽像豌豆而稍扁，鲜红色。 ③“春来”句：一作“秋来发故枝”。 ④“愿君”句：一作“劝君休采撷”。

点评

此篇作于天宝年间，语浅情深，相传当时即为人谱曲传唱，流行江南。据《云溪友议》记载，安史之乱时，唐宫乐师李龟年流落江南，一次于湘中采访使筵上唱此曲，满座遥望玄宗所在的蜀中，泫然泪下。

一片子

柳色青山映，梨花雪鸟藏。绿窗桃李下，闲坐叹春芳。

注释

①此首本王维《春日上方即事》之下半，后人截以入乐为词。见中华书局《全唐五代词》九六四页。

「李隆基」

好时光

宝髻偏宜宫样，莲脸嫩、体红香。眉黛不须张敞画，天教入鬓长。　莫倚倾国貌、嫁取个，有情郎。彼此当年少，莫负好时光。

注释

①好时光：词牌名，调见《尊前集》，为唐明皇李隆基自度曲，取结句后三个字为调名。　②宫样：宫中流行的式样。　③黛：青黑色的颜料，古代女子用以画眉。眉黛即眉毛。　④张敞：汉宣帝时为京兆尹，曾为妻子画眉，为夫妻恩爱的典故。

点评

清陈廷焯《白雨斋词话》：“俚浅极矣。”

「韩翃」

章台柳

寄柳氏

章台柳。章台柳。往日依依今在否。纵使长条似旧垂，亦应攀折他人手。

注释

①章台柳：词牌名，又名“忆章台”。章台，汉长安街名。韩翃有姬柳氏，以艳丽称。韩获选上第归家省亲。柳留居长安，安史乱起，出家为尼。后韩为平卢节度使侯希逸书记，使人寄柳此词。柳为蕃将沙吒利所劫，侯希逸部将许俊以计夺还归韩。 ②依依：柔软貌。《诗经·小雅·采薇》：“昔我往矣，杨柳依依。”

「柳氏」

章台柳

答韩员外

杨柳枝，芳菲节。可恨年年赠离别。一叶随风忽报秋，纵使君来岂堪折。

注释

①“可恨”句：唐人有折柳赠别之俗。指与韩翃长年分离，不得团聚。 ②“一叶”句：《淮南子·说山训》：“见一叶落而知岁之将暮。”

「顾况」

竹枝

帝子苍梧不复归。洞庭叶下荆云飞。巴人夜唱竹枝后，肠断晓猿声渐稀。

注释

①竹枝：唐教坊曲名。宋郭茂倩《乐府诗集》：“《竹枝》本出于巴渝。唐贞元中，刘禹锡在沅湘，以里歌鄙陋，乃依骚人《九歌》，作《竹枝》新词九章，教里中儿歌之。由是盛于贞元、元和之间。”

渔父词

新妇矶边月明。女儿浦口潮平。沙头鹭宿鱼惊。

注释

①宋吴曾《能改斋漫录》载，东坡云，玄真语极清丽，恨其曲度不传。加

数语以《浣溪沙》歌之云：“西塞山边白鹭飞。散花洲外片帆微。桃花流水鳜鱼肥。自蔽一身青箬笠，相随到处绿蓑衣。斜风细雨不须归。”山谷取张、顾二词合为《浣溪沙》：“新妇矶边眉黛愁。女儿浦口眼波秋。惊鱼错认月沉钩。青箬笠前无限事，绿蓑衣底一时休。斜风细雨转船头。”子瞻闻而戏曰：“才出新妇矶，便入女儿浦，志和得无一浪子渔父耶！”

「张志和」

渔父

西塞山前白鹭飞。桃花流水鳜鱼肥。青箬笠，绿蓑衣，斜风细雨不须归。

注释

①渔父：唐教坊曲，后用作词调，又名“渔歌子”“渔父词”等。《唐书·张志和传》载，颜真卿为湖州刺史，志和来谒，真卿以舟敝漏请更之，志和曰：“愿浮家泛宅，往来苕霅间。”张志和《渔歌子》五首，一度散失，宪宗求玄真子文章，李德裕访得之，录于《玄真子渔歌记》。后传至日本，嵯峨天皇和词五首，为日本填词之开山。　②西塞山：今浙江省湖州市西。　③白鹭：一种白色水鸟。　④桃花流水：桃花盛开的季节正是春水盛涨的时候，俗称桃花汛或桃花水。　⑤鳜鱼：俗称“花鱼”“桂鱼”。扁平、口大、鳞细、黄绿色，味道鲜美。⑥箬笠：用竹篾、箬叶编的斗笠。　⑦蓑衣：用草或棕麻编织的雨衣。

点评

清刘熙载《艺概》：“张志和《渔歌子》‘西塞山前白鹭飞’一阕，风流千古。东坡尝以其成句用入《鹧鸪天》，又用于《浣溪沙》，然其所足成之句，犹未若原词之妙通造化也。黄山谷亦尝以其词增为《浣溪沙》，且诵之有矜色焉。”

「刘长卿」

谪仙怨

晴川落日初低。惆怅孤舟解携。鸟去平芜远近，人随流水东西。　白云千里万里，明月前溪后溪。独恨长沙谪去，江潭春草萋萋。

注释

①晴川：阳光照耀下的江水。　②平芜：草木繁茂的原野。　③长沙：用汉贾谊谪迁长沙典。　④萋萋：草盛貌。

点评

俞陛云《唐五代两宋词选释》：“长卿由随州左迁睦州司马；于祖筵之上，依江南所传曲调，撰词以被之管弦。‘白云千里’，怅君门之远隔；‘流水东西’，感谪宦之无依，犹之昌黎南去，拥风雪于蓝关；白傅东来，泣琵琶于浔浦，同此感也。”

「元结」

欸乃曲

千里枫林烟雨深。无朝无暮有猿吟。停桡静听曲中意，好是云山韶濩音。

注释

①题注：大历丁未中，漫叟以军事诣都，使还州，逢春水，舟行不进，作《欸乃》五曲，舟子唱之，盖以取适于道路耳。此为其中之一。 ②韶濩（hù）：韶，舜乐。濩，汤乐。后以指庙堂、宫廷之乐，或泛指雅正的古乐。

「戴叔伦」

转应词

边草，边草，边草尽来兵老。山南山北雪晴。千里万里月明。明月，明月，胡笳一声愁绝。

注释

①转应词：又名“调笑令”“古调笑”“宫中调笑”“转应曲”等。《乐苑》入“双调”。白居易《代书诗一百韵寄微之》：“打嫌调笑易，饮讶卷波迟。”自注：“抛打曲有调笑令，饮酒曲有卷白波。”平韵再转仄韵时，二言叠句必须用上六言的最后两字倒转为之，所以又名“转应曲”。 ②边草：边塞之草。此草秋天干枯变白，为牛马所食。 ③胡笳：一种流行于北方游牧民族地区的管乐器，汉魏鼓吹乐常用之。

「韦应物」

调笑

胡马。胡马。远放燕支山下。跑沙跑雪独嘶。东望西望路迷。迷路。迷路。边草无穷日暮。

注释

①胡马：中国西北地区所产的马。古代马匹在交通运输和战争中发挥巨大作用，因而良马备受青睐。西北地区的马素以优良著称，汉朝时就从西域引进过大批良马。称骏马为“胡马”，显示其品种优良。　②燕支山：焉支山，在甘肃山丹县东，位于祁连山、龙首山间，山下是水草丰美的牧场。《史记·匈奴传索隐》：“匈奴失焉支山，歌曰：失我焉支山，使我妇女无颜色。”焉支，通“燕支”“胭脂”，本植物名，亦叫红蓝，花汁可做成红的颜料。　③跑：指兽蹄刨地。唐刘商《胡笳十八拍》：“马饥跑雪衔草根。”

调笑

河汉。河汉。晓挂秋城漫漫。愁人起望相思。江南塞北别离。

离别。离别。河汉虽同路绝。

注释

①河汉：天上的星河，又称“银河”“银汉”。 ②漫漫：长远的模样。 ③“塞北”句：意谓征夫在塞北，思妇在江南，虽然同样看到天河，却没有路通向那里。

三台

冰泮寒塘水渌，雨余百草皆生。朝来门巷无事，晚下高斋有情。

注释

①三台：唐教坊曲名。此亦六言绝句，平仄不拘。宋李济翁《资暇录》：“三台，今之啐酒三十拍促曲，啐，送酒声也。”宋张表臣《珊瑚钩诗话》：“乐部中有促拍催酒，谓之三台。”沈括词名“开元乐”，因结句“翠华满陌东风”，名“翠华引”。《王建集》有“宫中三台”“江南三台”，随其所咏之事而名之。②冰泮（pàn）：冰畔，水边。

三台令

不寐倦长更，披衣出户行。月寒秋竹冷，风切夜窗声。

注释

①见于康熙本《古今词话·词话》上卷。

「李端」

拜新月

开帘见新月，便即下阶拜。细语人不闻，北风吹裙带。

注释

①拜新月：唐教坊曲名。见中华书局《全唐五代词》副编卷一。

「王建」

宫中调笑

团扇，团扇，美人病来遮面。玉颜憔悴三年。谁复商量管弦。弦管，弦管，春草昭阳路断。

注释

①题注：黄昇云“王仲初（王建字仲初）以宫词百首著名，《三台令》《转应曲》，其余技也”。此词即属“宫词”之余。　②团扇：圆形有柄的扇子，古代宫内多用之，又称宫扇。汉班婕妤《怨歌行》有“裁为合欢扇，团团似明月”句。南朝梁钟嵘《诗品》：“《团扇》短章，词旨清捷，怨深文绮。”　③管弦：泛指乐器。　④昭阳：汉宫殿名。后泛指后妃所住的宫殿。

宫中调笑

杨柳，杨柳，日暮白沙渡口。船头江水茫茫，商人少妇断肠。肠断，肠断，鹧鸪夜飞失伴。

注释

①鹧鸪：鸟名，鸣声像“行不得也哥哥”。

宫中三台

池北池南草绿，殿前殿后花红。天子千秋万岁，未央明月清风。

注释

①未央：未央宫，汉代宫殿名。

「白居易」

忆江南

江南好，风景旧曾谙。日出江花红胜火，春来江水绿如蓝。能不忆江南。

注释

①忆江南：唐段安节《乐府杂录》载，此词乃李德裕为谢秋娘作，故名“谢秋娘”；因白居易词更今名，又名“江南好”；因刘禹锡词有“春去也，多谢洛城人”句，名“春去也”；因温庭筠“梳洗罢，独倚望江楼”，名“望江南”；因皇甫松“闲梦江南梅熟日”，名“梦江南”“梦江口”。李煜词名“望江梅”。此皆唐词，单调。至宋，始为双调。 ②谙：熟习。 ③蓝：草名，叶可制染料。

忆江南

江南忆，最忆是杭州。山寺月中寻桂子，郡亭枕上看潮头。何日更重游。

注释

①山寺：杭州灵隐寺。 ②郡亭：杭州刺史衙内的亭子。白居易曾任杭州刺史，疏浚西湖，建筑白堤。 ③潮头：钱塘江潮。

忆江南

江南忆，其次忆吴宫。吴酒一杯春竹叶，吴娃双舞醉芙蓉。早晚复相逢。

注释

①吴宫：在苏州，春秋时吴王夫差所建。这里泛指苏州。 ②竹叶：原是一种酒名，这里也说酒的颜色绿得像春天的竹叶。 ③吴娃：指吴地美女。④醉芙蓉：美女的面容如荷花般艳丽。芙蓉，荷花的别名。

长相思

闺怨

汴水流。泗水流。流到瓜洲古渡头。吴山点点愁。 思悠悠。恨悠悠。恨到归时方始休。月明人倚楼。

注释

①长相思：唐教坊曲名。又名“双红豆”。因林逋词有“吴山青”，名“吴山

青”。又因张辑词有“江南山渐青”，名“山渐青”。 ②汴水：源于河南，东南流入安徽宿县、泗县，与泗水合流，入淮河。 ③泗水：源于山东曲阜，经徐州后，与汴水合流入淮河。 ④瓜洲：在江苏省扬州市南长江北岸。瓜洲本为江中沙洲，沙渐长，状如瓜字，故名。一作“瓜州”。 ⑤吴山：在浙江杭州，春秋时为吴国南界，故名。此处泛指江南群山。

长相思

深画眉。浅画眉。蝉鬓鬅鬙云满衣。阳台行雨回。 巫山高，巫山低。暮雨潇潇郎不归。空房独守时。

注释

①题注：一作吴二娘词，“深黛眉。浅黛眉。十指茏葱云染衣。巫山行雨归。 巫山高，巫山低。暮雨潇潇郎不归。空房独守时。”吴二娘为与白居易同时的江南歌女。 ②蝉鬓：妇女发式，轻而薄，望之缥缈如蝉翼。 ③鬅鬙（péng sēng）：发乱貌。 ④阳台行雨：指男女欢会。典出宋玉《高唐赋》“楚王曾游高唐……旦为朝云，暮为行雨，朝朝暮暮，阳台之下”。 ⑤潇潇：形容风急雨骤。

杨柳枝

六么水调家家唱，白雪梅花处处吹。古歌旧曲君休听，听取新翻杨柳枝。

注释

①杨柳枝：唐教坊曲名。白居易诗注："杨柳枝，洛下新声。"其诗云"听取新翻杨柳枝"是也。薛能诗序："令部妓作杨柳枝健舞，复度新声。"其诗云"试蹋吹声作唱声"是也。盖乐府横吹曲有《折杨柳》名，此则借旧曲名，另创新声，后遂入教坊耳。刘、白倡和以后，为此词者甚多，皆赋柳枝本意。②六么、水调：词调名。 ③白雪、梅花：古笛曲。梅花，即《梅花落》。

杨柳枝

一树春风万万枝，嫩于金色软于丝。永丰南角荒园里，尽日无人属阿谁。

注释

①题注：白尚书姬人樊素，善歌；妓人小蛮，善舞。尝为诗曰："樱桃樊素口，杨柳小蛮腰。"年既高迈，而小蛮方丰艳，因杨柳之词以托意。及宣宗朝，国乐唱是辞，帝问永丰在何处，因取两株植于禁中。白又为诗一章。 ②永丰：永丰坊，唐代东都洛阳坊名。 ③阿谁：谁，何人。

点评

当时河南尹卢贞有和诗，并题序："永丰坊西南角园中，有垂柳一株，柔条极茂。白尚书曾赋诗，传入乐府，遍流京都。近有诏旨，取两枝植于禁苑。乃知一顾增十倍之价，非虚言也。"宋张先《千秋岁·数声鶗鴂》有"永丰柳，无人尽日花飞雪"句。宋苏轼《洞仙歌》有"永丰坊那畔，尽日无人，谁见金丝弄晴昼"句。

杨柳枝

陶令门前四五树，亚夫营里百千条。何似东都正二月，黄金枝映洛阳桥。

注释

①陶令：晋陶渊明，曾任彭泽令，因宅边有五柳树，自号五柳先生。 ②亚夫营：西汉周亚夫将军，屯兵细柳营，又称亚夫营，在今咸阳西南。 ③东都：隋、唐以洛阳为东都。

杨柳枝

依依嫋嫋复青青，勾引春风无限情。白雪花繁空扑地，绿丝条弱不胜莺。

注释

①嫋嫋：经风摇曳的样子。嫋，同“袅”。 ②白雪花繁：指柳絮。 ③扑地：满地。唐时人口语。

杨柳枝

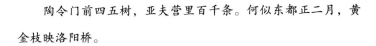

红板江桥青酒旗，馆娃宫暖日斜时。可怜雨歇东风定，万

树千条各自垂。

注释

①青酒旗：酒帘。 ②馆娃宫：遗址在今苏州灵岩山上，传说是吴王夫差为西施所建。吴人称美女为“娃”，故名。

杨柳枝

苏州杨柳任君夸。更有钱塘胜馆娃。若解多情寻小小，绿杨深处是苏家。

注释

①小小：苏小小，南朝齐时钱塘名妓，其墓在西湖侧。

杨柳枝

苏家小女旧知名。杨柳风前别有情。剥条盘作银环样，卷叶吹为玉笛声。

注释

①“剥条”二句：折下柳条，盘成银环状。卷起柳叶，吹出玉笛的声音。

杨柳枝

叶含浓露如啼眼，枝嫋轻风似舞腰。小树不禁攀折苦，乞君留取两三条。

注释

①啼眼：泪眼。唐李贺《苏小小墓》有“幽兰露，如啼眼”句。

杨柳枝

人言柳叶似愁眉。更有愁肠似柳丝。柳丝挽断肠牵断，彼此应无续得时。

注释

①柳叶：柳树的叶子，多用以形容女子细长之眉。

竹枝

瞿塘峡口水烟低。白帝城头月向西。唱到竹枝声咽处，寒猿閒鸟一时啼。

注释

①白帝：重庆市奉节县白帝山上，西汉末公孙述据此，自号白帝，山、城因此得名。刘备伐东吴败归死在白帝城。用地名即景，亦有怀古意。　②閒：同“闲”。閒，一作“闇”，一作“晴”。

竹枝

巴东船舫上巴西。波面风生雨脚齐。水蓼冷花红簇簇，江蓠湿叶碧凄凄。

注释

①巴东、巴西：均为郡名，前者在今重庆奉节一带，后者在今四川阆中一带。　②船舫（fǎng）：泛指船。　③雨脚：随云飘行、长垂及地的雨丝。　④水蓼（liǎo）：一年生或多年生草本植物，花小，白色或浅红色，生长在水边或水中。　⑤江蓠（lí）：江离，香草名。又名“蘼芜”。《楚辞·离骚》：“扈江离与辟芷兮，纫秋兰以为佩。”王逸注：“江离、芷，皆香草名。”　⑥凄凄：一作“萋萋”。

浪淘沙

青草湖中万里程。黄梅雨里一人行。愁见滩头夜泊处，风翻暗浪打船声。

注释

①浪淘沙：词牌名。原为唐教坊曲，刘禹锡、白居易并作七言绝句体，与宋人“浪淘沙令”“浪淘沙慢”不同。盖宋人借旧曲名，另倚新腔。五代时始流行长短句双调小令，又名“卖花声”。多作激越凄壮之音。 ②青草湖：古五湖之一。亦名巴丘湖，南接湘水，北通洞庭。 ③黄梅雨：夏初梅子黄熟时的雨。

浪淘沙

借问江潮与海水，何似君情与妾心。相恨不如潮有信，相思始觉海非深。

注释

①“相恨”句：化用唐李益《江南曲》“嫁得瞿塘贾，朝朝误妾期。早知潮有信，嫁与弄潮儿”诗意。

花非花

花非花，雾非雾。夜半来，天明去。来如春梦不多时，去似朝云无觅处。

注释

①此首本长短句诗，杨慎《词品》以为是白居易自度曲认作词。唐宋乐籍皆无此调，《全唐五代词》收入副编。

「刘禹锡」

忆江南

春去也，多谢洛城人。弱柳从风疑举袂，丛兰裛露似沾巾。独坐亦含嚬。

注释

①多谢：殷勤致意。 ②弱柳：柳条柔弱，故称。 ③袂：衣袖。 ④丛兰：丛生的兰草。 ⑤裛（yì）露：沾上露水。裛，通“浥”，沾湿。

点评

清况周颐《餐樱庑词话》：“唐贤为词，往往丽而不流，与其诗不甚相远也。刘梦得《忆江南》‘春去也’云云，流丽之笔，下开北宋子野、少游一派。唯其出自唐音，故能流而不靡，所谓风流高格调，其在斯乎？”

潇湘神

湘水流。湘水流。九疑云物至今秋。若问二妃何处所，零陵香草露中愁。

注释

①潇湘神：一作“潇湘曲”，原为唐代潇湘间祭祀湘妃神曲，刘禹锡填两词。 ②九疑：山名。《史记·五帝纪·舜》：“（舜）葬于江南九疑。” ③二妃：传说舜有二妃（娥皇、女英），死于江湘之间，人称湘君，也称湘妃。 ④零陵：地名，传说舜葬之处，在今湖南宁远县境。

潇湘神

斑竹枝。斑竹枝。泪痕点点寄相思。楚客欲听瑶瑟怨。潇湘深夜月明时。

注释

①斑竹：湘妃竹。相传舜死后，二妃将投湘水自尽，遥望苍梧，泪滴在竹茎上，成了斑点。 ②楚客：原指楚人宋玉，后泛指落拓文人。 ③瑶瑟：美玉装饰的古乐器，有二十五弦。

杨柳枝

春江一曲柳千条。二十年前旧板桥。曾与美人桥上别，恨无消息至今朝。

注释

①春：一作“清”。　②曲：水流弯曲处。

点评

唐代歌曲常有节取长篇古诗入乐的情况，此篇可能是刘禹锡改友人之作付乐妓演唱。就《板桥路》删削二句，便觉精彩动人，颇见剪裁之妙。

宋张君房《丽情集》：“湖州妓周德华者，刘采春女也，唱刘禹锡《柳枝词》‘春江一曲柳千条’此诗甚佳，而刘集不载。然此诗隐括白香山古诗为一绝，而其妙如此。”

白居易《板桥路》：“梁苑城西二十里，一渠春水柳千条。若为此路今重过，十五年前旧板桥。曾共玉颜桥上别，恨无消息到今朝。”

杨柳枝

塞北梅花羌笛吹。淮南桂树小山词。请君莫奏前朝曲，听唱新翻杨柳枝。

注释

①题注：刘、白多唱和。白居易有“六幺水调家家唱……听取新翻杨柳枝”。

清王士禛《香祖笔记》："唐人《柳枝词》专咏柳，《竹枝词》则泛言风土。" ②梅花：指汉乐府横吹曲中的《梅花落》。 ③桂树：指西汉淮南王刘安的门客小山作的《招隐士》，其首句为"桂树丛生兮山之幽"。 ④翻：改编。一说演奏。

杨柳枝

金谷园中莺乱飞。铜驼陌上好风吹。城东桃李须臾尽，争似垂杨无限时。

注释

①金谷园：晋豪富石崇建有金谷园，后泛指贵族园林。 ②铜驼：铜驼街，因洛阳城汉时铸造两只铜铸骆驼而得名，洛阳繁华游冶之地。亦借指闹市。此指洛阳。 ③争似：怎似。

杨柳枝

炀帝行宫汴水滨。数株残柳不胜春。晚来风起花如雪，飞入宫墙不见人。

注释

①"炀帝"句：隋炀帝即位不久，征夫十万开邗沟，通入长江。自长江到江都（扬州）设置离宫四十余所。汴水源出河南荥阳北，流经中牟、开封等地。隋炀帝时，曾于两岸种柳，后称"隋堤"。

杨柳枝

城外春风吹酒旗。行人挥袂日西时。长安陌上无穷树，唯有垂杨管别离。

注释

①酒旗：酒家挂在高杆上的标帜。 ②挥袂：古人衣袖很长，送别时高高扬起，表示惜别。

竹枝

四方之歌，异音而同乐。岁正月，余来建平，里中儿联歌《竹枝》，吹短笛击鼓以赴节。歌者扬袂睢舞，以曲多为贤。聆其音，中黄钟之羽。卒章激讦如吴声，虽伧儜不可分，而含思宛转，有淇澳之艳。昔屈原居沅、湘间，其民迎神，词多鄙陋，乃为作《九歌》，到于今荆楚鼓舞之。故余亦作《竹枝词》九篇，俾善歌者飏之，附于末，后之聆巴歈，知变风之自焉

白帝城头春草生。白盐山下蜀江清。南人上来歌一曲，北人莫上动乡情。

注释

①竹枝：竹枝词，巴渝（今四川重庆一带）民歌中的一种。唱时以笛鼓伴奏，同时起舞，声调婉转动人。刘禹锡任夔州刺史时，因巴渝之旧调而易以新词，自成绝调。 ②白帝城：在今重庆市奉节县东白帝山上，下临瞿塘峡口之夔门。

东汉初公孙述筑城。述自号白帝，因名。三国时刘备为吴将陆逊所败，退居于此，卒于城中永安宫。　③白盐山：在今重庆市奉节县东南长江南岸。

竹枝

山桃红花满上头。蜀江春水拍山流。花红易衰似郎意，水流无限似侬愁。

注释

①山桃：野桃。　②上头：山头，山顶上。

竹枝

江上春来新雨晴。瀼西春水縠纹生。桥东桥西好杨柳，人来人去唱歌行。

注释

①瀼（ráng）西：今重庆奉节瀼水西岸。宋陆游《入蜀记》：“土人谓山间之流通江者曰瀼。”　②縠（hú）纹：绉纱似的皱纹，常用以喻水的波纹。

竹枝

日出三竿春雾消。江头蜀客驻兰桡。凭寄狂夫书一纸，住在成都万里桥。

注释

①兰桡（ráo）：小舟的美称。南朝梁任昉《述异记》：“浔阳江中多木兰树。七里洲中有鲁班刻木兰为舟，至今在洲中。诗家云木兰舟，出于此。”

竹枝

两岸山花似雪开。家家春酒满银杯。昭君坊中多女伴，永安宫外踏青来。

注释

①永安宫：故址在今重庆奉节县城内。公元222年，蜀先主刘备自猇亭战败后，驻军白帝城，建此宫，次年卒于此。

竹枝

城西门前滟滪堆。年年波浪不能摧。懊恼人心不如石，少时东去复西来。

注释

①城西门：此当指奉节城西门。 ②滟滪（yàn yù）堆：原是瞿塘峡口江中的大石（今已炸去），亦作“淫预堆”“犹豫堆”“英武石”“燕窝石”等。

竹枝

瞿塘嘈嘈十二滩。此中道路古来难。长恨人心不如水，等闲平地起波澜。

注释

①瞿塘：瞿塘峡，在今重庆市奉节县。 ②嘈嘈：水的急流声。 ③等闲：无端。

竹枝

巫峡苍苍烟雨时。清猿啼在最高枝。个里愁人肠自断，由来不是此声悲。

注释

①巫峡：在今重庆市巫山县东，湖北省巴东县西。 ②个里：这里，其中。

竹枝

杨柳青青江水平。闻郎江上唱歌声。东边日出西边雨，道是无晴还有晴。

注释

①唱歌声：一作“踏歌声”。 ②晴：双关“情”字。

点评

明谢榛《四溟诗话》：“措词流丽，酷似六朝。”

竹枝

楚水巴山江雨多。巴人能唱本乡歌。今朝北客思归去，回入纥那披绿罗。

注释

①楚水巴山：泛指蜀楚之地的山水。 ②北客：作者自指，言客有思乡情也。③纥（hé）那：踏曲的和声。刘禹锡另有《纥那曲》“杨柳郁青青，竹枝无限情。周郎一回顾，听唱纥那声”“踏曲兴无穷，调同词不同。愿郎千万寿，长作主人翁”。④绿罗：绿色的绮罗。或指荔枝，川人有称荔枝为绿罗者。或喻绿水微波。三种解释历来未统一。

浪淘沙

九曲黄河万里沙。浪淘风簸自天涯。如今直上银河去，同到牵牛织女家。

注释

①直上银河：古代传说黄河与天上的银河相通。《荆楚岁时记》载，汉武帝派张骞出使大夏，寻找黄河源头。张骞走了一个多月，见到了织女。织女把支机石送给张骞。骞还。织女是天帝的孙女，长年织造云锦。自从嫁了牛郎，就中断了织锦。天帝大怒，责令她与牛郎分居银河两岸，隔河相望，每年七月初七之夜相会一次。

浪淘沙

洛水桥边春日斜。碧流清浅见琼砂。无端陌上狂风急，惊起鸳鸯出浪花。

注释

①洛水：黄河支流，在今河南省西部。唐敬宗宝历二年（826）刘禹锡奉调到洛阳，任职于东都尚书省，约两年。晚年又以太子宾客身份分司东都洛阳，71岁病逝于洛阳。此首言及洛水桥，应是在洛之作。　②琼砂：美玉般的沙砾。

浪淘沙

汴水东流虎眼纹。清淮晓色鸭头春。君看渡口淘沙处，渡却人间多少人。

注释

①汴水：起于今河南省荥阳市，流经安徽至江苏人淮河。　②虎眼纹：形容水的波纹很细。　③鸭头春：唐时称一种颜色为鸭头绿，这里形容春水之色。

浪淘沙

鹦鹉洲头浪飐沙。青楼春望日将斜。衔泥燕子争归舍，独自狂夫不忆家。

注释

①鹦鹉洲：在今湖北武汉西南长江中。汉以后因江水冲刷屡被浸没。今鹦鹉洲已非宋以前故地。　②飐（zhǎn）：受风摇曳的模样。　③青楼：此指妇女居所。　④狂夫：古代妇人称其夫为“狂夫”。

浪淘沙

濯锦江边两岸花。春风吹浪正淘沙。女郎剪下鸳鸯锦，将向中流定晚霞。

注释

①濯锦江：又名浣花溪，在今四川省成都市西，古代因洗涤锦缎而得名。②鸳鸯锦：绣有鸳鸯图案的锦缎。

浪淘沙

日照澄洲江雾开。淘金女伴满江隈。美人首饰侯王印，尽是沙中浪底来。

注释

①澄洲：江中清新秀丽的小洲。　②隈：水流弯曲处。

浪淘沙

八月涛声吼地来。头高数丈触山回。须臾却入海门去，捲起沙堆似雪堆。

注释

①“八月”句：浙江省钱塘江潮，每年农历八月十八潮水最大，潮头壁立，汹涌澎湃，犹如万马奔腾，蔚为壮观。

浪淘沙

莫道谗言如浪深。莫言迁客似沙沈。千淘万漉虽辛苦，吹尽寒沙始到金。

注释

①谗言：毁谤的话。 ②迁客：被贬职调往边远地方的官。 ③漉：水慢慢地渗下。

浪淘沙

流水淘沙不暂停。前波未灭后波生。令人忽忆潇湘渚，回唱迎神三两声。

注释

①潇湘：潇水和湘水在今湖南省零陵县北汇合，泛指湖南一带。刘禹锡曾谪居朗州十年，此云“忽忆”，可知此诗作于其后。 ②迎神：迎神曲，湖南一带民间祀神歌曲。

「李涉」

竹枝

十二山晴花尽开，楚宫双阙对阳台。细腰争舞君沉醉，白日秦兵天下来。

注释

①十二山：巫峡十二峰，在今四川巫山县东，长江北岸，其中以神女峰最为纤丽奇峭。 ②楚宫：春秋战国时楚王的离宫，俗称“细腰宫”，在巫山县西北，三面皆山，南望长江。 ③阳台：一名“阳云台”，在巫山来鹤峰上，南枕长江，高一百二十丈。相传战国时楚怀王曾梦与巫山神女交欢，神女临去时自称“旦为朝云，暮为行雨，朝朝暮暮，阳台之下”。 ④细腰：指楚宫美人。春秋时楚灵王以细腰为美，臣下皆节制饮食，束紧腰带，甚至饿得有气无力，须扶着墙壁才能站起来。事见《墨子·兼爱》。 ⑤“白日”句：《史记·楚世家》载，怀、襄二王统治时期，秦国曾多次举兵攻打楚国。公元前278年秦将白起攻破楚国都城郢（今湖北江陵西北）、焚烧楚国先王祖坟夷陵（今湖北宜昌东南）。自此，楚国一蹶不振，五十余年后终于为秦国所灭。

「无名氏」

菩萨蛮

牡丹含露真珠颗。美人折向庭前过。含笑问檀郎。花强妾貌强。　檀郎故相恼。刚道花枝好。一饷发娇嗔。碎挼花打人。

注释

①题注：唐宣宗时有妇人以刀断其夫两足，宣宗戏语宰相曰：无乃“碎挼花打人”。盖引当时人有词云（略）。　②檀郎：晋潘岳小名檀奴，姿仪美好，后以“檀郎”“檀奴”称美男子或所爱慕的男子。　③挼（ruó）：揉搓，“挪”的异体字。　④一饷：一作“一向”。饷，一会儿，不多久。后作“晌”。

「温庭筠」

菩萨蛮

小山重叠金明灭。鬓云欲度香腮雪。懒起画蛾眉。弄妆梳洗迟。　照花前后镜。花面交相映。新帖绣罗襦。双双金鹧鸪。

注释

①题注：五代孙光宪《北梦琐言》："宣宗爱唱《菩萨蛮》词。令狐相国（绹）假其（温庭筠）新撰密进之，戒令勿泄，而遽言于人，由是疏之。"　②小山：眉妆，小山眉，弯弯的眉毛。　③金：唐时妇女眉际妆饰之"额黄"。　④明灭：隐现。　⑤鬓云：发髻蓬松如云。　⑥香腮雪：雪白的面颊。　⑦蛾眉：女子的眉毛细长弯曲像蚕蛾的触须。一说指元和以后叫浓阔的时新眉式"蛾翅眉"。　⑧弄妆：梳妆打扮。　⑨罗襦：丝绸短袄。　⑩鹧鸪：贴绣上去的鹧鸪图，当时的衣饰是用金线绣好花样，再绣贴在衣服上，谓之"贴金"。

点评

此篇写闺怨，章法极密，层次极清。

菩萨蛮

水精帘里颇黎枕。暖香惹梦鸳鸯锦。江上柳如烟。雁飞残月天。　　藕丝秋色浅。人胜参差剪。双鬓隔香红。玉钗头上风。

注释

①水精帘：晶莹华美的帘子。　②颇黎：玻璨、玻璃。　③藕丝：纯白色。④秋色：与秋时相应的颜色。指白色。　⑤人胜：花胜。《荆楚岁时记》：“正月七日为人日，……剪彩为人，或缕金箔（箔）为人以贴屏风，亦戴之头鬓；又造华胜以相遗。”华胜男女都可以戴；有时亦戴小幡，合称幡胜。到宋时这风俗犹存。

菩萨蛮

蕊黄无限当山额。宿妆隐笑纱窗隔。相见牡丹时。暂来还别离。　　翠钗金作股。钗上蝶双舞。心事竟谁知。月明花满枝。

注释

①蕊黄：即额黄。古代妇女化妆主要是施朱傅粉，六朝至唐，女妆常用黄点额，因似花蕊，故名。　②山额：额头。　③宿妆：隔夜的妆饰。　④牡丹时：牡丹开花的时节，即暮春。　⑤翠钗：以翡翠镶嵌的金钗。股：钗脚。　⑥蝶双舞：钗头所饰双蝶舞形。一作“双双舞”“双蝶舞”。

菩萨蛮

翠翘金缕双鸂鶒。水纹细起春池碧。池上海棠梨。雨晴红满枝。　绣衫遮笑靥。烟草粘飞蝶。青琐对芳菲。玉关音信稀。

注释

①翠翘：一种古代妇女的首饰，状似翠鸟尾上的长羽。　②鸂鶒（xī chì）：水鸟，似鸳鸯而比鸳鸯略大，多紫色，好并游，又名紫鸳鸯。　③海棠梨：又名海红、甘棠，二月开红花，八月果熟。一说是海棠花，一说即棠梨。④靥（yè）：笑时面颊上的酒窝。　⑤烟草：烟雾笼罩的草丛。亦泛指蔓草。⑥青琐：刷青漆且雕镂有连琐纹的窗户，泛指华美的窗户，借指华贵之家。⑦芳菲：泛指花草树木，谓美好时节。　⑧玉关：玉门关，在今甘肃敦煌西北。

菩萨蛮

杏花含露团香雪。绿杨陌上多离别。灯在月胧明。觉来闻晓莺。　玉钩褰翠幕。妆浅旧眉薄。春梦正关情。镜中蝉鬓轻。

注释

①香雪：杏花白，故比作香雪。　②胧明：形容月色朦胧。　③玉钩：挂窗帘的玉制之钩。　④褰（qiān）：揭起。　⑤旧眉薄：旧眉指昨日所画的黛眉，因隔夜而颜色变浅，故称“薄”。

点评

清张惠言：“飞卿之词，深美闳约。”

菩萨蛮

玉楼明月长相忆。柳丝袅娜春无力。门外草萋萋。送君闻马嘶。　　画罗金翡翠。香烛销成泪。花落子规啼。绿窗残梦迷。

注释

①玉楼：楼的美称。　②袅娜：细长柔美貌。　③春无力：即春风无力，用以形容春风柔软。　④画罗：有图案的丝织品，或指灯罩。　⑤金翡翠：即画罗上金色的翡翠鸟。　⑥子规：杜鹃鸟，常夜鸣，声音似“不如归去”。⑦绿窗：绿色纱窗。指女子居室。

菩萨蛮

凤皇相对盘金缕。牡丹一夜经微雨。明镜照新妆。鬓轻双脸长。　　画楼相望久。栏外垂丝柳。音信不归来。社前双燕迴。

注释

①“凤皇”句：用金丝线盘绣在衣上的凤凰相对双飞的图案。盘：盘错，此指绣盘。金缕：指金色丝线。　②“牡丹”句：多解为喻人妆成之娇美。此句应与首句相连，皆为绣案，乃牡丹凤凰图。　③双脸长：言人瘦。　④音信：一作“意信”。　⑤社：社日，古代习俗祭神的日子，有春社、秋社之分，此谓春社。

菩萨蛮

牡丹花谢莺声歇。绿杨满院中庭月。相忆梦难成。背窗灯半明。　　翠钿金压脸。寂寞香闺掩。人远泪阑干。燕飞春又残。

注释

①牡丹花谢：形容春天已过。　②翠钿（diàn）：绿色的花钿，用翡翠（青绿色）珠玉制成的首饰。花钿，又名花子、媚子、施眉心，唐代妇女多用金箔、彩纸等剪成花样贴在额上为装饰。　③金压脸：指以黄粉敷面。　④阑干：纵横散乱、交错杂乱貌。

菩萨蛮

满宫明月梨花白。故人万里关山隔。金雁一双飞。泪痕沾绣衣。　　小园芳草绿。家住越溪曲。杨柳色依依。燕归君不归。

注释

①越溪：若耶溪，在今浙江省境内，相传西施曾在此浣纱。　②曲：水流转折处。

点评

“燕归君不归”从摩诘“春草年年绿，王孙归不归”化出。

菩萨蛮

宝函钿雀金鸂鶒。沉香阁上吴山碧。杨柳又如丝。驿桥春雨时。　　画楼音信断。芳草江南岸。鸾镜与花枝。此情谁得知。

注释

①宝函：盛放首饰的精美梳妆匣。　②金鸂鶒：一种首饰。　③沉香阁：沉香木制的楼阁。　④画楼：雕梁画栋，楼的美称。　⑤鸾镜：背面镌刻有鸾凤图案的镜子。

菩萨蛮

南园满地堆轻絮。愁闻一霎清明雨。雨后却斜阳。杏花零落香。　　无言匀睡脸。枕上屏山掩。时节欲黄昏。无憀独倚门。

注释

①南园：泛指园圃。　②无憀：无聊。

点评

王国维《人间词话》："温飞卿《菩萨蛮》'雨后却斜阳，杏花零落香'，少游之'雨余芳草斜阳，杏花零落燕泥香'虽自此脱胎，而实有出蓝之妙。"

菩萨蛮

夜来皓月缠当午。重帘悄悄无人语。深处麝烟长。卧时留薄妆。　当年还自惜。往事那堪忆。花露月明残。锦衾知晓寒。

注释

①缠：才。　②当午：月亮悬于正中天。　③麝烟：火燃麝香所散发的香烟。④薄妆：淡妆。　⑤锦衾：锦制的被子。

菩萨蛮

雨晴夜合玲珑日。万枝香袅红丝拂。闲梦忆金堂。满庭萱草长。　绣帘垂簏簌。眉黛远山绿。春水渡溪桥。凭栏魂欲销。

注释

①夜合：合欢花的别称，又名合昏。古时赠人，以消怨合好。周处《风土记》："合昏，槿也，华晨舒而昏合。"　②红丝拂：指夜合花下垂飘动。　③金堂：华丽的厅堂。北魏杨炫之《洛阳伽蓝记》："蓬莱山上，银阙金堂，神仙圣人并在其上。"　④萱草：草本植物，俗称黄花菜，传说能使人忘忧。　⑤簏簌（lù sù）：下垂貌。

菩萨蛮

竹风轻动庭除冷。珠帘月上玲珑影。山枕隐浓妆。绿檀金凤皇。　两蛾愁黛浅。故国吴宫远。春恨正关情。画楼残点声。

注释

①庭除：庭院。　②山枕：古代枕头多用木、瓷等制作，中凹，两端突起，其形如山，故名。　③金凤皇：指枕的纹饰。　④蛾：蛾眉。　⑤残点声：即漏壶滴水将尽的声音。表示天将明时，漏尽更残。

菩萨蛮

玉纤弹处真珠落。流多暗湿铅华薄。春露浥朝华。秋波浸晚霞。　风流心上物。本为风流出。看取薄情人。罗衣无此痕。

注释

①玉纤：纤纤玉手。　②真珠：珍珠，喻眼泪。　③铅华：化妆品，搽脸的粉。④浥：润湿。　⑤罗：一种细薄的丝织品。

更漏子

柳丝长，春雨细。花外漏声迢递。惊塞雁，起城乌。画屏金鹧鸪。　　香雾薄。透帘幕。惆怅谢家池阁。红烛背，绣帘垂。梦长君不知。

注释

①更漏子：词牌名，又名“付金钗”“独倚楼”“翻翠袖”等。唐人称夜间为“更漏”。子，小曲。作为词调名，始于温庭筠。调名本意为咏唱深夜滴漏报更的小曲。②迢递：遥远。　③塞雁：北雁，春来北飞。　④城乌：城头上的乌鸦。　⑤画屏：有图饰品的屏风，为女主人公居室中的摆设。　⑥金鹧鸪：金线绣成的鹧鸪，绣在屏风或衣服上。　⑦谢家池阁：豪华的宅院，指女主人公的住处。

更漏子

星斗稀，钟鼓歇。帘外晓莺残月。兰露重，柳风斜。满庭堆落花。　　虚阁上。倚阑望。还似去年惆怅。春欲暮，思无穷。旧欢如梦中。

注释

①柳风：春风。　②虚阁：空阁。

点评

明汤显祖：“‘帘外晓莺残月’，妙矣。而‘杨柳岸晓风残月’更过之。宋诗远不及唐，而词不多让，其故殆不可解。”

更漏子

金雀钗，红粉面。花里暂时相见。知我意，感君怜。此情须问天。　　香作穗。蜡成泪。还似两人心意。山枕腻，锦衾寒。觉来更漏残。

注释

①金雀钗：华贵的首饰。白居易《长恨歌》：“花钿委地无人收，翠翘金雀玉搔头。”又作金爵钗。三国魏曹植《美女篇》：“头上金爵钗，腰佩翠琅玕。”②山枕腻：枕头为泪水所污。腻，泪污。

更漏子

相见稀，相忆久。眉浅淡烟如柳。垂翠幕，结同心。待郎熏绣衾。　　城上月。白如雪。蝉鬓美人愁绝。宫树暗，鹊桥横。玉签初报明。

注释

①翠幕：翠色的帷幕。　②愁绝：愁极。　③鹊桥：银河。　④玉签：古代漏壶中的浮箭。以竹或木制，上刻度数以计时。

更漏子

背江楼，临海月。城上角声呜咽。堤柳动，岛烟昏。两行征雁分。　　京口路。归帆渡。正是芳菲欲度。银烛尽，玉绳低。一声村落鸡。

注释

①角声：画角之声。古代军中吹角以为昏明之节。　②玉绳：星名，北斗第五星（玉衡）的北边两星。东汉张衡《西京赋》：“上飞闼而仰眺，正睹瑶光与玉绳。”泛指群星。

更漏子

玉炉香，红蜡泪。偏照画堂秋思。眉翠薄，鬓云残。夜长衾枕寒。　　梧桐树。三更雨。不道离情正苦。一叶叶，一声声。空阶滴到明。

注释

①玉炉香：玉炉，敦煌卷作“金鸭”（香炉形似金鸭）。香，一作“烟”。②蜡：一作“烛”。　③画堂：华丽的堂舍。　④梧桐：落叶乔木，古人以为是凤凰栖止之木。　⑤衾枕：卧具。　⑥空阶滴到明：语出南朝何逊《临行与故游夜别》：“夜雨滴空阶。”宋人句“枕前泪共阶前雨，隔个窗儿滴到明”从此脱胎。

点评

宋胡仔《苕溪渔隐丛话》："庭筠工于造语，极为绮靡，《花间集》可见矣。《更漏子·玉炉香》一首尤佳。"

梦江南

千万恨，恨极在天涯。山月不知心里事，水风空落眼前花。摇曳碧云斜。

注释

①梦江南：即"忆江南"。 ②天涯：天边，指思念的人在遥远的地方。③碧云：青云。

梦江南

梳洗罢，独倚望江楼。过尽千帆皆不是，斜晖脉脉水悠悠。肠断白蘋洲。

注释

①望江楼：临江的楼。 ②帆：代指船。 ③脉脉：含情凝视，情意绵绵的样子。《古诗十九首》有"盈盈一水间，脉脉不得语"。后多用以示含情欲吐之意。

这里形容阳光微弱。 ④肠断：形容极度悲伤愁苦。 ⑤白蘋（pín）：水草，叶浮水面，夏秋开小白花，故称。 ⑥洲：水中的陆地。

点评

温词大抵绮丽浓郁，而此两首则空灵疏荡，别具丰神。

玉胡蝶

秋风凄切伤离。行客未归时。塞外草先衰。江南雁到迟。

芙蓉凋嫩脸，杨柳堕新眉。摇落使人悲。断肠谁得知。

注释

①玉胡蝶：唐曲，宋教坊衍为慢曲。小令始于温庭筠，长调始于柳永。小令最早见于《花间集》，即此词。 ②行客：出行、客居他乡的人。 ③塞外：边塞之外，泛指中国北边地区。 ④雁：暗喻行客书信，双关。 ⑤“芙蓉”句：白嫩的脸已憔悴，如凋零的荷花。芙蓉，荷花的别称。凋，一作“雕”。脸，一作“叶”。 ⑥“杨柳”句：谓新眉如柳叶飘落。杨柳，指柳叶。

玉楼春

家临长信往来道。乳燕双双拂烟草。油壁车轻金犊肥，流苏帐晓春鸡报。 笼中娇鸟暖犹睡，帘外落花闲不扫。衰桃一树近前池，似惜容颜镜中老。

注释

①玉楼春：词牌名，又名“归朝欢令”“呈纤手”“春晓曲”“惜春容”“归朝欢令”等。宋人习于将“玉楼春”“木兰花”相混，皆为七言八句之仄韵，各有音谱。玉楼春，前后段起句为仄起式。木兰花，前后段起句为平起式。自李煜《玉楼春》前后段起句为平起式后，遂在体制上将两调相混。晏殊词集之《木兰花》《玉楼春》体制皆同李煜词，此体为宋人通用，作者甚多。 ②长信：本指长信宫，汉长乐宫殿名。汉太后入居长乐宫，多居此宫殿，后以代指太皇太后。③草：一作“早”。 ④拂：一作“掠”。 ⑤油壁车：古人乘坐的一种车子。因车壁用油涂饰，故名。 ⑥晓：一作“暖”。 ⑦暖：一作“晓”。 ⑧衰桃：花已凋败的桃树。 ⑨容：一作“红”。

点评

明许学夷《诗源辨体》：“庭筠七言古声调婉媚，尽入诗余。如‘家临长信往来道’一篇，本集作《春晓曲》，而诗余作《玉楼春》，盖其语本相近而调又相合，编者遂采入诗余耳。”

新添声杨柳枝

一尺深红蒙曲尘，天生旧物不如新。合欢桃核终堪恨，里许元来别有人。

注释

①一尺深红：一块深红色丝绸布。古代妇人之饰。或指女子结婚时盖头的红巾，称“盖头”。 ②曲尘：酒曲上所生菌，因色微黄如尘，亦用以指淡黄色。此处意谓，红绸布蒙上了尘土，呈现出酒曲那样的暗黄色。 ③“天生”句：《古今词统》、刘毓盘辑本《金荃集》作“旧物天生如此新”。 ④“合欢”句：合欢桃核是夫妇好合恩爱的象征物。桃为心形，核，音同“合”，喻两心永远相合。

皇甫松《竹枝》：“合欢桃核两人同。”合欢桃核有两个桃仁，仁，谐“人”，喻“心儿里有两个人”。此便取义于后者，故曰“终堪恨”。　⑤里许：里面，里头。许，语助词。　⑥元来：原来。　⑦人：谐“仁”。

新添声杨柳枝

井底点灯深烛伊。共郎长行莫围棋。玲珑骰子安红豆，入骨相思知不知。

注释

①深烛：双关，女子“深嘱”情郎。　②长行：古代的一种博戏，此处双关长途旅行。　③围棋：谐音“违期”，劝郎莫误了归期。　④骰（tóu）子：博具，相传为三国曹植创制，初为玉制，后演变为骨制，因其点着色，又称色子。骰子上的红点，被喻为相思的红豆。　⑤入骨：双关，骰子上的红点深入骨内，隐喻入骨的相思。

点评

清管世铭《读雪山房唐诗序例》：“诗中谐隐，始于古《藁砧》诗，唐贤绝句，间师此意。刘梦得‘东边日出西边雨，道是无晴却有晴’，温飞卿‘玲珑骰子安红豆，入骨相思知不知’，古趣盎然，勿病其俚与纤也。”

酒泉子

楚女不归。楼枕小河春水。月孤明，风又起。杏花稀。

玉钗斜篸云鬟髻。裙上金缕凤。八行书，千里梦。雁南飞。

注释

①酒泉子：原唐教坊曲，后用作词调名。又名“杏花风”“春雨打窗”等。东汉应劭《地理风俗记》：“酒泉郡，其水若酒，故曰酒泉。”《填词名解》：“汉武帝置酒泉郡，城下有泉，味甘如酒。郭弘好饮，尝曰，得封酒泉郡，实出望外。词名取此，曰酒泉子。”子，小曲。 ②楚女：古代楚地的女子。此指抒情主人公，一个身世飘零的歌舞女伎。 ③楼：楚女暂栖之所。 ④稀：一作“飞”。 ⑤斜篸（zān）：斜插。篸，通“簪”，此处用作动词。 ⑥云鬟（huán）：高耸的环形发髻。 ⑦金缕凤：用金丝线绣的凤凰图形。 ⑧八行书：信札的代称。古代信札每页八行。《后汉书·窦章传》注引马融《与窦伯向书》：“书虽两纸，纸八行，行七字。”

南歌子

手里金鹦鹉，胸前绣凤皇。偷眼暗形相。不如从嫁与，作鸳鸯。

注释

①南歌子：唐教坊曲名，后用作词牌名，又名“南柯子”“春宵曲”“望秦川”“风蝶令”等。有单调、双调，单调始自温庭筠词，以此篇为正体。宋人多用同一格式重填一片，谓双调。 ②金鹦鹉：酒杯名。一说指女子衣袖上绣着鹦鹉花样。 ③偷眼：偷偷瞥视、窥望。 ④形相：端详、观察。 ⑤从嫁与：嫁给他。从：跟、随。

南歌子

倭堕低梳髻，连娟细扫眉。终日两相思。为君憔悴尽，百花时。

注释

①倭堕：即倭堕髻，本是汉代洛阳一带妇女的时髦发式。汉乐府民歌《陌上桑》：“头上倭堕髻，耳中明月珠。” ②连娟：或作联娟，微曲的样子，形容女子眉毛弯曲细长，秀丽俊俏。语出宋玉《神女赋》“眉联娟以娥扬兮，朱髻的其若丹”句。

河传

江畔。相唤。晓妆鲜。仙景个女采莲。请君莫向那岸边。少年。好花新满舡。　红袖摇曳逐风暖。垂玉腕。肠向柳丝断。浦南归。浦北归。莫知。晚来人已稀。

注释

①河传：词牌名。始于隋代，传为炀帝去江都时所作，今已不传。今所见者以温庭筠之作为最早。又名“秋光满目”“庆同天”“月照梨花”等。 ②舡：同“船”。

河传

湖上。闲望。雨萧萧。烟浦花桥路遥。谢娘翠蛾愁不销。终朝。梦魂迷晚潮。　荡子天涯归棹远。春已晚，莺语空肠断。若耶溪。溪水西。柳堤。不闻郎马嘶。

注释

①烟浦：云烟笼罩的水滨。　②谢娘：此指游春女。　③翠蛾：翠眉。蛾：一作“娥”。　④终朝：一整天。　⑤晚：一作“晓”。　⑥荡子：古代女子称自己远行不归或流荡忘返的丈夫。《古诗十九首》：“荡子行不归，空房难独守。”　⑦归棹：归舟，以棹代船。　⑧空肠断：一作“肠空断”。

河传

同伴。相唤。杏花稀。梦里每愁依违。仙客一去燕已飞。不归。泪痕空满衣。　天际云鸟引情远。春已晚。烟霭渡南苑。雪梅香。柳带长。小娘。转令人意伤。

注释

①依违：指人的离别。　②烟霭：云气。　③南苑：御苑名。泛指一般园林。④柳带：相传唐时洛中名妓柳枝娘曾折柳结带赠李商隐以索诗。后因以“柳带”为情人赠物。　⑤小娘：旧称歌妓。此处指少女。

点评

清陈廷焯《白雨斋词话》：“《河传》一调，最难合拍。飞卿振其蒙，五代而后，便成绝响。”

定西番

汉使昔年离别。攀弱柳，折寒梅。上高台。　　千里玉关春雪。雁来人不来。羌笛一声愁绝。月徘徊。

注释

①定西番：唐教坊曲名，后用作词调名。调名本意即咏庆贺中央政权平定西北各部族的战功。始见任半塘《敦煌歌辞总编》所辑唐无名氏词，有“为布我皇纶绰，定西番”句。殆与唐将封常清平定西域有关。清张宗橚《词林纪事》：“陆放翁云：牛峤《定西番》为塞下曲，《望江怨》为闺中曲，是盛唐遗音。”　②汉使：汉朝出使西域的官员，泛指远戍西陲的将士。　③折寒梅：折梅花以赠远人。南朝宋陆凯《赠范晔》：“折花逢驿使，寄与陇头人。江南无所有，聊赠一枝春。”　④上高台：登台遥望，以寄乡思。

「皇甫松」

梦江南

兰烬落，屏上暗红蕉。闲梦江南梅熟日，夜船吹笛雨萧萧。人语驿边桥。

注释

①兰烬：因烛光似兰，故称。烬：物体燃烧后剩下的部分。 ②暗红蕉：谓更深烛尽，画屏上的美人蕉模糊不辨。 ③梅熟日：指江南夏初黄梅时节，青梅熟时阴雨连绵。 ④萧萧：同“潇潇”，形容雨声。 ⑤驿：古代官吏住宿、换马之处。驿边有桥，称“驿桥”。

梦江南

楼上寝，残月下帘旌。梦见秣陵惆怅事，桃花柳絮满江城。双髻坐吹笙。

注释

①寝：睡或卧。　②残月：此处指快要落下的月亮。　③帘旌：帘额，即帘上所缀软帘。　④秣陵：金陵，今江苏南京。　⑤双髻：少女的发式。这里代指少女。

点评

俞陛云《唐五代两宋词选释》："调倚《梦江南》，两词皆其本体。江头暮雨，画船闻桃叶清歌；楼上清寒，笙管恹刘妃玉指，语语带六朝烟水气也。"

采莲子

菡萏香连十顷陂（举棹）。小姑贪戏采莲迟（年少）。晚来弄水船头湿（举棹），更脱红裙裹鸭儿（年少）。

注释

①采莲子：唐教坊曲，为七言四句带有和声的声诗，后用为词牌。其举棹、年少，乃歌时相和之声，与《竹枝》体同。《竹枝》以"竹枝"和于句中，"女儿"和于句尾，此一句一和。　②菡萏：荷花。　③陂（bēi）：水池。　④举棹、年少：和声。采莲时，女伴甚多，一人唱"菡萏香连十顷陂"，余人齐唱"举棹"和之。

采莲子

船动湖光滟滟秋（举棹）。贪看年少信船游（年少）。无端隔水抛莲子（举棹），遥被人知半日羞（年少）。

注释

①滟滟：水光摇曳晃动。 ②信船流：任船随波逐流。

点评

清况周颐《餐樱庑词话》："写出闺娃稚憨情态，匪夷所思，是何笔妙乃尔！"

怨回纥

祖席驻征棹，开帆候信潮。隔筵桃叶泣，吹管杏花飘。

船去鸥飞阁，人归尘上桥。别离惆怅泪，江路湿红蕉。

注释

①怨回纥：词牌名，又名"怨回纥歌"。以此篇为正体。 ②祖席：送别的宴席。③桃叶：晋王献之妾名桃叶，此处代指歌妓。

摘得新

摘得新。枝枝叶叶春。管弦兼美酒，最关人。平生都得几十度，展香茵。

注释

①摘得新：唐教坊曲，用作词调。始见于《花间集》。唐王建《宫词》："众里遥抛新摘子，在前收得便承恩。""御果收时属内官，傍檐低压玉阑干。明朝摘向金华殿，尽日枝边次第看。"此调或起于唐宫中抛掷新摘果实之戏。皇甫松两词均为花间尊前应歌之作。调名用起句为名，为创调之作。 ②关人：与"关情"同意。 ③香茵：美艳的坐垫。

摘得新

酌一卮。须教玉笛吹。锦筵红蜡烛，莫来迟。繁红一夜经风雨，是空枝。

注释

①卮（zhī）：酒器。

浪淘沙

滩头细草接疏林。浪恶罾舡半欲沉。宿鹭眠洲非旧浦。去年沙觜是江心。

注释

①浪恶：形容浪翻腾很猛。 ②罾（zēng）：鱼网。 ③沙觜（zuǐ）：岸沙与水相接处。觜，嘴。

点评

明汤显祖：“桑田沧海，一语破尽。红颜变为白发，美少年化为鸡皮老翁，感慨系之矣。”

浪淘沙

蛮歌豆蔻北人愁。蒲雨杉风野艇秋。浪起䴔䴖眠不得，寒沙细细入江流。

注释

①“蛮歌”句：南方人唱豆蔻歌，北方人听了发愁。蛮，泛指南方的人。豆蔻花含苞待放时称含胎花，古人常以此来指代美丽的少女。　②艇：小舟。③䴔䴖（jiāo jīng）：池鹭。

「金昌绪」

伊州歌

打起黄莺儿，莫教枝上啼。啼时惊妾梦，不得到辽西。

注释

①题注：一作“春怨”。　②打起：打得飞走。　③辽西：大约指唐代辽河以西营州、燕州一带地方。即今辽宁省锦州、朝阳至北京市东北怀柔、顺义一带，隋代因秦汉旧名曾于此地置辽西郡，寄治于营州，唐初改曰燕州，州治在辽西县。

「袁郊」

竹枝词

三生石上旧精魂，赏月吟风不要论。惭愧情人往相访，此生虽异性长存。

注释

①唐袁郊《甘泽谣》载，唐李源与僧圆观友善，同游三峡，见妇人引汲，观曰："其中孕妇姓王者，是某托身之所。"更约十二年后中秋月夜，相会于杭州天竺寺外。是夕观果殁，而孕妇产。及期，源赴约，闻牧童歌《竹枝词》"三生石上旧精魂……"源因知牧童即圆观之后身。圆观又歌"身前身后事茫茫，欲话因缘恐断肠。吴越山川寻已遍，却回烟棹上瞿塘"，步步前去，山长水远，尚闻歌声。词切韵高，莫知所诣。

「无名氏」

金缕曲

劝君莫惜金缕衣。劝君惜取少年时。有花堪折君须折，莫待无花空折枝。

注释

①见嘉庆本《词林纪事》卷一。一作杜秋娘诗，疑误。此为唐声诗，七言绝句，与宋代词牌“金缕曲”不同。

「武昌妓」

杨柳枝

悲莫悲兮生别离，登山临水送将归。武昌无限新栽柳，不见杨花扑面飞。

注释

①见于明刻本《唐词纪》卷六。屈原《楚辞·九歌·少司命》有“悲莫悲兮生别离，乐莫乐兮新相知”句。

「韦庄」

浣溪沙

清晓妆成寒食天。柳球斜袅间花钿。捲帘直出画堂前。

指点牡丹初绽朵，日高犹自凭朱栏，含嚬不语恨春残。

注释

①浣溪沙：唐教坊曲有“浣溪沙”曲名，与词调稍异。浣，洗涤、漂洗。沙，古通“纱”。敦煌出土的唐写本《云谣集杂曲子》及五代后蜀赵崇祚辑录的《花间集》所录毛文锡、阎选、毛熙震、李珣词，调名均题为“浣纱溪”。南朝宋孔灵符《会稽记》：“勾践索美女以献吴王，得诸暨罗山卖薪女西施、郑旦，先教习于土城山。山边有石，云是西施浣纱石。”今浙江诸暨市南近郊的苎萝山下浣纱溪畔有浣纱石，上有传为东晋王羲之所书“浣纱”二字，相传这里是春秋时越国美女西施浣纱处。一说浣纱溪即浙江绍兴南二十里的若耶溪。②寒食：节令名，清明节前一两天。相传晋文公悼介之推，因介之推抱木焚死，就定于此日禁火寒食，节后另取榆柳之火，谓“新火”。 ③柳球：随风卷成团的柳絮。一说，妇女头上的饰品。 ④花钿：妇人发钗。 ⑤嚬：同“颦”，皱眉。《韩非子·内储说》“吾闻明主之爱，一嚬一笑，嚬有为嚬，而笑有为笑”。

浣溪沙

欲上秋千四体慵。拟交人送又心忪。画堂帘幕月明风。

此夜有情谁不极，隔墙梨雪又玲珑。玉容憔悴惹微红。

注释

①秋千：游戏之一种，以彩绳系索悬于架上，女子坐板用手推送于空处，来回荡摇。《古今艺术图》载，秋千本山戎之戏，齐桓公北伐，始传中国。楚俗谓“施钩”。 ②慵：困倦无力。 ③忪（zhōng）：惊惧。 ④梨雪：梨花。梨花色白、片小，犹如雪花，故称。

浣溪沙

惆怅梦余山月斜。孤灯照壁背窗纱。小楼高阁谢娘家。

暗想玉容何所似，一枝春雪冻梅花。满身香雾簇朝霞。

注释

①惆怅：失意伤感。 ②背：暗，即灯光暗淡。 ③谢娘：唐代名妓，本名谢秋娘，李德裕妾。谢娘家，泛指青楼或恋人的居处。 ④簇朝霞：被灿烂的朝霞所笼罩。

浣溪沙

绿树藏莺莺正啼。柳丝斜拂白铜堤。弄珠江上草萋萋。
日暮饮归何处客，绣鞍骢马一声嘶。满身兰麝醉如泥。

注释

①白铜堤：堤名。　②弄珠：相传周郑交甫于汉皋台下遇二女，二女解珠佩相赠。后因以为男女爱慕赠答的典实。　③骢马：青白色的马。

浣溪沙

夜夜相思更漏残。伤心明月凭栏干。想君思我锦衾寒。
咫尺画堂深似海，忆来惟把旧书看。几时携手入长安。

注释

①更漏残：古时以传漏报更，刻漏将尽，指夜已深、天将晓。　②旧书：旧日的书信。

菩萨蛮

红楼别夜堪惆怅。香灯半卷流苏帐。残月出门时。美人和泪辞。　琵琶金翠羽。弦上黄莺语。劝我早归家。绿窗人似花。

注释

①红楼：红色的楼，泛指华美的楼房。 ②金翠羽：指琵琶上用黄金和翠玉制成的饰物。 ③绿窗：与“红楼”相对。

点评

周济《介存斋论词杂著》：“端己词清艳绝伦。初日芙蓉春月柳，使人想见风度。”

菩萨蛮

人人尽说江南好。游人只合江南老。春水碧于天，画船听雨眠。 垆边人似月，皓腕凝双雪。未老莫还乡。还乡须断肠。

注释

①游人：漂泊的人，作者自谓。 ②只合：只应。 ③垆边：酒家。用卓文君曾当垆卖酒故事。

点评

芙蓉出水，天然去雕饰。

菩萨蛮

如今却忆江南乐。当时年少春衫薄。骑马倚斜桥。满楼红袖招。　　翠屏金屈曲。醉入花丛宿。此度见花枝。白头誓不归。

注释

①红袖：此指青楼妓女。　②花丛：妓院。　③花枝：比喻所钟爱的女子。

菩萨蛮

劝君今夜须沉醉。尊前莫话明朝事。珍重主人心。酒深情亦深。　　须愁春漏短。莫诉金杯满。遇酒且呵呵。人生能几何。

注释

①呵呵：笑声。这里是指“得过且过”。

菩萨蛮

洛阳城里春光好。洛阳才子他乡老。柳暗魏王堤。此时心转迷。　　桃花春水渌。水上鸳鸯浴。凝恨对残晖。忆君君不知。

注释

①洛阳才子：这里指作者本人，作者早年寓居洛阳。　②魏王堤：即魏王池。唐代洛水在洛阳溢成一个池，成为洛阳的名胜。唐太宗贞观中赐给魏王李泰，故名魏王池。有堤与洛水相隔，因称魏王堤。　③渌：一作“绿”，水清的样子。

谒金门

春漏促。金烬暗挑残烛。一夜帘前风撼竹。梦魂相断续。

有个娇娆如玉。夜夜绣屏孤宿。闲抱琵琶寻旧曲。远山眉黛绿。

注释

①谒金门：唐教坊曲名，后用作词调名，又名“空相忆”“花自落”“垂杨碧”“出塞”“东风吹酒面”“不怕醉”“醉花春”“春早湖山”等。西汉武帝以西域大宛马铜像立于皇宫鲁班门外，因改鲁班门称金马门。西汉时的文士东方朔、扬雄、公孙弘等曾待诏金马门，称“金门待诏”。调名本意即咏朝官等待君王召见。 ②春漏促：春夜滴漏声急促。漏促，计时的滴漏急促。 ③金烬：金花烛的余烬。 ④娇娆：指美人。汉宋子侯有《董娇娆》诗。 ⑤“远山”句：指眉黛如远山翠绿。《西京杂记》：“文君姣好，眉色如望远山，脸际常若芙蓉。”

点评

明汤显祖《玉茗堂评花间集》：“情不知所起。一往而深。‘闲抱琵琶寻旧曲’，直是无聊之思。”

谒金门

空相忆。无计得传消息。天上常娥人不识。寄书何处觅。

新睡觉来无力。不忍把伊书迹。满院落花春寂寂。断肠芳草碧。

注释

①无计：没有办法。 ②觉：醒。 ③书迹：笔迹，墨迹。

谒金门

春雨足。染就一溪新绿。柳外飞来双羽玉。弄晴相对浴。

楼外翠帘高轴，倚遍栏干几曲。云淡水平烟树簇。寸心千里目。

注释

①题注：一作无名氏词。 ②羽玉：白鸥。 ③高轴：高卷。

女冠子

四月十七。正是去年今日。别君时。忍泪佯低面，含羞半敛眉。 不知魂已断，空有梦相随。除却天边月，没人知。

注释

①女冠子：唐教坊曲，后用作词调名。女冠，亦称女黄冠、女道士、道姑。唐代女道士皆戴黄冠，因俗女子本无冠，唯女道士有冠，故名。清毛先舒《填词名解》："《女冠子》，唐薛绍蕴始撰此词，云：'求仙去也，翠钿金篦尽舍。'以词咏女冠，故名。《词谱》援汉宫掖承恩者，赐芙蓉冠子，或绯或碧。

然词名未必缘此事也。”子，“曲子”的省称，即小曲。调名本意为歌咏女道士情态的小曲。②魂已断：即“魂销”。南朝江淹《别赋》：“黯然销魂者，唯别而已。”

女冠子

昨夜夜半。枕上分明梦见。语多时。依旧桃花面，频低柳叶眉。

半羞还半喜，欲去又依依。觉来知是梦，不胜悲。

注释

①柳叶眉：如柳叶之细眉，这里以“眉”借代为“面”，亦是“低面”的意思。②胜：尽。

点评

《历代词人考略》：“能运密入疏，寓浓于淡。”

思帝乡

春日游。杏花吹满头。陌上谁家年少，足风流。妾拟将身嫁与，一生休。纵被无情弃，不能羞。

注释

①思帝乡：唐教坊曲名，后用作词调名。又名“万斯年曲”“两心知”，

由温庭筠创调。帝乡，皇帝住的地方，即京城。孙光宪《北梦琐言》："天复三年(903)，汴人拥兵杀宰相崔胤，京兆尹郑元规劫迁车驾移都东洛。既入华州，百姓呼万岁。帝泣谓百姓曰：'百姓勿唱万岁，朕弗能与尔等为主也。'沿路有《思帝乡》之词，乃曰……言讫，泫然流涕。"调名本意即咏出逃在外的唐昭宗思念帝京。任半塘《教坊记笺订》："'思帝乡'，令狐楚有《坐中闻思帝乡有感》诗，刘禹锡和之，足见此曲能感人。" ②陌：田间小路。 ③年少：即"少年"。④风流：风度潇洒，举止飘逸。 ⑤妾：古代女子对自己的谦称。 ⑥休：此处指心愿得遂后的喜悦欢乐。 ⑦不能羞：不会感到害羞后悔，即也不在乎。"纵被"二句，即使被他无情无义地休弃了，也不后悔。

点评

清贺裳《皱水轩词筌》："小词以含蓄为佳，亦有作决绝语而佳者。如韦庄'陌上谁家年少……不能羞'之类是也。牛峤'须作一生拚，尽君今日欢'抑亦其次。柳耆卿'衣带渐宽终不悔，为伊消得人憔悴'亦即韦意，而气加婉矣。"

荷叶杯

绝代佳人难得。倾国。花下见无期。一双愁黛远山眉。不忍更思惟。　　闲掩翠屏金凤。残梦。罗幕画堂空。碧天无路信难通。惆怅旧房栊。

注释

①荷叶杯：原唐教坊曲名，后用作词调名。隋殷英童《采莲曲》有"莲叶捧成杯"句，取以为词调名。宋苏轼《中山松醪》自注："唐人以荷叶为酒杯，谓之碧筒酒。"调名或本此。 ②思惟：相思。

荷叶杯

记得那年花下。深夜。初识谢娘时。水堂西面画帘垂。携手暗相期。　　惆怅晓莺残月。相别。从此隔音尘。如今俱是异乡人。相见更无因。

注释

①水堂：临近水池的厅堂。　②相期：相约。　③音尘：消息。　④无因：没有机会。

河传

何处。烟雨。隋堤春暮。柳色葱茏。画桡金缕。翠旗高飐香风。水光融。　　青娥殿脚春妆媚。轻云里。绰约司花妓。江都宫阙，清淮月映迷楼。古今愁。

注释

①隋堤：隋炀帝开运河时沿河道所筑之堤。唐韩偓《开河记》："隋大业年间，开汴河，筑堤自大梁至灌口，龙舟所过，香闻百里。炀帝诏造大船，泛江沿淮而下，于是吴越间取民间女，年十五六岁者五百人，谓之殿脚女，每船用彩缆十条，每条用殿脚女十人，嫩羊十口，令殿脚女与羊相间而行牵之。"《河传》为开河时传唱曲。　②葱茏：草木茂盛苍翠。　③画桡：画有花彩的船桨。　④金缕：船桨上垂的金丝穗子。　⑤飐：飘动。　⑥青娥：美丽的少女。　⑦绰约：美丽轻盈之态。《庄子·逍遥游》："肌肤若冰雪，绰约若处子。"　⑧司花妓：

管花的姑娘，隋炀帝曾命袁宝儿做司花女。司：主管。 ⑨江都：今江苏省扬州市一带。 ⑩迷楼：隋宫名。唐韩偓《迷楼记》：“炀帝诏有司，供具材木，凡役夫数万，经岁而成。楼阁高下，轩窗掩映；幽房曲室，玉栏朱楯；互相连属，回环四合，曲屋自通。千门万户，上下金碧。人误入者，虽终日不能出。帝幸之，大喜，顾左右曰：‘使真仙游其中，亦当自迷也。可目之曰迷楼。’”旧址在今江都市西北。

河传

春晚。风暖。锦城花满。狂杀游人。玉鞭金勒，寻胜驰骤轻尘。惜良辰。　　翠娥争劝临邛酒。纤纤手。拂面垂丝柳。归时烟里，钟鼓正是黄昏。暗销魂。

注释

①锦城：又称锦官城，因织锦出名，旧址在四川成都市南。 ②狂杀游人：春景使游人喜极若狂。 ③寻胜：寻找佳胜美景，与寻芳意同。 ④驰骤轻尘：马驰扬起细尘。 ⑤翠娥：当垆卖酒的姑娘。 ⑥临邛：今四川省邛崃市。汉司马相如与卓文君曾在此处卖酒。 ⑦暗销魂：黯然伤神。

河传

锦浦。春女。绣衣金缕。雾薄云轻。花深柳暗，时节正是清明。雨初晴。　　玉鞭魂断烟霞路。莺莺语。一望巫山雨。香尘隐映，遥见翠槛红楼。黛眉愁。

注释

①锦浦：锦江边。 ②玉鞭：借代乘车骑马的人。 ③巫山雨：宋玉《高唐赋序》：“昔者楚襄王与宋玉游于云梦之台，望高唐之观。其上独有云气，崪兮直上，忽兮改容，须臾之间，变化无穷。王问玉曰：‘此何气也？’玉对曰：‘所谓朝云者也。’王曰：‘何谓朝云？’玉曰：‘昔者先王游于高唐，怠而昼寝。梦见一妇人曰：妾巫山之女也，为高唐之客，闻君游高唐，愿荐枕席。王因而幸之。去而辞曰：妾在巫山之阳，高丘之岨，旦为朝云，暮为行雨，朝朝暮暮，阳台之下。’”后常用“云雨”“高唐”“巫山”“阳台”表示男女欢合。

小重山

一闭昭阳春又春。夜寒宫漏永，梦君恩。卧思陈事暗消魂。罗衣湿，红袂有啼痕。　　歌吹隔重阍。绕庭芳草绿，倚长门。万般惆怅向谁论。凝情立，宫殿欲黄昏。

注释

①小重山：词牌名，又名“小重山令”“小冲山”“柳色新”等。 ②昭阳：汉代宫名。 ③春又春：过了一春又一春。 ④宫漏：古时宫中的铜壶滴漏计时。⑤永：长，慢悠悠。 ⑥陈事：往事。 ⑦红袂：红袖。 ⑧歌吹：歌唱弹吹，泛指音乐之声。 ⑨重阍（hūn）：宫门，有多层门，深远难入。屈原《离骚》：“吾令帝阍开关兮，倚阊阖而望予。”阍，本指管理宫门开闭之卒隶，后引申为宫门。⑩长门：汉代宫名，汉武帝皇后陈阿娇失宠之后，退居长门。司马相如《长门赋》写陈皇后失宠后的苦痛。

木兰花

独上小楼春欲暮。愁望玉关芳草路。消息断，不逢人，却敛细眉归绣户。　　坐看落花空叹息。罗袂湿斑红泪滴。千山万水不曾行，魂梦欲教何处觅。

注释

①木兰花：唐教坊曲，《金奁集》入“林钟商调”。《花间集》所录三首各不相同，兹以韦庄词为准。五十五字，前后片各三仄韵，不同部换叶。《尊前集》所录皆五十六字体，北宋以后多遵用之。②玉关：玉门关，泛指征人所在的远方。③绣户：妇女居室。④红泪：泪从涂有胭脂的面上流下。王嘉《拾遗记》载，薛灵芸是魏文帝所爱的美人，原为良家女子，被文帝选入六宫。灵芸升车就路之时，以玉唾壶承泪。壶则红色，及至京师，泪凝为血。后常称女子悲哭的泪水为“红泪”。

应天长

绿槐阴里黄莺语。深院无人春昼午。画帘垂，金凤舞。寂寞绣屏香一炷。　　碧天云，无定处。空役梦魂来去。夜夜绿窗风雨。断肠君信否。

注释

①应天长：词牌名，又名“应天长慢”“应天长令”“应天歌”“秋夜别思”“驻马听”。此调有令词、慢词。令词始于韦庄，又有顾敻、毛文锡两体。慢词始

于柳永，《乐章集》注“林钟商”。上古《简易道德经》载：“推天说：一无天，二少天，三常天，四顺天，五应天，六违天，七采天，八取天，九纳天。”应天，对应着天，顺应天命。调名本意即咏顺应天意而能够天长地久。 ②春昼午：春季白天正午的时候。 ③金凤舞：指画帘上绘的金凤凰，经风吹动，宛如起舞。④香一炷：一支点燃着的香。 ⑤碧天云：喻所怀念的人。 ⑥绿窗：华丽的窗户。唐冯贽《南部烟花记》：“隋文帝为蔡容华作潇湘绿绮窗，上饰黄金芙蓉花，琉璃网户，文杏为梁，雕刻飞走，动值千金。”

应天长

别来半岁音书绝。一寸离肠千万结。难相见，易相别。又是玉楼花似雪。　　暗相思，无处说。惆怅夜来烟月。想得此时情切。泪沾红袖黦。

注释

①黦（yuè）：黑黄色。此指红袖上斑斑点点的泪痕。晋周处《风土记》：“梅雨沾衣，皆败黦。”

清平乐

野花芳草。寂寞关山道。柳吐金丝莺语早。惆怅香闺暗老。

罗带悔结同心。独凭朱栏思深。梦觉半床斜月，小窗风触鸣琴。

注释

①结同心：用锦带打成连环回文样式的结子，用作男女相爱的象征，称“同心结”。　②风触鸣琴：风触动琴而使之鸣。

清平乐

莺啼残月。绣阁香灯灭。门外马嘶郎欲别。正是落花时节。

妆成不画蛾眉。含愁独倚金扉。去路香尘莫扫，扫即郎去归迟。

注释

①香尘莫扫：香尘，遗留有（郎）香气的尘土。古代民间习俗，凡家中有人出门，是日家人忌扫门户，否则行人将无归期。

「司空图」

酒泉子

买得杏花，十载归来方始坼。假山西畔药阑东。满枝红。

旋开旋落旋成空，白发多情人便惜，黄昏把酒祝东风。且从容。

注释

①坼(chè)：绽开，指花蕾绽放。 ②药阑：篱笆、花栏。唐李匡乂《资暇集》：“今园廷中药栏，栏即药，药即栏，犹言同援，非花药之栏也。”一说指芍药围成的花栏。 ③旋：俄顷之间。 ④从容：舒缓，不急进。宋欧阳修《浪淘沙》有“把酒祝东风。且共从容”。

点评

俞陛云《唐词选释》：“此词借花以书感，明知花落成空，而酹酒东风，乞驻春光于俄顷，其志可哀。表圣（司空图）有绝句云‘故国春归未有涯，小楼高槛别人家。五更惆怅回孤枕，自取残灯照落花’与此词同慨，隐然有黍离之怀也。”

「李晔」

菩萨蛮

登楼遥望秦宫殿。茫茫只见双飞燕。渭水一条流，千山与万丘。　　远烟笼碧树。陌上行人去。何处是英雄。迎孥归故宫。

注释

①秦宫殿：借喻唐宫殿。　②渭水：河名，即渭河，黄河最大的支流。③英雄：指昭宗（李晔）可依靠的实力人物。

巫山一段云

蝶舞梨园雪，莺啼柳带烟。小池残日艳阳天。苎萝山又山。

青鸟不来愁绝。忍看鸳鸯双结。春风一等少年心。闲情恨不禁。

注释

①苎萝：苎萝山。相传为越国美女西施的出生地。借西施故事，叹玄宗因宠杨玉环致盛唐始衰，并暗谴朱全忠更甚禄山。　②恨不禁：让人承受不了。

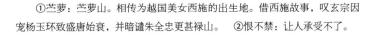

「张泌」

浣溪沙

马上凝情忆旧游。照花淹竹小溪流。钿筝罗幕玉搔头。

早是出门长带月，可堪分袂又经秋。晚风斜日不胜愁。

注释

①旧游：旧时的游客或游侣。 ②钿筝：嵌金为饰之筝。筝，古代弦乐器。 ③罗幕：帷帐。 ④玉搔头：玉簪。晋葛洪《西京杂记》："武帝过李夫人，就取玉簪搔头，自此后宫人搔头皆用玉。" ⑤早是：与韦庄《长安清明》"早是伤春梦雨天，可堪芳草更芊芊"句式相同。 ⑥可堪：那堪，怎能经受得住。 ⑦分袂：分手。袂，衣袖。

浣溪沙

独立寒阶望月华。露浓香泛小庭花。绣屏愁背一灯斜。

云雨自从分散后，人间无路到仙家，但凭魂梦访天涯。

注释

①泛：透出。

浣溪沙

晚逐香车入凤城。东风斜揭绣帘轻。慢回娇眼笑盈盈。

消息未通何计是，便须佯醉且随行。依稀闻道太狂生。

注释

①香车：华丽的车子。　②凤城：京城。杜甫《夜》：“步蟾倚杖看牛斗，银汉遥应接凤城。”仇兆鳌注引赵次公曰：“秦穆公女吹箫，凤降其城，因号丹凤城。其后言京城曰凤城。”　③“慢回”句：漫不经心地回眼相顾，含羞带笑。漫，随意地。　④消息未通：指与车中美人的情意未通。　⑤太狂生：太狂妄了。生，语尾助词，诗词中常用，乃唐宋口语。李白《戏赠杜甫》：“借问别来太瘦生，总为从前作诗苦。”

浣溪沙

枕障熏炉隔绣帏。二年终日两相思，杏花明月始应知。

天上人间何处去，旧欢新梦觉来时。黄昏微雨画帘垂。

注释

①题注：一作张曙词。　②枕障：枕屏。　③熏炉：用来熏香或取暖的炉子。

④杏花明月：杏花每年春天盛开，月亮每月一度圆缺，故以之拟指岁月时间。⑤始应知：才能知，或正可知。

临江仙

烟收湘渚秋江静，蕉花露泣愁红。五云双鹤去无踪。几回魂断，凝望向长空。　　翠竹暗留珠泪怨，闲调宝瑟波中。花鬟月鬓绿云重。古祠深殿，香冷雨和风。

注释

①临江仙：唐教坊曲，后用作词牌，为双调小令。又名“谢新恩”“雁后归”“画屏春”等。　②湘渚：湘江的水边陆地。　③五云：仙人所乘的五色瑞云。　④翠竹：《述异记》载，舜南巡，葬于苍梧，尧二女娥皇、女英泪下沾竹，为斑，故称斑竹、湘妃竹。　⑤“闲调”句：在湘江波浪中，湘灵弹起宝瑟。调，弹奏。《楚辞·远游》：“使湘灵鼓瑟兮，令海若舞冯夷。”湘灵即湘妃，亦称湘君、湘夫人。　⑥绿云：喻女子乌黑光亮的秀发。　⑦古祠：今湖南湘阴北洞庭湖畔之黄陵庙，即湘妃祠。

柳枝

腻粉琼妆透碧纱。雪休夸。金凤搔头坠鬓斜。发交加。

倚着云屏新睡觉。思梦笑。红腮隐出枕函花。有些些。

注释

①柳枝：词调名，又称“杨柳枝”。盖由乐府横吹曲《折杨柳》演变而来。单调二十八字似七言绝句。双调四十字。 ②腻粉：细腻滑润的白粉。 ③琼妆：女子妆后面色洁白如玉。 ④雪休夸：女子肤白，雪不敢自夸。 ⑤金凤搔头：金凤凰形状的簪子。 ⑥交加：相集，错杂。 ⑦云屏：饰有彩云的屏风。⑧新睡觉：刚醒来。 ⑨枕函：枕头套子。 ⑩些些（xiā）：一点点。隐约意。

点评

明汤显祖：“此柳枝之变体也。‘红腮’一语，自见巧思。”

胡蝶儿

胡蝶儿。晚春时。阿娇初着淡黄衣。倚窗学画伊。 还似花间见，双双对对飞。无端和泪拭燕脂。惹教双翅垂。

注释

①胡蝶儿：词牌名，以起句为调名，今传仅此一首，唐宋别无作者。 ②阿娇：汉武帝的陈皇后名阿娇。此泛指少女的小名。

江城子

碧栏干外小中庭。雨初晴。晓莺声。飞絮落花，时节近清明。睡起卷帘无一事，匀面了，没心情。

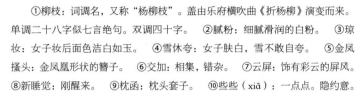

注释

①江城子：词牌名，又名“村意远”“江神子”“水晶帘”。因欧阳炯“如西子镜照江城”得名，咏江城（金陵，今南京）之事。起于晚唐，韦庄最早依调创作，此后所作均为单调，至苏轼始变为双调。晁补之改名“江神子”。此篇一作冯延巳词。　②中庭：庭院，庭院之中。　③匀面：化妆时用手搓脸使脂粉匀净。

江城子

浣花溪上见卿卿。脸波明。黛眉轻。绿云高绾，金簇小蜻蜓。好是问他来得么，和笑道，莫多情。

注释

①浣花溪：一名濯锦江，又名百花潭，在今四川省成都市西郊，溪畔有杜甫故居浣花草堂。每年四月十九日，蜀人多游宴于此，谓之浣花日。唐名妓薛涛亦家于溪旁，以溪水造笺，号“浣花笺”。　②卿卿：男女之间的昵称。③脸波：指眼波。　④黛眉轻：谓眉画得淡淡的。　⑤蜻蜓：仿蜻蜓状制成的发钗。

酒泉子

紫陌青门，三十六宫春色，御沟辇路暗相通。杏园风。

咸阳沽酒宝钗空。笑指未央归去，插花走马落残红。月明中。

注释

①紫陌：帝都的道路。刘禹锡《元和十年戏赠看花诸君子》："紫陌红尘拂面来，无人不道看花回。" ②青门：古长安城门名。《三辅黄图》载，长安城东出南头一门曰"霸城门"，民见门色青，名曰"青城门""青门"。泛指皇都的城门。 ③三十六宫：形容宫殿之多。唐骆宾王《帝京篇》："秦塞重关一百二，汉家离宫三十六。" ④御沟：亦称"禁沟"，皇城外的护城河。唐崔颢《相逢行》："玉户临驰道，朱门近御沟。"又解：皇宫内流水的沟渠。《古今注》："长安城引终南山水从宫内过，谓之御沟。" ⑤辇路：宫中的车道。⑥杏园：在长安东南，唐代新中进士游宴之地。 ⑦咸阳：战国时秦国京城，秦孝公时所置。 ⑧未央：汉代宫名。

「牛峤」

菩萨蛮

舞裙香暖金泥凤。画梁语燕惊残梦。门外柳花飞。玉郎犹未归。　　愁匀红粉泪。眉剪春山翠。何处是辽阳。锦屏春昼长。

注释

①金泥凤：用金粉涂饰的凤凰彩绣。　②玉郎：对男子的爱称。　③翠：青绿色曰翠。指眉修饰得很美。　④辽阳：今辽宁省辽阳县一带，这里泛指征戍之地。　⑤锦屏：指妇女居处，闺阁。

菩萨蛮

玉楼冰簟鸳鸯锦。粉融香汗流山枕。帘外辘轳声。敛眉含笑惊。　　柳阴烟漠漠。低鬓蝉钗落。须作一生拚。尽君今日欢。

注释

①玉楼：一作“玉炉”。 ②冰簟：竹凉席。 ③山枕：指两端突起似山的凹形枕头。 ④辘轳：井上汲水所用滑车的声音。 ⑤漠漠：弥漫的样子。⑥蝉钗：蝉形的金钗。 ⑦一生拚：舍弃一生。拚，舍弃，不顾惜。

定西番

紫塞月明千里，金甲冷，戍楼寒。梦长安。　　乡思望中天阔。漏残星亦残。画角数声呜咽。雪漫漫。

注释

①紫塞：长城，泛指北方边塞。西晋崔豹《古今注·都邑》：“秦筑长城，土色皆紫，汉塞亦然，故称‘紫塞’焉。” ②金甲：铁铠甲。 ③戍楼：边塞驻军的营房。 ④画角：古乐器名，出自西羌，口细尾大，形如牛角，以竹木或皮革制成，外加彩绘，故称。后来军中多用以报昏晓，振士气。唐高适《送浑将军出塞》：“城头画角三四声，匣里宝刀昼夜鸣。”

江城子

鵁鶄飞起郡城东。碧江空。半滩风。越王宫殿、蘋叶藕花中。帘卷水楼鱼浪起，千片雪，雨濛濛。

注释

①鸬鹚：水鸟名，鹭鸶的一种，头细身长，身披花纹，颈有白毛，头有红冠，能入水捕鱼，又名“鱼鸡”。 ②郡城：此指古会稽（今浙江绍兴），春秋时为越国国都。 ③鱼浪：秋水鱼肥，逐浪出没。鱼，一作“渔”。

梦江南

衔泥燕，飞到画堂前。占得杏梁安稳处，体轻唯有主人怜。堪美好因缘。

注释

①占得：占据。 ②杏梁：文杏木所制的屋梁，言其屋宇的高贵。西汉司马相如《长门赋》：“刻木兰以为榱兮，饰文杏以为梁。” ③因缘：机缘，缘分。

梦江南

红绣被，两两间鸳鸯。不是鸟中偏爱尔，为缘交颈睡南塘。全胜薄情郎。

注释

①尔：这里指鸳鸯。

「牛希济」

生查子

春山烟欲收，天澹稀星小。残月脸边明，别泪临清晓。

语已多，情未了。回首犹重道。记得绿罗裙，处处怜芳草。

注释

①生查子：词调名，原为唐教坊曲名。又名“相和柳”“梅溪渡”“陌上郎”“遇仙楂”“愁风月”“绿罗裙”“楚云深”“梅和柳”“晴色入青山”等。据传“生查子”的“查”本是“楂”，通“槎”。《白香词谱》认为，“生”本可读“星”；“生查”即“星槎”，系往来于天河的木筏。南朝梁代宗懔《荆楚岁时记》载，生查子词调名取义于张骞乘槎到天河的传说。敦煌曲子词《云谣集》录二首《生查子》，其一：“三尺龙泉剑，匣里无人见……先望立功勋，后见君王面。”②烟欲收：山上的雾气正开始收敛。 ③清晓：黎明。

生查子

新月曲如眉，未有团圞意。红豆不堪看，满眼相思泪。

终日劈桃穰，人在心儿里。两朵隔墙花，早晚成连理。

注释

①新月：农历月初的月亮。 ②团圞（luán）：团圆。 ③红豆：又名相思豆，草本植物，种子形如豌豆。 ④劈：剖开。 ⑤桃穰（ráng）：桃核。 ⑥人：同“仁”。谐音，双关。 ⑦连理：不同根的草木，它们的枝干连成为一体。古人喻夫妇为“连理枝”。

临江仙

洞庭波浪飐晴天。君山一点凝烟。此中真境属神仙。玉楼珠殿，相映月轮边。 万里平湖秋色冷，星辰垂影参然。橘林霜重更红鲜。罗浮山下，有路暗相连。

注释

①飐：风吹颤动。 ②君山：在湖南洞庭湖中，又名湘山。北魏郦道元《水经注》：“湖中有君山……是山湘君之所游处，故曰君山。” ③真境：仙境。东晋王嘉《拾遗记》：“洞庭山，浮于水上，其下有金堂数百间，玉女居之。四时闻金石丝竹之声，彻于山顶。……其山又有灵洞，入中常如有烛于前。中有异香芬馥，泉石明朗。采药石之人入中如行十里，迥然天清霞耀，花芳柳暗，丹楼琼宇，宫观异常，乃见众女霓裳，冰颜艳质，与世人殊别。” ④玉楼珠殿：指君山上的湘妃祠。 ⑤参（cēn）然：星光闪烁，时隐时现的样子。 ⑥罗浮山：仙山名，在广东省增城、博罗、河源等县间，长达百余公里，风景秀丽。相传罗山之西有浮山，为蓬莱之一阜，浮海而至，与罗山并体，故曰罗浮。传称葛洪曾得仙术于此，被道家列为第七洞天。 ⑦“有路”句：传说洞庭口君山下有石穴，潜通吴之包山，俗称“巴陵地道”。

「段成式」

闲中好

闲中好，尘务不萦心。坐对前窗木，看移三面阴。

注释

①闲中好：词牌名，见唐段成式《酉阳杂俎》，有平韵、仄韵二体，以首句三字为调名，后多效之。 ②尘务：世俗的事务。 ③萦心：牵挂心间。

「郑符」

闲中好

闲中好，尽日松为侣。此趣人不知，轻风度僧扉。

注释

①尽日：整日。　②扉：一作“语”。

「魏承班」

玉楼春

寂寂画堂梁上燕。高卷翠帘横数扇。一庭春色恼人来，满地落花红几片。　　愁倚锦屏低雪面。泪滴绣罗金缕线。好天凉月尽伤心，为是玉郎长不见。

注释

①翠帘：窗帘。　②雪面：粉面。　③为是：因是。

「薛昭蕴」

浣溪沙

粉上依稀有泪痕。郡庭花落欲黄昏。远情深恨与谁论。

记得去年寒食日，延秋门外卓金轮。日斜人散暗销魂。

注释

①郡庭：郡署的公堂。 ②延秋门：《长安志》载，苑中宫亭凡二十四所，西面二门，南曰延秋门，北曰玄武门。 ③卓：立也。 ④金轮：代指金饰之车舆。

浣溪沙

倾国倾城恨有余。几多红泪泣姑苏，倚风凝睇雪肌肤。

吴主山河空落日，越王宫殿半平芜。藕花菱蔓满重湖。

注释

①姑苏：山名，今苏州市西南，古姑苏台于其上。亦作苏州之别称。　②凝睇：注视。　③菱蔓（wàn）：菱角的藤子。　④重湖：太湖。

浣溪沙

红蓼渡头秋正雨，印沙鸥迹自成行，整鬟飘袖野风香。

不语含嚬深浦里，几回愁煞棹船郎，燕归帆尽水茫茫。

注释

①红蓼：开红花的水蓼，一种水生植物。　②整鬟：梳理发鬟。　③含嚬：愁眉不展。　④棹船郎：撑船人。

小重山

春到长门春草青。玉阶华露滴，月胧明。东风吹断紫箫声。宫漏促，帘外晓啼莺。　　愁极梦难成。红妆流宿泪，不胜情。手挼裙带绕花行。思君切，罗幌暗尘生。

注释

①春草青：语出《楚辞·招隐士》“春草生兮萋萋”。宋李清照《小重山》：“春到长门春草青，江梅些子破，未开匀。碧云笼碾玉成尘，留晓梦，惊破一瓯春。”

「毛文锡」

甘州遍

秋风紧，平碛雁行低。阵云齐。萧萧飒飒，边声四起，愁闻戍角与征鼙。　　青冢北，黑山西。沙飞聚散无定，往往路人迷。铁衣冷，战马血沾蹄。破蕃奚。凤皇诏下，步步蹑丹梯。

注释

①甘州遍：唐教坊大曲有《甘州》。大曲多遍，此则《甘州曲》之一遍也。②平碛（qí）：一望无际的沙漠。③角：画角，军号之类的乐器。④鼙（pí）：古代军中小鼓。⑤青冢：汉王昭君墓。在今内蒙古呼和浩特市南二十余里。传说塞草皆白，此冢独青。⑥黑山：今内蒙古自治区和林格尔以北，又名杀虎山。⑦铁衣：征戍将士所穿铠甲，用来掩护身体，防备兵器所伤，多用金属片或皮革制成。⑧蕃奚（xī）：多指西北方少数民族。奚，古代少数民族之一，匈奴别种，南北朝称"库莫奚"，分布在西拉木伦河流域，从事游牧。《旧唐书·北狄列传》："其国胜兵三万余人，分为五部，好射猎，逐水草，无常居。"⑨凤皇诏：天子的文告。凤皇即"凤凰"。古代皇帝的诏书要由中书省发，中书省在禁苑中凤凰池处，故称"凤凰诏"，又称"凤诏"。⑩蹑丹梯：踏着朝廷前的阶梯而进。指立边功后受诏回朝朝拜君王。蹑（niè），踩踏。丹梯，又称"丹墀"，古代宫殿前石阶以红色涂饰，故名。

醉花间

休相问。怕相问。相问还添恨。春水满塘生，鸂鶒还相趁。
昨夜雨霏霏，临明寒一阵。偏忆戍楼人，久绝边庭信。

注释

①醉花间：唐教坊曲名，后用作词调名。任半塘《教坊记笺订》：“以‘醉’字相次，可能皆为酒筵间之令曲。”调名本意即咏醉酒于花丛中。调见五代后蜀赵崇祚《花间集》所辑五代毛文锡词。同题另一首：“深相忆。莫相忆。相忆情难极。银汉是红墙，一带遥相隔。　金盘珠露滴，两岸榆花白。风摇玉佩清，今夕为何夕。”　②鸂鶒：水鸟，似鸳鸯稍大，好并游，又名紫鸳鸯。③相趁：跟随，相伴。　④霏霏：雨雪盛貌。

应天长

平江波暖鸳鸯语。两两钓船归极浦。芦洲一夜风和雨。飞起浅沙翘雪鹭。　渔灯明远渚。兰棹今宵何处。罗袂从风轻举。愁杀采莲女。

注释

①兰棹：兰木做的桨，这里指离别的情人所乘的船。　②从风：随风。

赞成功

海棠未坼，万点深红。香包缄结一重重，似含羞态，邀勒春风。蜂来蝶去，任绕芳丛。　　昨夜微雨，飘洒庭中。忽闻声滴井边桐。美人惊起，坐听晨钟。快教折取，戴玉珑璁。

注释

①赞成功：调见《花间集》。此调只此一体，唐宋词无别首可校。　②未坼（chè）：没有裂开。坼，分裂。此指花朵绽开。　③香包：指未开的花苞。④缄（jiān）：封闭。　⑤邀勒：邀引。勒，本义是套住马不让其行，引申为“牵住”“引来”。　⑥珑璁：金属或玉石等碰击的声音。

「欧阳炯」

南乡子

嫩草如烟。石榴花发海南天。日暮江亭春影渌。鸳鸯浴。水远山长看不足。

注释

①南乡子：唐教坊曲名，后用作词牌，多咏江南风物。任半塘《教坊记笺订》："南乡子，舞曲，敦煌卷子内有舞谱。" ②石榴花：落叶灌木，叶子长圆形，花多为鲜红色，果实内红色粒可食，又称"安石榴"。

南乡子

画舸停桡。槿花篱外竹横桥。水上游人沙上女。回顾。笑指芭蕉林里住。

注释

①舸：大船。西汉扬雄《方言》第九有“南楚江湘，凡船大者谓之舸”。②桡：船桨。　③槿花：落叶灌木，有红、白、紫等色花。南方民间经常在院子四周种植，长大一些后即可作为篱笆，称为篱槿。

南乡子

岸远沙平。日斜归路晚霞明。孔雀自怜金翠尾。临水。认得行人惊不起。

注释

①自怜：自爱。　②金翠尾：毛色艳丽的尾羽。　③临水：孔雀临水照影。

南乡子

洞口谁家。木兰船系木兰花。红袖女郎相引去。游南浦。笑倚春风相对语。

注释

①南浦：南面的水边。常用称送别之地。

南乡子

二八花钿。胸前如雪脸如莲。耳坠金镮穿瑟瑟。霞衣窄。笑倚江头招远客。

注释

①二八花钿：戴着花钿的少女。二八，十六岁。古常用“二八佳人”，即美丽的少女之意。花钿，首饰，此以首饰借代为戴首饰之人。 ②瑟瑟：珠玉的一种。《唐书·于阗国传》：“德宗遣内给事朱如玉之安西，求玉于于阗，得瑟瑟百斤。”《叠雅》：“瑟瑟，碧珠也。”《唐书·明皇贵妃杨氏传》：“帝幸清华宫，五宅车骑皆从，遗钿坠舄，瑟瑟、玑琲，狼藉于道，香闻数十里。” ③霞衣窄：彩衣苗条。

南乡子

路入南中。桄榔叶暗蓼花红。两岸人家微雨后。收红豆。树底纤纤抬素手。

注释

①南中：南国。 ②桄（guāng）榔：南方常绿乔木，棕榈树之一种，亦称“砂糖椰子”，其干高大，多产在中国的南方。 ③暗：一作“里”。 ④蓼（liǎo）：水草之一种。 ⑤红豆：红豆树产于岭南，秋日开花，其实呈豆荚状，内有如豌豆大的子，色鲜红，古代以此象征相思之物。

南乡子

袖敛鲛绡。采香深洞晓相邀。藤杖枝头芦酒滴。铺葵席。豆蔻花间趖晚日。

注释

①鲛绡：薄绸名，传说为鲛人所织。《述异记》："南海出鲛绡纱，泉室潜织，一名龙纱，其价百余金。以为服，入水不濡。"鲛人，传说中的美人鱼。张华《博物志》："鲛人从水出，寓人家积日，卖绡而去，从主人索一器，泣而成珠满盘，以与主人。" ②芦酒：以芦管插酒桶中吸而饮之。 ③趖（suō）：走，散步。

南乡子

翡翠鵁鶄。白蘋香里小沙汀。岛上阴阴秋雨色。芦花扑。数只渔船何处宿。

注释

①鵁鶄：池鹭。 ②沙汀：水边或水中的平沙地。

菩萨蛮

红炉暖阁佳人睡。隔帘飞雪添寒气。小院奏竹歌。香风族绮罗。　　酒倾金盏满，兰烛重开宴。公子醉如泥，天街闻马嘶。

注释

①天街：京城中的街道。

定风波

暖日闲窗映碧纱。小池清水浸晴霞。数树海棠红欲尽。争忍。玉闺深掩过年华。　　独凭绣床方寸乱。肠断。泪珠穿破脸边花。邻舍女郎相借问。音信。教人羞道未还家。

注释

①定风波：词牌名，又名“卷春空”“定风波令”“醉琼枝”“定风流”等。以此词为正体。敦煌曲子词：“攻书学剑能几何。争如沙场骋偻㑩。手执六寻枪似铁。明月。龙泉三尺剑新磨。　　堪羡昔时军伍，谩夸儒士德能康。四塞忽闻狼烟起。问儒士。谁人敢去定风波。”“征战偻㑩未是功，儒士偻㑩转更加。三策张良非恶弱。谋略。汉兴楚灭本由他。　　项羽翘楚无路，酒后难消一曲歌。霸王虞姬皆自刎。当本。便知儒士定风波。”两词为武将与儒士对答，定风波以喻平定社会动乱，词风豪健，为此调之始。　②争忍：怎忍。　③方寸乱：心乱。

女冠子

薄妆桃脸。满面纵横花靥。艳情多。绶带盘金缕，轻裙透碧罗。　　含羞眉乍敛，微语笑相和。不会频偷眼，意如何。

注释

①花靥：妇女脸颊上涂点的妆饰物。　②绶带：丝带。

献衷心

见好花颜色，争笑东风。双脸上，晚妆同。闭小楼深阁，春景重重。三五夜，偏有恨，月明中。　　情未已，信曾通。满衣犹自染檀红。恨不如双燕，飞舞帘栊。春欲暮，残絮尽，柳条空。

注释

①献衷心：词牌名。唐教坊曲有《献忠心》。敦煌曲子词有唐人所作《献忠心》词三首，其传写较完整者，双调六十九字，平韵。五代词名《献衷心》，双调六十四字或六十九字，平韵，其格律与敦煌曲子词大同小异。　②三五夜：十五之夜，即月圆之夜。

江城子

晚日金陵岸草平。落霞明。水无情。六代繁华，暗逐逝波声。空有姑苏台上月，如西子镜，照江城。

注释

①六代：金陵为历史上三国的吴、东晋，以及南朝的宋、齐、梁、陈等六代的都城，故云。 ②姑苏台：春秋时吴国所建，在今江苏苏州西南的姑苏山上。相传春秋时吴王夫差将越王勾践所献西施藏在台上的馆娃宫内。

清平乐

春来阶砌。春雨如丝细。春地满飘红杏蒂。春燕舞随风势。

春幡细缕春缯。春闺一点春灯。自是春心撩乱，非干春梦无凭。

注释

①幡(fān)：春旗，旧俗在立春日挂春幡，作为春至的象征。 ②春缯(zēng)：春衣。缯，丝织物的总称。

三字令

春欲尽，日迟迟。牡丹时。罗幌卷，翠帘垂。彩笺书，红粉泪，两心知。 人不在，燕空归。负佳期。香烬落，枕函欹。月分明，花淡薄，惹相思。

注释

①三字令：欧阳炯创调，前后阕各为八个三字句，故名。令，唐宋杂曲的一种体制，源自“酒令”，多流行小曲充之。调名本意即为咏三字句的小曲。此调宜写落寞之情，易得凄咽之致。 ②迟迟：日长而天暖。《诗经·豳风·七月》：“春日迟迟，采蘩祁祁。”朱熹注：“迟迟，日长而暄也。” ③罗幌：罗绸制的帷幕。幌，帷幔。杜甫《月夜》：“何时倚虚幌，双照泪痕干。” ④翠帘：绿色的帘幕。翠，一作“绣”。 ⑤红粉：这里指粉红的脸颊。 ⑥枕函：枕套子。 ⑦欹：倾斜貌。 ⑧淡薄：稀疏，稀少。

南歌子

锦帐银灯影，纱窗玉漏声。迢迢永夜梦难成。愁对小庭秋色，月空明。

注释

①玉漏：古代计时器。 ②迢迢：漫长。

「毛熙震」

女冠子

修蛾慢脸。不语檀心一点。小山妆。蝉鬓低含绿，罗衣澹拂黄。　　闷来深院里，闲步落花傍。纤手轻轻整，玉炉香。

注释

①修蛾：细长的眉毛。　②慢脸：细嫩美丽的脸。　③檀心一点：唇上涂檀红一点。　④小山妆：妇女发型之一，发髻高耸如小山形。　⑤“蝉鬓”二句：碧绿色的蝉鬓低垂，穿着淡黄色的罗衣。

后庭花

莺啼燕语芳菲节。瑞庭花发。昔时欢宴歌声揭。管弦清越。

自从陵谷追游歇。画梁尘黦。伤心一片如珪月。闲锁宫阙。

注释

①后庭花：唐教坊曲名，后用作词调名。张先名之为“玉树后庭花”。《碧鸡漫志》：“《玉树后庭花》，陈后主造，其诗皆以配声律，遂取一句为曲名。讹蜀时，孙光宪、毛熙震、李珣有《后庭花曲》，皆赋后主故事，不著宫调，两段各四句，似令也。” ②清越：清脆悠扬。 ③陵谷：《诗·小雅·十月之交》：“高岸为谷，深谷为陵。”《毛传》：“言易位也。”后因以“陵谷”喻君臣高下易位。 ④伤心：极甚之词，犹言万分。 ⑤珪：圭。《说文》：瑞玉也。

「和凝」

江城子

竹里风生月上门。理秦筝。对云屏。轻拨朱弦、恐乱马嘶声。含恨含娇独自语，今夜月，太迟生。

注释

①月上门：月亮初生，照上门楣。 ②秦筝：即筝，原出于秦地。《旧唐书·音乐志》：“筝，本秦声也。相传为蒙恬所造，非也。制与瑟同而弦少。案京房造五音准，如瑟、十三弦，此乃筝也。” ③朱弦：用熟丝制的琴弦。④太迟生：即太迟，意谓时间过得太慢。生，语尾助词，无意。

江城子

斗转星移玉漏频。已三更，对栖莺。历历花间、似有马蹄声。含笑整衣开绣户，斜敛手，下阶迎。

注释

①玉漏频：计时的漏声频频传来，指时间推移。

点评

清况周颐《餐樱庑词话》："'轻拨朱弦，恐乱马嘶声'二语熨帖入微，似乎人人意中所有，却未经前人道过，写出柔情密意，真质而不涉尖纤。又一阕云'历历花间，似有马蹄声'尤为浑雅，进乎高诣。"

山花子

银字笙寒调正长。水纹簟冷画屏凉。玉腕重，金扼臂，淡梳妆。　几度试香纤手暖，一回尝酒绛唇光。佯弄红丝蝇拂子，打檀郎。

注释

①山花子：唐教坊曲名，后用为词牌。此调在五代时为杂言"浣溪沙"之别名，即在上下片中，各增添三个字的结句，故又名"摊破浣溪沙""添字浣溪沙"，《高丽史·乐志》名"感恩多令"。　②银字：乐器名，管笛之属。古人用银作字，在笙管上标明音阶的高低。　③水纹簟：水纹席。　④玉腕：洁白的手腕。　⑤金扼（è）臂：手臂上所戴的金圈、金镯之类的饰物。　⑥试香：以手试探香炉。　⑦绛：深红色。　⑧蝇拂子：扑打蝇蚊的器物，用丝或马尾制成。　⑨檀郎：晋潘安小字檀奴，姿仪秀美。后以檀郎为美男子的代称。

春光好

蘋叶软，杏花明。画船轻。双浴鸳鸯出绿汀。棹歌声。

春水无风无浪，春天半雨半晴。红粉相随南浦晚，几含情。

注释

①春光好：唐教坊曲名，后用作词调。以和凝“纱窗暖，画屏闲，亸云鬟。睡起四肢无力，半春间。　玉指剪裁罗胜，金盘点缀酥山。窥宋深心无限事，小眉弯”为正体。《历代诗余·开元轶事》：“明皇诸音律，善度曲，尝临轩纵击，制一曲曰《春光好》。方奏时，桃李俱发。又制一曲目《秋风高》，奏之风雨飒然。帝曰：‘此事不唤我作天公乎？’词俱失传。”因晏几道词有“拼却一襟怀远泪，倚阑看”，又名“愁倚阑令”“愁倚阑”“倚阑令”等。此调与“喜迁莺”之别名“春光好”无涉。　②软：一作“嫩”。　③明：鲜艳。　④绿汀：芳草丛生的水边平地。　⑤红粉：借代女子。

望梅花

春草全无消息。腊雪犹余踪迹。越岭寒枝香自坼。冷艳奇芳堪惜。何事寿阳无处觅。吹入谁家横笛。

注释

①望梅花：唐教坊曲名。《梅苑》词作《望梅花令》。　②腊雪：腊月所下的雪。③越岭：指梅岭，位于广东、江西交界处。相传汉武帝时，有姓庾的将军筑城岭下，故又名大庾岭。唐代为通粤要道，张九龄督所属部开凿新路，多植梅树。④自坼：指梅花自开。一作“自折”。　⑤寿阳：《太平御览》引《宋书》：

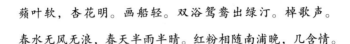

南朝宋武帝女寿阳公主，人日（农历正月初七）卧于含章檐下，梅花落于公主额上，成五出之花，拂之不去，后有“梅花妆”。牛峤《红蔷薇》：“若缀寿阳公主额，六宫争肯学梅妆。” ⑥“吹入”句：乐府横吹曲有《梅花落》，唐大角曲亦有《大梅花》《小梅花》等曲。李白《与史郎中钦听黄鹤楼上吹笛》：“黄鹤楼中吹玉笛，江城五月落梅花。”

天仙子

洞口春红飞蔌蔌。仙子含愁眉黛绿。阮郎何事不归来，懒烧金，慵篆玉。流水桃花空断续。

注释

①天仙子：词牌名，又名“万斯年”“万斯年曲”“秋江碧”等。任半塘认为“天仙子”与“万斯年”无关。因“万斯年”乃宰相所进之颂圣大曲，不应有小曲之别名。皇甫松作及敦煌写卷所见之“天仙子”，无不咏调名本意，辞内各有天仙、仙子、仙娥等字，尤不合宰相进乐之体。《新唐书·礼乐志》亦载其事，但并无即“天仙子”说。 ②春红：春花。 ③蔌（sù）蔌：纷纷下落的样子。元稹《连昌宫词》：“又有墙头千叶桃，风动落花红蔌蔌。” ④阮郎：阮肇，此泛指所爱之人。汉明帝永平时，刘晨、阮肇入天台山采药，失道。行数里，遇二女，邀晨、肇至其家，食以胡麻饭，止宿，结为夫妇。留山中半载，思归求去，二女为指归路。既出，亲旧零落无相识者。讯问之，得七世孙。欲还女处，不复得路。后用“刘阮”“刘郎”“阮郎”指久去不归的心爱男子。 ⑤懒烧金：懒于去燃金炉。 ⑥慵篆玉：懒于去烧盘香。篆玉，指用以熏香的料，盘香之类。“篆”用作动词，与上句“烧金”互文，意思相同。

采桑子

蛴蛴领上诃梨子，绣带双垂。椒户闲时。竞学樗蒲赌荔枝。

丛头鞋子红编细，裙窣金丝。无事嚬眉，春思翻教阿母疑。

注释

①采桑子：又名“丑奴儿令”“丑奴儿”“罗敷媚歌”“罗敷媚”等。唐教坊曲有《杨下采桑》，调名本此。汉乐府《陌上桑》：“秦氏有好女，自名为罗敷。罗敷喜蚕桑，采桑城南隅。”此曲应是乐府旧曲《采桑》而入燕乐者。和凝创调，以此词为正体。 ②蛴蛴（qiú qí）：天牛一类的幼虫，体白而长。《诗经·卫风·硕人》：“手如柔荑，肤如凝脂。领如蝤蛴，齿如瓠犀。”《毛传》：“蝤蛴，蝎虫也。”孔颖达疏：“蝤蛴在木中，白而长，故以此喻颈。”③诃（hē）梨子：又名诃梨勒、诃子。常绿乔木，产于中国南方，果实像橄榄，古代妇女依其形而绣作衣领上的花饰。 ④绣带：上衣的绣花束带，非裙带。⑤椒户：香房。椒为香料，以其末和泥涂室，取其香暖。白居易《长恨歌》：“梨园子弟白发新，椒房阿监青娥老。” ⑥“竞学”句：写少女闲而无事，竞学赌博游戏，并以荔枝作赌注。樗蒲（chū pú）：古代的一种游戏，如现代的掷骰子。唐李肇《国史补》载：樗蒲法，三分其子三百六十，限以二关，人执六马，其骰五枚，分上黑下白，黑者刻二为犊，白者刻二为雉。掷之，全黑为卢，其采十六，二雉二黑为雉，其采十四；二犊三白为犊，其采十；全白为白，其采八；四者贵采也，六者杂采也。贵采得连掷，打马过关，余采则否。 ⑦丛头鞋子：鞋子头做花丛状。 ⑧红编细：红色的细带，系鞋之用。 ⑨窣金丝：金丝拖曳。⑩翻教：反使。

「顾敻」

诉衷情

永夜抛人何处去，绝来音。香阁掩。眉敛。月将沉。争忍不相寻。怨孤衾。换我心、为你心。始知相忆深。

注释

①诉衷情：唐教坊曲名，本是情辞，因毛文锡词有“桃花流水漾纵横”，又名“桃花水”；因顾敻本词，又名“怨孤衾”。 ②永夜：长夜。 ③眉敛：指皱眉愁苦之状。 ④争忍：怎忍。 ⑤孤衾：喻独宿。

点评

清王士禛《花草蒙拾》：“顾太尉‘换我心、为你心。始知相忆深’自是透骨情语。徐山民‘妾心移得在君心，方知人恨深’全袭此，然已为柳七一派滥觞。”

荷叶杯

一去又乖期信。春尽。满院长莓苔。手捻裙带独徘徊。来么来，来么来。

注释

①乖：违背。　②莓苔：青苔。　③捻：一作“挼”。

浣溪沙

惆怅经年别谢娘。月窗花院好风光。此时相望最情伤。
青鸟不来传锦字，瑶姬何处锁兰房。忍教魂梦两茫茫。

注释

①青鸟：古代传说中的传信之鸟。　②锦字：指女子寄给郎君的书信。③瑶姬：美丽的姑娘。　④兰房：幽静雅致的房间。　⑤忍：怎能，岂可，反诘句，也就是不忍的意思。杜甫《奉送崔都水翁下峡》：“别离终不久，宗族忍相遗？”《登牛头山亭子》：“犹残数行泪，忍对百花丛？”

虞美人

深闺春色劳思想。恨共春芜长。黄鹂娇啭呢芳妍。杏枝如画倚轻烟。琐窗前。　　凭栏愁立双娥细。柳影斜摇砌。玉郎还是不还家。教人魂梦逐杨花。绕天涯。

注释

①虞美人：唐教坊曲名。始见于敦煌曲子词。《碧鸡漫志》：“《虞美人》旧曲三，其一属中吕调，其一属中吕宫，近世又转入黄钟宫。”元高拭词注“南吕调”。《乐府雅词》名“虞美人令”。周紫芝词有“只恐怕寒，难近玉壶冰”，名“玉壶冰”。张炎词赋柳儿，因名“忆柳曲”。王行词取李煜“恰似一江春水向东流”句，名“一江春水”。　②深闺：女子所居之内室。　③劳思想：即勤思念。《诗经·燕燕》：“瞻望弗及，实劳我心。”　④春芜：春天的杂草。芜，一作“无”，一作“光”。　⑤芳妍：花丛。　⑥琐：一作“锁”。　⑦双娥细：双眉紧锁。娥，一作“蛾”。　⑧砌：台阶。

河传

棹举。舟去。波光渺渺，不知何处。岸花汀草共依依。雨微。鹧鸪相逐飞。　　天涯离恨江声咽。啼猿切。此意向谁说。舣兰桡。独无聊。魂销。小炉香欲焦。

注释

①兰桡：兰舟。　②欲焦：将要烧成灰烬。

醉公子

漠漠秋云澹。红藕香侵槛。枕倚小山屏。金铺向晚扃。
睡起横波慢。独望情何限。衰柳数声蝉。魂销似去年。

注释

①醉公子：唐教坊曲名，后用为词牌名。“醉公子”为唐人习用语，李山甫《曲江》：“千队国娥轻似雪，一群公子醉如泥。”调名本此。明杨慎《词品》：“如此辞题《醉公子》，即咏公子醉也。” ②澹：“淡”的异体字。浅、薄之意。 ③槛：窗户下或长廊旁的栏杆。 ④金铺：门上之铺首。做龙蛇诸兽之形，用以衔环。 ⑤扃：门窗箱柜上的插关。这里是关门之意。

醉公子

岸柳垂金线。雨晴莺百啭。家住绿杨边。往来多少年。
马嘶芳草远。高楼帘半卷。敛袖翠蛾攒。相逢尔许难。

注释

①金线：喻初生柳条。 ②“家住”二句：为少女自述居处和往来的多是年轻人，暗示少女的美丽和具有吸引力。 ③“马嘶”二句：心上人远去，少女目送。 ④翠蛾攒（cuán）：皱眉，蹙眉。翠蛾，妇女细而长曲的黛眉。⑤尔许：如许，这样。

「鹿虔扆」

临江仙

金锁重门荒苑静，绮窗愁对秋空。翠华一去寂无踪。玉楼歌吹，声断已随风。　　烟月不知人事改，夜阑还照深宫。藕花相向野塘中。暗伤亡国，清露泣香红。

注释

①荒苑：荒废了的皇家园林。苑，古时供帝王游赏狩猎的园林。　②绮窗：饰有彩绘花纹的窗户。　③翠华："翠羽华盖"的省语，皇帝仪仗所用的以翠鸟羽毛装饰的旗子，代指皇帝。　④烟月：在淡云中的月亮。　⑤香红：指花。

点评

唐圭璋《唐宋词简释》："此首暗伤亡国之词。全篇摹写亡国后境界，有《黍离》《麦秀》之悲。起三句，写秋空荒苑，重门静锁，已足色凄凉。'翠华'三句，写人去无踪，歌吹声断，更觉黯然。下片，又以烟月、藕花无知之物，反衬人之悲伤。其章法之密，用笔之妙，感喟之深，实胜后主'晚凉天净月华开'一首也。'烟月'两句，从刘禹锡'淮水东边旧时月，夜深还过女墙来'化出。'藕花'句，体会细微。末句尤凝重，不啻字字血泪也。"

「孙光宪」

浣溪沙

蓼岸风多橘柚香。江边一望楚天长。片帆烟际闪孤光。

目送征鸿飞杳杳，思随流水去茫茫。兰红波碧忆潇湘。

注释

①蓼岸：开满蓼花的江岸。蓼，红蓼，秋日开花，多生水边。 ②橘柚：橘和柚两种果树。 ③楚天：古时长江中下游一带属楚国。故用以泛指南方的天空。 ④片帆：孤舟。 ⑤征鸿：远飞的大雁，此喻离别而去的亲人。 ⑥杳杳：深远貌。 ⑦兰红：即红兰，植物名，秋开红花。南朝江淹《别赋》：“见红兰之受露，望青楸之催霜。” ⑧忆潇湘：比喻分别在天涯的亲人，相互在深切地思念着。传说舜南巡时，其妃娥皇、女英未同行，她们深感不安，随后赶去。在洞庭湖畔时，闻舜已死，悲痛不已，溺于湘水而死。

浣溪沙

半踏长裾宛约行。晚帘疏处见分明。此时堪恨昧平生。

早是销魂残烛影，更愁闻着品弦声。杳无消息若为情。

注释

①长裾（jū）：裾，衣服的前襟，也称“大襟”。汉辛延年《羽林郎》：“长裾连理带，广袖合欢之襦。” ②宛约：婉约，形容步态柔美。 ③若为：何为，怎为。南北朝谢灵运《东阳溪中赠答》：“但问情若为？月就云中堕。”宋陈师道《寄张学士》：“从来阙声闻，相见若为颜。”

浣溪沙

轻打银筝坠燕泥。断丝高罥画楼西。花冠闲上午墙啼。

粉箨半开新竹径，红苞尽落旧桃蹊。不堪终日闭深闺。

注释

①打：敲击，弹拨。 ②银筝：古代乐器，如琴瑟状，弦乐。 ③坠燕泥：弹筝之声动听，震坠燕泥。汉刘向《别录》：“鲁人虞公，发声清越，歌动梁尘。” ④断丝：游丝，蛛丝之类。 ⑤罥（juān）：挂。 ⑥花冠：公鸡，以冠借代为鸡。 ⑦午墙：中墙、正面的墙。 ⑧箨（tuò）：竹笋外衣。 ⑨桃蹊：桃树下的路。《史记·李将军传赞》：“谚曰：桃李不言，下自成蹊。”司马贞索隐：“姚氏云：桃李本不能言，但以华实感物，故人不期而往，其下自成蹊径也。”

浣溪沙

乌帽斜欹倒佩鱼。静街偷步访仙居。隔墙应认打门初。

将见客时微掩敛，得人怜处且生疏。低头羞问壁边书。

注释

①乌帽：黑帽。古代贵者常服。隋唐后多为庶民、隐者之帽。 ②佩鱼：唐朝五品以上官员所佩带的鱼袋。三品以上饰以金，五品以上饰以银。 ③仙居：这里特指娼妓所居处。 ④“隔墙”句：隔着墙刚刚敲门，她也能识别是谁到来了。

浣溪沙

静想离愁暗泪零。欲栖云雨计难成。少年多是薄情人。

万种保持图永远，一般模样负神明。到头何处问平生。

注释

①云雨：暗指男女幽合。典出宋玉《高唐赋》。

浣溪沙

试问于谁分最多。便随人意转横波。缕金衣上小双鹅。

醉后爱称娇姐姐，夜来留得好哥哥。不知情事久长么。

注释

①分：情谊、情分。

浣溪沙

月淡风和画阁深。露桃烟柳影相侵。敛眉凝绪夜沈沈。

长有梦魂迷别浦，岂无春病入愁心。少年何处恋虚襟。

注释

①露桃：《乐府诗集·相和歌辞三·鸡鸣》：“桃生露井上，李树生桃旁。”后因用“露桃”称桃树、桃花。 ②愁心：一作“离心”。

浣溪沙

十五年来锦岸游。未曾何处不风流。好花长与万金酬。

满眼利名浑信运，一生狂荡恐难休。且陪烟月醉红楼。

注释

①利名：名利。 ②浑：全。

谒金门

留不得。留得也应无益。白纻春衫如雪色。扬州初去日。

轻别离，甘抛掷。江上满帆风疾。却羡彩鸳三十六，孤鸾还一只。

注释

①白纻（zhù）春衫：古代士人未得功名时所穿衣服。白纻即白苎，白色的苎麻。 ②三十六：约计之词，极言其多。 ③孤鸾：孤单的鸾鸟。比喻失去配偶或没有配偶的人。

望梅花

数枝开与短墙平。见雪萼、红跗相映。引起谁人边塞情。帘外欲三更。吹断离愁月正明。空听隔江声。

注释

①数枝：指梅花。 ②雪萼红跗：写梅花形态，晶莹的花萼，红色的花房。③“吹断”二句：明月照耀，离愁萦绕，又闻隔江吹奏梅花曲调，其音凄清，断断续续，令人销魂。汉横吹曲有《梅花落》等。

清平乐

愁肠欲断。正是青春半。连理分枝鸾失伴。又是一场离散。

掩镜无语眉低。思随芳草萋萋。凭仗东风吹梦，与郎终日东西。

注释

①青春半：仲春二月。 ②连理：连理枝，比喻夫妻相爱。白居易《长恨歌》："在天愿作比翼鸟，在地愿为连理枝。"

清平乐

等闲无语。春恨如何去。终是疏狂留不住，花暗柳浓何处。

尽日目断魂飞。晚窗斜界残晖。长恨朱门薄暮，绣鞍骢马空归。

注释

①疏狂：放荡任性。此指女子的情人。 ②花暗柳浓：指游冶的地方。这句的意思是又不知在何处寻花问柳。 ③目断：望断，眼睛所能看到的最远处。④斜界：斜射。

竹枝

门前春水白蘋花。岸上无人小艇斜。商女经过江欲暮，散抛残食饲神鸦。

注释

①神鸦：巴陵附近逐舟觅食的乌鸦。

竹枝

乱绳千结绊人深。越罗万文表长寻。杨柳在身垂意绪，藕花落尽见莲心。

注释

①“乱绳”句：喻情网陷人之深。绊：纠缠。 ②越罗：越地所产的丝织品，以轻柔精致著称。 ③藕花：荷花。 ④莲心：莲子，双关，指女子的芳心。

酒泉子

空碛无边，万里阳关道路。马萧萧，人去去。陇云愁。

香貂旧制戎衣窄。胡霜千里白。绮罗心，魂梦隔。上高楼。

注释

①空碛：沙漠。 ②阳关：在今甘肃敦煌市西南，玉门关南面，和玉门关同为古代通西域的要道。 ③萧萧：马鸣声。 ④去去：远去。 ⑤陇：泛指甘肃一带，是古西北边防要地。 ⑥香貂：貂冠的美称。借指达官贵人。 ⑦胡霜：指边地的霜。胡，泛指西、北方的少数民族。 ⑧绮罗：有文采的丝织品。

此指征人的妻子。

杨柳枝

阊门风暖落花乾。飞遍江城雪不寒。独有晚来临水驿，闲人多凭赤栏干。

注释

①阊门：苏州西北的城门。宋贺铸《鹧鸪天》："重过阊门万事非，同来何事不同归。" ②落花乾：落花为风吹尽。 ③雪不寒：花絮如雪，然而不寒，指柳絮。

八拍蛮

孔雀尾拖金线长。怕人飞起入丁香。越女沙头争拾翠，相呼归去背斜阳。

注释

①八拍蛮：原唐教坊曲名。孙光宪词所咏俱越中事，或即八拍之蛮歌也。调名本意即咏八拍的南方民歌。 ②拾翠：拾取翠鸟的羽毛做妆饰品，后多指妇女春日嬉戏的景象。三国魏曹植《洛神赋》："或采明珠，或拾翠羽。"

思帝乡

如何。遣情情更多。永日水堂帘下，敛羞蛾。六幅罗裙窣地，微行曳碧波。看尽满池疏雨，打团荷。

注释

①如何：为何，为什么。 ②遣情：排遣情怀。遣，排遣。 ③永日：整天。 ④水晶帘：用水晶制成的帘子，比喻晶莹华美的帘子。晶，一作“堂”。⑤敛羞蛾：意谓紧皱眉头。 ⑥六幅：六褶。 ⑦窣地：拂地。

渔歌子

泛流萤，明又灭。夜凉水冷东湾阔。风浩浩，笛寥寥，万顷金波澄澈。　杜若洲，香郁烈。一声宿雁霜时节。经霅水，过松江，尽属侬家风月。

注释

①浩浩：犹浩荡，广大之意。 ②寥寥：稀疏。 ③金波：反射着耀眼光芒的水波。 ④杜若洲：长有杜若的水洲。杜若，香草。屈原《九歌·湘君》：“采芳洲兮杜若，将以遗兮下女。” ⑤霅（zhà）水：即霅溪，在浙江吴兴县，东北流入太湖。 ⑥松江：即吴淞江，一名松陵江，在今江苏境内，是太湖最大的分支。

女冠子

淡花瘦玉。依约神仙妆束。佩琼文。瑞露通宵贮，幽香尽日焚。　　碧纱笼绛节，黄藕冠浓云。勿以吹箫伴，不同群。

注释

①依约：好像、仿佛。　②琼文：有文采的玉石。　③“瑞露”二句：通宵贮藏露水，整日焚烧香料，这两项指炼丹的事。　④绛节：作法术时所用的一种道具。　⑤黄藕：道士帽子之色。　⑥浓云：喻头发。　⑦吹箫伴：用弄玉典。见李白《忆秦娥》注释。

风流子

茅舍槿篱溪曲，鸡犬自南自北。菰叶长，水葓开，门外春波涨绿。听织，声促，轧轧鸣梭穿屋。

注释

①槿（jǐn）篱：密植槿树作为篱笆。槿，落叶灌木。　②菰（gū）叶：多年生草本植物，多生于中国南方浅水中。春天生新芽，嫩茎名茭白，可作蔬菜。③水葓（hóng）：即蕹菜，生于路旁和水边湿地，茎中空，亦称空心菜。　④绿：一作“渌”。　⑤轧轧：象声词。

「阎选」

定风波

江水沉沉帆影过。游鱼到晚透寒波。渡口双双飞白鸟。烟袅。芦花深处隐渔歌。　扁舟短棹归兰浦。人去。萧萧竹径透青莎。深夜无风新雨歇。凉月。露迎珠颗入圆荷。

注释

①沉沉：深沉。　②烟袅：云烟缭绕。袅，形容烟之状态。　③兰浦：长着兰草的水边。　④青莎：莎草，多年生草本植物，地下的块根称“香附子”，可入药。

八拍蛮

愁锁黛眉烟易惨，泪飘红脸粉难匀。憔悴不知缘底事，遇人推道不宜春。

注释

①烟易惨：面上的胭脂也易于显出惨淡之色。烟，通“胭”，即胭脂，或写作“烟支”。《史记·匈奴列传》司马贞索隐引习凿齿《与燕王书》云：“山下有红蓝，足下先知不？北方人采取其花，染绯黄，接取其上英鲜者，作烟支，妇人采将用为颜色。” ②缘底事：因何事。底，何，疑问代词。 ③推道：推说，托词。 ④宜春：适应春天。

浣溪沙

寂寞流苏冷绣茵。倚屏山枕惹香尘。小庭花露泣浓春。

刘阮信非仙洞客，常娥终是月中人。此生无路访东邻。

注释

①流苏：帐上的垂须，此借代为帐子。 ②绣茵：绣花垫褥。 ③刘阮：用刘晨、阮肇入天台山采药遇二仙女典。见和凝《天仙子》注释。 ④东邻：借代为美女之称。

「李存勖」

忆仙姿

曾宴桃源深洞。一曲舞鸾歌凤。长记欲别时，和泪出门相送。如梦。如梦。残月落花烟重。

注释

①忆仙姿：词牌名，五代后唐庄宗李存勖的自度曲。因嫌其名不雅遂取尾句“如梦。如梦。残月落花烟重”中的“如梦”改名“如梦令”。又名“宴桃园”“不见”“如意令”“无梦令”“比梅”等。 ②桃源深洞：传说中刘晨、阮肇遇仙女的地方。此处借指艳遇。 ③“一曲”句：一作“一曲清歌舞凤”。鸾凤，鸾鸟和凤凰，古代传说中吉祥美丽的鸟。

一叶落

一叶落。褰朱箔。此时景物正萧索。画楼月影寒，西风吹罗幕。吹罗幕。往事思量着。

注释

①一叶落：见《尊前集》，李存勖自度曲。《旧五代史》卷三五《唐庄宗纪八》注云："庄宗为公子时，雅好音律，又能自撰曲子词。"取首句"一叶落"为调名，本于《淮南子》"一叶落而知天下秋"句。 ②褰（qiān）：揭起。 ③朱箔：红色的帘子。

「李珣」

巫山一段云

有客经巫峡，停桡向水湄。楚王曾此梦瑶姬。一梦杳无期。

尘暗珠帘卷，香消翠幄垂。西风回首不胜悲。暮雨洒空祠。

注释

①巫山一段云：又名“巫山一片云”“金鼎一溪云”。以唐昭宗李晔《巫山一段云·蝶舞梨园雪》为正体。乐府旧题有《巫山高》，唐吴兢《乐府古题要解》：“其词大略言江淮水深，无梁可度，临水远望，思归而已。若齐王融‘想象巫山高’、梁范云‘巫山高不极’，杂以阳台神女之事，无复远望思归之意也。”当为南朝旧曲而入燕乐者，属唐代教坊曲，宫调为双调。昭宗李晔另一首即咏巫山神女事，为创调之作。 ②水湄（méi）：岸边，水与草相结合处。《诗经·秦风·蒹葭》：“所谓伊人，在水之湄。”《毛传》：“湄，水岸也。” ③“楚王”句：楚王曾梦游此地与神女相会。瑶姬，美丽的仙女。郦道元《水经注·江水》：“宋玉所谓天帝之季女，名曰瑶姬，未行而亡，封于巫山之阳，精魄为草实，为灵芝。”④空祠：楚王曾为神女立庙于巫山，号曰“朝云”。

巫山一段云

古庙依青嶂，行宫枕碧流。水声山色锁妆楼。往事思悠悠。

云雨朝还暮，烟花春复秋。啼猿何必近孤舟。行客自多愁。

注释

①古庙：指巫山脚下供奉神女的祠庙。 ②青嶂（zhàng）：即十二峰。嶂，形势高险像屏障的山峰。 ③行宫：京城以外供帝王出巡时居住的宫室，此处指楚细腰宫遗址。 ④枕碧流：指行宫临水而建。 ⑤妆楼：寝楼，指细腰宫中宫妃所居。 ⑥云雨：用宋玉《高唐赋》典。 ⑦烟花：泛指自然界艳丽的景物。 ⑧啼猿：巫峡多猿，猿声凄厉如啼。

南乡子

乘彩舫，过莲塘。棹歌惊起睡鸳鸯。游女带香偎伴笑。争窈窕。竞折团荷遮晚照。

注释

①彩舫：有彩绘的小船。 ②晚照：夕阳的余晖。

南乡子

倾绿蚁，泛红螺。闲邀女伴簇笙歌。避暑信船轻浪里。闲游戏。夹岸荔枝红蘸水。

注释

①绿蚁：酒，米酒未过滤时上泛酒糟，如蚁，呈淡绿色。 ②泛：溢出。③红螺：酒杯。 ④信船：纵任小舟漂荡。

南乡子

云带雨，浪迎风。钓翁回棹碧湾中。春酒香熟鲈鱼美。谁同醉。缆却扁舟篷底睡。

注释

①回棹：驾船返回。 ②缆却：以绳系住船。 ③篷底：船篷下。

南乡子

相见处，晚晴天。刺桐花下越台前。暗里回眸深属意。遗双翠，骑象背人先过水。

注释

①属意：倾心，指男女相爱。 ②双翠：女性头上装饰品。

虞美人

金笼莺报天将曙。惊起分飞处。夜来潜与玉郎期。多情不觉酒醒迟。失归期。　　映花避月遥相送。腻髻偏垂风。却回娇步入香闺。倚屏无语捻云篦。翠眉低。

注释

①分飞：离别。　②潜：暗地里。　③云篦：饰有云纹的篦箕，头饰之一种。

菩萨蛮

回塘风起波纹细。刺桐花里门斜闭。残日照平芜。双双飞鹧鸪。　　征帆何处客，相见还相隔。不语欲魂销。望中烟水遥。

注释

①平芜：草木丛生的平旷原野。　②望中：视野之中。

河传

去去。何处。迢迢巴楚。山水相连。朝云暮雨。依旧十二峰前。猿声到客船。　　愁肠岂异丁香结。因离别。故国音书绝。

想佳人花下，对明月春风。恨应同。

注释

①迢迢：遥远。 ②朝云暮雨：喻男女欢会。 ③十二峰：巫山的十二座峰。④丁香结：丁香的花蕾，喻愁绪之郁结难解。

浣溪沙

晚出闲庭看海棠。风流学得内家妆。小钗横戴一枝芳。

镂玉梳斜云鬓腻，缕金衣透雪肌香。暗思何事立残阳。

注释

①风流：风韵。 ②内家妆：宫内的装束，即宫女们的装扮模样。封建时代，皇宫为“大内”，也称“内家”。

浣溪沙

访旧伤离欲断魂。无因重见玉楼人。六街微雨镂香尘。

早为不逢巫峡梦，那堪虚度锦江春。遇花倾酒莫辞频。

注释

①六街：唐代长安城中的六条大街。泛指繁华的闹市。 ②香尘：《拾遗

记》载，石季伦屑沉水之香如尘末，布象床上，使所爱者践之，无迹者赐以珍珠。③巫峡梦：一作“巫山梦”。 ④锦江：在今四川省成都平原，传说古人织锦濯其中，较他水鲜明。因此江经成都，三国蜀汉时管理织锦之官驻此，故成都又名“锦官城”，简称“锦城”。

酒泉子

秋雨连绵。声散败荷丛里。那堪深夜枕前听。酒初醒。

牵愁惹思更无停。烛暗香凝天欲晓。细和烟，冷和雨，透帘旌。

注释

①牵愁惹思：牵引愁绪，惹起情思。 ②香凝：香已灭。 ③和：含着、夹着。

渔歌子

楚山青，湘水渌。春风澹荡看不足。草芊芊，花簇簇。渔艇棹歌相续。 信浮沉，无管束。钓回乘月归湾曲。酒盈罇，云满屋。不见人间荣辱。

注释

①芊芊：草茂盛的样子。 ②信浮沉：听任渔舟自在地起落。 ③湾曲：

河弯曲处。　④罇：同“樽”。

渔歌子

荻花秋，潇湘夜。橘洲佳景如屏画。碧烟中，明月下。小艇垂纶初罢。　水为乡，篷作舍。鱼羹稻饭常餐也。酒盈杯，书满架。名利不将心挂。

注释

①荻：植物名，多年生草本，秋季抽生草黄色扇形圆锥花序，生长在路边和水旁。　②橘洲：在长沙市境内湘江中，又名下洲，旧时多橘，故名。　③垂纶：垂钓。纶，较粗的丝线，常指钓鱼线。

渔歌子

九疑山，三湘水。芦花时节秋风起。水云间，山月里。棹月穿云游戏。　鼓清琴，倾渌蚁。扁舟自得逍遥志。任东西，无定止。不议人问醒醉。

注释

①九疑山：山名，传说舜葬于此山，峰秀岭奇。　②三湘水：湘水发源与漓水合流后称漓湘，中游与潇水合流后称潇湘，下游与蒸水合流称为蒸湘，总名三湘。这里指湘江水域。　③棹月穿云：月和云倒映水中，舟行其上，棹点

水中月，舟穿水中云。

定风波

志在烟霞慕隐沦。功成归看五湖春。一叶舟中吟复醉。云水。此时方认自由身。　　花岛为邻鸥作侣。深处。经年不见市朝人。已得希夷微妙旨。潜喜。荷衣蕙带绝纤尘。

注释

①烟霞：云气，泛指山林、山水，此指归隐之所。唐李群玉《送人隐居》："平生自有烟霞志。久欲抛身狎隐沦。"　②隐沦：隐姓埋名。沦，意"没"。唐祖咏《清明宴司勋刘郎中别业》："何必桃源里，深居作隐沦。"　③"功成"句：用越王勾践灭吴后范蠡功成身退、隐迹五湖事。五湖，太湖。　④一叶：形容船小如树叶。　⑤鸥作侣：与鸥为伴，指栖身世外、忘怀得失的隐居生活。⑥深处：深居简出。　⑦经年：年复一年。　⑧市朝：偏义复词，指朝堂。市，交易买卖的场所。朝，官府治事的处所。后以市朝多指争名夺利的场所。　⑨希夷：无声为希，无色为夷，犹言虚寂玄妙。　⑩微妙旨：精微玄妙的义旨。　⑪潜喜：心中暗喜，发自衷心的喜悦。　⑫荷衣蕙带：荷叶制成的衣服，香草制成的带子。指隐士服。屈原《九歌·少司命》："荷衣兮蕙带，倏而来兮忽而逝。"　⑬纤尘：微尘，此指俗世。

「尹鹗」

菩萨蛮

陇云暗合秋天白。俯窗独坐窥烟陌。楼际角重吹。黄昏方醉归。　　荒唐难共语。明日还应去。上马出门时。金鞭莫与伊。

注释

①陇：泛指今甘肃一带，因有陇山而得名。　②窥烟陌：望着尘雾弥漫的道路。

「李玫」

阿那曲

春草萋萋春水绿。野棠开尽飘香玉。绣岭宫前鹤发翁，犹唱开元太平曲。

注释

①阿那曲：原为唐声诗名。《全唐诗·附词》收录。《词律》卷一以为词调。《太平广记》载，开元中，杨玉环侍儿张云容，尝独舞《霓裳》于绣岭宫，杨妃赠诗“罗袖动香”云云。诗即本调传辞。《词律》卷一列杨玉环所作为正体。 ②春草萋萋：一作“春日迟迟”。 ③绣岭宫：唐高宗显庆三年（658）修建的一座行宫，是唐代中期皇帝东巡的行宫之一。

「冯延巳」

鹊踏枝

花外寒鸡天欲曙。香印成灰，起坐浑无绪。庭际高梧凝宿雾。卷帘双鹊惊飞去。　　屏上罗衣闲绣缕。一晌关情。忆遍江南路。夜夜梦魂休谩语。已知前事无寻处。

注释

①鹊踏枝：唐教坊曲名，宋晏殊词改名“蝶恋花”。因冯延巳词有“杨柳风轻，展尽黄金缕”，名“黄金缕”；赵令畤词有“不卷珠帘，人在深深院”，名“卷珠帘”；司马槱词有“夜凉明月生南浦”，名“明月生南浦”；韩淲词有“细雨吹池沼”，名“细雨吹池沼”。贺铸词名“凤栖梧”，李石词名“一箩金”，衷元吉词名“鱼水同欢”，沈会宗词名“转调蝶恋花”。　②寒鸡：因天寒而提早司晨的鸡。鲍照《舞鹤赋》：“感寒鸡之早晨。”早晨，先于晨。鸡觉得寒冷，不到天明就叫，所谓“夜半寒鸡”。　③香印：把香研成细末，印成回纹的图案，然后点火，亦叫“香篆”，唐宋时用以记时辰。香印成灰表明香已燃尽，天将破晓。　④无绪：没有情绪。　⑤一晌：片刻、一会儿。⑥谩语：胡乱说话。梦魂谩语即梦话，比呓语稍轻。

鹊踏枝

萧索清秋珠泪坠。枕簟微凉，展转浑无寐。残酒欲醒中夜起。月明如练天如水。　　阶下寒声啼络纬。庭树金风，悄悄重门闭。可惜旧欢携手地。思量一夕成憔悴。

注释

①萧索：萧条，冷落。　②枕簟：枕席。泛指卧具。　③展转：翻身貌。多形容忧思不寐、卧不安席。　④中夜：半夜。　⑤练：素白未染之熟绢。⑥络纬：俗称络丝娘、纺织娘。夏秋夜间振羽作声，声如纺线，故名。　⑦金风：秋风。

鹊踏枝

几日行云何处去。忘却归来，不道春将暮。百草千花寒食路。香车系在谁家树。　　泪眼倚楼频独语。双燕来时，陌上相逢否。撩乱春愁如柳絮，悠悠梦里无寻处。

注释

①行云：用宋玉《高唐赋》典。指情人。　②不道：不知，不觉。　③百草：各种草类。亦指各种花木。　④香车：用香木做的车。泛指华美的车或轿。

鹊踏枝

六曲阑干偎碧树。杨柳风轻，展尽黄金缕。谁把钿筝移玉柱。穿帘海燕双飞去。　满眼游丝兼落絮。红杏开时，一霎清明雨。浓醉觉来慵不语。惊残好梦无寻处。

注释

①偎：紧靠。　②黄金缕：形容嫩黄的柳条，如同丝丝金线一般。　③钿筝：用金翠宝石装饰的筝。　④玉柱：筝上定弦用的玉制码子。　⑤海燕：传说燕子来自海上，故称“海燕”。　⑥双飞：一作“晾飞”。　⑦游丝：指在空中飞扬的虫丝。　⑧一霎：时间极短，顷刻之间，一下子。　⑨莺乱语：一作“慵不语”。

鹊踏枝

谁道闲情抛掷久。每到春来，惆怅还依旧。日日花前常病酒，敢辞镜里朱颜瘦。　河畔青芜堤上柳。为问新愁，何事年年有。独立小楼风满袖。平林新月人归后。

注释

①“谁道”句：梁启超云：“稼轩《摸鱼儿》起处从此脱胎。文前有文，如黄河液流，莫穷其源。”（《阳春集笺》引）。闲情：闲愁、春愁。　②病酒：饮酒过量引起身体不适。　③青芜：杂草丛生。

鹊踏枝

梅落繁枝千万片。犹自多情，学雪随风转。昨夜笙歌容易散。酒醒添得愁无限。　　楼上春山寒四面。过尽征鸿，暮景烟深浅。一晌凭阑人不见。红绡掩泪思量遍。

注释

①容易：轻易。　②征鸿：大雁。过尽征鸿，意节令转换。　③鲛绡：传说是南海鲛人所织之绡，这里指精美的手帕。

鹊踏枝

庭院深深深几许。杨柳堆烟，帘幕无重数。玉勒雕鞍游冶处。楼高不见章台路。　　雨横风狂三月暮。门掩黄昏，无计留春住。泪眼问花花不语。乱红飞入秋千去。

注释

①堆烟：形容杨柳浓密。　②玉勒雕鞍：极言车马的豪华。玉勒，玉制的马衔。雕鞍，精雕的马鞍。　③游冶处：指歌楼妓院。　④章台：汉长安街名。《汉书·张敞传》有“走马章台街”语。唐许尧佐《章台柳传》记妓女柳氏事。后因以章台为歌妓聚居之地。

鹊踏枝

烦恼韶光能几许。肠断魂销，看却春还去。只喜墙头灵鹊语。不知青鸟全相误。　　心若垂杨千万缕。水阔花飞，梦断巫山路。开眼新愁无问处，珠帘锦帐相思否。

注释

①春还：春归，即暮春。　②灵鹊：喜鹊。俗称鹊能报喜，故称。　③青鸟：王母之鸟，借指信使。　④开眼：指醒着，未入睡。

鹊踏枝

秋入蛮蕉风半裂。狼籍池塘，雨打疏荷折。绕砌蛩声芳草歇。愁肠学尽丁香结。　　回首西南看晚月。孤雁来时，塞管声呜咽。历历前欢无处说。关山何日休离别。

注释

①蛮蕉：芭蕉。因产于南方，故称。　②狼籍：纵横散乱貌。　③塞管：塞外胡乐器。以芦以首，竹为管，声悲切。

鹊踏枝

叵耐为人情太薄。几度思量，真拟浑抛却。新结同心香未落，怎生负得当初约。　　休向尊前情索莫。手举金罍，凭仗深深酌。莫作等闲相斗作。与君保取长欢乐。

注释

①叵耐：可恨。　②索莫：寂寞无聊，失意消沉。　③罍（léi）：古器名，容酒或盛水用。《诗·周南·卷耳》有"我姑酌彼金罍"，《尔雅·释器》郭璞注云"罍形似壶，大者受一斛"。　④斗作：戏耍，玩弄。斗通"逗"。

鹊踏枝

几度凤楼同饮宴。此夕相逢，却胜当时见。低语前欢频转面。双眉敛恨春山远。　　蜡烛泪流羌笛怨。偷整罗衣，欲唱情犹懒。醉里不辞金盏满。阳关一曲肠千断。

注释

①春山：指美人眉色。　②盏：一作"爵"。　③阳关：王维《渭城曲》，又名《阳关曲》。

薄命女

春日宴。绿酒一杯歌一遍。再拜陈三愿。一愿郎君千岁，二愿妾身常健。三愿如同梁上燕。岁岁长相见。

注释

①薄命女：即“长命女”，唐教坊曲名。杜佑《理道要诀》：“‘长命女’在林钟羽，时号平调，今俗呼高平调。”《碧鸡漫志》：“‘长命女令’，前七拍，后九拍，属仙吕调。仙吕调，即夷则羽，皆羽声也。” ②绿酒：古时米酒酿成未滤时，面浮米渣，呈淡绿色，故名。

清平乐

雨晴烟晚。绿水新池满。双燕飞来垂柳院。小阁画帘高卷。

黄昏独倚朱阑。西南新月眉弯。砌下落花风起，罗衣特地春寒。

注释

①砌：台阶。 ②特地：特别。

采桑子

小堂深静无人到，满院春风，惆怅墙东。一树樱桃带雨红。

愁心似醉兼如病，欲语还慵。日暮疏钟，双燕归栖画阁中。

注释

①墙东：指隐居之地。《后汉书·逸民传·逢萌》："君公遭乱独不去，侩牛自隐。时人谓之论曰：'避世墙东王君公。'"

采桑子

笙歌放散人归去。独宿江楼，月上云收。一半珠帘挂玉钩。

起来检点经游地，处处新愁。凭仗东流。将取离心过橘洲。

注释

①检点：回顾、反思。 ②离心：离愁。 ③橘洲：橘子洲。在今湖南长沙西湘江中，多美橘，故名。

采桑子

花前失却游春侣，独自寻芳。满目悲凉，纵有笙歌亦断肠。

林间戏蝶帘间燕，各自双双。忍更思量。绿树青苔半夕阳。

注释

①极目：一作“独自”。 ②寻芳：游赏美景。 ③忍：作“怎忍”解。

醉桃源

南园春半踏青时。风和闻马嘶。青梅如豆柳如眉。日长蝴蝶飞。 花露重，草烟低。人家帘幕垂。秋千慵困解罗衣。画梁双燕栖。

注释

①醉桃源：又名“阮郎归”“碧桃春”。《神仙记》载，刘晨、阮肇入天台山采药，遇二仙女，留住半年，思归甚苦。既归则乡邑零落，经已七世。曲名本此，故作凄音。 ②踏青：春日郊游。唐宋踏青日期因地而异。有正月初八者，也有二月二日或三月三日者。后世多以清明出游为踏青。 ③日长：春分之后，白昼渐长。西汉董仲舒《春秋繁露》：“春分者，阴阳相半也。故昼夜均而寒暑平。”

醉花间

晴雪小园春未到。池边梅自早。高树鹊衔巢，斜月明寒草。山川风景好。自古金陵道。少年看却老。相逢莫厌醉金杯，别离多，欢会少。

注释

①寒草：枯草。　②金杯：精美的杯子。

谒金门

风乍起。吹绉一池春水。闲引鸳鸯芳径里。手挼红杏蕊。

斗鸭阑干独倚。碧玉搔头斜坠。终日望君君不至。举头闻鹊喜。

注释

①乍：忽然。　②闲引：无聊地逗引着玩。　③芳径：花径。　④挼：揉搓。⑤斗鸭：以鸭相斗为欢乐。斗鸭阑和斗鸡台，都是官僚显贵取乐的场所。　⑥独：一作“遍”。

点评

清贺裳《皱水轩词筌》：“南唐主语冯延巳曰‘风乍起，吹皱一池春水’，何与卿事？冯曰：未若‘细雨梦回鸡塞远，小楼吹彻玉笙寒’，不可使闻于邻国。然细看词意，含蓄尚多。又云‘无凭谐鹊语，犹觉暂心宽’，韩偓语也。冯延巳去偓不多时，用其语曰‘终日望君君不至，举头闻鹊喜’，虽窃其意，而语加蕴藉。”

谒金门

杨柳陌。宝马嘶空无迹。新著荷衣人未识。年年江海客。　梦觉巫山春色。醉眼花飞狼藉。起舞不辞无气力。爱君吹玉笛。

注释

①荷衣：传说中用荷叶制成的衣裳。亦指高人、隐士之服。　②江海客：浪迹四方、放情江海之人。

虞美人

玉钩鸾柱调鹦鹉。宛转留春语。云屏冷落画堂空。薄晚春寒无奈落花风。　搴帘燕子低飞去。拂镜尘鸾舞。不知今夜月眉弯，谁佩同心双结倚阑干。

注释

①玉钩：玉制的挂钩。亦为挂钩的美称。　②薄晚：傍晚。

南乡子

细雨湿流光。芳草年年与恨长。烟锁凤楼无限事，茫茫。

鸾镜鸳衾两断肠。　　魂梦任悠扬。睡起杨花满绣床。薄倖不来门半掩，斜阳。负你残春泪几行。

注释

①流光：光阴，或认为是雨后草叶上油亮的光彩。　②烟锁：一作“回首”。③凤楼 ：春秋时秦穆公为其女弄玉筑造凤台，弄玉与萧史（一作箫史）常于此吹箫，后来一同飞升成仙。此指女子的妆楼。　④鸾（luán）镜：镜子的别称。传说用镜子照鸾鸟，鸾鸟见影便翩翩起舞，故名。　⑤鸳衾：绣着鸳鸯图案的被子。⑥魂梦：即“梦魂”，古人认为人有灵魂，能在睡梦中离开肉体。　⑦薄倖（xìng）：旧时女子对所欢的昵称，犹“冤家”。

芳草渡

梧桐落，蓼花秋。烟初冷，雨才收。萧条风物正堪愁。人去后，多少恨，在心头。　　燕鸿远。羌笛怨。渺渺澄江一片。山如黛，月如钩。笙歌散。梦魂断。倚高楼。

注释

①芳草渡：词牌名，又名“系裙腰”“系云腰”。唐教坊曲有《芳草洞》曲，与此稍异。清毛先舒《填词名解》认为调名取自宋胡宿《城南》“荡桨远从芳草渡”。调名本意即咏从芳草渡口远远荡桨而来。　②风物：风光景物。　③燕鸿：燕为夏候鸟，鸿为冬候鸟，喻相距之远，相见之难。

菩萨蛮

娇鬟堆枕钗横凤。溶溶春水杨花梦。红烛泪阑干。翠屏烟浪寒。　　锦壶催画箭。玉佩天涯远。和泪试严妆。落梅飞夜霜。

注释

①锦壶催画箭：古人用漏壶盛水，以漏箭计时。画箭，指漏箭。因箭上有表示时间的刻文，故称。　②玉佩天涯远：佩玉之人（即思念之人）远在天涯。③严妆：浓丽整齐的装束。

长相思

红满枝。绿满枝。宿雨厌厌睡起迟。闲庭花影移。　　忆归期。数归期。梦见虽多相见稀。相逢知几时。

注释

①题注：一作无名氏词。　②宿雨：夜雨。　③闲庭：寂静的庭院。

玉楼春

雪云乍变春云簇。渐觉年华堪纵目。北枝梅蕊犯寒开，南浦波纹如酒绿。　　芳菲次第长相续。自是情多无处足。尊前百计见春归，莫为伤春眉黛蹙。

注释

①芳菲：花草。 ②次第：依次。

酒泉子

芳草长川。柳映危桥桥下路。归鸿飞，行人去。碧山边。

风微烟淡雨萧然。隔岸马嘶何处。九回肠，双脸泪，夕阳天。

注释

①长川：长的河流。 ②危桥：高耸之桥。 ③九回肠：愁肠反复翻转。比喻忧思郁结难解。西汉司马迁《报任少卿书》：“是以肠一日而九回。”

归国谣

何处笛。终夜梦魂情脉脉。竹风檐雨寒窗隔。 离人数岁无消息。今头白。不眠特地重相忆。

注释

①归国谣：唐教坊曲名。又名“思佳客”“风光子”“归平谣”。属夹钟商，俗称双调，始见《教坊记》，《词题标源》以为许穆夫人归国唁兄，采以名曲。《词律》将其与《归自谣》列为一体，注曰：“国一作自，谣一作遥。”

归国谣

春艳艳。江上晚山三四点。柳丝如剪花如染。　香闺寂寂门半掩。愁眉敛。泪珠滴破燕脂脸。

注释

①燕脂：同“胭脂”。

三台令

春色。春色。依旧青门紫陌。日斜柳暗花嫣。醉卧谁家少年。年少。年少。行乐直须及早。

注释

①青门：汉长安城东南门，本名霸城门，因其门色青，故称。　②紫陌：京师郊野的道路。

三台令

明月。明月。照得离人愁绝。更深影入空床。不道帏屏夜长。长夜。长夜。梦到庭花阴下。

注释

①愁绝：极端忧愁。 ②帏屏：帷帐和屏风。借指内室。

三台令

南浦。南浦。翠鬓离人何处。当时携手高楼。依旧楼前水流。流水。流水。中有伤心双泪。

注释

①南浦：南面的水边。后常用称送别之地。

点绛唇

荫绿围红，梦琼家在桃源住。画桥当路。临水双朱户。

柳径春深，行到关情处。颦不语。意凭风絮。吹向郎边去。

注释

①点绛唇：词牌名，又名“点樱桃”“十八香”“南浦月”“沙头雨”“寻瑶草”等。调名取自南朝江淹《咏美人春游诗》“白雪凝琼貌，明珠点绛唇”。以此篇为正体。 ②朱户：指富贵人家。

浣溪沙

转烛飘蓬一梦归，欲寻陈迹怅人非。天教心愿与身违。

待月池台空逝水，荫花楼阁漫斜晖，登临不惜更沾衣。

注释

①转烛：风吹烛火。喻世事变幻莫测。唐杜甫《佳人》有“世情恶衰歇，万事随转烛”句。 ②飘蓬：飘动的蓬草，喻人世沧桑，漂泊不定。蓬，蓬草，多年生草本植物，枯后根断，遇风飞旋，故又称飞蓬。 ③荫：隐藏，遮挡。

「李璟」

浣溪沙

菡萏香销翠叶残。西风愁起绿波间。还与容光共憔悴，不堪看。　　细雨梦回鸡塞远。小楼吹彻玉笙寒。多少泪珠何限恨，倚阑干。

注释

①菡萏（hàn dàn）：荷花的别称。　②韶光：美好的时光。　③鸡塞：即鸡鹿塞，汉时边塞名，故址在今内蒙古。这里泛指边塞。　④吹彻：吹到最后一曲。彻，大曲中的最后一遍。

又

手卷真珠上玉钩。依前春恨锁重楼。风里落花谁是主，思悠悠。　　青鸟不传云外信，丁香空结雨中愁。回首绿波三楚暮，接天流。

注释

①真珠：即珠帘。 ②青鸟：传说中为西王母取食传信的神鸟，后为信使的代称。 ③丁香结：丁香的花蕾。此处象征愁心。 ④三楚：南楚、东楚、西楚。三楚地域，说法不一。这里用《汉书·高帝纪》注：江陵（今湖北江陵一带）为南楚。吴（今江苏吴县一带）为东楚。彭城（今江苏铜山县一带）为西楚。三楚暮，一作“三峡暮”。

「徐昌图」

临江仙

饮散离亭西去，浮生常恨飘蓬。回头烟柳渐重重。淡云孤雁远，寒日暮天红。　　今夜画船何处，潮平淮月朦胧。酒醒人静奈愁浓。残灯孤枕梦，轻浪五更风。

注释

①浮生：一生。古人谓“人生世上，虚浮无定”，故称。

点评

俞陛云《唐五代两宋词选释》：“写江行夜泊之景。‘暮天’二句晚霞如绮，远雁一绳。‘轻浪’二句风起深宵，微波拍舵，浛浛有声，状水窗风景宛然，千载后犹相见客中情味也。”

「孟昶」

洞仙歌

宜春潘明叔云：蜀王与花蕊夫人避暑摩诃池上，赋《洞仙歌》，其辞不见于世。东坡得老尼口诵两句，遂足之。蜀帅谢元明因开摩诃池，得古石刻，遂见全篇

冰肌玉骨，自清凉无汗。贝阙琳宫恨初远。玉阑干倚遍，怯尽朝寒，回首处、何必留连穆满。　芙蓉开过也，楼阁香融，千片红英泛波面。洞房深深锁，莫放轻身、瑶台去，甘与尘寰路断。更莫遣、流红到人间，怕一似当时、误他刘阮。

注释

①洞仙歌：词牌名。原唐教坊曲名，后用作词调名。又名“洞仙歌令”“羽中仙”“洞仙词”“洞中仙”等。调名本意为歌咏洞中仙人自在的生活。仙人好居洞壑，故称洞仙，此指道教成仙之人。北宋李昉《太平广记》载，九陇（今四川广元西）人张守珪，家庭殷富，有茶园，每岁皆召采茶人力百余，男女佣工皆有。其中一少年自言无亲族，聪慧勤恳忠实，守珪收为义子。少年娶茶园一位二十岁女子为妻，二人有道术，能让树生食盐和奶酪，让碗里生酒，自称阳平洞中的仙人，洞察人世间的生死兴衰和旱涝风雨。明《花草粹编》录《玉

楼春·与花蕊夫人夜起》："冰肌玉骨清无汗。水殿风来暗香满。帘开明月独窥人，欹枕钗横云鬓乱。起来琼户启无声，时见疏星渡河汉。屈指西风几时来，只恐流年暗中换。"两首作者均存疑，一说后人因东坡词伪托孟昶作，一说花蕊夫人作。

「花蕊夫人」

采桑子

初离蜀道心将碎，离恨绵绵。春日如年，马上时时闻杜鹃。

注释

①在被宋军押送北上汴京的途中，花蕊夫人在葭萌关（时为后蜀边境）的驿壁上匆匆题半阕《采桑子》，此即后蜀史上著名的“葭萌题驿”事件。

明杨慎《词品》载，后人续“三千宫女皆花貌，妾最婵娟。此去朝天。只恐君王宠爱偏”，作“更无一个是男儿”的花蕊夫人岂有此败节之语。因此《全唐诗》仅录上半阕。

《全唐五代词》从宋吴曾《能改斋漫录》录上、下阕。

宋吴曾《能改斋漫录》载，前蜀王衍降后唐，王承旨作诗云:“蜀朝昏主出降时，衔璧牵羊倒系旗。二十万人齐拱手，更无一个是男儿。”其后花蕊夫人记孟昶之亡，作诗云:“君王城上竖降旗，妾在深宫那得知。二十万人齐解甲，宁无一个是男儿。”

五代十国被称为花蕊夫人的有三人。

其一为前蜀主王建淑妃徐氏，其姐也为王建妃，故称小徐妃，姐妹皆受宠幸。其姐子王衍（世称后主）登基后封其为翊圣皇太妃。花蕊夫人与其姐交结幸臣，纳贿干政，导引后主荒戏失政，后与王衍皆被后唐庄宗所杀。

其二为后蜀主孟昶妃，也姓徐（一说姓费），封为慧妃，青城（今四川灌县）人，貌美如花蕊。孟昶降宋后，她可能被虏入宋宫，为宋太祖所宠。

其三是清赵翼《陔余丛考》提到的李煜的宫人，闽人之女，雅好赋诗。南唐亡后，被俘入宋宫，后为晋王所杀，人称“小花蕊”。

世传《花蕊夫人宫词》百余篇，其中可靠者九十多首，诗一卷（《全唐诗》下卷第七百九十八）归属于孟昶妃。词有“法元寺里中元节，又是官家降诞辰”，中元节为农历七月十五日，是王衍生日，孟昶生于十一月十四日，可知当出自王建淑妃手笔。

「李煜」

渔父

阆苑有情千里雪，桃李无言一队春。一壶酒，一竿身。快活如侬有几人。

注释

①渔父：亦作“渔父词”“渔歌子”。宋阮阅《诗话总龟》：“予尝于富商高氏家，观贤画《盘车水磨图》，及故大丞相文懿张公弟，有《春江钓叟图》，上有南唐李煜金索书《渔父词》二首。 ②阆苑：神仙居住的地方。一作“浪花”。 ③有情：一作“有意”。 ④千里雪：一作“千重雪”。 ⑤桃李：一作“桃花”。 ⑥一队春：指桃李盛开，由近及远，好像队列有序一样排列着，言春色正浓。 ⑦一竿身：一根钓竿。身，一作“轮”。 ⑧侬：我，江南口语。⑨快活：一作“世上”。

渔父

一棹春风一叶舟。一纶茧缕一轻钩。花满渚，酒盈瓯。万顷波中得自由。

注释

①棹：摇船的工具。短的叫楫，长的叫棹。 ②纶：一作“轮”。纶，钓鱼用的粗丝线。 ③茧缕：丝线，这里指渔弦。茧，茧丝。 ④瓯（ōu）：装酒的器具，即盅，一种平底深碗。

浣溪沙

红日已高三丈透。金炉次第添香兽。红锦地衣随步皱。

佳人舞点金钗溜。酒恶时拈花蕊嗅。别殿遥闻箫鼓奏。

注释

①红日：一作“帘日”。 ②三丈透：指太阳升起的高度。 ③金炉：铜制的香炉。一作“佳人”。 ④香兽：以炭屑为末，匀和香料制成各种兽形的燃料。 ⑤地衣：铺在地上的纺织品，即地毯。 ⑥酒恶：亦称“中酒”，喝酒至微醉。

玉楼春

晚妆初了明肌雪。春殿嫔娥鱼贯列。笙箫吹断水云间，重按霓裳歌遍彻。　　临春谁更飘香屑。醉拍阑干情味切。归时休照烛花红，待放马蹄清夜月。

注释

①嫔娥：宫中的姬妾与宫女。 ②鱼贯：一个挨一个地依序排列。 ③霓裳：《霓裳羽衣舞》的简称。 ④歌遍彻：唱完大曲中的最后一曲。唐宋大曲系按一定顺序连接若干小曲而成，又称大遍。其中各小曲亦有称“遍”的。一说遍、彻都是称曲调中的名目。王国维《宋元戏曲史》：“彻者，如破之末一遍也。” ⑤香屑：香粉，香的粉末。一说指花瓣，花的碎片。

喜迁莺

晓月坠，宿云微。无语枕频欹。梦回芳草思依依。天远雁声稀。 啼莺散，余花乱。寂寞画堂深院。片红休埽尽从伊。留待舞人归。

注释

①喜迁莺：词牌名，又名“鹤冲天”“喜迁莺令”“早梅芳”“春光好”“燕归来”“万年枝”“烘春桃李”等。调名取自韦庄“莺已迁，龙已化”，咏进士及第后的喜悦心情。唐教坊曲有《喜春莺》，与此稍异。迁莺，犹“迁乔出谷”，出自春秋《诗经·伐木》“伐木丁丁，鸟鸣嘤嘤；出自幽谷，迁于乔木”，与传为春秋师旷所著的《禽经》“莺鸣嘤嘤”之语同，后人遂以《伐木》篇的鸟迁乔木为莺迁乔木。幽谷的莺迁于乔木，喻人的地位上升，合乎苦寒人士通过科举考试跻身青云的喜悦心情。 ②微：疏淡。 ③欹（qī）：斜倚。 ④余花：残花。 ⑤埽：扫。 ⑥尽从伊：任凭落花飘落一地。

子夜歌

寻春须是先春早。看花莫待花枝老。缥色玉柔擎，醅浮盏面清。　　何妨频笑粲，禁苑春归晚。同醉与闲评，诗随羯鼓成。

注释

①子夜歌：即“菩萨蛮”。　②缥色：淡青色，青白色。指青白色的酒。③玉柔：指女人洁白柔嫩的手。　④醅：没有过滤的酒，泛指酒。　⑤粲：露齿而笑。一说大笑。《春秋穀梁传·昭公四年》：“军人粲然皆笑。”范宁注：“粲然，盛笑貌。”　⑥禁苑：封建帝王的园林。帝王所居之处戒备森严，禁止人们随便通行，所以称王宫为禁，称宫中为禁中。　⑦春归晚：春天有较长的时间供人们玩赏。　⑧羯（jié）鼓：唐代盛行的一种打击乐器。《通典·乐四》：“羯鼓，正如漆桶，两头俱击。以出羯中，故号羯鼓，亦谓之两杖鼓。”羯鼓一响赋诗开始，羯鼓一停，所赋之诗即成。

长相思

云一緺。玉一梭。淡淡衫儿薄薄罗。轻颦双黛螺。　　秋风多。雨相和。帘外芭蕉三两窠。夜长人奈何。

注释

①緺（wō）：一緺，即一束。一说音 guā，意为青紫色的绶带（丝带），饰发用的紫青色丝带。　②梭：喻玉簪。

一斛珠

晓妆初过。沈檀轻注些儿个。向人微露丁香颗。一曲清歌，暂引樱桃破。　　罗袖裛残殷色可。杯深旋被香醪涴。绣床斜凭娇无那。烂嚼红茸，笑向檀郎唾。

注释

①一斛珠：词牌名。又名“一斛夜明珠”“怨春风”“醉落魄”“章台月”“梅梢雪”等。清毛先舒《填词名解》载，唐玄宗在花萼楼，会夷使至，命封珍珠一斛，密赐梅妃。妃不受，赋诗云：柳叶双眉久不描，残妆和泪污红绡。长门尽日无梳洗，何必珍珠慰寂寥。上览诗不乐，令乐府以新声度之，号“一斛珠”。曲名始此也。据考，李煜此首《一斛珠》为此调首见。　②晓：一作“晚”。③沈檀：沉檀，妆饰用的颜料。色深而带润泽者叫“沉”，浅绛色叫“檀”。唐宋妇女闺妆多用，或用于眉端，或用在口唇上。沈，一作“浓”。　④轻注：轻轻点画。　⑤些儿个：少许，一点点。　⑥丁香颗：指歌女开口歌唱，舌齿微露。　⑦樱桃破：张开娇小红润的口。古人常用樱桃比喻女子口唇。　⑧裛（yì）：熏蒸，这里指香气。　⑨殷：深红色。　⑩可：模模糊糊。　⑪旋：随即。　⑫香醪（láo）：美酒。　⑬涴（wò）：玷污，污染。　⑭无那：无限，非常。　⑮红茸：刺绣用的红色丝线。

菩萨蛮

蓬莱院闭天台女。画堂昼寝人无语。抛枕翠云光。绣衣闻异香。　　潜来珠锁动。惊觉银屏梦。脸慢笑盈盈。相看无限情。

注释

①蓬莱：古代传说中的三座仙山之一。《史记·封禅书》："蓬莱、方丈、瀛洲，此三神山者其传在勃海中，去人不远，患且至，则船风引而去。盖尝有至者，诸仙人及不死之药皆在焉。"泛指人们想象中的美好仙境。 ②天台女：像仙女一样美丽的女子。天台山在浙江省天台县北。相传汉刘晨、阮肇天台山采药遇仙女，留住半年，归家已过七世。 ③潜来：偷偷进来。 ④珠锁：用珍珠连缀而成或有珍珠镶饰的门环，门动时发出清脆悦耳的声音。

菩萨蛮

花明月暗笼轻雾。今宵好向郎边去。刬袜步香阶。手提金缕鞋。 画堂南畔见，一向偎人颤。奴为出来难。教君恣意怜。

注释

①刬（chǎn）袜：只穿着袜子着地。 ②恣意：任意，放纵。

菩萨蛮

铜簧韵脆锵寒竹。新声慢奏移纤玉。眼色暗相钩。秋波横欲流。 雨云深绣户。未便谐衷素。宴罢又成空，梦迷春雨中。

注释

①铜簧：乐器中的薄叶，用铜片制成，吹奏时能发出声响。 ②锵寒竹：

乐器发出的锵然的声音。寒竹，竹制管乐器。 ③新声：新制的乐曲或新颖美妙的声音。 ④纤玉：喻美女纤细洁白的手指。 ⑤秋波：喻美女的目光如秋水一样清澈明亮。 ⑥衷素：内心真情。

捣练子令

深院静，小庭空。断续寒砧断续风。无奈夜长人不寐，数声和月到帘栊。

注释

①捣练子令：词牌名，又名“捣练子”“深院月”“剪征袍”“杵声齐”等。以此篇为正体。练，白色熟绢，捣之使柔软。 ②寒砧（zhēn）：砧，捣衣石，这里指捣衣声。 ③和月：伴随着月光。 ④帘栊：泛指窗户，闺阁。

阮郎归

东风吹水日衔山，春来长是闲。落花狼藉酒阑珊，笙歌醉梦间。 春睡觉，晚妆残，无人整翠鬟。留连光景惜朱颜，黄昏独倚阑。

注释

①阮郎归：词牌名，又名“醉桃源”“碧桃春”。用刘晨、阮肇入天台山采药遇二仙女事。 ②阑珊：衰落，将尽。 ③晚妆残：晚妆因醉酒而零乱不整。

④翠鬟：女子发式。

清平乐

别来春半。触目柔肠断。砌下落梅如雪乱。拂了一身还满。

雁来音信无凭。路遥归梦难成。离恨恰如春草，更行更远还生。

注释

①春半：即半春，春天的一半。 ②砌下：台阶下。

采桑子

辘轳金井梧桐晚，几树惊秋。昼雨新愁。百尺虾须在玉钩。

琼窗春断双蛾皱，回首边头。欲寄鳞游，九曲寒波不泝流。

注释

①辘轳：利用轮轴原理制成的井上汲水的起重装置。 ②金井：宫廷园林中的井。 ③虾须：帘子的别称。 ④琼窗：雕饰精美而华丽的窗。 ⑤鳞游：游鱼，指书信。 ⑥九曲：指黄河。 ⑦泝（sù）流：倒流。泝，同“溯”，逆流而上。

临江仙

樱桃落尽春归去，蝶翻金粉双飞。子规啼月小楼西，画帘珠箔，惆怅卷金泥。　　门巷寂寥人去后，望残烟草低迷。炉香闲袅凤凰儿，空持罗带，回首恨依依。

注释

①子规：杜鹃鸟的别名。古代传说失国的蜀帝杜宇，被其臣相所逼，逊位后隐居山中，其魂化为杜鹃，经常于夜间鸣叫，令人生悲，故古人有“杜鹃啼血”之说。　②啼月：子规在夜里啼叫。　③闲袅：指烟缭绕而缓慢上升的样子。④凤凰儿：有凤凰图形的或制成凤凰凰形状的香炉。一说轻烟袅袅形似凤凰。

点评

苏子由（苏辙）题云：“凄凉怨慕，真亡国之声也。”

后庭花破子

玉树后庭前，瑶草妆镜边。去年花不老，今年月又圆。莫教偏，和月和花，天教长少年。

注释

①后庭花破子：所谓破子者，以其繁声入破也。清沈雄《古今词话·词辨》卷上引《乐书》：“本清商曲赋《后庭花》，孙光宪、毛熙震都赋之。又有《后庭花破子》，李后主、冯延巳相率为之。”　②玉树：神话传说中的仙树。

③后庭：后宫。 ④瑶草：传说中的香草。 ⑤偏：偏倚，偏失，指变化。

虞美人

风回小院庭芜绿。柳眼春相续。凭栏半日独无言。依旧竹声新月似当年。　笙歌未散尊前在。池面冰初解。烛明香暗画堂深。满鬓清霜残雪思难任。

注释

①庭芜：庭院里的草。 ②柳眼：早春时柳树初生的嫩叶，好像人的睡眼初展，故称。 ③满鬓清霜残雪：鬓发苍白如同霜雪，谓年已衰老。 ④思难任：忧思令人难以承受，指极度忧伤。

浪淘沙

往事只堪哀。对景难排。秋风庭院藓侵阶。一行珠帘闲不卷，终日谁来。　金锁已沉埋，壮气蒿莱。晚凉天净月华开。想得玉楼瑶殿影，空照秦淮。

注释

①藓侵阶：苔藓上阶，表明很少有人来。 ②金锁：铁锁，三国时吴国用铁锁封江对抗晋军事。锁，一作“剑”。 ③蒿莱：野草，这里作动词，淹没在野草之中。 ④秦淮：河名。流经南京，是南京市名胜之一。相传秦始皇南

巡至龙藏浦，发现有王气，于是凿方山，断长垄为渎入于江，以泄王气，故名。

乌夜啼

昨夜风兼雨，帘帏飒飒秋声。烛残漏断频欹枕，起坐不能平。

世事漫随流水，算来梦里浮生。醉乡路稳宜频到，此外不堪行。

注释

①乌夜啼：唐教坊曲，后用作词调。又名“圣无忧”“锦堂春”“乌啼月”等。以此词为正体。宋郭茂倩《乐府诗集》有清商曲《乌夜啼》，乃六朝及唐人古今诗体，与此不同。此盖借旧曲名，另翻新声。与“相见欢”之别名“乌夜啼”不同。　②欹枕：头斜靠在枕头上。　③梦里：一作“一梦”。

破阵子

四十年来家国，三千里地山河。凤阁龙楼连霄汉，玉树琼枝作烟萝。几曾识干戈。　一旦归为臣虏，沈腰潘鬓消磨。最是仓皇辞庙日，教坊犹奏别离歌。垂泪对宫娥。

注释

①破阵子：唐教坊曲，一名“十拍子”。陈旸《乐书》：“唐《破阵乐》属龟兹部，秦王（李世民）所制，舞用二千人，皆画衣甲，执旗旆。外藩镇春

衣犒军设乐，亦舞此曲，兼马军引入场，尤壮观也。”《秦王破阵乐》为唐开国时所创大型武舞曲，震惊一世。玄奘往印度取经时，有一国王曾询及之。见《大唐西域记》。此双调小令，当是截取舞曲中之一段为之，犹可想见激壮声容。②四十年：南唐自建国至李煜作此词，为三十八年。此处四十年为概数。 ③凤阁：一作“凤阙”。凤阁龙楼，指帝王居所。 ④霄汉：极高的天空。 ⑤玉树琼枝：一作“琼枝玉树”，形容树的美好。 ⑥烟萝：形容树枝叶繁茂，如同笼罩着雾气。 ⑦识干戈：经历战争。干戈，武器，指代战争。 ⑧沈腰潘鬓：《南史·沈约传》：“言已老病，百日数旬，革带常应移孔。”后用沈腰指代人日渐消瘦。潘岳《秋兴赋》：余春秋三十二，始见二毛。后以潘鬓指代中年白发。 ⑨辞庙：辞别祖庙，指帝王被俘，家国沦亡。

望江南

多少恨，昨夜梦魂中。还似旧时游上苑，车如流水马如龙。花月正春风。

注释

①上苑：封建时代供帝王玩赏、打猎的园林。 ②“车如”句：车马络绎不绝，十分繁华热闹。 ③花月：泛指美好的景色。

望江南

多少泪，断脸复横颐。心事莫将和泪说，凤笙休向泪时吹。肠断更无疑。

注释

①"断脸"句：眼泪纵横交流。 ②凤笙：汉应劭《风俗通·声音·笙》："《世本》：'随作笙。'长四寸、十二簧、像凤之身，正月之音也。"后因称笙为"凤笙"。

望江梅

闲梦远，南国正芳春。船上管弦江面绿，满城飞絮滚轻尘。忙杀看花人。

注释

①望江梅：即"忆江南"。 ②南国：一般指长江以南的广大地区，这里指南唐国土。 ③芳春：美好的春天。 ④江面绿：春天江水明澈而泛绿色。绿，也作"渌"，水清澈的样子。

望江梅

闲梦远，南国正清秋。千里江山寒色远，芦花深处泊孤舟。笛在月明楼。

注释

①清秋：天高气爽的秋天，指深秋。 ②寒色：指自然景物在寒冷时节的颜色，即秋色。 ③暮：一作"远"。

蝶恋花

遥夜亭皋闲信步。乍过清明，渐觉伤春暮。数点雨声风约住。朦胧淡月云来去。　　桃李依依春暗度。谁在秋千，笑里低低语。一片芳心千万绪。人间没个安排处。

注释

①遥夜：长夜，深夜。　②亭皋（gāo）：水边的平地。　③信步：随意行走，漫步。　④乍过：刚过，才过。一作“才过”。　⑤渐觉：一作“早觉”。

菩萨蛮

人生愁恨何能免。销魂独我情何限。故国梦重归。觉来双泪垂。　　高楼谁与上。长记秋晴望。往事已成空。还如一梦中。

注释

①销魂：灵魂离开肉体，形容哀愁到极点。　②觉（jué）来：醒来。

乌夜啼

林花谢了春红。太匆匆。常恨朝来寒雨晚来风。　　胭脂泪，留人醉，几时重。自是人生长恨水长东。

注释

①胭脂泪：女子的眼泪。女子脸上搽有胭脂，泪水流经脸颊时沾上胭脂的红色。

浪淘沙

帘外雨潺潺。春意将阑。罗衾不暖五更寒。梦里不知身是客，一晌贪欢。　　独自莫凭栏，无限关山。别时容易见时难。流水落花归去也，天上人间。

注释

①潺潺：形容雨声。 ②将阑：一作“阑珊”。 ③暖：一作“耐”。 ④一晌：一会儿，片刻。 ⑤关山：一作“江山”。 ⑥归去：一作“春去”，一作“何处”。 ⑦贪欢：指贪恋梦境中的欢乐。

点评

王国维《人间词话》：“李重光之词，神秀也。词至李后主而眼界始大，感慨遂深。……‘自是人生长恨水长东’‘流水落花春去也，天上人间’，金荃、浣花，能有此气象耶？”

乌夜啼

无言独上西楼。月如钩。寂寞梧桐深院锁清秋。　　剪不断。

理还乱。是离愁。别是一番滋味在心头。

注释

①题注：一作孟昶词，存疑。 ②锁清秋：深深被秋色所笼罩。清秋，一作“深秋”。 ③离愁：指去国之愁。

点评

宋黄昇《花庵词选》：“此词最凄婉，所谓亡国之音哀以思。”

虞美人

春花秋月何时了。往事知多少。小楼昨夜又东风。故国不堪回首月明中。　　雕栏玉砌依然在。只是朱颜改。问君都有几多愁。恰似一江春水向东流。

注释

①了：了结，完结。 ②故国：指南唐故都金陵（今南京）。 ③雕栏玉砌：指远在金陵的南唐故宫。 ④朱颜改：指所怀念的人已衰老。朱颜，红颜，少女的代称，这里指南唐旧日的宫女。 ⑤君：作者自称。

点评

清陈廷焯《云韶集》：“一声恸歌，如闻哀猿，呜咽缠绵，满纸血泪。”

「徐铉」

柳枝词

老大逢春总恨春。绿杨阴里最愁人。旧游一别无因见，嫩叶如眉处处新。

注释

①柳枝词：即“杨柳枝”。皆赋柳枝本意。 ②老大：年纪大。 ③旧游：昔日交游的友人。

抛毬乐

歌舞送飞毬，金觥碧玉筹。管弦桃李月，帘幕凤凰楼。一笑千场醉，浮生任白头。

注释

①抛毬乐：唐人抛球催酒时所唱，教坊因以名曲。后用为词牌名。又名“莫思归”等。　②飞毬：抛在空中的彩球。　③金觥：酒杯的美称。　④凤凰楼：帝王宫中的池台楼阁及宫殿名。

「敦煌曲子词」

鹊踏枝

叵耐灵鹊多瞒语，送喜何曾有凭据。几度飞来活捉取。锁上金笼休共语。　　比拟好心来送喜。谁知锁我在金笼里。欲他征夫早归来，腾身却放我向青云里。

注释

①叵（pǒ）耐：不可忍耐。　②灵鹊：相传鹊能传送喜讯。　③金笼：精美的鸟笼。　④比拟：打算，准备。

点评

全词纯用口语，上片是少妇语，下片是灵鹊语。模拟心理，得无理而有理之妙，体现刚健清新、妙趣横生的艺术特色。

望江南

天上月，遥望似一团银。夜久更阑风渐紧，为奴吹散月边云。照见负心人。

注释

①更阑：即夜深。一夜分为五更，一更约两小时。　②奴：古代女子自称。

点评

敦煌曲子词另有一首《望江南》：“五梁台上月，一片玉无瑕。迤逦看归西海去。横云出来不敢遮。叆叇绕天涯。”

望江南

娘子面，硙了再重磨。昨来忙莫行里少，盖缘傍伴迸夫多。所以不来过。　　莫攀我，攀我太心偏。我是曲江临池柳，者人折了那人攀，恩爱一时间。

注释

①硙（wèi）：硙。切磨，磨碎。　②者：同“这”。

浣溪沙

五两竿头风欲平。张帆举棹觉舡行。柔橹不施停却棹，是舡行。　满眼风光多陕汋，看山恰似走来迎。子细看山山不动，是舡行。

注释

①五两：古代的测风器。鸡毛五两或八两系于高竿顶上，借以观测风向、风力。　②舡：同“船”。

浣溪沙

浪打轻舡雨打篷，遥看篷下有渔翁。莎笠不收舡不系，任西东。　即问渔翁何所有，一壶清酒一竿风。山月与鸥长作伴，五湖中。

注释

①五湖：春秋末越国大夫范蠡，辅佐越王勾践，灭吴，功成身退，乘轻舟以隐于五湖。见《国语·越语下》。后因以“五湖”指隐遁之所。

浣溪沙

倦却诗书上钓舡。身披莎笠执鱼竿。棹向碧波深处去，几重滩。　　不是从前为钓者，盖缘时世厌良贤，所以将身岩薮下，不朝天。

注释

①岩薮（sǒu）：山野。谓在野不仕。　②不朝天：不拜见天子。

浣溪沙

云掩茅亭书满床。冰川松竹自清凉。幽境不曾凡客到，岂寻常。　　出入每交猿闭户，回来还伴鹤归装。夜至碧溪垂钓处，月如霜。

浣溪沙

山后开园种药葵。洞前穿作养生池。一架嫩藤花簇簇，雨微微。　　坐听猿啼吟旧赋，行看燕语念新诗。无事却归书阁内，掩柴扉。

天仙子

燕语啼时三月半。烟蘸柳条金线乱。五陵原上有仙娥，携歌扇，香烂漫。留住九华云一片。　　犀玉满头花满面。负妾一双偷泪眼。泪珠若得似珍珠，拈不散，知何限。串向红丝应百万。

注释

①五陵：指西汉高帝、惠帝、景帝、武帝、昭帝五个皇帝的陵墓，在今咸阳市附近，由于地近长安，为游览胜地。　②仙娥：美女。　③九华：九华山，在今安徽省青阳县西南。④犀玉：华贵的首饰。　⑤“泪珠”句：神话传说鲛人流泪成珠。晋张华《博物志》：“南海外有鲛人，水居如鱼，不废织绩，其眼能泣珠。从水出，寓人家，积日卖绡。将去，从主人索一器，泣而成珠满盘，以与主人。”

点评

敦煌曲子词另有一首《天仙子》：“燕语莺啼惊教梦。羞见鸾台双舞凤。天仙别后信难通，无人问，花满洞。休把同心千遍弄。　　叵耐不知何处去。正时花开谁是主。满楼明月夜三更，无人语。泪如雨。便是思君肠断处。”

菩萨蛮

枕前发尽千般愿。要休且待青山烂。水面上秤锤浮。直待黄河彻底枯。　　白日参辰现。北斗回南面。休即未能休。且待三更见日头。

注释

①休：罢休，双方断绝关系。 ②参辰：星宿名。参星在西方，辰星（即商星）在东方，晚间此出彼灭，不能并见；白天一同隐没，更难觅得。 ③北斗：星座名，以位置在北、形状如斗而得名。 ④即：同“则”。

点评

以不可实现之事，示不可变异之心，新颖泼辣，奇特生动，表现主人公对爱情的坚贞不渝。汉乐府民歌《上邪》：“上邪！我欲与君相知，长命无绝衰。山无陵，江水为竭，冬雷震震，夏雨雪，天地合，乃敢与君绝。”或为此词所本。

菩萨蛮

清明节近千山绿。轻盈士女腰如束。九陌正花芳，少年骑马郎。　罗衫香袖薄。佯醉抛鞭落。何用更回头。谩添春夜愁。

点评

妙在最后一句。

菩萨蛮

香销罗幌堪魂断。唯闻蟋蟀吟相伴。每岁送寒衣，到头归不归。　　千行欹枕泪。恨别添憔悴。罗带旧同心。不曾看至今。

注释

①罗幌：丝罗帷帐。

菩萨蛮

霏霏点点回塘雨。双双只只鸳鸯语。灼灼野花香。依依金柳黄。　　盈盈江上女。两两溪边舞。皎皎绮罗光。轻轻云粉妆。

注释

①霏霏：形容雨丝细密。韦庄《台城》："江雨霏霏江草齐。"　②灼灼：鲜明貌。《诗经·周南·桃夭》："桃之夭夭，灼灼其华。"　③盈盈：仪态美好貌。唐元稹《答姨兄胡灵之》："对谈依赳赳，送客步盈盈。"　④皎皎：明亮貌。《古诗十九首》："迢迢牵牛星，皎皎河汉女。"

菩萨蛮

敦煌自古出神将。感得诸蕃遥钦仰。效节望龙庭。麟台早有名。　　只恨隔蕃部。情恳难申吐。早晚灭狼蕃。一齐拜圣颜。

注释

①效节：为国尽忠节。 ②龙庭：古代匈奴祭祀天神的处所。这里指朝廷。③麟台：即麒麟台，汉代阁名。汉宣帝曾将功臣十一人的像画在此阁上，后代就将此阁作为皇帝褒奖臣子功勋之处的代称。 ④蕃部：指吐蕃部落。 ⑤狼蕃：对边地异族部落的蔑称。此指吐蕃。

菩萨蛮

自从涉远为游客。乡关迢递千山隔。求官宦一无成。操劳不暂停。　　路逢寒食节。处处樱花发。携酒步金堤。望乡关双泪垂。

注释

①乡关：家乡。 ②迢递：遥远貌。指离乡之远，跋涉路途之长。西晋左思《吴都赋》：“旷瞻迢递，迥眺冥蒙。”

菩萨蛮

数年学剑攻书苦。也曾凿壁偷光路。堑雪聚飞萤。多年事不成。　　每恨无谋识。路远关山隔。权隐在江河。龙门终一过。

注释

①攻：原写作“工”。 ②路：一作“露”。

献忠心

臣远涉山水，来慕当今。到丹阙，御龙楼。弃毡帐与弓剑，不归边地。学唐化，礼仪同。沐恩深。　见中华好，与舜日同。垂衣理，教化隆。臣遐方无珍宝。愿公千秋住。感皇泽，垂珠泪，献忠心。

注释

①涉：原写作“陟”。

献忠心

蓦却多少云水，直至如今。涉历山阻，意难任。早晚得到唐国里，朝圣明主。望丹阙，步步泪，满衣襟。　生死大唐好，喜难任。齐拍手，奏仙音。各将向本国里，呈歌舞。愿皇寿，千万岁，献忠心。

注释

①忠：原写作“中”。

谒金门

云水客。书见十年功积。聚尽萤光凿尽壁。不逢青眼识。

终日尘驱役饮食。泪珠常滴。欲上龙门希借力。莫交重点额。

注释

①云水客：云游四方的人。

定风波

攻书学剑能几何。争如沙场骋偻㑩。手执六寻枪似铁。明月。龙泉三尺剑新磨。　　堪羡昔时军伍，谩夸儒士德能康。四塞忽闻狼烟起，问儒士，谁人敢去定风波。

注释

①偻㑩：干练，伶俐，机灵。明郎瑛《七修类稿·辨证》：“俗云偻㑩，演义谓干办集事之称。《篇海》训㑩字曰健而不德，据是二说，皆狡猾能事意也。”②六寻：一作“绿沉”。　③龙泉：宝剑名。　④军伍：军队，队伍。　⑤谩夸：

虚夸。 ⑥儒士：泛称读书人、学者。

定风波

征后偻㑩未是功，儒士偻㑩转更加。三策张良非恶弱。谋略。汉兴楚灭本由他。 项羽翘楚无路，酒后难消一曲歌。霸王虞姬皆自刎。当本。便知儒士定风波。

注释

①三策：汉董仲舒以贤良对天人三策，为武帝所赏识，任为江都相。后用为典实，借指经世良谋。 ②张良：秦末汉初杰出的谋士、大臣，协助汉高祖刘邦在楚汉战争中最终夺得天下，帮助吕后扶持刘盈登上太子之位，被封为留侯。

南歌子

斜影朱帘立，情事共谁亲。分明面上指痕新。罗带同心谁绾，甚人踏破裙。 蝉鬓因何乱，金钗为甚分。红妆垂泪忆何君。分明殿前实说，莫沉吟。

点评

与下篇为夫妻二人的对话，此为夫问。

南歌子

自从君去后，无心恋别人。梦中面上指痕新。罗带同心自绾，被猕儿踏破裙。　　蝉鬓朱帘乱，金钗旧股分。红妆垂泪哭郎君。妾是南山松柏，无心恋别人。

点评

此为妻答。

凤归云

闺怨

征夫数载，萍寄他邦。去便无消息，累换星霜。月下愁听砧杵起，塞雁南行。孤眠鸾帐里，枉劳魂梦，夜夜飞扬。

想君薄行，更不思量。谁为传书与，表妾衷肠。倚牖无言垂血泪，暗祝三光。万般无那处，一炉香尽，又更添香。

注释

①凤归云：唐教坊曲名，崔令钦《教坊记》有载。六朝人所吟《凤台曲》《萧史曲》极言“箫史”“弄玉”事，乃“凤归云”之前声。《乐府诗集》所收“凤归云”是七言绝句，敦煌《云谣集杂曲子》所收曲辞是杂言，并未形成固定的句式。至柳永，“凤归云”才形成固定的杂言句式。　②三光：日、月、星。《庄子·说剑》：“上法圆天以顺三光，下法方地以顺四时，中和民意以安四乡。”

破阵子

年少征夫堪恨，从军千里余。为爱功名千里去，携剑弯弓沙碛边。抛人如断弦。　　迢递可知闺阁，吞声忍泪孤眠。春去春来庭树老。早晚王师归却还。免教心怨天。

抛球乐

珠泪纷纷湿绮罗。少年公子负恩多。当初姊妹分明道，莫把真心过于他。子细思量着，淡薄知闻解好么。

注释

①知闻：这里应当是名词，指朋友。

生查子

三尺龙泉剑。匣里无人见。落雁一张弓，百支金花箭。

为国竭忠贞，苦处曾征战。未望立功勋，后见君王面。

注释

①龙泉剑：古代传说中的宝剑。《太平寰宇记》载，据传有人用龙泉的水

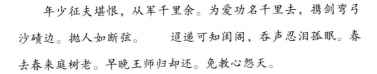

铸成宝剑，剑化龙飞去，故称。又《晋书·张华传》记，晋人雷焕曾在丰城（在江西省）监狱一屋基下掘得双剑，上刻文字，一名“龙泉”，一名“太阿”。②落雁弓、金花箭：弓箭的美称。

点评

敦煌曲子词另有《酒泉子·咏剑》：“三尺青蛇，斩新铸就锋刃快。沙鱼裹欛用银装。宝见七星光。　曾经长蛇偃月阵。一遍离匣神鬼遁。鸿门会上佑明王。胜用一条枪。”

赞普子

本是蕃家将，年年在草头。夏月披毡帐，冬天挂皮裘。语即令人难会，朝朝牧马在荒丘。若不为抛沙塞，无因拜玉楼。

注释

①赞普子：赞浦子，唐教坊曲名，用作词调名。赞普，蕃将。《新唐书·吐蕃传》：“强雄曰‘赞’，丈夫曰‘普’，故号君长曰‘赞普’。”　②“本是”四句：《新唐书·吐蕃传》载，高宗咸亨三年(672)，吐蕃使论琮来朝，谓：“吐蕃居寒露之野，物产寡薄。乌海之阴，盛夏积雪，暑毼冬裘。随水草以牧，寒则城处，施庐帐。”蕃，藏语译音。初为用汉字记藏音，没有文义可言。因在唐代西方，也叫西蕃。有时遵从藏族的习惯，则称土蕃。　③“若不为”二句：意谓抛弃沙塞，归顺唐朝。玉楼，华丽的高楼，这里指长安宫殿。

临江仙

岸阔临江帝宅赊。东风吹柳向西斜。春光催绽后园花。莺啼燕语，撩乱争忍不思家。　每恨经年离别苦，纵然抛弃生涯。如今时世已参差，不如归去，归去也，沈醉卧烟霞。

注释

①帝宅赊：一作“底见沙”。

长相思

哀客在江西。寂寞自家知。尘土满面上，终日被人欺。

朝朝立在市门西，风吹泪点双垂。遥望家乡长短。此是贫不归。

注释

①同题三篇，结语分别为“富不归”“贫不归”“死不归”，此为其二。

山僧歌

闲日居山何似好，起时日高睡时早。山中软草以为衣，斋餐松柏随时饱。卧岩龛，石枕脑，一抱乱草为衣袄。面前若有狼藉生，一阵风来自扫了。独隐山，实畅道，更无诸事乱相挠。

点评

此篇描绘了一幅得道高僧行状图：绝迹人为，纯任自然，衣食住行完全融入自然节律。随顺自然，坐卧自如，天然本真的原生状态，为天人合一、道法自然的最高境界。

杨柳枝

春来春去春复春。寒暑来频。月生月尽月还新。又被老催人。只见庭前千岁月，长在常存。不见堂上百年人。尽总化为尘。

注释

①为尘：一作“微尘”。

点评

敦煌曲子词《杨柳枝》乃长短句，而非七言四句声诗。此调名在敦煌歌词中仅存一首。此篇与捣练子、望江南、龙沙塞、敦煌郡、酒泉子等描写世俗生活与抒发慨叹的曲子联抄，可能为通俗流行曲，未必与佛教活动相关。感叹人生岁月无常的情思，显然为通俗大众之共同感受。

捣练子

孟姜女，杞梁妻。一去燕山更不归。造得寒衣无人送，不免自家送征衣。

注释

①孟姜女：春秋齐大夫杞梁之妻。或云即孟姜。杞梁，名殖（一作植）。齐庄公四年，齐袭莒，杞梁战死，其妻迎丧于郊，哭甚哀，遇者挥涕，城为之崩。后演为孟姜女哭长城的传说故事。《礼记·檀弓下》："齐庄公袭莒于夺，杞梁死焉。其妻迎其柩于路，而哭之哀。庄公使人吊之，对曰：君之臣不免于罪，则将肆诸市朝而妻妾执；君之臣免于罪，则有先人之敝庐在，君无所辱命。"《孟子·告子下》："华周杞梁之妻善哭其夫而变国俗。"孙奭疏："或云齐庄公袭莒，逐而死，其妻孟姜向城而哭，城为之崩。"汉刘向《列女传·齐杞梁妻》："杞梁之妻无子，内外皆无五属之亲。既无所归，乃枕其夫之尸于城下而哭，内诚动人，道路过者莫不为之挥涕。十日而城为之崩。"

捣练子

孟姜女，陈杞梁。生生激恼小秦王。秦王喊俺三边滞，千乡万里筑长城。

注释

①三边：泛指边境。

捣衣声

良人去，住边庭。三载长征，万家砧杵捣衣声。坐寒更，添玉漏，懒频听。　　向深闺，远闻雁悲鸣。遥望行人，三春月影照阶庭。帘前跪拜，人长命，月长生。

注释

①玉漏：一作“玉泪”。

南歌子

悔嫁风流婿，风流无准凭。攀花折柳得人憎。夜夜归来沉醉，千声唤不应。　　回觑帘前月，鸳鸯帐里灯。分明照见负心人。问道些须心事，摇头道不曾。

渔歌子

洞房深，空悄悄，虚抱身心生寂寞。待来时，须祈祷，休恋狂花年少。　　淡匀妆，周旋妙，只为五陵正渺渺。胸上雪，从君咬，恐犯千金买笑。

注释

①虚抱：一作“虚把”。 ②周旋：一作“固施”“固思”。 ③恐犯：一作“恐把”“空把”。

内家娇

丝碧罗冠，搔头缀鬓鬟，宝装玉凤金蝉。轻轻傅粉，深深长画眉渌，雪散胸前。嫩脸红唇，眼如刀割，口似朱丹。浑身挂异种罗裳，更薰龙脑香烟。 屐子齿高，慵移步两足恐行难。天然有灵性，不娉凡间。交招事无不会，解烹水银，炼玉烧金，别尽歌篇。除非却应奉君王，时人未可趋颜。

御制林锺商内家娇

两眼如刀，浑身似玉，风流第一佳人。及时衣着，梳头京样，素质艳丽青春。善别宫商，能调丝竹，歌令尖新。任从说洛浦阳台，谩将比并无因。 半含娇态。逶迤缓步出闺门。搔头重慵惚不插，只把同心，千遍捻弄，来往中庭。应是降王母仙宫，凡间略现容真。

「无名氏」

后庭宴

千里故乡，十年华屋。乱魂飞过屏山簇。眼看眉褪不胜春，菱花知我销香玉。　双双燕子归来，应解笑人幽独。断歌零舞，遗恨清江曲。万树绿低迷，一庭红扑簌。

注释

①题注：宋陈岩肖《庚溪诗话》："宣政间，修西京洛阳大内，掘地得一碑，隶书小词一阕，名《后庭宴》。" ②香玉：喻美女的体肤。 ③清江曲：指清江之曲折处，即故乡所在地。

扑蝴蝶

烟条雨叶，绿遍江南岸。思归倦客，寻芳来较晚。岫边红日初斜，陌上飞花正满。凄凉数声羌管。　怨春短。玉人应在，明月楼中画眉懒。蛮笺锦字，多时鱼雁断。恨随去水东流，事与行云共远。罗衾旧香犹暖。

注释

①扑蝴蝶：一名“扑蝴蝶近”。宋周密《癸辛杂识》：“吴有小妓，善舞《扑蝴蝶》。”疑源于舞曲。宋孟元老《东京梦华录》载，北宋时汴梁（今河南开封）每逢元宵等节日，“歌舞百戏，鳞鳞相切，乐声嘈杂十余里。”宋时盛行“舞队”，节日在街头演出，有傀儡、村田乐、划旱船、扑蝴蝶、耍和尚、竹马之类，名目繁多，多至十余队。“扑蝴蝶”是街头队舞之一。南宋西湖老人《西湖老人繁胜录》所载也有扑蝴蝶、耍和尚、鞑靼舞等。调名本意可能是咏街头“扑蝴蝶”队舞。另，《填词名解》：“唐东京二月为扑蝴蝶会。”《杜阳杂编》：“穆宗时，禁中花开，夜有蛱蝶数万飞集，宫人或以罗巾扑之，并无所获。上令张网空中，得数百，迟明视之，皆库中金玉器也。” ②烟条雨叶：湿润的繁枝密叶。一作“烟条露叶”。此词调以曹组《扑蝴蝶·人生一世》为正体。 ③寻芳：游赏美景。④蛮笺：唐时高丽纸的别称。亦指蜀地所产名贵的彩色笺纸。 ⑤鱼雁：指书信。

醉公子

门外猧儿吠，知是萧郎至。刬袜下芳阶，冤家今夜醉。扶得入罗帏，不肯脱罗衣。醉则从他醉，犹胜独眠时。

注释

①猧（wō）：一种供玩赏的小狗。 ②萧郎：泛指女子所爱恋的男子。③刬（chǎn）：光着。 ④冤家：女子对男子的爱称。 ⑤犹胜独眠：一作“还胜独睡”。

点评

明杨慎《词品》：此词题曰醉公子，即咏公子醉也。尔后渐变，与题远矣。此词又名四换头，因其词意四换也。前辈谓此可以悟诗法。或以问韩子苍，子苍曰："只是转折多。且如划袜下阶是一转矣。而苦其今夜醉又是一转。喜其入罗帏又是一转。不肯脱衣又是一转。后两句自开释，又是一转。其后制四换韵一调，亦名醉公子云。"

鱼游春水

秦楼东风里。燕子还来寻旧垒。余寒微透，红日薄侵罗绮。嫩笋才抽碧玉簪，细柳轻窣黄金蕊。莺啭上林，鱼游春水。

屈曲栏干遍倚。又是一番新桃李。佳人应念归期，梅妆淡洗。凤箫声杳沉孤雁，目断澄波无双鲤。云山万重，寸心千里。

注释

①鱼游春水：宋胡仔《苕溪渔隐丛话》载两种说法：《复斋漫录》："政和中，一中贵人使越州回，得辞于古碑阴，无名无谱，不知何人作也。录以进御，命大晟府填腔，因词中语，赐名《鱼游春水》。"《古今词话》："东都防河卒，于汴河上掘地，得石刻，有词一阕，不题其目，臣僚进上，上喜其藻思绚丽，欲命其名，遂摭词中四字，名曰《鱼游春水》。令教坊倚声歌之。词凡九十四字，而风花莺燕动植之物曲尽之。此唐人语也。后之状物写情，不及之矣。"二说不同，未详孰是。此词《全唐五代词》《全宋词》均收录于无名氏词。　②秦楼：汉乐府《陌上桑》"日出东南隅，照我秦氏楼"，李白《忆秦娥》"秦娥梦断秦楼月"，皆指闺楼。　③旧垒：去年的巢穴。　④微透：一作"犹峭"，一作"初退"。　⑤"嫩笋"句：一作"嫩草方（初）抽碧玉茵"。　⑥细柳：一作"媚柳"。　⑦窣（sū）：突然钻出来。　⑧黄金蕊：一作"黄金縷"，一作"黄金缕"。

⑨啭：形容鸟婉转地叫。 ⑩屈：一作“几”。 ⑪念归期：一作“怪归迟”。 ⑫梅妆淡洗：用寿阳公主的典故。淡，一作“泪”。 ⑬“凤箫”四句：对方离去后音信杳然，使佳人思念不已。凤箫声杳，用萧史、弄玉典。杳，一作“绝”。孤雁，《汉书·苏武传》载，汉使诈称汉昭帝在上林苑射雁，雁足上有苏武捎来的帛书。双鲤，古乐府《饮马长城窟行》：“客从远方来，遗我双鲤鱼。呼童烹鲤鱼，中有尺素书。” ⑭目断澄波：一作“望断清波”“目断清波”。

贺圣朝

白露点，晓星明灭，秋风落叶。故址颓垣，冷烟衰草，前朝宫阙。 长安道上行客，依旧利深名切。改变容颜，消磨今古，陇头残月。

注释

①贺圣朝：又名“转调贺圣朝”。唐教坊曲分别有《贺圣乐》大曲和《贺圣朝》曲名。圣朝为崇仰朝廷之词，唐宋诗词中屡用。调名本意为庆贺颂扬圣明的朝廷。见冯延巳《阳春集》。清万树《词律》把欧阳炯《贺明朝》归入《贺圣朝》词调，被清陈廷敬、王奕清等《钦定词谱》剔除，另列《贺熙朝》词调。任半塘认为“此调或即出于《贺圣乐》”，即《贺圣朝》调名大约是从唐大曲《贺圣乐》中摘遍（从大曲中截取一遍来单谱单唱）而来。 ②白露：秋天的露水。 ③陇头：陇山。借指边塞。

竹枝

盘塘江口是奴家，郎若闲时来吃茶。黄土筑墙茅盖屋，门前一树紫荆花。

柘枝词

将军奉命即须行，塞外领殭兵。闻道烽烟动，腰间宝剑匣中鸣。

注释

①柘枝词：唐教坊曲名，又名“柘枝引”，《乐府杂录》称“健舞曲”，《乐苑》称“羽调曲”。此舞因曲为名，用二女童，帽施金铃，抃转有声。其来也，藏二莲花中，花坼而后见，对舞相占，实舞中雅妙者也。《宋史·乐志》：“小儿舞队有《柘枝》。”沈括《笔谈》：“柘枝旧曲，遍数极多。今已不传，存此以志其概。”

宋

「王禹偁」

点绛唇

感兴

雨恨云愁，江南依旧称佳丽。水村渔市。一缕孤烟细。

天际征鸿，遥认行如缀。平生事。此时凝睇。谁会凭阑意。

注释

①雨恨云愁：谓江南一带烟雨迷蒙，容易使人感到愁闷。 ②佳丽：景色秀丽。 ③行（háng）如缀：排成行的大雁，如同缀在一起。

「寇准」

踏莎行

春色将阑，莺声渐老。红英落尽青梅小。画堂人静雨濛濛，屏山半掩余香袅。　　密约沉沉，离情杳杳。菱花尘满慵将照。倚楼无语欲销魂，长空黯淡连芳草。

注释

①踏莎（suō）行：词牌名，又名“柳长春”“喜朝天”等。唐陈羽《过栎阳山溪》有“众草穿沙芳色齐，踏莎行草过春溪”。宋僧文莹《湘山野录》：“莱公（寇准）因早春宴客，自撰乐府词，俾工歌之。”以此认为调名创自寇准。莎草为热带、温带常见野草，块茎入药，叫“香附”，夏季开花。踏草是唐宋时广为流行的活动，又叫踏青，北方一般在清明前后。“踏莎行”调名本意即咏古代民间盛行的春天踏青活动。

阳关引

塞草烟光阔。渭水波声咽。春朝雨霁轻尘歇。征鞍发。指青青杨柳，又是轻攀折。动黯然、知有后会甚时节。　更尽一杯酒，歌一阕。叹人生。最难欢聚易离别。且莫辞沉醉，听取阳关彻。念故人、千里自此共明月。

注释

①阳关引：词牌名。始于寇准，此篇隐括王维《阳关曲》，因有“听取阳关彻”句，取作词调名。　②征鞍：犹征马。指旅行者所乘的马。　③阳关：古曲《阳关三叠》，即王维《渭城曲》。

「钱惟演」

木兰花

城上风光莺语乱。城下烟波春拍岸。绿杨芳草几时休，泪眼愁肠先已断。　　情怀渐变成衰晚，鸾鉴朱颜惊暗换。昔时多病厌芳尊，今日芳尊惟恐浅。

注释

①木兰花：词牌名。《花间集》载《木兰花》《玉楼春》两调，其七字八句者为《玉楼春》体。宋人《木兰花》词，皆《玉楼春》体。欧阳炯“儿家夫婿”词，庾传素“木兰红艳”词，即此词体也。因欧词结句“同在木兰花下醉”，庾词起句“木兰红艳多情态，不似凡花人不爱”，遂别名“木兰花”。　②鸾鉴：镜子。古有“鸾睹镜中影则悲”的说法，故称。　③朱颜：指年轻的时候。④芳尊：盛满美酒的酒杯，也指美酒。

玉楼春

锦箨参差朱槛曲。露濯文犀和粉绿。未容浓翠伴桃红，已许纤枝留凤宿。　　嫩似春荑明似玉。一寸芳心谁管束。劝君速吃莫踟蹰，看被南风吹作竹。

注释

①文犀：形容春笋状如犀角。　②留凤宿：传说凤非竹不居，故云。　③荑：茅草嫩芽。　④看：转眼之间。

「潘阆」

酒泉子

长忆钱塘，不是人寰是天上。万家掩映翠微间。处处水潺潺。　　异花四季当窗放，出入分明在屏障。别来隋柳几经秋。何日得重游。

注释

①人寰：人间，人世。　②翠微：形容山光水色青翠缥缈。

酒泉子

长忆西湖，尽日凭阑楼上望。三三两两钓鱼舟，岛屿正清秋。　　笛声依约芦花里，白鸟成行忽惊起。别来闲整钓鱼竿。思入水云寒。

注释

①西湖：即今杭州西湖。 ②尽日：整天。 ③凭：靠着。 ④阑：横格栅门。⑤岛屿：指湖中三潭印月、阮公墩和孤山三岛。 ⑥依约：隐隐约约。

酒泉子

长忆孤山，山在湖心如黛簇。僧房四面向湖开。轻棹去还来。　　芰荷香喷连云阁。阁上清声檐下铎。别来尘土污人衣。空役梦魂飞。

注释

①孤山：在浙江杭州西湖中，孤峰独耸，秀丽清幽。 ②轻棹：指小船。③芰（jì）荷：菱叶与荷叶。《楚辞·离骚》："制芰荷以为衣兮，集芙蓉以为裳。"

酒泉子

长忆西山，灵隐寺前三竺后。冷泉亭上旧曾游。三伏似清秋。　　白猿时见攀高树。长啸一声何处去。别来几向画阑看。终是欠峰峦。

注释

①西山：即灵隐山，一名武林山。上有北高峰。 ②三竺：山名。有上竺、中竺、下竺之分，各建有寺。 ③冷泉亭：唐时建，在飞来峰下石门涧旁。 ④三伏：初伏、中伏、末伏的总称。夏至后第三个庚日是初伏第一天，第四个庚日是中伏第一天，立秋后第一个庚日是末伏第一天。通常也指从初伏第一天到末伏第十天的一段时间。三伏天一般是一年中天气最热的时期。三伏也用来特指末伏。⑤白猿：相传晋代慧理曾养白猿于飞来峰西的呼猿洞。 ⑥啸：撮口长呼。

酒泉子

长忆观潮，满郭人争江上望。来疑沧海尽成空。万面鼓声中。　　弄潮儿向涛头立。手把红旗旗不湿。别来几向梦中看。梦觉尚心寒。

注释

①观潮：特指观赏钱塘江的大潮。每年以农历八月十八日为最盛。 ②郭：外城，这里指外城以内的范围。 ③“万面”句：潮来时，声音像万面金鼓，一时齐发，声势震人。 ④弄潮儿：指与潮水周旋的水手或在潮中戏水的少年，喻有勇敢进取精神的人。宋周密《武林旧事》载，八月十五钱塘大潮，吴地少年善游水者数百人，都披散着头发，身上刺满花纹，手持大旗，争先恐后，迎着潮头，在万丈波涛中出没腾飞，做出各种姿势，旗帜却一点没有沾湿。

「林逋」

相思令

吴山青。越山青。两岸青山相对迎。争忍有离情。　　君泪盈。妾泪盈。罗带同心结未成。江边潮已平。

注释

①相思令：即“长相思”，亦称“长相思令”“吴山青”。吴山，泛指钱塘江北岸群山。　②越山：泛指钱塘江南岸群山。　③争忍：怎么忍心。　④泪盈：含泪欲滴。　⑤同心结：将罗带系成连环回文样式的结子，象征定情。⑥潮已平：江水涨到与岸相齐。

霜天晓角

冰清霜洁。昨夜梅花发。甚处玉龙三弄，声摇动、枝头月。

梦绝。金兽爇。晓寒兰烬灭。要卷珠帘清赏，且莫扫、阶前雪。

注释

①霜天晓角：词牌名，又名“月当窗”“长桥月”“踏月”等。此词牌首见于林逋词，可能是他创调，根据前段词意取的词牌名。 ②玉龙：喻笛。③三弄：古曲名，即《梅花三弄》。 ④金兽：指兽形的香炉。

点绛唇

金谷年年，乱生春色谁为主。余花落处，满地和烟雨。

又是离歌，一阕长亭暮。王孙去。萋萋无数。南北东西路。

注释

①金谷：晋石崇筑金谷园，泛指富贵人家的园林。 ②“王孙”二句：《楚辞·招隐士》：“王孙游兮不归，春草生兮萋萋。”

瑞鹧鸪

众芳摇落独暄妍。占尽风情向小园。疏影横斜水清浅，暗香浮动月黄昏。 寒禽欲下先偷眼，粉蝶如知合断魂。幸有微吟可相狎，不须檀板共金樽。

注释

①瑞鹧鸪：词牌名，又名“舞春风”“桃花落”“鹧鸪词”“拾菜娘”“天

下乐”“太平乐”“五拍”“报师思”等。《苕溪词话》：“唐初歌词，多五言诗，或七言诗，今存者止《瑞鹧鸪》七言八句诗，犹依字易歌也。”《词谱》载，《瑞鹧鸪》原本七言律诗，因唐人用来歌唱，遂成词调。 ②暄妍：明媚美丽。③檀板：演唱时用的檀木拍板。

「杨亿」

少年游

江南节物，水昏云淡，飞雪满前村。千寻翠岭，一枝芳艳，迢递寄归人。　　寿阳妆罢，冰姿玉态，的的写天真。等闲风雨又纷纷。更忍向、笛中闻。

注释

①少年游：词牌名，又名“小阑干”“玉腊梅枝”“太常引”等。调见晏殊《珠玉集》，因“长似少年时”句，为创调之作，调名本意即咏怀少年的恣意游乐。一说柳永词为创调之作，因有“贪迷恋、少年游，似恁疏狂”。《词律》以柳永词为定格，《词谱》以晏殊之词为正体。　②千寻：形容极高或极长。古以八尺为一寻。　③翠岭：指位于粤、赣交界处的梅岭。据传张九龄为相，令人开凿新路，沿途植梅，故有是称。　④的的：分明。

「陈亚」

生查子

药名闺情

相思意已深，白纸书难足。字字苦参商，故要檀郎读。

分明记得约当归，远至樱桃熟。何事菊花时，犹未回乡曲。

注释

①相思：相思子，药名。 ②意已：薏苡，药名。 ③白纸：白芷，药名。④苦参：药名。 ⑤郎读：狼毒，药名。 ⑥当归：药名。 ⑦远至：远志，药名。“樱桃”“菊花”均药名。 ⑧回乡：茴香，药名。

「夏竦」

喜迁莺

霞散绮，月沈钩。帘卷未央楼。夜凉河汉截天流。宫阙锁清秋。　　瑶阶曙。金盘露。凤髓香和烟雾。三千珠翠拥宸游。水殿按凉州。

注释

①霞散绮：形容晚霞绚丽的景象。化用南朝宋谢朓《晚登三山还望京邑》“余霞散成绮”诗意。绮，有花纹的丝织品。　②未央楼：汉代有未央宫。此指皇宫中的楼房。　③河汉：银河。　④瑶阶：美玉做成的台阶。古代传说中昆仑山上有瑶池，为西王母所居的地方，周穆王曾在这里参与西王母的宴会。此以宫殿比神仙居所。　⑤金盘露：汉武帝曾做承露盘，承接天上的露水来饮用，以求长生不老，这里暗用其典。　⑥凤髓：香名。　⑦珠翠：指代装饰得珠光宝气的宫女。　⑧水殿：建于水上的殿宇。　⑨按：演奏。　⑩凉州：《新唐书·礼乐志十二》：“《凉州曲》，本西凉所献也，其声本宫调，有大遍、小遍。贞元初，乐工康昆仑寓其声于琵琶，奏于玉宸殿，因号《玉宸宫调》。”

点评

明杨慎《词品》：“富艳精工，诚为绝唱。”

鹧鸪天

镇日无心扫黛眉。临行愁见理征衣。尊前只恐伤郎意，阁泪汪汪不敢垂。　　停宝马，捧瑶卮。相斟相劝忍分离。不如饮待奴先醉，图得不知郎去时。

注释

①鹧鸪天：词牌名，又名“思佳客”“思越人”“醉梅花”“半死桐”“剪朝霞”等。唐郑嵎“春游鸡鹿塞，家在鹧鸪天”，调名取于此。鹧鸪，鸟名，形似母鸡，头如鹑，胸前有白圆点如珍珠，背毛有紫赤浪纹，鸣声似“行不得也哥哥”。此调为北宋初年新声，始词为夏竦所作。　②镇日：整日，成天。　③扫黛眉：画眉，即化妆。　④阁泪：含着眼泪。　⑤瑶卮：玉制的酒器，酒器的美称。

点评

清陈廷焯《白雨斋词话》：“语不必深，而情到至处，亦绝调也。”

「范仲淹」

渔家傲

秋思

塞下秋来风景异。衡阳雁去无留意。四面边声连角起。千嶂里，长烟落日孤城闭。　浊酒一杯家万里。燕然未勒归无计。羌管悠悠霜满地。人不寐。将军白发征夫泪。

注释

①渔家傲：又名“吴门柳”“忍辱仙人”“荆溪咏”“游仙关”。始自晏殊，因其词有“神仙一曲渔家傲”，取以为名。　②塞：边界要塞之地，此指西北边疆。　③衡阳雁去：秋天北雁南飞，至湖南衡阳回雁峰而止，不再南飞。④边声：边塞特有的声音，如大风、号角、羌笛、马啸的声音。　⑤千嶂：绵延而峻峭的山峰，崇山峻岭。　⑥燕然未勒：战事未平，功名未立。燕然，即燕然山，今名杭爱山，在今蒙古国境内。《后汉书·窦宪传》载，东汉窦宪率兵追击匈奴单于，去塞三千余里，登燕然山，刻石勒功而还。　⑦羌管：羌笛，出自古代西部羌族的一种乐器。

点评

宋魏泰《东轩笔录》："范文正守边日，作'渔家傲'乐歌数曲，皆以'塞下秋来'为首句，颇述边镇之劳苦。欧阳公尝呼为'穷塞主'之词。及王尚书素出守平凉，文忠亦作'渔家傲'一首以送之。"

苏幕遮

怀旧

碧云天，黄叶地。秋色连波，波上寒烟翠。山映斜阳天接水。芳草无情，更在斜阳外。　　黯乡魂，追旅思。夜夜除非，好梦留人睡。明月楼高休独倚。酒入愁肠，化作相思泪。

注释

①苏幕遮：唐教坊曲名，源于龟兹乐，后用作词牌名。又名"云雾敛""鬓云松令"。本为唐高昌国(今新疆吐鲁番市东)民间于盛暑以水交泼乞寒之歌舞戏。唐以前的北周时已传入中原，初唐时浑脱舞盛行一时。《旧唐书·张说传》："自则天末年，季冬为泼寒胡戏，中宗尝御楼以观之。"浑脱，用牛羊皮制成的囊袋，可作渡河的浮囊，也用以盛水或奶。舞者用油囊装水，互相泼洒，表演者为了不使冷水浇到头上，戴一种涂了油的帽子，高昌语叫"苏幕遮"。 ②黯乡魂：因思念家乡而黯然伤神。语出江淹《别赋》"黯然销魂者，唯别而已矣"。③追旅思（sì）：撇不开羁旅的愁思。

点评

此词对后世文学创作产生了较大影响。元王实甫《西厢记》中"长亭送别"一折直接化用"碧云天，黄叶地"，改为"碧云天，黄花地"，衍为曲子，同样极富画面美和诗意美。

清许昂霄《词综偶评》：“铁石心肠人亦作此消魂语。”

御街行

秋日怀旧

纷纷堕叶飘香砌。夜寂静、寒声碎。真珠帘卷玉楼空，天淡银河垂地。年年今夜，月华如练，长是人千里。　　愁肠已断无由醉。酒未到、先成泪。残灯明灭枕头攲。谙尽孤眠滋味。都来此事，眉间心上，无计相回避。

注释

①御街行：亦名“孤雁儿”。京城中皇帝巡行的街道叫御街，也称天街。调名本意即咏京城天街上皇帝及其仪仗队御驾的出入巡行。　②香砌：台阶的美称。　③寒声碎：寒风吹动落叶发出的轻微细碎的声音。　⑤真珠：珍珠。⑥攲（qī）：倾斜，斜靠。　⑦谙（ān）尽：尝尽。

点评

李清照“此情无计可消除，才下眉头，却上心头”从这里脱胎。

剔银灯

与欧阳公席上分题

昨夜因看蜀志。笑曹操、孙权、刘备。用尽机关，徒劳心力，

只得三分天地。屈指细寻思，争如共、刘伶一醉。　　人世都无百岁。少痴騃、老成尪悴。只有中间，些子少年，忍把浮名牵系。一品与千金，问白发、如何回避。

注释

①剔银灯：词牌名，又名“剔银灯引”。冯延巳《应天长》有“挑银灯，扃珠户，绣被微寒值秋雨”。调名本意即咏富贵人家挑亮银制的烛灯。　②席上分题：酒席上拟题分韵赋诗填词的一种方式。宋龚仲希《中吴纪闻》：“范文正与欧阳文忠席上分题作《剔银灯》，皆寓劝世之意。”欧阳修此调之词已佚，仅存范词。　③蜀志：晋陈寿《三国志·蜀志》。　④争如：怎如。　⑤刘伶：字伯伦，西晋沛国（今安徽宿县）人。与阮籍、嵇康等友善，同为“竹林七贤”之一。曾为建威参军，主张无为而治。蔑视礼法，纵酒放诞，曾说“天生刘伶，以酒为名”。著《酒德颂》。　⑥騃（ái）：傻，呆。　⑦尪（wāng）悴：衰老羸弱的样子。　⑧些子：一点，稍微。　⑨浮名：指功名爵位。　⑩一品：唐宋时官分九品，一品为最高的一级。

「柳永」

婆罗门令

昨宵里、恁和衣睡。今宵里、又恁和衣睡。小饮归来，初更过、醺醺醉。中夜后、何事还惊起。霜天冷，风细细。触疏窗、闪闪灯摇曳。　　空床展转重追想，云雨梦、任攲枕难继。寸心万绪，咫尺千里。好景良天，彼此空有相怜意。未有相怜计。

注释

①婆罗门令：词牌名。调见柳永《乐章集》，与“婆罗门引”不同。此调只有此词，无别首宋词可校。　②恁：如此，这样。　③和衣睡：穿着衣服裹着被子睡觉。足见寂寞无聊至极。　④疏窗：雕有花格的窗子。宋黄裳《渔家傲》：“衣未剪，疏窗空引相思怨。”　⑤摇曳：来回晃荡的样子。　⑥展转：即“辗转”。⑦云雨：指男女欢合，出自宋玉《高唐赋》。　⑧攲枕：斜倚枕头。攲，依靠。⑨咫尺千里：比喻距离虽然很近，但很难相见，好像是远在千里之外一样。咫，周制八寸，合今制市尺六寸二分二厘。

望海潮

东南形胜，三吴都会，钱塘自古繁华。烟柳画桥，风帘翠幕，参差十万人家。云树绕堤沙。怒涛卷霜雪，天堑无涯。市列珠玑，户盈罗绮竞豪奢。　　重湖叠巘清嘉。有三秋桂子，十里荷花。羌管弄晴，菱歌泛夜，嬉嬉钓叟莲娃。千骑拥高牙。乘醉听箫鼓，吟赏烟霞。异日图将好景，归去凤池夸。

注释

①望海潮：词牌名，柳永首创。梅禹金《青泥莲花记》载，柳永与孙何为布衣交，后孙何到杭州做官，门禁森严，柳永欲见不得，作《望海潮》，使歌妓楚楚中秋夜唱于孙何前，孙何遂迎柳永入内。　②形胜：山川壮美。　③三吴：吴兴、吴郡、会稽三郡，泛指今江苏南部和浙江的部分地区。　④钱塘：今浙江杭州，古时为吴国的一个郡。　⑤参差：高下不齐貌。　⑥珠玑：珠，珍珠，玑，不圆的珠子。泛指珍贵的商品。　⑦重湖：以白堤为界，西湖分为里湖和外湖，故名。　⑧巘（yǎn）：大山上之小山。　⑨清嘉：美好。　⑩三秋：秋季第三月，农历九月。　⑪高牙：高纛之牙旗。牙旗，将军之旌，杆上以象牙饰之，故云牙旗。这里指高官孙何。　⑫凤池：凤凰池，原指皇宫禁苑中的池沼。此处指朝廷。

点评

宋罗大经《鹤林玉露》："金主亮闻歌，欣然有慕于'三秋桂子，十里荷花'，遂起投鞭渡江之志。"

双声子

晚天萧索，断蓬踪迹，乘兴兰棹东游。三吴风景，姑苏台榭，牢落暮霭初收。夫差旧国，香径没、徒有荒丘。繁华处，悄无睹，惟闻麋鹿呦呦。　　想当年、空运筹决战，图王取霸无休。江山如画，云涛烟浪，翻输范蠡扁舟。验前经旧史，嗟漫载、当日风流。斜阳暮草茫茫，尽成万古遗愁。

注释

①双声子：《乐章集》注“林钟商”。此调只有柳永一词，其平仄亦遵之。②断蓬：犹飞蓬。比喻漂泊无定。③乘兴：趁一时高兴。④姑苏台榭：指姑苏台，在苏州市郊灵岩山。春秋时吴王夫差与西施曾在此游宴作乐。⑤牢落：稀疏。⑥香径：指采香径，在灵岩山上，是当年吴国宫女采集花草所走之路。⑦麋鹿呦呦：呦呦，鹿鸣之声。吴国大夫伍员曾谏夫差拒绝越国求和，夫差不听。伍员认为夫差如此一意孤行，必将亡国，吴王宫殿不久也将变成废墟，故愤言：“臣今见麋鹿游姑苏之台也。”⑧图王取霸：指吴越为建立王霸事业而纷争图谋。⑨翻输：反不如。范蠡，春秋末政治家，曾协助越王勾践复国灭吴，功成后乘扁舟泛游于太湖中，避免了杀身之祸。⑩前经旧史：前人的重要著作和史记。

斗百花

满搦宫腰纤细。年纪方当笄岁。刚被风流沾惹，与合垂杨双髻。初学严妆，如描似削身材，怯雨羞云情意。举措多娇媚。

争奈心性，未会先怜佳婿。长是夜深，不肯便入鸳被。与解罗裳，盈盈背立银缸，却道你但先睡。

注释

①斗百花：又名“斗百花近拍”“斗修行”“夏州”。调见《乐章集》，因柳永词中有“春困厌厌，抛掷斗草工夫，冷落踏青心绪”，含调名意。 ②满搦（nuò）：一把可以握持。 ③宫腰：《韩非子·二柄》：“楚灵王好细腰，国中多饿人。”后称女子之腰为宫腰。 ④笄（jī）岁：也叫“笄年”，女子十五岁插笄以示成年。 ⑤垂杨双髻：古代女子未成年时的发型，成年后改梳云髻。 ⑥初学严妆：与少女天真之妆相对。 ⑦怯雨羞云：羞怯于男女之情。用宋玉《高唐赋》典。 ⑧银缸：银白色的烛台，指灯盏。

锦堂春

坠髻慵梳，愁娥懒画，心绪是事阑珊。觉新来憔悴，金缕衣宽。认得这疏狂意下，向人诮譬如闲。把芳容整顿，恁地轻孤，争忍心安。　依前过了旧约，甚当初赚我，偷剪云鬟。几时得归来，香阁深关。待伊要、尤云殢雨，缠绣衾、不与同欢。尽更深、款款问伊，今后敢更无端。

注释

①锦堂春：词牌名，《乐章集》注“林钟商”。锦堂，华美之厅堂。 ②愁娥：愁眉。 ③是事：事事，凡事。 ④新来：近来。 ⑤金缕衣宽：意谓身体消瘦了。金缕衣，缀以金丝的衣服。此泛指漂亮的衣妆。 ⑥疏狂：狂放不羁的样子。此指狂放的人。 ⑦“向人”句：若无其事地和别人说笑闲聊。诮（qiào），责怪。譬（pì）如闲，若无其事。 ⑧孤：辜负。孤为“辜”的本字。 ⑨赚：骗。 ⑩剪云鬟：古代情人离别，女方常剪发相赠。云鬟，女子如云的发鬟。

⑪尤云殢（tì）雨：喻缠绵于男女欢爱。 ⑫款款：缓缓，慢慢。

浪淘沙令

有个人人。飞燕精神。急锵环佩上华茵。促拍尽随红袖举，风柳腰身。　　簌簌轻裙。妙尽尖新。曲终独立敛香尘。应是西施娇困也，眉黛双颦。

注释

①浪淘沙令：词牌名，又名“过龙门”“炼丹砂”“卖花声”等。 ②人人：那人。常指所爱者。此处指歌女。 ③飞燕：赵飞燕，汉成帝皇后，能歌善舞，以体态轻盈著称。 ④急锵（qiāng）环佩：环佩发出急促的铿锵响声，形容步履轻盈敏捷。 ⑤促拍：节奏急促的乐曲。 ⑥簌簌：象声词，此处形容衣裙飘动之声。 ⑦尖新：新颖别致。 ⑧香尘：女子舞步带起的尘土。

破阵乐

露花倒影，烟芜蘸碧，灵沼波暖。金柳摇风树树，系彩舫龙舟遥岸。千步虹桥，参差雁齿，直趋水殿。绕金堤、曼衍鱼龙戏，簇娇春罗绮，喧天丝管。霁色荣光，望中似睹，蓬莱清浅。　　时见。凤辇宸游，鸾觞禊饮，临翠水，开镐宴。两两轻舠飞画楫，竞夺锦标霞烂。罄欢娱，歌鱼藻，徘徊宛转。别有盈盈游女，各委明珠，争收翠羽，相将归远。渐觉云海沉沉，洞天日晚。

注释

①破阵乐：唐教坊曲名，《宋史·乐志》注正宫调，《乐章集》注“林钟商”。此调有数体，以柳词为正体。　②灵沼：池沼的美称。　③千步虹桥：长长的虹桥。古人以步为度量单位，一步为五尺。虹桥，拱桥。　④雁齿：喻桥的台阶。⑤蓬莱：唐宫名，原名大明宫，高宗时改为蓬莱宫。　⑥凤辇：皇帝所乘之车。⑦宸游：帝王之巡游。北极星所在为宸，皇帝如北极之尊，故后借用为皇帝所居，又引申为皇帝的代称。　⑧鸾觞（shāng）：刻有鸾鸟花纹的酒杯。　⑨禊（xì）饮：古时农历三月上巳日之宴聚。　⑩镐（gǎo）宴：指天下太平，君臣同乐。⑪轻舠（dāo）：轻快的小舟。　⑫罄欢娱：尽情欢娱。　⑬鱼藻：《诗·小雅》篇名，共三章，相传为天子宴诸侯、诸侯赞美天子之诗。　⑭“各委”二句：每个人都佩着明珠，争拾河岸边的翠羽（翠鸟羽毛，可作饰物）。　⑮洞天：泛指风景胜地。

点评

本词写于北宋仁宗时，政治清明，社会太平，国运兴隆。每年三月一日开始，君臣士庶游赏汴京金明池。据《东京梦华录》，金明池“在顺天门外街北，周围约九里三十步，有面北临水殿，车驾临幸，观争标，锡宴于此”。天禧二年（1018）柳永到京都，由衷地赞美都城的繁华。叶梦得《避暑录话》载，苏轼赞曰：“山抹微云秦学士，露花倒影柳屯田。”

迎新春

嶰管变青律，帝里阳和新布。晴景回轻煦。庆嘉节、当三五。列华灯、千门万户。遍九陌、罗绮香风微度。十里然绛树。鳌山耸、喧天萧鼓。　　渐天如水，素月当午。香径里、绝缨掷果无数。更阑烛影花阴下，少年人、往往奇遇。太平时、朝野多欢民康阜。随分良聚。堪对此景，争忍独醒归去。

注释

①迎新春：词牌名，《乐章集》注“大石调”。此调只此一词，无别首可校。②嶰（xiè）管：以嶰谷所生之竹而做的律本，大概相当于现在的定声器。《汉书·律历志》：“黄帝使泠伦自大夏之西，昆仑之阴，取竹之嶰谷，生其窍厚均者，断两节间而吹之，以为黄钟之宫。制十二筩，以听凤之鸣，其雄鸣为六，雌鸣亦六，此黄钟之宫，而皆可以生之。是为律本。” ③青律：青帝所司之律，在我国古代神话中青帝为司春之神，青律也就是冬去春来的意思。 ④帝里：指汴京。 ⑤阳和：暖和的阳光。 ⑥轻煦：微暖。 ⑦嘉节：指元宵节。⑧三五：正月十五。 ⑨九陌：汉代长安街有八街、九陌。后来泛指都城大路。⑩然：通“燃”，点燃。 ⑪绛树：神话传说中仙宫树名。 ⑫鳌山：宋代元宵节，人们将彩灯堆叠成的山，像传说中的巨鳌形状。 ⑬绝缨掷果：绝缨，扯断结冠的带。《韩诗外传》载：“楚庄王宴群臣，日暮酒酣，灯烛灭。有人引美人之衣。美人援绝其冠缨，以告王，命上火，欲得绝缨之人。王不从，令群臣尽绝缨而上火，尽欢而罢。后三年，晋与楚战，有楚将奋死赴敌，卒胜晋军。王问之，始知即前之绝缨者。”掷果，《晋书·潘岳传》：“岳美姿仪，辞藻绝丽，尤善为哀诔之文。少时常挟弹出洛阳道，妇人遇之者，皆连手萦绕，投之以果，遂满车而归。时张载甚丑，每行，小儿以瓦石掷之，委顿而反。岳从子尼。”⑭康阜：安乐富足。

点评

这首词描写北宋京城欢庆元宵节的盛况，浓墨重彩地渲染佳节的热闹气氛，真实地再现宋仁宗时期物阜民康的太平景象。薛瑞生《古典诗词名家·柳永词选》：全词疏密相间，真可谓“密不容针，疏能卧牛”。

木兰花慢

拆桐花烂漫，乍疏雨、洗清明。正艳杏烧林，缃桃绣野，芳景如屏。倾城。尽寻胜去，骤雕鞍绀幰出郊坰。风暖繁弦脆管，万家竞奏新声。　　盈盈。斗草踏青。人艳冶、递逢迎。向路傍往往，遗簪堕珥，珠翠纵横。欢情。对佳丽地，信金罍罄竭玉山倾。拚却明朝永日，画堂一枕春酲。

注释

①木兰花慢：原为唐教坊曲，后用为词牌名。②烂漫：色泽绚丽。③缃桃：结浅红色果实的桃树，亦指这种树的花或果实。④雕鞍：刻饰花纹的马鞍，借指马。⑤绀幰（gàn xiǎn）：天青色的车幔，代指车。⑥郊坰（jiōng）：泛指郊外。坰，都邑的远郊。⑦脆管：笛的别称。⑧珥（ěr）：古代珠玉耳饰。⑨罍：古器名，容酒或盛水用，即大酒樽。《尔雅·释器》郭璞注："罍形似壶，大者受一斛。"⑩拚（pàn）却：甘愿，宁愿，愿意。⑪春酲（chéng）：春日醉酒后的困倦。

佳人醉

暮景萧萧雨霁。云淡天高风细。正月华如水。金波银汉，潋滟无际。冷浸书帷梦断，却披衣重起。临轩砌。　　素光遥指。因念翠蛾，杳隔音尘何处，相望同千里。尽凝睇。厌厌无寐。渐晓雕阑独倚。

注释

①佳人醉：词牌名，《乐章集》注"双调"。无别首宋词可校。调名本意即咏心仪的女子醉酒。②雨霁：雨过天晴。③潋滟：水波荡漾的样子。此指星光月光交相辉映。④书帷：书斋中的帷帐，代指书斋。⑤轩砌：屋前台阶。⑥厌厌：无精打采。

定风波

自春来、惨绿愁红，芳心是事可可。日上花梢，莺穿柳带，犹压香衾卧。暖酥消，腻云亸，终日厌厌倦梳裹。无那。恨薄情一去，音书无个。　　早知恁么。悔当初、不把雕鞍锁。向鸡窗、只与蛮笺象管，拘束教吟课。镇相随，莫抛躲。针线闲拈伴伊坐。和我，免使年少，光阴虚过。

注释

①芳心：指女子的心境。　②是事可可：对什么事情都不在意，无兴趣。可可，无关紧要，不在意。　③暖酥：极言女子肌肤之好。　④腻云亸：头发散乱。亸（duǒ），下垂貌。　⑤梳裹：梳妆打扮。　⑥鸡窗：书窗或书房。《幽明录》："晋兖州刺史沛国宋处宗尝得一长鸣鸡，爱养甚至，恒笼著窗间。鸡遂作人语，与处宗谈论极有言智，终日不辍。处宗因此言巧大进。"　⑦蛮笺象管：纸和笔。蛮笺，古时四川所产的彩色笺纸。象管，象牙做的笔管。

点评

张舜民《画墁录》载：柳三变既以词忤仁宗，吏部不敢改官，三变不能堪，诣政府。晏公曰："贤俊作曲子么？"三变曰："只如相公亦作曲子。"公曰："殊虽作曲子，不曾道：'针线慵拈伴伊坐。'"柳遂退。

二郎神

炎光谢。过暮雨、芳尘轻洒。乍露冷风清庭户，爽天如水，玉钩遥挂。应是星娥嗟久阻，叙旧约、飙轮欲驾。极目处、微云暗度，耿耿银河高泻。　闲雅。须知此景，古今无价。运巧思、穿针楼上女，抬粉面、云鬟相亚。钿合金钗私语处，算谁在、回廊影下。愿天上人间，占得欢娱，年年今夜。

注释

①二郎神：唐教坊曲名，后用作词牌名。又名“转调二郎神”“十二郎”。唐《乐府杂录》：“离别难，天后朝有士人陷冤狱，籍没家族，其妻配入掖庭，本初善吹觱篥，乃撰此曲，以寄哀情。始名大郎神，盖取良人行第也。乃以大为二，传写之误。”调始见柳永《乐章集》。　②炎光谢：暑气消退。谢，消歇。③“过暮雨”句：为“暮雨过、轻洒芳尘”之倒装，暮雨过后，尘土为之一扫而空。芳尘，指尘土。　④乍露：初次结露或接近结露的时候。　⑤爽天如水：夜空像水一样清凉透明。爽天，清爽晴朗的天空。　⑥玉钩：喻新月。　⑦“应是”二句：意谓此时应该是织女叹长久别离，欲重叙旧约，驾飙车准备启程的时候了。星娥，指织女。飙轮，御风而行的车。　⑧极目处：眼睛所能看到的地方。⑨微云暗度：淡淡的云朵在不知不觉中慢慢移动。　⑩耿耿：明亮的样子。　⑪“运巧思”句：谓女子在彩楼上乞巧。农历七月七日夜（或七月六日夜），穿着新衣的少女们在庭院向织女星乞求智巧，称为“乞巧”。　⑫相亚：相似。　⑬“钿合”五句：用唐玄宗与杨贵妃七夕誓世世为夫妻典。钿合，亦作“钿盒”，镶嵌金、银、玉、贝的首饰盒子。

秋夜月

当初聚散。便唤作、无由再逢伊面。近日来、不期而会重欢宴。向尊前、闲暇里，敛著眉儿长叹。惹起旧愁无限。

盈盈泪眼。漫向我耳边，作万般幽怨。奈你自家心下，有事难见。待信真个，恁别无萦绊。不免收心，共伊长远。

注释

①秋夜月：词牌名，调见《尊前集》，因尹鹗词有“三秋佳节”“夜深、窗透数条寒月”句，取以为名。

木兰花令

有个人人真攀羡。问著洋洋回却面。你若无意向他人，为甚梦中频相见。　　不如闻早还却愿。免使牵人虚魂乱。风流肠肚不坚牢，只恐被伊牵引断。

注释

①人人：用以称亲昵者。　②闻早：趁早，赶早。

昼夜乐

洞房记得初相遇。便只合、长相聚。何期小会幽欢，变作离情别绪。况值阑珊春色暮。对满目、乱花狂絮。直恐好风光，尽随伊归去。　　一场寂寞凭谁诉。算前言、总轻负。早知恁地难拚，悔不当时留住。其奈风流端正外，更别有、系人心处。一日不思量，也攒眉千度。

注释

①昼夜乐：词牌名，又名“真欢乐”。柳永首创。乐，快乐，与“齐天乐”“永遇乐”之出于乐章，为乐府之“乐”不同，昼夜行乐狂欢之意。吴均词“式号式呼，俾昼作夜”即属此意。李白“行乐争昼夜，自言度千秋”，调名即本斯义以创焉。②洞房：深邃的住室。多指妇女所居的闺阁。 ③只合：只应该。 ④小会：两个人秘密相会。 ⑤攒（cuán）眉千度：整天愁眉紧锁。

迷仙引

才过笄年，初绾云鬟，便学歌舞。席上尊前，王孙随分相许。算等闲、酬一笑，便千金慵觑。常只恐、容易蕣华偷换，光阴虚度。

已受君恩顾，好与花为主。万里丹霄，何妨携手同归去。永弃却、烟花伴侣。免教人见妾，朝云暮雨。

注释

①迷仙引：《乐章集》注“双调”，无别词可校。 ②笄年：古代女子十五岁举行戴笄的成年礼。 ③慵觑：懒得看，不屑一顾。 ④蕣（shùn）华：指朝开暮落的木槿花，借指美好而易失的年华或容颜。华，通“花”。 ⑤丹霄：布满红霞的天空。

迷神引

一叶扁舟轻帆卷。暂泊楚江南岸。孤城暮角，引胡笳怨。

水茫茫，平沙雁、旋惊散。烟敛寒林簇，画屏展。天际遥山小，黛眉浅。　　旧赏轻抛，到此成游宦。觉客程劳，年光晚。异乡风物，忍萧索、当愁眼。帝城赊，秦楼阻，旅魂乱。芳草连空阔，残照满。佳人无消息，断云远。

注释

①迷神引：唐教坊曲有《迷神子》调，与此稍异。调见柳永《乐章集》。调名本意即以引曲的形式来歌咏能迷惑神灵的词曲。引，唐宋杂曲的一种体制，原是古代琴曲的名称，在唐宋杂曲中，有前奏曲、序曲的意思。后成为词调的一种类别，多数由大曲摘遍翻演而成，个别来自杂曲。　②秦楼：用萧史、弄玉典。　③断云：片云。

鹤冲天

黄金榜上。偶失龙头望。明代暂遗贤，如何向。未遂风云便，争不恣游狂荡。何须论得丧。才子词人，自是白衣卿相。

烟花巷陌，依约丹青屏障。幸有意中人，堪寻访。且恁偎红倚翠，风流事、平生畅。青春都一饷。忍把浮名，换了浅斟低唱。

注释

①鹤冲天：词牌名，始见于柳永词。调名源自唐韦庄《喜迁莺》“家家楼上簇神仙，争看鹤冲天”，咏贫寒之士通过科举，一旦中举，就如“平地一声雷”，又如“鹤冲天”。战国韩韩非《韩非子·喻老》：“虽无飞，飞必冲天；虽无鸣，

鸣必惊人。”此调与《喜迁莺》《春光好》《阮郎归》等调之别名《鹤冲天》调不同。 ②黄金榜：指录取进士的金字题名榜。 ③龙头：旧时称状元为龙头。④明代：圣明的时代。一作“千古”。 ⑤遗贤：抛弃了贤能之士，指自己为仕途所弃。 ⑥白衣卿相：指自己才华出众，虽不入仕途，也有卿相一般尊贵。白衣，古代未仕之士着白衣。 ⑦偎红倚翠：指狎妓。宋陶穀《清异录·释族》：“李煜在国，微行娼家，遇一僧张席其中，煜遂为不速之客。僧酒令、讴吟、吹弹莫不高了。见煜明俊醖藉，契合相爱重。煜乘醉大书于壁，曰：‘浅斟低唱，偎红倚翠，大师鸳鸯寺主，传持风流教法。’久之，僧拥妓入屏帷，煜徐步而出，僧、妓竟不知煜为谁也。煜尝密谕徐铉，言于所亲焉。” ⑧一饷：片刻。饷，通“晌”。

点评

宋吴曾《能改斋漫录》卷十六载，（宋）仁宗留意儒雅，而柳永好为淫冶讴歌之曲，传播四方，尝有《鹤冲天》词云：“忍把浮名，换了浅斟低唱。”及皇帝临轩放榜，特落之，曰：“且去浅斟低唱，何要浮名！”

雨霖铃

寒蝉凄切。对长亭晚，骤雨初歇。都门帐饮无绪，留恋处、兰舟催发。执手相看泪眼，竟无语凝噎。念去去、千里烟波，暮霭沉沉楚天阔。　　多情自古伤离别。更那堪、冷落清秋节。今宵酒醒何处，杨柳岸、晓风残月。此去经年，应是良辰、好景虚设。便纵有、千种风情，更与何人说。

注释

①雨霖铃：一名“雨霖铃慢”，唐教坊曲名。《明皇杂录》：“帝幸蜀，

初入斜谷，霖雨弥日，栈道中闻铃声，采其声为《雨霖铃》曲。”宋词盖借旧曲名，另倚新声也。调见柳永《乐章集》，属双调。 ②长亭：古代在交通要道边每隔十里修建一座长亭供行人休息，又称“十里长亭”。靠近城市的长亭往往是古人送别的地方。 ③都门：国都之门。这里代指北宋首都汴京（今河南开封）。 ④帐饮：在郊外设帐饯行。 ⑤兰舟：对船的美称。古代传说鲁班曾刻木兰树为舟（南朝梁任昉《述异记》）。 ⑥凝噎：喉咙哽塞，欲语不出的样子。 ⑦去去：表示遥远。 ⑧“暮霭”句：傍晚的云雾笼罩着南天，深厚广阔，不知尽头。暮霭，傍晚的云雾。沈沈，即“沉沉”，深厚的样子。楚天，指南方楚地的天空。 ⑨经年：多年。 ⑩风情：情意。男女相爱之情，深情蜜意。情，一作“流”。 ⑪更：一作“待”。

点评

清沈雄《古今词话》引俞文豹《吹剑录》：东坡在玉堂日，有幕士善歌，因问：“我词何如柳七？”对曰：“柳郎中词，只合十七八女郎，执红牙板，歌‘杨柳岸、晓风残月’。学士词，须关西大汉、铜琵琶、铁绰板，唱‘大江东去’。”东坡为之绝倒。

甘草子

秋暮。乱洒衰荷，颗颗真珠雨。雨过月华生，冷彻鸳鸯浦。

池上凭阑愁无侣，奈此个、单栖情绪。却傍金笼共鹦鹉。念粉郎言语。

注释

①甘草子：词牌名。《乐章集》注“正宫”。 ②衰荷：将败的荷花。③鸳鸯浦：鸳鸯栖息的水滨。浦，水边或河流入海的地方。 ④单栖：独宿。⑤粉郎：何晏，三国魏玄学家。汉大将军何进之孙。曹操纳晏母为妾，晏被收

养，为操所宠爱。少以才秀知名，好老、庄言，“美姿仪而绝白”“行步顾影”，人称“傅粉何郎”。此指所思之人。

凤栖梧

帘内清歌帘外宴。虽爱新声，不见如花面。牙板数敲珠一串，梁尘暗落琉璃盏。　　桐树花深孤凤怨。渐遏遥天，不放行云散。坐上少年听不惯。玉山未倒肠先断。

注释

①凤栖梧：又名“蝶恋花”“鹊踏枝”等。　②清歌：清亮的歌声。　③新声：新制定的歌曲。　④牙板：歌女演唱时用以拍节之板。　⑤珠一串：像一串珠子落在玉盘上，形容歌声清脆。白居易《长恨歌》：“大珠小珠落玉盘。”⑥梁尘：梁上的尘土。刘向《别录》：“鲁人虞公发声清，晨歌动梁尘。”⑦桐树：梧桐，相传凤非梧不栖。　⑧“渐遏”二句：声音高入云霄，把浮动的云彩也止住了。形容歌声嘹亮。《列子·汤问》：“薛谭学讴于秦青，未穷青之技，自谓尽之，遂辞归。秦青弗止，饯于郊衢，抚节悲歌，声振林木，响遏行云。薛谭乃谢求反，终身不敢言归。”　⑨坐上少年：作者自谓。　⑩玉山未倒：指人还没有喝醉。玉山，形容男子仪容之美。刘义庆《世说新语·容止》：“嵇叔夜（嵇康）之为人也，岩岩若孤松之独立；其醉也，傀俄若玉山之将崩。”⑪肠先断：形容歌声感人至极。刘义庆《世说新语·黜免》：“桓公入蜀，至三峡中，部伍中有得猿子者，其母缘岸哀号，行百余里不去，遂跳上船，至便即绝。破其腹中，肠皆寸寸断。”

凤栖梧

伫倚危楼风细细。望极春愁，黯黯生天际。草色烟光残照里。无言谁会凭阑意。　拟把疏狂图一醉。对酒当歌，强乐还无味。衣带渐宽终不悔。为伊消得人憔悴。

注释

①伫倚危楼：长时间倚靠在高楼的栏杆上。危楼，高楼。　②望极：极目远望。③黯黯：心情沮丧忧愁。　④烟光：飘忽缭绕的云霭雾气。　⑤拟把：打算。⑥强（qiǎng）乐：勉强欢笑。　⑦衣带渐宽：人逐渐消瘦。《古诗十九首》：“相去日已远，衣带日已缓。”

点评

王国维《人间词话》：古今之成大事业、大学问者，必经过三种之境界。晏同叔之“昨夜西风凋碧树，独上高楼，望尽天涯路”，此第一境也。“衣带渐宽终不悔，为伊消得人憔悴”，此第二境也。“众里寻他千百度，回头蓦见，那人正在，灯火阑珊处”，此第三境也。此等语皆非大词人不能道。

浪淘沙

梦觉、透窗风一线，寒灯吹息。那堪酒醒，又闻空阶，夜雨频滴。嗟因循、久作天涯客。负佳人、几许盟言，便忍把、从前欢会，陡顿翻成忧戚。　愁极，再三追思，洞房深处，几度饮散歌阑，香暖鸳鸯被。岂暂时疏散，费伊心力。殢云尤雨，有万般千种，相怜相惜。　　恰到如今，天长漏永，无端自家疏隔。知何时、却拥秦云态，原低帏昵枕，轻轻细说与，江乡夜夜，数寒更思忆。

注释

①因循：不振作之意。迟延拖拉，漫不经心。　②几许盟言：多少山盟海誓的话。　③陡顿：突然。　④殢云尤雨：贪恋男女欢情。　⑤漏永：古人以铜壶滴漏计算时间，此指时间过得慢。　⑥低帏：放下帏帐。

夜半乐

冻云黯淡天气，扁舟一叶，乘兴离江渚。渡万壑千岩，越溪深处。怒涛渐息，樵风乍起，更闻商旅相呼。片帆高举。泛画鹢、翩翩过南浦。　　望中酒旆闪闪，一簇烟村，数行霜树。残日下，渔人鸣榔归去。败荷零落，衰杨掩映，岸边两两三三，浣纱游女。避行客、含羞笑相语。　　到此因念，绣阁轻抛，浪萍难驻。叹后约丁宁竟何据。惨离怀，空恨岁晚归期阻。凝泪眼、杳杳神京路。断鸿声远长天暮。

注释

①夜半乐：唐教坊曲，后用为词牌。段安节《乐府杂录》："明皇自潞州入平内难，半夜斩长乐门关，领兵入宫剪逆人，后撰此曲，名《还京乐》。"又有谓《夜半乐》《还京乐》为二曲者。常以柳永词为准。　②冻云：冬天浓重聚积的云。　③乘兴离江渚：乘兴离开江边。　④万壑千岩：《世说新语·言

语》：顾恺之自会稽归来，赞曰“千岩竞秀，万壑争流”。 ⑤越溪：泛指越地的溪流。 ⑥樵风：顺风。 ⑦商旅：行商之旅客，泛指旅客。 ⑧画鹢（yì）：船其首画鹢鸟者，以图吉利。鹢是古书上说的一种水鸟，不怕风暴，善于飞翔。画鹢代指舟船。 ⑨望中：在视野里。 ⑩酒旆：酒店用来招引顾客的旗幌。⑪鸣榔：用木长棒敲击船舷。渔人用以敲船，使鱼受惊入网，有时敲击以为唱歌的节拍。这里用后者，即渔人唱着渔歌回家。 ⑫绣阁轻抛：轻易抛弃偎红倚翠的生活。 ⑬浪萍难驻：漂泊漫游，如浪中浮萍行踪无定。 ⑭丁宁：同“叮咛”，郑重嘱咐。 ⑮何据：有什么根据。 ⑯神京：都城汴京。 ⑰断鸿：失群的孤雁。

轮台子

一枕清宵好梦，可惜被、邻鸡唤觉。匆匆策马登途，满目淡烟衰草。前驱风触鸣珂，过霜林、渐觉惊栖鸟。冒征尘远况，自古凄凉长安道。行行又历孤村，楚天阔、望中未晓。 念劳生，惜芳年壮岁，离多欢少。叹断梗难停，暮云渐杳。但黯黯魂消，寸肠凭谁表。恁驱驱、何时是了。又争似、却返瑶京，重买千金笑。

注释

①轮台子：唐时舞曲有以边地命名的《轮台》曲。调名本意即为歌咏《轮台》的小曲。轮台，古地名，在今新疆轮台南，本仑头国（一作轮台国），汉武帝时为李广利所灭，置使者校尉屯田于此。其地后并入龟兹（今新疆库车一带）。任半塘云：“此曲应即起于莫贺地方之民间歌舞。天宝间封常清西征时，轮台为重镇，《轮台》歌舞或即于此传至内地，精制为舞曲，流入晚唐五代不废。宋调既曰《轮台子》，足见原本于大曲《轮台》，必有舞。” ②鸣珂：显贵

者所乘的马以玉为饰，行则作响，因名。 ③劳生：辛苦劳累的生活。 ④驱驱：奔走辛劳。 ⑤瑶京：繁华的京都。

忆帝京

薄衾小枕天气。乍觉别离滋味。展转数寒更，起了还重睡。毕竟不成眠，一夜长如岁。　　也拟待、却回征辔。又争奈、已成行计。万种思量，多方开解，只恁寂寞厌厌地。系我一生心，负你千行泪。

注释

①忆帝京：词牌名，柳永制曲，盖因忆在汴京之妻而命名，《乐章集》注“南吕调”。 ②展转：同“辗转”，翻来覆去。 ③数寒更：因睡不着而数着寒夜的更点。古时自黄昏至拂晓，将一夜分为甲、乙、丙、丁、戊五个时段，谓之“五更”，又称“五鼓”。每更又分为五点，更则击鼓，点则击锣，用以报时。 ④拟待：打算。 ⑤征辔：远行之马的缰绳，代指远行的马。 ⑥行计：出行的打算。

卜算子

江枫渐老，汀蕙半凋，满目败红衰翠。楚客登临，正是暮秋天气。引疏砧、断续残阳里。对晚景、伤怀念远，新愁旧恨相继。　　脉脉人千里。念两处风情，万重烟水。雨歇天高，望断翠峰十二。尽无言、谁会凭高意。纵写得、离肠万种，奈归云谁寄。

注释

①卜算子：词牌名，又名“卜算子令”“百尺楼”“眉峰碧”“楚天遥”等。清毛先舒《填词名解》：“唐骆宾王诗好用数名，人称为‘卜算子’，词取以为名。”清万树《词律》据宋黄庭坚“似扶着，卖卜算”句，认为取义于卖卜算命之人。②江枫：江边枫树。 ③汀蕙：沙汀上的蕙草。 ④疏砧：稀疏继续的捣衣声。砧，捣衣石。 ⑤脉脉：含情不语貌。 ⑥翠峰十二：巫山十二峰，望霞、翠屏、朝云、松峦、集仙、聚鹤、净坛、上升、起云、飞凤、登龙、圣泉。 ⑦归云：喻归思。

塞孤

一声鸡，又报残更歇。秣马巾车催发。草草主人灯下别。山路险，新霜滑。瑶珂响、起栖乌，金镫冷、敲残月。渐西风系，襟袖凄冽。　　遥指白玉京，望断黄金阙。还道何时行彻。算得佳人凝恨切。应念念，归时节。相见了、执柔荑，幽会处、偎香雪。免鸳衾、两恁虚设。

注释

①塞孤：词牌名，又名“塞姑”，调名本意或咏塞上孤独的戍边将士。唐陈子昂《感遇》“但见沙场死，谁怜塞上孤”。《词律》谓“塞孤”即“塞姑”，戍边者闺人所唱。“塞孤”或为外族词的译音。《全唐诗·附词》载唐无名氏“昨日卢梅塞口”一首，为六言四句之声诗。长短句体始见柳永《乐章集》，以此

篇为正体。 ②残更：旧时将一夜分为五更，第五更时称残更。 ③秣马：饲马。④巾车：以帷幕装饰车子。因指整车出行。 ⑤瑶珂：马笼头上的装饰物。借指宝马。 ⑥白玉京：天帝所居之处。 ⑦黄金阙：喻月宫。

秋蕊香引

留不得。光阴催促，奈芳兰歇，好花谢，惟顷刻。彩云易散琉璃脆，验前事端的。　　风月夜，几处前踪旧迹。忍思忆。这回望断，永作终天隔。向仙岛，归冥路，两无消息。

注释

①秋蕊香引：柳永自度曲，无别首可校。 ②留不得：双关，指韶华易逝，时不驻留，亦指人世欢少离多，聚散有时。 ③歇：与"谢"对举成文，指花期已过，兰花凋零。 ④琉璃：古指一种矿物质的有色半透明体材料，可加工各种器皿和工艺品。唐白居易《简简吟》："大都好物不坚牢，彩云易散琉璃脆。"⑤端的：犹的是，真个。

少年游

长安古道马迟迟。高柳乱蝉嘶。夕阳岛外，秋风原上，目断四天垂。　　归云一去无踪迹，何处是前期。狎兴生疏，酒徒萧索，不似去年时。

注释

①马迟迟：马行缓慢的样子。 ②乱蝉嘶：一作“乱蝉栖”。 ③鸟：又作“岛”，指河流中的洲岛。 ④原上：乐游原上，在长安西南。 ⑤四天垂：天的四周夜幕降临。 ⑥归云：飘逝的云彩。喻往昔经历而现在不可复返的一切。⑦前期：过去的约定；对未来的预期。 ⑧狎兴：游乐的兴致。狎，亲昵而轻佻。⑨酒徒：酒友。 ⑩萧索：稀少，冷落。

少年游

参差烟树灞陵桥。风物尽前朝。衰杨古柳，几经攀折，憔悴楚宫腰。 夕阳闲淡秋光老，离思满蘅皋。一曲阳关，断肠声尽，独自凭兰桡。

注释

①灞陵桥：在长安东（今陕西西安）。古人送客至此，折杨柳枝赠别。 ②风物：风俗。 ③楚宫腰：以楚腰喻柳。楚灵王好细腰，后人故谓细腰为楚腰。④蘅皋：长满杜蘅的水边陆地。蘅即杜蘅。 ⑤阳关：王维《渭城曲》入乐为《阳关曲》，为古人送别之曲。 ⑥兰桡：指代船。桡，船桨。

少年游

一生赢得是凄凉。追前事、暗心伤。好天良夜，深屏香被，争忍便相忘。 王孙动是经年去，贪迷恋、有何长。万种千般，把伊情分，颠倒尽猜量。

注释

①好天良夜：美好的时节。

曲玉管

陇首云飞，江边日晚，烟波满目凭阑久。立望关河萧索，千里清秋，忍凝眸。杳杳神京，盈盈仙子，别来锦字终难偶。断雁无凭，冉冉飞下汀洲。思悠悠。　　暗想当初，有多少、幽欢佳会，岂知聚散难期，翻成雨恨云愁。阻追游。每登山临水，惹起平生心事，一场消黯，永日无言，却下层楼。

注释

①曲玉管：原唐教坊曲名，后用作词调名，以此篇为正体，调见柳永《乐章集》，注“大石调”。曲，表示弯曲，与“直”相对。玉管，玉制的管乐器。宋曾觌《忆秦娥》：“丛台歌舞无消息，金樽玉管空陈迹。”毛笔和竹也称玉管。调名本意大概是咏一种弯头形的管乐器。　②陇首：亦称陇坻、陇坂，为今陕西宝鸡与甘肃交界处险塞。　③关河：指山河。　④锦字：又称织锦回文。《晋书》：“窦滔妻苏氏，始平人也。名蕙，字若兰。善属文。滔，苻坚时为秦州刺史，被徙流沙。苏氏思之，织锦为回文旋图诗以赠滔，宛转循环以读之，词甚凄婉，凡八百四十字。”后用以指妻寄夫之书信。

八声甘州

对潇潇、暮雨洒江天，一番洗清秋。渐霜风凄惨，关河冷落，残照当楼。是处红衰翠减，苒苒物华休。惟有长江水，无语东流。　不忍登高临远，望故乡渺邈，归思难收。叹年来踪迹，何事苦淹留。想佳人、妆楼颙望，误几回、天际识归舟。争知我、倚阑干处，正恁凝愁。

注释

①八声甘州：词牌名，原为唐边塞曲，又名“甘州”“潇潇雨”“宴瑶池”。以此篇为正体。《西域记》：“龟兹国土制曲，《伊州》《甘州》《梁州》等曲翻入中国。”音节慷慨悲壮。宋代文人不满足于结构简单、节奏轻快的短曲小令，开拓委婉流转的长篇慢词。《八声甘州》即在唐大曲《甘州》的基础上改制而成，由一系列相关联的单曲组合的成套乐曲。全词共八韵，故称。 ②“对潇潇”二句：潇潇暮雨在辽阔江天飘洒，秋景分外清朗寒凉。潇潇，雨声。一说雨势急骤的样子。一作“萧萧”。 ③霜风：秋风。 ④凄惨：一作“凄紧”。 ⑤是处：到处。 ⑥红衰翠减：花叶凋零。红，花。翠，绿叶。 ⑦苒苒：同“荏苒”，形容时光消逝。 ⑧物华：美好的景物。 ⑨渺邈：远貌，渺茫遥远。一作“渺渺”。 ⑩淹留：长期停留。 ⑪“想佳人”四句：用温庭筠《望江南》：“过尽千帆皆不是，斜晖脉脉水悠悠，肠断白蘋洲。”颙（yóng）望，抬头凝望。颙，一作“长”。

戚氏

晚秋天。一霎微雨洒庭轩。槛菊萧疏，井梧零乱惹残烟。

凄然。望江关。飞云黯淡夕阳间。当时宋玉悲感，向此临水与登山。远道迢递，行人凄楚，倦听陇水潺湲。正蝉吟败叶，蛩响衰草，相应喧喧。　孤馆度日如年。风露渐变，悄悄至更阑。长天净，绛河清浅，皓月婵娟。思绵绵。夜永对景，那堪屈指，暗想从前。未名未禄，绮陌红楼，往往经岁迁延。　帝里风光好，当年少日，暮宴朝欢。况有狂朋怪侣，遇当歌、对酒竞留连。别来迅景如梭，旧游似梦，烟水程何限。念利名，憔悴长萦绊。追往事、空惨愁颜。漏箭移，稍觉轻寒。渐呜咽、画角数声残。对闲窗畔，停灯向晓，抱影无眠。

注释

①戚氏：词牌名，为柳永所创，为北宋长调慢词之最。　②一霎：一阵。　③庭轩：庭院里有敞窗的厅阁。　④槛菊：栏杆外的菊花。　⑤井梧：井旁挺拔的梧桐古树。唐薛涛《井梧吟》：“庭除一古桐，耸干入云中。枝迎南北鸟，叶送往来风。”　⑥江关：疑即指荆门，荆门、虎牙二山（分别在今湖北省宜都市和宜昌市）夹江对峙，古称江关，战国时为楚地。　⑦宋玉悲感：宋玉《九辩》以悲秋起兴，抒孤身逆旅之寂寞，发生不逢时之感慨。　⑧陇水：乐府《陇头歌辞》“陇头流水，流离山下。念吾一身，飘然旷野”“陇头流水，鸣声呜咽。遥望秦川，心肝断绝”。　⑨潺湲（yuán）：水流貌。　⑩绛河：银河。　⑪绮陌红楼：犹言花街青楼。绮陌，繁华的道路。　⑫迁延：羁留。　⑬狂朋怪侣：狂放狷傲的朋友。　⑭迅景：岁月也，光阴易逝，故称。　⑮萦绊：犹言纠缠。

玉蝴蝶

望处雨收云断，凭阑悄悄，目送秋光。晚景萧疏，堪动宋玉悲凉。水风轻、蘋花渐老，月露冷、梧叶飘黄。遣情伤。故人何在，烟水茫茫。　　难忘。文期酒会，几孤风月，屡变星霜。海阔山遥，未知何处是潇湘。念双燕、难凭远信，指暮天、空识归航。黯相望。断鸿声里，立尽斜阳。

注释

①玉蝴蝶：词牌名。有小令及长调，小令为温庭筠所创，长调始于柳永，又称“玉蝴蝶慢”。　②雨收云断：雨停云散。　③萧疏：清冷疏散，稀稀落落。④蘋花：夏秋间开小白花的水草。　⑤遣情伤：令人伤感。遣，使得。　⑥文期酒会：文人们相约饮酒赋诗的聚会。　⑦几孤风月：辜负多少美好的风光景色。孤，通“辜”，辜负。风月，美好的风光景色。　⑧屡变星霜：经过了好几年。星辰一年一周转，霜每年遇寒而降，因以星霜指年岁。　⑨潇湘：湘江的别称。此指思念的人居住的地方。　⑩立尽斜阳：在西斜的太阳下立了很久，直到太阳落山。

竹马子

登孤垒荒凉，危亭旷望，静临烟渚。对雌霓挂雨，雄风拂槛，微收烦暑。渐觉一叶惊秋，残蝉噪晚，素商时序。览景想前欢，指神京，非雾非烟深处。　　向此成追感，新愁易积，故人难聚。凭高尽日凝伫。赢得消魂无语。极目霁霭霏微，暝鸦零乱，萧索江城暮。南楼画角，又送残阳去。

注释

①竹马子：词牌名，又名“竹马儿”。柳永的自度曲。　②孤垒：孤零零

的昔日营垒。垒，军事建筑物。 ③危亭旷望：在高亭上远望。 ④雌霓挂雨：彩虹横空，天地间还带有雨水的湿气。彩虹双出，色彩鲜艳为主虹，色彩暗淡为副虹，雌霓是副虹。 ⑤微收烦暑：闷热的暑气稍有收敛。烦：一作“残”。⑥素商时序：秋天接着次序即将代替夏天到来。素商，秋天。时序，春夏秋冬的代换次序。 ⑦前欢：从前与故人欢聚的情景。 ⑧霏微：朦胧的样子。⑨画角：古管乐器，传自西羌。形如竹筒，本细末大，以竹木或皮革等制成，因表面有彩绘，故称。发声哀厉高亢，古时军中多用以警昏晓，振士气，肃军容。帝王出巡，亦用以报警戒严。

满江红

暮雨初收，长川静、征帆夜落。临岛屿、蓼烟疏淡，苇风萧索。几许渔人飞短艇，尽载灯火归村落。遣行客、当此念回程，伤漂泊。 桐江好，烟漠漠。波似染，山如削。绕严陵滩畔，鹭飞鱼跃。游宦区区成底事，平生况有云泉约。归去来、一曲仲宣吟，从军乐。

注释

①满江红：词牌名，又名“上江虹”“满江红慢”“念良游”“烟波玉”“伤春曲”“怅怅词”，以此篇为正体。格调沉郁激昂，佳作颇多。 ②长川静：长河一片平静。川，指江河。 ③短艇：轻快的小艇。 ④桐江：在今浙江桐庐县北，即钱塘江中游自严州至桐庐一段的别称。又名富春江。 ⑤严陵滩：又名严滩、严陵濑。在桐江畔。 ⑥游宦：春秋战国时期，士人离开本国至他国谋求官职，谓之游宦，后泛指为当官而到处飘荡。 ⑦底事：何事。 ⑧云泉约：与美丽的景色相约，引申为归隐山林之意。云泉，泛指美丽的景色。⑨归去来：陶潜《归去来兮辞》抒归隐之志，后以“归去来”为归隐之典。⑩仲宣：三国时王粲的字，王粲初依荆州刘表，未被重用，作《登楼赋》，以

抒归土怀乡之情。后为曹操所重，从曹操西征张鲁。 ⑪从军乐：即《从军行》。王粲作《从军行》五首，抒发行役之苦和思妇之情。

安公子

远岸收残雨。雨残稍觉江天暮。拾翠汀洲人寂静，立双双鸥鹭。望几点、渔灯隐映蒹葭浦。停画桡、两两舟人语。道去程今夜，遥指前村烟树。 游宦成羁旅。短樯吟倚闲凝伫。万水千山迷远近，想乡关何处。自别后、风亭月榭孤欢聚。刚断肠、惹得离情苦。听杜宇声声，劝人不如归去。

注释

①安公子：唐教坊大曲名，后用作词调名。唐崔令钦《教坊记》："隋大业末（617），炀帝将幸扬州。乐人王令言以年老不去，其子从焉。其子在家弹琵琶，令言惊问此曲何名。其子曰：'内里新翻曲子，名《安公子》。'令言流涕悲怆，谓其子曰：'尔不须扈从，大驾必不回。'子问其故。令言曰：'此曲宫声往而不返，宫为君，吾是以知之。'" ②拾翠：拾取翠鸟的羽毛。指古代妇女出游时的嬉戏。 ③蒹葭：芦苇。 ④画桡：彩绘的桨，泛指船。⑤游宦：即宦游，离开家乡到外地去求官或做官。 ⑥羁旅：指客居异乡的人。⑦樯：桅杆。 ⑧乡关：故乡。 ⑨榭：建筑在台上或水上的房屋。

安公子

长川波潋滟。楚乡淮岸迢递，一霎烟汀雨过，芳草青如染。驱驱携书剑。当此好天好景，自觉多愁多病，行役心情厌。

望处旷野沉沉，暮云黯黯。行侵夜色，又是急桨投村店。认去程将近，舟子相呼，遥指渔灯一点。

注释

①潋滟：水波荡漾貌。 ②驱驱：奔走辛劳。 ③多愁多病：时常忧愁，体弱多病。旧时多用以形容才子佳人的娇弱状态。 ④行役：泛指行旅，出行。⑤急桨：疾速划桨。亦指快行舟。

倾杯

水乡天气，洒蒹葭、露结寒生早。客馆更堪秋杪。空阶下、木叶飘零，飒飒声乾，狂风乱扫。当无绪、人静酒初醒，天外征鸿，知送谁家归信，穿云悲叫。　　蛩响幽窗，鼠窥寒砚，一点银釭闲照。梦枕频惊，愁衾半拥，万里归心悄悄。往事追思多少。赢得空使方寸挠。断不成眠，此夜厌厌，就中难晓。

注释

①倾杯：唐教坊曲名，后用作词牌，又名"古倾杯""倾杯乐"等。《乐府杂录》："《倾杯乐》，宣宗喜吹芦管，自制此曲。"倾杯，进酒之动作，此曲或源于舞席间所歌劝酒之词。北周时已有六言之《倾杯曲》，唐初形成大曲，用龟兹乐，太宗曾诏命长孙无忌等制词。玄宗曾用以配合马舞。杂言体首见敦煌《云谣集杂曲子》，任半塘谓乃摘自大曲中美听之联片而成。 ②秋杪（miǎo）：暮秋，秋末。 ③悄悄：忧伤貌。《诗·邶风·柏舟》："忧心悄悄，愠于群小。"

倾杯

鹜落霜洲，雁横烟渚，分明画出秋色。暮雨乍歇。小楫夜泊，宿苇村山驿。何人月下临风处，起一声羌笛。离愁万绪，闻岸草、切切蛩吟如织。　　为忆。芳容别后，水遥山远，何计凭鳞翼。想绣阁深沉，争知憔悴损、天涯行客。楚峡云归，高阳人散，寂寞狂踪迹。望京国。空目断、远峰凝碧。

注释

①鹜：野鸭。　②小楫：小船。楫，船桨，此处代指船。　③苇村山驿：指僻野的村驿。苇、山为互文，指僻野。　④鳞翼：鱼雁，古人以为鱼雁能为人传递书信。　⑤楚峡：巫峡。　⑥高阳：指“高阳酒徒”。《史记·郦生陆贾列传》：“郦食其陈留高阳人，沛公领兵过陈留，郦食其到军门求见。沛公见说其人状类大儒，使使者出谢曰：‘沛公敬谢先生，方以天下为事，未暇见儒人也。’郦生嗔目案剑叱使者曰：‘走，复入言沛公，吾高阳酒徒也，非儒人也。’”后用以指代酒徒。　⑦京国：京城。

倾杯乐

皓月初圆，暮云飘散，分明夜色如晴昼。渐消尽、醺醺残酒。危阁迥、凉生襟袖。追旧事、一饷凭阑久。如何媚容艳态，抵死孤欢偶。朝思暮想，自家空恁添清瘦。　　算到头、谁与伸剖。向道我别来，为伊牵系，度岁经年，偷眼觑、也不忍觑花柳。可惜恁、好景良宵，未曾略展双眉暂开口。问甚时与你，深怜痛惜还依旧。

注释

①危阁：高阁。 ②抵死：格外。 ③伸剖：表白，剖白。 ④牵系：牵挂。

梦还京

夜来匆匆饮散，攲枕背灯睡。酒力全轻，醉魂易醒，风揭帘栊，梦断披衣重起。悄无寐。　　追悔当初，绣阁话别太容易。日许时、犹阻归计。甚况味。旅馆虚度残岁。想娇媚。那里独守鸳帏静。永漏迢迢，也应暗同此意。

注释

①梦还京：词牌名，《乐章集》注“大石调”。《乐章集》《花草粹编》俱作两段，平仄无别首可校。 ②绣阁：绣房。女子的居室装饰华丽如绣，故称。③永漏：长夜。

醉蓬莱

渐亭皋叶下，陇首云飞，素秋新霁。华阙中天，锁葱葱佳气。嫩菊黄深，拒霜红浅，近宝阶香砌。玉宇无尘，金茎有露，碧天如水。　　正值升平，万几多暇，夜色澄鲜，漏声迢递。南极星中，有老人呈瑞。此际宸游，凤辇何处，度管弦清脆。太液波翻，披香帘卷，月明风细。

注释

①醉蓬莱：词牌名，柳永自度曲。又名“醉蓬莱慢”“雪月交光”“冰玉风月”“玉宇无尘”。以此篇为正体。 ②“渐亭”二句：化用南朝梁柳恽《捣衣诗》：“亭皋木叶下，陇首秋云飞。” ③素秋：秋季。古代五行之说，秋属金，其色白，故称。 ④新霁（jì）：雨雪后初晴。 ⑤华阙中天：华美的皇宫耸入高空。中天，高空。 ⑥锁：笼罩。 ⑦葱葱：气象旺盛的样子。 ⑧拒霜：木芙蓉花的别称。冬凋夏茂，仲秋开花，耐寒不落，故名。 ⑨宝阶香砌：喻台阶之美且香。⑩玉宇：华丽的宫殿。 ⑪金茎：用以擎承露盘的铜柱。 ⑫升平：太平盛世。⑬万几：也作“万机”，指皇帝日常处理的纷繁政务。 ⑭澄鲜：清新。 ⑮“南极”二句：意谓老人星出现了，象征天下太平。司马迁《史记·天官书》：“狼比地有大星，曰南极老人。”唐张守节正义：“老人一星，在弧南，一曰南极，为人主占寿命延长之应。” ⑯“太液”二句：太液池，又名蓬莱池，始建于汉武帝时，在长安建章宫北。唐上官仪《初春》：“步辇出披香，清歌临太液。”此指宋汴京宫中池苑。披香，即披香殿，汉代宫殿名。此指汴京宫中殿宇。

点评

宋王辟之《渑水燕谈录》载，柳三变景祐末登第，后以疾更名永，字耆卿。皇祐间，久滞选调，入内都知史某爱其才，怜其潦倒，乘机荐之仁宗，以耆卿应制，耆卿方冀进用，欣然走笔，词名“醉蓬莱慢”。比进呈，上见首有“渐”字，色若不悦，读至“宸游凤辇何处”，乃与御制真宗挽词暗合，上惨然。以读至“太液波翻”，曰：“何不言波澄？”乃掷于地。永自此不复进用。

采莲令

月华收，云淡霜天曙。西征客、此时情苦。翠娥执手送临岐，轧轧开朱户。千娇面、盈盈伫立，无言有泪，断肠争忍回顾。 一叶兰舟，便恁急桨凌波去。贪行色、岂知离绪。万般方寸，但饮恨，脉脉同谁语。更回首、重城不见，寒江天外，隐隐两三烟树。

注释

①采莲令：词牌名。唐宋词中，此调仅此一词。 ②月华收：指月落，天将晓。③临歧：岔路口。此指临别。 ④轧轧：象声词，门轴转动的声音。

凤归云

向深秋，雨余爽气肃西郊。陌上夜阑，襟袖起凉飙。天末残星，流电未灭，闪闪隔林梢。又是晓鸡声断，阳乌光动，渐分山路迢迢。 驱驱行役，苒苒光阴，蝇头利禄，蜗角功名，毕竟成何事，漫相高。抛掷云泉，狎玩尘土，壮节等闲消。幸有五湖烟浪，一船风月，会须归去老渔樵。

注释

①凉飙：凉风。 ②阳乌：太阳。神话传说中在太阳里的三足乌，故以阳乌为太阳的代称。 ③苒苒：同“荏苒”，时光渐渐逝去。 ④“蝇头”二句：意谓功名利禄微不足道。蝇头，苍蝇的头，比喻微小的名利。蜗角，蜗牛的触角，比喻微小之地。庄子《庄子·则阳》：“有国于蜗之左角者曰触氏，有国于蜗之右角者曰蛮氏，时相与争地而战，伏尸数万，逐北旬有五日而后反。” ⑤云泉：指隐士之所居。 ⑥狎玩尘土：意谓游戏官场。尘土，指尘世间。此喻官场。 ⑦“幸有”二句：用春秋时范蠡与西施之事。吴越争霸，相传越灭吴后，灭吴有功的范蠡挂冠归隐，携西施泛游五湖。后泛指归隐江湖。 ⑧会须：定要。⑨老渔樵：即老于渔樵，以捕鱼、打柴而终老。此指过归隐的生活。

过涧歇近

淮楚。旷望极、千里火云烧空，尽日西郊无雨。厌行旅。数幅轻帆旋落，舣棹蒹葭浦。避畏景，两两舟人夜深语。

此际争可，便恁奔名竞利去。九衢尘里，衣冠冒炎暑。回首江乡，月观风亭，水边石上，幸有散发披襟处。

注释

①过涧歇近：又名“过涧歇”，始见于《乐章集》，以此首为正体。 ②九衢尘：大道上的尘土。借指烦扰的尘世。 ③月观（guàn）：月榭。《南史·徐湛之传》：“湛之更起风亭、月观、吹台、琴室，果竹繁茂，花药成行。”唐杜宝《大业杂记》：“苑内造山为海……风亭、月观皆以机成，或起或灭，若有神变。” ④散发：喻指弃官隐居，逍遥自在。

女冠子

断云残雨。洒微凉、生轩户。动清籁、萧萧庭树。银河浓淡，华星明灭，轻云时度。莎阶寂静无睹。幽蛩切切秋吟苦。疏篁一径，流萤几点，飞来又去。 对月临风，空恁无眠耿耿，暗想旧日牵情处。绮罗丛里，有人人、那回饮散，略曾谐鸳侣。因循忍便睽阻。相思不得长相聚。好天良夜，无端惹起，千愁万绪。

注释

①断云：雨后之浮云。 ②“洒微凉”句：杜甫《夏夜叹》有“开轩纳微凉”。轩，小室的窗子。 ③籁：声响。 ④华星：璀璨的星星。 ⑤莎阶：长满莎草的台阶。 ⑥疏篁一径：稀疏竹林中的小径。篁，竹子。 ⑦绮罗丛里：众多的女人当中。 ⑧有人人：有一位自己所钟情爱恋的人。 ⑨“略曾”句：略，指时间很短。谐鸳侣，成为像鸳鸯那样的伴侣。 ⑩睽阻：分离，不再相见。

望远行

长空降瑞，寒风翦，淅淅瑶花初下。乱飘僧舍，密洒歌楼，迤逦渐迷鸳瓦。好是渔人，披得一蓑归去，江上晚来堪画。满长安，高却旗亭酒价。　　幽雅。乘兴最宜访戴，泛小棹、越溪潇洒。皓鹤夺鲜，白鹇失素，千里广铺寒野。须信幽兰歌断，彤云收尽，别有瑶台琼榭。放一轮明月，交光清夜。

注释

①望远行：原唐教坊曲名，后用作词调名。原是小令，始自五代韦庄。至北宋，方演变为慢词，始自柳永。任半塘《教坊记笺订》：“调名本义与汉鼓吹曲内之《望行人》同。唐王建、张籍均有《望行人》辞，孟郊有《望远曲》。”敦煌曲辞亦有此调名。调名即咏眺望出征人或出行人渐行远的本意。 ②“乱飘”句：唐郑谷《雪中偶题》：“乱飘僧舍茶烟湿，密洒酒楼酒力微。江上晚来堪画处，渔人披得一蓑归。” ③访戴：南朝宋刘义庆《世说新语·任诞》：“王子猷居山阴，夜大雪……忽忆戴安道。时戴在剡，即便夜乘小船就之。经宿方至，造门不前而返。人问其故，王曰：‘吾本乘兴而行，兴尽而返，何必见戴。’”后因称访友为“访戴”。 ④越溪：传说为西施浣纱处。 ⑤“皓鹤”句：南北朝宋谢惠连《雪赋》有“庭鹤夺鲜，白鹇失素”。

燕归梁

织锦裁编写意深。字值千金。一回披玩一愁吟。肠成结、泪盈襟。　　幽欢已散前期远。无憀赖、是而今。密凭归雁寄芳音。恐冷落、旧时心。

注释

①燕归梁：词牌名，又名“悟黄粱”“醉红妆”“双雁儿”“折丹桂”，调见晏殊《珠玉词》，因词有“双燕归飞绕画堂，似留恋虹梁”句，取其意。调名本意即咏春燕飞回室内梁上。与《喜迁莺》之别名《燕归梁》不同。　②织锦：锦书。用《晋书》窦滔妻苏氏典。　③裁篇：一作“裁编”，指构思。④字值千金：《史记·吕不韦传》：“布咸阳市门，悬千金其上，延诸侯游士宾客有能增损一字者予千金。”此谓情人来信之珍贵。　⑤披玩：把玩，仔细玩味。　⑥肠成结：心中忧思郁结不解。　⑦前期：将来重聚的日子。　⑧无憀（liáo）赖：即“无聊”，郁闷，精神空虚。憀，通“聊”。　⑨密凭：频频托付。

瑞鹧鸪

天将奇艳与寒梅。乍惊繁杏腊前开。暗想花神、巧作江南信，鲜染燕脂细翦裁。　　寿阳妆罢无端饮，凌晨酒入香腮。恨听烟坞深中，谁恁吹羌管、逐风来。绛雪纷纷落翠苔。

注释

①江南信：《太平御览》引《荆州记》：“宋陆凯与范晔相善，自江南寄

梅花一枝，诣长安，与晔，并赠诗曰：‘折梅逢驿使，寄与陇头人。江南无所有，聊赠一枝春。’”　②绛雪：红色的花朵。

瑞鹧鸪

全吴嘉会古风流。渭南往岁忆来游。西子方来、越相功成去，千里沧江一叶舟。　　至今无限盈盈者，尽来拾翠芳洲。最是簇簇寒村，遥认南朝路、晚烟收。三两人家古渡头。

注释

①嘉会：欢乐的聚会。多指美好的宴集。　②越相：春秋时越大夫范蠡，曾辅助越王勾践灭吴雪耻，功成后以一叶扁舟逸去，经商致富。　③沧江：江水。江水呈苍色，故称。　④南朝：南北朝时期江南地区宋、齐、梁、陈的总称。四朝皆建都于建康（今南京市），后借指南京。

「张先」

醉垂鞭

双蝶绣罗裙。东池宴。初相见。朱粉不深匀。闲花淡淡春。

细看诸处好。人人道。柳腰身。昨日乱山昏，来时衣上云。

注释

①醉垂鞭：词牌名，始见张先集。 ②东池宴：与女子相见的地点、原因。③“昨日”二句：写女子飘然若仙。

点评

清周济《宋四家词选》：“横绝。”

江南柳

隋堤远，波急路尘轻。今古柳桥多送别，见人分袂亦愁生。何况自关情。 斜照后，新月上西城。城上楼高重倚望，愿身能似月亭亭，千里伴君行。

注释

①江南柳：即双调《忆江南》。 ②“愿身”二句：与李白“我寄愁心与明月，随风直到夜郎西”相类，“亭亭”把月的意象女性化了，送者的身份不言自明，“千里伴行”更真挚深婉。

蝶恋花

移得绿杨栽后院。学舞宫腰，二月青犹短。不比灞陵多送远，残丝乱絮东西岸。　　几叶小眉寒不展。莫唱《阳关》，真个肠先断。分付与春休细看，条条尽是离人怨。

注释

①蝶恋花：词牌名，即“鹊踏枝”，取自梁简文帝《东飞伯劳歌》“翻阶蛱蝶恋花情”。 ②绿杨：绿柳。 ③小眉：喻杨柳初生的嫩叶。

菩萨蛮

忆郎还上层楼曲，楼前芳草年年绿。绿似去时袍，回头风袖飘。　　郎袍应已旧，颜色非长久。惜恐镜中春，不如花草新。

注释

①“楼前”句：化用淮南小山《招隐士》“王孙游兮不归，春草生兮萋萋”，及王维《山中送别》“春草明年绿，王孙归不归”。 ②镜中春：镜中女子的容颜如春光般姣好。

菩萨蛮

夜深不至春蟾见。令人更更情飞乱。翠幕动风亭。时疑响屧声。　花香闻水榭。几误飘衣麝。不忍下朱扉。绕廊重待伊。

注释

①响屧（xiè）：指女子的步履声。

一丛花令

伤高怀远几时穷。无物似情浓。离愁正引千丝乱，更东陌、飞絮濛濛。嘶骑渐遥，征尘不断，何处认郎踪。　双鸳池沼水溶溶。南北小桡通。梯横画阁黄昏后，又还是、斜月帘栊。沉恨细思，不如桃杏，犹解嫁东风。

注释

①一丛花令：词牌名，又名“一丛花”。宋杨湜《古今词话》载，张先恋

一尼姑，庵中老尼看管甚严。该尼姑每卧于池岛中的一小阁上，以俟夜晚与张先相会。临别，张先赠《一丛花》词。 ②千丝：指杨柳的长条。 ③东陌：东边的道路。此指分别处。 ④嘶骑：嘶叫的马声。 ⑤嫁东风：随东风飘去，即吹落。化用李贺《南园》“可怜日暮嫣香落，嫁与东风不用媒”，时人称其为“桃杏嫁东风郎中”。

点评

宋范公偁《过庭录》载，子野《一丛花令》一时盛传，永叔（欧阳修）尤爱之，恨未识其人，子野家南地。以故圣都，谒永叔，闻者以通，永叔倒屣迎之曰：“此乃‘桃杏嫁东风’郎中。”

谢池春慢

玉仙观道中逢谢媚卿

缭墙重院，时闻有、啼莺到。绣被掩余寒，画阁明新晓。朱槛连空阔，飞絮知多少。径莎平，池水渺。日长风静，花影闲相照。 尘香拂马，逢谢女、城南道。秀艳过施粉，多媚生轻笑。斗色鲜衣薄，碾玉双蝉小。欢难偶，春过了。琵琶流怨，都入相思调。

注释

①谢池春慢：词牌名，调见《古今词话》。张先玉仙观道中逢谢媚卿作，盖慢词也，与六十六字《谢池春》令词不同。《绿窗新话》：“张子野往玉仙观，中路逢谢媚卿，初未相识，但两相闻名。子野才韵既高，谢亦秀色出世，一见慕悦，目色相接。张领其意，缓辔久之而去。因作《谢池春慢》以叙一时之遇。”玉仙观在汴京城南，是当时游春的名胜场所。谢媚卿，北宋名伎。

行香子

舞雪歌云。闲淡妆匀。蓝溪水、深染轻裙。酒香醺脸，粉色生春。更巧谈话，美情性，好精神。　　江空无畔，凌波何处，月桥边、青柳朱门。断钟残角，又送黄昏。奈心中事，眼中泪，意中人。

注释

①行香子：词牌名，又名“蓺心香”。行香，佛教徒行道烧香，调名本此。每结之三字句须构词法相同，又意义连贯，意象优美，音节响亮，具语意回环之艺术效果，故使此调特色显著。宋人之作多表达感慨、嘲讽、轻快之情意。
②歌云：动听的歌声。《列子·汤问》：“抚节悲歌，声振林木，响遏行云。”
③凌波：喻美人步履轻盈，如乘碧波而行。曹植《洛神赋》：“凌波微步，罗袜生尘。”吕向注：“步于水波之上，如尘生也。”

点评

《古今诗话》载，有客谓子野曰：“人皆谓公张三中，即心中事、眼中泪、意中人也。”公曰：“何不目之为张三影？”客不晓，公曰：“云破月来花弄影、娇柔懒起，帘压卷花影、柳径无人，堕絮飞无影，此余平生所得意也。”

天仙子

时为嘉禾小倅、以病眠不赴府会

水调数声持酒听。午醉醒来愁未醒。送春春去几时回，临晚镜。伤流景。往事后期空记省。　沙上并禽池上暝。云破月来花弄影。重重帘幕密遮灯，风不定。人初静，明日落红应满径。

注释

①嘉乐小倅：嘉乐，秀州别称，在今浙江省嘉兴市。倅，副职，时张先任秀州通判。　②不赴府会：未去官府上班。　③水调：曲调名。唐杜牧《扬州》："谁家唱《水调》，明月满扬州。"　④流景：像水一样的年华，逝去的光阴。⑤后期：以后的约会。　⑥并禽：成对的鸟儿。此指鸳鸯。

归朝欢

声转辘轳闻露井。晓引银瓶牵素绠。西园人语夜来风，丛英飘坠红成径。宝猊烟未冷。莲台香蜡残痕凝。等身金，谁能得意，买此好光景。　粉落轻妆红玉莹。月枕横钗云坠领。有情无物不双栖，文禽只合常交颈。昼长欢岂定。争如翻作春宵永。日曈昽，娇柔懒起，帘押残花影。

注释

①归朝欢：词牌名，又名"菖蒲绿""归朝歌""归田歌"，柳永创制。归朝，返归朝廷。调名本意即咏返归朝廷的欢快喜悦。　②素绠：汲水桶上的绳索。《乐府诗集·舞曲歌辞三·淮南王篇》："后园凿井银作床，金瓶素绠汲寒浆。"③宝猊（ní）：猊形的熏香炉。　④等身金：与身高相等的金子。形容数量之多，价值之高。《旧唐书·郝玼传》："有生得郝玼者，赏之以等身金。"　⑤文禽：

羽毛有文采的鸟。鸳鸯、紫鸳鸯、锦鸡、孔雀皆可称为文禽。 ⑥曈昽（tóng lóng）：日初出渐明貌。《说文·日部》：“曈，曈昽，日欲明也。”

翦牡丹

舟中闻双琵琶

野绿连空，天青垂水，素色溶漾都净。柔柳摇摇，坠轻絮无影。汀洲日落人归，修巾薄袂，撷香拾翠相竞。如解凌波，泊烟渚春暝。　　彩绦朱索新整。宿绣屏、画船风定。金凤响双槽，弹出今古幽思谁省。玉盘大小乱珠迸。酒上妆面，花艳媚相并。重听。尽汉妃一曲，江空月静。

注释

①翦牡丹：词牌名。唐朝以来，世人盛爱牡丹，至宋时，此风犹存。《宋史·乐志》：“女弟子舞队……四曰佳人剪牡丹队。”调名或源于队舞曲。 ②“柔柳”二句：一作“柳径无人，堕絮飞无影”。 ③撷香拾翠：古代女子常在春季到郊外拾野鸟的各色羽毛，采各种香草。曹植《洛神赋》有“或采明珠，或拾翠羽”句。 ④彩绦朱索：五颜六色的彩带，是女子的装饰物。 ⑤金凤：琵琶、琴、筝之属。因弦柱上端刻凤为饰，故称。 ⑥双槽：两把琵琶。槽，琵琶上架弦的格子。 ⑦“玉盘”句：由白居易《琵琶行》“大珠小珠落玉盘”化出。 ⑧汉妃：用王昭君远嫁匈奴、马上弹琵琶故事。晋石崇《王明君辞序》：“昔公主嫁乌孙，令琵琶马上作乐，以慰其道路之思；其送明君，亦必尔也。” ⑨一曲：指以昭君出塞故事谱写的琴曲《昭君怨》。

青门引

乍暖还轻冷。风雨晚来方定。庭轩寂寞近清明，残花中酒，又是去年病。　楼头画角风吹醒。入夜重门静。那堪更被明月，隔墙送过秋千影。

注释

①青门引：词牌名，又名“玉溪清”，属小令，张先创调，以此篇为正体。汉代长安城东南门，本名灞城门，色青，俗称青门。调名本意即以引曲的形式借长安城东门秦东陵侯的遭遇，咏叹人生贵极而衰的命运。另有《青门饮》乃长调，调体均异。

千秋岁

数声鶗鴂。又报芳菲歇。惜春更把残红折。雨轻风色暴，梅子青时节。永丰柳，无人尽日花飞雪。　莫把幺弦拨，怨极弦能说。天不老，情难绝。心似双丝网，中有千千结。夜过也，东窗未白凝残月。

注释

①千秋岁：词牌名。千秋，指长寿，唐代将玄宗诞辰定为千秋节，《唐会要》卷二十九“节日”：“开元十七年（729）八月五日，左丞相源乾曜、右丞相张说等，上表请以是日为千秋节。著之甲令，布于天下，咸令休假。”《唐六典》卷四：“凡千秋节，皇帝御楼，设九部之乐，百官袴褶陪位，上公称觞献寿。”

唐教坊为此专门创作大曲《千秋乐》，晚唐时《千秋乐》成为曲子词的词调之一。宋人据旧曲名另制新声，始词为张先此首。 ②鶗鴂（tí jué）：子规、杜鹃。 ③永丰柳：唐时洛阳永丰坊西南角荒园中有垂柳一株被冷落，白居易《杨柳枝》“永丰东角荒园里，尽日无人属阿谁”，喻家妓小蛮。后传入乐府，以“永丰柳”指园柳，喻孤寂无靠的女子。 ④幺弦：琵琶第四弦，各弦中最细，故称。亦泛指短弦、小弦。 ⑤凝残月：一作“孤灯灭”。

点评

“天不老，情难绝”化用李贺“天若有情天亦老”，含义却不一样，此处强调天不会老，爱情永无断绝的时候。心似双丝网，中有千千结。

木兰花

乙卯吴兴寒食

龙头舴艋吴儿竞。笋柱秋千游女并。芳洲拾翠暮忘归，秀野踏青来不定。　行云去后遥山暝。已放笙歌池院静。中庭月色正清明，无数杨花过无影。

注释

①乙卯：宋神宗熙宁八年（1075）。 ②吴兴：今浙江湖州市。 ③舴艋（zé měng）：形状如蚱蜢似的小船。 ④吴儿：吴地的青少年。 ⑤竞：指赛龙舟。 ⑥笋柱：竹竿做的柱子。 ⑦“行云”句：游女散后，远山渐渐昏暗下来。

点评

有人说，其末句堪与使作者闻名于世的“三影”合称“四影”，可谓深得此词之妙。

木兰花

和孙公素别安陆

相离徒有相逢梦。门外马蹄尘已动。怨歌留待醉时听，远目不堪空际送。　　今宵风月知谁共。声咽琵琶槽上凤。人生无物比多情，江水不深山不重。

注释

①远目：远望。　②槽上凤：琵琶上端雕刻成凤头状。

点评

“今宵”句与柳永“今宵酒醒何处，杨柳岸、晓风残月”有异曲同工之妙。

“江水不深山不重”一反前人咏愁言情以水、山类比的俗套，亦属避俗就生之法。

惜琼花

汀蘋白。苕水碧。每逢花驻乐，随处欢席。别时携手看春色。萤火而今，飞破秋夕。　　旱河流，如带窄。任身轻似叶，何计归得。断云孤鹜青山极。楼上徘徊，无尽相忆。

注释

①惜琼花：调见张先词集，为吴兴守时所赋也。　②苕水：苕溪，在作者

家乡浙江吴兴。苕溪一带，向以风光秀美著称。

浣溪沙

楼倚春江百尺高。烟中还未见归桡。几时期信似江潮。

花片片飞风弄蝶，柳阴阴下水平桥。日长才过又今宵。

注释

①期信：遵守预先约定的时间。顾敻《荷叶杯》“一去又乖期信”。

浣溪沙

轻屟来时不破尘。石榴花映石榴裙。有情应得撞腮春。

夜短更难留远梦，日高何计学行云。树深莺过静无人。

注释

①石榴裙：朱红色的裙子。泛指妇女的裙子。

清平乐

屏山斜展。帐卷红绡半。泥浅曲池飞海燕。风度杨花满院。

云情雨意空深。觉来一枕春阴。陇上梅花落尽，江南消息沉沉。

注释

①海燕：燕子的别称。古人认为燕子产于南方，须渡海而至，故名。 ②陇上：泛指今陕北、甘肃及其以西一带地方。

武陵春

秋染青溪天外水，风棹采菱还。波上逢郎密意传。语近隔丛莲。　　相看忘却归来路，遮日小荷圆。菱蔓虽多不上船。心眼在郎边。

注释

①武陵春：相传是北宋毛滂所创，根据楚地流传的曲调，作《武林春》，后来便作为曲子词形式传留了下来。《填词名解》：取唐人方干《睦州吕郎中郡中环溪亭》"为是仙才登望处，风光便似武陵春"。其名源出晋陶潜《桃花源记》中"晋太元中，武陵人捕鱼为业"语。 ②心眼：心意，心思。

贺圣朝

淡黄衫子浓妆了。步缕金鞋小。爱来书幌绿窗前，半和娇笑。谢家姊妹，诗名空杳。何曾机巧。争如奴道，春来情思，乱如芳草。

注释

①书幌：书帷。亦指书房。

破阵乐

钱塘

四堂互映，双门并丽，龙阁开府。郡美东南第一，望故苑、楼台霏雾。垂柳池塘，流泉巷陌，吴歌处处。近黄昏，渐更宜良夜，簇簇繁星灯烛，长衢如昼，暝色韶光，几许粉面，飞甍朱户。

和煦。雁齿桥红，裙腰草绿，云际寺、林下路。酒熟梨花宾客醉，但觉满山箫鼓。尽朋游、同民乐，芳菲有主。自此归从泥诏，去指沙堤，南屏水石，西湖风月，好作千骑行春，画图写取。

注释

①飞甍（méng）：飞檐。

点评

可与柳永“东南形胜”词参照阅读。

画堂春

外湖莲子长参差。霁山青处鸥飞。水天溶漾画桡迟。人影鉴中移。　　桃叶浅声双唱，杏红深色轻衣。小荷障面避斜晖。分得翠阴归。

注释

①画堂春：词牌名，又名“画堂春令”“万峰攒翠”等。调见《淮海集》。唐代时富贵之家将装饰华丽的房子都称为画堂。调即咏画堂春色，取以为名。②溶漾：水波荡漾的样子。　③桃叶：晋王献之妾名。献之作《桃叶歌》，南朝陈时，江南盛歌之。此处借指歌女。一说指《桃叶歌》。

诉衷情

花前月下暂相逢。苦恨阻从容。何况酒醒梦断，花谢月朦胧。

花不尽，月无穷。两心同。此时愿作，杨柳千丝，绊惹春风。

注释

①诉衷情：唐教坊曲名，后用为词调。又名“一丝风”“步花间”“桃花水”“偶相逢”“画楼空”“渔父家风”。　②苦恨：甚恨，深恨。　③绊惹：牵缠。

更漏子

锦筵红，罗幕翠。侍宴美人姝丽。十五六，解怜才。劝人深酒杯。　　黛眉长，檀口小。耳畔向人轻道。柳阴曲，是儿家。门前红杏花。

注释

①锦筵：筵席的美称。　②罗幕：丝罗帐幕。　③侍宴：宴享时陪从或侍候于旁。　④姝（shū）丽：美丽。　⑤解：了解，懂得。　⑥怜才：爱慕有才华的人。　⑦檀（tán）口：形容女性嘴唇之美。檀，浅绛色，即浅红色。　⑧儿家：古代年轻女子对其家的自称。

南乡子

潮上水清浑。棹影轻于水底云。去意徘徊无奈泪，衣巾。犹有当时粉黛痕。　　海近古城昏。暮角寒沙雁队分。今夜相思应看月，无人。露冷依前独掩门。

注释

①题注：中秋不见月。一作“南徐中秋”。

南歌子

蝉抱高高柳，莲开浅浅波。倚风疏叶下庭柯。况是不寒不暖、正清和。　　浮世欢会少，劳生怨别多。相逢休惜醉颜酡。赖有西园明月、照笙歌。

注释

①庭柯：庭园中的树木。晋陶潜《停云》："翩翩飞鸟，息我庭柯。"　②清和：天气清明和暖。　③浮世：人间，人世。旧时认为人世间是浮沉聚散不定的，故称。④劳生：《庄子·大宗师》："夫大块载我以形，劳我以生，佚我以老，息我以死。"后以"劳生"指辛苦劳累的生活。

系裙腰

惜霜蟾照夜云天。朦胧影、画勾阑。人情纵是长情月，算一年年。又能得、几番圆。　　欲寄西江题叶字，流不到、五亭前。东池始有荷新绿，尚小如钱。问何日藕、几时莲。

注释

①系裙腰：调见张先词集。宋媛魏氏词名《芳草渡》。杨慎《词品》谓张先《系裙腰》"词秾薄而意优柔，亦柳永之流也"。　②霜蟾：月亮。月光如霜，又传说月中有蟾蜍，故称。　③勾阑：栏杆。　④五亭：古迹名。白蘋亭、集芳亭、山光亭、朝霞亭、碧波亭的合称。故址在今浙江湖州市白蘋洲。唐开成三年杨汉公为刺史时建。

御街行

天非花艳轻非雾。来夜半、天明去。来如春梦不多时，去似朝云何处。远鸡栖燕，落星沉月，紞紞城头鼓。　参差渐辨西池树。珠阁斜开户。绿苔深径少人行，苔上屐痕无数。余香遗粉，剩衾闲枕，天把多情付。

注释

①“天非”四句：隐括白居易《花非花》。　②紞（dǎn）紞：击鼓声。

「晏殊」

浣溪沙

阆苑瑶台风露秋。整鬟凝思捧觥筹。欲归临别强迟留。

月好谩成孤枕梦，酒阑空得两眉愁。此时情绪悔风流。

注释

①阆苑：传说中仙人的住处。　②觥筹：酒器和酒令筹。

浣溪沙

三月和风满上林。牡丹妖艳直千金。恼人天气又春阴。

为我转回红脸面，向谁分付紫檀心。有情须殢酒杯深。

注释

①和风：温和的风。多指春风。　②上林：泛指帝王的园囿。

浣溪沙

青杏园林煮酒香。佳人初试薄罗裳。柳丝无力燕飞忙。

乍雨乍晴花自落，闲愁闲闷日偏长。为谁消瘦损容光。

注释

①题注：一作欧阳修词。　②容光：仪容风采。

浣溪沙

一曲新词酒一杯。去年天气旧亭台。夕阳西下几时回。

无可奈何花落去，似曾相识燕归来。小园香径独徘徊。

注释

①“一曲”句：化用白居易《长安道》“花枝缺入青楼开，艳歌一曲酒一杯”。②“去年”句：语本唐郑谷《和知己秋日伤怀》“流水歌声共不回，去年天气旧池台”。

点评

明杨慎《词品》：“无可奈何”二语工丽，天然奇遇。

浣溪沙

红蓼花香夹岸稠。绿波春水向东流。小船轻舫好追游。

渔父酒醒重拨棹，鸳鸯飞去却回头。一杯销尽两眉愁。

注释

①红蓼（liǎo）：一种生长在水边的植物。夏秋季开花，花浅红色。也称水蓼。　②舫：船。

点评

清刘熙载《艺概·词曲概》：“冯延巳词，晏同叔得其俊，欧阳永叔得其深。”

浣溪沙

淡淡梳妆薄薄衣。天仙模样好容仪。旧欢前事入颦眉。

闲役梦魂孤烛暗，恨无消息画帘垂。且留双泪说相思。

注释

①前事：过去的事。

浣溪沙

小阁重帘有燕过。晚花红片落庭莎。曲阑干影入凉波。

一霎好风生翠幕，几回疏雨滴圆荷。酒醒人散得愁多。

注释

①晚花：春晚的花。　②红片：落花的花瓣。　③庭莎：庭院里所生的莎草。④“几回”句：化用孙光宪《思帝乡》“看尽满池疏雨打团荷”。

点评

宋吴处厚《青箱杂记》卷五载，晏元献公虽起田里，而文章富贵，出于天然。尝览李庆孙《富贵曲》云“轴装曲谱金书字，树记花名玉篆牌”，公曰：“此乃乞儿相，未尝谙富贵者。”故公每吟咏富贵，不言金玉锦绣，而唯说其气象。若“楼台侧畔杨花过，帘幕中间燕子飞”“梨花院落溶溶月，杨柳池塘淡淡风”之类是也。故公自以此句语人曰：“穷儿家有这景致也无？”

浣溪沙

宿酒才醒厌玉卮。水沉香冷懒熏衣。早梅先绽日边枝。

寒雪寂寥初散后，春风悠扬欲来时。小屏闲放画帘垂。

注释

①水沉：木名。即沉香。明李时珍《本草纲目》：“（沉香）木之心节置水则沉，故名沉水，亦曰水沉。”

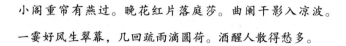

浣溪沙

湖上西风急暮蝉。夜来清露湿红莲。少留归骑促歌筵。

为别莫辞金盏酒，入朝须近玉炉烟。不知重会是何年。

注释

①少留：稍作停留。 ②归骑：指将归之人。骑：一人一马的合称。 ③促：就，近。 ④为别：分别。唐李白《送友人》：“此地一为别，孤蓬万里征。” ⑤金盏：华美的酒杯。 ⑥入朝：进入中央朝廷做官。

浣溪沙

杨柳阴中驻彩旌。芰荷香里劝金觥。小词流入管弦声。

只有醉吟宽别恨，不须朝暮促归程。雨条烟叶系人情。

注释

①彩旌：插于车上的彩色旗子，此代指车辆。 ②芰荷：菱花与荷花。 ③劝金觥（gōng）：劝酒。觥，酒杯。 ④“小词”句：所填小令通过管弦演奏歌唱。 ⑤雨条烟叶：像雨丝一样的枝条，像烟雾一样的叶子。指杨柳的枝叶。

浣溪沙

一向年光有限身。等闲离别易销魂。酒筵歌席莫辞频。

满目山河空念远，落花风雨更伤春。不如怜取眼前人。

注释

①“一向”句：一向，一晌，片刻。年光，时光。有限身，有限的生命。②怜取眼前人：唐元稹《会真记》“还将旧来意，怜取眼前人”。怜，珍惜，怜爱。取，语助词。

点评

此词取景阔大，笔力雄厚，深沉而温婉，别具一格。

浣溪沙

玉碗冰寒滴露华。粉融香雪透轻纱。晚来妆面胜荷花。

鬓亸欲迎眉际月，酒红初上脸边霞。一场春梦日西斜。

注释

①题注：《花草粹编》作苏轼词，误。　②玉碗：古代富贵人家冬时用玉碗贮冰于地窖，夏时取以消暑。　③粉融：脂粉与汗水融和。　④香雪：借喻女子肌肤的芳洁。　⑤胜荷花：语本李白《西施》“秀色掩今古，荷花羞玉颜”，借“荷花”表现女子美貌。　⑥鬓亸：鬓发下垂的样子，形容仕女梳妆的美丽。⑦眉际月：古时女子的面饰。有以黄粉涂额呈圆形为月，因位置在两眉之间，故称。

鹊踏枝

槛菊愁烟兰泣露。罗幕轻寒，燕子双飞去。明月不谙离恨苦。斜光到晓穿朱户。　　昨夜西风凋碧树。独上高楼，望尽天涯路。欲寄彩笺兼尺素。山长水阔知何处。

注释

①槛：古建筑常于轩斋四面房基之上围以木栏，上承屋角，下临阶砌，谓之槛。至于楼台水榭，亦多是槛栏修建之所。　②罗幕：丝罗的帷幕，富贵人家所用。　③不谙：不了解，没有经验。谙，熟悉，精通。　④离恨：一作“离别”。　⑤朱户：犹言朱门，指大户人家。　⑥彩笺：彩色的信笺。　⑦尺素：书信的代称。　⑧兼：一作“无”。

点评

王国维《人间词话》：《诗·蒹葭》一篇，最得风人深致。“昨夜西风凋碧树，独上高楼，望尽天涯路”，意颇近之，但一洒落，一悲壮尔。

蝶恋花

帘幕风轻双语燕。午醉醒来，柳絮飞撩乱。心事一春犹未见。余花落尽青苔院。　　百尺朱楼闲倚遍。薄雨浓云，抵死遮人面。消息未知归早晚。斜阳只送平波远。

注释

①撩乱：纷乱，同“缭乱”。 ②心事：心中所思虑或期待的事。 ③犹：还，仍。 ④百尺朱楼：朱楼即红楼，富家女子所居，“百尺”形如其高。 ⑤倚：靠。 ⑥抵死：总是，老是。 ⑦平波：平缓而广漠的水流。

凤衔杯

青蘋昨夜秋风起。无限个、露莲相倚。独凭朱阑、愁望晴天际。空目断、遥山翠。　　彩笺长，锦书细。谁信道、两情难寄。可惜良辰好景、欢娱地。只恁空憔悴。

注释

①凤衔杯：词牌名。以此篇为正体。李白《广陵赠别》：“系马垂杨下，衔杯大道间。”“凤衔杯”指凤凰形状饰物的酒杯。 ②青蘋：生于浅水的草本植物。宋玉《风赋》：“夫风生于地，起于青蘋之末。”

凤衔杯

柳条花颣恼青春。更那堪、飞絮纷纷。一曲细丝清脆、倚朱唇。斟绿酒、掩红巾。　　追往事，惜芳辰。暂时间、留住行云。端的自家心下、眼中人。到处里、觉尖新。

注释

①花纇（lèi）：花蕾。　②芳辰：美好的时光。多指春季。

清平乐

红笺小字。说尽平生意。鸿雁在云鱼在水。惆怅此情难寄。

斜阳独倚西楼，遥山恰对帘钩。人面不知何处，绿波依旧东流。

注释

①红笺：红色笺纸，多用以题写诗词或作名片等。唐代女诗人薛涛晚年居成都浣花溪，自制深红小彩笺写诗。　②平生：一生。　③人面：化用崔护《题都城南庄》“人面不知何处去，桃花依旧笑东风”。

清平乐

金风细细。叶叶梧桐坠。绿酒初尝人易醉。一枕小窗浓睡。

紫薇朱槿花残。斜阳却照阑干。双燕欲归时节，银屏昨夜微寒。

注释

①金风：秋风，古代以阴阳五行解释季节演变，秋属金，故称。　②“叶

叶”句：梧桐叶一片片坠落。 ③紫薇朱槿：紫薇，落叶小乔木，花红紫或白，夏日开，秋天凋，故又名“百日红”。朱槿，红色木槿，落叶小灌木，夏秋之交开花，朝开暮落。又名“扶桑”。 ④银屏：屏风上以云母石等物镶嵌，洁白如银，故称银屏，又称“云屏”。

点评

清程洪《词洁》：“情景相副，宛转关生，不求工而自合。宋初所以不可及也。”

木兰花

池塘水绿风微暖。记得玉真初见面。重头歌韵响铮琮，入破舞腰红乱旋。 玉钩阑下香阶畔。醉后不知斜日晚。当时共我赏花人，点检如今无一半。

注释

①题注：一作欧阳修词。 ②玉真：泛指美人。 ③重（chóng）头：词的上下阕节拍完全相同的称重头。 ④铮琮（zhēng cóng）：象声词，形容金属撞击时所发出的声音。 ⑤入破：唐、宋大曲在结构上分成三大段，名散序、中序、破。入破即破的第一遍。 ⑥乱旋：谓舞蹈节奏加快。 ⑦点检：清点。

木兰花

东风昨夜回梁苑。日脚依稀添一线。旋开杨柳绿蛾眉，暗折海棠红粉面。　　无情一去云中雁。有意归来梁上燕。有情无意且休论，莫向酒杯容易散。

注释

①梁苑：西汉梁孝王所建的东苑。故址在今河南省开封市东南。园林规模宏大，方三百余里，宫室相连属，供游赏驰猎。梁孝王在其中广纳宾客，当时名士司马相如、枚乘、邹阳等均为座上客。也称“兔园”。

木兰花

燕鸿过后莺归去。细算浮生千万绪。长于春梦几多时，散似秋云无觅处。　　闻琴解佩神仙侣。挽断罗衣留不住。劝君莫作独醒人，烂醉花间应有数。

注释

①燕鸿：燕为夏候鸟，鸿为冬候鸟。因多以喻相距之远，相见之难。　②浮生：《庄子·刻意》：“其生若浮，其死若休。”人生在世，虚浮不定，故称。③“长于”二句：用白居易《花非花》“来如春梦几多时，去似朝云无觅处”。④闻琴：暗指卓文君事。《史记》载，文君新寡，司马相如于夜以琴挑之，文君遂与相如私奔。　⑤解佩：刘向《列仙传》载，郑交甫至汉皋台下，遇二仙女佩两珠，交甫与她们交谈，想得到她们所佩宝珠，二仙女解佩给他，但转眼仙女和佩珠都不见了。　⑥独醒人：指屈原，后亦泛指不随流俗者。

木兰花

玉楼朱阁横金锁。寒食清明春欲破。窗间斜月两眉愁，帘外落花双泪堕。　　朝云聚散真无那。百岁相看能几个。别来将为不牵情，万转千回思想过。

注释

①玉楼朱阁：华贵的楼阁。　②横金锁：比喻门庭冷清无人往来。金锁，金色的连锁式花纹，一说指铜制的锁。

玉楼春

春恨

绿杨芳草长亭路。年少抛人容易去。楼头残梦五更钟，花底离愁三月雨。　　无情不似多情苦。一寸还成千万缕。天涯地角有穷时，只有相思无尽处。

点评

赵与时《宾退录》卷一引《诗眼》云："晏叔原见蒲传正曰：'先君平日小词虽多，未尝作妇人语也。'传正曰：'绿杨芳草长亭路，年少抛人容易去，岂非妇人语乎？'叔原曰：'公谓年少为所欢乎，因公言，遂解得乐天诗两句："欲留所欢待富贵，富贵不来所欢去。"'传正笑而悟。余按全篇云云，盖真谓所欢者，与乐天'欲留年少待富贵，富贵不来年少去'之句不同，叔原之言失之。"

诉衷情

青梅煮酒斗时新。天气欲残春。东城南陌花下，逢著意中人。

回绣袂，展香茵。叙情亲。此情拚作，千尺游丝，惹住朝云。

注释

①“青梅”句：古人于春末夏初，以青梅或青杏煮酒饮之。斗，趁。时新，时令酒食。 ②茵：垫子。泛指铺垫的东西。 ③朝云：相恋的女子。用宋玉《高唐赋》典。

诉衷情

芙蓉金菊斗馨香。天气欲重阳。远村秋色如画，红树间疏黄。

流水淡，碧天长。路茫茫。凭高目断，鸿雁来时，无限思量。

注释

①鸿雁：大雁。大者为“鸿”，小者为“雁”。

踏莎行

细草愁烟，幽花怯露。凭阑总是消魂处。日高深院静无人，时时海燕双飞去。 带缓罗衣，香残蕙炷。天长不禁迢迢路。

垂扬只解惹春风，何曾系得行人住。

注释

①怯：指花在晨露中的感受。 ②缓：缓带，古代一种衣服。 ③蕙：香草。④炷：燃烧。 ⑤解：古同“懈”，松弛，懈怠。

踏莎行

祖席离歌，长亭别宴。香尘已隔犹回面。居人匹马映林嘶，行人去棹依波转。 画阁魂消，高楼目断。斜阳只送平波远。无穷无尽是离愁，天涯地角寻思遍。

注释

①祖席：古人出行时祭祀路神，因称饯别宴会为“祖席”。 ②香尘：地上落花很多，尘土都带有香气，因称香尘。 ③棹：同“櫂”，划船的桨。长的叫櫂，短的叫楫。这里指船。

点评

唐圭璋《唐宋词简释》：“这首小词足抵一篇《别赋》。”

踏莎行

小径红稀，芳郊绿遍。高台树色阴阴见。春风不解禁杨花，濛濛乱扑行人面。　　翠叶藏莺，朱帘隔燕。炉香静逐游丝转。一场愁梦酒醒时，斜阳却照深深院。

注释

①红稀：花儿稀少，红，指花。　②阴阴见：暗暗显露。　③“翠叶”二句：莺燕深藏不见。暗喻伊人。

踏莎行

绿树归莺，雕梁别燕。春光一去如流电。当歌对酒莫沉吟，人生有限情无限。　　弱袂萦春，修蛾写怨。秦筝宝柱频移雁。尊中绿醑意中人，花朝月夜长相见。

注释

①修蛾：修长的眉毛。　②秦筝：古秦地（今陕西一带）的一种弦乐器。似瑟，传为秦蒙恬所造，故名。　③绿醑（xǔ）：绿色美酒。

踏莎行

碧海无波，瑶台有路。思量便合双飞去。当时轻别意中人，山长水远知何处。　　绮席凝尘，香闺掩雾。红笺小字凭谁附。高楼目尽欲黄昏，梧桐叶上萧萧雨。

注释

①碧海：传说中的海名。《海内十洲记》：“扶桑在东海之东岸。岸直，陆行登岸一万里，东复有碧海。海广狭浩汗，与东海等。水既不咸苦，正作碧色，甘香味美。” ②绮席：华丽的席具。古人称坐卧之铺垫用具为席。

殢人娇

二月春风，正是杨花满路。那堪更、别离情绪。罗巾掩泪，任粉痕沾污。争奈向、千留万留不住。　玉酒频倾，宿眉愁聚。空肠断、宝筝弦柱。人间后会，又不知何处。魂梦里、也须时时飞去。

注释

①殢人娇：词牌名，又名“咨逍遥”。以此词为正体。殢，泥、引逗、恋昵之意。宋吕渭老《思佳客》：“殢人索酒复同倾。”明杨慎《词品》：“泥人娇，俗谓柔言索物曰泥，乃计切，谚所谓软缠也。”唐韩偓《无题》“娇娆欲泥人”，可做调名的注脚。调名本意即咏女子软柔缠人的娇态。 ②宿眉：经宿未画之眉。

撼庭秋

别来音信千里。怅此情难寄。碧纱秋月，梧桐夜雨，几回无寐。　楼高目断，天遥云黯，只堪憔悴。念兰堂红烛，心长焰短，向人垂泪。

注释

①撼庭秋：晏殊首创，仅有一首，《词律》卷五、《词谱》卷七俱列此首为标准之作。后来黄庭坚、王诜有《撼庭竹》，可能是受此启发而新创的词牌。②碧纱：绿纱编制的蚊帐。 ③心长焰短：烛芯虽长，烛焰却短。隐喻心有余而力不足。杜牧《赠别》“蜡烛有心还惜别，替人垂泪到天明”。

山亭柳

赠歌者

家住西秦。赌博艺随身。花柳上、斗尖新。偶学念奴声调，有时高遏行云。蜀锦缠头无数，不负辛勤。　数年来往咸京道，残杯冷炙谩销魂。衷肠事、托何人、若有知音见采，不辞遍唱阳春。一曲当筵落泪，重掩罗巾。

注释

①山亭柳：词牌名。又名“遇仙亭”。以此篇为正体。 ②西秦：今陕西一带，古属秦国。 ③赌：这里是依仗某种技艺取胜之意。 ④博艺：指歌舞才能全面。⑤花柳：指歌楼妓馆。 ⑥斗：比赛，争胜。 ⑦尖新：新颖，新奇。 ⑧念奴：唐代天宝年间著名歌女。 ⑨高遏行云：形容歌声嘹亮。《列子·汤问》载，古歌者秦青“抚节悲歌，声振林木，响遏行云”。遏，止。 ⑩蜀锦：出自蜀地的名贵丝织品。 ⑪缠头：演出完毕客人赠予歌女的锦帛。 ⑫咸京：指作者被外放的秦地一带。 ⑬冷炙：残菜剩饭。 ⑭采：选择，接纳。 ⑮阳春：即《阳春曲》，战国时楚国的高雅歌曲。

点评

近代郑骞《词选》：“此词慷慨激越，所谓借他人酒杯，浇胸中块垒者也。”

破阵子

春景

燕子来时新社，梨花落后清明。池上碧苔三四点，叶底黄鹂一两声。日长飞絮轻。　　巧笑东邻女伴，采桑径里逢迎。疑怪昨宵春梦好，元是今朝斗草赢。笑从双脸生。

注释

①新社：社日是古代祭土地神的日子，以祈丰收，有春秋两社。新社即春社，在立春后、清明前。　②巧笑：形容少女美好的笑容。　③逢迎：相逢。　④疑怪：诧异、奇怪。这里是“怪不得”的意思。　⑤斗草：古代妇女的一种游戏，也叫“斗百草”。南北朝梁宗懔《荆楚岁时记》：“五月五日，谓之浴兰节。荆楚人并踏百草，又有斗百草之戏。”

点评

风神婉约，温润秀洁。

破阵子

燕子欲归时节，高楼昨夜西风。求得人间成小会，试把金尊傍菊丛。歌长粉面红。　　斜日更穿帘幕，微凉渐入梧桐。多少襟情言不尽，写向蛮笺曲调中。此情千万重。

注释

①小会：暂短的聚会。 ②金尊：金色的酒器。尊，亦作“樽”，中国古代的盛酒器具。

采桑子

春风不负东君信，遍折群芳。燕子双双。依旧衔泥入杏梁。

须知一盏花前酒，占得韶光。莫话匆忙。梦里浮生足断肠。

注释

①东君：司春之神。 ②杏梁：文杏木所制的屋梁，言其屋宇的高贵。汉司马相如《长门赋》：“刻木兰以为榱兮，饰文杏以为梁。”南朝齐谢朓《杂咏三首·烛》：“杏梁宾未散，桂宫明欲沉。”

采桑子

阳和二月芳菲遍，暖景溶溶。戏蝶游蜂。深入千花粉艳中。

何人解系天边日，占取春风。免使繁红。一片西飞一片东。

注释

①阳和：借指春天。 ②占取：占有。 ③繁红：繁花。

采桑子

红英一树春来早，独占芳时。我有心期。把酒攀条惜绛蕤。

无端一夜狂风雨，暗落繁枝。蝶怨莺悲。满眼春愁说向谁。

注释

①红英：红花。 ②芳时：良辰，花开时节。 ③心期：相思，期望。

采桑子

时光只解催人老，不信多情，长恨离亭，泪滴春衫酒易醒。

梧桐昨夜西风急，淡月胧明。好梦频惊。何处高楼雁一声。

注释

①只解：只知道。 ②不信：不理解。 ③离亭：古代人在郊外驿亭间送别，因此称这些亭子为离亭。 ④春衫：春天所穿的衣服。此处指年少时穿的衣服，唐张籍《白纻歌》："皎皎白纻白且鲜，将作春衫称少年。" ⑤胧明：模糊不清，指月光不明。 ⑥高楼雁一声：化用唐韩偓《生查子》"空楼雁一声，远屏灯半灭"。

渔家傲

画鼓声中昏又晓。时光只解催人老。求得浅欢风日好。齐揭调。神仙一曲渔家傲。　绿水悠悠天杳杳。浮生岂得长年少。莫惜醉来开口笑。须信道。人间万事何时了。

注释

①渔家傲：词牌名，因此篇“神仙一曲渔家傲”而得名。　②画鼓：有彩绘的鼓。白居易《柘枝妓》：“平铺一合锦筵开，连击三声画鼓催。”　③昏又晓：朝夕，整日。昏，天黑。晓，天明。　④浅欢：短暂的欢爱。　⑤揭调：高调，放声歌唱。

渔家傲

越女采莲江北岸。轻桡短棹随风便。人貌与花相斗艳。流水慢。时时照影看妆面。　莲叶层层张绿伞。莲房个个垂金盏。一把藕丝牵不断。红日晚。回头欲去心撩乱。

注释

①越女：古代越国多出美女，西施其尤著者。后因以泛指越地美女。　②莲房：莲蓬。

「张昪」

离亭燕

一带江山如画。风物向秋潇洒。水浸碧天何处断，翠色冷光相射。蓼岸荻花中，掩映竹篱茅舍。　　天际客帆高挂。门外酒旗低迓。多少六朝兴废事，尽入渔樵闲话。怅望倚危栏，红日无言西下。

注释

①离亭燕：词牌名，又名“离亭宴”。此词牌始于张先，因其词有“随处是离亭别宴”句，取以为调名。此调大概是“荆州亭”的变体。　②一带：指金陵（今南京）一带地区。　③风物：风光景物。　④竹篱茅舍：用竹子做成的篱笆，用茅草搭盖的小房子。　⑤六朝：指东吴、东晋、宋、齐、梁、陈六个朝代，均在南京一带建都。　⑥渔樵：渔翁樵夫。代指普通老百姓。

满江红

无利无名，无荣无辱，无烦无恼。夜灯前、独歌独酌，独吟独笑。况值群山初雪满，又兼明月交光好。便假饶百岁拟如何，从他老。　　知富贵，谁能保。知功业，何时了。算箪瓢金玉，所争多少。一瞬光阴何足道，但思行乐常不早。待春来携酒殢东风，眠芳草。

注释

①况值：正值、恰巧。　②交光：互相辉映。　③假：如果。　④饶：加上，增加。　⑤拟：打算。　⑥箪瓢金玉：谓一贫一富。箪，古代盛饭的圆竹器。瓢，饮器。箪瓢，指贫穷生活。金玉，指豪奢的生活。　⑦殢：困扰、纠缠不清，滞留。

「李冠」

六州歌头

秦亡草昧，刘项起吞并。鞭寰宇。驱龙虎。扫欃枪。斩长鲸。血染中原战。视余耳，皆鹰犬。平祸乱。归炎汉。势奔倾。兵散月明。风急旌旗乱，刁斗三更。共虞姬相对，泣听楚歌声。玉帐魂惊。　　泪盈盈。念花无主。凝愁苦。挥雪刃，掩泉扃。时不利。骓不逝。困阴陵。叱追兵。呜喑摧天地，望归路，忍偷生。功盖世，何处见遗灵。江静水寒烟冷，波纹细、古木凋零。遣行人到此，追念痛伤情。胜负难凭。

注释

①六州歌头：词牌名。此调始于此词。《逸周书·程典》："维三月既生魄，文王合六州之侯，奉勤于商。"此指中国古代九州之荆、梁、雍、豫、徐、扬六州。宋程大昌《演繁露》卷十六："《六州歌头》本鼓吹曲也，近世好事者倚其声为吊古词，如'秦亡草昧，刘项起吞并'者是也。音调悲壮，又以古兴亡事实之。闻其歌使人怅慨，良不与艳词同科，诚可喜也。本朝鼓吹曲止有四曲：《十二时》《导引》《降仙台》并《六州》。为曲，每大礼宿斋或行幸遇夜，每更三奏，名为警场。"鼓吹曲乃军中乐。　②草昧：形容时世混乱黑暗。　③欃（chán）

枪：喻邪恶势力。《文选·张衡〈东京赋〉》：“欃枪旬始，群凶靡余。”李善注：“欃枪，星名也。谓王莽在位如妖气之在天。” ④刁斗：古代行军用具。斗形有柄，铜质，白天用作炊具，晚上击以巡更。 ⑤阴陵：春秋楚邑。为项羽兵败后迷失道处。汉时置县。故城在今安徽定远西北。《史记·项羽本纪》：“项王至阴陵，迷失道。”

点评

通篇隐括《史记·项羽本纪》，把项羽从起兵到失败的曲折历程熔铸在词中，将项羽的英雄气概表现得慷慨雄伟。全词音调悲壮，气势不凡，情致激昂。一作刘潜词。

「宋祁」

玉楼春

春景

东城渐觉风光好。縠皱波纹迎客棹。绿杨烟外晓寒轻，红杏枝头春意闹。　　浮生长恨欢娱少。肯爱千金轻一笑。为君持酒劝斜阳，且向花间留晚照。

注释

①縠（hú）皱波纹：形容波纹细如皱纹。縠皱，有皱褶的纱。　②闹：浓盛。③肯爱：岂肯吝惜，即不吝惜。

浪淘沙近

少年不管。流光如箭。因循不觉韶光换。至如今，始惜月满、花满、酒满。　　扁舟欲解垂杨岸。尚同欢宴。日斜歌阕将分散。

倚兰桡，望水远、天远、人远。

注释

①不管：不在意。 ②流光：时光。 ③因循：随随便便。 ④韶光：美好的时光。

锦缠道

燕子呢喃，景色乍长春昼。睹园林、万花如绣。海棠经雨胭脂透。柳展宫眉，翠拂行人首。　向郊原踏青，恣歌携手。醉醺醺、尚寻芳酒。问牧童、遥指孤村道："杏花深处，那里人家有。"

注释

①锦缠道：词牌名，又名"锦缠头""锦缠绊"。双调六十六字，上片六句四仄韵，下片六句三仄韵。 ②呢喃：轻声细语。 ③宫眉：古代皇宫中妇女的画眉。这里指柳叶如眉。

「王琪」

望江南

柳

江南柳，烟穗拂人轻。愁黛空长描不似，舞腰虽瘦学难成。天意与风情。　　攀折处，离恨几时平。已纵柔条萦客棹，更飞狂絮扑旗亭。三月乱莺声。

注释

①烟穗：垂柳的枝叶。　②愁黛：愁眉。

望江南

江南酒，何处味偏浓。醉卧春风深巷里，晓寻香旆小桥东。竹叶满金钟。　　檀板醉，人面粉生红。青杏黄梅朱阁上，鲥鱼苦笋玉盘中。酩酊任愁攻。

注释

①竹叶：酒名，即竹叶青。亦泛指美酒。

望江南

江南燕，轻飏绣帘风。二月池塘新社过，六朝宫殿旧巢空。颉颃恣西东。　　王谢宅，曾入绮堂中。烟径掠花飞远远，晓窗惊梦语匆匆。偏占杏园红。

注释

①新社：春社。古代祭祀土地神以祈丰收，时间在立春后、清明前。　②颉颃（xié háng）：鸟飞上下貌。《诗经·邶风·燕燕》："燕燕于飞，颉之颃之。"　③杏园：园名，故址在今陕西省西安市郊大雁塔南，唐代新科进士赐宴之地。

望江南

江南竹，清润绝纤埃。深径欲留双凤宿，后庭偏映小桃开。风月影徘徊。　　寒玉瘦，霜霰信相催。粉泪空流妆点在，羊车曾傍翠枝来。龙笛莫轻栽。

注释

①纤埃：微尘。　②寒玉：比喻清冷雅洁的东西，如水、月、竹等。　③龙

笛：亦作“龙篴”，指笛。据说其声似水中龙鸣，故称。汉马融《长笛赋》：“龙鸣水中不见已，截竹吹之声相似。”后则多指管首为龙形的笛。

望江南

江南草，如种复如描。深映落花莺舌乱，绿迷南浦客魂销。日日斗青袍。　　风欲转，柔态不胜娇。远翠天涯经夜雨，冷痕沙上带昏潮。谁梦与兰茗。

注释

①青袍：青色的袍子。《古诗》：“青袍似春草，长条随风舒。”　②兰茗：兰花。《文选·郭璞〈游仙诗〉》：“翡翠戏兰茗，容色更相鲜。”李善注：“兰茗，兰秀也。”

望江南

江景

江南雨，风送满长川。碧瓦烟昏沉柳岸，红绡香润入梅天。飘洒正潇然。　　朝与暮，长在楚峰前。寒夜愁攲金带枕，暮江深闭木兰船。烟浪远相连。

注释

①入梅：进入梅雨期。各地气候时节不同，入梅期也各不同。

望江南

江南水，江路转平沙。雨霁高烟收素练，风晴细浪吐寒花。迢递送星槎。　　名利客，飘泊未还家。西塞山前渔唱远，洞庭波上雁行斜。征棹宿天涯。

注释

①素练：白色绢帛。常用以喻云、水、瀑布等。　②星槎（chá）：往来于天河的木筏。传说古时天河与海相通，汉代曾有人从海渚乘槎到天河，遇见牛郎织女。

望江南

江乡

江南岸，云树半晴阴。帆去帆来天亦老，潮生潮落日还沉。南北别离心。　　兴废事，千古一沾襟。山下孤烟渔市晓，柳边疏雨酒家深。行客莫登临。

注释

①兴废：盛衰，兴亡。《汉书·匡衡传》："三代兴废，未有不由此者也。"

望江南

江南月，清夜满西楼。云落开时冰吐鉴，浪花深处玉沉钩。圆缺几时休。　　星汉迥，风露入新秋。丹桂不知摇落恨，素娥应信别离愁。天上共悠悠。

注释

①玉沉钩：指月在水中的倒影。

望江南

江南雪，轻素剪云端。琼树忽惊春意早，梅花偏觉晓香寒。冷影褫清欢。　　蟾玉迥，清夜好重看。谢女联诗衾翠幕，子猷乘兴泛平澜。空惜舞英残。

注释

①轻素：轻而薄的白色丝织品。指雪。　②子猷（yóu）：晋王徽之的字，王羲之之子。性爱竹，曾说：“何可一日无此君！”居会稽时，雪夜泛舟剡溪，访戴逵，至其门不入而返。人问其故，则曰：“本乘兴而行，兴尽而返，何必见戴！”见南朝宋刘义庆《世说新语·任诞》。

「尹洙」

水调歌头

和苏子美

万顷太湖上，朝暮浸寒光。吴王去后，台榭千古锁悲凉。谁信蓬山仙子，天与经纶才器，等闲厌名缰。敛翼下霄汉，雅意在沧浪。　　晚秋里，烟寂静，雨微凉。危亭好景，佳树修竹绕回塘。不用移舟酌酒，自有青山渌水，掩映似潇湘。莫问平生意，别有好思量。

注释

①水调歌头：词牌名，又名“元会曲”“台城游”“凯歌”“江南好”“花犯念奴”“花犯”。隋炀帝开汴河自制《水调歌》，唐人演为大曲，“歌头”是大曲的开头部分。苏子美，即苏舜钦。　②蓬山仙子：指苏舜钦。　③敛翼：本指鸟收翅落地，此指苏舜钦退居苏州。　④回塘：此指亭边之水。　⑤潇湘：本指发源和流经广西、湖南交界处的潇湘二水，水清竹美，风景极佳。一般用以代指风景优美之地或隐居之地。

「梅尧臣」

苏幕遮

露堤平，烟墅杳。乱碧萋萋，雨后江天晓。独有庾郎年最少。窣地春袍，嫩色宜相照。　　接长亭，迷远道。堪怨王孙，不记归期早。落尽梨花春又了。满地残阳，翠色和烟老。

注释

①墅：田庐、圃墅。　②庾郎年最少：庾郎本指庾信。庾信是南朝梁代文士，使魏被留，被迫仕于北朝。庾信留魏时已经四十二岁，当然不能算“年最少”，但他得名甚早，“年十五，侍梁东宫讲读”（《庾开府集序》）。此指离乡宦游的才子。　③窣（sū）地：拂地，拖地。窣，拂，甩动。窣地春袍，指踏上仕途，穿起拂地的青色章服。宋代六、七品服绿，八、九品服青。刚释褐入仕的年轻官员，一般都是穿青袍。春袍、青袍，实为一物，这里主要是形容宦游少年的英俊风貌。　④嫩色宜相照：指嫩绿的草色与袍色互相辉映，显得十分相宜。

「叶清臣」

贺圣朝

留别

满斟绿醑留君住。莫匆匆归去。三分春色二分愁，更一分风雨。　　花开花谢、都来几许。且高歌休诉。不知来岁牡丹时，再相逢何处。

注释

①绿醑（xǔ）：绿色的美酒。

「欧阳修」

西湖念语

昔者王子猷之爱竹，造门不问于主人；陶渊明之卧舆，遇酒便留于道上。况西湖之胜概，擅东颍之佳名。虽美景良辰，固多于高会；而清风明月，幸属于闲人。并游结于良朋，乘兴有时而独往。鸣蛙暂听，安问属官而属私；曲水临流，自可一觞而一咏。至欢然而会意，亦傍若于无人。乃知偶来常胜于特来，前言可信；所有虽非于己有，其得已多。因翻旧阕之辞，写以新声之调，敢陈薄伎，聊佐清欢。

注释

①西湖：指颍州西湖。在今安徽省阜阳市西北。施元之《注东坡先生诗》卷三《陪欧阳公燕西湖》注云："欧阳文忠公，庐陵人，仁宗擢为参知政事，事英宗、神宗，坚求退，除观文殿学士，出典亳、青二州，擢宣徽使，判太原，遣内侍赐告，谕赴阙，欲留共政，力辞，乞守蔡。在亳六请致仕，至蔡复请，乃许。公年未及谢，天下高之，旧号醉翁，晚又号六一居士。昔守颍上，乐其风土，因卜居焉。郡有西湖，公尤爱之，作《念语》及十词歌之。" ②造门：上门，到别人家去。 ③胜概：美景，美好的境界。 ④高会：称与人会面的客气话。

⑤特来：特地前来。　⑥薄伎：薄技。　⑦清欢：清雅恬适之乐。

采桑子

轻舟短棹西湖好，绿水逶迤。芳草长堤。隐隐笙歌处处随。

无风水面琉璃滑，不觉船移。微动涟漪。惊起沙禽掠岸飞。

注释

①逶迤：形容道路或河道弯曲而长。　②琉璃：指玻璃，这里形容水面光滑。

采桑子

春深雨过西湖好，百卉争妍。蝶乱蜂喧。晴日催花暖欲然。

兰桡画舸悠悠去，疑是神仙。返照波间。水阔风高扬管弦。

注释

①返照：夕照，傍晚的阳光。

采桑子

画船载酒西湖好，急管繁弦。玉盏催传。稳泛平波任醉眠。

行云却在行舟下，空水澄鲜。俯仰留连。疑是湖中别有天。

注释

①急管繁弦：指变化丰富而节拍紧凑的音乐。 ②玉盏：玉制酒杯。 ③“行云”句：天上流动的云彩倒映在水中，仿佛在船之下。 ④空水澄鲜：天空与水面均澄澈明净。

采桑子

群芳过后西湖好，狼籍残红。飞絮濛濛。垂柳阑干尽日风。

笙歌散尽游人去，始觉春空。垂下帘栊。双燕归来细雨中。

注释

①群芳过后：百花凋零之后。群芳，百花。 ②狼籍残红：残花纵横散乱的样子。残红，落花。狼籍，同“狼藉”，散乱的样子。 ③濛濛：今写作“蒙蒙”。细雨迷蒙的样子，形容飞扬的柳絮。

采桑子

何人解赏西湖好，佳景无时。飞盖相追。贪向花间醉玉卮。

谁知闲凭阑干处，芳草斜晖。水远烟微。一点沧洲白鹭飞。

注释

①解赏：懂得欣赏。 ②飞盖相追：化用曹植《公谦》："清夜游西园，飞盖相追随。"盖，车篷。飞盖，指奔驰的马车。 ③沧洲：水边的陆地。

采桑子

清明上巳西湖好，满目繁华。争道谁家。绿柳朱轮走钿车。

游人日暮相将去，醒醉喧哗。路转堤斜。直到城头总是花。

注释

①上巳：节日名，古时以农历三月上旬巳日为上巳，这一天人们多到水边嬉游，以消除不祥。 ②朱轮：漆着红色的轮子。汉制，太守所乘之车，以红漆涂轮。 ③钿车：嵌上金丝花纹作为装饰的车子。 ④相将：相随，相携，即手牵手。

采桑子

荷花开后西湖好，载酒来时。不用旌旗。前后红幢绿盖随。

画船撑入花深处，香泛金卮。烟雨微微，一片笙歌醉里归。

注释

①旌（jīng）旗：古代旌旗仪仗。 ②幢（chuáng）：古代的帐幔。

采桑子

天容水色西湖好，云物俱鲜。鸥鹭闲眠。应惯寻常听管弦。
风清月白偏宜夜，一片琼田。谁羡骖鸾。人在舟中便是仙。

注释

①天容：天空的景象，天色。 ②云物：景物。 ③琼田：神话传说中的种玉之田。此指月光照映下莹碧如玉的湖水。 ④骖（cān）鸾：谓仙人驾驭鸾鸟云游登仙。骖，驾，乘。

采桑子

残霞夕照西湖好，花坞蘋汀。十顷波平。野岸无人舟自横。
西南月上浮云散，轩槛凉生。莲芰香清。水面风来酒面醒。

注释

①花坞（wù）：四周高起的花圃。坞，地势周围高而中央凹的地方。 ②蘋汀：长满蘋草的水中小洲。 ③“野岸”句：用韦应物《滁州西涧》“野渡无人舟自横”。 ④轩槛：凉亭。轩，长廊。槛，栏杆。 ⑤莲芰（jì）：莲花。芰，菱。 ⑥酒面：醉脸。

采桑子

平生为爱西湖好，来拥朱轮。富贵浮云。俯仰流年二十春。

归来恰似辽东鹤，城郭人民。触目皆新。谁识当年旧主人。

注释

①富贵浮云：即富贵于我如浮云的意思。　②二十春：作者由离任颍州到退休归颍，正好二十个年头。　③辽东鹤：晋陶潜《搜神后记》：“丁令威，本辽东人，学道于灵虚山。后化鹤归辽，集城门华表柱。时有少年，举弓欲射之。鹤乃飞，徘徊空中而言曰：‘有鸟有鸟丁令威，去家千年今始归。城郭如故人民非，何不学仙冢累累。’遂高上冲天。今辽东诸丁云其先世有升仙者，但不知名字耳。”喻久别重归而叹世事变迁，或喻人去世，或指鹤。唐杜甫《卜居》：“归羡辽东鹤，吟同楚执珪。”　④城郭人民：喻人事沧桑。

采桑子

十年前是尊前客，月白风清。忧患凋零。老去光阴速可惊。

鬓华虽改心无改，试把金觥。旧曲重听。犹似当年醉里声。

注释

①凋零：本意为花草树木凋落。此处比喻为人事衰败。　②鬓华：两鬓头发斑白。　③“试把”句：把，手持。觥，古代酒器，腹椭圆，上有提梁，底有圆足，兽头形盖，亦有整个酒器作兽形的，并附有小勺。

朝中措

送刘仲原甫出守维扬

平山阑槛倚晴空。山色有无中。手种堂前垂柳，别来几度春风。　　文章太守，挥毫万字，一饮千钟。行乐直须年少，尊前看取衰翁。

注释

①朝中措：词牌名。宋以前旧曲，又名“照江梅”“芙蓉曲”“梅月圆”。欧阳修创调，以此篇为正体。朝中，朝廷，为帝王接受朝见和处理政事的地方，亦用作中央政府的代称。　②刘仲原甫：刘敞，庆历进士，曾官知制诰、集贤院学士等，作者的朋友。　③维扬：扬州。　④平山：平山堂，作者任扬州知州时所建，后成为扬州名胜。　⑤“山色”句：王维《汉江临泛》“山色有无中”。⑥“手种”句：平山堂前，作者亲手种下杨柳。　⑦别来：分别以来。当时作者离开扬州约八年。　⑧文章太守：作者知扬州时，以文章名冠天下，故自称“文章太守”。一说“文章太守”是作者用以指刘敞。太守，汉代官名，即宋代的知州。⑨衰翁：作者自称。

诉衷情

眉意

清晨帘幕卷轻霜。呵手试梅妆。都缘自有离恨，故画作远山长。　　思往事，惜流芳。易成伤。拟歌先敛，欲笑还颦，最断人肠。

注释

①轻霜：薄霜，表明时节是初秋。 ②试梅妆：试着描画梅花妆。用寿阳公主典。

踏莎行

候馆梅残，溪桥柳细。草薰风暖摇征辔。离愁渐远渐无穷，迢迢不断如春水。　　寸寸柔肠，盈盈粉泪。楼高莫近危阑倚。平芜尽处是春山，行人更在春山外。

注释

①候馆：迎宾候客之馆舍。《周礼·地官·遗人》："五十里有市，市有候馆。" ②草薰：小草散发的清香。薰，香气侵袭。 ③征辔：行人坐骑的缰绳。辔，缰绳。化用南朝梁江淹《别赋》"闺中风暖，陌上草薰"。 ④粉泪：泪水流到脸上，与粉妆和在一起。 ⑤危阑：也作"危栏"，高楼上的栏杆。

望江南

江南蝶，斜日一双双。身似何郎全傅粉，心如韩寿爱偷香。天赋与轻狂。　　微雨后，薄翅腻烟光。才伴游蜂来小院，又随飞絮过东墙。长是为花忙。

注释

①何郎：何晏，字平叔，南阳宛（今河南南阳）人，三国魏玄学家。《世说新语·容止》："何平叔（何晏）美姿仪，面至白，魏明帝疑其傅粉，正夏月与热汤饼，既啖，大汗出，以朱衣自拭，色转皎然。" ②韩寿：《晋书·贾充传》载，"韩寿美姿容。贾充辟为司空掾。充少女贾午见而悦之，使侍婢潜通音问，厚相赠结，寿逾垣与之通。午窃充御赐西域奇香赠寿。充僚属闻其香气，告于充。充乃考问女之左右，具以状对。充秘之，遂以女妻寿。"

生查子

去年元夜时，花市灯如昼。月到柳梢头，人约黄昏后。

今年元夜时，月与灯依旧。不见去年人，泪满春衫袖。

注释

①元夜：元宵之夜。农历正月十五为元宵节。自唐朝起有观灯闹夜的民间风俗。北宋时从十四到十六三天，开宵禁，游灯街花市，通宵歌舞，盛况空前。 ②花市：民俗每年春时举行的卖花、赏花的集市。 ③灯如昼：灯火像白天一样。宋孟元老《东京梦华录》："正月十五日元宵，……灯山上彩，金碧相射，锦绣交辉。" ④春衫：年少时穿的衣服，也指代年轻时的自己。

蝶恋花

小院深深门掩亚。寂寞珠帘，画阁重重下。欲近禁烟微雨罢，绿杨深处秋千挂。　　傅粉狂游犹未舍。不念芳时，眉黛无人画。薄幸未归春去也。杏花零落香红谢。

注释

①门掩亚：门虚掩着。　②禁烟：寒食节。相传春秋时，晋文公征介子推入朝做官，介子推不肯，文公命人烧山以迫其出，介子推抱木而死。　③傅粉：用何晏典。此指美貌少年。

蝶恋花

面旋落花风荡漾。柳重烟深，雪絮飞来往。雨后轻寒犹未放。春愁酒病成惆怅。　　枕畔屏山围碧浪。翠被华灯，夜夜空相向。寂寞起来褰绣幌。月明正在梨花上。

注释

①酒病：犹病酒。因饮酒过量而生病。　②褰：撩起。

玉楼春

题上林后亭

风迟日媚烟光好。绿树依依芳意早。年华容易即凋零，春色只宜长恨少。　　池塘隐隐惊雷晓。柳眼未开梅萼小。尊前贪爱物华新，不道物新人渐老。

注释

①上林：古宫苑名。秦旧苑，汉初荒废，至汉武帝时重新扩建。故址在今西安市西及周至、户县界。 ②烟光：春光。 ③柳眼：早春初生的柳叶如人睡眼初展，因称。 ④物华：自然景物。

玉楼春

尊前拟把归期说。未语春容先惨咽。人生自是有情痴，此恨不关风与月。　　离歌且莫翻新阕。一曲能教肠寸结。直须看尽洛城花，始共春风容易别。

注释

①尊前：樽前，饯行的酒席前。 ②春容：如春风妩媚的颜容。此指别离的佳人。 ③离歌：指饯别宴前唱的流行的送别曲。 ④翻新阕：按旧曲填新词。白居易《杨柳枝》："古歌旧曲君莫听，听取新翻杨柳枝。"阕，乐曲终止。 ⑤洛城花：洛阳盛产牡丹，欧阳修有《洛阳牡丹记》。

玉楼春

别后不知君远近。触目凄凉多少闷。渐行渐远渐无书，水阔鱼沉何处问。　　夜深风竹敲秋韵。万叶千声皆是恨。故攲单枕梦中寻，梦又不成灯又烬。

注释

①书：书信。 ②鱼沉：鱼不传书。古代有鱼雁传书的传说，这里指音讯全无。 ③秋韵：即秋声。此谓风吹竹声。 ④攲（yǐ）：古通“倚”，斜，倾。 ⑤单枕：孤枕。 ⑥烬：灯芯烧尽成灰。

南歌子

凤髻金泥带，龙纹玉掌梳。走来窗下笑相扶。爱道画眉深浅、入时无。　　弄笔偎人久，描花试手初。等闲妨了绣功夫。笑问双鸳鸯字、怎生书。

注释

①凤髻：状如凤凰的发型。 ②龙纹玉掌梳：图案做龙形如掌大小的玉梳。 ③“画眉”句：语出唐朱庆馀《近试上张水部》：“妆罢低声问夫婿，画眉深浅入时无。”

夜行船

满眼东风飞絮。催行色、短亭春暮。落花流水草连云，看看是、断肠南浦。　　檀板未终人去去。扁舟在、绿杨深处。手把金樽难为别，更那听、乱莺疏雨。

注释

①夜行船：词牌名。黄公绍词名“明月棹孤舟”。《词律》以“夜行船”混入“雨中花”，今照《花草粹编》分列。 ②行色：行旅。

临江仙

柳外轻雷池上雨，雨声滴碎荷声。小楼西角断虹明。阑干倚处，待得月华生。　　燕子飞来窥画栋，玉钩垂下帘旌。凉波不动簟纹平。水精双枕，傍有堕钗横。

注释

①帘旌：帘端下垂用以装饰的布帛，此指帘幕。 ②“凉波”句：竹子做的凉席平整如不动的波纹。簟，竹席。 ③“傍有”句：化用李商隐《偶题》“水文簟上琥珀枕，傍有堕钗双翠翘”。

浪淘沙

把酒祝东风。且共从容。垂杨紫陌洛城东。总是当时携手处，游遍芳丛。　　聚散苦匆匆。此恨无穷。今年花胜去年红。可惜明年花更好，知与谁同。

注释

①“把酒”二句：语本司空图《酒泉子》“黄昏把酒祝东风，且从容”。

②紫陌：京师郊野的道路。

浣溪沙

堤上游人逐画船。拍堤春水四垂天。绿杨楼外出秋千。

白发戴花君莫笑，六么催拍盏频传。人生何处似尊前。

注释

①四垂天：天幕仿佛从四面垂下，此处写湖上水天一色的情形。 ②“绿杨”句：王维《寒食城东即事》：“蹴踘屡过飞鸟上，秋千竞出垂杨里。”冯延巳《上行杯》：“柳外秋千出画墙。”

浣溪沙

湖上朱桥响画轮。溶溶春水浸春云。碧琉璃滑净无尘。

当路游丝萦醉客，隔花啼鸟唤行人。日斜归去奈何春。

注释

①朱桥：栏杆朱红的桥。 ②画轮：指有彩绘的豪华车子。 ③溶溶：水盛貌。④浸：指倒映。 ⑤碧琉璃：指湖水似绿色的玻璃。 ⑥游丝：春日里昆虫吐出的细丝。

洞天春

莺啼绿树声早。槛外残红未扫。露点真珠遍芳草。正帘帏清晓。　　秋千宅院悄悄。又是清明过了。燕蝶轻狂，柳丝撩乱，春心多少。

注释

①洞天春：词牌名。以此篇为正体。洞天，道教称神仙的居处，意谓洞中别有天地。清陈廷敬、王奕清等《钦定词谱》：“盖赋院落之春景如洞天也。”调名本意即咏富贵人家的院落春景如道家的洞天仙境。　②清晓：天刚亮时。

少年游

阑干十二独凭春。晴碧远连云。千里万里，二月三月，行色苦愁人。　　谢家池上，江淹浦畔，吟魄与离魂。那堪疏雨滴黄昏。更特地、忆王孙。

注释

①谢家池：南朝宋谢灵运家的池塘。谢灵运《登池上楼》：“池塘生春草，园柳变鸣禽。”　②江淹浦：指别离之地。南朝梁江淹《别赋》：“送君南浦，伤如之何！”　③吟魄：诗情、诗思。　④离魂：离别的思绪。

渔家傲

喜鹊填河仙浪浅。云軿早在星桥畔。街鼓黄昏霞尾暗。炎光敛。金钩侧倒天西面。　一别经年今始见。新欢往恨知何限。天上佳期贪眷恋。良宵短。人间不合催银箭。

注释

①軿（píng）：古代一种有帷幔的车，多供妇女乘坐。 ②街鼓：古有官名曰“执金吾”，其为街使者，禁民夜行。又为街鼓，击之敕坊市闭门。 ③银箭：刻漏上之箭，以指示时间。

渔家傲

乞巧楼头云幔卷。浮花催洗严妆面。花上蛛丝寻得遍。颦笑浅。双眸望月牵红线。　奕奕天河光不断。有人正在长生殿。暗付金钗清夜半。千秋愿。年年此会长相见。

注释

①乞巧：民间风俗，妇女于七月七日夜向织女星乞求智巧。《荆楚岁时记》有“七月七日为牵牛织女聚会之夜。是夕，人家妇女结彩缕，穿七孔针，或以金银鍮石为针，陈瓜果于庭中以乞巧”。鍮（tōu），黄铜。 ②奕奕：光彩闪动貌。 ③长生殿：用白居易《长恨歌》典。 ④分钗：古夫妻或情人离别时，有将钗分成两股，各持其一为纪念。梁陆罩《闺怨》有“偏恨分钗时”。

渔家傲

近日门前溪水涨，郎船几度偷相访。船小难开红斗帐。无计向。合欢影里空惆怅。　愿妾身为红菡萏。年年生在秋江上。重愿郎为花底浪。无隔障。随风逐雨长来往。

注释

①斗（dǒu）帐：一种形如覆斗的小帐子。《释名·释床帐》：“小帐曰斗帐，形如覆斗也。”　②无计向：犹言无可奈何。向，语助词。　③合欢：合欢莲，即双头莲，又名同心莲，指并蒂而开的莲花。　④重：一作“更”。　⑤隔障：隔阂和障碍。

渔家傲

花底忽闻敲两桨。逡巡女伴来寻访。酒盏旋将荷叶当。莲舟荡。时时盏里生红浪。　花气酒香清厮酿。花腮酒面红相向。醉倚绿阴眠一饷。惊起望。船头阁在沙滩上。

注释

①逡（qūn）巡：宋元俗语，犹顷刻，一会儿。指时间极短。　②旋：随时就地。③当（dàng）：当作，代替。　④“时时”句：谓莲花映入酒杯，随舟荡漾，显出红色波纹。红浪：指人面莲花映在酒杯中显出的红色波纹。　⑤清厮酿：清香之气混成一片。厮酿，相互融合。　⑥花腮：形容荷花像美人面颊。　⑦一饷（xiǎng）：即一晌，片刻。《敦煌变文集·王昭君变文》：“若道一时一饷，犹可安排；岁久

月深，如何可度。”蒋礼鸿通释：“一饷，就是吃一餐饭的时间。” ⑧阁（gē）：同“搁”，放置，此处指搁浅。

越溪春

三月十三寒食日，春色遍天涯。越溪阆苑繁华地，傍禁垣、珠翠烟霞。红粉墙头，秋千影里，临水人家。　归来晚驻香车。银箭透窗纱。有时三点两点雨霁，朱门柳细风斜。沉麝不烧金鸭冷，笼月照梨花。

注释

①越溪春：词牌名，调见《六一居士词》，以此篇为正体。越溪，传说为越国美女西施浣纱之处。 ②禁垣：皇宫城墙。亦指宫中。

「苏舜钦」

水调歌头

沧浪亭

潇洒太湖岸，淡伫洞庭山。鱼龙隐处，烟雾深锁渺弥间。方念陶朱张翰，忽有扁舟急桨，撇浪载鲈还。落日暴风雨，归路绕汀湾。　　丈夫志，当景盛，耻疏闲。壮年何事憔悴，华发改朱颜。拟借寒潭垂钓，又恐鸥鸟相猜，不肯傍青纶。刺棹穿芦荻，无语看波澜。

注释

①沧浪亭：位于苏州市三元坊，建于北宋，始为苏舜钦私人花园，其名取自屈原《渔父》所载孺子歌“沧浪之水清兮，可以濯吾缨；沧浪之水浊兮，可以濯吾足”，为苏州现存诸园中历史最悠久的古代园林。　②淡伫洞庭山：淡伫，安静地伫立。洞庭山，太湖中的岛屿，有东洞庭、西洞庭之分。　③渺弥：湖水充盈弥漫无际。　④陶朱：春秋越国范蠡，辅佐勾践灭吴后，鉴于勾践难于共富贵，遂弃官从商。　⑤张翰：字季鹰，吴（今江苏苏州）人。西晋文学家。齐王司马冏执政，任为大司马东曹掾，在洛。知冏将败，又见秋风起，因思吴中菰菜、莼羹、鲈鱼脍，曰：“人生贵得适意尔，何能羁宦数千里以要名爵。”

遂命驾便归。不久，冏果被杀。 ⑥撇浪：搏击风浪。 ⑦汀湾：水中港湾。⑧寒潭：指在丹阳的小潭。此时作者在苏州。 ⑨鸥鸟相猜：《列子·黄帝》载，有人与鸥鸟亲近，但当他怀有不正当心术后，鸥鸟便不信任他，飞离很远。这里反用其意，借鸥鸟指别有用心的人。 ⑩青纶：青丝织成的印绶，代指为官身份。 ⑪刺棹：撑船。

「韩琦」

点绛唇

病起恹恹、画堂花谢添憔悴。乱红飘砌。滴尽胭脂泪。

惆怅前春，谁向花前醉。愁无际。武陵回睇。人远波空翠。

注释

①恹恹：形容精神萎靡不振的样子。一作“厌厌”。　②武陵：武陵溪，语出陶渊明《桃花源记》。　③回睇：转眼而望。

安阳好

安阳好，形势魏西州。曼衍山川环故国，升平歌吹沸高楼。和气镇飞浮。　笼画陌，乔木几春秋。花外轩窗排远岫，竹间门巷带长流。风物更清幽。

注释

①安阳好：词牌名，即“忆江南”。安阳是韩琦的故乡，战国时就是魏国的西州重镇。同题另一首为“安阳好，戟户使君宫。白昼锦衣清宴处，铁楹丹榭画图中。壁记旧三公。　　棠讼悄，池馆北园通。夏夜泉声来枕簟，春来花气透帘栊。行乐兴何穷”。

望江南

维扬好，灵宇有琼花。千点真珠擎素蕊，一环明玉破香葩。芳艳信难加。　　如雪貌，绰约最堪夸。疑是八仙乘皓月，羽衣摇曳上云车。来会列仙家。

注释

①维扬：扬州的别称。　②灵宇：寺庙。　③八仙：民间传说中道教的八个仙人，即汉钟离、张果老、吕洞宾、李铁拐、韩湘子、曹国舅、蓝采和、何仙姑。④羽衣：指道士或神仙的衣服。　⑤云车：传说中仙人的车乘。

「沈唐」

念奴娇

杏花过雨，渐残红零落，胭脂颜色。流水飘香人渐远，难托春心脉脉。恨别王孙，墙阴目断，手把青梅摘。金鞍何处，绿杨依旧南陌。　　消散云雨须臾，多情因甚，有轻离轻折。燕语千般，争解说、些子伊家消息。厚约深盟，除非重见，见了方端的。而今无奈，寸肠千恨堆积。

注释

①念奴娇：词牌名，又名“百字令”“酹江月”“大江东去”“湘月”，得名于唐代天宝年间的一个名叫念奴的歌伎。五代王仁裕《开元天宝遗事》：“念奴者，有姿色，善歌唱，未常一日离帝左右。每执板，当席顾眄。帝谓妃子曰：‘此女妖丽，眼色媚人。’每啭声歌喉，则声出于朝霞之上，虽钟鼓笙竽嘈杂而莫能遏。宫妓中帝之钟爱也。”王灼《碧鸡漫志》：“今大石调《念奴娇》，世以为天宝中所制曲，予固疑之。然唐中叶渐有今体慢曲子，而近世有填连昌词入此曲者。”现存唐五代词作中，并无《念奴娇》词作传世。今传《念奴娇》词，最早的是沈唐这首。　②墙阴：墙的阴影、阴暗处。　③南陌：南面的道路。④些子：少许，一点儿。

「杜安世」

菩萨蛮

游丝欲堕还重上。春残日永人相望。花共燕争飞。青梅细雨枝。　离愁终未解。忘了依前在。拟待不寻思。刚眠梦见伊。

注释

①日永：日长。

卜算子

尊前一曲歌。歌里千重意，才欲歌时泪已流，恨应更、多于泪。　试问缘何事。不语如痴醉。我亦情多不忍闻，怕和我、成憔悴。

注释

①尊前：樽前。

更漏子

脸如花，花不笑。双脸胜花能笑。肌似玉，玉非温。肌温胜玉温。　　既相逢，情不重。何似当初休共。情既重，却分飞。争如不见伊。

注释

①争如：不如。

凤栖梧

闲把浮生细思算。百岁光阴，梦里销除半。白首为郎休浩叹。偷安自喜身强健。　　多少英贤裨圣旦。一个非才，深谢容疏懒。席上清歌珠一串。莫教欢会轻分散。

注释

①白首为郎：《汉武故事》载：武帝尝至郎署，见郎官颜驷“须鬓皓白，衣服不整”。武帝问他：“何时为郎？”答道：“以文帝时为郎。”武帝又问

为什么老而不遇。他答："文帝好文而臣尚武，景帝好老而臣尚少，陛下好少而臣已老，是以三世不遇。"指虽有才能而至老不遇。

朝中措

养花天气近清明。丝雨酿寒轻。满眼春工如绣。消磨不尽离情。　　行行又宿，小桃旧坞，芳草邮亭。唤起两眉新恨。绿杨深处啼莺。

注释

①春工：春季造化万物之工。

「李师中」

菩萨蛮

子规啼破城楼月。画船晓载笙歌发。两岸荔枝红。万家烟雨中。　　佳人相对泣。泪下罗衣湿。从此信音稀。岭南无雁飞。

注释

①罗衣：轻软丝织品制成的衣服。　②岭南：在五岭以南的广大地区，包括现在的广东、广西全境，以及湖南、江西等省的部分地区。

「司马光」

阮郎归

渔舟容易入春山。仙家日月闲。绮窗纱幌映朱颜。相逢醉梦间。　　松露冷，海霞殷。匆匆整棹还。落花寂寂水潺潺。重寻此路难。

注释

①容易：轻易。　②春山：则暗示山中花事繁闹，春景宜人。　③绮窗：雕花的窗户。　④整：治理，准备。

西江月

宝髻松松挽就，铅华淡淡妆成。青烟翠雾罩轻盈。飞絮游丝无定。　　相见争如不见，有情何似无情。笙歌散后酒初醒。深院月斜人静。

注释

①西江月：唐教坊曲名，后用为词牌。又名“白苹香”“步虚词”“晚香时候”“玉炉三涧雪”“江月令”。调名可能取自李白《苏台览古》“只今唯有西江月，曾照吴王宫里人”。西江，长江的别称。　②宝髻：妇女头上戴有珍贵饰品的发髻。　③铅华：铅粉、脂粉。

「韩缜」

凤箫吟

锁离愁，连绵无际，来时陌上初熏。绣帏人念远，暗垂珠泪，泣送征轮。长亭长在眼，更重重、远水孤云。但望极楼高，尽日目断王孙。　　销魂。池塘别后，曾行处、绿妒轻裙。恁时携素手，乱花飞絮里，缓步香茵。朱颜空自改，向年年、芳意长新。遍绿野，嬉游醉眠，莫负青春。

注释

①凤箫吟：词牌名。又名“芳草”“凤楼吟”。　②陌上初熏：路上散发着草的香气。　③绣帏：绣房、闺阁。　④暗垂珠露：暗暗落下一串串珠露般的眼泪。　⑤王孙：这里指送行之人。汉淮南小山《招隐士》：“王孙游兮不归，春草生兮萋萋。”　⑥绿妒轻裙：轻柔的罗裙和芳草争绿。　⑦恁（nèn）：那。恁时，即那时、彼时。　⑧香茵：芳草地。

「阮逸女」

花心动

春词

仙苑春浓，小桃开，枝枝已堪攀折。乍雨乍晴，轻暖轻寒，渐近赏花时节。柳摇台榭东风软，帘栊静、幽禽调舌。断魂远、闲寻翠径，顿成愁结。　　此恨无人共说。还立尽黄昏，寸心空切。强整绣衾，独掩朱扉，簟枕为谁铺设。夜长更漏传声远，纱窗映、银釭明灭。梦回处，梅梢半笼淡月。

注释

①花心动：词牌名，又名“好心动”“桂飘香”“上升花”“梅梢月”。调名本意即咏少女春心萌动。始于此词。一说始于周邦彦。　②调舌：啼鸣。③寸心：心。旧时认为心的大小在方寸之间，故名。

「王安石」

浪淘沙令

伊吕两衰翁。历遍穷通。一为钓叟一耕佣。若使当时身不遇，老了英雄。　　汤武偶相逢。风虎云龙。兴王只在谈笑中。直至如今千载后，谁与争功。

注释

①伊吕：伊尹、吕尚。伊尹，名挚，尹是后来所任的官职。他是伊水旁的弃婴，后居莘（今河南开封）农耕。商汤娶莘氏之女，他作为奴隶陪嫁给商汤。后来，汤王擢用他灭了夏。伊尹成为商的开国功臣。吕尚，姓姜，名尚，字子牙，世称姜子牙。他晚年在渭水河滨垂钓，遇周文王受到重用，辅武王灭商，封侯于齐。　②穷通：穷，处境困窘。通，处境顺利。　③钓叟：钓鱼的老翁，指吕尚。④耕佣：指曾为人佣耕的伊尹。　⑤老了英雄：使英雄白白老死。指伊吕二人若不遇汤文二王，也就终老山野，无所作为。　⑥汤武：汤，商汤王，商朝的创建者。武，周武王姬发，周朝建立者。　⑦风虎云龙：《易经》中有“云从龙，风从虎”，此句将云风喻贤臣，龙虎喻贤君，意为明君与贤臣合作有如云从龙、风从虎，建邦兴国。

桂枝香

登临送目。正故国晚秋，天气初肃。千里澄江似练。翠峰如簇。归帆去棹残阳里，背西风、酒旗斜矗。彩舟云淡，星河鹭起，画图难足。　　念往昔、繁华竞逐。叹门外楼头，悲恨相续。千古凭高，对此谩嗟荣辱。六朝旧事随流水，但寒烟、衰草凝绿。至今商女，时时犹唱，后庭遗曲。

注释

①桂枝香：词牌名，又名“疏帘淡月”，首见于王安石此作。桂枝，喻名贵的树木。《晋书》卷五十二《郄诜传》载，郄诜举贤良对策为天下第一，自称“犹桂林之一枝，昆山之片玉”。后世因此称进士及第为折桂，进士自喻为桂枝。调名当本于此。　②故国：故都，金陵为六朝故都。③初肃：天气刚开始萧肃。④“千里”句：谢朓《晚登三山还望京邑》：“余霞散成绮，澄江静如练。”⑤“彩舟”二句：彩舟，供人游玩的河上之船，与江上“征帆去棹”不同。星河，天河，此指秦淮河。鹭，白鹭，一说指白鹭洲（长江与秦淮河相汇之处的小洲）。⑥画图难足：用图画也难以完美地表现它。　⑦门外楼头：指南朝陈亡国惨剧。杜牧《台城曲》：“门外韩擒虎，楼头张丽华。”韩擒虎是隋朝开国大将，统兵伐陈，他带兵来到金陵朱雀门（南门）外，陈后主与宠妃张丽华于结绮阁上寻欢作乐。　⑧谩嗟荣辱：空叹历朝兴衰。荣，兴盛。辱，灭亡。　⑨后庭遗曲：歌曲《玉树后庭花》，传为陈后主所作，其辞哀怨绮靡，后人将它看成亡国之音。化用杜牧《泊秦淮》“商女不知亡国恨，隔江犹唱《后庭花》”。

菩萨蛮

数间茅屋闲临水。单衫短帽垂杨里。今日是何朝。看予度石桥。　　梢梢新月偃。午醉醒来晚。何物最关情。黄鹂三两声。

注释

①单衫短帽：指便装衣帽。　②新月：农历月初形状如钩的月亮。　③偃：息卧。

浣溪沙

百亩中庭半是苔。门前白道水萦回。爱闲能有几人来。

小院回廊春寂寂，山桃溪杏两三栽。为谁零落为谁开。

注释

①“百亩”句：刘禹锡《再游玄都观》：“百亩中庭半是苔。”百亩，概数，形容庭园极大。　②“小院”句：杜甫《涪城县香积寺官阁》：“小院回廊春寂寂。”③“山桃”句：唐雍陶《过旧宅看花》：“山桃野杏两三栽。”　④“为谁”句：唐严恽《落花》：“尽日问花花不语，为谁零落为谁开。”

渔家傲

灯火已收正月半。山南山北花撩乱。闻说洊亭新水漫。骑款段。穿云入坞寻游伴。　　却拂僧床褰素幔。千岩万壑春风满。一弄松声悲急管。吹梦断。西看窗日犹嫌短。

注释

①洊（jiàn）亭：在钟山西麓。王安石晚年常游之，有《北山洊亭》：“西崦水泠泠，沿冈有洊亭。自从春草长，遥见只青青。”又《洊亭》：“朝寻东郭来，西路历洊亭。” ②新水：春水。 ③款段：本指马行迟缓，此指作者骑驴缓行。《后汉书·马援传》：“士生一世，但取衣食裁足，乘下泽车，御款段马，为郡掾吏，守坟墓，乡里称善人，斯可矣。致求盈余，但自苦耳。”魏泰《东轩笔录》载，王安石在江宁，“筑第于白门外七里，去蒋山亦七里，平日乘一驴，从数僮游诸山寺。欲入城则乘小舫，泛潮沟以行，盖未尝乘马与肩舆也。” ④穿云入坞：深入到云雾缭绕的山坞中去探奇览胜。坞，四高中低的小凹。 ⑤褰（qiān）：提起，撩起，揭起。 ⑥千岩万壑：李白《梦游天姥吟留别》：“千岩万转路不定，迷花倚石忽已暝。” ⑦一弄：一奏，一吹。

渔家傲

平岸小桥千嶂抱。柔蓝一水萦花草。茅屋数间窗窈窕。尘不到。时时自有春风扫。　　午枕觉来闻语鸟。欹眠似听朝鸡早。忽忆故人今总老。贪梦好。茫然忘了邯郸道。

注释

①柔蓝：柔和的蓝色，多形容水。 ②窈窕：幽深的样子。 ③欹眠：斜着身子睡觉。 ④朝鸡：袁文《瓮牖闲评》：“朝鸡者，鸣得绝早，盖以警入朝之人，故谓之朝鸡。” ⑤邯郸道：喻求取功名之道路，亦指仕途。

南乡子

自古帝王州。郁郁葱葱佳气浮。四百年来成一梦，堪愁。晋代衣冠成古丘。　　绕水恣行游。上尽层楼更上楼。往事悠悠君莫问，回头。槛外长江空自流。

注释

①帝王州：指金陵（今江苏南京）。三国的吴、东晋，南北朝的宋、齐、梁、陈，五代的南唐等朝代在此建都。　②郁郁葱葱：草木茂盛。　③佳气：产生帝王之气，迷信的说法。　④四百年：金陵作为历代帝都将近四百年。　⑤“晋代”句：李白《登金陵凤凰台》“晋代衣冠成古丘”。衣冠，古代士以上的服装，引申为世族、绅士。　⑥恣（zì）行游：尽情地绕着江边闲行游赏。　⑦“槛外”句：唐王勃《滕王阁诗》：“阁中帝子今何在，槛外长江空自流。”

千秋岁引

秋景

别馆寒砧，孤城画角。一派秋声入寥廓。东归燕从海上去，南来雁向沙头落。楚台风，庾楼月，宛如昨。　　无奈被些名利缚。无奈被他情担阁，可惜风流总闲却。当初谩留华表语，而今误我秦楼约。梦阑时，酒醒后，思量着。

注释

①千秋岁引：词牌名，为《千秋岁》变格。　②别馆：客馆。　③画角：

古代军中乐器。 ④寥廓：空阔，此处指天空。 ⑤楚台风：楚襄王兰台上的风。宋玉《风赋》：“楚王游于兰台，有风飒至，王乃披襟以当之曰：‘快哉此风！’”⑥庾楼月：庾亮南楼上的月。《世说新语》：“晋庾亮在武昌，与诸佐吏殷浩之徒乘夜月共上南楼，据胡床咏谑。” ⑦他情：暗指皇上的恩情。 ⑧担阁：延误。 ⑨华表语：指向皇上进谏的奏章。华表，又名诽谤木，立于殿堂前。⑩秦楼约：指与恋人的约会。

［章楶］

水龙吟

燕忙莺懒芳残，正堤上、柳花飘坠。轻飞点画青林，谁道全无才思。闲趁游丝，静临深院，日长门闭。傍珠帘散漫，垂垂欲下，依前被，风扶起。　兰帐玉人睡觉，怪春衣、雪沾琼缀。绣床旋满，香球无数，才圆却碎。时见蜂儿，仰粘轻粉，鱼吞池水。望章台路杳，金鞍游荡，有盈盈泪。

注释

①水龙吟：词牌名。又名“水龙吟令”“水龙吟慢”“鼓笛慢”“小楼连苑”“海天阔处”“庄椿岁”“丰年瑞”。“水龙吟”最早是南北朝时北齐的一组古琴曲，《北齐书》卷二十九“郑述祖传”：“述祖能鼓琴，自造《龙吟十弄》，云尝梦人弹琴，寤而写得。当时以为绝妙。”汉马融《长笛赋》：“近世羌笛从羌起，羌人伐竹未及已。龙吟水中不见已，截竹吹之声相似。”故以龙吟喻笛声。唐代君王出行有仪仗鼓吹，所奏乐曲有《龙吟声》。宫内娱乐时也有类似的笛曲，唐代民间也有一种打击乐《龙吟歌》。在唐人的理念中，龙与水密不可分，多以龙吟喻水声。李白“笛奏龙吟水”或为调名之来源。　②全无才思：指没有争奇斗艳之心，任性乱飞。　③依前：依旧。　④兰帐：燕香的帷帐。　⑤雪沾琼缀：落满了柳絮。雪、琼，均指白色的柳花。

「徐积」

渔父乐

水曲山隈四五家，夕阳烟火隔芦花。渔唱歇，醉眠斜。纶竿蓑笠是生涯。

注释

①山隈：山的弯曲处。

堪画看

讨得渔竿买得船。归休何必待高年。深浪里，乱云边。只有逍遥是水仙。

注释

①堪画看：与“渔父乐”“谁学得”，均为“渔歌子”，即“渔父词”。

②水仙：遍游江湖乐而忘返之人。唐袁郊《甘泽谣·陶岘》："（陶岘）富有田业，择家人不欺而了事者，悉付之，身则汎艚江湖，遍游烟水，往往数岁不归……吴越之士，号为水仙。"

谁学得

饱则高歌醉即眠。只知头白不知年。江绕屋，水随船。买得风光不着钱。

注释

①饱则高歌醉即眠：唐罗隐《自遣》有"得即高歌失即休"。

「王安国」

减字木兰花

春情

画桥流水。雨湿落红飞不起。月破黄昏。帘里余香马上闻。

徘徊不语，今夜梦魂何处去。不似垂杨。犹解飞花入洞房。

注释

①减字木兰花：词牌名，又名“减兰”“木兰香”“天下乐令”“玉楼春”“偷声木兰花”“木兰花慢”等。　②余香：女子使用的脂粉香味，这里代指人。

清平乐

春晚

留春不住。费尽莺儿语。满地残红宫锦污。昨夜南园风雨。

小怜初上琵琶。晓来思绕天涯。不肯画堂朱户，春风自在梨花。

注释

①宫锦：宫廷监制并特有的锦缎。这里喻指落花。　②小怜：北齐后主淑妃冯小怜，善弹琵琶。此指弹琵琶的歌女。

「孙洙」

菩萨蛮

楼头上有三冬鼓。何须抵死催人去。上马苦匆匆。琵琶曲未终。　回头肠断处。却更廉纤雨。漫道玉为堂。玉堂今夜长。

注释

①“楼头”句：一作“楼头尚有三通鼓”，即刚刚二更，还要敲三通鼓才天亮。②抵死：死命、拼命，形容竭力。　③玉堂：翰林院的别称。

河满子

秋怨

怅望浮生急景，凄凉宝瑟余音。楚客多情偏怨别，碧山远水登临。目送连天衰草，夜阑几处疏砧。　黄叶无风自落，秋云不雨长阴。天若有情天亦老，摇摇幽恨难禁。惆怅旧欢如梦，觉来无处追寻。

注释

①河满子：本作“何满子”，崔令钦《教坊记》作“河满子”，宋人多相沿，《词律》《词谱》以“河满子”为正名。何满子为唐开元中歌者。白居易《何满子》：“世传满子是人名。临就刑时曲始成。一曲四调歌八叠，从头便是断肠声。”自注：“开元中，沧州有歌者何满子，临刑进此曲，以赎死，上竟不免。”元稹《何满子歌》：“何满能歌能宛转。天宝年中世称罕。婴刑系在囹圄间，下调哀音歌愤懑。梨园弟子奏玄宗，一唱承恩羁网缓。便将何满为曲名，御谱亲题乐府纂。”调名当起源于此。晚唐时“河满子”又属舞曲。宋王灼《碧鸡漫志》引《卢氏杂说》：“甘露事后，文宗便殿观牡丹，诵舒元舆《牡丹赋》，叹息泣下，命乐适情，宫人沈翘翘舞《何满子》，词云：‘浮云蔽白日。’上曰：‘汝知书耶？’乃赐金臂环。”此调声情悲切，唐张祜：“故国三千里，深宫二十年。一声《何满子》，双泪落襟（一作君）前。”晚唐五代时，文人依曲填词，创为词调。　②急景：急驰的日光。亦指急促的时光。

「韦骧」

减字木兰花

惜春词

人生可意。只说功名贪富贵。遇景开怀。且尽生前有限杯。

韶华几许。鶗鴂声残无觅处。莫自因循。一片花飞减却春。

注释

①鶗鴂：鸟名，即杜鹃。

减字木兰花

止贪词

鸾坡凤沼。轩冕傥来何足道。存养天真。安用浮名绊此身。

劳生逸老。摆脱纷华须是早。解绶眠云。林下何曾见一人。

注释

①鸾坡：翰林院的别称。 ②凤沼：凤凰池。 ③轩冕：官位爵禄。 ④傥来：意外得来，偶然得到。《庄子·缮性》：“轩冕在身，非性命也。物之傥来，寄者也。” ⑤天真：不受礼俗拘束的品性。《庄子·渔父》：“礼者，世俗之所为也；真者，所以受于天也，自然不可易也。故圣人法天贵真，不拘于俗。” ⑥劳生：辛苦劳累的生活。 ⑦解绶：辞官。 ⑧眠云：喻山居。山中多云，因称。⑨林下：山林田野退隐之处。

菩萨蛮

和舒信道水心寺会次韵

琼杯且尽清歌送。人生离合真如梦。瞬息又春归。回头光景非。　　香喷金兽暖。欢意愁更短。白发不须量。从教千丈长。

注释

①金兽：兽型香炉。 ②从教：听任，任凭。

「晏几道」

临江仙

梦后楼台高锁，酒醒帘幕低垂。去年春恨却来时。落花人独立，微雨燕双飞。　　记得小蘋初见，两重心字罗衣。琵琶弦上说相思。当时明月在，曾照彩云归。

注释

①“梦后”二句：“梦后”“酒醒”是互文，“楼台高锁”“帘幕低垂”也是互文。　②却来：又来，再来。　③“落花”二句：“独立”与“双燕”对照，唐翁宏《宫词》：“落花人独立，微雨燕双飞。”　④小蘋：歌女名。汲古阁本《小山词》作者自跋：“始时沈十二廉叔，陈十君宠家，有莲鸿蘋云，品清讴娱客。每得一解，即以草授诸儿。”　⑤心字罗衣：未详。杨慎《词品》：“心字罗衣则谓心字香薰之尔，或谓女人衣曲领如心字。”未必确。疑指衣上的花纹。“心”当是篆体，故可作为图案。两重心字，殆含“心心”义。　⑥彩云：喻美人。江淹《丽色赋》：“其少进也，如彩云出崖。”喻美人之意，从《高唐赋》“行云”来，屡见李白集中，如《感遇四首》之四“巫山赋彩云”、《凤凰曲》“影灭彩云断”。白居易《简简吟》：“彩云易散琉璃脆。”此篇“当时明月”“曾照彩云”，与诸例均合，寓追怀追昔之意。

临江仙

旖旎仙花解语，轻盈春柳能眠。玉楼深处绮窗前。梦回芳草夜，歌罢落梅天。　　沉水浓熏绣被，流霞浅酌金船。绿娇红小正堪怜。莫如云易散，须似月频圆。

注释

①旖旎（yǐnǐ）：柔婉貌。　②仙花解语：五代后周王仁裕《开元天宝遗事》下《解语花》：“明皇秋八月，太液池有千叶白莲数枝盛开，帝与贵戚宴赏焉。左右皆叹羡久之，帝指贵妃示于左右曰：‘争如我解语花。’”此处用喻美人。③春柳能眠：形容柳条的柔垂。又，旧传汉苑中有柳，状如人形，号曰人柳，一日三起三倒。　④落梅天：五月。汉应劭《风俗通》：“五月有落梅风。”⑤流霞：美酒。　⑥金船：酒器。

临江仙

斗草阶前初见，穿针楼上曾逢。罗裙香露玉钗风。靓妆眉沁绿，羞脸粉生红。　　流水便随春远，行云终与谁同。酒醒长恨锦屏空。相寻梦里路，飞雨落花中。

注释

①斗草：古代春夏间的一种游戏。南朝梁宗懔《荆楚岁时记》：“五月五日……四民并踏百草。又有斗百草之戏。”宋代春社、清明之际已开始斗草。　②穿针：七月七日乞巧节。旧俗此夕妇女结彩缕，穿七孔针，向天上织女乞求智巧，称为“乞

巧节”。③玉钗风：指女子头上的玉钗在风中抖动。④靓（jìng）妆：浓丽的打扮。⑤眉沁绿：黛石描眉所显现的青绿色。⑥“流水”句：从李煜“流水落花春去也，天上人间”句化来，此处指女子去远，无处寻觅。⑦行云：用“巫山云雨”典。喻女子如行云飘忽不定。⑧锦屏：内室的屏风，此指内寝。⑨飞雨：微雨。

临江仙

长爱碧阑干影，芙蓉秋水开时。脸红凝露学娇啼。霞觞熏冷艳，云鬓袅纤枝。　　烟雨依前时候，霜丛如旧芳菲。与谁同醉采香归。去年花下客，今似蝶分飞。

注释

①芙蓉：荷花别名。②“脸红”句：带露荷花有如少女悲泣。③“霞觞”二句：霞觞，霞杯。唐曹唐《送刘尊师祗诏阙庭》：“霞觞共饮身虽在，风驭难陪迹未闲。”

临江仙

淡水三年欢意，危弦几夜离情。晓霜红叶舞归程。客情今古道，秋梦短长亭。　　渌酒尊前清泪，阳关叠里离声。少陵诗思旧才名。云鸿相约处，烟雾九重城。

注释

①淡水：语出《庄子·山木》：“且君子之交淡若水。” ②危弦：急弦。③渌酒：清酒。 ④阳关：王维《渭城曲》，为送别名曲《阳关三叠》。 ⑤少陵：杜甫。 ⑥云鸿：指其友人沈十二廉叔、陈十君龙家歌女小云、小鸿。

临江仙

身外闲愁空满，眼中欢事常稀。明年应赋送君诗。细从今夜数，相会几多时。　　浅酒欲邀谁劝，深情惟有君知。东溪春近好同归。柳垂江上影，梅谢雪中枝。

注释

①题注：一作晁补之词。

蝶恋花

醉别西楼醒不记。春梦秋云，聚散真容易。斜月半窗还少睡。画屏闲展吴山翠。　　衣上酒痕诗里字。点点行行，总是凄凉意。红烛自怜无好计。夜寒空替人垂泪。

注释

①西楼：泛指欢宴之所。 ②春梦秋云：喻美好而又虚幻短暂、聚散无常

的事物。唐白居易《花非花》：“来如春梦几多时，去似朝云无觅处。” ③吴山：画屏上的江南山水。 ④“红烛”二句：化用唐杜牧《赠别》：“蜡烛有心还惜别，替人垂泪到天明。”

蝶恋花

卷絮风头寒欲尽。坠粉飘红，日日香成阵。新酒又添残酒困。今春不减前春恨。 蝶去莺飞无处问。隔水高楼，望断双鱼信。恼乱层波横一寸。斜阳只与黄昏近。

注释

①题注：一作赵令畤词。 ②“卷絮”句：落花飞絮，天气渐暖，已是暮春季节。③双鱼：书信。 ④一寸：即眼目。

蝶恋花

碧草池塘春又晚。小叶风娇，尚学娥妆浅。双燕来时还念远。珠帘绣户杨花满。 绿柱频移弦易断。细看秦筝，正似人情短。一曲啼乌心绪乱。红颜暗与流年换。

注释

①小叶：初破芽的嫩叶。 ②娥妆：《妆台记》：“魏武帝令宫人扫青黛眉、连头眉，一画连心细长，谓之仙娥妆。” ③“珠帘”句：化用冯延巳《南乡子》

"睡起杨花满绣床"。 ④绿柱：弦乐器上支架丝弦的柱码。 ⑤秦筝：相传为秦蒙恬所造，其声哀怨。 ⑥啼乌：即《乌夜啼》。唐元稹《听庾及之弹〈乌夜啼引〉》："君弹《乌夜啼》，我传乐府解古题。良人在狱妻在闺，官家欲赦乌报妻。"后世所见《乌夜啼》，内容多为男女恋情。

蝶恋花

碧玉高楼临水住。红杏开时，花底曾相遇。一曲阳春春已暮。晓莺声断朝云去。　远水来从楼下路。过尽流波，未得鱼中素。月细风尖垂柳渡。梦魂长在分襟处。

注释

①阳春：古歌曲名，是一种比较高雅难学的曲子。汉李固《致黄琼书》："峣峣者易缺，皦皦者易污。《阳春》之曲，和者必寡。" ②鱼中素：书信。③分襟：分离。

蝶恋花

梦入江南烟水路，行尽江南，不与离人遇。睡里消魂无说处。觉来惆怅消魂误。　欲尽此情书尺素。浮雁沉鱼，终了无凭据。却倚缓弦歌别绪。断肠移破秦筝柱。

注释

①消魂：悲伤愁苦。江淹《别赋》有“黯然销魂者，惟别而已矣”。 ②尺素：书写用之尺长素绢，借指简短书信。素，白绢。 ③浮雁沉鱼：传递书信的使者。④移破：移尽，移遍。破，唐宋大曲术语。大曲十余遍，分散序、中序、破三大段。张相《诗词曲语辞汇释》：“破，犹尽也，遍也，煞也。”

蝶恋花

初捻霜纨生怅望。隔叶莺声，似学秦娥唱。午睡醒来慵一饷。双纹翠簟铺寒浪。 雨罢蘋风吹碧涨。脉脉荷花，泪脸红相向。斜贴绿云新月上。弯环正是愁眉样。

注释

①捻（niǎn）：用手指轻轻拿起。 ②霜纨（wán）：洁白如霜的细绢，这里代指团扇。 ③隔叶莺声：唐杜甫《蜀相》“隔叶黄鹂空好音”。 ④秦娥：秦地美丽的女子，古代秦女善歌，此指歌者。 ⑤慵：困倦，懒得动。 ⑥双纹翠簟（diàn）：织有成双花纹的翠簟。翠簟，碧绿色的竹凉席。寒浪，指簟纹，竹席清凉，花纹起伏如浪。 ⑦蘋（pín）风：微风。蘋，水草，宋玉《风赋》：“夫风生于地，起于青蘋之末。” ⑧绿云：喻女子的头发黑如翠黛，浓似乌云。唐杜牧《阿房宫赋》：“绿云扰扰，梳晓鬟也。” ⑨新月：喻女子的蛾眉。⑩弯环：喻女子的眉毛。

蝶恋花

黄菊开时伤聚散。曾记花前，共说深深愿。重见金英人未见。相思一夜天涯远。　　罗带同心闲结遍。带易成双，人恨成双晚。欲写彩笺书别怨。泪痕早已先书满。

注释

①金英：即黄菊。　②罗带：丝织的衣带。

鹧鸪天

彩袖殷勤捧玉钟。当年拚却醉颜红。舞低杨柳楼心月，歌尽桃花扇影风。　　从别后，忆相逢。几回魂梦与君同。今宵剩把银釭照，犹恐相逢是梦中。

注释

①彩袖：代指穿彩衣的歌女。　②玉钟：古时指珍贵的酒杯，是对酒杯的美称。　③拚（pàn）却：甘愿，不顾惜。却，语气助词。　④“舞低”二句：歌女舞姿曼妙，直舞到挂在杨柳树梢照到楼心的一轮明月沉下去；歌女清歌婉转，不停地挥舞歌扇，极言歌舞时间之久。歌舞时用作道具的扇子，绘有桃花。⑤剩把：剩，通“尽（jǐn）”，只管。把，持，握。

鹧鸪天

守得莲开结伴游。约开萍叶上兰舟。来时浦口云随棹，采罢江边月满楼。　　花不语，水空流。年年拚得为花愁。明朝万一西风动，争向朱颜不耐秋。

注释

①浦口：小河入江之处。　②朱颜：红颜，明指莲花，暗指采莲女自己。

鹧鸪天

醉拍春衫惜旧香。天将离恨恼疏狂，年年陌上生秋草，日日楼中到夕阳。　　云渺渺，水茫茫。征人归路许多长。相思本是无凭语，莫向花笺费泪行。

注释

①旧香：指过去欢乐生活遗留在衣衫上的香泽。

鹧鸪天

小令尊前见玉箫。银灯一曲太妖娆。歌中醉倒谁能恨，唱罢归来酒未消。　　春悄悄，夜迢迢。碧云天共楚宫遥。梦魂惯得无拘检，又踏杨花过谢桥。

注释

①小令：唐时文人于酒宴上即席填词，当作酒令，后遂称词之较短小者为小令。　②玉箫：指歌女。唐韦皋未仕时，寓江夏姜使君门馆，与侍婢玉箫有情，约为夫妇。韦归省，愆期不至，箫绝食而卒。后玉箫转世，终为韦侍妾。见唐范摅《云溪友议》。　③银灯：宋代《剔银灯》。　④妖娆：歌声婉转动听。⑤夜迢迢：形容夜漫长。　⑥碧云天：天上神仙所居之处。　⑦楚宫：用楚王、巫山神女典。　⑧梦魂：古人以为人的灵魂在睡梦中会离开肉体，故称。　⑨拘检：检束，拘束。　⑩谢桥：唐宰相李德裕的侍妾谢秋娘是当时著名的歌妓，李曾作《谢秋娘》悼念她。后指女子居所。

鹧鸪天

十里楼台倚翠微。百花深处杜鹃啼。殷勤自与行人语，不似流莺取次飞。　　惊梦觉，弄晴时。声声只道不如归。天涯岂是无归意，争奈归期未可期。

注释

①翠微：青翠的山气，此指青翠掩映的山间幽深处。　②取次：随意、任意。　③弄晴时：弄指卖弄，杜鹃在晴明的春日卖弄自己的叫声。　④不如归：传说中杜鹃的叫声像“不如归去”。　⑤未可期：未可肯定的意思。

鹧鸪天

手捻香笺忆小莲。欲将遗恨倩谁传。归来独卧逍遥夜，梦里相逢酩酊天。　　花易落，月难圆。只应花月似欢缘。秦筝算有心情在，试写离声入旧弦。

注释

①捻：用手指搓转。　②小莲：作者友人家歌女莲、蘋、云、鸿四人中之一。

生查子

金鞭美少年，去跃青骢马，牵系玉楼人，绣被春寒夜。

消息未归来，寒食梨花谢。无处说相思，背面秋千下。

注释

①金鞭：用黄金做的马鞭。喻骑者之富贵。　②青骢马：青白色相杂的骏马。③背面秋千下：化用李商隐《无题》"十五泣春风，背面秋千下"。

生查子

官身几日闲，世事何时足。君貌不常红，我鬓无重绿。

榴花满盏香，金缕多情曲。且尽眼中欢，莫叹时光促。

注释

①官身：有官职在身。亦指身任公职的人。 ②红：脸色红润，借指年轻。③重绿：再绿。 ④榴花：美酒。《花史》："崖州妇人以安石榴花著釜中，经旬成酒，其味香美。" ⑤金缕：《金缕曲》。

生查子

关山魂梦长，鱼雁音尘少。两鬓可怜青，只为相思老。

归梦碧纱窗，说与人人道。真个别离难，不似相逢好。

注释

①关山：泛指关隘和山川。 ②人人：对所亲近的人的昵称。 ③真个：确实，真正。

生查子

坠雨已辞云，流水难归浦。遗恨几时休，心抵秋莲苦。

忍泪不能歌，试托哀弦语。弦语愿相逢，知有相逢否。

注释

①秋莲苦：秋莲结子，莲子心苦。 ②"试托"句：意将哀伤之情寄于乐器的弹奏之中。

生查子

长恨涉江遥，移近溪头住。闲荡木兰舟，误入双鸳浦。

无端轻薄云，暗作廉纤雨。翠袖不胜寒，欲向荷花语。

注释

①涉江：取《古诗十九首》“涉江采芙蓉，兰泽多芳草。采之欲遗谁，所思在远道”意。　②廉纤：细小，细微。多用以形容微雨。　③“翠袖”句：用杜甫《佳人》“天寒翠袖薄，日暮倚修竹”意。

生查子

春从何处归，试向溪边问。岸柳弄娇黄，陇麦回青润。

多情美少年，屈指芳菲近。谁寄岭头梅，来报江南信。

注释

①岭头梅：大庾岭上梅。化用南北朝陆凯《赠范晔》：“江南无所有，聊赠一枝春。”《荆州记》：“陆凯与范晔交善，自江南寄梅花一枝，诣长安与晔，兼赠。”

南乡子

渌水带青潮。水上朱阑小渡桥。桥上女儿双笑靥，妖娆。

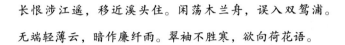

倚著阑干弄柳条。　　月夜落花朝。减字偷声按玉箫。柳外行人回首处，迢迢。若比银河路更遥。

注释

①渌水：清澈的水。　②青潮：水面呈青绿色，且旺盛饱满，如同涨潮一般。③朱阑：朱红色的栏杆。　④双笑靥：此处是说女子笑，脸上出现一对酒窝。⑤妖娆：形容女子美貌而富有风情。　⑥花朝：旧俗以农历二月十五日为“百花生日”，故称此节为“花朝节”。　⑦减字偷声：指词调的减省节奏和减少歌辞字句，从而衍变新调。

南乡子

新月又如眉。长笛谁教月下吹。楼倚暮云初见雁，南飞。漫道行人雁后归。　　意欲梦佳期。梦里关山路不知。却待短书来破恨，应迟。还是凉生玉枕时。

注释

①“新月”句：五代牛希济《生查子》“新月曲如眉”。　②“长笛”句：用唐杜牧《题元处士高亭》“何人教我吹长笛，与倚春风弄月明”。　③“楼倚”句：化用唐赵嘏《长安晚秋》“残星几点雁横塞，长笛一声人倚楼”。　④南飞：雁为候鸟，每年春分后往北飞，秋分后飞回南方。　⑤“漫道”句：语出隋薛道衡《人日思归》：“人归落雁后，思发在花前。”　⑥“梦里”句：化用南朝梁沈约《别范安成诗》“梦中不识路，何以慰相思”，南朝梁萧统《文选》李善注引《韩非子》：“六国时，张敏与高惠二人为友，每相思不能得见，敏便于梦中往寻，但行至半道，即迷不知路，遂回，如此者三。”此处借以表达男女相思之情。　⑦玉枕：玉制或玉饰的枕头，亦用为瓷枕、石枕的美称。

清平乐

留人不住。醉解兰舟去。一棹碧涛春水路。过尽晓莺啼处。

渡头杨柳青青。枝枝叶叶离情。此后锦书休寄，画楼云雨无凭。

注释

①锦书：书信的美称。前秦苏若兰织锦为字成回文诗，寄给丈夫窦滔。后世泛称情书为锦书。　②云雨：用宋玉《高唐赋》典。

清平乐

蕙心堪怨。也逐春风转。丹杏墙东当日见。幽会绿窗题遍。

眼中前事分明。可怜如梦难凭。都把旧时薄幸，只消今日无情。

注释

①蕙心：比喻女子内心的纯美。

清平乐

幺弦写意。意密弦声碎。书得凤笺无限事。犹恨春心难寄。

卧听疏雨梧桐。雨余淡月朦胧。一夜梦魂何处，那回杨叶楼中。

注释

①幺弦：琵琶的第四弦。因最细，故称幺弦。　②凤笺：珍美的纸笺。李商隐《碧城》："收将凤纸写相思。"

清平乐

波纹碧皱。曲水清明后。折得疏梅香满袖。暗喜春红依旧。

归来紫陌东头。金钗换酒消愁。柳影深深细路，花梢小小层楼。

注释

①曲水：古代风俗，于农历三月上巳日（上旬的巳日，魏晋以后始固定为三月三日）就水滨宴饮，认为可祓除不祥，后人因引水环曲成渠，流觞取饮，相与为乐。　②金钗换酒：唐元稹《遣悲怀》："顾我无衣搜荩箧，泥他沽酒拔金钗。"后用以形容贫穷潦倒，落拓失意。

木兰花

秋千院落重帘暮。彩笔闲来题绣户。墙头丹杏雨余花，门外绿杨风后絮。　朝云信断知何处。应作襄王春梦去。紫骝认得旧游踪，嘶过画桥东畔路。

注释

①彩笔：江淹有五彩笔，因而文思敏捷。 ②襄王春梦：实为先王梦之误传。“先王”游高唐，梦神女荐枕，临去，神女有“旦为行云，暮为行雨”语。（见宋玉《高唐赋序》） ③紫骝：本来指一种马，这里泛指骏马。

木兰花

初心已恨花期晚。别后相思长在眼。兰衾犹有旧时香，每到梦回珠泪满。 多应不信人肠断。几夜夜寒谁共暖。欲将恩爱结来生，只恐来生缘又短。

注释

①初心：起初的心愿。 ②兰衾：被子的美称。 ③梦回：从梦中醒来。

菩萨蛮

哀筝一弄湘江曲。声声写尽湘波绿。纤指十三弦。细将幽恨传。 当筵秋水慢。玉柱斜飞雁。弹到断肠时。春山眉黛低。

注释

①一弄：奏一曲。 ②湘江曲：曲名，即《湘江怨》。相传舜帝南巡苍梧，二妃追至南方，闻舜卒，投江而死。后人以此为题材写成乐曲。 ③十三弦：唐宋时教坊用的筝均为十三根弦，因代指筝。 ④秋水：喻明澈的眼波。 ⑤慢：形容眼神凝注。 ⑥玉柱斜飞雁：古筝弦柱斜列如雁行，故又称雁柱。 ⑦春山：喻美人的眉峰。

菩萨蛮

相逢欲话相思苦。浅情肯信相思否。还恐漫相思。浅情人不知。　　忆曾携手处。月满窗前路。长到月来时。不眠犹待伊。

注释

①香雪：杏花白，故比作香雪。 ②胧明：月色朦胧。 ③玉钩：挂窗帘的玉制之钩。 ④搴（qiān）：揭起。 ⑤旧眉薄：旧眉指昨日所画的黛眉，因隔夜而颜色变浅，故称“薄”。

玉楼春

雕鞍好为莺花住。占取东城南陌路。尽教春思乱如云，莫管世情轻似絮。　　古来多被虚名误。宁负虚名身莫负。劝君频入醉乡来，此是无愁无恨处。

注释

①莺花：莺啼花开，泛指春日景物。亦喻风月繁华。　②东城南陌：北宋都城开封城东、城南极为繁闹。宋祁《玉楼春》：“东城渐觉风光好。”柳永《夜半乐》：“翠娥南陌簇簇。”泛指繁华所在。　③醉乡：王绩《醉乡记》：“醉之乡去中国，不知其几千里也。其土旷然无涯，无丘陵阪险；其气和平一揆，无晦明寒暑；其俗大同，无邑居聚落；其人甚精。”

玉楼春

东风又作无情计。艳粉娇红吹满地。碧楼帘影不遮愁，还似去年今日意。　谁知错管春残事。到处登临曾费泪。此时金盏直须深，看尽落花能几醉。

注释

①艳粉娇红：指娇艳的花。　②直须：只管，尽管。

玉楼春

当年信道情无价。桃叶尊前论别夜。脸红心绪学梅妆，眉翠工夫如月画。　来时醉倒旗亭下。知是阿谁扶上马。忆曾挑尽五更灯，不记临分多少话。

注释

①桃叶：晋王献之妾。相传王献之曾为送桃叶而作歌。 ②梅妆：即梅花妆。③阿谁：何人。

阮郎归

旧香残粉似当初。人情恨不如。一春犹有数行书。秋来书更疏。　　衾凤冷，枕鸳孤。愁肠待酒舒。梦魂纵有也成虚。那堪和梦无。

注释

①旧香残粉：指旧日残剩的香粉。香粉，女性化妆用品。 ②衾凤：绣有凤凰图纹的彩被。 ③枕鸳：绣有鸳鸯图案的枕头。 ④和：连。

阮郎归

天边金掌露成霜。云随雁字长。绿杯红袖称重阳。人情似故乡。　　兰佩紫，菊簪黄。殷勤理旧狂。欲将沉醉换悲凉。清歌莫断肠。

注释

①金掌：汉武帝时在长安建章宫筑柏梁台，上有铜制仙人以手掌托盘，承

接露水。此处以“金掌”借指国都，即汴京。即谓汴京已入深秋。 ②雁字：雁群飞行时排列成人字，有时排列成一字，故称雁字。 ③绿杯红袖：代指美酒佳人。 ④“兰佩紫”二句：佩戴紫色兰花，头上插黄菊。屈原《离骚》有“纫秋兰以为佩”句。

阮郎归

粉痕闲印玉尖纤。啼红傍晚奁。旧寒新暖尚相兼。梅疏待雪添。　　春冉冉，恨恹恹。章台对卷帘。个人鞭影弄凉蟾。楼前侧帽檐。

注释

①啼红：流泪。 ②晚奁（lián）：晚间的梳妆。 ③凉蟾：凉月。

六幺令

绿阴春尽，飞絮绕香阁。晚来翠眉宫样，巧把远山学。一寸狂心未说，已向横波觉。画帘遮匝。新翻曲妙，暗许闲人带偷掐。　　前度书多隐语，意浅愁难答。昨夜诗有回纹，韵险还慵押。都待笙歌散了，记取来时霎。不消红蜡。闲云归后，月在庭花旧栏角。

注释

①六么令：唐时琵琶曲名，后用为词调。《碧鸡漫志》："六么一名绿腰，一名乐世，一名录要。或云此曲拍无过六字者，故曰六么。" ②翠眉：形容女子眉毛青翠。 ③远山：即远山眉，又称远山黛，形容女子眉毛如远山。④一寸狂心：指狂乱激动的春心。 ⑤横波：目光流转如水波横流。 ⑥遮匝：周围，围绕。 ⑦偷掐：暗暗地依曲调记谱。掐，同"搯"。 ⑧回纹：回文。⑨韵险：难押的韵。 ⑩不消：不需要。

归田乐

试把花期数，便早有、感春情绪。看即梅花吐。愿花更不谢，春且长住。只恐花飞又春去。　　花开还不语。问此意、年年春还会否。绛唇青鬓，渐少花前语。对花又记得、旧曾游处。门外垂杨未飘絮。

注释

①归田乐：词牌名，又名"归田乐引"。清毛先舒《填词名解》："采张衡《归田赋》名。"归田，古代官员辞官归里、退隐还乡。调名本意即咏归隐田园的快乐。

浣溪沙

家近旗亭酒易酤。花时长得醉工夫。伴人歌笑懒妆梳。

户外绿杨春系马，床前红烛夜呼卢。相逢还解有情无。

注释

①酤（gū）：买。　②“户外”二句：由韩翃《赠李翼》“门外碧潭春洗马，楼前红烛夜迎人”化出。呼卢，古时一种赌博。削木为子，共五个，一子两面。一面涂黑，画牛犊；一面涂白，画雉。五子均黑，叫卢，得头彩。掷子时，高声大喊，希望得到全黑，故称。

浣溪沙

午醉西桥夕未醒。雨花凄断不堪听。归时应减鬓边青。

衣化客尘今古道，柳含春意短长亭。凤楼争见路旁情。

注释

①雨花：落花如雨。　②凄断：凄婉。　③衣化客尘：旅途中的尘土使衣服变了颜色。　④短长亭：古时设在官道旁供人休息之处，亦常作饯别之所。

浣溪沙

日日双眉斗画长。行云飞絮共轻狂。不将心嫁冶游郎。

溅酒滴残歌扇字，弄花熏得舞衣香。一春弹泪说凄凉。

注释

①行云：用宋玉《高唐赋》“旦为朝云，暮为行雨”，暗喻歌妓的生涯。②飞絮：诗词中常用柳絮喻女子的命运和行踪。　③“不将”句：自李商隐《无

题》“不知身属冶游郎”化出。

御街行

街南绿树春饶絮。雪满游春路。树头花艳杂娇云，树底人家朱户。北楼闲上，疏帘高卷，直见街南树。　　阑干倚尽犹慵去。几度黄昏雨。晚春盘马踏青苔，曾傍绿荫深驻。落花犹在，香屏空掩，人面知何处。

注释

①饶：充满，多。　②雪：这里以形容白色的柳絮。　③闲：高大的样子。④疏帘：稀疏的竹织窗帘。　⑤盘马：骑在马上驰骋回旋。　⑥人面知何处：用唐崔护《题都城南庄》“人面不知何处去，桃花依旧笑东风”。

点绛唇

花信来时，恨无人似花依旧。又成春瘦。折断门前柳。

天与多情，不与长相守。分飞后。泪痕和酒。占了双罗袖。

注释

①花信：花开的风信、消息。古人将春天分为二十四番花信，即二十四番花信风，各种名花按花信顺序开放。　②“天与”二句：谓上天赋予了多情之心，却不肯给予长相守的机会。

虞美人

曲阑干外天如水。昨夜还曾倚。初将明月比佳期。长向月圆时候、望人归。　　罗衣著破前香在。旧意谁教改。一春离恨懒调弦，犹有两行闲泪、宝筝前。

注释

①初：刚分别时。　②长：同“常”。　③著：穿。　④闲泪：闲愁之泪。

虞美人

飞花自有牵情处。不向枝边坠。随风飘荡已堪愁。更伴东流流水、过秦楼。　　楼中翠黛含春怨。闲倚阑干见。远弹双泪惜香红。暗恨玉颜光景、与花同。

注释

①秦楼：指妓院。　②香红：指花。

虞美人

闲敲玉镫隋堤路。一笑开朱户，素云凝澹月婵娟。门外鸭头春水、木兰船。　　吹花拾蕊嬉游惯。天与相逢晚。一声长笛倚楼时。应恨不题红叶、寄相思。

注释

①闲敲玉镫：意谓骑马闲游。　②隋堤：隋炀帝大业元年重浚汴河，开通济渠，沿河筑堤，后称隋堤。　③鸭头：即鸭头绿，形容春水碧绿之色如鸭头之绿。　④“一声”句：出自唐赵嘏《长安晚秋》“残星几点雁横塞，长笛一声人倚楼”。

浪淘沙

小绿间长红。露蕊烟丛。花开花落昔年同。惟恨花前携手处，往事成空。　　山远水重重。一笑难逢。已拚长在别离中。霜鬓知他从此去，几度春风。

注释

①“小绿”句：形容花草的红绿相间。长红，成片的红花。　②烟丛：露水迷蒙的花丛。　③“花开”句：刘希夷《代悲白头翁》“年年岁岁花相似，岁岁年年人不同”。　④霜鬓：白色鬓发。霜鬓，代指离人，也是自称。

破阵子

柳下笙歌庭院，花间姊妹秋千。记得春楼当日事，写向红窗夜月前。凭谁寄小莲。　　绛蜡等闲陪泪，吴蚕到了缠绵。绿鬓能供多少恨，未肯无情比断弦。今年老去年。

注释

①小莲：人名。　②吴蚕：吴地的蚕，江苏一带盛产蚕丝，故称。

采桑子

秋来更觉消魂苦，小字还稀。坐想行思。怎得相看似旧时。

南楼把手凭肩处，风月应知。别后除非。梦里时时得见伊。

注释

①风月：清风明月。泛指美好的景色。

采桑子

西楼月下当时见，泪粉偷匀。歌罢还颦。恨隔炉烟看未真。

别来楼外垂杨缕，几换青春。倦客红尘。长记楼中粉泪人。

注释

①倦客红尘：红尘中之倦客，作者自谓。

采桑子

秋千散后朦胧月，满院人闲。几处雕阑。一夜风吹杏粉残。

昭阳殿里春衣就，金缕初干。莫信朝寒。明日花前试舞看。

注释

①昭阳殿：汉宫殿名。《三辅黄图》卷三："成帝赵皇后居朝阳殿……贵倾后宫。昭阳舍兰房椒壁，其中庭彤朱，而庭上髹漆，切皆铜沓，黄金涂，白玉阶，壁带往往为黄金釭，函兰田璧，明珠翠羽饰之，自后宫未尝有焉。"

采桑子

花时恼得琼枝瘦，半被残香。睡损梅妆。红泪今春第一行。

风流笑伴相逢处，白马游缰。共折垂杨。手捻芳条说夜长。

注释

①梅妆：《太平御览》卷九七〇引《宋书》："武帝女寿阳公主人日卧于含章檐下，梅花落公主额上，成五出之华，拂之不去，皇后留之。自后有梅花妆，后人多效之。"

思远人

红叶黄花秋意晚，千里念行客。飞云过尽，归鸿无信，何处寄书得。　　泪弹不尽当窗滴。就砚旋研墨。渐写到别来，此情深处，红笺为无色。

注释

①思远人：词牌名，晏几道创调。词中有“千里念行客”句，取其意为调名。　②红叶：枫叶。　③黄花：菊花。　④千里念行客：思念千里之外的行客。⑤就砚旋研墨：眼泪滴到砚中，就用它来研墨。　⑥红笺：女子写情书的信纸，为红色。

点评

泪水将信笺的红色染成无色，别出机杼，感人至深。

长相思

长相思。长相思。若问相思甚了期，除非相见时。　　长相思。长相思。欲把相思说似谁。浅情人不知。

注释

①甚了期：何时才是了结的时候。　②似：给予。　③浅情人：薄情人。

更漏子

柳丝长，桃叶小。深院断无人到。红日淡，绿烟晴。流莺三两声。　雪香浓，檀晕少。枕上卧枝花好。春思重，晓妆迟。寻思残梦时。

注释

①流莺：圆润婉转的莺鸣。②雪香浓：雪白的肌肤透出浓香。③檀晕少：妇女眉旁浅赭色的妆晕消退了。

蝶恋花

笑艳秋莲生绿浦。红脸青腰，旧识凌波女。照影弄妆娇欲语。西风岂是繁花主。　可恨良辰天不与。才过斜阳，又是黄昏雨。朝落暮开空自许。竟无人解知心苦。

注释

①红脸青腰：写荷的红花绿茎。②凌波：喻美人步履轻盈，如乘碧波而行。三国魏曹植《洛神赋》："凌波微步，罗袜生尘。"

浣溪沙

闲弄筝弦懒系裙。铅华消尽见天真。眼波低处事还新。
怅恨不逢如意酒。寻思难值有情人。可怜虚度琐窗春。

注释

①“寻思”句：用唐代女诗人鱼玄机《赠邻女》“易求无价宝，难得有心郎”句意。

「王观」

卜算子

送鲍浩然之浙东

水是眼波横，山是眉峰聚。欲问行人去那边，眉眼盈盈处。

才始送春归，又送君归去。若到江东赶上春，千万和春住。

注释

①鲍浩然：生平不详，作者友人。　②水是眼波横：水像美人流动的眼波。古人常以秋水喻美人之眼，这里反用。眼波，目光似流动的水波。　③山是眉峰聚：山如美人蹙起的眉毛。《西京杂记》载，卓文君容貌姣好，眉色如望远山，时人效画远山眉。后人遂喻美人之眉为远山。这里反用。　④行人：指鲍浩然。⑤眉眼盈盈处：一说喻山水交汇处，一说指鲍浩然前去与心上人相会。盈盈，美好的样子。

清平乐

黄金殿里。烛影双龙戏。劝得官家真个醉，进酒犹呼万岁。

折旋舞彻伊州。君恩与整搔头。一夜御前宣住，六宫多少人愁。

注释

①官家：皇帝，天子。宋释文莹《湘山野录》载，宋真宗问：“何故谓天子为官家？”李侍读仲容对曰：“臣尝记蒋济《万机论》言三皇官天下，五帝家天下。兼三、五之德，故曰官家。” ②伊州：曲调名。商调大曲。《新唐书·礼乐志十二》：“天宝乐曲，皆以边地名，若《凉州》《伊州》《甘州》之类。” ③搔头：簪子。 ④御前宣住：即被幸。御前，皇帝面前。此词一作王仲甫词。王仲甫，号逐客。“高太后以为渎神宗，翌日罢职，世遂有‘逐客’之号。”（《能改斋漫录》）

庆清朝慢

踏青

调雨为酥，催冰做水，东君分付春还。何人便将轻暖，点破残寒。结伴踏青去好，平头鞋子小双鸾。烟郊外，望中秀色，如有无间。　　晴则个，阴则个，饾饤得天气，有许多般。须教镂花拨柳，争要先看。不道吴绫绣袜，香泥斜沁几行斑。东风巧，尽收翠绿，吹在眉山。

注释

①庆清朝慢：词牌名，又名“庆清朝”“清朝慢”。以此篇为正体。清朝，清明的朝廷。唐罗隐《中元甲子以辛丑驾幸蜀》：“敢恨甲兵为弃物，所嗟流品误清朝。”调名本意即咏兼祝贺清明的朝政。 ②东君：太阳神名。亦指太

阳。 ③饾饤：变化无常。 ④吴绫：古代吴地所产的一种有文采的丝织品。以轻薄著名。

点评

姑娘们的蛾眉本来是淡淡的，踏青时，天气骤变，眉头一皱，黛色集聚，就像东风把翠绿吹到眉峰上。

木兰花令

柳

铜驼陌上新正后。第一风流除是柳。勾牵春事不如梅，断送离人强似酒。　　东君有意偏搁就。惯得腰肢真个瘦。阿谁道你不思量，因甚眉头长恁皱。

注释

①铜驼陌：铜驼街。《洛阳记》：“洛阳有铜驼街。汉铸铜驼二枚，在宫南四会道相对。俗语曰，金马门外集众贤，铜驼陌上集少年。” ②新正：农历新年正月。 ③搁（ruán）就：迁就，将就。

点评

宋王灼《碧鸡漫志》：“其新丽处与轻狂处皆足惊人。”

红芍药

人生百岁，七十稀少。更除十年孩童小。又十年昏老。都来五十载，一半被、睡魔分了。那二十五载之中，宁无些个烦恼。

仔细思量，好追欢及早。遇酒追朋笑傲。任玉山摧倒。沉醉且沉醉，人生似、露垂芳草。幸新来、有酒如渑，结千秋歌笑。

注释

①红芍药：词牌名，蒋氏《九宫谱目》入南吕调。此词无他首可校。 ②昏老：昏聩老迈。《列子·杨朱》："得百年者千无一焉。设有一者，孩抱以逮昏老，几居其半矣。夜眠之所弭，昼觉之所遗，又几居其半矣……则人之生也奚为哉？奚乐哉？"

「张舜民」

卖花声

题岳阳楼

木叶下君山。空水漫漫。十分斟酒敛芳颜。不是渭城西去客，休唱阳关。　　醉袖抚危栏。天淡云闲。何人此路得生还。回首夕阳红尽处，应是长安。

注释

①卖花声：即“浪淘沙令”。　②敛芳颜：收敛容颜，肃敬的样子。　③阳关：古曲《阳关三叠》，又名《阳关曲》，以王维《送元二使安西》引申谱曲，增添词句，抒写离情别绪。因曲分三段，原诗三反，故称“三叠”。　④长安：此指汴京。

「魏夫人」

阮郎归

夕阳楼外落花飞。晴空碧四垂。去帆回首已天涯。孤烟卷翠微。　楼上客，鬓成丝。归来未有期。断魂不忍下危梯。桐阴月影移。

注释

①翠微：形容山光水色青翠缥缈。《文选·左思〈蜀都赋〉》："郁葐蒕以翠微，崛巍巍以峨峨。"刘逵注："翠微，山气之轻缥也。"

菩萨蛮

溪山掩映斜阳里。楼台影动鸳鸯起。隔岸两三家。出墙红杏花。　绿杨堤下路。早晚溪边去。三见柳绵飞。离人犹未归。

注释

①柳绵：成熟了的柳叶种子，因其上有白色茸毛、随风飘舞如棉似絮而得名，又叫柳絮。古代水边杨柳（音谐“留”）往往是送别的场所。

菩萨蛮

东风已绿瀛洲草。画楼帘卷清霜晓。清绝比湖梅。花开未满枝。　　长天音信断。又见南归雁。何处是离愁。长安明月楼。

注释

①清绝：形容美妙至极。

点评

宋朱熹：“本朝妇人能文者，惟魏夫人、李易安二人而已。”

明杨慎《词品》：“李易安、魏夫人，使在衣冠之列，当与秦观、黄庭坚争雄，不徒擅名于闺阁也。”

菩萨蛮

红楼斜倚连溪曲。楼前溪水凝寒玉。荡漾木兰船。船中人少年。　　荷花娇欲语。笑入鸳鸯浦。波上暝烟低。菱歌月下归。

注释

①鸳鸯浦：鸳鸯栖息的水滨。喻美色荟萃之所。

江城子

春恨

别郎容易见郎难。几何般。懒临鸾。憔悴容仪，陡觉缕衣宽。门外红梅将谢也，谁信道、不曾看。　　晓妆楼上望长安。怯轻寒。莫凭阑。嫌怕东风，吹恨上眉端。为报归期须及早，休误妾、一春闲。

注释

①临鸾：照镜。鸾，指鸾镜，即妆镜。　②缕衣：即金缕衣，用金线缝的衣服，泛指华美的衣服。　③长安：指北宋都城汴京。

系裙腰

灯花耿耿漏迟迟。人别后、夜凉时。西风潇洒梦初回。谁念我，就单枕，皱双眉。　　锦屏绣幌与秋期。肠欲断、泪偷垂。月明还到小窗西。我恨你，我忆你，你争知。

注释

①耿耿：明亮貌。

好事近

雨后晓寒轻，花外早莺啼歇。愁听隔溪残漏，正一声凄咽。不堪西望去程赊，离肠万回结。不似海棠阴下，按凉州时节。

注释

①好事近：词牌名，又名“钓船笛”“倚秋千”“秦刷子”“翠圆枝”等。近，又称“近拍”，音乐中表示长度、节奏的述语，指大曲、法曲中的慢曲以后、入破以前，在由慢渐快部分所用的曲调。在词中，它是令词和慢词之间的中调，与“引”相近。 ②赊：远。 ③按：依节拍唱歌。 ④海棠阴下：一作“海棠花下”。 ⑤凉州：《凉州曲》，唐代边塞之乐，当时属于新声，声情较悲凉。

减字木兰花

西楼明月。掩映梨花千树雪。楼上人归。愁听孤城一雁飞。

玉人何处。又见江南春色暮。芳信难寻。去后桃花流水深。

注释

①芳信：花开的讯息。春日百花盛开，因亦以指春的消息。

定风波

不是无心惜落花。落花无意恋春华。昨日盈盈枝上笑。谁道。今朝吹去落谁家。　　把酒临风千种恨。难问。梦回云散见无涯。妙舞清歌谁是主。回顾。高城不见夕阳斜。

注释

①春华：喻青春年华，少壮之时。

点绛唇

波上清风，画船明月人归后。渐消残酒，独自凭阑久。

聚散匆匆，此恨年年有，重回首。淡烟疏柳。隐隐芜城漏。

注释

①芜城：即广陵城，今江苏扬州。曾在战乱中荒芜，鲍照为之作《芜城赋》，故称。这里指游人所去的地方。

卷珠帘

记得来时春未暮。执手攀花，袖染花梢露。暗卜春心共花语。争寻双朵争先去。　　多情因甚相辜负。轻拆轻离，欲向谁分诉。

泪湿海棠花枝处。东君空把奴分付。

注释

①卷珠帘：即蝶恋花。 ②多情：对情人的俗称，宋元俗语，词曲中屡见。

「孙浩然」

夜行船

何处采菱归暮。隔宵烟、菱歌轻举。白蘋风起月华寒，影朦胧、半和梅雨。　　脉脉相逢心似许。扶兰棹、黯然凝伫。遥指前村，隐隐烟树，含情背人归去。

注释

①轻举：飞扬。　②梅雨：初夏产生在江淮流域持续较长的阴雨天气。因时值梅子黄熟，故亦称黄梅天。此季节空气长期潮湿，器物易霉，故又称霉雨。汉应劭《风俗通》：“五月有落梅风，江淮以为信风。又有霜霪，号为梅雨，沾衣服皆败黦。”

「王诜」

忆故人

烛影摇红向夜阑，乍酒醒、心情懒。尊前谁为唱阳关，离恨天涯远。　　无奈云沉雨散。凭阑干、东风泪眼。海棠开后，燕子来时，黄昏庭院。

注释

①忆故人：词牌名。宋吴曾《能改斋漫录》：“王都尉诜有《忆故人》词，徽宗喜其词意，犹以不丰容宛转为恨，乃令大晟乐府别撰腔，周邦彦增益其词，而以首句为名，谓之《烛影摇红》。”

蝶恋花

钟送黄昏鸡报晓。昏晓相催，世事何时了。万恨千愁人自老。春来依旧生芳草。　　忙处人多闲处少。闲处光阴，几个人知道。独上高楼云渺渺。天涯一点青山小。

注释

①昏晓：晨昏，早晚。

蝶恋花

小雨初晴回晚照。金翠楼台，倒影芙蓉沼。杨柳垂垂风袅袅。嫩荷无数青钿小。　似此园林无限好。流落归来，到了心情少。坐到黄昏人悄悄。更应添得朱颜老。

注释

①晚照：夕阳的余晖；夕阳。　②青钿（tián）：此指铜钱。

玉楼春

海棠

锦城春色花无数。排比笙歌留客住。轻寒轻暖夹衣天，乍雨乍晴寒食路。　花虽不语莺能语。莫放韶光容易去。海棠开后月明前，纵有千金无买处。

注释

①乍雨乍晴：一会儿下雨，一会儿天晴。

行香子

金井先秋，梧叶飘黄。几回惊觉梦初长。雨微烟淡。疏雨池塘。渐蓼花明，菱花冷，藕花凉。　　幽人已惯，枕单衾冷，任商飙、催换年光。问谁相伴，终日清狂。有竹间风，尊中酒，水边床。

注释

①商飙：秋风。

撼庭竹

绰略青梅弄春色。真艳态堪惜。经年费尽东君力。有情先到探春客。无语泣寒香，时暗度瑶席。　　月下风前空怅望，思携手同摘。画栏倚遍无消息。佳辰乐事再难得。还是夕阳天，空暮云凝碧。

注释

①撼庭竹：词牌名。唐刘禹锡《庭竹》：“露涤铅粉节，风摇青玉枝。”咏竹之直节挺立，犹君子之风。调名本事未详，字面本意即指风摇动庭院的竹丛。

大美中文课之

唐宋词千八百首

（中）

奥森书友会▼编

天津出版传媒集团
天津人民出版社

「苏轼」

行香子

过七里滩

一叶舟轻。双桨鸿惊。水天清、影湛波平。鱼翻藻鉴，鹭点烟汀。过沙溪急，霜溪冷，月溪明。　重重似画，曲曲如屏。算当年、虚老严陵。君臣一梦，今古虚名。但远山长，云山乱，晓山青。

注释

①七里滩：又名七里濑、七里泷，在今浙江省桐庐县城南三十里。钱塘江两岸山峦夹峙，水流湍急，连绵七里，故名七里濑。濑，沙石上流过的急水。②藻鉴：亦称藻镜，指背面刻有鱼、藻之类纹饰的铜镜，这里比喻像镜子一样平的水面。藻，生活在水中的一种隐花植物。鉴，镜子。　③严陵：严光，字子陵，东汉人，曾与刘秀同学，并帮助刘秀打天下。刘秀称帝后，他改名隐居。刘秀三次派人才把他召到京师。授谏议大夫，他不肯接受，归隐富春江，终日钓鱼。④君臣：君指刘秀，臣指严光。　⑤虚名：世人多认为严光钓鱼是假，“钓名”是真。

江神子

江景

凤凰山下雨初晴。水风清。晚霞明。一朵芙蕖，开过尚盈盈。何处飞来双白鹭，如有意，慕娉婷。　　忽闻江上弄哀筝。苦含情。遣谁听。烟敛云收，依约是湘灵。欲待曲终寻问取，人不见，数峰青。

注释

①江神子：词牌名，即“江城子”，原为唐词单调，至苏轼始变为双调，晁补之将其改名为“江神子”。韩淲《江神子》有“腊后春前村意远，回棹稳，水西流”句，所以又名“村意远”。　②凤凰山：在杭州之南。　③湘灵：古代传说中的湘水之神。《楚辞·远游》：“使湘灵鼓瑟兮，令海若舞冯夷。”洪兴祖补注：“此湘灵乃湘水之神，非湘夫人也。”　④“欲待”三句：用唐钱起《省试湘灵鼓瑟》“曲终人不见，江上数峰青”。

行香子

冬思

携手江村。梅雪飘裙。情何限、处处消魂。故人不见，旧曲重闻。向望湖楼，孤山寺，涌金门。　　寻常行处，题诗千首，绣罗衫、与拂红尘。别来相忆，知是何人。有湖中月，江边柳，陇头云。

注释

①何限：犹“无限”。 ②消魂：魂魄离散，形容极度愁苦的状态。 ③故人：指陈襄，字述古。苏轼好友，时任杭州知州。 ④望湖楼：又名看经楼，在杭州。 ⑤孤山寺：寺院名，又叫广化寺、永福寺，在杭州孤山南。 ⑥涌金门：杭州城之正西门，又名丰豫门。 ⑦拂红尘：用衣袖拂去上面的尘土。宋吴处厚《青箱杂记》：“世传魏野尝从莱公（寇准）游陕府僧舍，各有留题。后复同游，见莱公之诗已用碧纱笼护，而野诗独否，尘昏满壁。时有从行官妓颇慧黠，即以袂就拂之。野徐曰：若得常将红袖拂，也应胜似碧纱笼。莱公大笑。” ⑧湖：指杭州西湖。 ⑨陇：此指孤山。

昭君怨

送别

谁作桓伊三弄。惊破绿窗幽梦。新月与愁烟。满江天。

欲去又还不去。明日落花飞絮。飞絮送行舟。水东流。

注释

①昭君怨：词牌名，又名“洛妃怨”“宴西园”等。王昭君，汉南郡秭归人，名嫱。汉元帝宫人。竟宁元年（公元前33年），匈奴呼韩邪单于入朝，求美人为阏氏，帝予昭君以结和亲。 ②桓伊三弄：桓伊，字叔夏，小字子野，东晋时音乐家，善吹笛，为江南第一。《世说新语·任诞》：“王子猷（徽之）出都，尚在渚下。旧闻桓子野善吹笛，而不相识。遇桓于岸上过，王在船中，客有识之者云：‘是桓子野。’王便令人与相闻云：‘闻君善吹笛，试为我一奏。’桓时已贵显，素闻王名，即便回，下车，踞胡床，为作三调。弄毕，便上车去，客主不交一言。”

蝶恋花

春事阑珊芳草歇。客里风光，又过清明节。小院黄昏人忆别。落红处处闻啼鴂。　咫尺江山分楚越。目断魂销，应是音尘绝。梦破五更心欲折。角声吹落梅花月。

注释

①啼鴂（jué）：又名伯劳鸟，类似杜鹃的一种鸟，鸣声悲凄，古人认为是不祥之鸟。　②梅花：《梅花落》，笛曲名。

蝶恋花

送春

雨后春容清更丽。只有离人，幽恨终难洗。北固山前三面水。碧琼梳拥青螺髻。　一纸乡书来万里。问我何年，真个成归计。白首送春拼一醉。东风吹破千行泪。

注释

①北固山：在镇江北，北峰三面临水，形容险要，故称。　②碧琼：绿色的美玉，指江水。　③青螺髻：状似青螺的发髻，喻北固山。

醉落魄

述怀

轻云微月。二更酒醒船初发。孤城回望苍烟合。公子佳人，不记归时节。　　巾偏扇坠藤床滑。觉来幽梦无人说。此生飘荡何时歇。家在西南，长作东南别。

注释

①醉落魄：词牌名，即“一斛珠”。　②二更：又称二鼓，指晚上九时至十一时。　③“孤城”句：回头遥望，孤城已经隐没在灰蒙蒙的雾气中。　④“家在”二句：苏轼的家乡在四川眉山，所以说“西南”。他这时正任杭州通判，经常来往于镇江、丹阳、常州一带，所以说“东南别”。此句写仕宦飘零。

少年游

润州作

去年相送，余杭门外，飞雪似杨花。今年春尽，杨花似雪，犹不见还家。　　对酒卷帘邀明月，风露透窗纱。恰似姮娥怜双燕，分明照、画梁斜。

注释

①润州：今江苏镇江。　②余杭门：北宋时杭州的北门之一。　③姮娥：嫦娥，月中女神。亦代指月。《淮南子·览冥训》：“羿请不死之药于西王母，

姮娥窃以奔月。”高诱注曰：“姮娥，羿妻。羿请不死之药于西王母，未及服之；姮娥盗食之，得仙，奔入月中，为月精也。”汉避文帝刘恒讳改嫦娥。

鹊桥仙

七夕

缑山仙子，高情云渺，不学痴牛骏女。凤箫声断月明中，举手谢、时人欲去。　　客槎曾犯，银河微浪，尚带天风海雨。相逢一醉是前缘，风雨散、飘然何处。

注释

①鹊桥仙：词牌名，又名“鹊桥仙令”“忆人人”“金风玉露相逢曲”“广寒秋”等。汉应劭《风俗记》：“七夕，织女当渡河，使鹊为桥。”因取以为曲名，以咏牛郎织女相会事。　②缑（gōu）山：在今河南偃师县。缑山仙子指在缑山成仙的王子乔。汉刘向《列仙传》：“王子乔，周灵王太子晋也。好吹笙，作凤鸣。游伊洛间，道士浮丘公接上嵩山。十余年后，来于山上，告桓良曰，告我家，七月七日待我缑氏山头。果乘白鹤驻山颠，望之不得到，举手谢时人而去。”③云渺：高远貌。　④痴牛骏（ái）女：指牛郎织女。在这里不仅限于指牛郎织女，而是代指痴迷于俗世的芸芸众生。　⑤凤箫声：王子乔吹笙时喜欢模仿凤的叫声。⑥槎（chá）：竹筏。晋张华《博物志》载，旧说天河与海通。近世有人居海渚者，每年八月有浮槎去来，不失期，人有奇志，立飞阁于槎上，多赍粮、乘槎而去。十余日中犹观星月日辰，自后茫茫忽忽亦不觉尽夜。去十余月，奄至一处，有城郭状，屋舍甚严。遥望宫中有织妇，见一丈夫牵牛渚次饮之。牵牛人乃惊问曰：“何由至此？”此人为说来意，并问此是何处，答云：“君还至蜀都，访严君平，则知之。”竟不上岸，因还如期。后至蜀，问君平，君平曰：“某年某月，有客星犯牵牛宿。”计年月，正此人到天河时也。

虞美人

有美堂赠述古

湖山信是东南美。一望弥千里。使君能得几回来。便使尊前醉倒、且徘徊。　　沙河塘里灯初上。水调谁家唱。夜阑风静欲归时。惟有一江明月、碧琉璃。

注释

①“湖山”句：元祐初，学士梅挚任杭州太守，宋仁宗作诗送行：“地有湖山美，东南第一州。”此句即从仁宗诗来。梅挚到任后筑有美堂于吴山。神宗熙宁七年（1074）秋，杭州太守陈襄（字述古）调往南京（今河南商丘），行前宴客于有美堂。席间苏轼作此词。　②使君：对州郡长官的称呼，此处指陈襄。汉时称刺史为使君，汉以后用以尊称州郡长官。　③沙河塘：位于杭州东南，当时是商业中心。　④水调：商调名，隋炀帝开汴渠，曾作《水调》。

江神子

孤山竹阁送述古

翠蛾羞黛怯人看。掩霜纨。泪偷弹。且尽一尊，收泪唱阳关。漫道帝城天样远，天易见，见君难。　　画堂新构近孤山。曲阑干。为谁安。飞絮落花，春色属明年。欲棹小舟寻旧事，无处问，水连天。

注释

①孤山竹阁：白居易在杭州任刺史时所建。 ②述古：陈襄，字述古。当时述古由杭州太守调任南都（今河南商丘）太守。 ③翠蛾羞黛：蛾，蛾眉。黛，女子画眉颜料。此以翠蛾羞黛为美人的代称。 ④霜纨（wán）：白纨扇。纨，细绢。 ⑤“天易见”二句：化用“举目则见日，不见长安”，再见陈述古不容易。⑥属：同“嘱”，嘱托。

南乡子

送述古

回首乱山横，不见居人只见城。谁似临平山上塔，亭亭。迎客西来送客行。　　归路晚风清。一枕初寒梦不成。今夜残灯斜照处，荧荧。秋雨晴时泪不晴。

注释

①“不见”句：取自唐欧阳詹《初发太原途中寄太原所思》“驱马觉渐远，回头长路尘。高城已不见，况复城中人”，城、人皆不可见。此谓见城不见人（指述古），稍做变化。 ②临平山：在杭州东北。苏轼《次韵杭人裴惟甫诗》：“余杭门外叶飞秋，尚记居人挽去舟。一别临平山上塔，五年云梦泽南州。”临平塔时为送别的标志。 ③荧荧：既指“残灯斜照”，又指泪光。此指残灯照射泪珠的闪光。

减字木兰花

过吴兴，李公择生子，三日会客，作此词戏之

惟熊佳梦。释氏老君亲抱送。壮气横秋。未满三朝已食牛。

犀钱玉果。利市平分沾四坐。多谢无功，此事如何到得侬。

注释

①李公择：李常，字公择，建昌（今江西南城）人，时任湖州太守。吴兴在今浙江吴兴县，属湖州管辖。　②维熊佳梦：《诗经·小雅·斯干》："大人占之，维熊佳梦，男子之祥。"此用来指李公择得好梦生子。　③释氏：佛。释迦牟尼为佛教创始人，后称佛姓释迦氏，简称释氏。老君，指老子，道家创始人，后世道教尊崇其为鼻祖。民间有生子为神佛抱送的说法，这里是沿用。　④食牛：语出《尸子》："虎豹之驹，虽未成文，已有食牛之气。"这几句用杜甫《徐卿二子歌》"徐卿二子生绝奇，感应吉梦相追随。孔子释氏亲抱送，尽是天上麒麟儿。大儿九龄色清澈，秋水为神玉为骨。小儿五岁气食牛，满堂宾客皆回头"诗意。　⑤犀钱玉果：此指为洗儿钱、洗儿果。宋时育子满月的习俗。　⑥利市：欢庆节日的喜钱，此指洗儿钱。　⑦"多谢"二句：用晋元帝生子故事。苏词别本有序引秘阁古《笑林》云："晋元帝生子，宴百官、赐束帛，殷羡谢曰：'臣等无功受赏。'帝曰：'此事岂容卿有功乎！'同舍每以为笑。"江苏、浙江方言称你为"侬"。

浣溪沙

菊节

缥缈危楼紫翠间。良辰乐事古难全。感时怀旧独凄然。

璧月琼枝空夜夜，菊花人貌自年年。不知来岁与谁看。

注释

①良辰乐事：谢灵运《拟魏太子邺中集诗八首序》：“天下良辰、美景、赏心、乐事，四者难并，今昆弟友朋，二三诸彦，共尽之矣。” ②璧月琼枝：玉璧似的明月，玉树的枝条。语本南朝陈后主“璧月夜夜满，琼树朝朝新”。③菊花人貌：唐戎昱“菊花一岁岁相似，人貌一年年不同”，当由唐刘希夷“年年岁岁花相似，岁岁年年人不同”变化而来。

南乡子

和杨元素

东武望余杭。云海天涯两杳茫。何日功成名遂了，还乡。醉笑陪公三万场。　不用诉离觞。痛饮从来别有肠。今夜送归灯火冷，河塘。堕泪羊公却姓杨。

注释

①杨元素：杨绘，熙宁七年（1074）七月接替陈襄为杭州知州，九月，苏轼由杭州通判调为密州知府，杨饯别于西湖上，唱和此词。 ②东武：密州治所，今山东诸城。 ③“醉笑”句：化用李白《襄阳歌》“百年三万六千日，一日须倾三百杯”。 ④河塘：沙河塘，在杭州城南五里，宋时为繁荣之区。 ⑤“堕泪”句：《晋书·羊祜传》：羊祜为荆州督。其后襄阳百姓于祜在岘山游息之处建庙立碑，岁时享祭，望其碑者，莫不流涕。杜预因名之为“堕泪碑”。这里以杨绘比羊祜，“羊”“杨”音近。

菩萨蛮

感旧

玉笙不受朱唇暖。离声凄咽胸填满。遗恨几千秋。恩留人不留。　他年京国酒。泫泪攀枯柳。莫唱短因缘。长安远似天。

注释

①京国酒：《晋书·郗超传》："京口酒可饮，兵可用。"京口即宋润州。京口为三国时吴国国都，故称京口酒为京国酒。②攀枯柳：《晋书·桓温传》："温自江陵北伐，行经金城，见少为琅琊时所种柳，皆已十围，慨然曰：'木犹如此，人何以堪！'攀枝执条，泫然流涕。"③长安远：《世说新语·夙惠》："举目见日，不见长安。"

沁园春

赴密州早行马上寄子由

孤馆灯青，野店鸡号，旅枕梦残。渐月华收练，晨霜耿耿，云山摛锦，朝露漙漙。世路无穷，劳生有限，似此区区长鲜欢。微吟罢，凭征鞍无语，往事千端。　当时共客长安。似二陆初来俱少年。有笔头千字，胸中万卷，致君尧舜，此事何难。用舍由时，行藏在我，袖手何妨闲处看。身长健，但优游卒岁，且斗尊前。

注释

①沁园春：词牌名，又名“东仙”“寿星明”“洞庭春色”等。以此词为正体。《后汉书》：“窦宪女弟立为皇后，宪恃宫掖声势，遂以县直请夺沁水公主园。”沁水园，公主之园，唐人类用之。汉代沁水园早已无存，宋真宗时驸马都尉李遵勖府第“沁园东北滨于池”，《宋史》卷四六四记李氏“所居地园池冠京城。嗜奇石，募人载送，有自千里至者。构堂引水，环以佳木，延一时名士大夫与宴乐”。词调当以北宋京都之沁园为名。 ②野店鸡号：说明走得早。温庭筠《商山早行》有“鸡声茅店月，人迹板桥霜”句。野，村落。 ③月华收练：月光像白色的绢，渐渐收起来了。 ④耿耿：明亮。 ⑤摛（chī）锦：似锦缎展开。形容云雾缭绕的山峦色彩不一。 ⑥漙（tuán）漙：露盛多的样子。 ⑦劳生：辛苦、劳碌的人生。 ⑧共客长安：兄弟二人嘉祐间客居汴京应试。长安，代指汴京。 ⑨二陆：陆机、陆云兄弟，西晋初同至洛阳。《晋书·陆云传》：“少与兄机齐名，虽文章不及机，而持论过之，号曰‘二陆’。”以“二陆”比自己及弟苏辙（字子由）。 ⑩致君：辅佐国君，使其成为圣明之主。 ⑪“用舍”二句：任用与否在朝廷，抱负施展与否在自己。《论语·述而》：“用之则行，舍之则藏。”行藏（cáng），被任用就出仕，不被任用就退隐。 ⑫优游卒岁：悠闲地度过一生。 ⑬且斗尊前：唐牛僧孺《席上赠刘梦得》“休论世上升沉事，且斗尊前见在身”。斗，喜乐戏耍。尊，酒杯。

采桑子

润州多景楼与孙巨源相遇

多情多感仍多病，多景楼中。尊酒相逢。乐事回头一笑空。

停杯且听琵琶语，细捻轻拢。醉脸春融。斜照江天一抹红。

注释

①润州：今江苏镇江。 ②孙巨源：孙洙（zhū），苏轼友人。孙巨源离海州后先南游江苏一带，于十月间与离杭北赴密州的东坡会于润州。二人同游扬州等地，至楚州分手。 ③多景楼：北固山后峰、下临长江，三面环水，登楼四望，美景尽收眼底，曾被赞为天下江山第一楼。 ④醉脸春融：酒后醉意，泛上脸面，好像有融融春意。

永遇乐

寄孙巨源

长忆别时，景疏楼上，明月如水。美酒清歌，留连不住，月随人千里。别来三度，孤光又满，冷落共谁同醉。卷珠帘，凄然顾影，共伊到明无寐。　　今朝有客，来从淮上，能道使君深意。凭仗清淮，分明到海，中有相思泪。而今何在，西垣清禁，夜永露华侵被。此时看，回廊晓月，也应暗记。

注释

①永遇乐：词牌名，又名“永遇乐慢”“消息”。原为祝寿宴会等喜庆场合的宫廷音乐，传入民间，用为词调。宋周密《天基圣节乐次》：“乐奏夹钟宫，第五盏，觱篥起《永遇乐慢》。”天基圣节是宋理宗诞辰。 ②景疏楼：在海州东北。海州，今江苏连云港市西南。宋叶祖洽因景仰汉人二疏（疏广、疏受）建此楼。 ③三度：三度月圆。 ④使君：指孙巨源，甫卸知州任，故仍以旧职称之。以上三句谓客人带来孙巨源对自己的问候。 ⑤西垣：中书省（中央行政官署），别称西垣，又称西台、西掖。 ⑥清禁：宫中。时孙任修起居注、

知制诰，在宫中办公，故云。

诉衷情

琵琶女

小莲初上琵琶弦。弹破碧云天。分明绣阁幽恨，都向曲中传。

肤莹玉，鬓梳蝉。绮窗前。素娥今夜，故故随人，似斗婵娟。

注释

①素娥：传说中的月中女神嫦娥。月色白，故称。　②故故：故意，特意。唐宋时口语。　③婵娟：美好的样子。

南乡子

梅花词和杨元素

寒雀满疏篱。争抱寒柯看玉蕤。忽见客来花下坐，惊飞。蹋散芳英落酒卮。　　痛饮又能诗。坐客无毡醉不知。花谢酒阑春到也，离离。一点微酸已著枝。

注释

①柯：树枝。　②蕤（ruí）：花茂盛的样子。　③酒卮：酒杯。　④离离：繁盛的样子。

蝶恋花

密州上元

灯火钱塘三五夜。明月如霜，照见人如画。帐底吹笙香吐麝。此般风味应无价。　寂寞山城人老也。击鼓吹箫，乍入农桑社。火冷灯稀霜露下。昏昏雪意云垂野。

注释

①上元：正月十五日元宵节，也叫上元节，因有观灯之风俗，亦称“灯节”。　②三五夜：每月十五日夜，此指元宵节。　③“照见”句：形容杭州城元宵节的繁华、热闹景象。　④帐：此处指富贵人家元宵节时在堂前悬挂的帏帐。　⑤香吐麝：意谓富贵人家的帐底吹出一阵阵的麝香气。麝，麝香，名贵香料。　⑥山城：指密州。　⑦“击鼓”句：形容密州的元宵节远没有杭州的元宵节热闹，只有在农家社稷时才有鼓箫乐曲。社，农村节日祭祀活动。《周礼》：“凡国祈年于田祖，吹《豳雅》，击土鼓，以乐田畯（农神）。”王维《凉州郊外游望》：“婆娑依里社，箫鼓赛田神。”　⑧“昏昏”句：意谓密州的元宵节十分清冷，不仅没有笙箫，连灯火也没有，只有云垂旷野，意浓浓。垂，靠近。

江神子

公之夫人王氏先卒，味此词，盖悼亡也

十年生死两茫茫。不思量。自难忘。千里孤坟，无处话凄凉。纵使相逢应不识，尘满面，鬓如霜。　夜来幽梦忽还乡。小轩窗。正梳妆。相顾无言，惟有泪千行。料得年年断肠处，明月夜，短松冈。

注释

①十年：作者结发妻子王弗去世已十年。 ②千里：王弗葬四川眉山，与苏轼任所山东密州相隔遥远。 ③小轩窗：小室的窗前。 ④短松：矮松。

点评

唐圭璋《唐宋词简释》：此首为公悼亡之作。真情郁勃，句句沉痛，而音响凄厉，陈后山（陈师道）所谓"有声当彻天，有泪当彻泉"也。

江神子

猎词

老夫聊发少年狂。左牵黄。右擎苍。锦帽貂裘，千骑卷平冈。为报倾城随太守，亲射虎，看孙郎。 酒酣胸胆尚开张。鬓微霜。又何妨。持节云中，何日遣冯唐。会挽雕弓如满月，西北望，射天狼。

注释

①老夫：作者自称，时年四十。 ②聊：姑且，暂且。 ③左牵黄、右擎苍：左手牵着黄狗，右臂托起苍鹰，围猎时用以追捕猎物。 ④锦帽貂裘：戴着华美鲜艳的帽子，穿貂鼠皮衣。 ⑤千骑卷平冈：指马多，尘土飞扬，掠过平冈。⑥孙郎：三国时期东吴孙权，作者自喻。《三国志·吴志·孙权传》："权将如吴，

亲乘马射虎于凌亭，马为虎伤。权投以双戟，虎却废。”　⑦持节云中，何日遣冯唐：朝廷何日派遣冯唐，去云中郡赦免魏尚的罪？典出《史记·冯唐列传》。汉文帝时，魏尚为云中（汉时郡名，在今内蒙古自治区托克托县一带，包括山西西北部分地区）太守，爱惜士卒，优待军吏，匈奴远避。匈奴来犯，魏尚亲率车骑出击，所杀甚众。后因报功文书上所载杀敌的数字与实际不合（虚报了六个），被削职。冯唐代为辩白后，文帝派冯唐“持节”（带着传达圣旨的符节）去赦免魏尚的罪，让魏尚仍然担任云中郡太守。苏轼此时因政治处境不好，调密州太守，以魏尚自许，希望能得到朝廷的信任。　⑧会挽雕弓如满月：会，应当。挽，拉。雕弓，有雕花的弓。　⑨天狼：星名，《楚辞·九歌·东君》：“长矢兮射天狼。”《晋书·天文志》：“狼一星在东井南，为野将，主侵掠。”隐喻侵犯北宋边境的辽国与西夏。

满江红

正月十三日送文安国还朝

天岂无情，天也解、多情留客。春向暖、朝来底事，尚飘轻雪。君过春来纡组绶，我应归去耽泉石。恐异时、怀酒忽相思，云山隔。　　浮世事，俱难必。人纵健，头应白。何辞更一醉，此欢难觅。不用向佳人诉离恨，泪珠先已凝双睫。但莫遣、新燕却来时，音书绝。

注释

①文安国：文勛，字安国，官太府寺丞。善论难剧谈，工篆画，苏轼曾为他作《文勛篆赞》。　②纡：系，结。　③组绶：官员系玉的丝带。　④耽：沉溺，入迷。　⑤泉石：指归隐之地。　⑥凝：聚集，集中。

一丛花

初春病起

今年春浅腊侵年。冰雪破春妍。东风有信无人见，露微意、柳际花边。寒夜纵长，孤衾易暖，钟鼓渐清圆。　　朝来初日半含山。楼阁淡疏烟。游人便作寻芳计，小桃杏、应已争先。衰病少情，疏慵自放，惟爱日高眠。

注释

①春浅腊侵年：春浅，春天来得早。腊侵年，因上年有闰月，下年的立春日出现在上年的腊月中。腊，岁终之祭，祭日在冬季后约二十多天，称为腊日。②春妍：妍丽春光。　③东风有信：曹松《除夜》："残腊即又尽，东风应渐闻。" ④清圆：声音清亮圆润。　⑤寻芳计：踏青游览的计划。

望江南

暮春

春未老，风细柳斜斜。试上超然台上望，半壕春水一城花。烟雨暗千家。　　寒食后，酒醒却咨嗟。休对故人思故国，且将新火试新茶。诗酒趁年华。

注释

①超然台：在密州（今山东诸城）北城上，登台可眺望全城。　②壕：护

城河。 ③咨嗟：叹息、慨叹。 ④故国：这里指故乡、故园。 ⑤新火：唐宋习俗，清明前两天起，禁火三日。节后另取榆柳之火称“新火”。 ⑥新茶：指清明节前采摘的茶，即明前茶。不同于雨前茶，清明与谷雨之间采摘的茶，称作雨前茶，比明前茶稍晚，算不上新茶了。

满江红

东武会流杯亭

东武南城，新堤固、涟漪初溢。隐隐遍、长林高阜，卧红堆碧。枝上残花吹尽也，与君更向江头觅。问向前、犹有几多春，三之一。　官里事，何时毕。风雨外，无多日。相将泛曲水，满城争出。君不见兰亭修禊事，当时坐上皆豪逸。到如今、修竹满山阴，空陈迹。

注释

①题注：元本题下补“上巳日作。城南有坡，土色如丹，其下有堤，壅郑淇水入城”。上巳，农历每月上旬的巳日。三月上巳为古时节日，习用三月初三日。壅，堵塞。郑淇，水名，由郑河、淇河于密州城南汇集而成，东北流入潍河。②东武：密州治所诸城。 ③阜：土丘。 ④卧红：花瓣被雨打落在地。 ⑤江头：郑淇水边。 ⑥向前：往前，未来。 ⑦兰亭修禊：东晋永和九年（353）三月三日，王羲之与当时名士41人集合于会稽山阴（今浙江绍兴）兰亭，修祓禊之礼。众人作诗，王氏作《兰亭集序》。修禊，三月三日于水边采兰嬉游，以驱除不祥。⑧豪逸：指豪放不羁，潇洒不俗的人。

水调歌头

丙辰中秋，欢饮达旦，大醉。作此篇，兼怀子由

明月几时有，把酒问青天。不知天上宫阙，今夕是何年。我欲乘风归去，又恐琼楼玉宇，高处不胜寒。起舞弄清影，何似在人间。　　转朱阁，低绮户，照无眠。不应有恨，何事长向别时圆。人有悲欢离合，月有阴晴圆缺。此事古难全。但愿人长久，千里共婵娟。

注释

①丙辰：宋神宗熙宁九年（1076），苏轼任密州太守。　②达旦：到天亮。③子由：苏轼的弟弟苏辙。　④把酒：端起酒杯。　⑤天上宫阙：月中宫殿。⑥乘风：凭借风力。苏轼设想自己前生是月中人，因而起“乘风归去”之想。⑦琼楼玉宇：美玉砌成的楼宇，指想象中的仙宫。　⑧不胜：经不住，承受不了。⑨弄清影：李白《月下独酌》“我歌月徘徊，我舞影零乱”，自此脱胎。　⑩婵娟：美好的事物。指月亮。典自南朝谢庄《月赋》“隔千里兮共明月”。

点评

宋胡寅《酒边集序》：“一洗绮罗香泽之态，摆脱绸缪宛转之度，使人登高望远，举首而歌，而逸怀浩气，超然乎尘垢之外。”

江神子

冬景

相逢不觉又初寒。对尊前。惜流年。风紧离亭，冰结泪珠圆。雪意留君君不住，从此去，少清欢。　　转头山下转头看。路漫漫。玉花翻。银海光宽，何处是超然。知道故人相念否，携翠袖，倚朱阑。

注释

①转头山：位于密州南四十里。　②玉花：喻雪花。　③银海光宽：指铺满白雪的大地闪着银光。　④超然：密州超然台。　⑤翠袖：这里代指女子。

洞仙歌

咏柳

江南腊尽，早梅花开后。分付新春与垂柳。细腰肢、自有入格风流，仍更是、骨体清英雅秀。　　永丰坊那畔，尽日无人，惟见金丝弄晴昼。断肠是，飞絮时，绿叶成阴，无个事、一成消瘦。又莫是、东风逐君来，便吹散眉间，一点春皱。

注释

①腊：古代在农历十二月合祭众神，农历十二月叫腊月。　②“永丰坊”三句：

化用白居易“一树春风万万枝，嫩于金色软于丝。永丰坊里东南角，尽日无人属阿谁”。金丝喻柳条。 ③绿叶成阴：喻女子出嫁后已生儿育女。 ④一成：渐渐，指一段时间的推移。宋时口语。

临江仙

送王缄

忘却成都来十载，因君未免思量。凭将清泪洒江阳。故山知好在，孤客自悲凉。 坐上别愁君未见，归来欲断无肠。殷勤且更尽离觞。此身如传舍，何处是吾乡。

注释

①王缄：苏轼妻弟。 ②故山：旧山。喻家乡。 ③传舍：古时供行人休息住宿的处所。《汉书·盖宽饶传》：“富贵无常，忽则易人。此如传舍，阅人多矣。” ④何处是吾乡：《列子·天瑞篇》：“古者谓死人为归人。夫言死人为归人，则生人为行人矣。行而不知归，失家者也。”暗用其意。

水调歌头

余去岁在东武，作水调歌头以寄子由。今年，子由相从彭门百余日，过中秋而去，作此曲以别余。以其语过悲，乃为和之。其意以不早退为戒，以退而相从之乐为慰云耳

安石在东海，从事鬓惊秋。中年亲友难别，丝竹缓离愁。一旦功成名遂，准拟东还海道，扶病入西州。雅志困轩冕，遗

恨寄沧洲。　　岁云暮，须早计，要褐裘。故乡归去千里，佳处辄迟留。我醉歌时君和，醉倒须君扶我。惟酒可忘忧。一任刘玄德，相对卧高楼。

注释

①彭门：徐州。　②此曲：指苏辙《水调歌头·徐州中秋》。　③安石：谢安，字安石，阳夏（今河南太康）人。东晋名臣，以功封建昌县公，死后赠太傅。④东海：谢安早年隐居会稽（今浙江绍兴），东面濒临大海，故称。　⑤“从事”句：谢安出仕时鬓发已开始变白。谢安少有重名，屡征不起，四十多岁才出仕从政。　⑥“中年”二句：《晋书·王羲之传》：“谢安尝谓羲之曰：‘中年以来，伤于哀乐，与亲友别，辄作数日恶。’羲之曰：‘年在桑榆，自然至此。顷正赖丝竹陶写，恒恐儿辈觉，损其欢乐之趣。’”丝竹，泛指管弦乐器。⑦“一旦”三句：谢安功成名就之后，一定准备归隐会稽，不料后来抱病回京。西州，代指东晋都城建康（今江苏南京市）。　⑧雅志：退隐东山的高雅的志趣。⑨轩冕：古代官员的车乘和冕服。指做官。

阳关曲

中秋作

暮云收尽溢清寒。银汉无声转玉盘。此生此夜不长好，明月明年何处看。

注释

①阳关曲：词牌名。因唐王维《送元二使安西》“西出阳关无故人”得名。宋秦观：“《渭城曲》绝句，近世又歌入《小秦王》，更名《阳关曲》。”属双调，又属大石调。唐《教坊记》有《小秦王曲》，即《秦王小破阵乐》，属坐部伎。

②溢：满出。暗寓月色如水之意。 ③清寒：清朗而有寒意。 ④玉盘：月亮。

蝶恋花

暮春

簌簌无风花自亸。寂寞园林，柳老樱桃过。落日有情还照坐。山青一点横云破。 路尽河回人转柁。系缆渔村，月暗孤灯火。凭仗飞魂招楚些。我思君处君思我。

注释

①簌簌：花落的声音。亸（duǒ），落下。 ②系缆：代指停泊某地 ③凭仗飞魂招楚些：语出《楚辞·招魂》“魂兮归来，反故居些”。些（suò），句末助词。此处意思是像《楚辞·招魂》召唤屈原那样，召唤离去的友人。

浣溪沙

徐州藏春阁园中

惭愧今年二麦丰。千畦细浪舞晴空。化工余力染夭红。归去山公应倒载，阑街拍手笑儿童。甚时名作锦薰笼。

注释

①惭愧：难得。 ②二麦：大麦、小麦。 ③千畦（qí）：泛指多，畦：

亩。 ④化工：天工造物者。 ⑤夭红：形容花朵颜色极为鲜艳。 ⑥山公：指晋代山简，字季伦。此处用他日夕倒载归，酩酊无所知而被儿童嘲笑的故事。⑦倒载：倒卧车中。亦谓沉醉之态。 ⑧阑街：靠着街道。 ⑨锦薰笼：花名。《天禄识余》："瑞香一名锦薰笼，一名锦被堆。"

浣溪沙

徐门石潭谢雨道上作五首

照日深红暖见鱼。连溪绿暗晚藏乌。黄童白叟聚睢盱。

麋鹿逢人虽未惯，猿猱闻鼓不须呼。归家说与采桑姑。

注释

①乌：乌鸦。 ②黄童：黄发儿童。 ③白叟：白发老人。 ④睢盱（suī xū）：喜悦高兴的样子。 ⑤麋鹿：鹿类的一种。 ⑥猿猱（náo）：猿类的一种。

浣溪沙

旋抹红妆看使君。三三五五棘篱门。相挨踏破茜罗裙。

老幼扶携收麦社，乌鸢翔舞赛神村。道逢醉叟卧黄昏。

注释

①旋：立即。 ②使君：词人自称。 ③棘篱：以荆棘围成的篱笆。 ④茜：

茜草，此处指代红色。 ⑤罗裙：丝绸裙子。 ⑥收麦社：麦子收过之后举行的祭神谢恩的活动。 ⑦乌鸢：乌鸦、老鹰。 ⑧赛神：设祭酬神。

浣溪沙

麻叶层层檾叶光。谁家煮茧一村香。隔篱娇语络丝娘。

垂白杖藜抬醉眼，捋青捣麨软饥肠。问言豆叶几时黄。

注释

①檾（qǐng）：同“苘”，苘麻。一年生草本植物，茎直立，茎皮的纤维可以做绳子。种子可入药。 ②络丝娘：缫丝的女子。另指一种昆虫，又叫纺织娘。 ③垂白：鬓发将白的老人。 ④杖藜：倚仗藜茎制成的手杖。藜，植物名，此处指以藜茎制成的手杖。 ⑤捋青：从未全熟的麦穗上捋下麦粒。 ⑥麨（chǎo）：用麦子制成的干粮。 ⑦软：饱。

浣溪沙

簌簌衣巾落枣花。村南村北响缫车。牛衣古柳卖黄瓜。

酒困路长惟欲睡，日高人渴漫思茶。敲门试问野人家。

注释

①缫车：缫丝的纺车。 ②牛衣：为牛御寒的衣物，如蓑衣等。 ③漫思茶：想随便去哪儿找点茶喝。漫，随意。 ④野人：农夫。

浣溪沙

软草平莎过雨新。轻沙走马路无尘。何时收拾耦耕身。
日暖桑麻光似泼，风来蒿艾气如薰。使君元是此中人。

注释

①平莎（suō）：莎草，多年生草本植物。 ②耦（ǒu）耕：两个人各拿一耜并肩耕作，此处泛指耕作。 ③蒿艾：即艾蒿，多年生草本植物。 ④薰：一种香草。 ⑤元：原。

南乡子

自述

凉簟碧纱厨。一枕清风昼睡余。睡听晚衙无一事，徐徐。读尽床头几卷书。　　搔首赋归欤。自觉功名懒更疏。若问使君才与术，何如。占得人间一味愚。

注释

①簟（diàn）：竹席。 ②纱厨：古人挂在床的木架子上，夏天用来避蚊蝇的纱帐。 ③一枕清风：苏轼常用的意象。如“一枕清风值万钱，无人肯买北窗眠”。 ④晚衙：古时官署治事，一日两次坐衙。早晨坐衙称“早衙”，晚间坐衙称“晚衙”。 ⑤归欤：归去。据《论语·公冶长》，孔子在陈国时曾发“归欤”的感叹。 ⑥懒更疏：懒散，不耐拘束。 ⑦使君：作者自指。时任徐州太守。 ⑧占得：拥有。

永遇乐

夜宿燕子楼，梦盼盼，因作此词

明月如霜，好风如水，清景无限。曲港跳鱼，圆荷泻露，寂寞无人见。紞如三鼓，铿然一叶，黯黯梦云惊断。夜茫茫，重寻无处，觉来小园行遍。　天涯倦客，山中归路，望断故园心眼。燕子楼空，佳人何在，空锁楼中燕。古今如梦，何曾梦觉，但有旧欢新怨。异时对，黄楼夜景，为余浩叹。

注释

①燕子楼：楼名，在今江苏省徐州市。相传为唐贞元时尚书张建封之爱妾关盼盼居所。　②紞（dǎn）如：击鼓声。　③铿（kēng）然：清越的音响。④黯黯：昏暗貌。　⑤梦云：宋玉《高唐赋》楚王梦见神女，“朝为行云，暮为行雨。”后以“梦云”指美女。亦指幽会之事。　⑥惊断：惊醒。　⑦心眼：心愿。　⑧黄楼：徐州东门上的大楼，苏轼徐州知州时建造。

点评

清沈辰垣《历代诗余》卷一百十五引《高斋诗话》：少游自会稽入都，见东坡。坡问：“别作何词？”少游举“小楼连苑横空，下窥绣毂雕鞍骤”，东坡曰：“十三个字，只说得一个人骑马楼前过。”少游问公近作，乃举“燕子楼空，佳人何在？空锁楼中燕”，晁无咎曰：“只三句，便说尽张建封事。”

江神子

恨别

天涯流落思无穷。既相逢。却匆匆。携手佳人，和泪折残红。为问东风余几许，春纵在，与谁同。　　隋堤三月水溶溶。背归鸿。去吴中。回首彭城，清泗与淮通。欲寄相思千点泪，流不到，楚江东。

注释

①吴中：今江苏吴县一带。亦泛指吴地。　②清泗与淮通：清澈的泗水由西北而东南，向着淮水流去。看到泗水，自然会想到徐州（泗水流经徐州）。

临江仙

龙丘子自洛之蜀，载二侍女，戎装骏马。至溪山佳处，辄留，见者以为异人。后十年，筑室黄冈之北，号静安居士。作此记之

细马远驮双侍女，青巾玉带红靴。溪山好处便为家。谁知巴峡路，却见洛城花。　　面旋落英飞玉蕊，人间春日初斜。十年不见紫云车。龙丘新洞府，铅鼎养丹砂。

注释

①龙丘子：陈季常。东坡有诗：龙丘居士亦可怜，谈空说有夜不眠。忽闻

河东狮子吼，拄杖落手心茫然。“河东狮吼”出自此诗。　②铅鼎：炼丹炉。铅为道家炼丹的主要原料，故名。亦借指道家修炼之事。　③丹砂：朱砂。矿物名。色深红，古代道教徒用以化汞炼丹，中医作药用，也可制作颜料。

卜算子

黄鲁直跋云：东坡道人在黄州时作，语意高妙，似非吃烟火食人语。非胸中有万卷书，笔下无一点尘俗气，孰能至是

缺月挂疏桐，漏断人初静。时见幽人独往来，缥缈孤鸿影。

惊起却回头，有恨无人省。拣尽寒枝不肯栖，枫落吴江冷。

注释

①漏断：深夜。　②幽人：幽居的人，形容孤雁。　③缥缈：隐隐约约，若有若无。　④省（xǐng）：理解，明白。　⑤拣尽寒枝：有良禽择木而栖的意思。

菩萨蛮

七夕

风回仙驭云开扇。更阑月堕星河转。枕上梦魂惊。晓檐疏雨零。　相逢虽草草。长共天难老。终不羡人间。人间日似年。

注释

①仙驭：仙驾，指仙人骑的鹤。 ②草草：匆忙仓促的样子。

水龙吟

咏笛材

楚山修竹如云，异材秀出千林表。龙须半翦，凤膺微涨，玉肌匀绕。木落淮南，雨晴云梦，月明风袅。自中郎不见，桓伊去后，知孤负、秋多少。　闻道岭南太守，后堂深、绿珠娇小。绮窗学弄，梁州初遍，霓裳未了。嚼徵含宫，泛商流羽，一声云杪。为使君洗尽，蛮风瘴雨，作霜天晓。

注释

①赵晦之：名昶，南雄州人，作此词时，赵知藤州（今广西藤县）。②楚山修竹：古代蕲州（今湖北省蕲春县）出高竹。《广群芳谱·竹谱》："蕲州竹：出黄州府蕲州，以色匀者为，节疏者为笛，带须者为杖。"修，长。③异材：优异之材。表，外。④龙须：指首颈处节间所留纤枝。⑤凤膺（yīng）：凤凰的胸脯，指节以下若膺处。⑥玉肌：美玉一般的肌肤，指竹子外表光洁。⑦淮南：淮河以南，指蕲州。⑧云梦：即古代云梦泽。在今湖北省天门市西。⑨袅（niǎo）：柔和。⑩中郎：东汉末的蔡邕。曾为中郎将，古代音乐家。干宝《搜神记》："蔡邕曾至柯亭，以竹为椽。邕仰眄之，曰'良竹也'。取以为笛，发声嘹亮。"⑪岭南太守：赵晦之。⑫绿珠：西晋石崇歌妓，善吹笛。《晋书·石崇传》："崇有妓曰绿珠，美而艳，善吹笛。孙秀使人求之，崇勃然曰：'绿珠吾所爱，不可得也！'秀怒，矫诏收崇。崇正宴于楼上，介士到门，崇谓绿珠曰：'我今为尔得罪！'绿珠泣曰：'当效死于君前。'因

自投于楼下而死。”绿珠死后，石崇一家被杀。这里借西晋“绿珠坠楼”典故，赞颂竹的气节。 ⑬梁州：曲名。《文献通考》：“天宝中，明皇命红桃歌贵妃《梁州曲》，亲御玉笛为之倚曲。” ⑭霓（ní）裳：霓裳羽衣舞。唐裴铏《传奇·薛昭》：“妃甚爱惜，常令独舞《霓裳》于绣岭宫 。” ⑮“嚼徵”二句：笛声包含徵（zhǐ）调和宫调，又吹起缓和的商调和羽调。宋玉《对楚王问》：“引商刻羽，杂以流徵，国中属而和者，不过数人。”说明这种音乐的高妙。嚼、含，指品味笛曲。泛、流，指笛声优美流畅。 ⑯云杪：形容笛声高亢入云。 ⑰使君：指赵晦之。 ⑱蛮风瘴（zhàng）雨：形容古代岭南的恶劣天气。⑲霜天晓：即《霜天晓角》，乐曲名。

菩萨蛮

回文夏闺怨

柳庭风静人眠昼。昼眠人静风庭柳。香汗薄衫凉。凉衫薄汗香。 手红冰碗藕。藕碗冰红手。郎笑藕丝长。长丝藕笑郎。

注释

①回文：诗词的一种形式，因回环往复均能成诵而得名，相传起于前秦窦滔妻苏蕙的《璇玑图》。 ②凉衫：薄质便服。 ③冰：古人常有在冬天凿冰藏于地窖的习惯，待盛夏之时取之消暑。 ④藕丝长：象征着人的情意长久。古诗中，常用“藕”谐“偶”，以“丝”谐“思”。

点评

清徐釚《词苑丛谈》：词有檃栝体，有回文体。回文之就句回者，自东坡始也。

水龙吟

次韵章质夫杨花词

似花还似非花，也无人惜从教坠。抛家傍路，思量却是，无情有思。萦损柔肠，困酣娇眼，欲开还闭。梦随风万里，寻郎去处，又还被、莺呼起。　　不恨此花飞尽，恨西园、落红难缀。晓来雨过，遗踪何在，一池萍碎。春色三分，二分尘土，一分流水。细看来，不是杨花点点，是离人泪。

注释

①次韵：用原作之韵，并按照原作用韵次序进行创作，称为次韵。　②章质夫：章楶（jié），建州浦城（今属福建）人。时任荆湖北路提点刑狱，常与苏轼诗词酬唱。　③从教：任凭。　④无情有思（sì）：言杨花看似无情，却自有愁思。唐韩愈《晚春》“杨花榆荚无才思，唯解漫天作雪飞”。这里反用其意。思：心绪，情思。　⑤萦：萦绕、牵念。　⑥柔肠：柳枝细长柔软，故以柔肠为喻。白居易《杨柳枝》“人言柳叶似愁眉，更有愁肠如柳枝”。　⑦困酣：困倦至极。　⑧娇眼：美人娇媚的眼睛，比喻柳叶。古人诗赋中常称初生的柳叶为柳眼。⑨“梦随”三句：唐金昌绪《春怨》“打起黄莺儿，莫教枝上啼。啼时惊妾梦，不得到辽西”。　⑩落红：落花。　⑪缀：联结。　⑫一池萍碎：苏轼自注：“杨花落水为浮萍，验之信然。”　⑬春色：代指杨花。

点评

宋张炎《词源》卷下：词中句法，要平妥精粹。一曲之中，安能句句高妙？只要拍搭衬副得去，于好发挥笔力处，极要用工，不可轻易放过，读之使人击节可也。如东坡杨花词云：“似花还似非花，也无人惜从教坠。”又云：“春色三分，二分尘土，一分流水。”此皆平易中有句法。词不宜强和人韵。若倡者之曲韵宽平，庶可赓歌。倘韵险，又为人所先，则必牵强赓和，句意安能融贯？徒费苦思，未见有全章妥溜者。东坡次章质夫杨花《水龙吟》韵，机锋相摩，起句便合让东坡出一头地，后片愈出愈奇，真是压倒千古！

水调歌头

欧阳文忠公尝问余：琴诗何者最善？答以退之听颖师琴诗最善。公曰：此诗最奇丽，然非听琴，乃听琵琶也。余深然之。建安章质夫家善琵琶者，乞为歌词。余久不作，特取退之词，稍加檃栝，使就声律，以遗之云

昵昵儿女语，灯火夜微明。恩怨尔汝来去，弹指泪和声。忽变轩昂勇士，一鼓填然作气，千里不留行。回首暮云远，飞絮搅青冥。　　众禽里，真彩凤，独不鸣。跻攀寸步千险，一落百寻轻。烦子指间风雨，置我肠中冰炭，起坐不能平。推手从归去，无泪与君倾。

注释

①檃栝：原义是矫正曲木的工具。词的檃栝是将其他诗文剪裁改写为词的形式，宋人常有此类作品。　②昵昵（nì nì）：象声词，形容言辞亲切。　③尔汝：表亲昵。　④填然：状声响之巨。　⑤青冥：青天。　⑥跻（jī）攀：登攀。⑦寻：长度单位。《史记·张仪传》有“蹄间三寻”。索隐云“七尺曰寻”，亦有云八尺为寻者。如寻常，八尺为寻，倍寻为常，皆惯见之长度也。

满江红

寄鄂州朱使君寿昌

江汉西来，高楼下、蒲萄深碧。犹自带、岷峨云浪，锦江春色。君是南山遗爱守，我为剑外思归客。对此间、风物岂无情，殷勤说。　　江表传，君休读。狂处士，真堪惜。空洲对鹦鹉，苇花萧瑟。不独笑书生争底事，曹公黄祖俱飘忽。愿使君、还赋谪仙诗，追黄鹤。

注释

①朱使君：朱寿昌，安康叔，时为鄂州（治所今湖北武汉武昌）知州。使君，汉时对州郡长官之称，唐宋时相当于太守或刺史。　②江汉：长江和汉水。　③高楼：武昌黄鹤楼。　④蒲萄：喻水色，或代指江河。李白《襄阳歌》“遥看汉水鸭头绿，恰似葡萄初发醅”。　⑤“岷峨”句：岷山和峨眉山融化的雪水浪花。　⑥锦江：在四川成都南，一称濯锦江，相传其水濯锦，特别鲜丽。杜甫《登楼》“锦江春色来天地”。　⑦南山：终南山，在陕西，朱寿昌曾任陕州通判，故称。　⑧遗爱：指有惠爱之政引起人们怀念。《左传·昭公二十年》载，孔子闻郑子产卒，“出涕曰，古之遗爱也。”　⑨剑外：四川剑门山以南。苏轼家乡四川眉山，故自称剑外来客。　⑩《江表传》：晋虞溥著，其中记述三国时江左吴国时事及人物言行，已佚，《三国志》裴松之注中多引之。　⑪狂处士：三国名士祢衡。他有才学而行为狂放，曾触犯曹操，曹操顾忌才名而未杀。后为江夏太守黄祖所杀。不出仕之士称处士。　⑫空洲：鹦鹉洲，在长江中，后与陆地相连，在今湖北汉阳。黄祖长子黄射在洲大会宾客，有人献鹦鹉，祢衡作《鹦鹉赋》，故以为洲名。唐崔颢《黄鹤楼》“芳草萋萋鹦鹉洲”。李白《赠江夏韦太守》“顾惭祢处士，虚对鹦鹉洲”。　⑬曹公黄祖：指曹操与刘表属将黄祖。　⑭谪仙：李白。　⑮黄鹤：崔颢《黄鹤楼》。相传李白登黄鹤楼说：“眼前有景道不得，崔颢题诗在上头。”无作而去。后李白作《登金陵凤凰台》，有意追赶崔诗。

水龙吟

闾丘大夫孝直公显尝守黄州，作栖霞楼，为郡中胜绝。元丰五年，余谪居于黄。正月十七日，梦扁舟渡江，中流回望，楼中歌乐杂作。舟中人言：公显方会客也。觉而异之，乃作此词。公显时已致仕在苏州

小舟横截春江，卧看翠壁红楼起。云间笑语，使君高会，佳人半醉。危柱哀弦，艳歌余响，绕云萦水。念故人老大，风流未减，独回首、烟波里。　推枕惘然不见，但空江、月明千里。五湖闻道，扁舟归去，仍携西子。云梦南州，武昌南岸，昔游应记。料多情梦里，端来见我，也参差是。

注释

①闾丘大夫孝终公显：闾丘孝终，字公显，曾任黄州知州。致仕后归苏州故里。　②鼓笛慢：《钦定词谱》：“水龙吟，姜夔词注无射商，俗名越调。……吕渭老词，名鼓笛慢。”　③危柱哀弦：乐声凄绝。柱，筝瑟之类乐器上的枕木。危，高。谓定音高而厉。　④“艳歌”二句：用“响遏行云”典。《列子·汤问》：“抚节悲歌，声振林木，响遏行云。”　⑤“五湖”三句：相传范蠡相越平吴之后，携西施，乘扁舟泛五湖而去。这里借此想象公显致仕后的潇洒生涯。　⑥云梦南州：指黄州，因其在古云梦泽之南。　⑦武昌东岸：亦指黄州。　⑧端来：准来，真来。　⑨参差：依稀、约略。白居易《长恨歌》：“中有一人字太真，雪肤花貌参差是。”

江神子

陶渊明以正月五日游斜川，临流班坐，顾瞻南阜，爱曾城之独秀，乃作斜川诗，至今使人想见其处。元丰壬戌之春、余躬耕于东坡，筑雪堂居之。南挹四望亭之后丘，西控北山之微泉，慨然而叹，此亦斜川之游也

梦中了了醉中醒。只渊明。是前生。走遍人间，依旧却躬耕。昨夜东坡春雨足，乌鹊喜，报新晴。　　雪堂西畔暗泉鸣。北山倾。小溪横。南望亭丘，孤秀耸曾城。都是斜川当日景，吾老矣，寄余龄。

注释

①陶渊明：一名陶潜，字元亮，东晋著名诗人。其游斜川事在晋安帝隆安五年（401），时五十岁。 ②斜川：古地名，在今江西都昌、星子之间的鄱阳湖畔。 ③班坐：依次列坐。 ④南阜（fù）：南山，指庐山。 ⑤曾城：山名，在江西星子县西五里，一名乌石山。 ⑥斜川诗：陶渊明《游斜川》。 ⑦元丰壬戌（rén xū）之春：宋神宗元丰五年（1082）春季。 ⑧东坡：苏轼躬耕处。位于湖北黄冈东面，原为数十亩久荒的营地，苏轼在其处筑茅屋五间，名雪堂。⑨挹（yì）：通“抑”，抑制。 ⑩长短句：词的别称。 ⑪了了：明白，清楚。⑫前生：先出生，此有前辈之意。 ⑬躬耕：亲自耕种。 ⑭亭丘：四望亭的后丘。⑮孤秀耸曾城：孤峙秀美如同耸立的曾城山。曾城，增城山，传说中的地名。亦泛指仙乡。

浣溪沙

渔父

西塞山边白鹭飞。散花洲外片帆微。桃花流水鳜鱼肥。

自庇一身青箬笠，相随到处绿蓑衣。斜风细雨不须归。

注释

①西塞山：又名道士矶，今湖北省黄石市辖区之山名。 ②散花洲：鄂东长江一带有三个散花洲，一在黄梅县江中，早已塌没。一在浠水县江滨，今成一村。一在武昌（今湖北鄂州市）江上建“怡亭”之小岛，当地人称之为“吴王散花滩”。该词中所写散花洲系与西塞山相对的浠水县管辖的散花洲。 ③鳜（guì）鱼：又名“桂鱼”，长江中游黄州、黄石一带特产。 ④庇：遮盖。 ⑤箬（ruò）笠：用竹篾做的斗笠。 ⑥蓑（suō）衣：草或棕做的雨衣。

浣溪沙

游蕲水清泉寺。寺临兰溪，溪水西流

山下兰芽短浸溪。松间沙路净无泥。萧萧暮雨子规啼。

谁道人生无再少，门前流水尚能西。休将白发唱黄鸡。

注释

①蕲（qí）水：县名，今湖北浠水县。 ②清泉寺：寺名，在蕲水县城外。

③短浸溪：指初生的兰芽浸润在溪水中。 ④萧萧：形容雨声。 ⑤子规：杜鹃鸟，相传为古代蜀帝杜宇之魂所化，亦称“杜宇”，鸣声凄厉，诗词中常借以抒写羁旅之思。 ⑥无再少：不能回到少年时代。 ⑦白发：老年。 ⑧唱黄鸡：感叹时光的流逝，人生不可能长久。

西江月

春夜蕲水中过酒家饮。酒醉，乘月至一溪桥上，解鞍曲肱少休。及觉，已晓，乱山葱茏，不谓尘世也。书此词桥柱

照野弥弥浅浪，横空暧暧微霄。障泥未解玉骢骄。我欲醉眠芳草。　　可惜一溪明月，莫教踏破琼瑶。解鞍欹枕绿杨桥。杜宇一声春晓。

注释

①弥弥：水满貌。 ②横空暧暧微霄：用陶潜“山涤余霭，宇暧微霄”语。 ③障泥：马鞯，垂于马两旁以挡泥土。 ④玉骢：良马。 ⑤可惜：可爱。⑥琼瑶：美玉。这里形容月亮在水中的倒影。 ⑦杜宇：杜鹃鸟。

南歌子

寓意

雨暗初疑夜，风回便报晴。淡云斜照著山明。细草软沙溪路、马蹄轻。　　卯酒醒还困，仙材梦不成。蓝桥何处觅云英。只

有多情流水、伴人行。

注释

①雨暗：阴雨时天色昏暗。 ②著（zhuó）：同“着”。附着，附上。③细草：尚未长成的草。 ④软沙：细沙。 ⑤卯（mǎo）酒：早晨喝的酒。卯，卯时，相当于早晨五点至七点。 ⑥“蓝桥”句：唐裴铏传奇《裴航》：相传蓝桥有仙窟，为唐裴航遇仙女云英处。意谓自己没有像裴航那样的好运。

定风波

三月七日，沙湖道中遇雨。雨具先去，同行皆狼狈，余独不觉，已而遂晴，故作此词

莫听穿林打叶声。何妨吟啸且徐行。竹杖芒鞋轻胜马。谁怕。一蓑烟雨任平生。　料峭春风吹酒醒。微冷。山头斜照却相迎。回首向来潇洒处。归去。也无风雨也无晴。

注释

①沙湖：在今湖北黄冈东南三十里。 ②狼狈：进退皆难的困顿窘迫之状。③已而：过了一会儿。 ④穿林打叶声：指雨点透过树林打在树叶上的声音。⑤吟啸：放声吟咏。 ⑥芒鞋：草鞋。 ⑦一蓑烟雨任平生：披着蓑衣在风雨里过一辈子也处之泰然。一蓑，蓑衣，用棕制成的雨披。 ⑧料峭：微寒的样子。⑨斜照：偏西的阳光。

点评

清郑文焯：“此足征是翁坦荡之怀，任天而动。琢句亦瘦逸，能道眼前景，

以曲笔直写胸臆，倚声能事尽之矣。”

调笑令

渔父。渔父。江上微风细雨。青蓑黄蒻裳衣。红酒白鱼暮归。归暮。归暮。长笛一声何处。

注释

①渔父：捕鱼人。 ②蒻（ruò）：嫩蒲草。 ③裳（cháng）衣：下身服饰，这里指裤子。 ④归暮：傍晚回去。

蝶恋花

蝶懒莺慵春过半。花落狂风，小院残红满。午醉未醒红日晚，黄昏帘幕无人卷。　云鬓鬅松眉黛浅。总是愁媒，欲诉谁消遣。未信此情难系绊。杨花犹有东风管。

注释

①鬅（péng）松：蓬松。 ②愁媒：暮春景致处处使人生愁。

西江月

茶词

龙焙今年绝品，谷帘自古珍泉。雪芽双井散神仙。苗裔来从北苑。　　汤发云腴酽白，盏浮花乳轻圆。人得谁敢更争妍。斗取红窗白面。

注释

①建溪：水名。在福建，为闽江北源。其地产名茶，号建茶。因亦借指建茶。②双井：茶叶名。宋代洪州双井乡所产。　③谷帘：庐山康王谷瀑布。其状如帘，故名。　④贵种：出生于高门世家。　⑤龙焙：茶名。　⑥雪芽：白芽茶。产于峨眉。　⑦花乳：煎茶时水面浮起的泡沫。俗名“水花”。

哨遍

陶渊明赋归去来，有其词而无其声。余治东坡，筑雪堂于上，人俱笑其陋。独鄱阳董毅夫过而悦之，有卜邻之意。乃取归去来词，稍加檃栝，使就声律，以遗毅夫。使家僮歌之，时相从于东坡，释耒而和之，扣牛角而为之节，不亦乐乎

为米折腰，因酒弃家，口体交相累。归去来，谁不遣君归。觉从前皆非今是。露未晞。征夫指予归路，门前笑语喧童稚。嗟旧菊都荒，新松暗老，吾年今已如此。但小窗容膝闭柴扉。策杖看孤云暮鸿飞。云出无心，鸟倦知还，本非有意。　　噫。

归去来兮。我今忘我兼忘世。亲戚无浪语，琴书中有真味。步翠麓崎岖，泛溪窈窕，涓涓暗谷流春水。观草木欣荣，幽人自感，吾生行且休矣。念寓形宇内复几时。不自觉皇皇欲何之。委吾心、去留谁计。神仙知在何处，富贵非吾志。但知临水登山啸咏，自引壶觞自醉。此生天命更何疑。且乘流、遇坎还止。

注释

①哨遍：一作“稍遍”，始见于《东坡词》。以此篇为正体。汲古阁本《东坡词》“稍遍”后附：“其词盖世所谓‘般瞻’之‘稍遍’也。般瞻，龟兹语也，华言为五声，盖羽声也，于五音之次为第五。今世作‘般涉’，误矣。‘稍遍’三叠，每叠加促字，当为‘稍’，读去声。世作‘哨’或作‘涉’，皆非是。”《康熙词谱》：“其体颇近散文。” ②治东坡：在东坡垦荒耕种。东坡，黄州地名。③董毅夫：人名。 ④卜邻：做邻居。 ⑤檃（yǐn）栝：隐括，就某文体原有内容、词句改写为另一体裁之创作手法。 ⑥释耒（lěi）：放下农具。 ⑦“口体”句：因口欲而拖累身体，因身体不受委屈而影响口欲。交相，互相。 ⑧晞：干。 ⑨“嗟旧菊”二句：陶潜《归去来》有“三径就荒，松菊犹存”。三径，院中小路，汉蒋诩隐居之后，在院里竹下开辟三径，只少数友人来往，后以指隐士居所。 ⑩容膝：仅容下双膝，言居室狭小。《归去来》有“审容膝之易安”。⑪“云出”二句：《归去来》有“云无心以出岫，鸟倦飞而知还”。 ⑫“亲戚”二句：《归去来》有“悦亲戚之情话，乐琴书以消忧”。

点评

《坡仙集外纪》：东坡在儋耳，常负大瓢，行歌田间，所歌皆《哨遍》也。一日，遇一媪，谓坡曰：“学士昔日富贵，一场春梦耳！”东坡因呼为“春梦婆”。

洞仙歌

仆七岁时见眉山老尼姓朱，忘其名，年九十余，自言：尝随其师入蜀主孟昶宫中。一日大热，蜀主与花蕊夫人夜起避暑摩诃池上，作一词。朱具能记之。今四十年，朱已死，人无知此词者。但记其首两句，暇日寻味，岂洞仙歌令乎，乃为足之

冰肌玉骨，自清凉无汗。水殿风来暗香满。绣帘开、一点明月窥人，人未寝、攲枕钗横鬓乱。　起来携素手，庭户无声，时见疏星渡河汉。试问夜如何，夜已三更，金波淡、玉绳低转。但屈指、西风几时来，又不道、流年暗中偷换。

注释

①眉州：今四川眉山境内。　②孟昶：五代时蜀国君主，在位三十一年，后国亡降宋，深知音律，善填词。　③花蕊夫人：孟昶的妃子，别号花蕊夫人。④摩诃池：故址在今成都昭觉寺，建于隋代，到蜀国时曾改成宣华池。　⑤具：通“俱”，都。　⑥足：补足。　⑦冰肌：肌肤洁白如冰雪。《庄子·逍遥游》：“有神人焉，肌肤若冰雪，绰约若处子。”　⑧“试问”二句：化用《诗经·小雅·庭燎》“夜如何其？夜未央，庭燎之光”。　⑨金波：月光。　⑩玉绳：星名，位于北斗星附近。《太平御览·天部五》引《春秋元命苞》：“玉衡北两星为玉绳。玉之为言沟，刻也。瑕而不掩，折而不伤。”宋均注：“绳能直物，故名玉绳。沟，谓作器。”玉衡，北斗第五星也。秋夜半，玉绳渐自西北转，冉冉而降，时为夜深或近晓也。　⑪流年：流逝之岁月，年华。

临江仙

夜饮东坡醒复醉，归来仿佛三更。家童鼻息已雷鸣。敲门

都不应，倚杖听江声。　　长恨此身非我有，何时忘却营营。夜阑风静縠纹平。小舟从此逝，江海寄余生。

注释

①听江声：苏轼寓居临皋，在湖北黄州南长江边，故能听长江涛声。　②营营：周旋、忙碌，内心躁急之状，形容奔走钻营，追逐名利。　③夜阑：夜尽。阑，晚。　④縠纹：比喻水波细纹。縠，绉纱类丝织品。

点评

宋叶梦得《避暑录话》卷二：子瞻在黄州，病赤眼，逾月不出，或疑有他疾，过客遂传以为死矣。有语范景仁于许昌者，景仁绝不置疑，即举袂大恸，召子弟，具金帛，遣人赒其家。子弟徐言："此传闻未审，当先书以问其安否，得实，吊恤之，未晚。"乃遣仆以往，子瞻发书大笑。故后量移汝州谢表，有云："疾病连年，人或相传为已死。"未几，复与数客饮江上，夜归，江面际天，风露浩然，有当其意，乃作歌辞，所谓"夜阑风静縠纹平，小舟从此逝，江海寄余生"者，与客大歌数过而散。翌日喧传："子瞻夜作此词，挂冠服江边，拏舟长啸去矣。"郡守徐君猷闻之，惊且惧，以为州失罪人，急命驾往谒，则子瞻鼻鼾如雷，犹未兴也。然此语卒传至京师，虽裕陵亦闻而疑之。

南乡子

重九涵辉楼呈徐君猷

霜降水痕收。浅碧鳞鳞露远洲。酒力渐消风力软，飕飕。破帽多情却恋头。　　佳节若为酬。但把清尊断送秋。万事到头都是梦，休休。明日黄花蝶也愁。

注释

①重九：农历九月初九重阳节。 ②涵辉楼：在黄冈西南。宋韩琦《涵辉楼》："临江三四楼，次第压城首。山光遍轩楹，波影撼窗牖。"为当地名胜。苏轼《醉蓬莱》序："余谪居黄州，三见重九，每岁与太守徐君猷会于西霞楼。" ③徐君猷：名大受，当时黄州知州。 ④水痕收：水位降低。 ⑤"破帽"句：《晋书·孟嘉传》载，孟嘉九月九日登龙山时，帽子为风吹落而不觉，后成重阳登高典故。此词翻用其事。 ⑥"明日"句：唐郑谷《十日菊词》："节去蜂蝶不知，晓庭还绕折空枝。"此词更进一层，谓重阳节后菊花凋萎，蜂蝶均愁。苏轼《九日次韵王巩》："相逢不用忙归去，明日黄花蝶也愁。"故其《与王定国》中提到此句。

满庭芳

蜗角虚名，蝇头微利，算来著甚干忙。事皆前定，谁弱又谁强。且趁闲身未老，尽放我、些子疏狂。百年里，浑教是醉，三万六千场。　　思量。能几许，忧愁风雨，一半相妨。又何须，抵死说短论长。幸对清风皓月，苔茵展、云幕高张。江南好，千钟美酒，一曲满庭芳。

注释

①满庭芳：词牌名，又名"锁阳台""满庭霜""潇湘夜雨""话桐乡""满庭花"等。清徐釚《词苑丛谈》认为调名取自唐柳宗元《赠江华长老》"满庭芳草积"。毛熙震《浣纱溪》有"满庭芳草绿萋萋"。调名本意即咏庭院的满园茂盛花草。 ②蜗角：蜗牛角。喻极微小。《庄子·则阳》谓在蜗之左角的触氏与右角的蛮氏，两族常为争地而战。 ③蝇头：本指小字，此取微小之义。 ④些子：一点儿。 ⑤"百年里"三句：语本李白《襄阳歌》"百年三万六千日，

一日须倾三百杯”。浑，整个儿，全部。 ⑥“能几许”三句：意谓计算下来，一生中日子有一半是被忧愁风雨干扰。 ⑦“苔茵”二句：以青苔为褥席铺展，把白云当帐幕高张。

念奴娇

赤壁怀古

大江东去，浪淘尽，千古风流人物。故垒西边，人道是，三国周郎赤壁。乱石穿空，惊涛拍岸，卷起千堆雪。江山如画，一时多少豪杰。 遥想公瑾当年，小乔初嫁了，雄姿英发。羽扇纶巾，谈笑间，樯橹灰飞烟灭。故国神游，多情应笑我，早生华发。人生如梦，一尊还酹江月。

注释

①赤壁：此指黄州赤壁，一名“赤鼻矶”，在今湖北黄冈西。三国古战场的赤壁，在今湖北赤壁市蒲圻县西北。 ②大江：长江。 ③淘：冲洗，冲刷。④风流人物：杰出的历史名人。 ⑤故垒：过去遗留下来的营垒。 ⑥周郎：三国时吴国名将周瑜，字公瑾，少年得志，24岁为中郎将，掌管东吴重兵，吴中皆呼为“周郎”。“公瑾”即周瑜。 ⑦小乔：《三国志·吴志·周瑜传》载，周瑜从孙策攻皖，“得桥公两女，皆国色也。策自纳大桥，瑜纳小桥。”乔，本作“桥”。其时距赤壁之战已经十年，此处言“初嫁”，言其少年得意，倜傥风流。 ⑧羽扇纶（guān）巾：古代儒将的便装打扮。羽扇，羽毛制成的扇子。纶巾，青丝制成的头巾。 ⑨樯橹：一作“强虏”。 ⑩故国神游：神游故国。故国，指旧地，当年的赤壁战场。 ⑪“多情”二句：应笑我多情，早生华发。⑫一尊还酹（lèi）江月：洒酒酬月，寄托自己的感情。尊，通“樽”，酒杯。

点评

宋俞文豹《吹剑续录》：东坡在玉堂，有幕士善讴。因问："我词比柳七何如？"对曰："柳郎中词，只好合十七八女孩儿，执红牙板，歌'杨柳岸晓风残月'。学士词，须关西大汉，执铁板，唱'大江东去'。"公为之绝倒。

念奴娇

中秋

凭高眺远，见长空万里，云无留迹。桂魄飞来光射处，冷浸一天秋碧。玉宇琼楼，乘鸾来去，人在清凉国。江山如画，望中烟树历历。　　我醉拍手狂歌，举杯邀月，对影成三客。起舞徘徊风露下，今夕不知何夕。便欲乘风，翻然归去，何用骑鹏翼。水晶宫里，一声吹断横笛。

注释

①桂魄：月亮。古代传说月中有桂树，古人称月为魄，故名。　②玉宇琼楼：美玉砌成的楼阁宫室，此指月中宫殿。　③乘鸾来去：想象月宫里仙人乘鸾自由往来。鸾，传说中凤凰一类的鸟。　④清凉国：指月宫。　⑤历历：清晰，分明。　⑥"今夕"句：人间的今夕，不知是天上的什么日子。　⑦翻然：飞动的样子。　⑧鹏：传说中的大鸟。　⑨水晶宫：指月宫。　⑩吹断横笛：形容笛声高亢嘹亮。吹断，吹彻。

西江月

重九

点点楼头细雨。重重江外平湖。当年戏马会东徐。今日凄凉南浦。　莫恨黄花未吐。且教红粉相扶。酒阑不必看茱萸。俯仰人间今古。

注释

①戏马：即戏马台，位于徐州南。　②东徐：即徐州。　③黄花：菊花。　④红粉：歌女或侍女。　⑤酒阑：酒宴将散的时候。　⑥茱萸：植物名，重阳节登高时插在头上，祈求强健。

浣溪沙

咏橘

菊暗荷枯一夜霜。新苞绿叶照林光。竹篱茅舍出青黄。

香雾噀人惊半破，清泉流齿怯初尝。吴姬三日手犹香。

注释

①一夜霜：橘经霜之后，颜色开始变黄而味道也更美。白居易《拣贡橘书情》：“琼浆气味得霜成。”　②新苞：指新橘。　③青黄：指橘子，橘子成熟时，果皮由青色逐渐变成金黄色。屈原《橘颂》“青黄杂糅，文章烂兮”。　④“香雾”二句：宋韩彦直《橘录》卷上《真柑》：“真柑在品类中最贵可珍……始霜之旦，

园丁采以献，风味照座，擘之则香雾噀人。”噀（xùn），喷。半破，指刚刚剥开橘皮。清泉，喻橘汁。 ⑤吴姬：吴地美女。

醉翁操

琅琊幽谷，山水奇丽，泉鸣空涧，若中音会。醉翁喜之，把酒临听，辄欣然忘归。既去十余年，而好奇之士沈遵闻之往游，以琴写其声，曰醉翁操，节奏疏宕，而音指华畅，知琴者以为绝伦。然有其声而无其辞。翁虽为作歌，而与琴声不合。又依楚词作醉翁引，好事者亦倚其辞以制曲。虽粗合韵度，而琴声为词所绳约，非天成也。后三十余年，翁既捐馆舍，遵亦没久矣。有庐山玉涧道人崔闲，特妙于琴。恨此曲之无词，乃谱其声，而请于东坡居士以补之云

琅然。清圜。谁弹。响空山。无言。惟翁醉中知其天。月明风露娟娟。人未眠。荷蒉过山前。曰有心也哉此贤。 醉翁啸咏，声和流泉。醉翁去后，空有朝吟夜怨。山有时而童巅。水有时而回川。思翁无岁年。翁今为飞仙。此意在人间。试听徽外三两弦。

注释

①醉翁操：词牌名。醉翁，欧阳修的别号。操，琴曲。 ②琅琊：山名。在今安徽滁县西南。欧阳修《醉翁亭记》：“环滁皆山也，其西南诸峰。林壑尤美。望之蔚然而深秀者，琅邪也。” ③若中音会：好像与音乐的节奏自然吻合。④沈遵：欧阳修《醉翁吟》：“余作醉翁亭于滁州。太常博士沈遵，好奇之士也。闻而往游焉。爱其山水，归而以琴写之。作《醉翁吟》三叠。” ⑤绳约：束缚，限制。 ⑥捐馆舍：死亡的婉称。《战国策·赵策》：“今奉阳君捐馆舍。”欧阳修卒于熙宁五年（1072）。 ⑦琅然：象声词。响亮的样子。 ⑧“荷蒉”

二句：《论语·宪问》："子击磬于卫，有荷蒉而过孔氏之门者，曰：有心哉，击磬乎。"荷蒉，背着草筐，此喻懂得音乐的隐士。 ⑨童巅：山顶光秃。《释名·释长幼》："山无草木日童。" ⑩回川：漩涡。 ⑪徽：琴徽，系弦的绳。《汉书·扬雄传》："今夫弦者，高张急徽。"注："徽，琴徽也。所以表发抚抑之处。"后世多指琴面十三个指示音节的标志为徽。此句谓试听弦外之音。

满庭芳

有王长官者，弃官三十三年，黄人谓之王先生。因送陈慥来过余，因赋此

三十三年，今谁存者，算只君与长江。凛然苍桧，霜干苦难双。闻道司州古县，云溪上、竹坞松窗。江南岸，不因送子，宁肯过吾邦。 摐摐。疏雨过，风林舞破，烟盖云幢。愿持此邀君，一饮空缸。居士先生老矣，真梦里、相对残釭。歌声断，行人未起，船鼓已逢逢。

注释

①王长官：作者好友，事迹不详。 ②陈慥：字季常，作者好友。 ③苍桧：圆柏。一种常绿乔木，雌雄异株，果实球形，木材桃红色、有香气。寿命达数百年。此以苍桧喻王先生。 ④司州古县：黄陂区，曾属南司州。王先生罢官后居于此。⑤竹坞：用竹子建造的房屋。 ⑥摐（chuāng）摐：形容雨声。 ⑦一饮空缸：一口气把酒喝干。 ⑧居士：作者自号东坡居士。 ⑨釭：灯。 ⑩逢（páng）：形容鼓声。

水调歌头

快哉亭作

落日绣帘卷，亭下水连空。知君为我，新作窗户湿青红。长记平山堂上，攲枕江南烟雨，渺渺没孤鸿。认得醉翁语，山色有无中。　一千顷，都镜净，倒碧峰。忽然浪起，掀舞一叶白头翁。堪笑兰台公子，未解庄生天籁，刚道有雌雄。一点浩然气，千里快哉风。

注释

①快哉亭：位于黄州江边，苏轼好友张怀民修建。怀民，名梦得，又字偓佺。苏辙《黄州快哉亭记》：“清河张君梦得，谪居齐安，即其庐之西南为亭，以览观江流之胜，而余兄子瞻名之曰‘快哉’。” ②湿青红：指所涂的青油朱漆未干。 ③平山堂：在江苏扬州，宋仁宗庆历八年（1048）欧阳修在扬州任地方官时所建。 ④醉翁：欧阳修别号。 ⑤“山色”句：欧阳修《朝中措·送刘仲原甫出守维扬》用王维《汉江临泛》句。 ⑥兰台公子：战国宋玉，曾为兰台令。 ⑦庄生：战国时道家学者庄周。 ⑧天籁：“人籁”是吹奏箫笛等竹器的声音，“天籁”是发于自然的音响，即风吹声。作者为亭命名“快哉”，取自《风赋》“快哉此风”。他认为风是自然之物，不应有雌、雄之别，大家都可享受。 ⑨刚道：硬是说。 ⑩雌雄：宋玉《风赋》：“楚襄王游于兰台之宫，宋玉、景差侍，有风飒然而至王乃披襟而当之，曰：‘快哉此风，寡人所与庶人共者邪。’”宋玉答，大王之雄风与庶人之雌风截然不同。 ⑪“一点”二句：胸中有“浩然之气”，就会感受“快哉此风”。《孟子·公孙丑上》有“吾善养吾浩然之气”“其为气也至大至刚，以直养而无害，则塞于天地之间”。

点评

《历代诗余》卷一百十五引陆游语：世言东坡不能歌，故所作乐府，多不协律。晁以道谓：“绍圣初，与东坡别于汴上，东坡酒酣，自歌阳关曲。”则公非不能歌，但豪放，不喜剪裁以就声律耳。试取东坡诸词歌之，曲终，觉天风海雨逼人。

鹧鸪天

林断山明竹隐墙。乱蝉衰草小池塘。翻空白鸟时时见，照水红蕖细细香。　　村舍外，古城旁。杖藜徐步转斜阳。殷勤昨夜三更雨，又得浮生一日凉。

注释

①翻空：飞翔在空中。　②红蕖（qú）：荷花。　③古城：指黄州古城。④杖藜：拄着藜杖。杜甫《漫兴九首》“杖藜徐步立芳洲”。藜，草本植物，此指藜木拐杖。　⑤殷勤：劳驾，有劳。　⑥浮生：世事不定，人生短促。李涉《题鹤林寺僧舍》“偶经竹院逢僧话，又得浮生半日闲”。

点评

郑文焯：渊明诗“啸傲东轩下，聊复得此生”，此词从陶诗中得来，逾觉清异。较“浮生半日闲”句，自是诗词异调。论者每谓坡公以诗笔入词，岂审音知言者？

满庭芳

元丰七年四月一日，余将去黄移汝，留别雪堂邻里二三君子。会李仲览自江东来别，遂书以遗之

归去来兮，吾归何处，万里家在岷峨。百年强半，来日苦

无多。坐见黄州再闰，儿童尽、楚语吴歌。山中友，鸡豚社酒，相劝老东坡。　　云何。当此去，人生底事，来往如梭。待闲看，秋风洛水清波。好在堂前细柳，应念我、莫翦柔柯。仍传语，江南父老，时与晒渔蓑。

注释

①去黄移汝：离开黄州，改任汝州。　②雪堂：作者在黄州的居所名，位于长江边上。　③仲览：李仲览，作者友人李翔。　④岷峨（mín é）：四川的岷山与峨眉山，代指作者故乡。　⑤强半：近半，这年作者四十八岁。　⑥坐见：空过了。　⑦再闰：农历三年一闰，两闰为六年，作者元丰二年贬黄州，元丰三年闰九月，六年闰六月。　⑧楚语吴歌：黄州一带语言。黄州古代属楚国。此言孩子已经会说当地话。　⑨社酒：原指春秋两次祭祀土地神用的酒，此泛指酒。　⑩秋风洛水：西晋张翰在洛阳做官，见秋风起，想起故乡吴郡的菰菜、莼羹、鲈鱼脍，弃官而归，此表示退隐还乡之志。　⑪柔柯：细枝，指柳条。⑫江南父老：指作者邻里。

点评

元好问《遗山文集》卷三十六《新轩乐府引》：唐歌词多宫体，又皆极力为之。自东坡一出，性情之外，不知有文字，真有“一洗万古凡马空”气象。虽时作宫体，亦岂可以宫体概之？人有言，乐府本不难作，从东坡放笔后便难作。此殆以工拙论，非知坡者。所以然者，诗三百所载小夫贱妇幽忧无聊赖之语，时猝为外物感触，满心而发，肆口而成者尔。其初果欲被管弦。谐金石，经圣人手，以与六经并传乎？小夫贱妇且然，而谓东坡翰墨游戏，乃求与前人角胜负，误矣。自今观之，东坡圣处，非有意于文字之为工，不得不然之为工也。坡以来，山谷、晁无咎、陈去非、辛幼安诸公，俱以歌词取称，吟咏性情，留连光景，清壮顿挫，能起人妙思。亦有语意拙直，不自缘饰，因病成妍者，皆自坡发之。

阮郎归

初夏

绿槐高柳咽新蝉。薰风初入弦。碧纱窗下水沉烟。棋声惊昼眠。　　微雨过，小荷翻，榴花开欲然。玉盆纤手弄清泉。琼珠碎却圆。

注释

①薰风：南风，和暖的风，指初夏时的东南风。《吕氏春秋·有始》："东南曰薰风。"唐白居易《首夏南池独酌》："薰风自南至，吹我池上林。"②水沉：木质香料，又名沉水香。　③然：同"燃"，形容花红如火。　④玉盆：指荷叶。　⑤纤手：女性娇小柔嫩的手。　⑥琼珠：形容水的泡沫。

西江月

平山堂

三过平山堂下，半生弹指声中。十年不见老仙翁。壁上龙蛇飞动。　　欲吊文章太守，仍歌杨柳春风。休言万事转头空。未转头时皆梦。

注释

①平山堂：扬州大明寺侧，欧阳修建。《舆地纪胜》："负堂而望，江南诸山拱列檐下，故名。"　②弹指：喻时间短暂。《翻译名义集》卷五《时分》："时

极短者谓刹那也”“壮士一弹指顷六十五刹那”“二十念为一瞬，二十瞬为一弹指”。 ③老仙翁：欧阳修。苏轼于熙宁四年于扬州谒见欧阳修，至此为九年，十年盖举成数。 ④龙蛇飞动：指欧阳修在平山堂壁留题之墨迹。 ⑤文章太守、杨柳春风：欧阳修《朝中措》有“手种堂前垂柳，别来几度春风。文章太守，挥毫万字，一饮千钟”。 ⑥“未转”句：白居易《自咏》“百年随手过，万事转头空”。此翻进一层，谓未转头时，已是梦幻。

浣溪沙

元丰七年十二月二十四日，从泗州刘倩叔游南山

细雨斜风作晓寒。淡烟疏柳媚晴滩。入淮清洛渐漫漫。

雪沫乳花浮午盏，蓼茸蒿笋试春盘。人间有味是清欢。

注释

①刘倩叔：名士彦，泗州人，生平不详。 ②南山：在泗州东南，景色清旷，宋米芾称为淮北第一山。 ③滩：十里滩，在南山附近。 ④洛：洛河，源出安徽定远西北，北至怀远入淮河。 ⑤漫漫：水势浩大。 ⑥“雪沫”句：午间喝茶。雪沫乳花，煎茶时上浮的白泡。宋人以讲茶泡制成白色为贵，所谓“茶与墨正相反，茶欲白，墨欲黑”（宋赵德麟《侯鲭录》卷四记司马光语）。唐曹邺《故人寄茶》：“碧波霞脚碎，香泛乳花轻。” ⑦蓼（liǎo）茸：蓼菜嫩芽。 ⑧春盘：旧俗，立春时用蔬菜水果、糕饼等装盘馈赠亲友。

水龙吟

古来云海茫茫，道山绛阙知何处。人间自有，赤城居士，龙蟠凤举。清净无为，坐忘遗照，八篇奇语。向玉霄东望，蓬莱晻霭，有云驾、骖风驭。　　行尽九州四海，笑纷纷、落花飞絮。临江一见，谪仙风采，无言心许。八表神游，浩然相对，酒酣箕踞。待垂天赋就，骑鲸路稳，约相将去。

注释

①道山绛阙：道家的仙山和红色的殿阁。　②赤城：四川灌县西之青城山，一名赤城山，苏轼是四川人，故称赤城居士。　③龙蟠（pán）：如龙之盘卧状。　④凤举：飘然高举。　⑤清净无为：春秋时期道家的一种哲学思想和治术。天道自然无为，主张心灵虚寂，坚守清净，消极无为，复返自然。　⑥坐忘：指通过静坐来达到泯灭是非物我的精神状态。　⑦遗照：谓舍弃众生相，进入忘我的精神境界。　⑧八篇奇语：《文献通考》："天隐子，不知何许人，著书八篇，修錬形气，养和心灵，归根契于阴阳遗照齐乎庄叟，殆非人间所能力学者也。王古以天隐子即子微也。一本有三宫法附于后。"　⑨玉霄：天上。⑩蓬莱：道家称三座仙山之一。　⑪晻（ǎn）霭：昏暗的云气。霭，暗淡的云彩。　⑫云驾：传说中仙人的车驾。　⑬骖（cān）：驾驶。　⑭风驭：指古代神话传说中由风驾驭的神车。　⑮九州四海：犹言天下。　⑯八表：八方之外，极远的地方。　⑰箕（jī）踞：坐时两脚岔开，开似簸箕，为一种轻慢态度。⑱垂天赋：指李白所作的《大鹏赋》。　⑲骑鲸：亦作"骑鲸鱼"。《文选》："乘巨鳞，骑京鱼。"李善注："京鱼，大鱼也，字或为鲸。鲸亦大鱼也。"因以喻游仙。

满庭芳

杨元素本事曲集云：子瞻始与刘仲达往来于眉山。后相逢于泗上。游南山话旧而作

三十三年，飘流江海，万里烟浪云帆。故人惊怪，憔悴老青衫。我自疏狂异趣，君何事、奔走尘凡。流年尽，穷途坐守，船尾冻相衔。　巉巉。淮浦外，层楼翠壁，古寺空岩。步携手林间，笑挽攕攕。莫上孤峰尽处，萦望眼、云海相搀。家何在，因君问我，归梦绕松杉。

注释

①晦日：农历每月最后的一天。　②巉（chán）巉：形容山势峭拔险峻。③攕（xiān）攕：手纤细貌。

虞美人

冷斋夜话云：东坡与秦少游维扬饮别，作此词。世传贺方回所作，非也。山谷亦云。大观中，于金陵见其亲笔，实东坡词也

波声拍枕长淮晓。隙月窥人小。无情汴水自东流，只载一船离恨、向西州。　竹溪花浦曾同醉。酒味多于泪。谁教风鉴在尘埃。酝造一场烦恼、送人来。

注释

①长淮：指淮河。 ②隙月：（船篷）隙缝中透进的月光。 ③汴水：古河名。唐宋时将出自黄河至淮河的通济渠东段全流统称汴水或汴河。 ④西州：古建业城门名。晋宋间建业（今江苏南京）为扬州刺州治所，以治事在台城西，故称西州。《晋书·谢安传》谓安死后，羊昙“辍乐弥年，行不由西州路……不觉至州门，左右白曰：‘此西州门。’昙悲感不已”。 ⑤风鉴：风度识见，也指对人的观察、看相。这句意谓：谁使得秦观这样为我所赏识的优秀人才却被沦落、埋没。

蝶恋花

记得画屏初会遇。好梦惊回，望断高唐路。燕子双飞来又去。纱窗几度春光暮。　　那日绣帘相见处。低眼佯行，笑整香云缕。敛尽春山羞不语。人前深意难轻诉。

注释

①高唐：战国时楚国台馆名，在云梦泽中，楚王游猎之所，一说在江汉平原。用宋玉《高唐赋》典。 ②香云缕：对妇女头发的美称。 ③春山：喻指妇女姣好的眉毛。

定风波

南海归赠王定国侍人寓娘

常羡人间琢玉郎。天应乞与点酥娘。尽道清歌传皓齿。风起。

雪飞炎海变清凉。　万里归来颜愈少。微笑。笑时犹带岭梅香。试问岭南应不好。却道。此心安处是吾乡。

注释

①王定国：王巩，作者友人。　②寓娘：王巩的歌妓。　③玉郎：女子对丈夫或情人的爱称，泛指青年男子。　④点酥娘：肤如凝脂般光洁细腻的美女。　⑤皓齿：雪白的牙齿。　⑥炎海：喻酷热。　⑦岭：指大庾岭，沟通岭南岭北咽喉要道。　⑧试问：试着提出问题，试探性地问。　⑨此心安处是吾乡：这个心安定的地方，便是我的故乡。

点评

宋吴开《优古堂诗话》：东坡作《定风波序》云，“王定国歌儿曰柔奴，姓宇文氏。定国南迁归，予问柔广南风土应是不好？柔对曰：‘此心安处，便是吾乡。’因用其语缀词云：‘试问岭南应不好？却道，此心安处是吾乡。’”予尝以此语本出于白乐天，东坡偶忘之耶！乐天《吾土》诗云：“身心安处为吾土，岂限长安与洛阳。”又《出城留别》诗云：“我生本无乡，心安是归处。”又重题诗云：“心泰身宁是归处，故乡可独在长安？”又《种桃杏》诗云：“无论海角与天涯，大抵心安即是家。”

满庭芳

香叆雕盘，寒生冰箸，画堂别是风光。主人情重，开宴出红妆。腻玉圆搓素颈，藕丝嫩、新织仙裳。双歌罢，虚檐转月，余韵尚悠飏。　人间，何处有，司空见惯，应谓寻常。坐中有狂客，恼乱愁肠。报道金钗坠也，十指露、春笋纤长。亲曾见，全胜宋玉，想象赋高唐。

注释

①香叆雕盘：香烟缭绕升出于雕镂的彩盘。香，指烧香冒出的香烟。叆，香烟缭绕袅袅升腾，有如云雾霭霭。雕盘，雕镂彩釉的烟盘。 ②寒生冰箸：寒气从冰柱中生发出来。冰箸，指屋檐上滴水冻结的冰柱。亦称冰条。箸，筷子。 ③红妆：陪酒侍宴的歌女。 ④“腻玉”句：形容歌女的颈项洁白圆润，似用软玉搓捏而成。 ⑤藕丝：色彩名。唐李贺《天上谣》：“粉霞红绶藕丝裙。”王琦汇解：“粉霞、藕丝，皆当时彩色名。”也借以形容用藕丝般纤细嫩丝所织成的裙子。 ⑥虚檐转月：月光悄悄地从静寂的屋檐转照下来。指时间已久。 ⑦司空见惯：唐孟棨《本事诗》：“刘尚书禹锡罢和州，为主客郎中、集贤学士。李司空罢镇在京，慕刘名，尝邀至第中，厚设饮馔。酒酣，命妙妓歌以送之。刘于席上赋诗，曰：‘鬌髻梳头宫样妆，春风一曲《杜韦娘》。司空见惯浑闲事，断尽江南刺史肠。’”后以“司空见惯”谓事之常见者。 ⑧狂客：作者自指。 ⑨春笋：歌女十指尖尖，像春笋初发般媚人。 ⑩“全胜”二句：意谓我亲眼所见的美人，完全比宋玉《高唐赋》中想象的美人还要漂亮。宋玉，战国时楚国的辞赋家，或称屈原之弟子，曾事顷襄王。作《高唐赋》。此说《高唐赋》中的美女尚不及席上的歌女美。

浣溪沙

送梅庭老赴潞州学官

门外东风雪洒裾。山头回首望三吴。不应弹铗为无鱼。
上党从来天下脊，先生元是古之儒。时平不用鲁连书。

注释

①梅庭老：作者友人，生平不详，学官，州学教授。从词里可知他是三吴地区人。 ②上党：潞州，今山西长治，北宋时与辽国接近，地属偏远。 ③学官：官职名，负责地方文教，职位不显。 ④三吴：古地区名，今江苏、浙江的苏州、

吴兴、绍兴一带。 ⑤弹铗为无鱼：战国齐人冯谖为孟尝君食客，嫌生活清苦，弹剑而歌："长铗归来乎，食无鱼！"铗，指剑把或剑。 ⑥鲁连书：《史记·鲁仲连列传》载，齐军攻打聊城一年多不能下，鲁仲连写书信给守城燕将，燕将见书哭泣三日，犹豫不决而自杀。意谓如今天下太平用不上鲁仲连这类书信，劝梅庭老安心去做学官，不要想去立什么奇功。

南歌子

冷斋夜话云：东坡镇钱塘，无日不在西湖。尝携妓谒大通禅师，大通愠形于色。东坡作长短句，令妓歌之

师唱谁家曲，宗风嗣阿谁。借君拍板与门槌。我也逢场作戏、莫相疑。 溪女方偷眼，山僧莫眨眉。却愁弥勒下生迟。不见老婆三五、少年时。

注释

①大通：杭州静慈寺名僧。本名善本，"大通"是皇帝所赐之号。 ②偷眼：偷偷地窥看。 ③三五：十五岁。

点评

清刘熙载《艺概》卷四："东坡词颇似老杜诗，以其无意不可人，无事不可言也。若其豪放之致，则时与太白为近。太白《忆秦娥》，声情悲壮。晚唐、五代，惟趋婉丽。至东坡始能复古。后世论词者，或转以东坡为变调，不知晚唐、五代乃变调也。"

南歌子

游赏

山与歌眉敛，波同醉眼流。游人都上十三楼。不羡竹西歌吹、古扬州。　　菰黍连昌歜，琼彝倒玉舟。谁家水调唱歌头。声绕碧山飞去、晚云留。

注释

①十三楼：宋代杭州名胜。吴自牧《梦粱录·西湖》：“大佛头石山后名十三间楼，乃东坡守杭日多游此，今为相严院矣。”　②竹西：扬州亭名。本句意谓杭州十三楼歌唱奏乐繁华，不必再羡慕前代扬州的竹西了。　③扬州：淮河以南、长江流域东南地区，《周礼》称东南曰扬州。　④菰黍（gū shǔ）：粽子。菰，本指茭白，此指裹粽的菰叶。　⑤昌歜（chù）：宋时以菖蒲嫩茎切碎加盐以佐餐。　⑥琼彝（yí）：玉制的盛酒器皿。　⑦玉舟：玉制酒杯。苏轼《次韵赵景贶督两欧阳诗破陈酒戒》：“明当罚二子，已洗两玉舟。”　⑧水调唱歌头：唱水调歌头。

八声甘州

寄参寥子

有情风、万里卷潮来，无情送潮归。问钱塘江上，西兴浦口，几度斜晖。不用思量今古，俯仰昔人非。谁似东坡老，白首忘机。　　记取西湖西畔，正暮山好处，空翠烟霏。算诗人相得，如我与君稀。约他年、东还海道，愿谢公、雅志莫相违。西州路，不应回首，为我沾衣。

注释

①西兴：西陵，在钱塘江南，今杭州市对岸，萧山县治之西。 ②忘机：忘却世俗的机诈之心。李白《下终南山过斛斯山人宿置酒》：“我醉君复乐，陶然共忘机。” ③相得：相投合。 ④“约他年”三句：以东晋谢安的故事喻归隐之志。《晋书·谢安传》：“安虽受朝寄，然东山之志，始末不渝。” ⑤“西州路”三句：用谢安、羊昙的典故。羊昙是谢安的外甥，很受谢安器重。谢生病还京时曾过西州门。谢死后，羊昙一年多不举乐，行不过西州路。作者以谢安自喻，以羊昙喻参寥。此处是说自己要实现谢公之志，要参寥不要像羊昙一样痛哭于西州路。

西江月

送别

昨夜扁舟京口，今朝马首长安。旧官何物与新官。只有湖山公案。　　此景百年几变，个中下语千难。使君才气卷波澜。与把新诗判断。

注释

①京口：今江苏镇江市，古润州治所。 ②长安：代指汴京（今河南开封）。③“旧官”句：孟棨《本事诗》载陈朝乐昌公主破镜重圆诗：“此日何迁次，新官对旧官。”指自己是“旧官”即将离任，“新官”指林子中，接替自己任杭州太守。 ④湖山公案：东坡吟咏西湖山景的诗作。傅幹《注坡词》注：“公倅杭日作诗，后下狱，令供诗帐。此言湖山公案，亦谓诗也。禅家以言语为公案。”⑤下语：评说，讲说。 ⑥使君：指新任杭州太守的林子中。

临江仙

送钱穆父

一别都门三改火，天涯踏尽红尘。依然一笑作春温。无波真古井，有节是秋筠。　　惆怅孤帆连夜发，送行淡月微云。尊前不用翠眉颦。人生如逆旅，我亦是行人。

注释

①钱穆父：钱勰，字穆父，杭州人。吴越武肃王六世孙。元祐三年，因坐奏开封府狱空不实，出知越州（今浙江绍兴）。元祐五年，又徙知瀛洲（今河北河间）。元祐六年春，钱穆父赴任途中经过杭州，苏轼作此词以送。　②都门：都城的城门。　③改火：《论语·阳货》："旧谷既没，新谷既升，钻燧改火，期可已矣。"何晏集解引马融曰："《周书·月令》有更火之文。春取榆柳之火，夏取枣杏之火，季夏取桑柘之火，秋取柞楢之火，冬取槐檀之火。一年之中，钻火各异木，故曰改火也。"　④春温：春天的温暖。　⑤古井：枯井。喻内心恬静，情感不为外界事物所动。　⑥筠：竹。　⑦逆旅：旅居。喻人生匆遽短促。

西江月

坐客见和复次韵

小院朱阑几曲，重城画鼓三通。更看微月转光风。归去香云入梦。　　翠袖争浮大白，皂罗半插斜红。灯花零落酒花秾。妙语一时飞动。

注释

①题注：意谓出席宴会的客人已作和词，我再用前词之韵作此词。②重城：古时城市在外城中又建内城，故称，这里泛指城市。③画鼓：有彩绘的鼓。④三通：指三叠鼓声。白居易《柘枝妓》："平铺一合锦筵开，连击三声画鼓催。"⑤光风：光明。宋玉《招魂》："光风转蕙，汜崇兰些。"《文选》注："光风，谓雨已，日出而风，草木有光色。"⑥香云：瑞香花的香气缭绕如云。⑦翠袖：翠绿衣袖。此指侍酒群妓。⑧浮大白：刘向《说苑·善谈》："魏文侯与大夫饮酒，使公乘不仁为觞政，曰：'饮（而）不醉者，浮以大白。'"本谓罚酒，后世称满饮大杯酒为浮大白。⑨皂罗：宋时妇女发髻名。⑩斜红：斜戴着的红花。⑪酒花：谓饮酒后面色酣红如花。⑫秾（nóng）：花木繁盛的样子。

浣溪沙

春情

桃李溪边驻画轮。鹧鸪声里倒清尊。夕阳虽好近黄昏。

香在衣裳妆在臂，水连芳草月连云。几时归去不销魂。

注释

①驻画轮：指停车。画轮：车之美称。②"夕阳"句：化用唐李商隐《乐游原》"夕阳无限好，只是近黄昏"。③"香在"句：唐元稹《莺莺传》张生与莺莺幽会后，"自疑于心，曰：岂其梦耶？所可明者。妆在臂。香在衣。"

满江红

怀子由作

清颍东流，愁目断、孤帆明灭。宦游处，青山白浪，万重千叠。孤负当年林下意，对床夜雨听萧瑟。恨此生、长向别离中，添华发。　一尊酒，黄河侧。无限事，从头说。相看恍如昨，许多年月。衣上旧痕余苦泪，眉间喜气添黄色。便与君、池上觅残春，花如雪。

注释

①子由：苏辙，当时他在京都汴梁任门下侍郎。　②清颍：颍水，源出河南登封县西南，东南流经禹县，至周口镇，合贾汝河、沙河，在颍州附近入淮而东流。　③孤帆明灭：一叶船帆忽隐忽现。　④宦游：在外做官。　⑤“孤负”二句：写兄弟风雨之夜相聚谈心的乐趣。苏辙《逍遥堂会宿二首》并引：“辙幼从子瞻读书，未尝一日相舍。既壮，将游宦四方，读韦苏州诗，至‘那知风雨夜，复此对床眠’，恻然感之。乃相约早退，为闲居之乐。故子瞻始为凤翔幕府，留诗为别，曰：‘夜雨何时听萧瑟。’”凤翔至是时已二十余年，仍未实现“对床夜语”的愿望，故曰“孤负”。孤负，辜负。林下意，指相约退出官场，过退隐生活的话。萧瑟，雨声。　⑥“一尊酒”二句：此时苏辙在黄河边的汴京，故苏轼向黄河侧遥举一杯酒，表示祝福。　⑦“眉间”句：眉间出现黄色，有即将归去的征兆。韩愈《郾城晚饮赠马侍郎》：“眉间黄色见归期。”

木兰花令

霜余已失长淮阔。空听潺潺清颍咽。佳人犹唱醉翁词，四十三年如电抹。　　草头秋露流珠滑。三五盈盈还二八。与余同是识翁人，惟有西湖波底月。

注释

①欧公：欧阳修。　②西湖：此安徽阜阳西三里的西湖，为颍河合诸水汇流处。　③醉翁词：指欧阳修在颍州做太守时，所写的歌咏颍州西湖的一些词。　④四十三年：欧阳修皇祐元年（1049）知颍州时作《木兰花令》，到作者次韵作此篇时正好四十三年。　⑤电抹：如一抹闪电，形容时光流逝之快。⑥三五：十五日。李益《溪中月下寄扬子尉封亮》："团团山中月，三五离夕同。"⑦二八：十六日。鲍照《玩月城西门廨中》："三五二八时，千里与君同。"

减字木兰花

春月

春亭月午。摇荡香醪光欲舞。步转回廊。半落梅花婉娩香。

轻烟薄雾，怎是少年行乐处。不似秋光，只与离人照断肠。

注释

①香醪：美酒。　②婉娩（wǎn）：委婉含蓄。《礼记·内则》："女子十年不出，姆教婉娩听从。"郑玄注："婉谓言语也，娩之言媚也，媚谓容貌也。"

点评

《后山诗话》载，苏公居颍，春夜对月。王夫人云春月可喜，秋月使人生愁。公谓此意前未及，遂作此词云。

青玉案

和贺方回韵送伯固归吴中故居

三年枕上吴中路。遣黄耳、随君去。若到松江呼小渡。莫惊鸥鹭，四桥尽是，老子经行处。 辋川图上看春暮。常记高人右丞句。作个归期天已许。春衫犹是，小蛮针线，曾湿西湖雨。

注释

①青玉案：词牌名，又名“西湖路”。汉张衡“何以报之青玉案”，调名取此。 ②伯固：北宋诗人苏坚，字伯固，号后湖居士，苏轼友人。 ③三年：苏坚于1089年从东坡监杭州商税已有三年。 ④黄耳：《晋书·陆机传》载，陆机有犬名黄耳，陆机在洛阳时，曾将书信系在黄耳颈上，黄耳不但送到松江陆机家中，还带回了回信。这里表示希望常通音信。 ⑤松江：吴淞江的古称。 ⑥四桥：《苏州府志》卷三十四《津梁》：“甘泉桥一名第四桥，以泉品居第四也。” ⑦辋川图：王维有别墅在辋川，曾于蓝田清凉寺壁上画《辋川图》，表示隐逸之志。 ⑧天已许：朝廷已准许。 ⑨小蛮：白居易有妓樊素善歌，小蛮善舞，尝为诗曰：“樱桃樊素口，杨柳小蛮腰。”后泛指姬妾。

生查子

诉别

三度别君来，此别真迟暮。白尽老髭须，明日淮南去。

酒罢月随人，泪湿花如雾。后月逐君还，梦绕湖边路。

注释

①诉别：元本词题作“送苏伯固”。 ②三度别君来：三次与苏伯固作别。③髭（zī）须：胡须。 ④淮南：路名。宋太宗至道年间十五路之一，治所在扬州（今属江苏）。这里指扬州。 ⑤花如雾：谓老年头发花白，有如雾中看花。杜甫《小寒食舟中作》：“春水船如天上坐，老年花似雾中看。”

行香子

述怀

清夜无尘。月色如银。酒斟时、须满十分。浮名浮利，虚苦劳神。叹隙中驹，石中火，梦中身。 虽抱文章，开口谁亲。且陶陶、乐尽天真。几时归去，作个闲人。对一张琴，一壶酒，一溪云。

注释

①十分：古代盛酒器。形如船，内藏风帆十幅。酒满一分则一帆举，十分为全满。 ②虚苦：徒劳，无意义的劳苦。 ③叹隙中驹：感叹人生短促，如快马驰过隙缝。语出《庄子·知北游》“人生天地之间，若白驹之过隙，忽然而已”。 ④“石中火”二句：喻生命短促，像击石迸出一闪即灭的火花，像在梦境中短暂的经历。北齐刘昼《新论·惜时》：“人之短生，犹如石火，炯然而过。”《关尹子·四符》：“知此身如梦中身。” ⑤“虽抱”二句：古代士人“宏才乏近用”，不被知遇的感慨。开口谁亲，有话对谁说，谁是知音呢？⑥陶陶：无忧无虑，单纯快乐的样子。《诗经·王风·君子阳阳》：“君子陶陶……其乐只且。”

归朝欢

公尝有诗与苏伯固，其序曰：昔在九江，与苏伯固唱和，其略曰：“我梦扁舟浮震泽。雪浪摇空千顷白。觉来满眼是庐山，倚天无数开青壁。”盖实梦也。然公诗复云：“扁舟震泽定何时，满眼庐山觉又非。”

我梦扁舟浮震泽。雪浪摇空千顷白。觉来满眼是庐山，倚天无数开青壁。此生长接淅。与君同是江南客。梦中游，觉来清赏，同作飞梭掷。　　明日西风还挂席。唱我新词泪沾臆。灵均去后楚山空，澧阳兰芷无颜色。君才如梦得。武陵更在西南极。竹枝词，莫摇新唱，谁谓古今隔。

注释

①震泽：太湖古称。　②接淅：匆匆忙忙。《孟子・万章下》：“孔子之去齐，接淅而行。”意谓孔子因急于离开齐国，不及煮饭，带了刚刚淘过的米就走。此作者自比。　③江南客：江南游子。　④挂席：挂帆。　⑤泪沾臆（yì）：泪水浸湿胸前。　⑥灵均：屈原的字。　⑦澧（lǐ）阳兰芷（zhǐ）：《楚辞・九歌・湘夫人》：“沅有芷兮澧有兰。”澧阳，今湖南澧县，古代为澧州。　⑧梦得：刘禹锡，字梦得，因参与政治改革失败被贬到朗州（今湖南常德）。　⑨武陵：今湖南常德一带，古武陵地，唐代朗州。　⑩竹枝词：本四川东部一带民歌，刘禹锡在湖南贬所，曾依屈原《九歌》，吸取当地俚曲，作《竹枝词》九章。　⑪莫摇：莫傜。少数民族名称，部分瑶族的古称。《隋书・地理志》：“长沙郡有夷蜑，名莫傜，自言其先祖有功，常免征役。”隋时分布在长沙、武陵、巴陵、零陵、桂阳、澧阳、衡山、临平等郡。

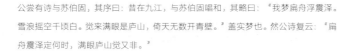

蝶恋花

春景

花褪残红青杏小。燕子飞时，绿水人家绕。枝上柳绵吹又少。天涯何处无芳草。　　墙里秋千墙外道。墙外行人，墙里佳人笑。笑渐不闻声渐悄。多情却被无情恼。

注释

①花褪残红青杏小：指杏花刚刚凋谢，青色的小杏正在成形。褪，萎谢。②飞：一作“来”。　③绕：一作“晓”。

点评

《词林纪事》卷五引《林下词谈》：“子瞻在惠州，与朝云闲坐。时青女（指秋霜）初至，落木萧萧，凄然有悲秋之意。命朝云把大白，唱‘花褪残红’。朝云歌喉将啭，泪满衣襟。子瞻诘其故，答曰：‘奴所不能歌，是“枝上柳绵吹又少，天涯何处无芳草”也。’子瞻翻然大笑曰：‘是吾正悲秋，而汝又伤春矣。’遂罢。朝云不久抱疾而亡。子瞻终身不复听此词。”

贺新郎

夏景

乳燕飞华屋。悄无人、桐阴转午，晚凉新浴。手弄生绡白团扇，扇手一时似玉。渐困倚、孤眠清熟。帘外谁来推绣户，枉教人、梦断瑶台曲。又却是、风敲竹。　　石榴半吐红巾蹙。待浮花、浪蕊都尽，伴君幽独。秾艳一枝细看取，芳心千重似束。又恐被、秋风惊绿。若待得君来向此，花前对酒不忍触。共粉泪、两簌簌。

注释

①贺新郎：词牌名，又名“金缕曲”“金缕词”“金缕歌”“贺新凉”“乳燕飞”“风敲竹”“貂裘换酒”。传世作品以《东坡乐府》所收为最早。　②乳燕：雏燕。　③飞：宋赵彦卫《云麓漫钞》谓见真迹作“栖”。　④桐阴：梧桐树阴。　⑤生绡（xiāo）：未漂煮过的生织物，这里指丝绢。　⑥团扇：汉班婕妤《团扇诗》：“新裂齐纨素，鲜洁如霜雪。裁为合欢扇，团团似明月。”后常喻佳人薄命失宠。　⑦风敲竹：唐李益《竹窗闻风寄苗发司空曙》：“开门复动竹，疑是故人来。”　⑧蹙（cù）：皱。　⑨浮花浪蕊：轻浮斗艳而早谢的桃、李、杏花等。唐韩愈《杏花》：“浮花浪蕊镇长有，才开还落瘴雾中。”⑩幽独：默然独守。

殢人娇

或云赠朝云

白发苍颜，正是维摩境界。空方丈、散花何碍。朱唇箸点，更髻鬟生彩。这些个，千生万生只在。　　好事心肠，著人情态。闲窗下、敛云凝黛。明朝端午，待学纫兰为佩。寻一首好诗，要书裙带。

注释

①朝云：苏轼侍妾，姓王，钱塘人，苏轼任杭州通判时所纳，随苏轼南迁至惠州，绍圣三年（1096）卒，年仅三十四岁。 ②维摩境界：佛家清净无欲的境界。维摩，维摩诘的略称，佛教菩萨名，对佛法义理修养很深。 ③箸点：用筷子点上一个圆点。箸，筷子。 ④髻鬟生彩：形容头发式样美丽。 ⑤千生万生：千辈子，万辈子；永远。 ⑥著人情态：能打动人的情态。 ⑦敛云凝黛：收拢云鬟，凝聚眉头；形容严肃端庄的姿态。 ⑧纫（rèn）兰为佩：编织兰草来佩戴。屈原《离骚》："纫秋兰以为佩。"

浣溪沙

端午

轻汗微微透碧纨。明朝端午浴芳兰。流香涨腻满晴川。

彩线轻缠红玉臂，小符斜挂绿云鬟。佳人相见一千年。

注释

①碧纨（wán）：绿色薄绸。 ②芳兰：芳香的兰花。端午节有浴兰汤的风俗。③流香涨腻：指女子梳洗时，用剩下的香粉胭脂随水流入河中。杜牧《阿房宫赋》"弃脂水也"。 ④"小符"句：妇女们在发髻上挂着祛邪驱鬼、保佑平安的符录。

三部乐

情景

美人如月。乍见掩暮云，更增妍绝。算应无恨，安用阴晴圆缺。娇甚空只成愁，待下床又懒，未语先咽。数日不来，落尽一庭红叶。　　今朝置酒强起，问为谁减动，一分香雪。何事散花却病，维摩无疾。却低眉、惨然不答。唱金缕、一声怨切。堪折便折。且惜取、少年花发。

注释

①三部乐：调见《东坡词》。《唐书·礼乐志》：“明皇分乐为二部，堂下立奏，谓之立部伎；堂上坐奏，谓之坐部伎。又酷爱法曲，选坐部伎子弟三百，教于梨园，为法曲部。”三部之名，疑出于此。　②“何事”二句：《维摩经》：维摩诘室有一天女，闻诸天人说法，即现其身。以天花散诸菩萨大弟子上，维摩诘尝以方便现身有疾，以其疾故，无数千人，皆往问疾。

西江月

梅花

玉骨那愁瘴雾，冰姿自有仙风。海仙时遣探芳丛。倒挂绿毛么凤。　　素面翻嫌粉涴，洗妆不褪唇红。高情已逐晓云空。不与梨花同梦。

注释

①玉骨：梅花枝干的美称。唐冯贽《云仙杂记》："袁丰居宅后，有六株梅……（丰）叹曰：'烟姿玉骨，世外佳人，但恨无倾城笑耳。'即使妓秋蟾出比之。"瘴雾，瘴气，南方山林中的湿热之气。 ②冰姿：淡雅的姿态。 ③仙风：神仙的风致。 ④芳丛：丛生的繁花。 ⑤绿毛么凤：岭南的一种珍禽，似鹦鹉。⑥涴（wò）：沾污，弄脏。 ⑦高情：高隐超然物外之情。 ⑧"不与"句：作者自注："诗人王昌龄，梦中作梅花诗。"

浣溪沙

春情

道字娇讹苦未成。未应春阁梦多情。朝来何事绿鬟倾。

彩索身轻长趁燕，红窗睡重不闻莺。困人天气近清明。

注释

①"道字"句：吐字不清，苦于言不成句。 ②绿鬟：古代少女发式。③彩索：彩色的秋千绳索。 ④趁燕：追赶空中的飞燕。这里形容秋千上的少女身轻似燕。

西江月

世事一场大梦，人生几度秋凉。夜来风叶已鸣廊。看取眉头鬓上。　　酒贱常愁客少，月明多被云妨。中秋谁与共孤光。把盏凄然北望。

注释

①“世事”句：《庄子·齐物论》：“且有大觉，而后知其大梦也。”李白《春日醉起言志》：“处世若大梦，胡为劳其生。”　②新凉：一作“秋凉”。③风叶：风吹树叶所发出的声音。　④鸣廊：在回廊上发出声响。　⑤看取：犹看，“取”作助词，无义。　⑥眉头鬓上：指眉头上的愁思鬓上的白发。　⑦贱：质量低劣。　⑧妨：遮蔽。　⑨孤光：指独在中天的月亮。

减字木兰花

立春

春牛春杖。无限春风来海上。便与春工。染得桃红似肉红。

春幡春胜。一阵春风吹酒醒。不似天涯。卷起杨花似雪花。

注释

①春牛春杖：春牛，土牛，古时农历十二月出土牛以送寒气，第二年立春再造土牛，以劝农耕，象征春耕开始。春杖，耕夫持犁杖而立，杖即执鞭打土牛。也有打春一称。　②春工：春风吹暖大地，使生物复苏，人们将春天喻为农作物催生助长的农工。　③春幡（fān）：春旗。立春日农家户户挂春旗，以示春的到来。也有剪成小彩旗插在头上、树枝上。　④春胜：一种剪成图案或文字的剪纸，也称剪胜，以示迎春。　⑤天涯：天边。此指作者被贬谪的海南。

阮郎归

梅词

暗香浮动月黄昏。堂前一树春。东风何事入西邻。儿家常闭门。　　雪肌冷，玉容真。香腮粉未匀。折花欲寄岭头人。江南日暮云。

注释

①“暗香”句：用林逋《山园小梅》句。　②“折花”句：南北朝陆凯《赠范晔》：“折花逢驿使，寄与陇头人。江南无所有，聊赠一枝春。”

翻香令

金炉犹暖麝煤残。惜香更把宝钗翻。重闻处，余熏在，这一番、气味胜从前。　　背人偷盖小蓬山。更将沉水暗同然。且图得，氤氲久，为情深、嫌怕断头烟。

注释

①翻香令：词牌名，创于苏轼，因词中有“惜香更把宝钗翻”，故名。《词式》卷二：“全调只有此一词，无别词可较。”　②麝煤：即麝墨。　③小蓬山：相传为仙人居地，这里代指香炉。　④沉水：沉香木。　⑤然：“燃”的本字。⑥氤氲（yīn yūn）：弥漫的浓烈的香气。　⑦嫌怕：厌弃而害怕。　⑧断头烟：断头香，谓未燃烧完就熄灭的香。俗谓以断头香供佛，来生会得与亲人离散的果报。

浣溪沙

新秋

风卷珠帘自上钩。萧萧乱叶报新秋。独携纤手上高楼。

缺月向人舒窈窕，三星当户照绸缪。香生雾縠见纤柔。

注释

①窈窕：娴静美好貌。②三星：《诗·唐风·绸缪》：“三星在天。”③雾縠（hú）：薄雾般的轻纱。《文选·宋玉〈神女赋〉》：“动雾縠以徐步兮，拂墀声之珊珊。”李善注：“縠，今之轻纱，薄如雾也。”

浣溪沙

绍圣元年十月二十三日，与程乡令侯晋叔、归善簿谭汲同游大云寺。野饮松下，设松黄汤，作此阕

罗袜空飞洛浦尘。锦袍不见谪仙人。携壶藉草亦天真。

玉粉轻黄千岁药，雪花浮动万家春。醉归江路野梅新。

注释

①野饮：在野外饮酒。 ②松黄：松花。 ③万家春：酒名。苏轼《和陶己酉岁九月九日》：“持我万家春，一酬五柳陶。”施元之注：“谓岭南万户酒。” ④携壶：传说东汉费长房见一老翁挂着一把壶在卖药，后跳进壶里。第二天费去拜访他，和他一起入壶，但见房屋华丽，酒菜丰盛。费于是向他学道。

事见《后汉书·方术传下·费长房》。后以“携壶”指行医。 ⑤“罗袜”句：三国魏曹植《洛神赋》：“凌波微步，罗袜生尘。”洛浦，洛水之滨。

阳关曲

军中

受降城下紫髯郎。戏马台南旧战场。恨君不取契丹首，金甲牙旗归故乡。

注释

①受降城：城名。汉唐筑以接受敌人投降，故名。汉故城在今内蒙古乌拉特旗北；唐筑有三城，中城在朔州，西城在灵州，东城在胜州。《史记·匈奴列传》：“汉使贰师将军广利西伐大宛，而令因杅将军敖筑受降城。” ②牙旗：旗杆上饰有象牙的大旗。多为主将主帅所置，亦用作仪仗。

江城子

墨云拖雨过西楼。水东流。晚烟收。柳外残阳，回照动帘钩。今夜巫山真个好，花未落，酒新篘。　美人微笑转星眸。月华羞，捧金瓯。歌扇萦风，吹散一春愁。试问江南诸伴侣，谁似我，醉扬州。

注释

①巫山：指美人。用巫山神女与楚襄王相会的故事。 ②酒新篘（chōu）：新漉的酒。 ③月华羞：美人笑脸盈盈，顾盼生辉，使姣好的月亮都自愧弗如。 ④歌扇萦风：（美人）翩翩舞扇招来徐徐清风。 ⑤“试问”三句：化用杜牧“落魄江湖载酒行，楚腰纤细掌中轻。十年一觉扬州梦，赢得青楼薄幸名”。以酒色自娱来解嘲，似放浪形骸，忘怀一切，实为苦中作乐。

菩萨蛮

玉钚坠耳黄金饰。轻衫罩体香罗碧。缓步困春醪。春融脸上桃。　花钿从委地。谁与郎为意。长爱月华清。此时憎月明。

注释

①春醪：春酒。

减字木兰花

胜之

双鬟绿坠。娇眼横波眉黛翠。妙舞蹁跹。掌上身轻意态妍。

曲穷力困。笑倚人旁香喘喷。老大逢欢。昏眼犹能仔细看。

注释

①胜之：苏轼写给徐君猷三名侍人的词，胜之为其中一人。②“掌上”句：用赵飞燕典。

行香子

与泗守过南山晚归作

北望平川。野水荒湾。共寻春、飞步孱颜。和风弄袖，香雾萦鬟。正酒酣时，人语笑，白云间。　飞鸿落照，相将归去，淡娟娟、玉宇清闲。何人无事，宴坐空山。望长桥上，灯火乱，使君还。

注释

①泗守：指当时泗州太守刘士彦。②南山：都梁山。在县南六十里。③孱颜：高峻的山岭。④玉宇：太空。⑤宴坐：闲坐。

虞美人

冰肌自是生来瘦。那更分飞后。日长帘幕望黄昏。及至黄昏时候、转销魂。　君还知道相思苦。怎忍抛奴去。不辞迢递过关山。只恐别郎容易、见郎难。

注释

①冰肌：形容女子的肌肤纯净洁白，这里代指美女。

「苏辙」

水调歌头

徐州中秋

离别一何久，七度过中秋。去年东武今夕，明月不胜愁。岂意彭城山下，同泛清河古汴，船上载凉州。鼓吹助清赏，鸿雁起汀洲。　　坐中客，翠羽帔，紫绮裘。素娥无赖，西去曾不为人留。今夜清尊对客，明夜孤帆水驿，依旧照离忧。但恐同王粲，相对永登楼。

注释

①古汴：古汴河。　②“翠羽帔”二句：豪华衣饰。《左传》：“雨雪，王皮冠，秦复陶，翠被，豹舄，执鞭以出。”李白《金陵江上遇蓬池隐者》：“解我紫绮裘，且换金陵酒。”　③王粲：字仲宣，年轻时有济世志，避战乱，到荆州投奔刘表，滞留荆州十二年，作《登楼赋》。

「李之仪」

谢池春

残寒销尽，疏雨过、清明后。花径敛余红，风沼萦新皱。乳燕穿庭户，飞絮沾襟袖。正佳时，仍晚昼。著人滋味，真个浓如酒。　　频移带眼，空只恁、厌厌瘦。不见又思量，见了还依旧。为问频相见，何似长相守。天不老，人未偶。且将此恨，分付庭前柳。

注释

①“著人”二句：陆贻典校云：原本无“真个”。　②频移带眼：皮带老是移孔，形容日渐消瘦。沈约《与徐勉书》：“老病百日数旬，革带常应移孔。”③厌厌：同“恹恹”，精神不振的样子。

卜算子

我住长江头，君住长江尾。日日思君不见君，共饮长江水。

此水几时休，此恨何时已。只愿君心似我心，定不负相思意。

注释

①思：想念，思念。 ②休：停止。 ③已：完结，停止。 ④定：为衬字。在词规定的字数外适当增添一二字，以更好地表情达意，谓之衬字，亦称“添声”。

点评

毛晋《姑溪词跋》：姑溪词多次韵，小令更长于淡语、景语、情语。至若“我住长江头”云云，直是古乐府俊语矣。

忆秦娥

用太白韵

清溪咽。霜风洗出山头月。山头月。迎得云归，还送云别。

不知今是何时节。凌歊望断音尘绝。音尘绝。帆来帆去，天际双阙。

注释

①忆秦娥：又名“秦楼月”“碧云深”。世传李白首制此调，有“秦娥梦断秦楼月”句，故名。 ②霜风：刺骨寒风。 ③凌歊（xiāo）：凌歊台。南朝宋孝武帝曾登此台，并筑离宫于此，遗址在今当涂县西。凌歊，涤除暑气。《太平寰宇记》载，凌歊台高四十丈，因周围平旷，望得很远。 ④双阙（què）：古代宫门前两边供瞭望用的楼，代指帝王的住所。

临江仙

登凌歊台感怀

偶向凌歊台上望，春光已过三分。江山重叠倍销魂。风花飞有态，烟絮坠无痕。　　已是年来伤感甚，那堪旧恨仍存。清愁满眼共谁论。却应台下草，不解忆王孙。

注释

①“不解”句：用淮南小山《招隐士》“王孙游兮不归，春草生兮萋萋”。

点评

清纪昀《四库全书总目·姑溪词提要》：“小令尤清婉、峭茜，殆不减秦观。”

「舒亶」

虞美人

寄公度

芙蓉落尽天涵水。日暮沧波起。背飞双燕贴云寒。独向小楼东畔、倚阑看。　　浮生只合尊前老。雪满长安道。故人早晚上高台。赠我江南春色、一枝梅。

注释

①公度：作者友人，生平未详。　②沧：暗绿色（指水）。　③背飞双燕：双燕相背而飞。此处有劳燕分飞、朋友离别的意思。　④“故人”二句：用陆凯赠梅与范晔事。

菩萨蛮

画船捶鼓催君去。高楼把酒留君住。去住若为情。西江潮欲平。　　江潮容易得。只是人南北。今日此尊空。知君何日同。

注释

①若为情：何以为情，难为情。

蝶恋花

深炷熏炉扃小院。手捻黄花，尚觉金犹浅。回首画堂双语燕。无情渐渐看人远。　　相见争如初不见。短鬓潘郎，斗觉年华换。最是西风吹不断。心头往事歌中怨。

注释

①扃：关门。　②潘郎：晋潘岳，少时美容止，故称。

丑奴儿

次师能韵

一池秋水疏星动，寒影横斜。满坐风花。红烛纷纷透绛纱。

江湖散诞扁舟里，到处如家。且尽流霞。莫管年来两鬓华。

注释

①丑奴儿：词牌名。又名“采桑子”“丑奴儿令”“罗敷媚”。　②绛纱：红纱。纱，绢之轻细者。　③散诞：放诞不羁；逍遥自在。南朝梁陶弘景《题

所居壁》："夷甫任散诞，平叔坐谈空。" ④流霞：传说中神仙的饮料。汉王充《论衡·道虚》："（项曼都）曰：'有仙人数人，将我上天，离月数里而止……口饥欲食，仙人辄饮我以流霞一杯，每饮一杯，数月不饥。'"

「黄裳」

减字木兰花

竞渡

红旗高举。飞出深深杨柳渚。鼓击春雷。直破烟波远远回。

欢声震地。惊退万人争战气。金碧楼西。衔得锦标第一归。

注释

①竞渡：划船比赛。每年端午节民间的一种传统风俗。 ②“惊退”句：龙舟竞争之激烈气势，就像打仗一样，把观众都惊呆了。 ③金碧楼西：领奖处装饰得金碧辉煌。 ④衔得：夺得。 ⑤锦标：古时的锦标，就是一面彩缎的奖旗，一般悬挂在终点岸边的一根竹竿上，从龙舟上可以摘取。

「孔平仲」

千秋岁

春风湖外。红杏花初退。孤馆静，愁肠碎。泪余痕在枕，别久香销带。新睡起。小园戏蝶飞成对。　　惆怅人谁会。随处聊倾盖。情暂遣，心何在。锦书消息断，玉漏花阴改。迟日暮，仙山杳杳空云海。

注释

①倾盖：车上的伞盖靠在一起。《史记·鲁仲连邹阳列传》：“谚曰：‘白头如新，倾盖如故。’何则？知与不知也。”司马贞索隐引《志林》曰：“倾盖者，道行相遇，軿车对语，两盖相切，小欹之，故曰倾。”

「黄大临」

青玉案

和贺方回韵，送山谷弟贬宜州

千峰百嶂宜州路。天黯淡、知人去。晓别吾家黄叔度。弟兄华发，远山修水，异日同归处。　　樽罍饮散长亭暮。别语缠绵不成句。已断离肠能几许。水村山馆，夜阑无寐，听尽空阶雨。

注释

①题注：和贺铸《青玉案》“凌波不过横塘路”韵。作者为黄庭坚兄。此词作于崇宁二年（1103），黄庭坚（时58岁）贬宜州（今广西宜山），一年后便去世了，“异日同归去”成为兄弟间的诀别之辞。　②黄叔度：东汉著名贤士黄宪，字叔度。品学超群，尤以气量广远著称。此指黄庭坚。

「王雱」

倦寻芳慢

露晞向晚，帘幕风轻，小院闲昼。翠迳莺来，惊下乱红铺绣。倚危墙，登高榭，海棠经雨胭脂透。算韶华，又因循过了，清明时候。　　倦游燕、风光满目，好景良辰，谁共携手。恨被榆钱，买断两眉长斗。忆高阳，人散后。落花流水仍依旧。这情怀，对东风、尽成消瘦。

注释

①露晞：晞，干燥。《诗经·秦风·蒹葭》有“白露未晞”句。　②因循：等闲，随意，轻易。　③倦游燕：春来懒事游宴。燕，通“宴”。　④高阳：《史记·郦生列传》：“郦生食其者，陈留高阳人也 。……县中皆谓之狂生。”他见刘邦时，自称“高阳酒徒”。后用以指嗜酒而放荡不羁的人。一说用宋玉赋神女事。

点评

雱乃安石子，自幼有才名。薛砺若《宋词通论》：“王雱词虽不多见，然较介甫蕴藉婉媚多矣。足见当年临川王氏家学一斑。”

「黄庭坚」

定风波

次高左藏使君韵

万里黔中一漏天。屋居终日似乘船。及至重阳天也霁。催醉。鬼门关外蜀江前。　　莫笑老翁犹气岸。君看。几人黄菊上华颠。戏马台南追两谢。驰射。风流犹拍古人肩。

注释

①左藏（cáng）：古代国库之一，以其在左方，故称。　②黔中：黔州（今四川彭水）。　③漏天：阴雨连绵。　④霁（jì）：雨雪之止。　⑤鬼门关：即石门关，今重庆市奉节县东，两山相夹如蜀门户。　⑥气岸：气度傲岸。　⑦华颠：白头。　⑧戏马台：一名掠马台，项羽所筑，今江苏徐州城南。　⑨两谢：谢瞻和谢灵运。

清平乐

春归何处。寂寞无行路。若有人知春去处。唤取归来同住。

春无踪迹谁知。除非问取黄鹂。百啭无人能解，因风飞过蔷薇。

注释

①无行路：没有留下春去的行踪。行路，指春天来去的踪迹。 ②唤取：换来。③因风：顺着风势。

鹧鸪天

坐中有眉山隐客史应之和前韵，即席答之

黄菊枝头生晓寒。人生莫放酒杯干。风前横笛斜吹雨，醉里簪花倒著冠。　　身健在，且加餐。舞裙歌板尽清欢。黄花白发相牵挽，付与时人冷眼看。

注释

①史应之：眉山人，落魄无检，喜作鄙语，人以屠僧目之。客泸、戎间，因得识山谷。 ②莫放：勿使，莫让。 ③簪花：以花插头。 ④倒著冠：倒戴着冠儿。《世说新语·任诞》："山季伦为荆州，时出酣畅。人为之歌曰：'山公时一醉，径造高阳池。日暮倒载归，茗艼无所知。复能乘骏马，倒著白接䍦。'"白接䍦，头巾。 ⑤且加餐：《古诗十九首》："弃捐勿复道，努力加餐饭。"

⑥黄花：同黄华，指未成年人。

虞美人

宜州见梅作

天涯也有江南信。梅破知春近。夜阑风细得香迟。不道晓来开遍、向南枝。　　玉台弄粉花应妒。飘到眉心住。平生个里愿杯深。去国十年老尽、少年心。

注释

①宜州：今广西宜山县一带。　②“梅破”句：梅花绽破花蕾开放，预示着春天的来临。　③“开遍”句：南枝由于向着太阳，故先开放。　④玉台：传说中天神的居处，也指朝廷的宫室。　⑤弄粉：把梅花的开放比作天宫“弄粉”。⑥“飘到”句：用寿阳公主典。因群花妒忌，梅花无地可立，只好移到美人的眉心停住。古代妇女常在眉心点梅花痣。　⑦“平生”二句：年轻时遇到良辰美景，总是尽兴喝酒，可是经十年贬谪之后，再也没有这种兴致了。个里，个中、此中。去国，离开朝廷。

谒金门

戏赠知命

山又水。行尽吴头楚尾。兄弟灯前家万里。相看如梦寐。君似成蹊桃李。入我草堂松桂。莫厌岁寒无气味。余生今已矣。

注释

①知命：名叔达，知命为其字，黄庭坚弟。 ②山又水：万水千山，指路程艰远。 ③吴头楚尾：指如今的江西省北部，因为其地在春秋时为吴、楚两国交界处，故称。 ④梦寐：用杜甫《羌村》“夜阑更秉烛，相对如梦寐”诗意。杜诗本指夫妻团聚，此借指兄弟团聚。 ⑤成蹊桃李：谓实至名归，无须凭借官职地位而得到人们的尊重。《史记·李将军列传》引古谚“桃李不言，下自成蹊”，桃李不会说话，但花果吸引人，树下自然踩出了路。喻重事实不尚虚名。⑥草堂松桂：指隐居。用孔稚珪《北山移文》“中山之英，草堂之灵”“诱我松桂，欺我云壑”，指自己所居之地环境荒寂。 ⑦岁寒：一年的严寒时节。《论语·子罕》：“岁寒，然后知松柏之后凋也。” ⑧无气味：大乘佛教。《大涅槃经》：“如彼牧牛贫穷女人，展转淡薄，无有气味。虽无气味，犹胜余味，足一千倍。”⑨“余生”句：作者此时五十二岁，故有此叹。

念奴娇

八月十七日，同诸甥步自永安城楼，过张宽夫园待月。偶有名酒，因以金荷酌众客。客有孙彦立，善吹笛。援笔作乐府长短句，文不加点

断虹霁雨，净秋空，山染修眉新绿。桂影扶疏，谁便道，今夕清辉不足。万里青天，姮娥何处，驾此一轮玉。寒光零乱，为谁偏照醽醁。　　年少从我追游，晚凉幽径，绕张园森木。共倒金荷家万里，难得尊前相属。老子平生，江南江北，最爱临风曲。孙郎微笑，坐来声喷霜竹。

注释

①永安：白帝城，今四川奉节县西长江边上。 ②诸甥：一作“诸生”。

③张宽夫：作者友人，生平不详。 ④金荷：金质莲花杯。 ⑤文不加点：谓不须修改。 ⑥断虹：一部分被云所遮蔽的虹。 ⑦“山染”句：山峰染成青黛色，如同美人的眉毛。 ⑧桂影：相传月中有桂树，因称月中阴影为桂影。 ⑨扶疏：繁茂纷披貌，意为枝叶繁茂。 ⑩姮娥：月中神娥，汉时避汉文帝刘恒讳，改称嫦娥。 ⑪一轮玉：圆月。 ⑫醽醁（líng lù）：酒名。湖南衡阳县东二十里有酃湖，其水湛然绿色，取以酿酒，甘美，又名酃渌。 ⑬老子：老夫，作者自指。 ⑭坐来：马上。 ⑮霜竹：笛子。《乐书》：“剪云梦之霜筠，法龙吟之异韵。”

水调歌头

游览

瑶草一何碧，春入武陵溪。溪上桃花无数，枝上有黄鹂。我欲穿花寻路，直入白云深处，浩气展虹霓。只恐花深里，红露湿人衣。　　坐玉石，欹玉枕，拂金徽。谪仙何处，无人伴我白螺杯。我为灵芝仙草，不为朱唇丹脸，长啸亦何为。醉舞下山去，明月逐人归。

注释

①瑶草：仙草。 ②武陵溪：用陶渊明《桃花源记》典。指幽美清静、远离尘嚣的地方。武陵，郡名，今湖南常德。桃源的典故，后世常和刘晨阮肇入天台山遇仙女的传说混在一起。 ③枝：一作“花”。 ④“我欲”三句：元李治《敬斋古今黈》：“东坡《水调歌头》：‘我欲乘风归去……何似在人间？’一时词手，多用此格。如鲁直云：‘我欲穿花寻路……红露湿人衣。’盖效坡语也。” ⑤“红露”句：化用王维《山中》“山路元无雨，空翠湿人衣”。 ⑥金徽：金饰的琴徽，用来定琴声高下之节。这里指琴。 ⑦螺杯：用白色螺

壳雕制而成的酒杯。 ⑧灵芝：菌类植物。古人以为灵芝有驻颜不老及起死回生之功，故称仙草。 ⑨“醉舞”二句：李白《下终南山过斛斯山人宿置酒》“暮从碧山下，山月随人归”。

望江东

江水西头隔烟树。望不见、江东路。思量只有梦来去。更不怕、江阑住。 灯前写了书无数。算没个、人传与。直饶寻得雁分付。又还是、秋将暮。

注释

①望江东：仅见《山谷集》，无别首可校。因有“望不见、江东路”，取以为名。江东路指爱人所在的地方。 ②算：估量，这里是想来想去的意思。③直饶：当时的口语，犹尽管、即使之意思。

点评

清陈廷焯《白雨斋词话》：“黄鲁直词，乖僻无理，桀骜不驯，然亦间有佳者。如望江东云：……笔力奇横无匹，中有一片深情，往复不置，故佳。”

归田乐引

对景还销瘦。被个人、把人调戏，我也心儿有。忆我又唤我，见我嗔我，天甚教人怎生受。 看承幸厮勾。又是樽前眉峰皱。

是人惊怪，冤我忒捫就。拚了又舍了，定是这回休了，及至相逢又依旧。

注释

①对景：对影。 ②箇人：那人，宋、元之间的俗语。 ③调戏：捉弄、调侃。④生受：同“消受”，怎生受，即怎么受得了。 ⑤斷勾：亲昵。 ⑥捫（ruán）就：迁就，温存。

木兰花令

当涂解印后一日，郡中置酒，呈郭功甫

凌歊台上青青麦。姑熟堂前余翰墨。暂分一印管江山，稍为诸公分皂白。 江山依旧云空碧。昨日主人今日客。谁分宾主强惺惺，问取矶头新妇石。

注释

①当涂：地名，今属安徽省马鞍山市。 ②郭功甫：郭祥正，字功甫，自号谢公山人、醉引居士、净空居士、漳南浪士等。 ③姑孰堂：当涂地名。姑孰，当涂古名。姑孰溪流贯其中，姑孰堂凌驾溪上。 ④翰墨：同“笔墨”，指文辞。⑤管江山：“吏隐”的代称，把做官作为隐居的一种手段，不以公务为念，优游江湖，怡情山林，亦官亦隐。 ⑥惺惺：此处意谓清醒、明白。 ⑦新妇石：即望夫山。

菩萨蛮

王荆公新筑草堂于半山，引入功德水作小港，其上垒石作桥。为集句云："数间茅屋闲临水。窄衫短帽垂杨里。花是去年红。吹开一夜风。梢梢新月偃。午醉醒来晚。何物最关情。黄鹂三两声。"戏效荆公作

半烟半雨溪桥畔。渔翁醉著无人唤。疏懒意何长。春风花草香。　江山如有待。此意陶潜解。问我去何之。君行到自知。

注释

①集句：用前人诗句杂缀成词。

醉蓬莱

对朝云叆叇，暮雨霏微，乱峰相倚。巫峡高唐，锁楚宫朱翠。画戟移春，靓妆迎马，向一川都会。万里投荒，一身吊影，成何欢意。　尽道黔南，去天尺五，望极神州，万重烟水。尊酒公堂，有中朝佳士。荔颊红深，麝脐香满，醉舞裀歌袂。杜宇声声，催人到晓，不如归是。

注释

①叆叇（ài dài）：云气浓重之貌。　②朱翠：朱颜翠发，本是形容女子的美貌，这里代指美女。　③画戟：涂画彩饰的戟，是古代的仪仗用物。　④靓妆：

指盛装华服的女子。 ⑤都会：指州治所在。 ⑥投荒：贬谪放逐到偏荒之地。⑦吊影：对影自怜，形容孤独，唯影相伴。李密《陈情表》：“茕茕孑立，形影相吊。” ⑧去天尺五：以距天之近而言地势之高。汉代民谣：“城南韦杜，去天尺五。” ⑨神州：指京城。 ⑩中朝：朝中。 ⑪舞裀（yīn）：舞衣。

南乡子

重阳日宜州城楼宴集即席作

诸将说封侯。短笛长歌独倚楼。万事尽随风雨去，休休。戏马台南金络头。 催酒莫迟留。酒味今秋似去秋。花向老人头上笑，羞羞。白发簪花不解愁。

注释

①戏马台：一名掠马台，项羽所筑，今江苏徐州市南。晋安帝义熙十二年，刘裕北征，九月九日会僚属于此，赋诗为乐，谢瞻与谢灵运各赋《九日从宋公戏马台集送孔令》一首。 ②金络头：精美的马笼头，代指功名。 ③簪：同“簪”。

诉衷情

在戎州登临胜景，未尝不歌渔父家风，以谢江山。门生请问：先生家风如何？为拟金华道人作此章

一波才动万波随。蓑笠一钩丝。锦鳞正在深处，千尺也须垂。

吞又吐，信还疑。上钩迟。水寒江静，满目青山，载月明归。

注释

①金华道人：唐张志和，自号烟波钓徒，东阳金华（今属浙江）人。有《渔歌子》五首。　②蓑笠：指披蓑衣、戴斗笠的渔翁。　③金鳞：指鳞光闪闪的鱼。

西江月

老夫既戒酒不饮，遇宴集，独醒其旁。坐客欲得小词，援笔为赋

断送一生惟有，破除万事无过。远山横黛蘸秋波。不饮旁人笑我。　　花病等闲瘦弱，春愁无处遮拦。杯行到手莫留残。不道月斜人散。

注释

①宴集：宴饮集会。　②坐客：座上的客人。坐，通“座”。　③援笔：执笔，提笔。《韩诗外传》卷二：“叔敖治楚三年，而楚国霸。楚史援笔而书之于策。”　④“断送”二句：韩愈《遣兴》：“断送一生惟有酒，寻思百计不如闲。”又韩愈《赠郑兵曹》：“杯行到君莫停手，破除万事无过酒。”断送，度过。破除，度过、消磨。此二句以集句歇后“酒”字。　⑤远山横黛，指眉毛。蘸（zhàn），原意为物体沾染液体。此字向被称为传神之字。秋波，眼波，此写敬酒女子的眉眼神情。　⑥等闲：无端。　⑦遮拦：排遣。　⑧“杯行”句：语出庾信《舞媚娘》：“少年惟有欢乐，饮酒那得留残。”　⑨不道：不思，不想。此为反辞，谓“何不思”。

瑞鹤仙

环滁皆山也。望蔚然深秀，琅琊山也。山行六七里，有翼然泉上，醉翁亭也。翁之乐也。得之心、寓之酒也。更野芳佳木，风高日出，景无穷也。　　游也。山肴野蔌，酒冽泉香，沸筹觥也。太守醉也。喧哗众宾欢也。况宴酣之乐、非丝非竹，太守乐其乐也。问当时、太守为谁，醉翁是也。

注释

①瑞鹤仙：词牌名，首见于此词。此篇隐括欧阳修《醉翁亭记》。又名“一捻红”。《宋史·五行志》：“（仁宗）至和三年（1056）九月大飨明堂，有鹤回翔堂下；明日，又翔于上清宫。是时所在言瑞鹤，宰臣等表贺，不可胜纪。”《列仙传》载，王子乔，周灵王太子，吹笙引得凤凰和鸣，于是被道士浮丘公接上嵩山，乐不思归。若干年后，王子乔乘鹤仙去。调名本意即咏道家鹤仙王子乔。　②环滁（chú）：环绕着滁州城。滁州，今安徽省东部。　③蔚然：草木繁盛的样子。④琅琊山：在滁州西南十里。　⑤翼然：四角翘起，像鸟张开翅膀的样子。　⑥寓：寄托。　⑦芳：花草发出的香味，这里引申为“花”，名词。　⑧山肴：用从山野捕获的鸟兽做成的菜。　⑨野蔌：野菜。　⑩冽：清澈。　⑪泉：指酿泉，泉水名，原名玻璃泉，在琅琊山醉翁亭下，因泉水很清可以酿酒而得名。　⑫觥：酒杯。　⑬筹：行酒令的筹码，用来记饮酒数。　⑭“宴酣”二句：宴会喝酒的乐趣，不在于音乐。丝，指弦乐器。竹，指管乐器。　⑮乐其乐：乐他所乐的事情。

品令

茶词

凤舞团团饼。恨分破、教孤令。金渠体静，只轮慢碾，玉尘光莹。汤响松风，早减了、二分酒病。　　味浓香永。醉乡路、成佳境。恰如灯下，故人万里，归来对影。口不能言，心下快活自省。

注释

①品令：词牌名，又名“品字令”“思越人”“海月谣”。唐宋杂曲有大品、小品。大品，类似于法曲中的“散序”，无拍，故未被用作词调。小品，短于大品，有拍，可用作词调。令，酒令，多以流行小曲充之。品令，即有拍的小品所演绎的令曲。《钦定词谱》：“宋人填《品令》者，类作俳语。”俳语，戏笑嘲谑的言辞。也指讲究对偶的骈体文字。　②凤舞团团饼：龙凤团茶中的凤饼茶。团饼印有凤舞图案，北苑御焙产。宋徽宗赵佶《大观茶论》赞：“本朝之兴，岁修建溪之贡，龙团凤饼，名冠天下。”龙团凤饼为宋代御贡名品，茶中之尊，名冠天下。　③分破：碾破磨碎。　④孤令：即孤零。令，同“零”。　⑤金渠：指茶碾，金属所制。　⑥体静：静，通“净”，整个碾具干净。　⑦汤响松风：烹茶汤沸发的响声如松林风过。

青玉案

至宜州次韵上酬七兄

烟中一线来时路。极目送、归鸿去。第四阳关云不度。山胡新啭，子规言语。正在人愁处。　　忧能损性休朝暮。忆我当年醉时句。渡水穿云心已许。暮年光景，小轩南浦。同卷西山雨。

注释

①山胡：鸟名。又名“山呼”“珊瑚”。善鸣，出黔中。 ②醉时句：黄庭坚《夜发分宁寄杜涧叟》：“我只自如常日醉，满川风月替人愁。”

一落索

谁道秋来烟景素。任游人不顾。一番时态一番新，到得意、皆欢慕。　紫萸黄菊繁华处。对风庭月露。愁来即便去寻芳，更作甚、悲秋赋。

注释

①一落索：词牌名，又名“洛阳春”“玉连环”“一络索”“上林春”“窗下绣”“金落索”。一落索，宋人俗语，犹言“一大串”，后用为词调，调名即咏本意。

西江月

用惠洪韵

细细风清撼竹，迟迟日暖开花。香帏深卧醉人家。媚语娇声娅姹。　姹娅声娇语媚，家人醉卧深帏。香花开暖日迟迟。竹撼清风细细。

注释

①娅姹（yà chà）：娇娆多姿。此词上下片为回文。

浣溪沙

一叶扁舟卷画帘，老妻学饮伴清谈，人传诗句满江南。

林下猿垂窥涤砚，岩前鹿卧看收帆，杜鹃声乱水如环。

点评

天衣无缝。

「盼盼」

惜花容

少日看花双鬓绿。走马章台弦管逐。而今老更惜花深，终日看花看不足。　　坐中美女颜如玉。为我一歌金缕曲。归时压倒帽檐攲，头上春风红簌簌。

注释

①惜花容：词牌名。一作黄庭坚词。

「晁端礼」

绿头鸭

咏月

晚云收，淡天一片琉璃。烂银盘、来从海底，皓色千里澄辉。莹无尘、素娥淡伫，静可数、丹桂参差。玉露初零，金风未凛，一年无似此佳时。露坐久，疏萤时度，乌鹊正南飞。瑶台冷，栏干凭暖，欲下迟迟。　　念佳人、音尘别后，对此应解相思。最关情、漏声正永，暗断肠、花影偷移。料得来宵，清光未减，阴晴天气又争知。共凝恋、如今别后，还是隔年期。人强健，清尊素影，长愿相随。

注释

①绿头鸭：词牌名，又名“多丽”“陇头泉”“鸭头绿”“跨金鸾”等。晁端礼始用此调名，以此篇为正体。《填词名解》：“《多丽》，张均妓，名多丽善琵琶，词采以名。一名《多丽曲》，一名《绿头鸭》。然《绿头鸭》是唐教坊曲名。今词本亦有分属者，以平韵者为《绿头鸭》，仄韵者为《多丽》。”　②烂银盘：形容中秋月圆而亮。　③丹桂：传说月中有桂树，高五百丈。　④玉露初零：玉

露，秋露。零，指雨露及泪水等降落掉下。 ⑤金风：秋风。 ⑥乌鹊：曹操《短歌行》：“月明星稀，乌鹊南飞。” ⑦瑶台：美玉砌的楼台。此泛指华丽的楼台。⑧迟迟：眷恋的样子。

水龙吟

倦游京洛风尘，夜来病酒无人问。九衢雪小，千门月淡，元宵灯近。香散梅梢，冻消池面，一番春信。记南楼醉里，西城宴阙，都不管、人春困。 屈指流年未几，早人惊、潘郎双鬓。当时体态，如今情绪，多应瘦损。马上墙头，纵教瞥见，也难相认。凭栏干，但有盈盈泪眼，把罗襟揾。

注释

①京洛风尘：语本晋陆机《为顾彦先赠妇诗》：“京洛多风尘，素衣化为缁。”此处喻词人在汴京官场上的落拓不遇。 ②南楼：冶游之地。 ③西城：汴京西郑门外金明池和琼林苑，北宋时游览胜地。 ④马上墙头：语本白居易《井底引银瓶》：“妾弄青梅凭短墙，君骑白马傍垂杨。墙头马上遥相顾，一见知君即断肠。”

「郑仅」

调笑转踏

声切。恨难说。千里潮平春浪阔。梅风不解相思结。忍送落花飞雪。多才一去芳音绝。更对珠帘新月。

注释

①转踏：宋时歌舞表演形式的一种。演出分为若干节，每节一诗一词，唱时伴以舞蹈。开演前有“勾队词”，大都用骈体文数句。表演结束后有“放队词”，大都是七绝一首。宋曾慥《〈乐府雅词〉序》：“九重传出，以冠于篇首，诸公转踏次之。”此篇前有“诗曰：千里潮平小渡边，帘歌白纻絮飞天。苏苏不怕梅风软，空遣春心著意怜。燕钗玉股横青发，怨托琵琶恨难说。拟将幽恨诉新愁，新愁未尽弦声切”；末有“放队：新词宛转递相传，振袖倾鬟风露前。月落乌啼云雨散，游童陌上拾花钿”。

「朱服」

渔家傲

小雨廉纤风细细。万家杨柳青烟里。恋树湿花飞不起。愁无比。和春付与西流水。　九十光阴能有几。金龟解尽留无计。寄语东阳沽酒市。拚一醉。而今乐事他年泪。

注释

①廉纤：细小，细微，多用以形容微雨。②九十：指春天，三个月，九十天。③金龟：唐三品以上官佩金龟。金龟解尽，意即彻底解职。④东阳：今浙江省金华市，宋属婺（wù）州东阳郡。

点评

况周颐《蕙风词话》：白石“少年情事老来悲”，朱服“而今乐事他年泪”，二语合参，可悟一意化两之法。

「时彦」

青门饮

寄宠人

胡马嘶风，汉旗翻雪，彤云又吐，一竿残照。古木连空，乱山无数，行尽暮沙衰草。星斗横幽馆，夜无眠、灯花空老。雾浓香鸭，冰凝泪烛，霜天难晓。　长记小妆才了，一杯未尽，离怀多少。醉里秋波，梦中朝雨，都是醒时烦恼。料有牵情处，忍思量、耳边曾道。甚时跃马归来，认得迎门轻笑。

注释

①青门饮：词牌名。　②汉旗：代指宋朝旗帜。　③彤云：红云，此指风雪前密布的浓云。　④老：残。　⑤小妆：淡妆。　⑥朝雨：宋玉《高唐赋》“旦为朝云，暮为行雨”。

「李元膺」

鹧鸪天

寂寞秋千两绣旗。日长花影转阶迟。燕惊午梦周遮语，蝶困春游落拓飞。　思往事，入颦眉。柳梢阴重又当时。薄情风絮难拘束，飞过东墙不肯归。

注释

①周遮：啰唆，唠叨。

洞仙歌

一年春物，惟梅柳间意味最深。至莺花烂漫时，则春已衰迟，使人无复新意。予作洞仙歌，使探春者歌之，无后时之悔

雪云散尽，放晓晴池院。杨柳于人便青眼。更风流多处，一点梅心，相映远。约略嚬轻笑浅。　一年春好处，不在浓芳，

小艳疏香最娇软。到清明时候，百紫千红花正乱。已失春风一半。蚤占取韶光、共追游，但莫管春寒，醉红自暖。

注释

①青眼：指初生之柳叶，细长如眼。　②约略：大概，差不多。　③疏香：指梅花。　④乱：热闹，红火。　⑤已失春风一半：南唐韩熙载有残句“桃李不须夸烂漫。已输了春风一半”，注作“咏梅”。

「秦观」

八六子

倚危亭。恨如芳草，萋萋刬尽还生。念柳外青骢别后，水边红袂分时，怆然暗惊。　　无端天与娉婷。夜月一帘幽梦，春风十里柔情。怎奈向、欢娱渐随流水，素弦声断，翠绡香减，那堪片片飞花弄晚，濛濛残雨笼晴。正销凝。黄鹂又啼数声。

注释

①八六子：杜牧始创此调，又名“感黄鹂”。宋洪迈《容斋四笔》：“少游《八六子》词云‘片片飞花弄晚，濛濛残雨笼晴，正销凝，黄鹂又啼数声’，语句清峭，为名流推激。予家旧有建本《兰畹曲集》，载杜牧之《八六子》一词，但记其末句云‘正销魂，梧桐又移翠阴’，秦公盖效之，似差不及也。”　②恨如芳草：李煜《清平乐》：“离恨恰如芳草，更行更远还生。”　③刬（chǎn）：同“铲”。　④红袂：红袖，指女子，情人。　⑤娉婷：指美人。　⑥“春风”句：杜牧《赠别》：“春风十里扬州路，卷上珠帘总不如。”　⑦怎奈向：即怎奈、如何。宋人方言，“向”字为语尾助词。

水龙吟

小楼连远横空，下窥绣毂雕鞍骤。朱帘半卷，单衣初试，清明时候。破暖轻风，弄晴微雨，欲无还有。卖花声过尽，斜阳院落，红成阵、飞鸳甃。　玉佩丁东别后。怅佳期、参差难又。名缰利锁，天还知道，和天也瘦。花下重门，柳边深巷，不堪回首。念多情但有，当时皓月，向人依旧。

注释

①连远横空：横空伸向远方。远，一作“苑”。　②绣毂（gǔ）雕鞍：华贵的车马，此指纵马奔驰的男子。绣毂，车的美称。骤，马奔驰。　③单衣初试：春暖时刚刚换上单衣。　④破暖轻风：春暖之中轻风微拂，又有点冷。　⑤弄晴：玩弄晴天。本来是晴，却又下起小雨，好像雨在逗弄晴天。　⑥红成阵：落花如同阵雨。红，花。　⑦鸳甃（zhòu）：用对称的砖瓦砌成的井壁，此指井台。甃，砖。　⑧玉佩：古人衣带上所佩戴的玉饰。　⑨丁东：玉佩相击声。　⑩参差：乃“差池”一音之转，意犹“蹉跎”，谓与事乖违、错过机会。　⑪名缰利锁：为名利所拘系。　⑫“天还”二句：如果上天知道我这种苦况的话，他也会消瘦的。　⑬向人：一作“照人”。

点评

宋俞文豹《吹剑三录》：东坡问少游别后有何作，少游举“小楼连苑横空，下窥绣毂雕鞍骤”。坡曰：“十三个字，只说得一个人骑马楼前过。”

望海潮

梅英疏淡，冰澌溶泄，东风暗换年华。金谷俊游，铜驼巷陌，新晴细履平沙。长记误随车。正絮翻蝶舞，芳思交加。柳下桃蹊，乱分春色到人家。　　西园夜饮鸣笳。有华灯碍月，飞盖妨花。兰苑未空，行人渐老，重来是事堪嗟。烟暝酒旗斜。但倚楼极目，时见栖鸦。无奈归心，暗随流水到天涯。

注释

①梅英：梅花。　②冰澌（sī）：冰块流融。　③溶泄：溶解流泄。　④金谷：晋石崇所筑的金谷园。　⑤俊游：快意地游赏。　⑥铜驼：洛阳铜驼街。此篇金谷、铜驼指北宋都城汴京的金明池和琼林苑，非实指。　⑦误随车：韩愈《游城南十六首》："直把春偿酒，都将命乞花。只知闲信马，不觉误随车。"　⑧桃蹊：桃树下的小路。　⑨西园：非实指曹魏邺都（今河北临漳西）曹氏兄弟的游乐之地，而是指金明池（位于汴京之西）。　⑩鸣笳：曹丕《与吴质书》有"白日既匿，继以朗月。同乘并载，以游后园。舆轮徐动，参从无声；清风夜起，悲笳微吟"。⑪飞盖：高高的车篷，借指车。曹植《公宴》有"清夜游西园，飞盖相追随。明月澄清景，列宿正参差"。　⑫兰苑：美丽的园林。　⑬嗟：慨叹。

满庭芳

山抹微云，天连衰草，画角声断谯门。暂停征棹，聊共引离尊。多少蓬莱旧事，空回首、烟霭纷纷。斜阳外，寒鸦万点，流水绕孤村。　　销魂。当此际，香囊暗解，罗带轻分。谩赢得、青楼薄幸名存。此去何时见也，襟袖上、空惹啼痕。伤情处，高城望断，灯火已黄昏。

注释

①连：一作“黏”。 ②谯门：城门。 ③蓬莱旧事：男女爱情的往事。④烟霭：云雾。 ⑤“寒鸦”二句：化用隋炀帝“寒鸦千万点，流水绕孤村”。⑥“谩赢得”：用唐杜牧“十年一觉扬州梦，赢得青楼薄幸名”。

点评

宋胡仔《苕溪渔隐丛话》：其词为东坡所称道，取其首句，呼为“山抹微云君”。

满庭芳

碧水惊秋，黄云凝暮，败叶零乱空阶。洞房人静，斜月照徘徊。又是重阳近也，几处处、砧杵声催。西窗下，风摇翠竹，疑是故人来。　伤怀。增怅望，新欢易失，往事难猜。问篱边黄菊，知为谁开。谩道愁须殢酒，酒未醒、愁已先回。凭阑久，金波渐转，白露点苍苔。

注释

①洞房：深邃的内室。 ②砧杵：古代捣衣工具。 ③西窗：唐李商隐《夜雨寄北》：“何当共剪西窗烛，却话巴山夜雨时。” ④“风摇”二句：唐李益《竹窗闻风寄苗发司空曙》：“开门复动竹，疑是故人来。” ⑤“问篱边”二句：

晋陶渊明《饮酒》：“采菊东篱下，悠然见南山。”唐杜甫《秋兴八首》：“丛菊两开他日泪，扁舟一系故园心。” ⑥殢（tì）酒：以酒浇愁。 ⑦金波：月光。《汉书·礼乐志》：“月穆穆以金波。”

满庭芳

晓色云开，春随人意，骤雨才过还晴。古台芳榭，飞燕蹴红英。舞困榆钱自落，秋千外、绿水桥平。东风里，朱门映柳，低按小秦筝。 多情。行乐处，珠钿翠盖，玉辔红缨。渐酒空金榼，花困蓬瀛。豆蔻梢头旧恨，十年梦、屈指堪惊。凭阑久，疏烟淡日，寂寞下芜城。

注释

①晓色：拂晓时的天色。 ②芳榭：华丽的水边楼台。 ③蹴（cù）：踢。④榆钱：春天时榆树初生的榆荚，形状似铜钱而小，甜嫩可食。 ⑤绿水桥平：春水涨满了小河，与小河平齐。 ⑥秦筝：古代秦地所造的一种弦乐器，形似瑟，十三弦。 ⑦珠钿翠盖：形容装饰华丽的车子。珠钿，指车上装饰有珠宝和嵌金。翠盖，指车盖上缀有翠羽。 ⑧玉辔红缨：形容马匹装扮华贵。玉辔，用玉装饰的马缰绳。红缨，红色穗子。 ⑨榼（kē）：古代盛酒的器具。 ⑩花困蓬瀛：花指美人。蓬瀛，传说中的海上仙山蓬莱、瀛洲。此指饮酒之地。 ⑪“豆蔻”句：用杜牧《赠别》“娉娉袅袅十三余，豆蔻梢头二月初”句意，写旧识的少女。⑫“十年”句：用杜牧《遣怀》“十年一觉扬州梦，赢得青楼薄幸名”句意，抒今昔之慨。 ⑬芜城：广陵，今扬州。因鲍照作《芜城赋》讽咏扬州城的废毁荒芜，后世遂以芜城代指扬州。

鹊桥仙

纤云弄巧，飞星传恨，银汉迢迢暗度。金风玉露一相逢，便胜却、人间无数。　　柔情似水，佳期如梦，忍顾鹊桥归路。两情若是久长时，又岂在、朝朝暮暮。

注释

①纤云：轻盈的云彩。　②弄巧：指云彩在空中幻化成各种巧妙的花样。③飞星：流星。一说指牵牛、织女二星。　④金风玉露：秋风白露。李商隐《辛未七夕》：“恐是仙家好别离，故教迢递作佳期。由来碧落银河畔，可要金风玉露时。”　⑤忍顾：怎忍回视。　⑥朝朝暮暮：朝夕相聚。语出宋玉《高唐赋》。

减字木兰花

天涯旧恨。独自凄凉人不问。欲见回肠。断尽金炉小篆香。

黛蛾长敛。任是春风吹不展。困倚危楼。过尽飞鸿字字愁。

注释

①篆（zhuàn）香：盘香和缭绕的香烟。

千秋岁

水边沙外。城郭春寒退。花影乱，莺声碎。飘零疏酒盏，离别宽衣带。人不见，碧云暮合空相对。　忆昔西池会。鹓鹭同飞盖。携手处，今谁在。日边清梦断，镜里朱颜改。春去也，飞红万点愁如海。

注释

①疏酒盏：多时不饮酒。 ②宽衣带：人变瘦。 ③西池：故址在丹阳（今南京市），这里借指北宋京都开封西郑门西北之金明池。秦观于元祐间居京时，与诸同僚有金明池之游会。 ④鹓（yuān）鹭：朝官行列，如鹓鸟和鹭鸟排列整齐有序。《隋书·音乐志》：“怀黄绾白，鹓鹭成行。”这里指好友如云，宾朋群集。 ⑤日边：《世说新语·夙惠》：“举目见日，不见长安。”后以日边喻京都帝王左右。

点评

《独醒杂志》卷五：少游谪古藤，意忽忽不乐。过衡阳，孔毅甫为守，与之厚，延留，待遇有加。一日，饮于郡斋，少游作《千秋岁》词。毅甫览至“镜里朱颜改”之句，遽惊曰：“少游盛年，何为言语悲怆如此！”遂赓其韵以解之。居数日，别去。毅甫送之于郊，复相语终日，归谓所亲曰：“秦少游气貌大不类平时，殆不久于世矣！”未几果卒。

菩萨蛮

虫声泣露惊秋枕。罗帏泪湿鸳鸯锦。独卧玉肌凉。残更与恨长。　　阴风翻翠幔。雨涩灯花暗。毕竟不成眠。鸦啼金井寒。

注释

①玉肌：指女性莹洁温润如玉的肌肤。　②残更：旧时将一夜分为五更，第五更时称残更。　③灯花：灯芯余烬结成的花形。　④金井：施有雕栏的井。

画堂春

落红铺径水平池。弄晴小雨霏霏。杏园憔悴杜鹃啼。无奈春归。　　柳外画楼独上。凭阑手捻花枝。放花无语对斜晖。此恨谁知。

注释

①水平池：池塘水满，水面与塘边持平。　②霏霏：雨雪密。《诗经·小雅·采薇》有“今我来思，雨雪霏霏”。　③杏园：故址在今陕西西安大雁塔南。

画堂春

春情

东风吹柳日初长。雨余芳草斜阳。杏花零落燕泥香。睡损红妆。　　香篆暗销龙凤，画屏萦绕潇湘。暮寒轻透薄罗裳。无限思量。

注释

①日初长：白昼开始长了。 ②雨余：雨后。 ③睡损：睡坏。 ④红妆：妇女的盛妆，以色尚红，故称。苏轼《海棠》“只恐夜深花睡去，故烧高烛照红妆”。 ⑤香篆：古代盘香，有做成龙凤形的，点燃后，烟篆四散，龙凤形也逐渐消失。或指绣有龙凤图案的床帐。 ⑥潇湘：湘江与潇水的并称。多借指今湖南地区。

如梦令

门外鸦啼杨柳。春色著人如酒。睡起熨沉香，玉腕不胜金斗。消瘦。消瘦。还是褪花时候。

注释

①如梦令：词牌名，又名“忆仙姿”“宴桃源”“无梦令”等。以李存勖《忆仙姿·曾宴桃源深洞》为正体。 ②著人：让人感觉到。李之仪《谢池春》有“著人滋味，真个浓如酒”。 ③金斗：熨斗。一说饮器。

如梦令

遥夜沉沉如水。风紧驿亭深闭。梦破鼠窥灯，霜送晓寒侵被。无寐。无寐。门外马嘶人起。

注释

①鼠窥灯：饥鼠想偷吃灯盏里的灯油。

如梦令

幽梦匆匆破后。妆粉乱痕沾袖。遥想酒醒来，无奈玉销花瘦。回首。回首。绕岸夕阳疏柳。

注释

①破：梦醒。　②玉销花瘦：美人憔悴。

如梦令

楼外残阳红满。春入柳条将半。桃李不禁风，回首落英无限。肠断。肠断。人共楚天俱远。

注释

①楚天：南方楚地的天空。

如梦令

池上春归何处。满目落花飞絮。孤馆悄无人，梦断月堤归路。无绪。无绪。帘外五更风雨。

注释

①梦断：梦醒。　②无绪：没有兴致。

踏莎行

郴州旅舍

雾失楼台，月迷津渡。桃源望断无寻处。可堪孤馆闭春寒，杜鹃声里斜阳暮。　驿寄梅花，鱼传尺素。砌成此恨无重数。郴江幸自绕郴山，为谁流下潇湘去。

注释

①郴（chēn）州：今属湖南。　②雾失楼台：暮霭沉沉，楼台消失在浓雾中。③月迷津渡：月色朦胧，渡口迷失不见。　④驿寄梅花：用陆凯《赠范晔诗》典。　⑤鱼传尺素：东汉蔡邕《饮马长城窟行》：“客从远方来，遗我双鲤鱼。呼儿烹鲤鱼，中有尺素书。”　⑥郴江：清顾祖禹《读史方舆纪要·湖广》载：郴水在“州东一里，一名郴江，源发黄岑山，北流经此……下流会来水及自豹水入湘江”。

点评

《人间词话》：有有我之境，有无我之境。“泪眼问花花不语，乱红飞过秋千去”“可堪孤馆闭春寒，杜鹃声里斜阳暮”，有我之境也。“采菊东篱下，悠然见南山”“寒烟淡淡起，白鸟悠悠下”，无我之境也。有我之境，以我观物，故物皆着我之色彩；无我之境，以物观物，故不知何者为我，何者为物。

点绛唇

桃源

醉漾轻舟，信流引到花深处。尘缘相误。无计花间住。

烟水茫茫，千里斜阳暮。山无数。乱红如雨。不记来时路。

注释

①题注：作者或为苏轼，洪甫云：亲见东坡手迹于潮阳吴子野家。　②尘缘：佛教名词。佛经中把色、声、香、味、触、法称作“六尘”。以心攀缘六尘，遂被六尘牵累，故名。　③乱红：落花。李贺《将进酒》：“况是青春日将暮，桃花乱落如红雨。”

点绛唇

离恨

月转乌啼，画堂宫徵生离恨。美人愁闷。不管罗衣褪。

清泪斑斑，挥断柔肠寸。嗔人问。背灯偷揾，拭尽残妆粉。

注释

①宫徵：这里泛指音乐。宫：古代五声音阶的第一音级。徵（zhǐ），古代五声音阶的第四音级。 ②揾（wèn）：揩拭眼泪。

南歌子

玉漏迢迢尽，银潢淡淡横。梦回宿酒未全醒。已被邻鸡催起、怕天明。 臂上妆犹在，襟间泪尚盈。水边灯火渐人行。天外一钩残月、带三星。

注释

①玉漏：报更滴漏之声。 ②银潢（huáng）：银河。

南歌子

香墨弯弯画，燕脂淡淡匀。揉蓝衫子杏黄裙。独倚玉阑无语、点檀唇。 人去空流水，花飞半掩门。乱山何处觅行云。又是一钩新月、照黄昏。

注释

①香墨：画眉用的螺黛。　②燕脂：胭脂。　③揉蓝：蓝色。蓝，可提取蓝色染料的植物，揉搓可得青色。黄庭坚《点绛唇》：“泪珠轻溜，浥损揉蓝袖。”④檀：檀色，近赭的红色，屡见《花间集》，张泌《生查子》“檀画荔枝红”，写颜色。只圆圆地涂在唇中间，故曰“点”。李珣《浣溪沙》“翠钿檀注助容光”，“注”即“点”。又称“檀的”。杜牧《寄沣州张舍人笛》“檀的染时痕半月”，写形状。　⑤“人去”句：情郎离去，只有阑外绿水依然悠悠流去。流水，隐喻时光悄悄地逝去。　⑥“乱山”句：乱山，喻心烦意乱的女子。行云，喻薄情郎。冯延巳《鹊踏枝》：“君若无定云，妾若不动山。”

南柯子

霭霭迷春态，溶溶媚晓光。不应容易下巫阳。只恐翰林前世、是襄王。　　暂为清歌驻，还因暮雨忙。瞥然飞去断人肠。空使兰台公子、赋高唐。

注释

①题注：朝云为东坡侍妾，尝令就秦少游乞词，少游作《南歌子》赠之。用楚襄王遇巫山神女典。词中少游自比兰台公子（宋玉）。

南乡子

妙手写徽真。水翦双眸点绛唇。疑是昔年窥宋玉，东邻。

只露墙头一半身。　往事已酸辛。谁记当年翠黛颦。尽道有些堪恨处，无情。任是无情也动人。

注释

①“妙手”句：妙手，技艺高超者。写，画。徽真，唐代有倡女崔徽，与裴敬中善，尝托人写真以寄。真，肖像。　②水剪双眸：形容眼波美丽。　③点绛唇：在画像上染出红唇。　④“疑是”三句：用东邻窥宋玉的典故写女子之美与多情。宋玉东邻的少女常在墙头偷看他。典出《登徒子好色赋》。　⑤“任是”句：用罗隐《牡丹》“若教解语应倾国，任是无情也动人”句。

浣溪沙

漠漠轻寒上小楼。晓阴无赖似穷秋。淡烟流水画屏幽。

自在飞花轻似梦，无边丝雨细如愁。宝帘闲挂小银钩。

注释

①漠漠：弥漫、轻淡。　②轻寒：薄寒，有别于严寒和料峭春寒。　③穷秋：九月。　④淡烟流水：画屏上轻烟淡淡，流水潺潺。

浣溪沙

脚上鞋儿四寸罗。唇边朱粉一樱多。见人无语但回波。

料得有心怜宋玉，只应无奈楚襄何。今生有分共伊么。

注释

①回波：回眸，眼波回转。 ②“料得”二句：用宋玉《高唐赋》典。③有分：有缘分。

阮郎归

湘天风雨破寒初。深沉庭院虚。丽谯吹罢小单于。迢迢清夜徂。乡梦断，旅魂孤。峥嵘岁又除。衡阳犹有雁传书。郴阳和雁无。

注释

①湘天：湘江流域一带。 ②丽谯：城门更楼。《庄子·徐无鬼》：“君亦必无盛鹤列于丽谯之间。”郭象注：“丽谯，高楼也。” ③小单于：乐曲名。《乐府诗集》：“唐大角曲有《大单于》《小单于》《大梅花》《小梅花》等曲，今其声犹有存者。” ④徂（cú）：往，过去。 ⑤峥嵘：比喻岁月艰难，极不寻常。 ⑥除：逝去。 ⑦衡阳：古衡州治所。相传衡阳有回雁峰，鸿雁南飞望此而止。 ⑧雁传书：《汉书·苏武传》：“汉求武等，匈奴诡言武死，……教使者谓单于。言天子射上林中得雁，足有系帛书，言武等在某泽中。”

临江仙

千里潇湘挼蓝浦，兰桡昔日曾经。月高风定露华清。微波澄不动，冷浸一天星。　　独倚危樯情悄悄，遥闻妃瑟泠泠。新声含尽古今情。曲终人不见，江上数峰青。

注释

①挼（ruó）蓝：形容江水的清澈。古代按取蓝草汁以取青色，同“揉蓝”。②兰桡：兰舟，船的美称。　③冷浸一天星：欧阳炯《西江月》：“月映长江秋水，分明冷浸星河。”　④危樯：高高的桅杆。危，高。杜甫《旅夜书怀》：“细草微风岸，危樯独夜舟。”　⑤“遥闻”句：听到远处湘灵鼓瑟的声音。《楚辞·远游》：“使湘灵鼓瑟兮，令海若舞冯夷。”湘灵，古代传说中的湘水之神，一说为舜妃，即湘夫人。　⑥“曲终”二句：用唐钱起《省试湘灵鼓瑟》句。

好事近

春路雨添花，花动一山春色。行到小溪深处，有黄鹂千百。　　飞云当面化龙蛇，夭矫转空碧。醉卧古藤阴下，了不知南北。

注释

①龙蛇：似龙若蛇，形容天空云彩变化多端，快速移动。　②夭矫：屈伸貌。③了不知：全不知。

江城子

西城杨柳弄春柔。动离忧。泪难收。犹记多情，曾为系归舟。碧野朱桥当日事，人不见，水空流。　　韶华不为少年留。恨悠悠。几时休。飞絮落花时候、一登楼。便作春江都是泪，流不尽，许多愁。

注释

①弄：撩拨。　②多情：恋人。

江城子

南来飞燕北归鸿。偶相逢。惨愁容。绿鬓朱颜，重见两衰翁。别后悠悠君莫问，无限事，不言中。　　小槽春酒滴珠红。莫匆匆。满金钟。饮散落花流水、各西东。后会不知何处是，烟浪远，暮云重。

注释

①“南来”句：仿南朝陈江总《东飞伯劳歌》“南飞乌鹊北飞鸿”，喻久别重逢的友人。　②绿鬓朱颜：黑发红颜，形容年轻美好的容颜。　③小槽：古时制酒器中的一个部件，酒由此缓缓流出。　④春酒：冬酿春熟之酒，亦称春酿秋冬始熟之酒。　⑤金钟：酒杯之美称。钟，酒器。　⑥烟浪：雾霭苍茫的水面，同“烟波”。唐刘禹锡《酬冯十七舍人》：“白首相逢处，巴江烟浪深。”　⑦暮云重：喻友人关山远隔。唐杜甫《春日忆李白》：“渭北春天树，江东日暮云。”

虞美人

碧桃天上栽和露。不是凡花数。乱山深处水潆回。可惜一枝如画、为谁开。　　轻寒细雨情何限。不道春难管。为君沉醉又何妨。只怕酒醒时候、断人肠。

注释

①碧桃：秦少游寓京师，有贵官廷饮，出宠姬碧桃侑觞，劝酒惓惓，少游领其意，复举觞劝碧桃。贵官云："碧桃素不善饮。"意不欲少游强之。碧桃曰："今日为学士拚了一醉。"引巨觞长饮。少游即席赠此词。阖座悉恨。贵官云："今后永不令此姬出来。"满座大笑。唐高蟾有"天上碧桃和露种，日边红杏倚云栽"句。　②春：双关语，既指作者对碧桃的赏爱，也寓有碧桃春心萌动，又难以表述之意。

行香子

树绕村庄，水满陂塘。倚东风、豪兴徜徉。小园几许，收尽春光。有桃花红，李花白，菜花黄。　　远远围墙，隐隐茅堂。飏青旗、流水桥旁。偶然乘兴、步过东冈。正莺儿啼，燕儿舞，蝶儿忙。

注释

①陂塘：池塘。　②徜徉：自由自在来回地走动。　③青旗：青色的酒幌子。

「米芾」

水调歌头

中秋

砧声送风急，蟋蟀思高秋。我来对景，不学宋玉解悲愁。收拾凄凉兴况，分付尊中醽醁，倍觉不胜幽。自有多情处，明月挂南楼。　　怅襟怀，横玉笛，韵悠悠。清时良夜，借我此地倒金瓯。可爱一天风物，遍倚阑干十二，宇宙若萍浮。醉困不知醒，欹枕卧江流。

注释

①宋玉：战国楚人，时代稍后于屈原，其作《九辩》有“悲哉秋之为气也，萧瑟兮草木摇落而变衰”句，即见落叶而悲秋。　②兴况：兴致况味。　③醽醁（líng lú）：酒名。《抱朴子·知止》：“密宴继集，醽醁不撤。”　④金瓯：盛酒器。

「李甲」

帝台春

芳草碧色，萋萋遍南陌。暖絮乱红，也知人春愁无力。忆得盈盈拾翠侣，共携赏凤城寒食。到今来、海角逢春，天涯为客。　　愁旋释，还似织。泪暗拭，又偷滴。漫伫立、倚遍危栏，尽黄昏、也只是暮云凝碧。拚则而今已拚了，忘则怎生便忘得。又还问鳞鸿，试重寻消息。

注释

①帝台春：唐教坊曲名。《宋史・乐志》谓“琵琶有帝台春”。此调只此一词，无他首可校。　②“芳草”句：语出江淹《别赋》“春草碧色，春水绿波，送君南浦，伤如之何”，写春日离别时的景色。　③陌：田间小路。南北方向的叫“阡”，东西方向的叫“陌”。　④拾翠侣：语本曹植《洛神赋》，此指巧遇同游的年轻歌女。　⑤凤城：此指汴京（今河南开封）。　⑥暮云凝碧：化用江淹《拟休上人怨别》“日暮碧云合，佳人殊未来”，写黄昏日暮佳人不见。⑦鳞鸿：即鱼、雁，古有鱼雁传书的故事，常用来代指书信的使者。

「赵令畤」

菩萨蛮

春风试手先梅蕊。頩姿冷艳明沙水。不受众芳知。端须月与期。　清香闲自远，先向钗头见。雪后燕瑶池。人间第一枝。

注释

①试手：尝试身手。　②頩（pīng）姿：美丽的姿色。頩，面目光泽艳美。③明沙水：明净的沙水。　④端须：只该。　⑤期：约定之时。　⑥钗（chāi）头：妇女的头饰，多为金玉器。　⑦燕：通“宴”，宴会。这里指举办宴会。　⑧瑶池：神话传说中西王母居住的仙境，有玉楼十二层。

菩萨蛮

轻鸥欲下春塘浴，双双飞破春烟绿。两岸野蔷薇，翠笼熏绿衣。　凭船闲弄水，中有相思意。忆得去年时，水边初别离。

注释

①春塘：一作“寒塘”。 ②春烟绿：春光如烟绕绿树那般美妙。 ③翠笼熏绿衣：在翠色的熏笼上烘绣衣，此句不是实写，而是喻野蔷薇的翠红娇艳。熏笼，外面罩有竹套的香炉，供熏烘衣物用。

清平乐

春风依旧，著意隋堤柳。搓得鹅儿黄欲就，天气清明时候。

去年紫陌青门，今宵雨魄云魂。断送一生憔悴，只消几个黄昏。

注释

①“搓得”句：谓春风给柳树染色。鹅儿黄，即鹅黄色。 ②青门：汉青门外有灞桥，汉人送客至此桥，折柳赠别。见《三辅黄图·桥》。后因以“青门”泛指游冶、送别之处。

蝶恋花

是夕红娘复至，持彩笺以授张曰：崔所命也。题其篇云：“明月三五夜。”其词曰：“待月西厢下，迎风户半开。拂墙花影动，疑是玉人来。”奉劳歌伴，再和前声。

庭院黄昏春雨霁。一缕深心，百种成牵系。青翼蓦然来报喜，鱼笺微谕相容意。　　待月西厢人不寐。帘影摇光，朱户犹慵闭。花动拂墙红萼坠。分明疑是情人至。

注释

①编者注：作者有十二首《商调蝶恋花》，组成一套鼓子词，写唐元稹《莺莺传》中莺莺、张生相恋的故事。此为其中第四首。　②青翼：青鸟，是西王母的信使，这里借指红娘。

乌夜啼

春思

楼上萦帘弱絮，墙头碍月低花。年年春事关心事，肠断欲栖鸦。　　舞镜鸾衾翠减，啼珠凤蜡红斜。重门不锁相思梦，随意绕天涯。

注释

①萦帘弱絮：回旋牵缠在帘上的飞絮。　②碍月低花：墙头上矮矮的花丛遮挡住月亮。　③关：牵涉，涉及。　④舞镜鸾衾：舞镜，鸾镜。范泰《鸾鸟诗序》，罽宾王（汉时西域一国君）捕到一只鸾鸟，三年不鸣，其夫人说鸟见同类才鸣，于是用镜子照它。鸾鸟睹影后因思同伴而死。鸳衾，绣着鸳鸯鸟图案的被子。　⑤啼珠凤蜡：指凤形的蜡烛流着蜡油的珠滴。啼珠，指蜡烛滴下来的蜡珠。

浣溪沙

水满池塘花满枝。乱香深里语黄鹂。东风轻软弄帘帏。

日正长时春梦短，燕交飞处柳烟低。玉窗红子斗棋时。

注释

①乱香深里：香气袭人的百花丛中。乱香，即花丛。　②交飞：双飞。③柳烟低：形容柳叶低垂的轻柔之态。柳烟，柳树枝叶茂密似笼烟雾。　④玉窗：装饰华丽的窗子。　⑤红子：红色的棋子。　⑥斗棋：下棋。

蝶恋花

欲减罗衣寒未去。不卷珠帘，人在深深处。红杏枝头花几许。啼痕止恨清明雨。　　尽日沉烟香一缕。宿酒醒迟，恼破春情绪。飞燕又将归信误。小屏风上西江路。

注释

①题注：一作晏几道词。　②宿酒：隔宿之酒，即昨晚睡前饮的酒。　③恼破春情绪：春色恼人，春情难遣之意。恼，撩惹。　④“飞燕”句：古有飞燕传书的故事。　⑤西江：唐人多称长江中下游为西江。也泛指江河。

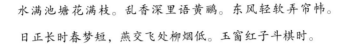

「贺铸」

半死桐

重过阊门万事非。同来何事不同归。梧桐半死清霜后，头白鸳鸯失伴飞。　原上草，露初晞。旧栖新垅两依依。空床卧听南窗雨，谁复挑灯夜补衣。

注释

①半死桐：词牌名，又名“鹧鸪天”“思越人”等。因此词有“梧桐半死清霜后”得名。②阊（chāng）门：苏州城西门，此处代指苏州。③梧桐半死：枚乘《七发》载，龙门有桐，其根半生半死（一说此桐为连理枝，其中一枝已亡，一枝犹在），斫以制琴，声音为天下之至悲，这里用来比拟丧偶之痛。④清霜后：秋天，此指年老。⑤“原上草”二句：形容人生短促，如草上露水易干。语出《薤露》“薤上露，何易晞。露晞明朝更复落，人死一去何时归”。晞，干。⑥旧栖：旧居。⑦新垅：新坟。

避少年

谁爱松陵水似天，画船听雨奈无眠。清风明月休论价，卖与愁人值几钱。　　挥醉笔，扫吟笺，一时朋辈饮中仙。白头□□江湖上，袖手低回避少年。

注释

①避少年：即“鹧鸪天”。　②松陵：吴淞江的古称。为太湖支流三江之一，由吴江市东流与黄浦江汇合，出吴淞口入海。唐陆广微《吴地记》：“松江，一名松陵，又名笠泽。”　③袖手：藏手于袖，指不能或不欲参与其事。

子夜歌

三更月。中庭恰照梨花雪。梨花雪。不胜凄断，杜鹃啼血。

王孙何许音尘绝。柔桑陌上吞声别。吞声别。陇头流水，替人呜咽。

注释

①子夜歌：即“忆秦娥”。《子夜歌》本南朝民歌，《乐府诗集》列入清商曲吴声歌曲类，其声哀苦。该词情绪与之相类，兼有“三更月”句，故袭用其题。与《菩萨蛮》别名“子夜歌”不同。　②“三更月”二句：夜已三更，明月当空，照亮庭院，梨花如雪。梁萧子显《燕歌行》：“洛阳梨花落如雪。”　③“王孙”二句：王孙别后，音信断绝，令人想起春日桑叶初生时分的陌上离别。何许，何处。《楚辞·招隐士》：“王孙游兮不归。”李白《忆秦娥》“咸阳古道音尘绝”。

柔桑，嫩桑。《诗经·豳风·七月》："春日载阳，……爰求柔桑。" ④"陇头"二句：陇头，陇山，在今陕、甘交界处。《辛氏三秦记》载，时有俗歌曰："陇头流水，其声呜咽。遥望秦川，肝肠断绝。"关中人上陇者，还望故乡，悲思而歌，则有绝死者。此处借之抒发离别之痛。

芳心苦

杨柳回塘，鸳鸯别浦。绿萍涨断莲舟路。断无蜂蝶慕幽香，红衣脱尽芳心苦。　　返照迎潮，行云带雨。依依似与骚人语。当年不肯嫁春风，无端却被秋风误。

注释

①芳心苦：即"踏莎行"，因"红衣脱尽芳心苦"得名。荷花谢去结子，心有苦味。　②回塘：环曲的水塘。　③别浦：水流的汊口。　④红衣：此指红荷花瓣。　⑤芳心：莲心。　⑥返照：夕阳的回光。　⑦骚人：诗人。　⑧"当年"句：唐李贺《南园》有"嫁与春风不用媒"句。

晚云高

秋尽江南叶未凋。晚云高。青山隐隐水迢迢。接亭皋。

二十四桥明月夜，弭兰桡。玉人何处教吹箫。可怜宵。

注释

①晚云高：即“添声杨柳枝”。因词中有“晚云高”得名。 ②亭皋：水边的平地。 ③“青山”“二十”“玉人”句：隐括唐杜牧《寄扬州韩绰判官》：“青山隐隐水迢迢，秋尽江南草木凋。二十四桥明月夜，玉人何处教吹箫。” ④可怜宵：可爱的夜晚。

人南渡

兰芷满芳洲，游丝横路。罗袜尘生步。迎顾。整鬟颦黛，脉脉两情难语。细风吹柳絮。人南渡。　　回首旧游。山无重数。花底深朱户。何处。半黄梅子，向晚一帘疏雨。断魂分付与。春将去。

注释

①人南渡：即“感皇恩”，又名“叠萝花”。唐教坊曲名。宋钱易《南部新书》：“天宝十三载，始改金风调苏莫遮为感皇恩。”唐《感皇恩》，五代多改名为《小重山》，宋人又新创《感皇恩》。此调与《小重山》调之别名《感皇恩》调不同。 ②兰芷：香兰、白芷，均为香草。 ③整鬟颦黛：略整秀发，微皱双眉。 ④旧游：过去游玩处。 ⑤向晚：傍晚。

石州引

薄雨初寒，斜照弄晴，春意空阔。长亭柳色才黄，远客一枝先折。烟横水际，映带几点归鸦，东风销尽龙沙雪。还记出关来，恰而今时节。　将发。画楼芳酒，红泪清歌，顿成轻别。已是经年，杳杳音尘多绝。欲知方寸，共有几许清愁，芭蕉不展丁香结。枉望断天涯，两厌厌风月。

注释

①石州引：词牌名，又名“石州慢”“柳色黄”“石州词”“石州影”。以此篇为正体。石州，唐边地州名，在今山西吕梁市离石区。唐南卓《羯鼓录》太簇商调收有《石州》曲。宋郭茂倩《乐府诗集》：“《乐苑》曰：《石州》，商调曲也。又有舞石州。”唐代《石州》为声诗，与《胡渭州》《凉州辞》《伊州歌》相似，俱为七言形式。宋词《石州慢》乃慢词，与唐声诗不同。　②龙沙：沙漠地带的通称。　③“芭蕉”句：唐李商隐《代赠》“芭蕉不展丁香结，同向春风各自愁”。

青玉案

凌波不过横塘路。但目送、芳尘去。锦瑟华年谁与度。月桥花院，琐窗朱户。只有春知处。　飞云冉冉蘅皋暮。彩笔新题断肠句。试问闲情都几许。一川烟草，满城风絮。梅子黄时雨。

注释

①凌波：形容女子步态轻盈。三国魏曹植《洛神赋》：“凌波微步，罗袜生尘。”②芳尘去：指美人已去。　③锦瑟华年：美好的青春时期。锦瑟：饰有彩纹的瑟。唐李商隐《锦瑟》：“锦瑟无端五十弦，一弦一柱思华年。”　④月桥花院：

一作“月台花榭”。月桥，像月亮的小拱桥。花院，花木环绕的庭院。 ⑤琐窗：雕绘连琐花纹的窗子。 ⑥朱户：朱红的大门。 ⑦飞：一作“碧”。 ⑧冉冉：指云彩缓缓流动。 ⑨蘅皋：长着香草的沼泽中的高地。 ⑩彩笔：《南史·江淹传》：“（淹）尝宿于冶亭，梦一丈夫自称郭璞，谓淹曰：‘吾有笔在卿处多年，可以见还。’淹乃探怀中得五色笔一以授之。” ⑪试问：一作“若问”。⑫梅子黄时雨：江南一带初夏梅熟时多连绵之雨，俗称“梅雨”。《岁时广记》卷一引《东皋杂录》：“后唐人诗云：‘楝花开后风光好，梅子黄时雨意浓。’”

点评

周紫芝《竹坡诗话》：贺方回尝作《青玉案》，有“梅子黄时雨”之句，人皆服其工，士大夫谓之“贺梅子”。

薄幸

艳真多态。更的的、频回眄睐。便认得、琴心相许，与写宜男双带。记画堂、斜月朦胧，轻颦微笑娇无奈。便翡翠屏开，芙蓉帐掩，与把香罗偷解。 自过了收灯后，都不见、踏青挑菜。几回凭双燕，丁宁深意，往来翻恨重帘碍。约何时再。正春浓酒暖，人闲昼永无聊赖。厌厌睡起，犹有花梢日在。

注释

①薄幸：词牌名，贺铸创调，亦此调正体。薄幸，即薄情，原指对爱情不专一的男人，有薄情、负心之意。旧时女子对自己所喜欢的男人昵称“薄幸”，犹“冤家”。唐杜牧《遣怀》：“十年一觉扬州梦，赢得青楼薄幸名。”调名或本于此。多写闺情或离情。 ②的的：频频、连连。郑仅《调笑转踏》“吴姬绰约

开金盏，的的娇波流美盼”，同此义。有版本作“滴滴”，形容眼波不时注视的样子。③眄睐（miǎn lài）：斜望。《古诗十九首》：“眄睐以适意，引领遥相睎。”④琴心：以琴声达意。⑤宜男：晋周处《风土记》：“宜男，草也，高六七尺，花如莲。宜怀妊妇人佩之，必生男。”⑥收灯：指元宵节。⑦踏青挑菜：指踏青节、挑菜节，是古代的两个民间节日。踏青，春日郊游。唐俗农历二月初二日曲江挑菜，士民游观其间，谓之挑菜节。⑧丁宁：叮嘱，嘱托。

六州歌头

少年侠气，交结五都雄。肝胆洞。毛发耸。立谈中。死生同。一诺千金重。推翘勇。矜豪纵。轻盖拥。联飞鞚。斗城东。轰饮酒垆，春色浮寒瓮。吸海垂虹。闲呼鹰嗾犬，白羽摘雕弓。狡穴俄空。乐匆匆。　　似黄粱梦。辞丹凤。明月共。漾孤蓬。官冗从。怀倥偬。落尘笼。簿书丛。鹖弁如云众。供粗用。忽奇功。笳鼓动。渔阳弄。思悲翁。不请长缨，系取天骄种。剑吼西风。恨登山临水，手寄七弦桐。目送归鸿。

注释

①“少年”二句：化用李白“结发未识事，所交尽豪雄”及李益“侠气五都少”。五都，泛指北宋的各大城市。②一诺千金：喻一言既出，驷马难追，诺言极为可靠。语出《史记·季布列传》引楚人谚曰：“得黄金百斤，不如得季布一诺。”③盖：车盖，代指车。④飞：飞驰的马。⑤鞚（kòng）：有嚼口的马络头。⑥斗（dǒu）城：汉长安故城，这里借指汴京。⑦嗾（sǒu）：指使犬的声音。⑧冗从：散职侍从官。⑨倥偬（kǒng zǒng）：事多、繁忙。⑩鹖弁（hé biàn）：本义指武将的官帽，指武官。⑪笳鼓：都是军乐器。⑫渔阳：安禄山起兵叛乱之地。此指侵扰北宋的少数民族发动了战争。⑬七弦桐：即七弦琴。

桐木是制琴的最佳材料，故以“桐”代“琴”。

望湘人

春思

厌莺声到枕，花气动帘，醉魂愁梦相半。被惜余薰，带惊剩眼。几许伤春春晚。泪竹痕鲜，佩兰香老，湘天浓暖。记小江、风月佳时，屡约非烟游伴。　须信鸾弦易断。奈云和再鼓，曲终人远。认罗袜无踪，旧处弄波清浅。青翰棹舣，白蘋洲畔。尽目临皋飞观。不解寄、一字相思，幸有归来双燕。

注释

①望湘人：词牌名，贺铸自度曲。此调只有此词，无他作可校。　②带惊：因消瘦而吃惊。《梁书·沈约传》载，沈约与徐勉书：“百日数旬，革带常应移孔；以手握臂，率计月小半分，以此推算，岂能支久？”　③泪竹：娥皇，女英为舜的妃子。传说舜死于苍梧，舜死后，二女洒泪于竹，泪染楚竹而成斑痕，故斑竹又称泪竹。　④佩兰：佩饰的兰花。　⑤非烟：唐武公业的妾名。姓步，事见皇甫枚《非烟传》。此处借指情人。　⑥鸾弦：《汉武外传》：“西海献鸾胶，武帝弦断，以胶续之，弦二头遂相着，终日射，不断，帝大悦。”后世称结婴为“续胶”“续弦”，此处以鸾弦指爱情。　⑦曲终：一作“曲中”。　⑧青翰：船名。船上有鸟形刻饰，涂以青色，故名。《说苑·善说》：“鄂君子皙之泛舟于新波之中也，乘青翰之舟。”南朝宋颜延之《三月三日曲水诗序》：“龙文饰辔，青翰侍御。”　⑨临皋：临水之地。　⑩飞观：原指高耸的宫阙，此处泛指高楼。观，楼台之类。　⑪幸：正好，恰巧。

杵声齐

砧面莹，杵声齐。捣就征衣泪墨题。寄到玉关应万里，戍人犹在玉关西。

注释

①杵声齐：即“捣练子”。因词中“杵声齐”得名。例作征妇怀念征人之词。②砧面莹：征人妻日复一日、年复一年地捣衣，砧石被磨得光莹平滑。③玉关：玉门关，此处未必实指，极言戍地之远，暗含班超“但愿生入玉门关”意。

夜如年

斜月下，北风前。万杵千砧捣欲穿。不为捣衣勤不睡，破除今夜夜如年。

注释

①夜如年：即“捣练子”。②“万杵”句：从庾信《题画屏风》“捣衣明月下，静夜秋风飘”及李白《子夜吴歌》“长安一片月，万户捣衣声”化出。

翦征袍

抛练杵，傍窗纱。巧翦征袍斗出花。想见陇头长戍客，授衣时节也思家。

注释

①翦征袍：即“捣练子”。　②授衣：古代以九月为授衣之时。《诗经·豳风·七月》：“七月流火，九月授衣。”

望书归

边堠远，置邮稀。附与征衣衬铁衣。连夜不妨频梦见，过年惟望得书归。

注释

①望书归：即“捣练子”。　②边堠（hòu）：古代设置于边地以探望敌情的土堡。　③铁衣：古代战士用铁片制成的战衣。

台城游

南国本潇洒。六代浸豪奢。台城游冶。襞笺能赋属宫娃。云观登临清夏。璧月留连长夜，吟醉送年华。回首飞鸳瓦。却羡井中蛙。　　访乌衣，成白社。不容车。旧时王谢、堂前双燕过谁家。楼外河横斗挂。淮上潮平霜下。樯影落寒沙。商女篷窗罅。犹唱后庭花。

注释

①台城游：即“水调歌头”，然与他词有异，夏敬观云：“平仄通叶，句句押韵。”为该篇特色。台城，东吴后苑城，东晋成帝时改建为新宫。遂成富城，历宋、齐、梁、陈，皆为台省（中央政府）及宫殿所在地。故地在今南京鸡鸣山前、干河沿北。 ②六代：六朝，三国吴、东晋、宋、齐、梁、陈，均建都于今南京。 ③“襞笺”句：陈后主沉湎酒色，在宫中宴会，常先令八妇人襞彩笺作诗，十客赓和，文思稍慢，便要罚酒，君臣酣饮，常常通宵达旦。襞（bì），折叠。④云观：高耸入云的楼观。实指陈后主所建的结绮、临春、望仙三座高达数十丈的楼阁。 ⑤“璧月”句：陈后主选择宠姬、狎客赋艳诗，配乐歌唱，有“璧月夜夜满，琼树朝朝新”，多为描写张、孔二妃的美丽姿色。 ⑥“回首”二句：喻陈宫门被毁。鸳瓦，华丽建筑物上覆瓦的美称。陈宫城破后，后主偕二妃躲入井中，隋军窥井，扬言欲下石，后主惊叫，于是隋军用绳索把他们拉出井外。这里用来讽刺后主穷途末路，欲为井蛙亦不可得。 ⑦乌衣：乌衣巷，在秦淮河南，东吴时是乌衣营驻地，故名。晋南渡后，王、谢等名家豪居于此。 ⑧白社：洛阳地名，晋高士董京常宿于白社，乞讨度日。这里作为贫民区的代名词。⑨“旧时”句：化用刘禹锡《乌衣巷》“旧时王谢堂前燕，飞入寻常百姓家”。⑩河横：银河横斜。 ⑪斗挂：北斗星挂在天际。 ⑫淮上：秦淮河上。 ⑬“商女”二句：用杜牧《夜泊秦淮》“商女不知亡国恨，隔江犹唱后庭花”。陈后主制《玉树后庭花》，时人以为亡国之音。

伴云来

烟络横林，山沉远照，逦迤黄昏钟鼓。烛映帘栊，蛩催机杼，共苦清秋风露。不眠思妇，齐应和、几声砧杵。惊动天涯倦宦，骎骎岁华行暮。 当年酒狂自负。谓东君、以春相付。流浪征骖北道，客樯南浦。幽恨无人晤语。赖明月曾知旧游处。好伴云来，还将梦去。

注释

①伴云来：即“天香”。又名“天香慢”“楼下柳”。以此篇为正体。天香，祭神、礼佛的香。《填词名解》：“天香，采宋之问词天香云外飘。”调名本意即咏祭祀上苍天神的香。　②远照：落日余晖。　③迤逦（yǐ lǐ）：也作逦迤。本指山脉曲折连绵，此指钟鼓声由远而近相继传来。　④帘栊：窗帘与窗牖。⑤蛩催机杼：唐郑愔《秋闺》：“机杼夜蛩催。”蛩，蟋蟀，古幽州人称作“趋织”“促织”。　⑥砧杵：捣衣石及棒槌。　⑦天涯倦宦：倦于在异乡做官或求仕。　⑧骎（qīn）骎：马疾奔貌，形容时光飞逝。　⑨酒狂：《汉书·盖宽饶传》：“盖自语曰我乃酒狂。”　⑩骖（cān）：本指车前三或四匹驾马中辕马边上的马，此处代指马。征骖，远行的马。　⑪晤语：对语。　⑫将：带，送。

减字浣溪沙

鼓动城头啼暮鸦。过云时送雨些些。嫩凉如水透窗纱。

弄影西厢侵户月，分香东畔拂墙花。此时相望抵天涯。

注释

①过云：飞过的云。　②些些：少许。

减字浣溪沙

烟柳春梢蘸晕黄。井阑风绰小桃香。觉时帘幕又斜阳。

望处定无千里眼，断来能有几回肠。少年禁取恁凄凉。

注释

①禁取：经受。

减字浣溪沙

梦想西池辇路边。玉鞍骄马小辎軿。春风十里斗婵娟。
临水登山漂泊地，落花中酒寂寥天。个般情味已三年。

注释

①辇路：天子车驾所经的道路。 ②辎軿（zī píng）：辎车和軿车的并称，指四面有屏蔽的车子。 ③斗婵娟：争艳比美。唐李商隐《霜月》：“青女素娥俱耐冷，月中霜里斗婵娟。”

减字浣溪沙

闲把琵琶旧谱寻。四弦声怨却沉吟。燕飞人静画堂深。
欹枕有时成雨梦，隔帘无处说春心。一从灯夜到如今。

注释

①“闲把”句：用韦庄《谒金门》“闲抱琵琶寻旧曲”。 ②灯夜：元夜，正月十五夜。

点评

陈廷焯《白雨斋词话》："妙处全在结句，开后人无数章法。"

减字浣溪沙

楼角初销一缕霞。淡黄杨柳暗栖鸦。玉人和月摘梅花。

笑捻粉香归洞户，更垂帘幕护窗纱。东风寒似夜来些。

注释

①和月：趁着皎洁的月色。

小梅花

思前别。记时节。美人颜色如花发。美人归。天一涯。娟娟姮娥，三五满还亏。翠眉蝉鬓生离诀。遥望青楼心欲绝。梦中寻。卧巫云，觉来泪珠，滴向湘水深。　　愁无已。奏绿绮。历历高山与流水。妙通神。绝知音。不知暮雨朝云、何山岑。相思无计堪相比。珠箔雕阑几千里。漏将分。月窗明。一夜梅花忽开、疑是君。

注释

①小梅花：词牌名，又名“梅花引”“将进酒”“行路难”“贫也乐”。南朝乐府和唐声诗均有《梅花落》曲，与此稍异。李白《清溪夜半闻笛》“羌笛梅花引，吴溪陇水清”。刘禹锡《杨柳枝》“塞北梅花羌笛吹，淮南桂树小山词”。南朝宋谢庄《琴论》：“古琴曲有五曲、九引、十二操。”可见《梅花引》本为笛曲，后入词。调名本意即咏笛曲《梅花引》。 ②绿绮：古琴。傅玄《琴赋序》：“楚王有琴曰绕梁，司马相如有绿绮，蔡邕有焦尾，皆名器也。” ③岑：山高。

行路难

缚虎手。悬河口。车如鸡栖马如狗。白纶巾。扑黄尘。不知我辈，可是蓬蒿人。衰兰送客咸阳道。天若有情天亦老。作雷颠。不论钱，谁问旗亭，美酒斗十千。 酌大斗。更为寿。青鬓长青古无有。笑嫣然。舞翩然。当垆秦女，十五语如弦。遗音能记秋风曲。事去千年犹恨促。揽流光。系扶桑。争奈愁来，一日却为长。

注释

①行路难：即“小梅花”“梅花引”。 ②缚虎手：徒手打虎。 ③悬河口：言辞如河水倾泻，滔滔不绝，即“口若悬河”。 ④“车如”句：车盖如鸡栖之所，骏马奔如狗。语出《后汉书·陈蕃传》，形容车敝马瘦。 ⑤白纶（guān）巾：白丝头巾，即白衣，未出仕之人。 ⑥黄尘：京城的尘土，

用陆机《代顾彦先赠妇》“京洛多风尘，素衣化为缁”意，谓白衣进京。 ⑦“不知”二句：李白有“我辈岂是蓬蒿人”。 ⑧“衰兰”二句：李贺《金铜仙人辞汉歌》中的句子。 ⑨“旗亭”句：旗亭即酒楼。王维《少年行》有“新丰美酒斗十千”。 ⑩当垆秦女：辛延年《羽林郎》：“胡姬年十五，春日独当垆。” ⑪语如弦：唐韩琮《春愁》有“秦娥十六语如弦”。 ⑫秋风曲：汉武帝《秋风辞》：“欢乐极兮哀情多，少壮几时兮奈老何！” ⑬扶桑：神话中神树，古谓为日出处。《淮南子》：“日出于旸谷，浴于咸池，拂于扶桑。”系扶桑，即要留住时光，与“揽流光”意同。

陌上郎

西津海鹘舟，径度沧江南。双橹本无情，鸦轧如人语。

挥金陌上郎，化石山头妇。何物系君心，三岁扶床女。

注释

①陌上郎：即“生查子”。 ②西津：西方之渡口，此泛指送别之地。 ③海鹘（gǔ）舟：状似鹰隼的快船。宋叶廷硅《海录碎事》衣冠服用部《舟门》：“海鹘舟，轻捷之称。” ④鸦轧：摩擦声，此指摇橹声。 ⑤挥金陌上郎：刘向《列女传》载，鲁国的秋胡新婚五日便外出做官，五年后回到家乡。快到家时，他见路旁有一位采桑女，便拿金子引诱她，被拒绝。到家后他见到妻子，正是那位采桑女。其妻不屑于丈夫的卑污行为，投河自尽。陌上郎，指秋胡，喻对爱情不忠贞的丈夫。 ⑥“化石”句：古代有许多“望夫石”的民间传说。因丈夫长期在外，妻子思念至极，久久伫立山头眺望，化身为石。比喻对爱情忠贞不渝的妻子。刘禹锡《望夫山》：“终日望夫夫不归，化为孤石苦相思。”《太平寰宇记》：“（当涂县）望夫山，在县西四十七里。昔人往楚，累岁不还。其妻登此山望夫，乃化为石。”

思越人

京口瓜洲记梦间。朱扉犹映花关。东风太是无情思，不许扁舟兴尽还。　春水漫，夕阳闲。乌樯几转绿杨湾。红尘十里扬州过，更上迷楼一借山。

注释

①瓜洲：镇名。在江苏省邗江县南部、大运河分支入长江处。与镇江市隔江斜对，向为长江南北水运交通要冲。又称瓜埠洲。　②迷楼：隋炀帝所建楼名，故址在今江苏省扬州市西北郊。

南歌子

疏雨池塘见，微风襟袖知。阴阴夏木啭黄鹂。何处飞来白鹭、立移时。　易醉扶头酒，难逢敌手棋。日长偏与睡相宜，睡起芭蕉叶上、自题诗。

注释

①题注：此阕原缺调名，据词律补。　②“疏雨”二句：杜牧《秋思》：“微雨池塘见，好风襟袖知。”　③“阴阴”句：王维《积雨辋川庄作》：“漠漠水田飞白鹭，阴阴夏木啭黄鹂。”　④“何处”句：苏轼《江城子·湖上与张先同赋》：“何处飞来双白鹭。如有意，慕娉婷。”　⑤扶头酒：一种使人易醉的烈酒。谓饮此酒后，头亦须扶。姚合《答友人招游》：“赌棋招敌手，沽酒自扶头。”　⑥“日长”句：苏轼《和子由送将官梁左藏仲通》：“日长

惟有睡相宜。” ⑦“睡起”句：韦应物《闲居寄诸弟》：“尽日高斋无一事，芭蕉叶上坐题诗。”

梦江南

九曲池头三月三。柳毵毵。香尘扑马喷金衔。涴春衫。

苦笋鲥鱼乡味美，梦江南。阊门烟水晚风恬。落归帆。

注释

①九曲池头：苏州并无九曲池。《建康志》载，九曲池在台城东宫城内，梁昭明太子所凿。长安有曲江池，为都中第一胜景，开元、天宝年间上巳日（三月初三）游人云集，盛况空前。建康又有九曲池，蜀中有所谓龙池九曲，此篇的“九曲池”可能指汴京的游览胜地，非实指。 ②三月三：农历三月三日，上巳节，人们到水边嬉游采兰或洗沐，以驱除不祥。 ③毵（sān）毵：枝条细长的样子。④衔：马嚼子。 ⑤涴（wǎn）：污染。 ⑥鲥鱼：生活在海中，五六月间入淡水产卵时，脂肪肥厚，味最鲜美，中国沿海各大河流中都有。

忆秦娥

晓朦胧。前溪百鸟啼匆匆。啼匆匆。凌波人去，拜月楼空。

去年今日东门东。鲜妆辉映桃花红。桃花红。吹开吹落，一任东风。

注释

①凌波：用曹植《洛神赋》典。代指美人。　②“鲜妆”句：化用唐崔护“去年今日此门中，人面桃花相映红”。

吹柳絮

月痕依约到西厢。曾羡花枝拂短墙。初未识愁那得泪，每浑疑梦奈余香。　歌逢袅处眉先妩，酒半酣时眼更狂。闲倚绣帘吹柳絮，问何人似冶游郎。

注释

①题注：即“鹧鸪词”。　②月痕：月影，月光。一说，喻女子的妆痕。

「仲殊」

柳梢青

吴中

岸草平沙。吴王故苑，柳袅烟斜。雨后寒轻，风前香软，春在梨花。　　行人一棹天涯。酒醒处，残阳乱鸦。门外秋千，墙头红粉，深院谁家。

注释

①吴王故苑：春秋时吴王夫差游玩打猎的园林。　②风前香软：谓春暖花开，香气飘溢。　③一棹天涯：指乘舟远去。　④“酒醒”二句：化用柳永《雨霖铃》“今宵酒醒何处，杨柳岸、晓风残月”。　⑤“门外”句：化用苏轼《蝶恋花》“墙里秋千墙外道，墙外行人，墙里佳人笑”。

诉衷情

寒食

涌金门外小瀛洲。寒食更风流。红船满湖歌吹，花外有高楼。

晴日暖，淡烟浮。恣嬉游。三千粉黛，十二阑干，一片云头。

注释

①涌金门：古杭州西城门之一。吴越王钱元瓘引西湖水入城，在此开凿涌金池，筑此门，临西湖，传说为西湖中金牛涌现之地，因而得名。历来是从杭州城里到西湖游览的通道，为市区繁华地段，西湖游船多在此处聚散，有“涌金门外划船儿”句。 ②小瀛洲：今又称“三潭印月”，是西湖中最大的湖心岛，北宋时便是湖上赏月佳处。 ③红船：彩饰游船，即“画舸”。 ④粉黛：指美人。

诉衷情

宝月山作

清波门外拥轻衣。杨花相送飞。西湖又还春晚，水树乱莺啼。

闲院宇，小帘帏。晚初归。钟声已过，篆香才点，月到门时。

注释

①宝月山、清波门：宋代均在杭州城外，与西湖相近，是当时的游览胜地。

点评

宋黄昇《唐宋诸贤绝妙词选》："仲殊之词多矣，佳者固不少，而小令为最，小令之中，《诉衷情》一调又其最。盖篇篇奇丽，字字清婉，高处不减唐人风致也。"

南歌子

十里青山远，潮平路带沙。数声啼鸟怨年华。又是凄凉时候、在天涯。　白露收残暑，清风衬晚霞。绿杨堤畔闹荷花。记得年时沽酒、那人家。

注释

①潮平：指潮落。　②怨年华：此指鸟儿哀叹年光易逝。　③白露：露水。　④收：消除。　⑤残月：一作"残暑"，指余热。　⑥散：一作"衬"，送。　⑦年时沽酒：去年买酒。

夏云峰

伤春

天阔云高，溪横水远，晚日寒生轻晕。闲阶静、杨花渐少，朱门掩、莺声犹嫩。悔匆匆、过却清明，旋占得余芳，已成幽恨。

都几日阴沉，连宵慵困。起来韶华都尽。　　怨入双眉闲斗损。乍品得情怀，看承全近。深深态、无非自许。厌厌意、终羞人问。争知道、梦里蓬莱，待忘了余香，时传音信。纵留得莺花，东风不住，也则眼前愁闷。

注释

①溪横：溪水横在眼前。　②轻晕：淡淡的光圈。　③旋：很快、不久。④韶华：美好的时光，此指春光。　⑤闲斗损：终日双眉紧锁。损，甚，十分。⑥看承：特别看待。　⑦全近：非常亲近。　⑧深深态：深深失望的样子。⑨自许：自我有期许。　⑩蓬莱：喻仙境，指与恋人相会处。　⑪余香：用贾充女赠韩寿奇香典。

「晁补之」

摸鱼儿

东皋寓居

买陂塘、旋栽杨柳，依稀淮岸江浦。东皋嘉雨新痕涨，沙觜鹭来鸥聚。堪爱处。最好是、一川夜月光流渚。无人独舞。任翠幄张天，柔茵藉地，酒尽未能去。　　青绫被，莫忆金闺故步。儒冠曾把身误。弓刀千骑成何事，荒了邵平瓜圃。君试觑。满青镜、星星鬓影今如许。功名浪语。便似得班超，封侯万里，归计恐迟暮。

注释

①青绫被：汉代尚书郎入直（值夜），官家供新青縑白绫被使用。　②金闺：即金马门。汉武帝时置铜马于未央宫北门，从此北门又称金马门。汉代时，优异贤良之士均在金马门待诏。后人也用金马代指官署。　③邵平：秦时东陵侯。汉代建立后，沦为布衣的邵平便在长安城外种瓜，人称“东陵瓜”。　④“封侯”二句：班超汉永元七年（95）封定远侯，七年后返回洛阳，一个月后便去世。去世时，班超已经七十一岁，在西域三十一年。

点评

清刘熙载《艺概》:"无咎(晁补之字无咎)词堂庑颇大。"辛弃疾《摸鱼儿》"更能消几番风雨"或受此词影响。

水龙吟

次歆林圣予惜春

问春何苦匆匆,带风伴雨如驰骤。幽葩细萼,小园低槛,壅培未就。吹尽繁红,占春长久,不如垂柳。算春常不老,人愁春老,愁只是、人间有。　　春恨十常八九。忍轻辜、芳醪经口。那知自是,桃花结子,不因春瘦。世上功名,老来风味,春归时候。纵樽前痛饮,狂歌似旧,情难依旧。

注释

①壅培:把土或肥料培在材料根部。　②青眼:《世说新语·简傲》注引《晋百官名》,阮籍能为青白眼,见凡俗之士,以白眼对之。嵇康赍酒挟琴来访,籍大悦,乃对以青眼。后因谓对人重视、喜爱曰"青眼"。　③桃花结子:用唐王建《宫词》"自是桃花贪结子,错教人恨五更风"诗意。

盐角儿

毫社观梅

开时似雪。谢时似雪。花中奇绝。香非在蕊，香非在萼，骨中香彻。　　占溪风，留溪月。堪羞损、山桃如血。直饶更、疏疏淡淡，终有一般情别。

注释

①盐角儿：词牌名。亦称“盐角儿令”。宋王灼《碧鸡漫志》：“盐角儿，《嘉祐杂志》云，梅圣俞说，始教坊家人市盐，于纸角中得一曲谱，翻之，遂以名，今双调《盐角儿令》是也。欧阳永叔尝制词。”　②亳（bó）社：指亳州（今安徽亳州市）祭祀土地神的社庙。另义，亳社，即殷社。古时建国必先立社，殷建都亳，故称亳社，故址在今河南商丘。　③花中奇绝：花中奇物而绝无仅有。④骨中香彻：梅花的香气是从骨子里透出来的。彻，透。　⑤“堪羞损”二句：可以使那红得似血的山桃花羞惭而减损自己的容颜。堪，可以，能够。损，煞。很的意思。　⑥“直饶更”二句：即使枝叶花朵再疏淡。

忆少年

别历下

无穷官柳，无情画舸，无根行客。南山尚相送，只高城人隔。　　罨画园林溪绀碧。算重来、尽成陈迹。刘郎鬓如此，况桃花颜色。

注释

①忆少年：词牌名。又名“十二时”“桃花曲”“陇首山”。晁补之创调。以此篇为正体。调名本意即为抒发青春已去、年华易逝的感喟。 ②历下：古邑名，在齐地，今指山东济南。 ③官柳：大道两旁的柳树。官，把官道，大路。④画舸（gě）：画船，指首尾彩画的大船。 ⑤南山：指历山，在历城县南。⑥罨（yǎn）画：色彩杂染的图画。出自唐秦韬玉《送友人罢举除南陵令》：“花明驿路胭脂煖，山入江亭罨画开。” ⑦绀（gàn）碧：深蓝色。绀，本谓青红，青而含赤色，后谓青翠之色。 ⑧“刘郎”二句：用刘禹锡桃花诗事。刘禹锡因“二王八司马”事件被贬朗州十年，返回京城后作《玄都观桃花》讥讽当权者，又被贬。十四年后刘禹锡返京城，作《再游玄都观》，引起执政者不悦，再度被贬。

临江仙

信州作

谪宦江城无屋买，残僧野寺相依。松间药臼竹间衣。水穷行到处，云起坐看时。 一个幽禽缘底事，苦来醉耳边啼。月斜西院愈声悲。青山无限好，犹道不如归。

注释

①“残僧”句：化用杜甫《山寺》“野寺残僧少，山园细路高”。 ②“水穷”句：化用王维《终南别业》“行到水穷处，坐看云起时”。 ③“青山”句：袭用范仲淹《越上闻子规》“青山无限好，犹道不如归”。

迷神引

贬玉溪对江山作

黯黯青山红日暮，浩浩大江东注。余霞散绮，向烟波路。使人愁，长安远，在何处。几点渔灯小，迷近坞。一片客帆低，傍前浦。　　暗想平生，自悔儒冠误。觉阮途穷，归心阻。断魂素月，一千里、伤平楚。怪竹枝歌，声声怨，为谁苦。猿鸟一时啼，惊岛屿。烛暗不成眠，听津鼓。

注释

①余霞散绮：用谢朓《晚登三山还望京邑》“余霞散成绮”。　②“使人愁”句：化用李白《登金陵凤凰台》“长安不见使人愁”。　③“自悔”句：化用杜甫《奉赠韦左丞丈二十二韵》“儒冠多误身”。　④阮途穷：《晋书》：“（阮籍）尝登广武，观楚、汉战处，乃叹曰：‘时无英才，使竖子成名乎！’时率意独驾，不由径路，车迹所穷，辄恸哭而反。”

洞仙歌

泗州中秋作，此绝笔之词也

青烟幂处，碧海飞金镜。永夜闲阶卧桂影。露凉时、零乱多少寒螀，神京远，惟有蓝桥路近。　　水晶帘不下，云母屏开，冷浸佳人淡脂粉。待都将许多明，付与金尊，投晓共、流霞倾尽。更携取、胡床上南楼，看玉做人间，素秋千顷。

注释

①蓝桥：桥名。在陕西省蓝田县东南蓝溪之上。相传其地有仙窟，为唐裴航遇仙女云英处。唐裴铏《传奇·裴航》：“一饮琼浆百感生，玄霜捣尽见云英。蓝桥便是神仙窟，何必崎岖上玉清。” ②流霞：传说中神仙的饮料。《论衡校释》：“曼都好道学仙，……有仙人数人，将我上天，离月数里而止。见月上下幽冥，幽冥不知东西。居月之旁，其寒悽怆。口饥欲食，仙人辄饮我以流霞一杯。每饮一杯，数月不饥。”

点评

毛晋《晁氏琴趣外篇》：“无咎虽游戏小词，不作绮艳语，殆因法秀禅师谆谆戒山谷老人，不敢以笔墨劝淫耶？大观四年卒于泗州官舍。自画山水留春堂大屏上，题云：‘胸中正可吞云梦，盏底何妨对圣贤？有意清秋入衡霍，为君无尽写江天。’又咏《洞仙歌》一阕，遂绝笔。”

蓦山溪

自来相识，比你情都可。咫尺千里算，惟孤枕、单衾知我。终朝尽日，无绪亦无言。我心里，忡忡也，一点全无那。香笺小字，写了千千个。我恨无羽翼，空寂寞、青苔院锁。昨朝冤我，却道不如休，天天天，不曾麽，因甚须冤我。

「陈师道」

木兰花

阴阴云日江城晚。小院回廊春已满。谁教言语似鹂黄，深闭玉笼千万怨。　　蓬莱易到人难见。香火无凭空有愿。不辞歌里断人肠，只怕有肠无处断。

注释

①鹂黄：黄鹂，黄莺。宋玉《高唐赋》：“王鴡鹂黄，正冥楚鸠。”李善注：“郭璞曰：其色黧黑而黄，因名之。一曰鸧鹒。”三国魏阮籍《咏怀》：“松柏郁森沉，鹂黄相与嬉。”

菩萨蛮

七夕

行云过尽星河烂。炉烟未断蛛丝满。想得两眉颦。停针忆远人。　　河桥知有路。不解留郎住。天上隔年期。人间长别离。

注释

①行云：用巫山神女典。　②河桥：指鹊桥。

点评

用牛郎织女事。

「张耒」

秋蕊香

帘幕疏疏风透。一线香飘金兽。朱阑倚遍黄昏后。廊上月华如昼。　　别离滋味浓于酒。著人瘦。此情不及墙东柳。春色年年如旧。

注释

①秋蕊香：词牌名，又名“秋蕊香令”，晏殊创调。调名即咏秋天菊花的花心馨香。多以此调抒写怀旧感伤之情。　②“别离”二句：李之仪《谢池春》“著人滋味，真个浓如酒”。

风流子

木叶亭皋下，重阳近，又是捣衣秋。奈愁入庾肠，老侵潘鬓，谩簪黄菊，花也应羞。楚天晚，白蘋烟尽处，红蓼水边头。芳草有情，夕阳无语，雁横南浦，人倚西楼。　　玉容，知安否，香笺共锦字，两处悠悠。空恨碧云离合，青鸟沉浮。向风前懊恼，芳心一点，寸眉两叶，禁甚闲愁。情到不堪言处，分付东流。

注释

①木叶：树叶。《楚辞·九歌·湘夫人》："袅袅兮秋风，洞庭波兮木叶下"。后世常以此写秋景，兼写乡思。 ②庾肠：庾信出使西魏而被扣留，时常思念祖国家乡。其《哀江南赋》序："不无危苦之词，惟以悲哀为主。"后以"庾愁"指思乡之心。 ③潘鬓：潘岳的斑鬓。《秋兴赋》序："晋十有四年，余春秋三十有二，始见二毛。"后以"潘鬓"为中年鬓发斑白的代词。 ④"谩簪"句：杜甫《九日齐山登高》"菊花须插满头归"。 ⑤南浦：江淹《别赋》："送君南浦，伤如之何。"后以"南浦"指分别之地。 ⑥碧云离合：江淹《拟汤惠休怨诗》："日暮碧云合，佳人殊未来。"

「侯蒙」

临江仙

未遇行藏谁肯信，如今方表名踪。无端良匠画形容。当风轻借力，一举入高空。　　才得吹嘘身渐稳，只疑远赴蟾宫。雨余时候夕阳红。几人平地上，看我碧霄中。

注释

①未遇：未得到赏识和重用，未发迹。　②行藏：指出处或行止。语本《论语·述而》："用之则行，舍之则藏。"　③形容：形体和容貌。　④蟾宫：月宫，月亮。唐以来称科举及第为蟾宫折桂，因以指科举考试。　⑤碧霄：青天。

「周邦彦」

虞美人

廉纤小雨池塘遍。细点看萍面。一双燕子守朱门。比似寻常时候、易黄昏。　　宜城酒泛浮香絮。细作更阑语。相将羁思乱如云。又是一窗灯影、两愁人。

注释

①廉纤：纤细连绵貌。　②宜城酒：汉南郡宜城（今湖北宜城市南）出产的名酒。晋张载《鄀酒赋》称宜城酒“缥蚁萍布，芳香酷烈”。　③香絮：形容酒面浮沫，又名“浮蚁”。

齐天乐

秋思

绿芜凋尽台城路，殊乡又逢秋晚。暮雨生寒，鸣蛩劝织，深阁时闻裁剪。云窗静掩。叹重拂罗茵，顿疏花簟。尚有练囊，露萤清夜照书卷。　　荆江留滞最久，故人相望处，离思何限。渭水西风，长安乱叶，空忆诗情宛转。凭高眺远。正玉液新篘，蟹螯初荐。醉倒山翁，但愁斜照敛。

注释

①台城：原为东晋和南朝的宫省所在，称禁城，又称台城，在今南京。②“露萤”句：指晋车胤囊萤读书事。　③“渭水”二句：化用贾岛《忆江上吴处士》“秋风吹渭水，落叶满长安”。　④醉倒山翁：用晋山简事。《晋书·山简传》：“简每出嬉游，多之池上，置酒辄醉，名之曰高阳池。时有童儿歌曰：‘山公出何许，往至高阳池。日夕倒载归，酩酊无所知。’”

点评

陈廷焯《云韶集》：“只起二句，便觉黯然销魂。下字用意，无不精练。沉郁苍凉，太白‘西风残照’后，有嗣音矣。”又《词则·大雅集》：“苍凉沉郁，开白石、碧山一派。”

苏幕遮

燎沈香，消溽暑。鸟雀呼晴，侵晓窥檐语。叶上初阳干宿雨、水面清圆，一一风荷举。　　故乡遥，何日去。家住吴门，久作长安旅。五月渔郎相忆否。小楫轻舟，梦入芙蓉浦。

注释

①燎（liáo）：细焚。　②沈香：沉香，又名沉水香，名贵香料。　③溽（rù）暑：夏天闷热潮湿的暑气。溽，湿润潮湿。　④呼晴：唤晴。旧有鸟鸣

可占晴雨之说。 ⑤侵晓：拂晓。侵，渐近。 ⑥“一一”句：荷叶迎着晨风，每一片荷叶都挺出水面。举，擎起。 ⑦吴门：古吴县城亦称吴门，即今江苏苏州。也泛指吴越一带。作者是钱塘人，钱塘古属吴郡，故称。 ⑧“久作”句：长年旅居在京城。长安，借指汴京（今河南开封）。 ⑨楫（jí）：划船用具，短桨。 ⑩芙蓉浦：指杭州西湖。芙蓉，又叫“芙蕖”，荷花的别称。浦，水湾、河流。

点评

王国维《人间词话》：“‘叶上初阳干宿雨，水面清圆，一一风荷举’，此真能得荷之神理者，觉白石《念奴娇》《惜红衣》二词，犹有隔雾看花之恨。”

菩萨蛮

梅雪

银河宛转三千曲。浴凫飞鹭澄波绿。何处是归舟。夕阳江上楼。　天憎梅浪发。故下封枝雪。深院卷帘看。应怜江上寒。

注释

①“银河”句：谓长河蜿蜒。银河，天河。借指人间的河。宛转，辗转。三千，形容很多。 ②浴凫（fú）飞鹭：谓野鸭戏水，白鹭飞翔。凫，野鸭。鹭，白鹭。 ③“天憎”句：上天厌恶梅花随便地开放。浪发，滥开。

点评

陈廷焯《白雨斋词话》：“美成《菩萨蛮》上半阕云：‘何处是归舟，夕阳江上楼。’思慕之极，故哀怨之深。下半阕云：‘深院卷帘看，应怜江上寒。’哀怨之深，亦忠爱之至。似此不必学温、韦，已与温、韦一鼻孔出气。”

关河令

清真集不载，时刻清商怨

秋阴时晴向暝。变一庭凄冷。伫听寒声，云深无雁影。

更深人去寂静。但照壁、孤灯相映。酒已都醒，如何消夜永。

注释

①清商怨：源于古乐府，曲调哀婉。欧阳修曾填此曲，有“关河愁思望处满”句，作者取以为名，寓羁旅思家意。　②“秋阴”句：一作“秋阴时晴渐向暝”。③寒声：秋天的风声、雨声、虫鸟哀鸣声等。此指雁鸣声。　④照壁：古时筑于寺庙、广宅前的墙屏。与正门相对，作遮蔽、装饰之用，多饰有图案、文字。亦谓影壁，指大门内或屏门内做屏蔽的墙壁。也有木制的，下有底座，可以移动，又称照壁、照墙。　⑤消夜永：度过漫漫长夜。夜永，长夜。

四园竹

官本作西园竹

浮云护月，未放满朱扉。鼠摇暗壁，萤度破窗，偷入书帏。秋意浓，闲伫立、庭柯影里。好风襟袖先知。　夜何其。江南路绕重山，心知谩与前期。奈向灯前堕泪，肠断萧娘，旧日书辞。犹在纸。雁信绝，清宵梦又稀。

注释

①四园竹：词牌名，又名“西园竹”。以此词为正体。竹，竹林七贤。三国曹魏正始年间，嵇康、阮籍、山涛、向秀、刘伶、王戎、阮咸常在山阳县的竹林喝酒、纵歌，世人遂称“竹林七贤”。调名本意即咏文人在西园雅集。②浮云护月：月亮被薄云遮盖。 ③“萤度”句：用齐己《萤》“夜深飞过读书帏”。 ④“好风”句：用杜牧《秋思》“好风襟袖知”。 ⑤“肠断”句：用杨巨源《崔娘》“肠断萧娘一纸书”。萧娘，指所爱美人。

玉楼春

桃溪不作从容住。秋藕绝来无续处。当时相候赤栏桥，今日独寻黄叶路。　　烟中列岫青无数。雁背夕阳红欲暮。人如风后入江云，情似雨余粘地絮。

注释

①桃溪：用刘晨、阮肇入天台山采药遇仙女事。 ②赤栏桥：与下句“黄叶路”分指春景、秋景。 ③列岫：谢朓有“窗中列远岫”句。 ④“人如”二句：化用晏几道《玉楼春》“便教春思乱如云，莫管世情轻似絮”。

风流子

新绿小池塘。风帘动、碎影舞斜阳。羡金屋去来，旧时巢燕，土花缭绕，前度莓墙。绣阁凤帏深几许，曾听得理丝簧。欲说又休，虑乖芳信，未歌先咽，愁近清觞。　　遥知新妆了，开朱户，应自待月西厢。最苦梦魂，今宵不到伊行。问甚时说与，佳音密耗，寄将秦镜，偷换韩香。天便教人，霎时厮见何妨。

注释

①风流子：词牌名。原唐教坊曲名，后用为词调之称。又名“内家娇”“神仙伴侣”“骊山石”。唐时为单调小令，宋为慢词，二者迥异。调名出自刘良《文选》：“风流，言其风美之声流于天下。子者，男子之通称也。”　②新绿：开春后新涨的绿水。　③土花：苔藓。　④莓墙：长满青苔的墙。　⑤凤帏：闺中的帷帐。　⑥乖：违误，错过。　⑦清觞：洁净的酒杯。　⑧待月：元稹《会真记》“待月西厢下，迎风户半开”。　⑨不到伊行（háng）：不到她身边。行，那边，旁边。　⑩密耗：秘密消息。　⑪秦镜：汉秦嘉妻徐淑赠其明镜。此指情人送的物品。　⑫韩香：晋贾充之女贾午爱恋韩寿，以御赐西域奇香赠之。此指情人的赠品。

满江红

昼日移阴，揽衣起，春帷睡足。临宝鉴、绿云撩乱，未忺妆束。蝶粉蜂黄都褪了，枕痕一线红生肉。背画栏、脉脉悄无言，寻棋局。　　重会面，犹未卜。无限事，萦心曲。想秦筝依旧，尚鸣金屋。芳草连天迷远望，宝香薰被成孤宿。最苦是、蝴蝶满园飞，无心扑。

注释

①移阴：日影移动。 ②春帷（wéi）：春天的帷帐，点明季节与处所。 ③未忺（xiān）：没有兴趣。 ④蝶粉蜂黄：唐代宫妆，以粉敷面、胸，以黄涂额间。 ⑤红生肉：肉，指女子两腮。生，印出。 ⑥寻棋局：棋，谐“期”，期待情人相会。杜牧《子夜歌》：“明灯照空局，悠然未有棋。” ⑦心曲：内心深处。

少年游

朝云漠漠散轻丝。楼阁淡春姿。柳泣花啼，九街泥重，门外燕飞迟。 而今丽日明金屋，春色在桃枝。不似当时，小桥冲雨，幽恨两人知。

注释

①九街泥重：街巷泥泞不堪。九街，九陌、九衢，指京师街巷。 ②金屋：用汉武帝金屋藏娇典。

满庭芳

风老莺雏，雨肥梅子，午阴嘉树清圆。地卑山近，衣润费炉烟。人静乌鸢自乐，小桥外、新绿溅溅。凭栏久，黄芦苦竹，拟泛九江船。 年年。如社燕，飘流瀚海，来寄修椽。且莫思身外，长近尊前。憔悴江南倦客，不堪听、急管繁弦。歌筵畔，先安簟枕，容我醉时眠。

注释

①风老莺雏：幼莺在暖风里长大。杜甫《赴京初入汴口》“风蒲燕雏老”。②雨肥梅子：梅子受雨水滋润而长得肥硕。杜甫《陪郑广文游何将军山林》“红绽雨肥梅”。 ③“午阴”句：中午阳光照射下的树荫清晰圆正。 ④地卑：地势低洼。 ⑤润：湿。 ⑥垆烟：南方黄梅季节多潮湿，衣服容易发霉，故用炉香烘熏衣服，以除潮气。 ⑦乌鸢（yuān）：乌鸦。 ⑧溅溅：流水声。⑨“黄芦”二句：用白居易《琵琶行》“黄芦苦竹绕宅生”。 ⑩社燕：燕子当春社时飞来，秋社时飞走。 ⑪“且莫”二句：用杜甫《绝句漫兴》“莫思身外无穷事”，杜牧《张好好诗》“身外任尘土，尊前极欢娱”。 ⑫急管繁弦：用白居易《忆旧游》“急管繁弦头上催”。

点评

陈廷焯《白雨斋词话》：“或是依人之苦，或有患失之心，但说得虽哀怨，却不激烈，沉郁顿挫中别饶蕴藉。后人为词，好作尽头语，令人一览无余，有何趣味？”

梁启超：“最颓唐语，却最含蓄。”

瑞龙吟

章台路。还见褪粉梅梢，试花桃树。愔愔坊陌人家，定巢燕子，归来旧处。　　黯凝伫。因念个人痴小，乍窥门户。侵晨浅约宫黄，障风映袖，盈盈笑语。　　前度刘郎重到，访邻寻里，同时歌舞。唯有旧家秋娘，声价如故。吟笺赋笔，犹记燕台句。知谁伴、名园露饮，东城闲步。事与孤鸿去。探春尽是，伤离意绪。官柳低金缕。归骑晚，纤纤池塘飞雨。断肠院落，一帘风絮。

注释

①瑞龙吟：词牌名，又名“章台路”。周邦彦创调。调名本意即为敲击铜盘之声如瑞龙吟啸，调咏祈雨。以此篇为正体。　②章台路：秦昭王曾于咸阳造章台，十分繁华，妓馆林立，后指妓女聚居之地。　③试花：刚开花。④愔愔（yīn）：幽深，悄寂。　⑤坊陌：一作“坊曲”，意与章台路相近。⑥定巢燕子：语出杜甫《堂成》“暂止飞乌将数子，频来语燕定新巢”。寇准《点绛唇》“定巢新燕，湿雨穿花转”。　⑦乍窥门户：宋人称妓院为门户人家，此有倚门卖笑之意。　⑧浅约宫黄：轻涂宫黄，细细按抹。古代妇女涂黄色脂粉于额上作妆饰，称额黄。宫中所用者为最上，称宫黄。约，涂抹时约束使之像月之意。梁简文帝《美女篇》：“约黄能效月。”　⑨前度刘郎：唐刘禹锡“玄都观里桃千树，尽是刘郎去后栽”，又有“种桃道士归何处，前度刘郎今又来”。此处作者自比。　⑩秋娘：本为唐代名妓，后为歌妓的代称。　⑪燕台：唐李商隐《燕台四首》，分题春夏秋冬，为洛阳歌妓柳枝所叹赏，托人致意，约李商隐偕归，未果，后嫁他人。此处暗示昔日情人已归他人。　⑫露饮：露天而饮，极言欢纵。梁简文帝《六根忏文》“风禅露饮”。　⑬东城闲步：用杜牧与张好好事。杜牧《张好好诗》序：“牧大和三年，佐故吏部沈公江西幕。好好年十三，始以善歌来乐籍中。后一岁，公移镇宣城，复置好好于宣城籍中。后二岁，为沈著作述师以双鬟纳之。后二岁，于洛阳东城重睹好好，感旧伤怀，故题诗赠之。”　⑭事与孤鸿去：用杜牧《题安州浮云寺楼寄湖州张郎中》“恨如春草多，事与孤鸿去”。　⑮官柳低金缕：柳丝低拂之意。官柳，指官府在官道上所植杨柳。金缕，喻指初春时嫩黄的柳条。

应天长

条风布暖，霏雾弄晴，池台遍满春色。正是夜堂无月，沉沉暗寒食。梁间燕，前社客。似笑我、闭门愁寂。乱花过，隔院芸香，满地狼藉。　　长记那回时，邂逅相逢，郊外驻油壁。又见汉宫传烛，飞烟五侯宅。青青草，迷路陌。强带酒、细寻前迹。市桥远，柳下人家，犹自相识。

注释

①条风：春风。 ②霏雾：飘拂的云雾。 ③池台：一作“池塘”。 ④夜堂：一作“夜台”。 ⑤芸香：香草名。多年生草本植物，其下部为木质，故又称芸香树。泛指花之香气。 ⑥邂逅：不期而遇。 ⑦油壁：油壁车，车壁以油饰之。 ⑧“又见”二句：唐韩翃《寒食》“日暮汉宫传蜡烛，轻烟散入五侯家”。

烛影摇红

芳脸轻匀，黛眉巧画宫妆浅。风流天付与精神，全在娇波眼。早是萦心可惯。向尊前、频频顾盼。几回相见，见了还休，争如不见。　　烛影摇红，夜阑饮散春宵短。当时谁会唱阳关，离恨天涯远。争奈云收雨散。凭阑干、东风泪满。海棠开后，燕子来时，黄昏深院。

注释

①烛影摇红：词牌名，又名“玉珥坠金环”“忆故人”“秋色横空”等。王诜词原调名为“忆故人”，吴曾《能改斋漫录》：“徽宗喜其词意，犹以不丰容宛转为恨，遂令大晟府别撰腔。周美成增损其词，而以首句为名，谓之《烛影摇红》。” ②萦心：萦系于心。 ③可惯：称心爱宠。 ④顾眄（miǎn）：回视，斜视。 ⑤谁会：谁知道。 ⑥阳关：即唐王维《渭城曲》。

锁窗寒

暗柳啼鸦，单衣伫立，小帘朱户。桐花半亩，静锁一庭愁雨。洒空阶、夜阑未休，故人剪烛西窗语。似楚江暝宿，风灯零乱，少年羁旅。 迟暮。嬉游处。正店舍无烟，禁城百五。旗亭唤酒，付与高阳俦侣。想东园、桃李自春，小唇秀靥今在否。到归时、定有残英，待客携尊俎。

注释

①锁窗寒：词牌名，一名“琐寒窗”。周邦彦创调，以此篇为正体，因“静锁一庭愁雨”“故人剪烛西窗语”句，取为词调名。镂花纹的窗棂为“琐窗”。②暗柳：柳色已深。 ③“故人”句：化用李商隐《夜雨寄北》“何当共剪西窗烛”。④楚江：指流经湖北宜昌至安徽芜湖一带的长江。 ⑤“正店舍”二句：冬至节后一百〇五日为寒食节，禁火三日，清明始以榆火燃薪。元稹《连昌宫词》：“初过寒食一百六，店舍无烟宫树绿。” ⑥旗亭：市楼。古建于市中，上立旗帜，为观察指挥市集之所。此处代指酒店。 ⑦高阳俦（chóu）侣：高阳酒徒的朋友。《史记》载，郦食其以儒冠见沛公刘邦，刘邦以其为儒生，不见，食其按剑大呼：

“我非儒生，乃高阳酒徒也！”因见之。后因称饮酒狂放不羁者为高阳酒徒。高阳，地名，属今河北省保定市高阳县。俦侣，伴侣。⑧自春：花朵照常开放。⑨小唇秀靥（yè）：借花指人。李贺“浓眉笼小唇”“晚奁妆秀靥”，写女子美貌。靥，脸上的酒窝。

解连环

怨怀无托。嗟情人断绝，信音辽邈。信妙手、能解连环，似风散雨收，雾轻云薄。燕子楼空，暗尘锁、一床弦索。想移根换叶。尽是旧时，手种红药。　汀洲渐生杜若。料舟依岸曲，人在天角。谩记得、当日音书，把闲语闲言，待总烧却。水驿春回，望寄我、江南梅萼。拚今生，对花对酒，为伊泪落。

注释

①解连环：词牌名。又名“望梅”“杏梁燕”等，因周邦彦词有“妙手能解连环”改名。《战国策·齐策》：“秦昭王尝遣使者遗君王后以玉连环，曰：‘齐多智，而能解此环不？’君王后以示群臣，群臣不知解。君王后引锥破之，谢秦使曰：‘谨以解矣。’”周词为感旧之作，以连环比喻情感纠结，难以解开。②燕子楼空：楼名，在今江苏省徐州市。相传为唐贞元时尚书张建封之爱妾关盼盼居所。张死后，盼盼念旧不嫁，独居此楼十余年。后以“燕子楼”泛指女子居所。此指人去楼空。

氐州第一

波落寒汀，村渡向晚，遥看数点帆小。乱叶翻鸦，惊风破雁，天角孤云缥缈。官柳萧疏，甚尚挂、微微残照。景物关情，川途换目，顿来催老。　　渐解狂朋欢意少，奈犹被、思牵情绕。座上琴心，机中锦字，觉最萦怀抱。也知人、悬望久，蔷薇谢、归来一笑。欲梦高唐，未成眠、霜空已晓。

注释

①氐州第一：词牌名，又名“熙州摘遍”，调始见于周邦彦词。以此篇为正体。②“座上”二句：座上琴心，用司马相如、卓文君典。机中锦字，用窦滔妻苏氏织锦回文诗之典。　③高唐：用宋玉《高唐赋》典。

尉迟杯

离恨

隋堤路。渐日晚、密霭生深树。阴阴淡月笼沙，还宿河桥深处。无情画舸，都不管、烟波隔南浦。等行人、醉拥重衾，载将离恨归去。　　因念旧客京华，长偎傍、疏林小槛欢聚。冶叶倡条俱相识，仍惯见、珠歌翠舞。如今向、渔村水驿，夜如岁、焚香独自语。有何人、念我无憀，梦魂凝想鸳侣。

注释

①尉迟杯：词牌名。双调，分仄韵、平韵。仄韵首见柳永《乐章集》，平韵首见晁补之《琴趣外篇》。明杨慎《词品·词名多取诗句》："尉迟敬德饮酒，必用大杯，故以名曲。" ②淡月笼沙：杜牧《泊秦淮》"烟笼寒水月笼沙"。③冶叶倡条：指歌妓。 ④鸳侣：情人。

花犯

梅花

粉墙低，梅花照眼，依然旧风味。露痕轻缀。疑净洗铅华，无限佳丽。去年胜赏曾孤倚。冰盘同宴喜。更可惜，雪中高树，香篝熏素被。 今年对花最匆匆，相逢似有恨，依依愁悴。吟望久，青苔上、旋看飞坠。相将见、脆丸荐酒，人正在、空江烟浪里。但梦想、一枝潇洒，黄昏斜照水。

注释

①花犯：词牌名，为周邦彦自度曲。以此篇为正体。花犯，即花拍犯调。宋王灼《碧鸡漫志》："（六么）此曲内一叠名《花十八》，前后十八拍，又四花拍，共二十二拍，乐家者流所谓花拍，盖非其正也。"调名本意即咏以转换宫调的方式演奏乐曲的附加节拍。周密词名《绣鸾凤花犯》。 ②粉墙：涂刷成白色的墙。 ③照眼：耀眼，醒目。形容物体明亮或光度强。 ④冰盘：如水般洁净的白瓷盘。一说指满月。 ⑤燕喜：节日的宴会。燕，通"宴"。用韩愈《李花二首》"冰盘夏荐碧实脆"诗意，指喜得梅子以进酒。 ⑥香篝（gōu）：熏香之笼。此句喻雪覆盖梅树，像白被放在熏笼上一样。 ⑦脆丸：

梅子。 ⑧荐酒：佐酒。 ⑨黄昏斜照水：用林逋《山园小梅》“疏影横斜水清浅，暗香浮动月黄昏”意。

望江南

游妓散，独自绕回堤。芳草怀烟迷水曲，密云衔雨暗城西。九陌未沾泥。　　桃李下，春晚未成蹊。墙外见花寻路转，柳阴行马过莺啼。无处不凄凄。

注释

①游妓：是专门陪同达官贵人、官家子弟游乐宴游的风尘女子。 ②堤：迂回曲折的堤岸。 ③九陌：本指京城内的大街小巷，如汉代长安市有八街九陌。此指原野。 ④成蹊：《史记·李将军列传》：“桃李不言，下自成蹊。”蹊，路。⑤寻路转：寻找回家的路。承上句“未成蹊”，指无路。转，回。 ⑥过莺啼：一路经过，唯闻莺啼，指无人。

庆春宫

云接平冈，山围寒野，路回渐转孤城。衰柳啼鸦，惊风驱雁，动人一片秋声。倦途休驾，澹烟里、微茫见星。尘埃憔悴，生怕黄昏，离思牵萦。　　华堂旧日逢迎。花艳参差，香雾飘零。弦管当头，偏怜娇凤，夜深簧暖笙清。眼波传意，恨密约、匆匆未成。许多烦恼，只为当时，一饷留情。

注释

①休驾：听歌下来车马歇息。　②簧暖笙清：笙里的簧片用高丽铜制成，冬天吹奏前须先烧炭火，将笙置于锦熏笼上，再加四合香熏烤，簧片烤暖之后，吹起来声音才清脆悦耳。周密《齐东野语》：“自十月旦至二月终，日给焙笙炭五十斤，用锦熏笼藉笙于上，复以四和香熏之。盖笙簧必用高丽铜为之，艳以绿蜡，簧暖则字正而声清越，故必用焙而后可。”

点评

刘熙载《艺概》：“周美成律最精审，史邦卿句最警炼，然未得为君子之词者，周旨荡而史意贪也。”

六丑

落花

正单衣试酒，恨客里、光阴虚掷。愿春暂留，春归如过翼。一去无迹。为问花何在，夜来风雨，葬楚宫倾国。钗钿堕处遗香泽。乱点桃蹊，轻翻柳陌。多情为谁追惜。但蜂媒蝶使，时叩窗隔。　　东园岑寂。渐蒙笼暗碧。静绕珍丛底，成叹息。长条故惹行客。似牵衣待话，别情无极。残英小、强簪巾帻。终不似一朵，钗头颤袅，向人攲侧。漂流处、莫趁潮汐。恐断红、尚有相思字，何由见得。

注释

①六丑：词牌名。周邦彦创调。以此篇为正体。周密《浩然斋雅谈》载，周邦彦向宋徽宗奏称："此曲犯六调，皆声之美者，然绝难歌。昔高阳氏有子六人，才而丑，故以比之。" ②试酒：宋代风俗，农历三月末或四月初尝新酒。周密《武林旧事》："户部点检所十三酒库，例于四月初开煮，九月初开清，先至提领所呈样品尝，然后迎引至诸所隶官府而散。"此指时令。 ③过翼：飞过的鸟。 ④楚宫倾国：楚王宫里的美女，喻蔷薇花。倾国，美人，此指落花。 ⑤钗钿堕处：花落处。白居易《长恨歌》："花钿委地无人收。" ⑥柳陌：绿柳成荫的路。 ⑦珍丛：花丛。 ⑧强簪巾帻（zé）：勉强插戴在头巾上。巾帻，头巾。 ⑨向人欹侧：向人表示依恋媚态。 ⑩"恐断红"句：用红叶题诗典。唐卢渥到长安应试，拾得御沟漂出的红叶，上有宫女题诗。后娶遣放宫女为妻，恰好是题诗者。

拜星月

秋思

夜色催更，清尘收露，小曲幽坊月暗。竹槛灯窗，识秋娘庭院。笑相遇，似觉琼枝玉树，暖日明霞光烂。水眄兰情，总平生稀见。　　画图中、旧识春风面。谁知道、自到瑶台畔。眷恋雨润云温，苦惊风吹散。念荒寒、寄宿无人馆。重门闭、败壁秋虫叹。怎奈向、一缕相思，隔溪山不断。

注释

①拜星月：词牌名，原为唐教坊曲名，后用作词调之称。拜新月乃唐代民

间妇女之习俗，以寄托美好祝愿。唐李端《拜新月》：“开帘见新月，便即下阶拜。细语人不闻，北风吹裙带。”长短句词体最早见敦煌《云谣集杂曲子》两词，皆写拜月情景，其一写闺中妇女拜月：“荡子他州去……誓不辜伊。”格律与宋词异。《宋史·乐志》载，北宋初年因旧曲造新声之曲有《拜星月》，始创于周邦彦，又称“拜星月慢”。 ②琼枝玉树：比喻人姿容秀美。 ③水眄（miàn）兰情：目盼如秋水，情香如兰花。眄，顾盼。 ④“画图”二句：杜甫《咏怀古迹》之三：“画图省识春风面。”咏王昭君。春风面，指容貌美丽。此喻前文的“秋娘”。 ⑤雨润云温：比喻男女情好。

长相思

夜色澄明。天街如水，风力微冷帘旌。幽期再偶，坐久相看才喜，欲叹还惊。醉眼重醒。映雕阑修竹，共数流萤。细语轻盈。尽银台、挂蜡潜听。　　自初识伊来，便惜妖娆艳质，美眄柔情。桃溪换世，鸾驭凌空，有愿须成。游丝荡絮，任轻狂、相逐牵萦。但连环不解，流水长东，难负深盟。

注释

①桃溪换世：用刘晨、阮肇入天台山遇二仙女，还家子孙已历七世的典故。②鸾驭凌空：用萧史弄玉结为夫妇，乘凤凰飞去的典故。

夜飞鹊

别情

河桥送人处，凉夜何其。斜月远堕余辉。铜盘烛泪已流尽，霏霏凉露沾衣。相将散离会，探风前津鼓，树杪参旗。华骢会意，纵扬鞭、亦自行迟。　　迢递路回清野，人语渐无闻，空带愁归。何意重红满地，遗钿不见，斜径都迷。兔葵燕麦，向残阳、欲与人齐。但徘徊班草，欷歔酹酒，极望天西。

注释

①夜飞鹊：词牌名，始见《清真集》。　②凉夜何其：夜深到了什么时分。凉，也作“良”。《诗经·小雅·庭燎》：“夜如何其？夜未央。”其，语助词。③相将：就要。　④离会：离别前的饯行聚会。　⑤津鼓：河边渡口报时的更鼓。⑥树杪（miǎo）参（shēn）旗：树杪，树梢。参旗，星辰名，初秋时于黎明前出现。此句说参宿正在树梢，天将破晓。　⑦华骢：毛色青白相杂的骏马。　⑧遗钿：妇人遗落的饰物，常喻落花。此指旧时送别处遗落的东西。　⑨兔葵燕麦：野草野谷类。形容蔓草丛生，一派荒凉。刘禹锡《再游玄都观》序“唯兔葵燕麦动摇于春风耳”。　⑩班草：朋友相会于途中铺草而坐。

夜游宫

叶下斜阳照水。卷轻浪、沉沉千里。桥上酸风射眸子。立多时，看黄昏，灯火市。　　古屋寒窗底。听几片、井桐飞坠。不恋单衾再三起。有谁知，为萧娘，书一纸。

注释

①夜游宫：词牌名，又名“新念别”。　②酸风射眸子：冷风刺眼使鼻酸。酸风，寒风。　③单衾：薄被。　④萧娘：唐代对女子的泛称。此指情人。唐杨巨源《崔娘》“肠断萧娘一纸书”。

虞美人

灯前欲去仍留恋。肠断朱扉远。未须红雨洗香腮。待得蔷薇花谢、便归来。　　舞腰歌板闲时按。一任傍人看。金炉应见旧残煤。莫使恩情容易、似寒灰。

注释

①红雨：喻女子落泪。　②歌板：歌唱时用以打拍子的乐器。

虞美人

疏篱曲径田家小。云树开清晓。天寒山色有无中。野外一声钟起、送孤篷。　　添衣策马寻亭堠。愁抱惟宜酒。菰蒲睡鸭占陂塘。纵被行人惊散、又成双。

注释

①“天寒”句：用王维《汉江临泛》：“山色有无中。” ②亭堠（hòu）：侦察、瞭望的岗亭。《后汉书·光武纪》：“筑亭堠修烽燧。”此指古代废置的亭堠改成的供行人休息的场所。

点评

陈振孙《直斋书录解题》：“清真词多用唐人诗语，隐括入律，浑然天成；长调尤善铺叙，富艳精工，词人之甲乙也。”

绮寮怨

思情

上马人扶残醉，晓风吹未醒。映水曲、翠瓦朱檐，垂杨里、乍见津亭。当时曾题败壁，蛛丝罩、淡墨苔晕青。念去来、岁月如流，徘徊久、叹息愁思盈。 去去倦寻路程。江陵旧事，何曾再问杨琼。旧曲凄清。敛愁黛、与谁听。尊前故人如在，想念我、最关情。何须渭城。歌声未尽处，先泪零。

注释

①绮寮怨：词牌名。周邦彦自制曲。只此一首。绮寮，雕饰精美的窗户。②“晓风”句：化用柳永《雨霖铃》“今宵酒醒何处，杨柳岸、晓风残月”。③杨琼：唐名妓。此指意中人。 ④渭城：王维《渭城曲》，即《阳关三叠》，送别名曲。

点评

王国维《人间词话》:"美成深远之致，不及欧、秦，唯言情体物，穷极工巧，故不失为第一流之作者。但惟创调之才多，创意之才少耳。"

蝶恋花

秋思

月皎惊乌栖不定。更漏将残，轳辘牵金井。唤起两眸清炯炯。泪花落枕红棉冷。　执手霜风吹鬓影。去意徊徨，别语愁难听。楼上阑干横斗柄。露寒人远鸡相应。

注释

①月皎：月色洁白光明。《诗经·陈风·月出》："月出皎兮。"　②轳辘：即辘轳，也指井上汲水轳辘转动的声音。　③金井：用黄铜包装的井栏，是富贵人家景象。张籍《楚妃怨》："梧桐叶下黄金井，横架辘轳牵素绠。"④红棉：用棉花填充的红色枕头。　⑤执手：紧握对方之手。　⑥徊徨：徘徊、彷徨。　⑦阑干：纵横貌。唐刘方平《月夜》"北斗阑干南斗斜"。　⑧斗柄：北斗七星的第五至第七星，像古代酌酒所用的斗把，故称。

点评

王世贞《艺苑卮言》:"美成能作景语，不能作情语，能入丽字，不能入雅字，以故价微劣于柳。然至'枕痕一线红生肉'，又'唤起两眸清炯炯。泪花落枕红棉冷'，其形容睡起之妙，真能动人。"

少年游

并刀如水，吴盐胜雪，纤指破新橙。锦幄初温，兽烟不断，相对坐调笙。　　低声问向谁行宿，城上已三更。马滑霜浓，不如休去，直是少人行。

注释

①并(bīng)刀：并州(今山西太原一带)所产之刀，即并州剪，以锋利著名。并，并州。如水，光洁似水，喻剪刀锋利。　②吴盐：吴地所出产的洁白细盐。③锦幄（wò）：锦制的帷幄。亦泛指华美的帐幕。　④兽烟：兽形香炉中冒出的香烟。　⑤向谁行宿：到哪里去住宿。谁行，谁那里，一作“谁边”。　⑥直是：只是，就是。

点评

宋张端义《贵耳集》：“道君（宋徽宗）幸李师师家，偶周邦彦先在焉，知道君至，遂匿床下。道君自携新橙一颗，云江南初进来，遂与师师谑语，邦彦悉闻之，隐括成《少年游》云。”

一落索

眉共春山争秀。可怜长皱。莫将清泪湿花枝，恐花也、如人瘦。　　清润玉箫闲久。知音稀有。欲知日日倚阑愁，但问取、亭前柳。

注释

①“恐花也”二句：李清照《醉花阴》“帘卷西风，人比黄花瘦”，程垓《江城梅花引》“一夜被花憔悴损，人瘦也，比梅花，瘦几分”，朱淑真《菩萨蛮》“人怜花似旧，花比人应瘦”，皆自清真句化出。

一落索

杜宇思归声苦。和春催去。倚阑一霎酒旗风，任扑面、桃花雨。　　目断陇云江树。难逢尺素。落霞隐隐日平西，料想是、分携处。

解语花

元宵

风销焰蜡，露浥烘炉，花市光相射。桂华流瓦。纤云散，耿耿素娥欲下。衣裳淡雅。看楚女、纤腰一把。箫鼓喧，人影参差，满路飘香麝。　　因念都城放夜。望千门如昼，嬉笑游冶。钿车罗帕。相逢处，自有暗尘随马。年光是也。唯只见、旧情衰谢。清漏移，飞盖归来，从舞休歌罢。

注释

①桂华：月亮、月光。传说月中有桂树，故称。 ②放夜：古代京城禁止夜行，惟正月十五夜弛禁，市民可欢乐通宵，故称。 ③暗尘随马：唐苏味道“暗尘随马去，明月逐人来”。

点评

俞陛云《宋词选释》：词因“元宵”而抚今追昔，分前后段赋之，笔势流转，一往情深。张文潜序贺方回词，谓其“满心而发，肆口而成，虽欲已焉而不得者”。论者谓深得贺词之妙，余谓此词亦然。

大酺

春雨

对宿烟收，春禽静，飞雨时鸣高屋。墙头青玉旆，洗铅霜都尽，嫩梢相触。润逼琴丝，寒侵枕障，虫网吹粘帘竹。邮亭无人处，听檐声不断，困眠初熟。奈愁极频惊，梦轻难记，自怜幽独。 行人归意速。最先念、流潦妨车毂。怎奈向、兰成憔悴，卫玠清羸，等闲时、易伤心目。未怪平阳客，双泪落、笛中哀曲。况萧索、青芜国。红糁铺地，门外荆桃如菽。夜游共谁秉烛。

注释

①大酺（pú）：词牌名。唐教坊曲有《大酺乐》，宋人借旧曲以制新调。

以此篇为正体。大酺，天下大乐大饱酒之意。 ②青玉旆（pèi）：喻新竹。旆，古时末端形状像燕尾的旗。 ③润逼琴丝：因下雨琴弦变湿。 ④邮亭：古代供送公文的人和旅客歇宿的馆舍。 ⑤流潦妨车毂（gǔ）：下雨泥泞，车行受阻。流潦，雨后地面的积水。毂，车轮的中心部分，词中即指车轮。 ⑥兰成：南朝庾信，字兰成，出使北方被留，写下许多伤感的思乡文字，如《哀江南赋》《愁赋》等。 ⑦卫玠：晋人，美姿容，白如玉。 ⑧清羸（léi）：清瘦羸弱。⑨平阳客：汉马融。有《长笛赋》，辞情哀切。 ⑩青芜国：杂草丛生之地。⑪红糁（sǎn）：指落花。糁，本指米粒。 ⑫荆桃：樱桃的别名。 ⑬菽（shū）：豆的总称。

浪淘沙

昼阴重，霜凋岸草，雾隐城堞。南陌脂车待发。东门帐饮乍阕。正拂面、垂杨堪缆结。掩红泪、玉手亲折。念汉浦离鸿去何许，经时信音绝。　　情切。望中地远天阔。向露冷风清，无人处、耿耿寒漏咽。嗟万事难忘，唯是轻别。翠尊未竭，凭断云留取，西楼残月。　　罗带光销纹衾叠。连环解、旧香顿歇。怨歌永、琼壶敲尽缺。恨春去、不与人期，弄夜色，空余满地梨花雪。

注释

①城堞：城上齿状的矮墙。 ②脂车：车轴涂上油脂的车，润滑以利快行。③乍阕：方停，刚结束。 ④离鸿：喻离别的恋人。 ⑤琼壶敲尽缺：《世说新语》：“王处仲每酒后辄咏‘老骥伏枥，志在千里。烈士暮年，壮心不已’。以如意打唾壶，壶口尽缺。”

点评

王国维《清真先生遗事》："以宋词比唐诗，则东坡似太白，欧、秦似摩诘，耆卿似乐天，方回、叔原则大历十子之流，南宋惟一稼轩可比昌黎，而词中老杜，非先生不可。读先生之词，于文字之外，须更味其音律。今其声虽亡，读其词者，犹觉拗怒之中，自饶和婉，曼声促节，繁会相宣，清浊抑扬，辘轳交往，两宋之间，一人而已。"

兰陵王

柳

柳阴直。烟里丝丝弄碧。隋堤上、曾见几番，拂水飘绵送行色。登临望故国。谁识。京华倦客。长亭路，年去岁来，应折柔条过千尺。　　闲寻旧踪迹。又酒趁哀弦，灯照离席。梨花榆火催寒食。愁一箭风快，半篙波暖，回头迢递便数驿。望人在天北。　　凄恻。恨堆积。渐别浦萦回，津堠岑寂。斜阳冉冉春无极。念月榭携手，露桥闻笛。沉思前事，似梦里，泪暗滴。

注释

①兰陵王：词牌名。唐教坊曲，宋人据旧曲制新声，此篇格律极严，是宋词典范之作。　②京华倦客：作者自谓。京华，京城。作者久客京师，有厌倦之感，故云。　③酒趁哀弦：饮酒时奏着离别的乐曲。趁，逐，追随。哀弦，哀怨的乐声。　④"梨花"句：饯别时正值梨花盛开的寒食时节。唐宋时朝廷在清明日取榆柳之火以赐百官，故称"榆火"。　⑤一箭风快：指正当顺风，船驶如箭。

⑥半篙波暖：指撑船的竹篙没入水中，时令已近暮春，故曰波暖。　⑦津堠：渡口附近供瞭望歇宿的守望所。津，渡口。堠，哨所。　⑧月榭：月光下的亭榭。榭，建在高台上的敞屋。

点评

陈廷焯《白雨斋词话》：美成词，极其感慨，而无处不郁，令人不能遽窥其旨。如《兰陵王》云“登临望故国。谁识京华倦客”二语，是一篇之主。上有“隋堤上、曾见几番，拂水飘绵送行色”之句，暗伏倦客之根，是其法密处。故下文接云“长亭路，年去岁来，应折柔条过千尺”。久客淹留之感，和盘托出。他手至此，以下便直书愤懑矣，美成则不然。“闲寻旧踪迹”二叠，无一语不吞吐，只就眼前景物，约略点缀，更不写淹留之故，却无处非淹留之苦。直至收笔云：“沉思前事，似梦里，泪暗滴。”遥遥挽合，妙在才欲说破，便自咽住，其味正自无穷。

过秦楼

水浴清蟾，叶喧凉吹，巷陌马声初断。闲依露井，笑扑流萤，惹破画罗轻扇。人静夜久凭阑，愁不归眠，立残更箭。叹年华一瞬，人今千里，梦沉书远。　　空见说、鬓怯琼梳，容销金镜，渐懒趁时匀染。梅风地溽，虹雨苔滋，一架舞红都变。谁信无憀，为伊才减江淹，情伤荀倩。但明河影下，还看稀星数点。

注释

①过秦楼：词牌名。又名“惜余春慢”“苏武慢”“选官子”等。因李甲词有“曾过秦楼”，遂以为名。　②清蟾：明月。　③“笑扑”二句：唐杜牧《秋夕》：“银烛秋光冷画屏，轻罗小扇扑流萤。”　④更箭：计时的铜壶滴中标

有时间刻度的浮尺。 ⑤趁时匀染：赶时髦而化妆打扮。 ⑥虹雨：初夏时节的雨。 ⑦舞红：落花。 ⑧才减江淹：相传江淹少时梦人授五色笔而文思大进，后梦郭璞取其笔，才思竭尽。世称“江郎才尽”。 ⑨情伤荀倩：荀粲，字奉倩。其妻曹氏亡，荀叹曰：“佳人难再得！”不哭而神伤，未几亦亡。

西河

金陵

佳丽地。南朝盛事谁记。山围故国绕清江，髻鬟对起。怒涛寂寞打孤城，风樯遥度天际。 断崖树，犹倒倚。莫愁艇子曾系。空余旧迹郁苍苍，雾沉半垒。夜深月过女墙来，赏心东望淮水。 酒旗戏鼓甚处市。想依稀、王谢邻里。燕子不知何世。入寻常、巷陌人家，相对如说兴亡，斜阳里。

注释

①西河：词牌名，唐教坊曲。《碧鸡漫志》：“大历初，有乐工取古《西河长命女》加减节奏，颇有新声。”“《大石调·西河慢》声犯正平，极奇古。” ②佳丽地：指金陵。南朝齐谢朓《入朝曲》有“江南佳丽地，金陵帝王州”。 ③南朝：南北朝时期据有江南地区的宋、齐、梁、陈四朝的总称。 ④“山围”“怒涛”二句：化用刘禹锡《石头城》“山围故国周遭在，潮打空城寂寞回”。 ⑤髻鬟：形容长江两岸的青山如美人头上盘结的发髻。 ⑥风樯：帆船。 ⑦莫愁艇（tǐng）子：语出《莫愁乐》“莫愁在何处，莫愁石城西。艇子打两桨，催送莫愁来”。莫愁，竟陵石城（今湖北钟祥）女子，善歌谣。 ⑧半垒：指石头城军垒。故址在今南京城西清凉山。 ⑨“夜深”二句：语本刘禹锡《石头城》“夜深还过女墙来”。女墙，古城墙顶部呈凹凸形的小墙有射孔，供守城者蔽身作战之用。淮水，秦淮河。 ⑩“燕子”四句：化用刘禹锡《乌衣巷》：“朱雀桥边野草花，

乌衣巷口夕阳斜。旧时王谢堂前燕，飞入寻常百姓家。”

点评

梁启超评此词：“张玉田谓：‘清真最长处在善融化古人诗句，如自己出。’读此词可见此中三昧。”

浣溪沙

楼上晴天碧四垂。楼前芳草接天涯。劝君莫上最高梯。

新笋已成堂下竹，落花都上燕巢泥。忍听林表杜鹃啼。

注释

①林表：林外。

瑞鹤仙

悄郊原带郭。行路永，客去车尘漠漠。斜阳映山落。敛余红、犹恋孤城栏角。凌波步弱。过短亭、何用素约。有流莺劝我，重解绣鞍，缓引春酌。　　不记归时早暮，上马谁扶，醒眠朱阁。惊飙动幕。扶残醉，绕红药。叹西园、已是花深无地，东风何事又恶。任流光过却。犹喜洞天自乐。

注释

①余红：落日斜晖。 ②素约：先前约定。 ③上马谁扶：李白《鲁中都东楼醉起作》："昨日东楼醉，还应倒接䍦。阿谁扶上马，不省下楼时。" ④西园：曹植《公宴》："清夜游西园，飞盖相追随。" ⑤洞天：洞中别有天地之意，道家称神仙所居之地为"洞天"。此处喻自家小天地。

「李廌」

虞美人令

玉阑干外清江浦。渺渺天涯雨。好风如扇雨如帘。时见岸花汀草、涨痕添。　　青林枕上关山路。卧想乘鸾处。碧芜千里信悠悠。惟有霎时凉梦、到南州。

注释

①清江浦：清江，又名沙河，在今江苏淮阴区北淮河与运河汇合处。浦，水滨。②渺渺：形容雨大，迷漾一片。③汀草：水边的野草。④青林：杜甫《梦李白》："魂来枫林青，魂返关塞黑。"后因以"青林黑塞"喻指知己朋友所在之处。⑤乘鸾：用萧史弄玉典。⑥南州：南方。

点评

况周颐《蕙风词话》："春夏之交，近水楼台，确有此景。'好风'句绝新，似乎未经人道。歇拍云：'碧芜千里信悠悠。惟有霎时凉梦、到南州。'尤极淡远清疏之致。"

「孔夷」

南浦

旅怀

风悲画角，听单于、三弄落谯门。投宿骎骎征骑，飞雪满孤村。酒市渐闲灯火，正敲窗、乱叶舞纷纷。送数声惊雁，下离烟水，嘹唳度寒云。　　好在半胧溪月，到如今、无处不销魂。故国梅花归梦，愁损绿罗裙。为问暗香闲艳，也相思、万点付啼痕。算翠屏应是，两眉余恨倚黄昏。

注释

①南浦：词牌名，原唐教坊曲名。用《楚辞·九歌》“送美人兮南浦”意。宋词借旧曲另制新调。　②风悲画角：寒风中传来悲凉的号角声。　③单于：曲调名。唐《大角曲》中有《大单于》《小单于》。　④三弄：三段乐曲。弄，演奏。三弄，演奏三遍。以泛声演奏主调，并以同样曲调在不同徽位上重复一次，叫一弄。　⑤谯（qiáo）门：建有瞭望楼的城门。　⑥骎骎（qīn）：马行快速貌。⑦嘹唳（liáo lì）：大雁凄凉激越的叫声。　⑧故国梅花归梦：《梅花曲》引起思归的梦想。　⑨愁损绿罗裙：想起家里的爱人便愁坏了。绿罗裙，指家中穿绿罗裙之人。　⑩暗香：指梅。用林逋《山园小梅》典。

「惠洪」

青玉案

绿槐烟柳长亭路。恨取次、分离去。日永如年愁难度。高城回首，暮云遮尽，目断人何处。　　解鞍旅舍天将暮。暗忆丁宁千万句。一寸柔肠情几许。薄衾孤枕，梦回人静，侵晓潇潇雨。

注释

①取次：草草，仓促，随便。 ②永：长。 ③目断：望断，一直望到看不见。④侵晓：天渐明。

「阮阅」

眼儿媚

楼上黄昏杏花寒。斜月小栏干。一双燕子，两行征雁，画角声残。　　绮窗人在东风里，洒泪对春闲。也应似旧，盈盈秋水，淡淡春山。

注释

①眼儿媚：词牌名，又名“秋波媚”“小阑干”“东风寒”等。以此篇为正体，为创调之作。调名本意即咏美女顾盼流动的目光。徽宗被掳北去，作《眼儿媚》：“玉京曾忆昔繁华。万里帝王家。琼林玉殿，朝喧弦管，暮列笙琶。花城人去今萧索，春梦绕胡沙。家山何在，忍听羌笛，吹彻梅花。”

点评

宋胡仔《苕溪渔隐丛话前集》：阮阅“尝为钱塘幕官，眷一营妓，罢官去，后作此词寄之”。宋代地方官妓隶属于“乐营”，也称“营妓”。长官每有宴会，辄召官妓歌舞侑酒。

「谢逸」

燕归梁

六曲阑干翠幕垂。香烬冷金猊。日高花外啭黄鹂。春睡觉、酒醒时。　　草青南浦，云横西塞，锦字杳无期。东风只送柳绵飞。全不管、寄相思。

江神子

一江秋水碧湾湾。绕青山。玉连环。帘幕低垂，人在画图间。闲抱琵琶寻旧曲，弹未了，意阑珊。　　飞鸿数点拂云端。倚阑看。楚天寒。拟倩东风，吹梦到长安。恰似梨花春带雨，愁满眼，泪阑干。

江神子

杏花村馆酒旗风。水溶溶。飏残红。野渡舟横，杨柳绿阴浓。望断江南山色远，人不见，草连空。　　夕阳楼外晚烟笼。粉香融。淡眉峰。记得年时，相见画屏中。只有关山今夜月，千里外，素光同。

注释

①杏花村馆：杏花村驿馆。据说位于湖北麻城岐亭镇。 ②溶溶：河水荡漾、缓缓流动的样子。 ③野渡舟横：化用韦应物《滁州西涧》“野渡无人舟自横”。④“千里外”二句：化用谢庄《月赋》“隔千里兮共明月”。素光，皎洁的月光。

「晁冲之」

临江仙

忆昔西池池上饮，年年多少欢娱。别来不寄一行书。寻常相见了，犹道不如初。　　安稳锦屏今夜梦，月明好渡江湖。相思休问定何如。情知春去后，管得落花无。

注释

①西池：汴京的金明池，当时为贵族游玩之所。此指作者当年与文友游宴之地。

玉蝴蝶

目断江南千里，灞桥一望，烟水微茫。尽锁重门，人去暗度流光。雨轻轻、梨花院落，风淡淡、杨柳池塘。恨偏长。佩沉湘浦，云散高唐。　　清狂。重来一梦，手搓梅子，煮酒初尝。寂寞经春，小桥依旧燕飞忙。玉钩栏、凭多渐暖，金缕枕、别久犹香。最难忘。看花南陌，待月西厢。

注释

①“雨轻轻”二句：用晏殊“梨花院落溶溶月，柳絮池塘淡淡风”。 ②佩沉湘浦：即“向江捐玉佩”。屈原《楚辞》《湘君》《湘夫人》中均有“捐余玦兮江中”，表现湘君与湘夫人之间的感情破裂。 ③高唐：用宋玉《高唐赋》典。 ④待月西厢：用元稹《莺莺传》典。

汉宫春

梅

潇洒江梅，向竹梢疏处，横两三枝。东君也不爱惜，雪压风欺。无情燕子，怕春寒、轻失佳期。惟是有、南来归雁，年年长见开时。 清浅小溪如练，问玉堂何似，茅舍疏篱。伤心故人去后，冷落新诗。微云淡月，对孤芳、分付他谁。空自倚，清香未减，风流不在人知。

注释

①汉宫春：词牌名，又名“汉宫春慢”“庆千秋”。张先此调咏梅，为创调之作，词中有“透新春消息”“汉家宫额涂黄”句。东晋无名氏据旧籍撰有《汉宫春色》，写西汉惠帝皇后张嫣遗事，以张皇后为汉宫第一美人，然其遭遇极为不幸。调名或本此。 ②“向竹梢”二句：化用苏轼《和秦太虚梅花》“江头千树春欲阑，竹外一枝斜更好”。

传言玉女

一夜东风，吹散柳梢残雪。御楼烟暖，正鳌山对结。箫鼓向晚，凤辇初归宫阙。千门灯火，九街风月。　　绣阁人人，乍嬉游、困又歇。笑匀妆面，把朱帘半揭。娇波向人，手捻玉梅低说。相逢常是，上元时节。

注释

①传言玉女：词牌名。以此篇为正体。《汉武内传》载，帝闲居承华殿，忽见一女子曰："我墉宫玉女王子登也。至七月七日，王母暂来。"言讫，不知所在。世所谓传言玉女也。调名取此。宋人多用以咏元夕。

「苏庠」

菩萨蛮

宜兴作

北风振野云平屋。寒溪淅淅流冰谷。落日送归鸿。夕岚千万重。　　荒坡垂斗柄。直北乡山近。何必苦言归。石亭春满枝。

注释

①夕岚：暮霭，傍晚山林中的雾气。 ②斗柄：北斗的第五至第七星，即玉衡、开阳、摇光。北斗第一至第四星像斗，第五至第七星像柄。 ③乡山：家乡的山。借指故乡。

点评

张元幹跋苏庠所作赠王道士诗墨迹云："吾友养直，平生得禅家自在三昧，片言只字，无一点尘埃。宇宙山川，云烟草木，千变万态，尽在笔端，何曾气索？"

鹧鸪天

枫落河梁野水秋。澹烟衰草接郊丘。醉眠小坞黄茅店，梦倚高城赤叶楼。　　天杳杳，路悠悠。钿筝歌扇等闲休。灞桥杨柳年年恨，鸳浦芙蓉叶叶愁。

注释

①河梁：桥梁。　②杳杳：深远幽暗貌。　③悠悠：遥远。　④钿筝：嵌金为饰之筝。

鹧鸪天

过湖阴席上赠妓

梅妒晨妆雪妒轻。远山依约学眉青。樽前无复歌金缕，梦觉空余月满林。　　鱼与雁，两浮沉。浅颦微笑总关心。相思恰似江南柳，一夜春风一夜深。

注释

①湖阴：湖的南边。　②金缕：《金缕曲》，与唐时不同，宋时指《贺新郎》。

浣溪沙

书虞元翁画

水榭风微玉枕凉。牙床角簟藕花香。野塘烟雨罩鸳鸯。

红蓼渡头青嶂远，绿蘋波上白鸥双。淋浪淡墨水云乡。

注释

①水榭：临水楼台。　②牙床：雕饰精致的小床。　③角簟：以角蒿编织的席子。　④淋浪：笔墨酣畅淋漓。

临江仙

猎猎风蒲初暑过，萧然庭户秋清。野航渡口带烟横。晚山千万叠，别鹤两三声。　秋水芙蓉聊荡桨，一樽同破愁城。蓼花滩上白鸥明。暮云连极浦，急雨暗长汀。

注释

①风蒲：蒲柳。　②极浦：遥远的水滨。

「毛滂」

最高楼

散后

微雨过，深院芰荷中。香冉冉，绣重重。玉人共倚阑干角，月华犹在小池东。入人怀，吹鬓影，可怜风。　分散去、轻如云与梦，剩下了、许多风与月，侵枕簟，冷帘栊。副能小睡还惊觉，略成轻醉早醒松。仗行云，将此恨，到眉峰。

注释

①最高楼：词牌名，又名“最高春”“醉亭楼”“醉高楼”。　②副能：方才。③醒松：惺忪。刚苏醒貌。

相见欢

秋思

十年湖海扁舟。几多愁。白发青灯今夜、不宜秋。　中庭树。空阶雨。思悠悠。寂寞一生心事、五更头。

注释

①青灯：指孤寂、清苦的生活。

清平乐

送贾耘老、盛德常还郡。时饮官酒于东堂，二君许复过此

杏花时候。庭下双梅瘦。天上流霞凝碧袖。起舞与君为寿。

两桥风月同来。东堂且没尘埃。烟艇何时重理，更凭风月相催。

注释

①题注：贾耘老，贾收。《乌程县志》载："贾收喜饮酒，家贫。"苏轼曾对他说："若吴兴有好事，能为君月致米三石，酒三斗，终君之世者，当便以赠之。"盛德常，盛允升。皆是乌程人。东堂，毛滂住的县令之舍。

减字木兰花

留贾耘老

曾教风月。催促花边烟棹发。不管花开。月白风清始肯来。

既来且住。风月闲寻秋好处。收取凄清，暖日阑干助梦吟。

注释

①“曾教”二句：作者任武康县令之时，曾有《蓦山溪》叙写其修葺东堂之事，此词与《清平乐》是姐妹篇，开头二句承《清平乐》结句“烟艇何时重理，更凭风月相催”，说明有约在先。

点评

此词用语清新自然无藻饰，情从肺腑流出，富有一种清醇蕴藉之美。《四库全书总目提要》评：“滂词情韵特胜。”此言颇是。江浩然说“用线贵藏”（《杜诗杂说》），指诗而言，对词来说亦如此。“线”即线索，这首词的线索暗藏通篇，即作者的热情、挚情通贯始终，故感人至深。

临江仙

都城元夕

闻道长安灯夜好，雕轮宝马如云。蓬莱清浅对觚棱。玉皇开碧落，银界失黄昏。　　谁见江南憔悴客，端忧懒步芳尘。小屏风畔冷香凝。酒浓春入梦，窗破月寻人。

注释

①雕轮：指华丽的车辆。　②觚（gū）棱：宫阙上转角处的瓦脊呈方角棱瓣之形。亦借指宫阙。　③碧落：道家称天空曰碧落。

惜分飞

富阳僧舍代作别语

泪湿阑干花著露。愁到眉峰碧聚。此恨平分取。更无言语。空相觑。　　短雨残云无意绪。寂寞朝朝暮暮。今夜山深处。断魂分付。潮回去。

注释

①惜分飞：词牌名，又名“惜芳菲”“惜双双”等。毛滂创调，词唱别情。②富阳：宋代县名，今浙江富阳市。 ③阑干：泪纵横。 ④眉峰碧聚：双眉紧锁，眉色仿佛黛色的远山。 ⑤觑（qù）：细看。

玉楼春

己卯岁元日

一年滴尽莲花漏。碧井酴酥沉冻酒。晓寒料峭尚欺人，春态苗条先到柳。　　佳人重劝千长寿。柏叶椒花芬翠袖。醉乡深处少相知，只与东君偏故旧。

注释

①莲花漏：一种状如莲花的铜制漏水计时器，相传为庐山僧惠远所造。②酴酥：屠苏，酒名。 ③柏叶椒花：柏树的叶子可入药或浸酒。晋刘臻妻陈氏曾于正月初一献《椒花颂》，后常用为春节之典。

「唐庚」

诉衷情

旅愁

平生不会敛眉头。诸事等闲休。元来却到愁处，须著与他愁。残照外，大江流。去悠悠。风悲兰杜，烟淡沧浪，何处扁舟。

注释

①敛眉头：皱眉。 ②等闲休：根本不放在心上。等闲，平常，随便，不以为意。 ③元来：原来。 ④兰杜：兰花、杜若，芳草名，为《离骚》中语，象征贤才。

「司马槱」

黄金缕

家在钱塘江上住。花落花开，不管流年度。燕子又将春色去。纱窗一阵黄昏雨。　斜插犀梳云半吐。檀板清歌，唱彻黄金缕。望断云行无去处。梦回明月生春浦。

注释

①犀梳：犀牛角做的梳子。　②云半吐：形容梳子插在发上，像乌云吐出半个月亮一样。

点评

俞陛云《唐五代两宋词选释》：词因梦中见一女子所歌，为足成之。上片写残春风景，下片写凉夜情怀，皆代女子着想。琢句工妍，传情凄婉。欧阳永叔有《玉楼春》词咏妓馆云“强将离恨倚江楼，江水不能流恨去。”《草堂诗余》录司马此词，谓其祖六一翁词意。

「谢克家」

忆君王

依依宫柳拂宫墙。楼殿无人春昼长。燕子归来依旧忙。忆君王。月破黄昏人断肠。

注释

①忆君王：即“忆王孙”。作者据词中“忆君王”句标以新名。词后注“避戎夜话”。靖康元年（1126）十二月，金兵攻陷汴京，次年正月赵佶和赵桓父子被迫赴城外金营求和被拘。开封军民得知徽、钦二帝被扣留后，成群结队自发地聚集在南熏门外和御路两旁，冒着风雪，忍着饥寒，引颈翘望，等待“车驾归来”。正月二十八日，作者写下此词。

点评

明杨慎《词品》：“忠愤之气寓于声律，宜表出之。”

「徐俯」

卜算子

天生百种愁，挂在斜阳树。绿叶阴阴占得春，草满莺啼处。

不见生尘步。空忆如簧语。柳外重重叠叠山，遮不断、愁来路。

注释

①“天生”二句：用李白《金乡送韦八之西京》“狂风吹我心，西挂咸阳树”。 ②如簧语：形容女子的声音美妙动听，有如音乐。《诗经·小雅·巧言》“巧言如簧”。此处用褒义。

「叶梦得」

贺新郎

睡起啼莺语。掩青苔、房栊向晚，乱红无数。吹尽残花无人见，惟有垂杨自舞。渐暖霭、初回轻暑。宝扇重寻明月影，暗尘侵、尚有乘鸾女。惊旧恨，遽如许。　　江南梦断横江渚。浪黏天、葡萄涨绿，半空烟雨。无限楼前沧波意，谁采蘋花寄取。但怅望、兰舟容与。万里云帆何时到。送孤鸿、目断千山阻。谁为我，唱金缕。

注释

①暖霭：天气日暖。 ②轻暑：初夏的暑气。 ③宝扇：团扇，用班婕妤典。④乘鸾女：用萧史弄玉典。 ⑤遽（jù）如许：如此强烈。遽，急迫。 ⑥葡萄涨绿：绿水新涨，如葡萄初酿之色。 ⑦容与：徘徊。 ⑧金缕：即《金缕曲》，古曲名。一说即指此篇《贺新郎》。

水调歌头

九月望日，与客习射西园，余偶病不能射

霜降碧天静，秋事促西风。寒声隐地，初听中夜入梧桐。起瞰高城回望，寥落关河千里，一醉与君同。叠鼓闹清晓，飞骑引雕弓。　　岁将晚，客争笑，问衰翁。平生豪气安在，沈领为谁雄。何似当筵虎士，挥手弦声响处，双雁落遥空。老矣真堪愧，回首望云中。

注释

①望日：农历每月十五日。　②秋事：秋收、制寒衣等事。　③起瞰（kàn）：起身登城，俯视四周。　④关河：指北方大片被金人占去的领土。　⑤叠鼓：接连不断地打鼓。指早晨报时的鼓声。　⑥衰翁：作者自称。　⑦当筵：席间、当场。　⑧“挥手”二句：《战国策·楚策四》：“更羸谓魏王曰：臣为王引弓虚发而下鸟。……其飞徐而鸣悲。飞徐者，故疮痛也；鸣悲者，久失群也，故疮未息，而惊心未至也。闻弦音，引而高飞，故疮陨也。”　⑨云中：云中郡，汉代西北边防重镇，魏尚、李广都曾在此击破匈奴，立下战功。在今内蒙古托克托东北。

水调歌头

秋色渐将晚，霜信报黄花。小窗低户深映，微路绕敧斜。为问山翁何事，坐看流年轻度，拚却鬓双华。徙倚望沧海，天净水明霞。　念平昔，空飘荡，遍天涯。归来三径重扫，松竹本吾家。却恨悲风时起，冉冉云间新雁，边马怨胡笳。谁似东山老，谈笑净胡沙。

注释

①山翁：《晋书·山简传》载，山简好酒易醉。作者借以自称。　②徙倚：徘徊，流连不去。　③沧海：此指临近湖州的太湖。作者时居汴山，在太湖南岸。④“归来”二句：辞官归隐家园。三径，庭院间的小路。晋赵岐《三辅决录》载，西汉末，王莽专权，兖州刺史蒋诩辞官归里，院中辟有三径，只与求仲、羊仲往来。后用以喻隐居生活。　⑤“却恨”句：化用三国魏蔡琰《悲愤诗》“胡笳动兮边马鸣，孤雁归兮声嘤嘤”。　⑥“谁似”句：化用李白《永王东巡歌》“但用东山谢安石，为君谈笑净胡沙”。东山，指谢安（字安石）。《晋书·谢安传》载，谢安早年曾辞官隐居会稽东山，朝廷屡次征聘，方复出，为东晋重臣。胡沙，胡人发动的战争。

水调歌头

次韵叔父寺丞林德祖和休官咏怀

今古几流转，身世两奔忙。那知一丘一壑，何处不堪藏。须信超然物外，容易扁舟相踵，分占水云乡。雅志真无负，来日故应长。　问骐骥，空矫首，为谁昂。冥鸿天际，尘事分付一轻芒。认取骚人生此，但有轻篷短楫，多制芰荷裳。一笑陶彭泽，千载贺知章。

注释

①一丘一壑：《汉书·叙传上》："渔钓于一壑，则万物不奸其志；栖迟于一丘，则天下不易其乐。"后以"一丘一壑"指退隐在野，放情山水。 ②藏：指隐逸。《论语·述而》："用之则行，舍之则藏。" ③相踵：相追随。④水云乡：隐者游居之地。 ⑤骐骥（qí jì）：骏马。喻贤才。 ⑥"多制"句：《楚辞·离骚》："制芰荷以为衣兮，集芙蓉以为裳。" ⑦陶彭泽：陶渊明。

八声甘州

寿阳楼八公山作

故都迷岸草，望长淮、依然绕孤城。想乌衣年少，芝兰秀发，戈戟云横。坐看骄兵南渡，沸浪骇奔鲸。转盼东流水，一顾功成。　　千载八公山下，尚断崖草木，遥拥峥嵘。漫云涛吞吐，无处问豪英。信劳生、空成今古，笑我来、何事怆遗情。东山老，可堪岁晚，独听桓筝。

注释

①寿阳楼：寿州城楼。寿阳古称寿春，公元前241年楚国国都郢城为秦兵攻陷，曾东逃迁都于此。东晋改名寿阳，今安徽寿县。 ②八公山：在寿阳城北，以淮南八公在此炼丹得名。淮河的支脉淝水流经其下。淝水之战即在此地发生。公元383年，前秦苻坚亲领步骑80余万"南征"，企图灭东晋。谢安命其弟谢石、侄谢玄率兵与苻坚决战于淝水。《晋书·苻坚传》："又北望八公山上，草木皆类人形，顾谓融曰：'此亦勍敌也，何谓少乎！'怃然有惧色。" ③乌衣：《景定建康志》："乌衣巷在秦淮南，晋南渡，王谢诸名族居此。时谓其子弟

为乌衣诸郎。” ④芝兰：《世说新语》：“譬如芝兰玉树，欲使其生于庭阶耳。”喻年轻优秀的子弟。 ⑤戈戟：《世说新语》：“见钟士季（会）如观武库，但睹戈戟。” ⑥奔鲸：鲸鲵，喻巨寇。《左传》宣公十二年：“取其鲸鲵而封之。” ⑦东山：谢安。此以谢安自喻。 ⑧岁晚：谢安晚年功名虽盛，晋孝武帝对他有猜忌，所以不得意。 ⑨桓筝：东晋桓伊，曾抚筝唱《怨诗》，讽谏晋孝武帝猜忌谢安。谢安听了“泣下沾衿”，孝武帝也“甚有愧色”。

点绛唇

绍兴乙卯登绝顶小亭

缥缈危亭，笑谈独在千峰上。与谁同赏。万里横烟浪。

老去情怀，犹作天涯想。空惆怅。少年豪放。莫学衰翁样。

注释

①绍兴乙卯：宋高宗绍兴五年（1135）。高宗朝作者任建康知府，曾成功地阻止过金兵的渡淮入侵。本篇是他晚年退居吴兴后的作品，当时宋王朝南渡已有八年。绝顶小亭，即绝顶亭，在吴兴西北卞山峰顶。 ②烟浪：云海。③天涯想：指恢复中原万里河山的想望。

点绛唇

丙辰八月二十七日雨中与何彦亨小饮

山上飞泉，漫流山下知何处。乱云无数。留得幽人住。

深闭柴门，听尽空檐雨。秋还暮。小窗低户。惟有寒蛩语。

念奴娇

中秋宴客，有怀壬午岁吴江长桥

洞庭波冷，望冰轮初转，沧海沉沉。万顷孤光云阵卷，长笛吹破层阴。汹涌三江，银涛无际，遥带五湖深。酒阑歌罢，至今鼍怒龙吟。　　回首江海平生，漂流容易散，佳期难寻。缥缈高城风露爽，独倚危槛重临。醉倒清尊，姮娥应笑，犹有向来心。广寒宫殿，为予聊借琼林。

注释

①冰轮：月亮。　②鼍（tuó）：扬子鳄。　③向来：一向。　④琼林：琼树之林。古人常以形容佛国、仙境的瑰丽景象。

念奴娇

云峰横起，障吴关三面，真成尤物。倒卷回潮目尽处，秋水黏天无壁。绿鬓人归，如今虽在，空有千茎雪。追寻如梦，漫余诗句犹杰。　　闻道尊酒登临，孙郎终古恨，长歌时发。万里云屯瓜步晚，落日旌旗明灭。鼓吹风高，画船遥想，一笑吞穷发。当时曾照，更谁重问山月。

注释

①尤物：尤异的人物，一般指女性，此指云峰的奇特可爱。 ②瓜步：地名，在江苏六合东南，有瓜步山，山下有瓜步镇。古时瓜步山南临大江，南北朝时屡为军事争夺要地。公元450年，北魏太武帝攻宋，率军至此，凿山为盘道，设毡殿，隔江威胁建康（今南京市）。明清时设巡检司于瓜步镇。步，今写作“埠”。 ③穷发：极北不毛之地。《庄子·逍遥游》：“穷发之北有冥海者，天池也。”成玄英疏：“地以草为毛发，北方寒沍之地，草木不生，故名穷发，所谓不毛之地。”

南乡子

癸卯，种梅于西岩，地瘦难立，石间无花开。今岁十一月，辄先开数枝，喜之，为赋

山畔小池台。曾记幽人著意栽。乱石参差春至晚，徘徊。素景冲寒却自开。 绝绝照琼瑰。孤负芳心巧剪裁。应恐练裙惊缟夜，残杯。且放疏枝待我来。

注释

①冲寒：冒着寒冷。 ②琼瑰：次于玉的美石。泛指珠玉。 ③练裙：白绢下裳，妇女所着白绢裙。《宋书·羊欣传》：“献之尝夏月入县，欣著新绢裙昼寝，献之书裙数幅而去。欣本工书，因此弥善。”后用作文人乘兴挥毫的典故。

南乡子

自后圃晚步湖上

小院雨新晴。初听黄鹂第一声。满地绿阴人不到，盈盈。一点孤花尚有情。　　却傍水边行。叶底跳鱼浪自惊。日暮小舟何处去，斜横。冲破波痕久未平。

注释

①晚步：傍晚时散步。

临江仙

与客湖上饮归

不见跳鱼翻曲港，湖边特地经过。萧萧疏雨乱风荷。微云吹散，凉月堕平波。　　白酒一杯还径醉，归来散发婆娑。无人能唱采莲歌。小轩攲枕，檐影挂星河。

注释

①“白酒”句：仅饮了一点白酒，竟有醉意。

临江仙

诏芳亭赠坐客

一醉年年今夜月，酒船聊更同浮。恨无羯鼓打梁州。遗声犹好在，风景一时留。　　老去狂歌君勿笑，已拚双鬓成秋。会须击节溯中流。一声云外笛，惊看水明楼。

注释

①作者自注："世传梁州，西凉府初进此曲，会明皇游月宫还，记霓裳之声适相近，因作霓裳羽衣曲，以梁州名之。是夕，约诸君明夜泛舟，故有梁州、中流之句。"乐府雅词题作"去岁中秋，南山台初成，与徐敦立氏昆仲，连三日极饮其上，月色达旦无纤云。尝作临江仙三首。今岁敦立在馆中，招章几道朱三复会诏芳亭，追怀去年之集，复用旧韵作"。宋高宗绍兴六年，作者六十岁，闲居吴兴（今浙江湖州市）卞山。坐客，指徐敦立、章几道、朱三等人。

临江仙

熙春台与王取道、贺方回、曾公衮会别

自笑天涯无定准，飘然到处迟留。兴阑却上五湖舟。鲈莼新有味，碧树已惊秋。　　台上微凉初过雨，一尊聊记同游。寄声时为到沧洲。遥知敧枕处，万壑看交流。

江城子

湘妃鼓瑟

银涛无际卷蓬瀛。落霞明。暮云平。曾见青鸾、紫凤下层城。二十五弦弹不尽，空感慨，惜余情。　　苍梧烟水断归程。卷霓旌。为谁迎。空有千行，流泪寄幽贞。舞罢鱼龙云海晚，千古恨，入江声。

注释

①青鸾：古代传说中的神鸟。赤色为凤，青色为鸾。为神仙坐骑。　②紫凤：传说中的神鸟。　③霓旌：相传仙人以云霞为旗帜。　④鱼龙：泛指鳞介水族。

虞美人

雨后同幹誉、才卿置酒来禽花下作

落花已作风前舞。又送黄昏雨。晓来庭院半残红。惟有游丝千丈、罥晴空。　　殷勤花下同携手。更尽杯中酒。美人不用敛蛾眉。我亦多情、无奈酒阑时。

注释

①幹誉、才卿：作者友人，生平事迹不详。　②来禽："林檎"的别名，南方称"花红"，北方称"沙果"。　③罥（juàn）：缠绕。

「葛胜仲」

江神子

初至休宁冬夜作

昏昏雪意惨云容。猎霜风。岁将穷。流落天涯，憔悴一衰翁。清夜小窗围兽火，倾酒绿，借颜红。　　官梅疏艳小壶中。暗香浓。玉玲珑。对景忽惊，身在大江东。上国故人谁念我，晴嶂远，暮云重。

注释

①兽火：兽炭之火。指炉火。②官梅：南朝梁何逊为官在扬州时，官府中有梅，常吟咏其下，故云。

「刘一止」

喜迁莺

晓行

晓光催角。听宿鸟未惊，邻鸡先觉，迤逦烟村，马嘶人起，残月尚穿林薄。泪痕带霜微凝，酒力冲寒犹弱。叹倦客、悄不禁，重染风尘京洛。　追念，人别后，心事万重，难觅孤鸿托。翠幌娇深，曲屏香暖，争念岁寒飘泊。怨月恨花烦恼，不是不曾经著。这情味，望一成消减，新来还恶。

注释

①冲寒犹弱：酒力弱，抵挡不了寒气的侵扰。　②悄：宋人口语，简直的意思。　③“难觅”句：难托鸿雁为自己传达音信。　④翠幌娇深：女子独居于深闺翠幕内。　⑤一成消减：减少一些。一成，犹言“慢慢”。宋人口语，一点点地，渐渐地。

「汪藻」

点绛唇

新月娟娟，夜寒江静山衔斗。起来搔首。梅影横窗瘦。

好个霜天，闲却传杯手。君知否，乱鸦啼后。归兴浓于酒。

注释

①娟娟：明媚美好的样子。 ②斗：北斗星座。山衔斗，北斗星闪现在山间。③传杯：互相传递酒杯敬酒，指聚酒。

「曹组」

相思会

人无百年人，刚作千年调。待把门关铁铸，鬼见失笑。多愁早老。惹尽闲烦恼。我醒也，枉劳心，谩计较。　　粗衣淡饭，赢取暖和饱。住个宅儿，只要不大不小。常教洁净，不种闲花草。据见定、乐平生，便是神仙了。

注释

①相思会：词牌名。因此篇又名“千年调”。　②百年人：长生不老的人。③千年调：长久之计。

青玉案

碧山锦树明秋霁。路转陡、疑无地。忽有人家临曲水。竹篱茅舍，酒旗沙岸，一簇成村市。　　凄凉只恐乡心起。凤楼远、回头谩凝睇。何处今宵孤馆里。一声征雁，半窗残月，总是离人泪。

注释

①凤楼：妇女居处，用萧史弄玉典。 ②谩：徒然，空自。

如梦令

门外绿阴千顷。两两黄鹂相应。睡起不胜情，行到碧梧金井。人静。人静。风动一枝花影。

注释

①胜：堪，忍受。 ②金井：古代宫中多以金色雕饰井栏。

忆少年

年时酒伴，年时去处，年时春色。清明又近也，却天涯为客。

念过眼、光阴难再得。想前欢、尽成陈迹。登临恨无语，把阑干暗拍。

注释

①年时：当年。 ②"想前欢"二句：晋王羲之《兰亭集序》："向之所欣，俯仰之间，已为陈迹，犹不能不以之兴怀。"

品令

乍寂寞。帘栊静，夜久寒生罗幕。窗儿外、有个梧桐树，早一叶、两叶落。　独倚屏山欲寐，月转惊飞乌鹊。促织儿、声响虽不大，敢教贤、睡不著。

注释

①一叶落：《淮南子·说山训》："见一叶落而知岁之将暮。"　②屏山：屏风。　③惊飞乌鹊：用曹操《短歌行》语。　④贤：如同现在说"您"，口气较轻，不适用于尊长。

蓦山溪

洗妆真态，不作铅华御。竹外一枝斜，想佳人、天寒日暮。黄昏小院，无处著清香，风细细，雪垂垂，何况江头路。

月边疏影，梦到消魂处。结子欲黄时，又须著、廉纤细雨。孤芳一世，供断有情愁，销瘦却，东阳也，试问花知否。

注释

①"竹外"句：化用苏轼《和秦太虚梅花》"江头千树春欲闇，竹外一枝斜更好"。②"想佳人"句：化用杜甫《佳人》"天寒翠袖薄，日暮倚修竹"。　③"销瘦"三句：《梁书·沈约传》："（沈约）永明末，出守东阳，……百日数旬，革带常应移孔；以手握臂，率计月小半分。"形容人因不得志而日渐消瘦。

渔家傲

水上落红时片片。江头雪絮飞缭乱。渺渺碧波天漾远。平沙暖。花风一阵蘋香满。　晚来醉著无人唤。残阳已在青山半。睡觉只疑花改岸。抬头看。元来弱缆风吹断。

注释

①睡觉：睡醒。

卜算子

兰

松竹翠萝寒。迟日江山暮。幽径无人独自芳，此恨凭谁诉。　似共梅花语。尚有寻芳侣。著意闻时不肯香。香在无心处。

注释

①“迟日”句：杜甫《绝句》：“迟日江山丽，春风花草香。”　②“幽径”句：《荀子·宥坐》：“且夫芷兰生于深林，非以无人而不芳。”《淮南子·说山训》：“兰生幽谷，不为莫服而不芳。”

「万俟咏」

三台

清明应制

见梨花初带夜月，海棠半含朝雨。内苑春、不禁过青门，御沟涨、潜通南浦。东风静、细柳垂金缕。望凤阙、非烟非雾。好时代、朝野多欢，遍九陌、太平箫鼓。　乍莺儿百啭断续，燕子飞来飞去。近绿水、台榭映秋千，斗草聚、双双游女。饧香更、酒冷踏青路。会暗识、夭桃朱户。向晚骤、宝马雕鞍，醉襟惹、乱花飞絮。　正轻寒轻暖漏永，半阴半晴云暮。禁火天、已是试新妆，岁华到、三分佳处。清明看、汉宫传蜡炬。散翠烟、飞入槐府。敛兵卫、阊阖门开，住传宣、又还休务。

注释

①非烟非雾：指祥瑞之气。《汉书·天文志》："若烟非烟，若云非云，郁郁纷纷，萧索轮囷，是谓庆云。"　②九陌：汉长安城有八街九陌，代指都城大路。　③饧（xíng）：糖稀，软糖。　④夭桃：出自《诗·周南·桃夭》"桃之夭夭，灼灼其华"，指艳丽的桃花。　⑤汉宫传蜡炬：唐韩翃《寒食》"日

暮汉宫传蜡烛，轻烟散入五侯家”。 ⑥槐府：贵人宅第，门前植槐。 ⑦阊阖：宫之正门。 ⑧住传宣：停止传旨、宣官员上殿。 ⑨休务：停止公务。

点评

李攀龙《草堂诗余隽》：“铺叙有条，如收拾天下春归肺腑状。”

黄昇《花庵词选》：“雅言之词，词之圣者也。发妙音于律吕之中，运巧思于斧凿之外，平而工，和而雅，比诸刻琢句意而求精丽者，远矣。”

长相思

雨

一声声。一更更。窗外芭蕉窗里灯。此时无限情。　　梦难成。恨难平。不道愁人不喜听。空阶滴到明。

注释

①“空阶”句：用温庭筠《更漏子》“空阶滴到明”。

长相思

山驿

短长亭。古今情。楼外凉蟾一晕生。雨余秋更清。　　暮云平。暮山横。几叶秋声和雁声。行人不要听。

注释

①短长亭：古代驿道五里设一短亭，十里设一长亭。此指行旅、行程。②古今情：古今相同的离情。　③和：应和。

昭君怨

春到南楼雪尽。惊动灯期花信。小雨一番寒。倚阑干。

莫把阑干频倚。一望几重烟水。何处是京华。暮云遮。

注释

①昭君怨：词牌名，又名“宴西园”“洛妃怨”“一痕沙”。　②灯期：元宵灯节期间。

诉衷情

送春

一鞭清晓喜还家。宿醉困流霞。夜来小雨新霁，双燕舞风斜。

山不尽，水无涯。望中赊。送春滋味，念远情怀，分付杨花。

注释

①一鞭：形容扬鞭催马。　②困流霞：沉醉于酒中。流霞，美酒。　③望

中赊（shē）：回望来路遥远漫长。赊，遥远。 ④分付：交与。

忆少年

陇首山

陇云溶泄，陇山峻秀，陇泉呜咽。行人暂驻马，已不胜愁绝。

上陇首、凝眸天四阔。更一声、塞雁凄切。征书待寄远，有知心明月。

注释

①陇首：古山名。汉班固《西都赋》："右界褒斜、陇首之险，带以洪河、泾、渭之川。"《后汉书·班固传上》引此文，李贤注："陇首，山名，在今秦州。" ②溶泄：晃动、荡漾貌。

忆秦娥

天如洗。金波冷浸冰壶里。冰壶里。一年得似，此宵能几。

等闲莫把阑干倚。马蹄去便三千里。三千里。几重云岫，几重烟水。

注释

①冰壶：月亮或月光。 ②云岫：晋陶潜《归去来辞》："云无心以出岫。"

后用“云岫”指云雾缭绕的峰峦。

木兰花慢

恨莺花渐老，但芳草、绿汀洲。纵岫壁千寻，榆钱万叠，难买春留。梅花向来始别，又匆匆、结子满枝头。门外垂杨岸侧，画桥谁系兰舟。　　悠悠。岁月如流。叹水覆、杳难收。凭画阑，往往抬头举眼，都是春愁。东风晚来更恶，怕飞红、拍絮入书楼。双燕归来问我，怎生不上帘钩。

注释

①千寻：古以八尺为一寻。千寻，形容极高或极长。　②“结子”句：用杜牧“绿叶成阴子满枝”。　③覆水难收：出自《后汉书》，原指国家大事，后用以比喻夫妻关系断绝无法恢复。

「田为」

江神子慢

玉台挂秋月。铅素浅，梅花傅香雪。冰姿洁。金莲衬、小小凌波罗袜。雨初歇。楼外孤鸿声渐远，远山外、行人音信绝。此恨对语犹难，那堪更寄书说。　　教人红销翠减，觉衣宽金缕，都为轻别。太情切。销魂处、画角黄昏时节。声呜咽。落尽庭花春去也，银蟾迥、无情圆又缺。恨伊不似余香，惹鸳鸯结。

注释

①江神子慢：由令曲《江神子》衍化而成长调，初始祭祀江神之曲。又名“江城子”。　②玉台：精美的梳妆台，或精美的楼阁。　③傅：通“附”，附着。④金莲：专指女子纤足。

南柯子

春景

梦怕愁时断，春从醉里回。凄凉怀抱向谁开。些子清明时候、被莺催。　　柳外都成絮，栏边半是苔。多情帘燕独徘徊。依旧满身花雨、又归来。

注释

①些子：唐宋俗语，少许，一点点。

「徐伸」

转调二郎神

闷来弹雀，又搅破、一帘花影。谩试著春衫，还思纤手，薰彻金炉烬冷。动是愁多如何向，但怪得、新来多病。想旧日沈腰，而今潘鬓，不堪临镜。　　重省。别来泪滴，罗衣犹凝。料为我厌厌，日高慵起，长托春酲未醒。雁翼不来，马蹄轻驻，门闭一庭芳景。空伫立，尽日阑干倚遍，昼长人静。

注释

①转调二郎神：唐教坊曲名。　②沈腰：消瘦而腰围变小。用沈约典。③潘鬓：潘岳《秋兴赋》：“斑鬓髟以承弁兮，素发飒以垂领。”言斑白鬓须上接帽子，白发飘飘直垂下马。　④酲（chéng）：喝醉酒神志不清。

「陈克」

临江仙

四海十年兵不解，胡尘直到江城。岁华销尽客心惊。疏髯浑似雪，衰涕欲生冰。　　送老齑盐何处是，我缘应在吴兴。故人相望若为情。别愁深夜雨，孤影小窗灯。

注释

①兵不解：战争未结束。　②齑（jī）盐：原意是指切碎的腌菜，此处专指最低限度的生活物资。

谒金门

花满院。飞去飞来双燕。红雨入帘寒不卷。晓屏山六扇。

翠袖玉笙凄断。脉脉两蛾愁浅。消息不知郎近远。一春长梦见。

注释

①此首误入王惠庵本东山词。

菩萨蛮

赤阑桥尽香街直。笼街细柳娇无力。金碧上青空。花晴帘影红。　黄衫飞白马。日日青楼下。醉眼不逢人，午香吹暗尘。

注释

①赤阑桥：赤红栏杆的桥。　②黄衫：《新唐书·礼乐志》载，唐明皇“以乐工少年姿秀者十数人，衣黄衫，文玉带”。后用黄衫指衣饰华丽姿容秀美的少年公子。

菩萨蛮

绿芜墙绕青苔院。中庭日淡芭蕉卷。蝴蝶上阶飞。烘帘自在垂。　玉钩双语燕。宝甃杨花转。几处簸钱声。绿窗春睡轻。

注释

①烘帘：用以挡风的布帘。　②宝甃（zhòu）：华美的井、池。甃，井壁。③簸钱：唐宋时流行的一种赌博游戏，玩者持钱在手，两手相扣，来回颠簸，然后依次摊开，让人猜其反正，以中否决胜负，赌输赢。

「朱翌」

点绛唇

梅

流水泠泠，断桥横路梅枝亚。雪花飞下，浑似江南画。白璧青钱，欲买春无价。归来也，风吹平野，一点香随马。

注释

①点绛唇：词牌名，取南朝梁江淹“明珠点绛唇”而命名。又名“南浦月”“点樱桃”等，双调四十一字，仄韵。 ②泠（líng）泠：形容声音清越。 ③断桥：在杭州西湖白堤上。原名“宝祐桥”，又称“段家桥”，唐时称“断桥”。 ④亚：通“压”，下垂的样子。 ⑤青钱：铜钱，古代货币。

「朱敦儒」

水调歌头

淮阴作

当年五陵下，结客占春游。红缨翠带，谈笑跋马水西头。落日经过桃叶，不管插花归去，小袖挽人留。换酒春壶碧，脱帽醉青楼。　　楚云惊，陇水散，两漂流。如今憔悴，天涯何处可销忧。长揖飞鸿旧月。不知今夕烟水，都照几人愁。有泪看芳草，无路认西州。

注释

①五陵：西汉初五位皇帝的陵墓，地处渭水北岸。西汉时朝廷多将关东豪门大户迁至附近居住，其子弟多尚豪奢。借指作者故乡洛阳。　②结客：《乐府诗集》有《结客少年场行》，题解引《乐府广题》：“结客少年场，言少年时结任侠之客，为游乐之场，终而无成，故作此曲也。”　③桃叶：桃叶渡。用晋王献之妾桃叶典。　④楚云：在诗词里常与女子相关。张谓《赠赵使君美人》“红粉青娥映楚云”。　⑤陇水：北魏郦道元《水经注》：“渭水又东与新阳崖水合，即陇水也。东北出陇山，其水西流。”　⑥西州：用谢安、羊昙典。

水调歌头

和海盐尉范行之

平生看明月，西北有高楼。如今羁旅，常叹茅屋暗悲秋。闻说吴淞江上，有个垂虹亭好，结友漾轻舟。记得蓬莱路，端是旧曾游。　　趁黄鹄，湖影乱，海光浮。绝尘胜处，合是不数白蘋洲。何物陶朱张翰，劝汝橙齑鲈脍，交错献还酬。寄语梅仙道，来岁肯同不。

注释

①“西北”句：《古诗十九首》有“西北有高楼”句。　②垂虹亭：亭名，在江苏吴江市长桥上。宋仁宗庆历年间县令李问建。苏轼自杭州移高密时，曾与张先等在此亭饮酒。　③不数：不亚于。　④陶朱：范蠡，自号陶朱公。⑤张翰：字季鹰，西晋人。《世说新语》：“张季鹰辟齐王东曹掾，在洛，见秋风起，因思吴中菰菜羹、鲈鱼脍，曰：‘人生贵得适意尔，何能羁宦数千里以要名爵。’遂命驾便归。俄而齐王败，时人皆谓为见机。”　⑥橙齑：橙子酱。⑦梅仙：梅福，西汉时人，王莽篡汉时隐居，人皆传言他已成仙。

水龙吟

放船千里凌波去。略为吴山留顾。云屯水府，涛随神女，九江东注。北客翩然，壮心偏感，年华将暮。念伊嵩旧隐，巢由故友，南柯梦、遽如许。　　回首妖氛未扫，问人间、英雄何处。奇谋报国，可怜无用，尘昏白羽。铁锁横江，锦帆冲浪，孙郎良苦。但愁敲桂棹，悲吟梁父，泪流如雨。

注释

①水府：《晋书·天文志上》：“东井西南四星曰水府，主水之官也。” ②伊嵩：伊阙与嵩山，均在河南。作者为河南洛阳人，故以“伊嵩”代指家乡。③“铁锁”句：指晋王濬灭吴之事。王濬奉命伐吴，吴主孙皓以铁索拦断长江，晋军用火烧断铁索，顺江东下，迫使孙皓投降。此喻南宋处于大军压境的危急形势。 ④巢由：巢父、许由，古代隐士。 ⑤南柯梦：唐李公佐《南柯太守传》载，淳于棼梦至槐安国，国王以女妻之，任南柯太守，荣华富贵，显赫一时，后与敌战败，公主亦死，被遣回。醒后见槐树南枝下有一蚁穴，即梦中所历。⑥妖氛：凶气。指金兵。 ⑦白羽：古代儒将常挥白羽扇，指挥作战。 ⑧孙郎：三国东吴末帝孙皓。以晋灭东吴事，喻形势危急，不能再蹈“孙郎”的覆辙。 ⑨梁父：即《梁父吟》，一作《梁甫吟》，乐府《楚调曲》名。今存古辞，传为诸葛亮所作。

点评

王鹏运《樵歌跋》：“忧时念乱，忠愤之致，触感而生。”

翁方纲《石洲诗话》：“深厚清隽，不失元祐诸贤矩镬。”

念奴娇

插天翠柳，被何人，推上一轮明月。照我藤床凉似水，飞入瑶台琼阙。雾冷笙箫，风轻环佩，玉锁无人掣。闲云收尽，海光天影相接。　谁信有药长生，素娥新炼就、飞霜凝雪。打碎珊瑚，争似看、仙桂扶疏横绝。洗尽凡心，满身清露，冷浸萧萧发。明朝尘世，记取休向人说。

注释

①打碎珊瑚：出自《世说新语·汰侈》石崇和王恺斗富的故事，这里信手拈来，反衬月中桂树之可爱，自然惬意。

点评

宋张端义《贵耳集》卷上：朱希真南渡，以词得名。月词有“插天翠柳，被何人推上，一轮明月”之句，自是豪放。

念奴娇

晚凉可爱，是黄昏人静，风生蘋叶。谁做秋声穿细柳。初听寒蝉凄切。旋采芙蓉，重熏沉水，暗里香交彻。拂开冰簟，小床独卧明月。　　老来应免多情，还因风景好，愁肠重结。可惜良宵人不见，角枕兰衾虚设。宛转无眠，起来闲步，露草时明灭。银河西去，画楼残角呜咽。

注释

①风生蘋叶：宋玉《风赋》“夫风生于地，起于青蘋之末”。②寒蝉凄切：柳永《雨霖铃》句。③“旋采”句：《古诗十九首》有“涉江采芙蓉”。④“角枕”句：《诗经·唐风·葛生》“角枕粲兮锦衾烂兮！予美亡此，谁与独旦”。

念奴娇

垂虹亭

放船纵棹，趁吴江风露，平分秋色。帆卷垂虹波面冷，初落萧萧枫叶。万顷琉璃，一轮金鉴，与我成三客。碧空寥廓，瑞星银汉争白。　深夜悄悄鱼龙，灵旗收暮霭，天光相接。莹澈乾坤，全放出、叠玉层冰宫阙。洗尽凡心，相忘尘世，梦想都销歇。胸中云海，浩然犹浸明月。

注释

①平分秋色：《楚辞·九辩》："皇天平分四时兮，窃独悲此廪秋。"②与我成三客：李白有"对影成三人"句。

临江仙

直自凤凰城破后，擘钗破镜分飞。天涯海角信音稀。梦回辽海北，魂断玉关西。　月解重圆星解聚，如何不见人归。今春还听杜鹃啼。年年看塞雁，一十四番回。

注释

①直自：自从。　②凤凰城：汴京。北宋钦宗靖康二年（1127）汴京陷落。③擘钗（bò chāi）：钗为古代妇女头饰，常充当定情信物，或在分离时各执一半，以为将来复合之凭证。白居易《长恨歌》"钗留一股合一扇，钗擘黄金合分钿"。

④破镜：孟棨《本事诗》载，南朝陈将亡时，驸马徐德言与乐昌公主破一铜镜各执一半，为重聚之凭，后果据此团圆。擘钗、破镜，指夫妻在战乱中分离。⑤辽海北：泛指东北海边。 ⑥解：知道。 ⑦塞雁：秋天雁从塞上飞回，故称。⑧一十四番回：看见雁南归已经十四次，指作者南来十四年。

临江仙

堪笑一场颠倒梦，元来恰似浮云。尘劳何事最相亲。今朝忙到夜，过腊又逢春。　　流水滔滔无住处，飞光忽忽西沉。世间谁是百年人。个中须著眼，认取自家身。

注释

①尘劳：指事务劳累或旅途劳累。 ②过腊：过了腊日（农历十二月八日）。

卜算子

古涧一枝梅，免被园林锁。路远山深不怕寒，似共春相趓。

幽思有谁知，托契都难可。独自风流独自香，明月来寻我。

注释

①趓（duǒ）：古同“躲”。 ②契：书信。

感皇恩

一个小园儿，两三亩地。花竹随宜旋装缀。槿篱茅舍，便有山家风味。等闲池上饮，林间醉。　　都为自家，胸中无事。风景争来趁游戏。称心如意。剩活人间几岁。洞天谁道在，尘寰外。

注释

①随宜：按方位地势安排。　②趁游戏：趁机游戏人间取悦人们。　③洞天：道教用以称神仙所居的洞府。　④尘寰（huán）：尘世。

鹧鸪天

西都作

我是清都山水郎。天教分付与疏狂。曾批给雨支风券，累上流云借月章。　　诗万首，酒千觞。几曾著眼看侯王。玉楼金阙慵归去，且插梅花醉洛阳。

注释

①西都：即洛阳。宋代时汴京为东京，洛阳为西京。　②清都：神话传说中天帝居住的宫阙。《楚辞·远游》：“集重阳入帝宫兮，造旬始而观清都。”《列子·周穆王》：“清都、紫微、钧天、广乐，帝之所居。”　③山水郎：为天帝管理山水的郎官。　④给雨支风券：支配风雨的手令。　⑤累（lěi）：数次。

点评

《宋史·文苑传》载，朱敦儒“志行高洁，虽为布衣而有朝野之望”。靖康年间，钦宗召朱敦儒至京师，欲授以学官，朱敦儒固辞道：“麋鹿之性，自乐闲旷，爵禄非所愿也。”终因鄙弃世俗和权贵，拂衣还山。此词即为朱敦儒从京师返回洛阳后途中作，故题为“西都作”。

宋黄昇《中兴以来绝妙词选》：“以词章擅名，天资旷远。”

鹧鸪天

检尽历头冬又残。爱他风雪忍他寒。拖条竹杖家家酒，上个篮舆处处山。　添老大，转痴顽，谢天教我老来闲。道人还了鸳鸯债，纸帐梅花醉梦间。

注释

①历头：历书。　②篮舆：古代供人乘坐的交通工具，形制不一，一般以人力抬着行走，类似后世的轿子。　③纸帐梅花：由多样物件组合、装饰而成的卧具。宋林洪（自称林逋七世孙）《山家清事·梅花纸帐》：“法用独床。旁置四黑漆柱，各挂以半锡瓶，插梅数枝，后设黑漆板约二尺，自地及顶，欲靠以清坐。左右设横木一，可挂衣，角安斑竹书贮一，藏书三四，挂白麈一。上作大方目顶，用细白楮衾作帐罩之。前安小踏床，于左植绿漆小荷叶一，寘香鼎，然紫藤香。中只用布单、楮衾、菊枕、蒲褥。”亦省称“梅花帐”“梅帐”。

鹧鸪天

唱得梨园绝代声。前朝惟数李夫人。自从惊破霓裳后，楚奏吴歌扇里新。　秦嶂雁，越溪砧。西风北客两飘零。尊前忽听当时曲，侧帽停杯泪满巾。

注释

①李夫人：暗指李师师。周密《浩然斋雅谈》："宣和中李师师以歌舞称。……朱希真诗云'解唱阳关别调声，前朝唯数李夫人'，即其人也。"民间传说李师师受宋徽宗宠幸，被封为瀛国夫人。　②"自从"句：霓裳，《霓裳羽衣曲》。惊破，指安史之乱后唐玄宗携杨贵妃出逃一事。此指靖康之耻汴京陷落。　③楚奏吴歌：《宣和遗事》载，李师师在汴京陷落后曾逃难至湖湘一带。　④侧帽：帽子歪斜，谓衣冠不整，表示心情不好。

鹧鸪天

曾为梅花醉不归。佳人挽袖乞新词。轻红遍写鸳鸯带，浓碧争斟翡翠卮。　人已老，事皆非。花前不饮泪沾衣。如今但欲关门睡，一任梅花作雪飞。

点评

宋汪莘《方壶诗余自叙》："余于词，所喜爱者三人焉：盖自东坡而一变，其豪妙之气，隐隐然流出言外，天然绝世，不假振作。二变而为朱希真，多尘外之想，虽杂以微尘，而其清气自不可没。三变而为辛稼轩，乃写其胸中事，尤好称渊明。此词之三变也。”

清黄蓼园《蓼园词选》：“希真梅词最多，性之所近也。”

鹧鸪天

画舫东时洛水清。别离心绪若为情。西风挹泪分携后，十夜长亭九梦君。　　云背水，雁回汀。只应芳草见离魂。前回共采芙蓉处，风自凄凄月自明。

朝中措

先生筇杖是生涯。挑月更担花。把住都无憎爱，放行总是烟霞。　　飘然携去，旗亭问酒，萧寺寻茶。恰似黄鹂无定，不知飞到谁家。

注释

①先生：作者的自称。　②把住：控制住。　③放行：出行。　④旗亭：代指酒楼。　⑤萧寺：佛寺。

朝中措

红稀绿暗掩重门。芳径罢追寻。已是老于前岁，那堪穷似他人。　　一杯自劝，江湖倦客，风雨残春。不是酴醾相伴，如何过得黄昏。

注释

①酴醾：重酿之酒。

朝中措

登临何处自销忧。直北看扬州。朱雀桥边晚市，石头城下新秋。　　昔人何在，悲凉故国，寂寞潮头。个是一场春梦，长江不住东流。

注释

①直北：正北。

西江月

世事短如春梦，人情薄似秋云。不须计较苦劳心，万事原来有命。　　幸遇三杯酒好，况逢一朵花新。片时欢笑且相亲，明日阴晴未定。

点评

绍兴十六年（1146），秦桧等人陷害李光等主战派，朱敦儒因“与李光交通”被罢官。绍兴十九年（1149）致仕，在嘉禾（今浙江嘉兴）隐居。绍兴二十五年（1155），他以七十五岁高龄被秦桧起用为鸿胪少卿。不到一个月，秦桧死，朱敦儒随即被罢免，这是他第二次被罢官，也是一生的污点，因此被当时与后人另眼相看。

西江月

元是西都散汉，江南今日衰翁。从来颠怪更心风。做尽百般无用。　　屈指八旬将到，回头万事皆空。云间鸿雁草间虫。共我一般做梦。

点评

《中兴以来绝妙词选》：“《西江月》二曲，辞浅意深，可以警世之役役于非望之福者。”

《草堂诗余》：“言近而指远，不必求其深宛。”

西江月

日日深杯酒满，朝朝小圃花开。自歌自舞自开怀。且喜无拘无碍。　青史几番春梦，黄泉多少奇才。不须计较与安排。领取而今现在。

减字木兰花

刘郎已老。不管桃花依旧笑。要听琵琶。重院莺啼觅谢家。

曲终人醉。多似浔阳江上泪。万里东风。国破山河落照红。

注释

①刘郎：唐刘禹锡。作者因战乱流浪南方，以刘郎自比。　②“不管”句：化用唐崔护《题都城南庄》“桃花依旧笑东风”。　③浔阳江上：用白居易《琵琶行》“浔阳江头夜送客”诗意。　④“国破”句：用杜甫《春望》“国破山河在”诗意。

采桑子

彭浪矶

扁舟去作江南客，旅雁孤云。万里烟尘。回首中原泪满巾。

碧山对晚汀洲冷。枫叶芦根。日落波平。愁损辞乡去国人。

注释

①彭浪矶：在江西省彭泽县长江南岸。

相见欢

金陵城上西楼。倚清秋。万里夕阳垂地、大江流。　中原乱。簪缨散。几时收。试倩悲风吹泪、过扬州。

注释

①中原乱：指靖康之耻金兵入侵中原大乱。　②簪缨：当时官僚贵族的冠饰，这里代指他们本人。　③倩：请。

好事近

渔父词

摇首出红尘，醒醉更无时节。活计绿蓑青笠，惯披霜冲雪。

晚来风定钓丝闲，上下是新月。千里水天一色，看孤鸿明灭。

注释

①活计：生计，谋生的手段。

浣溪沙

雨湿清明香火残。碧溪桥外燕泥寒。日长独自倚阑干。

脱箨修篁初散绿，褪花新杏未成酸。江南春好与谁看。

注释

①香火：香烛纸钱，以祭祀鬼神。 ②日长：春分后夜短日长。 ③箨（tuò）：竹皮，笋壳。 ④篁：竹。

雨中花

岭南作

故国当年得意，射麋上苑，走马长楸。对葱葱佳气，赤县神州。好景何曾虚过，胜友是处相留。向伊川雪夜，洛浦花朝，占断狂游。　　胡尘卷地，南走炎荒，曳裾强学应刘。空漫说、螭蟠龙卧，谁取封侯。塞雁年年北去，蛮江日日西流。此生老矣，除非春梦，重到东周。

注释

①走马长楸：曹植《名都篇》：“斗鸡东郊道，走马长楸间。” ②胡尘卷地：指金兵南侵。 ③应刘：即汉末依附曹氏的应玚、应璩兄弟与刘桢。 ④东周：战国时东周都城位于洛阳。作者是洛阳人。

蓦山溪

邻家相唤，酒熟闲相过。竹径引篮舆，会乡老、吾曹几个。沈家姊妹，也是可怜人，回巧笑，发清歌，相间花间坐。

高谈阔论，无可无不可。幸遇太平年，好时节、清明初破。浮生春梦，难得是欢娱，休要劝，不须辞，醉便花间卧。

注释

①蓦山溪：词牌名，又名“上阳春”“心月照云溪”“弄珠英”。白居易《闲游即事》有“蓦山寻涧涧，踏水渡伊河”。调名本意即咏骑马跨越溪涧。 ②相过：互相来往。 ③乡老：乡里年高德劭的人。 ④吾曹：我辈，我们。

醉落魄

泊舟津头有感

海山翠叠，夕阳殷雨云堆雪。鹧鸪声里蛮花发。我共扁舟，江上两萍叶。　东风落酒愁难说。谁教春梦分胡越。碧城芳草应销歇。曾识刘郎，惟有半弯月。

注释

①碧城：《太平御览》卷六七四引《上清经》：“元始（元始天尊）居紫云之阙，碧霞为城。”因以“碧城”为仙人所居之处。

长相思

昨日晴。今日阴。楼下飞花楼上云。阑干双泪痕。　　江南人。江北人。一样春风两样情。晚寒潮未平。

「周紫芝」

鹧鸪天

一点残红欲尽时。乍凉秋气满屏帏。梧桐叶上三更雨，叶叶声声是别离。　　调宝瑟，拨金猊。那时同唱鹧鸪词。如今风雨西楼夜，不听清歌也泪垂。

注释

①“梧桐叶上”句：化用温庭筠《更漏子》：“梧桐树，三更雨。不道离情正苦。　一叶叶，一声声，空阶滴到明。”

醉落魄

云深海阔。天风吹上黄金阙。酒醒不记归时节。三十年来，往事无人说。　　浮生正似风中雪。丹砂岂是神仙诀。世间生死无休歇。长伴君闲，只有山中月。

注释

①丹砂：朱砂。矿物名。色深红，古代道教徒用以化汞炼丹，中医作药用，也可制作颜料。

江城子

夕阳低尽柳如烟。淡平川。断肠天。今夜十分，霜月更娟娟。怎得人如天上月，虽暂缺，有时圆。　　断云飞雨又经年。思凄然。泪涓涓。且做如今，要见也无缘。因甚江头来处雁，飞不到，小楼边。

注释

①断云：片云。南朝梁简文帝《薄晚逐凉北楼迥望》：“断云留去日，长山减半天。”

踏莎行

情似游丝，人如飞絮。泪珠阁定空相觑。一溪烟柳万丝垂，无因系得兰舟住。　　雁过斜阳，草迷烟渚。如今已是愁无数。明朝且做莫思量，如何过得今宵去。

点评

唐圭璋《唐宋词简析》：此首叙别词。起写别时之哀伤。游丝飞絮，皆喻人之神魂不定；泪眼相觑，写尽两情之凄惨。“一溪”两句，怨柳不系舟住。换头点晚景，令人生愁。末言今宵之难遣，语极深婉。

「赵佶」

燕山亭

裁剪冰绡，打叠数重，冷淡燕脂匀注。新样靓妆，艳溢香融，羞杀蕊珠宫女。易得凋零，更多少、无情风雨。愁苦。闲院落凄凉，几番春暮。　凭寄离恨重重，这双燕，何曾会人言语。天遥地远，万水千山，知他故宫何处。怎不思量，除梦里、有时曾去。无据。和梦也、有时不做。

注释

①题注：“北行见杏花。”燕山亭，词牌名，又名“宴山亭”。燕山，燕山府。北宋宣和四年（1122），徽宗赵佶置燕山府路，治所在燕山府（即今北京市）。亭，驿亭。公元1126年靖康之难，北宋徽、钦二帝被金兵从汴京掳往五国城（今黑龙江依兰县北），北行经过燕山府。徽宗见燕山府路落入金兵手中，自己身陷囹圄，又见杏花凋落，遂作此词。调名本意即咏途经燕山府路驿亭时的感慨。②冰绡：洁白的丝绸，喻花瓣。　③燕脂：胭脂。　④靓（jìng）装：美丽的妆饰。⑤蕊珠宫女：指仙女。蕊珠，道家指天上仙宫。　⑥无据：不知何故。　⑦“和梦”句：晏几道“梦魂纵有也成虚，那堪和梦无”。

点评

杨慎《词品》："徽宗此词北狩时作也，词极凄惋，亦可怜矣。"

梁启超："昔人言宋徽宗为李后主后身，此词感均顽艳，亦不减'帘外雨潺潺'诸作。"

王国维《人间词话》："尼采谓一切文学，余爱以血书者。后主之词，真所谓以血书者也；宋道君皇帝《燕山亭》词略似之。然道君不过自道生世之戚，后主则俨有释迦基督担荷人类罪恶之意，其大小固不同矣。"

「李纲」

喜迁莺

晋师胜淝上

长江千里。限南北、雪浪云涛无际。天险难逾，人谋克庄，索虏岂能吞噬。阿坚百万南牧，倏忽长驱吾地。破强敌，在谢公处画，从容颐指。

奇伟。淝水上，八千戈甲，结阵当蛇豕。鞭弭周旋，旌旗麾动，坐却北军风靡。夜闻数声鸣鹤，尽道王师将至。延晋祚，庇烝民，周雅何曾专美。

注释

①阿坚：前秦皇帝苻坚，曾率军近百万南侵东晋。 ②谢公：东晋谢安。 ③鸣鹤：即“风声鹤唳”。前秦军队战败后，闻风声及鹤鸣声都以为是东晋兵追来。 ④“周雅”句：指《诗经·小雅》中歌颂的周宣王讨伐荆蛮使西周“中兴”一事。

念奴娇

中秋独坐

暮云四卷，淡星河、天影茫茫垂碧。皓月浮空，人尽道，端的清圆如璧。丹桂扶疏，银蟾依约，千古佳今夕。寒光委照，有人独坐秋色。　　怅念老子平生，粗令婚嫁了，超然闲适。误缚簪缨遭世故，空有当时胸臆。苒苒流年，春鸿秋燕，来往终何益。云山深处，这回真是休息。

注释

①端的：真的，确实。 ②婚嫁：指儿女婚嫁事。 ③簪缨：古代官吏的冠饰。喻出仕。 ④云山：远离尘世的地方。隐者或出家人的居处。

「蒋元龙」

好事近

叶暗乳鸦啼，风定老红犹落。蝴蝶不随春去，入薰风池阁。

休歌金缕劝金卮，酒病煞如昨。帘卷日长人静，任杨花飘泊。

注释

①老红：残存的花朵。　②金卮：金杯。这里指酒。　③煞：很、极。

「廖世美」

烛影摇红

题安陆浮云楼

霭霭春空，画楼森耸凌云渚。紫薇登览最关情，绝妙夸能赋。惆怅相思迟暮。记当日、朱阑共语。塞鸿难问，岸柳何穷，别愁纷絮。　　催促年光，旧来流水知何处。断肠何必更残阳，极目伤平楚。晚霁波声带雨。悄无人、舟横野渡。数峰江上，芳草天涯，参差烟树。

注释

①此词隐括杜牧《题安州浮云寺楼寄湖州郎中》：“去夏疏雨余，同倚朱阑语。当时楼下水，今日到何处。恨如春草多，事与孤鸿去。楚岸柳何穷，别愁纷如絮。”

「程过」

满江红

梅

春欲来时，长是与、江梅花约。又还向、竹林疏处，一枝开却。对酒渐惊身老大，看花应念人离索。但十分、沉醉祝东君，长如昨。　　芳草渡，孤舟泊。山敛黛，天垂幕。黯销魂、无奈暮云残角。便好折来和雪戴，莫教酒醒随风落。待殷勤、留此记相思，谁堪托。

注释

①江梅：一种野生梅花。宋范成大《梅谱》：“江梅，遗核野生、不经栽接者，又名直脚梅，或谓之野梅。凡山间水滨荒寒清绝之趣，皆此本也。花稍小而疏瘦有韵，香最清，实小而硬。”

「李清照」

如梦令

常记溪亭日暮。沉醉不知归路。兴尽晚回舟，误入藕花深处。争渡。争渡。惊起一滩鸥鹭。

注释

①常记：时常记起。“难忘”的意思。 ②溪亭：临水的亭台。 ③沉醉：大醉。 ④鸥鹭：这里泛指水鸟。

如梦令

昨夜雨疏风骤。浓睡不消残酒。试问卷帘人，却道海棠依旧。知否。知否。应是绿肥红瘦。

注释

①词意出自韩偓《懒起》“昨夜三更雨，今朝一阵寒。海棠花在否，侧卧卷帘看”。

点评

胡仔《若溪渔隐丛话前集》：“‘绿肥红瘦’，此语甚新。”

蒋一葵《尧山堂外记》：“当时文士莫不击节称赏，未有能道之者。”

沈际飞《草堂诗余正集》卷一：“‘知否’二字，叠得可味。‘绿肥红瘦’，创获自妇人，大奇。”

怨王孙

赏荷

湖上风来波浩渺。秋已暮、红稀香少。水光山色与人亲，说不尽、无穷好。　　莲子已成荷叶老。青露洗、蘋花汀草。眠沙鸥鹭不回头，似也恨、人归早。

注释

①怨王孙：词牌名。《忆王孙》为单调，三十一字，此调扩充为双调。
②红、香：以颜色、气味指代花。

浣溪沙

淡荡春光寒食天。玉炉沉水袅残烟。梦回山枕隐花钿。

海燕未来人斗草，江海已过柳生绵。黄昏疏雨湿秋千。

浣溪沙

髻子伤春慵更梳。晚风庭院落梅初。淡云来往月疏疏。

玉鸭熏炉闲瑞脑，朱樱斗帐掩流苏。通犀还解辟寒无。

注释

①通犀：通天犀，角上有一白缕直上到尖端，故名。李商隐《无题》“心有灵犀一点通”。《开元天宝遗事》：“开元二年冬至，交趾国进犀一株，色黄如金。使者请以金盘置于殿中，温温然有暖气袭人。上问其故，使者对曰：此辟寒犀也。顷自隋文帝时，本国曾进一株，直至今日。上甚悦，厚赐之。”

浣溪沙

闺情

绣面芙蓉一笑开。斜飞宝鸭衬香腮。眼波才动被人猜。

一面风情深有韵，半笺娇恨寄幽怀。月移花影约重来。

注释

①绣面：面容姣美，像荷花盛开。 ②斜飞宝鸭：指香炉中生起的氤氲烟气。宝鸭，鸭子形状的铜香炉，一说指鸭形发式，或指两颊所贴鸦形图案，或以为指钗头形状为鸭形的宝钗。 ③月移花影：指约会的时间，月斜之际。王安石《春夜》："春色恼人眠不得，月移花影上栏杆。"

浣溪沙

莫许杯深琥珀浓。未成沉醉意先融。□□已应晚来风。

瑞脑香消魂梦断，辟寒金小髻鬟松。醒时空对烛花红。

注释

①琥珀：色如琥珀的美酒。李白《客中行》"兰陵美酒郁金香，玉碗盛来琥珀光"。 ②辟寒金：相传昆明国有一种嗽金鸟，常吐金屑如粟，铸之可以为器。王嘉《拾遗记》卷七："宫人争以鸟吐之金，用饰钗佩，谓之辟寒金。"此指首饰。 ③"醒时"句：谓深夜醒来，空对烛花，心事重重。烛芯燃烧后，余烬结成的花形。相传灯花是喜事的征兆，当是作者心中希望的象征。

浣溪沙

小院闲窗春色深。重帘未卷影沉沉。倚楼无语理瑶琴。

远岫出山催薄暮，细风吹雨弄轻阴。梨花欲谢恐难禁。

注释

①瑶琴：琴的美称，泛指古琴。 ②远岫（xiù）：岫，山峰。陶渊明《归去来辞》“云无心以出岫，鸟倦飞而知还”。

渔家傲

雪里已知春信至。寒梅点缀琼枝腻。香脸半开娇旖旎。当庭际。玉人浴出新妆洗。　　造化可能偏有意。故教明月玲珑地。共赏金尊沉绿蚁。莫辞醉。此花不与群花比。

鹧鸪天

暗淡轻黄体性柔。情疏迹远只香留。何须浅碧深红色，自是花中第一流。　　梅定妒，菊应羞。画阑开处冠中秋。骚人可煞无情思，何事当年不见收。

注释

①“画阑”句：化用李贺《金铜仙人辞汉歌》“画栏桂树悬秋香”。 ②“骚人”句：化用陈与义《清平乐·木犀》“楚人未识孤妍，离骚遗恨千年”。

减字木兰花

卖花担上。买得一枝春欲放。泪染轻匀。犹带彤霞晓露痕。

怕郎猜道。奴面不如花面好。云鬓斜簪。徒要教郎比并看。

注释

①“怕郎”二句：唐无名氏《菩萨蛮》“含笑问檀郎。花强妾貌强”。

一剪梅

红藕香残玉簟秋。轻解罗裳，独上兰舟。云中谁寄锦书来。雁字回时，月满西楼。　　花自飘零水自流。一种相思，两处闲愁。此情无计可消除，才下眉头，却上心头。

注释

①玉簟：光滑如玉的竹席。此调又名“玉簟秋”。　②雁字：雁群飞行时，常排列成“人”字或“一”字形。　③闲愁：无端无谓的忧愁。　④无计：没有办法。

点评

清王士禛《花草蒙拾》：“俞仲茅小词云：‘轮到相思没处辞，眉间露一丝。’视易安‘才下眉头，却上心头’，可谓此儿善盗。然易安亦从范希文‘都来此事，眉间心上，无计相回避’语脱胎，李特工耳。”

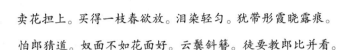

醉花阴

薄雾浓云愁永昼。瑞脑消金兽。佳节又重阳，玉枕纱厨，半夜凉初透。　　东篱把酒黄昏后。有暗香盈袖。莫道不消魂，帘卷西风，人比黄花瘦。

注释

①永昼：漫长的白天。　②瑞脑：一种薰香名。又称龙脑，即冰片。　③消金兽：香炉里香料逐渐燃尽。

点评

清陈廷焯《云韶集》卷十："无一字不秀雅，深情苦调，元人词曲往往宗之。"

清许昂霄《词综偶评》："结句亦从'人与绿杨俱瘦'脱出，但语意较工妙耳。"

玉楼春

红酥肯放琼苞碎。探著南枝开遍未。不知酝藉几多香，但见包藏无限意。　　道人憔悴春窗底。闷损阑干愁不倚。要来小酌便来休，未必明朝风不起。

点评

朱彝尊《静态居诗话》："咏物诗最难工，而梅尤不易。……李易安词：'要来小酌便来休，未必明朝风不起。'皆得此花之神。"

行香子

草际鸣蛩。惊落梧桐。正人间、天上愁浓。云阶月地，关锁千重。纵浮槎来，浮槎去，不相逢。　　星桥鹊驾，经年才见，想离情、别恨难穷。牵牛织女，莫是离中。甚霎儿晴，霎儿雨，霎儿风。

注释

①浮槎：传说中来往于海上和天河之间的木筏。晋张华《博物志》：“天河与海通，近世有人居海渚者，年年八月，有浮槎去来，不失期。”槎，同“查”，木筏。

怨王孙

春暮

帝里春晚。重门深院。草绿阶前，暮天雁断。楼上远信谁传。恨绵绵。　　多情自是多沾惹。难拚舍。又是寒食也。秋千巷陌，人静皎月初斜。浸梨花。

小重山

春到长门春草青。江梅些子破，未开匀。碧云笼碾玉成尘。留晓梦，惊破一瓯春。　　花影压重门。疏帘铺淡月，好黄昏。二年三度负东君。归来也，著意过今春。

注释

①“春到”句：用薛昭蕴《小重山》句。长门，汉长门宫，汉武帝陈皇后因妒失宠，被打入长门宫，后得司马相如作《长门赋》（一说为后人伪托）而重新得宠。此处以陈皇后事暗喻自己独居深闺。春草青，用《楚辞·招隐士》“王孙游兮不归，春草生兮萋萋”句意。

多丽

咏白菊

小楼寒，夜长帘幕低垂。恨萧萧、无情风雨，夜来揉损琼肌。也不似、贵妃醉脸，也不似、孙寿愁眉。韩令偷香，徐娘傅粉，莫将比拟未新奇。细看取、屈平陶令，风韵正相宜。微风起，清芬酝藉，不减酴醿。　　渐秋阑、雪清玉瘦，向人无限依依。似愁凝、汉皋解佩，似泪洒、纨扇题诗。朗月清风，浓烟暗雨，天教憔悴度芳姿。纵爱惜、不知从此，留得几多时。人情好，何须更忆，泽畔东篱。

注释

①贵妃醉脸：唐李浚《松窗杂录》载，中书舍人李正封咏牡丹花“天香夜染衣，国色朝酣酒”。玄宗以此对杨妃笑称：“妆镜台前，宜饮以一紫金盏酒，则正封之诗见矣。” ②孙寿愁眉：《后汉书·梁冀传》：“妻孙寿，色美而善为妖态，作愁眉、啼妆、堕马髻、折腰步、龋齿笑，以为媚惑。” ③韩令偷香：韩令，韩寿。《晋书·贾充传》载，韩寿为贾充属官，美姿容。贾充的女儿将晋武帝赐予贾充的奇香盗出，赠韩寿。后来贾充将女儿嫁给韩寿。 ④徐娘：徐娘，梁元帝妃徐昭佩。《南史·梁元帝徐妃传》：“妃以帝眇一目，每知帝将至，必为半面妆以俟，帝见则大怒而去。” ⑤傅粉：南朝宋刘义庆《世说新语·容止》：“何平叔美姿仪，面至白。魏明帝疑其傅粉。正夏月，与热汤饼。既啖，大汗出，以朱衣自拭，色转皎然。”后以“傅粉何郎”称美男子。 ⑥汉皋解佩：《列仙传》：“郑交甫将往楚，道之汉皋台下，有二女，佩两珠，大如荆鸡卵。交甫与之言，曰：‘欲子之佩。’二女解与之。既行返顾，二女不见，佩亦失矣。” ⑦纨扇题诗：班彪之姑班婕妤，有才情，初得汉成帝宠爱，后为赵飞燕所谮，退处东宫。相传曾作《怨歌行》（一作《团扇歌》）：“新裂齐纨素，皎洁如霜雪。裁为合欢扇，团团似明月。出入君怀袖，动摇微风发。常恐秋节至，凉风夺炎热。弃捐箧笥中，恩情中道绝。”

点评

况周颐《珠花簃词话》：“李易安《多丽·咏白菊》，前段用贵妃、孙寿、韩掾、徐娘、屈平、陶令若干人物，后段雪清玉瘦、汉皋纨扇、朗月清风、浓烟暗雨许多字面，却不嫌堆垛，赖有清气流行耳。‘纵爱惜，不知从此，留得几多时’三句最佳，所谓传神阿堵，一笔凌空，通篇具活。歇拍不妨更用‘泽畔东篱’字。昔人评《花间》镂金错绣而无痕迹，余于此阕亦云。”

凤凰台上忆吹箫

香冷金猊，被翻红浪，起来人未梳头。任宝奁闲掩，日上帘钩。生怕闲愁暗恨，多少事、欲说还休。今年瘦，非干病酒，不是悲秋。　明朝，这回去也，千万遍阳关，也即难留。念武陵春晚，云锁重楼。记取楼前绿水，应念我、终日凝眸。凝眸处，从今更数，几段新愁。

注释

①金猊（ní）：狮形铜香炉。　②被翻红浪：柳永《凤栖梧》“鸳鸯绣被翻红浪”。　③宝奁（lián）：华贵的梳妆镜匣。　④干：关涉。　⑤阳关：王维《送元二使安西》，后谱成《阳关三叠》，为唐宋时的送别之曲。　⑥武陵：一指陶渊明《桃花源记》，一指刘义庆《幽明录》刘、阮故事。此指爱人去的远方。⑦秦楼：春秋时秦穆公女弄玉与其夫萧史乘凤飞升之前的住所。冯延巳《南乡子》“烟锁秦楼无限事”。

点评

明李攀龙《草堂诗余隽》：“非病酒，不悲秋，都为苦别瘦。写出一腔临别心神。而新瘦新愁，真如秦女楼头，声声有和鸣之奏。”

念奴娇

春情

萧条庭院，又斜风细雨，重门须闭。宠柳娇花寒食近，种种恼人天气。险韵诗成，扶头酒醒，别是闲滋味。征鸿过尽，万千心事难寄。　　楼上几日春寒，帘垂四面，玉阑干慵倚。被冷香消新梦觉，不许愁人不起。清露晨流，新桐初引，多少游春意。日高烟敛，更看今日晴未。

注释

①险韵：以生僻而又难押之字为韵脚。险韵诗成，人觉其险峻而能化艰僻为平妥，并无凑韵之弊。　②“清露”二句：《世说新语·赏誉》：“王恭始与王建武甚有情，后遇袁悦之间，遂致疑隙。然每至兴会，故有相思。时恭尝行散至京口谢堂，于时清露晨流，新桐初引，恭目之曰：‘王大故自濯濯。’”

点评

清许昂霄《词综偶评》：“此词造语，固为奇俊，然未免有句无章。旧人不加评驳，殆以其妇人而恕之耶？”

瑞鹧鸪

双银杏

风韵雍容未甚都。尊前甘橘可为奴。谁怜流落江湖上，玉骨冰肌未肯枯。　　谁教并蒂连枝摘，醉后明皇倚太真。居士擘开真有意，要吟风味两家新。

注释

①甘橘可为奴：甘橘，柑橘。木奴，柑橘别称。《三国志·吴书·孙休传》

裴松之注引《襄阳记》：“丹阳太守李衡……后密遣客十人于武陵龙阳汜洲上作宅，种甘橘千株。临死，敕儿曰：‘汝母恶我治家，故穷如是。然吾州里有千头木奴，不责汝衣食，岁上一匹绢，亦可足用耳！’衡亡二十余日，儿以白母，母曰：‘此当是种甘橘也。’” ②“醉后”句：周勋初《唐人遗事汇编》：“明皇与贵妃幸华清宫。因宿酒初醒，凭妃子肩同看木芍药。上亲折一枝，与妃子同嗅其艳。”

蝶恋花

泪湿罗衣脂粉满。四叠阳关，唱到千千遍。人道山长山又断。萧萧微雨闻孤馆。　　惜别伤离方寸乱。忘了临行，酒盏深和浅。好把音书凭过雁。东莱不似蓬莱远。

注释

①方寸：即“方寸地”，指人的心。《三国志·诸葛亮传》（徐庶）云：“今已失老母，方寸乱矣。” ②东莱：即莱州，时为明诚为官之地，今山东莱州市，曾名掖县。

蝶恋花

暖日晴风初破冻。柳眼梅腮，已觉春心动。酒意诗情谁与共。泪融残粉花钿重。　　乍试夹衫金缕缝。山枕斜攲，枕损钗头凤。独抱浓愁无好梦。夜阑犹剪灯花弄。

注释

①柳眼：初生柳叶，细长如眼。 ②梅腮：梅花瓣儿，似美女香腮。 ③山枕：即檀枕。因其形如“凹”，故称“山枕”。 ④钗头凤：头钗，古代妇女的首饰，其形如凤。

蝶恋花

上巳召亲族

永夜恹恹欢意少。空梦长安，认取长安道。为报今年春色好。花光月影宜相照。　　随意杯盘虽草草。酒美梅酸，恰称人怀抱。醉莫插花花莫笑。可怜春似人将老。

注释

①“醉莫”句：苏轼《吉祥寺赏牡丹》“人老簪花不自羞，花应羞上老人头”。此处反用其意。 ②“可怜”句：用刘希夷《代悲白头翁》“年年岁岁花相似，岁岁年年人不同”意。

摊破浣溪沙

揉破黄金万点轻。剪成碧玉叶层层。风度精神如彦辅，大鲜明。　　梅蕊重重何俗甚，丁香千结苦粗生。熏透愁人千里梦，却无情。

注释

①彦辅：西晋名士乐广，字彦辅。《世说新语·品藻》：“刘令言始入洛，见诸名士而叹曰：‘王夷甫太解明，乐彦辅我所敬。’”

摊破浣溪沙

病起萧萧两鬓华。卧看残月上窗纱。豆蔻连梢煎熟水，莫分茶。　　枕上诗书闲处好，门前风景雨来佳。终日向人多酝藉，木犀花。

注释

①萧萧：鬓发华白稀疏的样子。　②豆蔻：药物名，能行气、化湿、温中、和胃。张良臣《西江月》“蛮江豆蔻影连梢”。　③熟水：当时的一种药用饮料。陈元靓《事林广记》别集卷七之《豆蔻熟水》：“夏月凡造熟水，先倾百盏滚汤在瓶器内，然后将所用之物投入。密封瓶口，则香倍矣……白豆蔻壳拣净，投入沸汤瓶中，密封片时用之，极妙。每次用七个足矣。不可多用，多则香浊。”《百草正义》：“白豆蔻气味皆极浓厚，咀嚼久之，又有一种清澈冷洌之气，隐隐然沁入心脾。则先升后降，所以又能下气。”　④分茶：杨万里《澹庵坐上观显上人分茶》“分茶何似煎茶好，煎茶不似分茶巧”，可见“分茶”是一种巧妙高雅的茶戏，用茶匙取茶汤分别注入盏中饮食。　⑤酝藉：宽和有涵容。《汉书·薛广德传》：“广德为人，温雅有酝藉。”　⑥木犀花：桂花。

诉衷情

夜来沉醉卸妆迟。梅萼插残枝。酒醒熏破春睡，梦远不成归。

人悄悄，月依依。翠帘垂。更挼残蕊，更捻余香，更得些时。

鹧鸪天

寒日萧萧上锁窗。梧桐应恨夜来霜。酒阑更喜团茶苦，梦断偏宜瑞脑香。　秋已尽，日犹长。仲宣怀远更凄凉。不如随分尊前醉，莫负东篱菊蕊黄。

注释

①仲宣：指东汉文学家王粲，作有《登楼赋》，抒发去国怀乡之情。　②东篱菊蕊黄：用陶渊明《饮酒》“采菊东篱下”诗意。

渔家傲

天接云涛连晓雾。星河欲转千帆舞。仿佛梦魂归帝所。闻天语。殷勤问我归何处。　我报路长嗟日暮。学诗谩有惊人句。九万里风鹏正举。风休住。蓬舟吹取三山去。

注释

①“我报”句：暗含《离骚》“路漫漫其修远兮，我将上下而求索”“欲少留此灵琐兮，日忽忽其将暮”意。 ②三山：《史记·封禅书》载，渤海中有蓬莱、方丈、瀛洲三座仙山，人于海岸即可望见，但乘船前往临近时即被大风吹离，终无人能至。

点评

梁启超：“此绝似苏辛派，不类《漱玉词》中语。”

好事近

风定落花深，帘外拥红堆雪。长记海棠开后，正是伤春时节。

酒阑歌罢玉尊空，青缸暗明灭。魂梦不堪幽怨，更一声啼鴂。

注释

①“正是”句：“正是”处依律衍一字。

武陵春

春晚

风住尘香花已尽，日晚倦梳头。物是人非事事休。欲语泪先流。 闻说双溪春尚好，也拟泛轻舟，只恐双溪舴艋舟。

载不动、许多愁。

注释

①尘香：尘土沾染落花的香气。 ②物是人非：事物依旧在，人不似往昔了。三国曹丕《与朝歌令吴质书》："节同时异，物是人非，我劳如何？" ③双溪：水名，在浙江金华，唐宋时有名的风光佳丽的游览胜地。《浙江通志》："双溪，在（金华）城南，一曰东港，一曰南港。东港源出东阳市大盆山，经义乌西行入县境，又汇慈溪、白溪、玉泉溪、坦溪、赤松溪，经石碕岩下，与南港会。南港源出缙云黄碧山，经永康、义乌入县境，又合松溪、梅溪水，绕屏山西北行，与东港会与城下，故名。" ④舴艋（zé měng）：小舟，两头尖如蚱蜢。《艺文类聚》卷七一南朝宋《元嘉起居注》："余姚令何玢之造作平牀，乘船舴艋一艘，精丽过常。"唐张志和《渔父》"钓台渔父褐为裘，两两三三舴艋舟""雪溪湾里钓鱼翁，舴艋为家西复东"。

点评

李攀龙《草堂诗余隽》："未语先泪，此怨莫能载矣。景物尚如旧，人情不似初。言之于邑，不觉泪下。"王士禛《花草蒙拾》："'载不动许多愁'与'载取暮愁归去''只载一船离恨向两州'，正可互观。'双桨别离船，驾起一天烦恼'，不免径露矣。"

永遇乐

落日熔金，暮云合璧，人在何处。染柳烟浓。吹梅笛怨，春意知几许。元宵佳节，融和天气，次第岂无风雨。来相召、香车宝马，谢他酒朋诗侣。　　中州盛日，闺门多暇，记得偏重三五。铺翠冠儿，捻金雪柳，簇带争济楚。如今憔悴，风鬟霜鬓，怕见夜间出去。不如向、帘儿底下，听人笑语。

注释

①吹梅笛怨：用笛子吹《梅花落》，其声哀怨。 ②次第：转眼。 ③香车宝马：贵族妇女所乘坐的、雕镂工致装饰华美的车驾。 ④中州：中土、中原。此指汴京。 ⑤三五：十五日。指元宵节。 ⑥铺翠冠儿：以翠羽装饰的帽子。 ⑦雪柳：以素绢和银纸做成的头饰。 ⑧簇带、济楚：均为宋时方言，意谓头上所插戴的各种饰物。簇，聚集。带，戴。济楚，整齐、漂亮。

点评

清吴梅《词学通论》："大抵易安诸作，能疏俊而少沉着。即如《永遇乐·元宵》词，人咸谓绝佳；此事感怀京、洛，须有沉痛语方佳。词中如'如今憔悴，风鬟霜鬓，怕见夜间出去'固是佳语，而上下文皆不称。上云'铺翠冠儿，捻金雪柳，簇带争济楚'，下云'不如向、帘儿底下，听人笑语'，皆太质率，明者自能辨之。"

清平乐

年年雪里。常插梅花醉。挼尽梅花无好意。赢得满衣清泪。

今年海角天涯。萧萧两鬓生华。看取晚来风势，故应难看梅花。

孤雁儿

世人作梅词，下笔便俗。予试作一篇，乃知前言不妄耳

藤床纸帐朝眠起。说不尽、无佳思。沉香断续玉炉寒，伴我情怀如水。笛里三弄，梅心惊破，多少春情意。　　小风疏雨萧萧地。又催下、千行泪。吹箫人去玉楼空，肠断与谁同倚。一枝折得，人间天上，没个人堪寄。

注释

①藤床：藤条编织的床。　②纸帐：茧纸做的帐子。　③三弄：《梅花三弄》，古代笛曲名，或称《梅花引》。　④梅心惊破：指梅花闻笛而心伤。　⑤吹箫人去：用萧史弄玉典。此指其夫赵明诚去世。　⑥“一枝”三句：用陆凯《赠范晔》诗意。折梅相送，丈夫故去，所以说没人堪寄。

临江仙

欧阳公作蝶恋花，有深深深几许之句，予酷爱之。用其语作庭院深深数阕，其声即旧临江仙也

庭院深深深几许，云窗雾阁常扃。柳梢梅萼渐分明。春归秣陵树，人客远安城。　　感月吟风多少事，如今老去无成。谁怜憔悴更凋零。试灯无意思，踏雪没心情。

注释

①题注：李清照认为《蝶恋花》（庭院深深深几许）为欧阳修所作，《绝妙词选》《宋四家词选》等均从李说。欧阳修《近体乐府》罗泌跋："元丰中崔公度跋冯延巳《阳春集》谓皆延巳亲笔。"朱彝尊、陈廷焯、唐圭璋等皆断为冯延巳作。

菩萨蛮

风柔日薄春犹早。夹衫乍著心情好。睡起觉微寒。梅花鬓上残。　　故乡何处是。忘了除非醉。沉水卧时烧。香消酒未消。

点评

况周颐《〈漱玉词〉笺》："俞仲茅云，赵忠简《满江红》'欲待忘忧除是酒'，与易安'忘了除非醉'意同。下句'奈酒行有尽愁无极'。微嫌说尽，岂如'沉水卧时烧，香消酒未消'，亦宕开，亦束住，何等蕴藉。易安自是专家，忠简不以词重云尔。"

菩萨蛮

归鸿声断残云碧。背窗雪落炉烟直。烛底凤钗明。钗头人胜轻。　　角声催晓漏。曙色回牛斗。春意看花难。西风留旧寒。

注释

①人胜：人形的饰物。旧俗于正月初七人日用之。《初学记》卷四引南朝梁宗懔《荆楚岁时记》："正月七日为人日，以七种菜为羹，剪綵为人，或镂金薄为人，以贴屏风，亦戴之头鬓。又造华胜相遗。"

声声慢

寻寻觅觅，冷冷清清，凄凄惨惨戚戚。乍暖还寒时候，最难将息。三杯两盏淡酒，怎敌他、晚来风急。雁过也，正伤心，却是旧时相识。　　满地黄花堆积。憔悴损，如今有谁堪摘。守着窗儿，独自怎生得黑。梧桐更兼细雨，到黄昏、点点滴滴。这次第，怎一个愁字了得。

注释

①堪：一作"忺"。

点评

清陆蓥《问花楼词话·叠字》：叠字之法最古，义山尤喜用之。然如《菊》诗"暗暗淡淡紫，融融冶冶黄"，转成笑柄。宋人中易安居士善用此法。其《声声慢》一词，顿挫凄绝。词曰："寻寻觅觅，冷冷清清，凄凄惨惨戚戚。乍暖还寒时候，最难将息。"又云："梧桐更兼细雨，到黄昏、点点滴滴。"二阕共十余个叠字，而气机流动，前无古人，后无来者，可谓词家叠字之法。

添字丑奴儿

窗前谁种芭蕉树，阴满中庭。阴满中庭。叶叶心心，舒卷有余情。　　伤心枕上三更雨，点滴霖霪。点滴霖霪。愁损北人，不惯起来听。

注释

①霖霪（lín yín）：本为久雨，此处指接连不断的雨声。 ②北人：作者自指。

南歌子

天上星河转，人间帘幕垂。凉生枕簟泪痕滋。起解罗衣、聊问夜何其。　　翠贴莲蓬小，金销藕叶稀。旧时天气旧时衣。只有情怀、不似旧家时。

注释

①翠贴、金销：即贴翠、销金，均为服饰工艺。 ②情怀：心情。 ③旧家：从前，宋元时口语。

「连静女」

武陵春

人道有情须有梦，无梦岂无情。夜夜相思直到明。有梦怎生成。　伊若忽然来梦里，邻笛又还惊。笛里声声不忍听。浑是断肠声。

注释

①连静女，延平（今福建省南平）人。嫁儒生陈彦臣。宋罗烨《新编醉翁谈录》："王刚中为福建宪台，时陈彦臣、连静女因偷情事发，被囚。刚中赏陈、连能诗，为判词云云。"《陈彦臣连静女案判词》："佳人才子两相宜，置福端由祸所基。永作夫妻谐汝愿，不劳钻穴隙相窥。"

「吕本中」

采桑子

恨君不似江楼月，南北东西。南北东西。只有相随无别离。

恨君却似江楼月，暂满还亏。暂满还亏。待得团团是几时。

注释

①暂满还亏：月亮短暂的圆满之后又会有缺失。满，月圆。亏，月缺。

点评

此篇具有鲜明的民歌色彩，明白易晓，流转自如，风格和婉，含蕴无限，浑然天成，不减《花间》。

南歌子

驿路侵斜月，溪桥度晓霜。短篱残菊一枝黄。正是乱山深处、过重阳。　　旅枕元无梦，寒更每自长。只言江左好风光。不道中原归思、转凄凉。

注释

①元：同“原”。 ②寒更：寒夜的更声。 ③江左：江东，泛指江南地区。

减字木兰花

去年今夜。同醉月明花树下。此夜江边。月暗长堤柳暗船。

故人何处。带我离愁江外去。来岁花前。又是今年忆去年。

菩萨蛮

高楼只在斜阳里。春风淡荡人声喜。携客不嫌频。使君如酒醇。　　花光人不会。月色须君醉。月色与花光。共成今夜长。

踏莎行

雪似梅花，梅花似雪。似和不似都奇绝。恼人风味阿谁知，请君问取南楼月。　　记得旧时，探梅时节。老来旧事无人说。为谁醉倒为谁醒，到今犹恨轻离别。

注释

①雪似梅花：唐东方虬《春雪》：“春雪满空来，触处似花开。” ②梅花似雪：古乐府“只言花似雪，不悟有香来”。 ③阿谁：谁，何人。

清平乐

柳塘新涨。艇子操双桨。闲倚曲楼成怅望。是处春愁一样。

傍人几点飞花。夕阳又送栖鸦。试问画楼西畔，暮云恐近天涯。

注释

①编者注：《全宋词》此词的词牌为“浪淘沙”，有误。 ②艇子：船夫。

「胡世将」

酹江月

秋夕兴元使院作，用东坡赤壁韵

神州沉陆，问谁是、一范一韩人物。北望长安应不见，抛却关西半壁。塞马晨嘶，胡笳夕引，赢得头如雪。三秦往事，只数汉家三杰。　试看百二山河，奈君门万里，六师不发。阃外何人回首处，铁骑千群都灭。拜将台欹，怀贤阁杳，空指冲冠发。阑干拍遍，独对中天明月。

注释

①神州沉陆：国土沦陷。　②一范一韩：指范仲淹和韩琦，二人经略北宋西夏边境时，有歌赞曰："军中有一韩，西贼闻之心骨寒；军中有一范，西贼闻之惊破胆。"　③三秦：指受项羽分封镇守关中的秦降将章邯、司马欣、董翳。④汉家三杰：指萧何、张良、韩信。此处暗指只要任用优秀人才，即可收复被金军侵占的关中。　⑤"试看"三句：指宋高宗秦桧等人力主和议，不愿发兵保卫西北。六师不发，指朝廷议和。　⑥"阃（kǔn）外"三句：指高宗建炎四

年张浚合五路兵马与金兀术战于富平惨败一事。铁骑千群都灭，指富平之败。⑦拜将台：指刘邦拜韩信为大将时所筑高台。　⑧怀贤阁：宋人追怀诸葛亮所建之阁。

「赵鼎」

满江红

丁未九月南渡，泊舟仪真江口作

惨结秋阴，西风送、霏霏雨湿。凄望眼、征鸿几字，暮投沙碛。试问乡关何处是，水云浩荡迷南北。但一抹、寒青有无中，遥山色。　天涯路，江上客。肠欲断，头应白。空搔首兴叹，暮年离折。须信道消忧除是酒，奈酒行有尽情无极。便挽取、长江入尊罍，浇胸臆。

注释

①丁未：宋钦宗靖康二年（1127），本年春，北宋亡。　②霏霏：一作“丝丝”。　③“试问”句：用崔颢“日暮乡关何处是”。问，一作“向”。　④“但一抹”二句：一作“修眉一抹有无中”。化用王维“山色有无中”。　⑤拆：一作“隔”。　⑥“须信”句：一作“欲待忘忧除是酒”。　⑦“便挽取”句：一作“挽将江水入尊罍”。

点评

陈廷焯《白雨斋词话》：“词境虽不高，然足以使懦夫有立志。”

鹧鸪天

建康上元作

客路那知岁序移。忽惊春到小桃枝。天涯海角悲凉地，记得当年全盛时。　　花弄影，月流辉。水精宫殿五云飞。分明一觉华胥梦，回首东风泪满衣。

注释

①岁序：岁月。　②小桃：上元（元宵）前后即开花。　③华胥梦：语出《列子·黄帝》。黄帝昼寝而梦，游于华胥氏之国。其国无帅长，一切崇尚自然，没有利害冲突。此喻北宋全盛时景象，随着金人入侵，灰飞烟灭，恍如一梦。

「向子諲」

鹧鸪天

有怀京师上元，与韩叔夏司谏、王夏卿侍郎、曹仲谷少卿同赋

紫禁烟花一万重。鳌山宫阙倚晴空。玉皇端拱彤云上，人物嬉游陆海中。　　星转斗，驾回龙。五侯池馆醉春风。而今白发三千丈，愁对寒灯数点红。

阮郎归

绍兴乙卯大雪行鄱阳道中

江南江北雪漫漫。遥知易水寒。同云深处望三关。断肠山又山。　　天可老，海能翻。消除此恨难。频闻遣使问平安。几时鸾辂还。

注释

①三关：周世宗柴荣北伐时收复的益津关、淤口关、瓦桥关，北伐必经之地，后为金人所占。 ②鸾辂（lù），天子王侯所乘之车。作此词时，徽宗已崩。

秦楼月

芳菲歇。故园目断伤心切。伤心切。无边烟水，无穷山色。

可堪更近乾龙节。眼中泪尽空啼血。空啼血。子规声外，晓风残月。

注释

①乾龙：《易·乾》："九五，飞龙在天。"《乾》卦第五爻为天子在位之象，喻帝王。乾龙节，钦宗生日。《宋史·礼志》："靖康元年四月十三日，太宰徐处仁等表请为乾龙节。"

洞仙歌

中秋

碧天如水，一洗秋容净。何处飞来大明镜。谁道斫却桂，应更光辉，无遗照，泻出山河倒影。 人犹苦余热，肺腑生尘，移我超然到三境。问姮娥、缘底事，乃有盈亏，烦玉斧、运风重整。教夜夜、人世十分圆，待拚却长年，醉了还醒。

「幼卿」

浪淘沙

幼卿少与表兄同研席，雅有文字之好。未笄，兄欲缔姻。父母以兄未禄，难其请，遂适武弁。明年，兄登甲科，职教洮房，而良人统兵陕右，相与邂逅于此。兄鞭马略不相顾，岂前憾未平耶。因作浪淘沙以寄情云

目送楚云空，前事无踪。谩留遗恨锁眉峰。自是荷花开较晚，孤负东风。　　客馆叹飘蓬。聚散匆匆。扬鞭那忍骤花骢。望断斜阳人不见，满袖啼红。

注释

①幼卿：宣和时人。

「蒋氏女」

减字木兰花

题雄州驿

朝云横度。辘辘车声如水去。白草黄沙。月照孤村三两家。

飞鸿过也。万结愁肠无昼夜。渐近燕山。回首乡关归路难。

注释

①《全宋词》原注：“兴祖，靖康间阳武令。金人入侵，死之。女被掳去。”②雄州：今河北雄县。 ③辘辘：车行声。 ④白草黄沙：象征北方凄凉的景色。

「房舜卿」

忆秦娥

与君别。相思一夜梅花发。梅花发。凄凉南浦，断桥斜月。

盈盈微步凌波袜。东风笑倚天涯阔。天涯阔。一声羌管，暮云愁绝。

注释

①“盈盈”句：用曹植《洛神赋》典。

「洪皓」

江梅引

顷留金国，四经除馆。十有四年，复馆于燕。岁在壬戌，甫临长至，张总侍御邀饮。众宾皆退，独留少款。侍婢歌江梅引，有“念此情、家万里”之句，仆曰：此词殆为我作也。又闻本朝使命将至，感慨久之。既归，不寝，追和四章，多用古人诗赋，各有一笑字，聊以自宽。如暗香、疏影、相思等语，虽甚奇，经前人用者众，嫌其一律，故辄略之。卒押吹字，非风即笛，不可易也。此方无梅花。士人罕有知梅事者，故皆注所出。

忆江梅

天涯除馆忆江梅。几枝开。使南来。还带余杭、春信到燕台。准拟寒英聊慰远，隔山水，应销落，赴诉谁。　　空恁遐想笑摘蕊。断回肠，思故里。漫弹绿绮。引三弄、不觉魂飞。更听胡笳、哀怨泪沾衣。乱插繁花须异日，待孤讽，怕东风，一夜吹。

注释

①题注：建炎三年（1129），南宋政权建立之初，作者任“通问使”，作为南宋使者出使到侵占中原的金朝，被扣留十余年。1142年，宋高宗对金称臣，岁贡银绢，明确表示放弃淮水以北地区；金朝同意送回宋徽宗棺木和高宗母韦后。作者听歌者唱《江梅引》有“念此情、家万里”，又闻南宋派遣迎护韦后等的使者将至，百感交集，连夜和作四首，此为其中一首。 ②燕台：冀北一带。③长至：夏至。

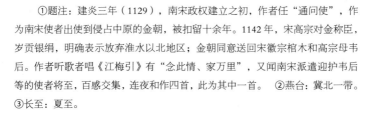

「蔡伸」

水调歌头

时居莆田

亭皋木叶下，原隰菊花黄。凭高满眼秋意，时节近重阳。追想彭门往岁，千骑云屯平野，高宴古球场。吊古论兴废，看剑引杯长。　　感流年，思往事，重凄凉。当时坐间英俊，强半已凋亡。慨念平生豪放，自笑如今霜鬓，漂泊水云乡。已矣功名志，此意付清觞。

注释

①原隰（xí）：广平与低湿之地。泛指原野。　②彭门往岁：彭门，即彭城。作者曾任徐州通判，并率军北上与辽军作战。　③“看剑”句：杜甫《夜宴左氏庄》：“检书烧烛短，看剑引杯长。”

长相思

村姑儿。红袖衣。初发黄梅插稻时。双双女伴随。　　长歌诗。短歌诗。歌里真情恨别离。休言伊不知。

注释

①儿：在枝韵，读如“倪”，与“衣”叶韵。今南方仍有此音。　②黄梅：梅子黄时。

一剪梅

堆枕乌云堕翠翘。午梦惊回，满眼春娇。嬛嬛一袅楚宫腰。那更春来，玉减香消。　　柳下朱门傍小桥。几度红窗，误认鸣镳。断肠风月可怜宵。忍使恹恹，两处无聊。

注释

①鸣镳（biāo）：马衔铁。借指乘骑。　②嬛嬛（xuān）：轻柔美丽。

卜算子

春事付莺花，曾是莺花主。醉拍春衫金缕衣，只向花间住。

密意君听取。莫逐风来去。若是真心待于飞，云里千条路。

注释

①莺花：喻妓女。 ②于飞：飞，偕飞。于，语助词。《诗·周南·葛覃》："黄鸟于飞，集于灌木，其鸣喈喈。"郑玄笺："飞集丛木，兴女有嫁于君子之道。"

柳梢青

数声鶗鴂。可怜又是，春归时节。满院东风，海棠铺绣，梨花飘雪。　　丁香露泣残枝，算未比、愁肠寸结。自是休文，多情多感，不干风月。

注释

①休文：南朝文学家沈约，字休文。《南史·沈约传》："初，约久处端揆，有志台司，论者咸谓为宜，而帝终不用。乃求外出，又不见许。与徐勉素善，遂以书陈情于勉，言已老病，百日数旬革带常应移孔，以手握臂，率计月小半分。欲谢事，求归老之秩。"

苍梧谣

天。休使圆蟾照客眠。人何在，桂影自婵娟。

注释

①苍梧谣：词牌名。又名“十六字令”“归梧谣”“归字谣”等。全词十六字，三平韵，属最短的词。

点评

汉乐府《上邪》，起句“上邪”，即“天啊”。这首小词也采用这种咏叹手法，全用口语述之，富有民谣色彩。

长相思

我心坚。你心坚。各自心坚石也穿。谁言相见难。　　小窗前。月婵娟。玉困花柔并枕眠。今宵人月圆。

「如晦」

卜算子

送春

有意送春归，无计留春住。毕竟年年用著来，何似休归去。

目断楚天遥，不见春归路。风急桃花也似愁，点点飞红雨。

「李重元」

忆王孙

春词

萋萋芳草忆王孙。柳外楼高空断魂。杜宇声声不忍闻。欲黄昏。雨打梨花深闭门。

注释

①“萋萋”句：化用刘安《招隐士》“王孙游兮不归，春草生兮萋萋”。

夏词

风蒲猎猎小池塘。过雨荷花满院香。沈李浮瓜冰雪凉。竹方床。针线慵拈午梦长。

注释

①风蒲：风吹蒲柳。蒲柳，即水杨。 ②猎猎：风声。

秋词

飕飕风冷荻花秋。明月斜侵独倚楼。十二珠帘不上钩。黯凝眸。一点渔灯古渡头。

冬词

彤云风扫雪初晴。天外孤鸿三两声。独拥寒衾不忍听。月笼明。窗外梅花瘦影横。

「李玉」

贺新郎

春情

篆缕消金鼎。醉沉沉、庭阴转午，画堂人静。芳草王孙知何处，惟有杨花糁径。渐玉枕、腾腾春醒，帘外残红春已透，镇无聊、殢酒厌厌病。云鬓乱，未忺整。　江南旧事休重省。遍天涯、寻消问息，断鸿难倩。月满西楼凭阑久，依旧归期未定。又只恐、瓶沉金井。嘶骑不来银烛暗，枉教人、立尽梧桐影。谁伴我，对鸾镜。

注释

①篆缕：香烟袅袅如篆字。　②金鼎：香炉。　③腾腾：朦胧、迷糊的样子。④忺（xiān）：高兴。　⑤瓶沉金井：白居易《井底引银瓶》："井底引银瓶，银瓶欲上丝绳绝；石上磨玉簪，玉簪欲成中央折。瓶沉簪折知奈何，似妾今朝与君别。"　⑥"枉教"二句：化用唐吕岩《梧桐影》"教人立尽梧桐影"。⑦鸾镜：妆镜。

「吴儆」

满庭芳

用前韵并寄

水满池塘，莺啼杨柳，燕忙知为泥融。桃花流水，竹外小桥通。又是一春憔悴，摘残英、绕遍芳丛。长安远，平芜尽处，叠叠但云峰。　　西湖，行乐处，牙樯漾鹢，锦帐翻红。想年时桃李，应已成空。欲写相思寄与，云天阔、难觅征鸿。空凝想，时时残梦，依约上阳钟。

注释

①牙樯：象牙装饰的桅杆。一说桅杆顶端尖锐如牙，故名。后为桅杆的美称。借指舟船。　②上阳：唐宫名。

「乐婉」

卜算子

答施

相思似海深，旧事如天远。泪滴千千万万行，更使人愁肠断。

要见无因见，了拚终难拚。若是前生未有缘，待重结、来生愿。

注释

①题注：陈耀文《花草粹编》卷二引宋杨湜《古今词话》：“杭妓乐婉与施酒监善，施尝赠以词云：‘相逢情便深，恨不相逢早。识尽千千万万人，终不似、伊家好。别你登长道，转更添烦恼。柳外朱楼独倚栏，满目围芳草。’于是，乐婉答以本词。”唐白居易有“相思始知海非深”句。

「聂胜琼」

鹧鸪天

寄李之问

玉惨花愁出凤城。莲花楼下柳青青。尊前一唱阳关后，别个人人第五程。　　寻好梦，梦难成。况谁知我此时情。枕前泪共帘前雨，隔个窗儿滴到明。

注释

①《青泥莲花记》："李之问仪曹解长安幕，诣京师改秩。都下聂胜琼，名倡也，质性慧黠，公见而喜之。李将行，胜琼送别，饯钦于莲花楼，唱一词，末句曰：'无计留春住，奈何无计随君去。'李复留经月，为细君督归甚切，遂饮别。不旬日，聂作一词以寄李云云，盖寓调《鹧鸪天》也。之问在中路得之，藏于箧间，抵家为其妻所得。因问之，具以实告。妻喜其语句清健，遂出妆奁资夫取归。琼至，即弃冠栉，损其妆饰，委曲以事主母，终身和悦，无少间焉。"唐徐月英有残句"枕前泪与阶前雨，隔个窗儿滴到明"。

「李弥逊」

菩萨蛮

江城烽火连三月。不堪对酒长亭别。休作断肠声。老来无泪倾。　风高帆影疾。目送舟痕碧。锦字几时来。薰风无雁回。

注释

①烽火连三月：用唐杜甫《春望》：“烽火连三月，家书抵万金。”作者为南宋初年颇有民族气节的官吏。主张抗金，反对与金议和。时金兵逼近长江，情势危急，作者送妻子去南方，自己坚守阵地。

「王以宁」

水调歌头

呈汉阳使君

大别我知友，突兀起西州。十年重见，依旧秀色照清眸。常记鲒碕狂客，邀我登楼雪霁，杖策拥羊裘。山吐月千仞，残夜水明楼。　　黄粱梦，未觉枕，几经秋。与君邂逅，相逐飞步碧山头。举酒一觞今古，叹息英雄骨冷，清泪不能收。鹦鹉更谁赋，遗恨满芳州。

注释

①杖策拥羊裘：《后汉书·逸民传·严光》载，严光“披羊裘钓泽中”。②“残夜”句：杜甫《月》“四更山吐月，残夜水明楼”。③鹦鹉：汉祢衡《鹦鹉赋》。祢衡有才华而不受重用，故作此赋。

「陈与义」

临江仙

高咏楚词酬午日，天涯节序匆匆。榴花不似舞裙红。无人知此意，歌罢满帘风。　万事一身伤老矣，戎葵凝笑墙东。酒杯深浅去年同。试浇桥下水，今夕到湘中。

注释

①午日：端午。　②节序：节令。　③“榴花”句：舞裙比石榴更红。怀念昔时岁月之意。　④戎葵：蜀葵，花开五色，似木槿。

临江仙

夜登小阁，忆洛中旧游

忆昔午桥桥上饮，坐中多是豪英。长沟流月去无声。杏花疏影里，吹笛到天明。　　二十余年如一梦，此身虽在堪惊。闲登小阁看新晴。古今多少事，渔唱起三更。

注释

①午桥：在洛阳南面。　②坐中：一起喝酒的人。　③豪英：出色的人物。④“长沟”句：用杜甫《旅夜书怀》“月涌大江流”诗意。时间流水般逝去。⑤渔唱：打鱼人的歌。

点评

宋黄昇《中兴以来绝妙词选》：“词虽不多，语意超绝，识者谓其可摩坡仙之垒也。”

宋张炎《词源》：“词之难于令曲，如诗之难于绝句，不过十数句，一句一字闲不得。末句最当留意，有有余不尽之意始佳。当以唐《花间集》中韦庄、温飞卿为则。又如冯延巳、贺方回、吴梦窗亦有妙处。至若陈简斋‘杏花疏影里，吹笛到天明’之句，真自然而然。大抵前辈不留意于此，有一两曲脍炙人口，余多近乎率。近代词人却有用功于此者。倘以为专门之学，亦词家射雕手。”

清陈廷焯《白雨斋词话》：“笔意超旷，逼近大苏。”

虞美人

大光祖席醉中赋长短句

张帆欲去仍搔首。更醉君家酒。吟诗日日待春风。及至桃花开后、却匆匆。　　歌声频为行人咽。记著尊前雪。明朝酒醒大江流。满载一船离恨、向衡州。

注释

①“满载”句：化用苏轼《虞美人》“只载一船离恨向西州”。

虞美人

余甲寅岁，自春官出守湖州。秋杪道中，荷花无复存者。乙卯岁，自琐闼以病得请奉祠，卜居青墩。立秋后三日行，舟之前后，如朝霞相映，望之不断也。以长短句记之

扁舟三日秋塘路。平度荷花去。病夫因病得来游。更值满川微雨、洗新秋。　　去年长恨拏舟晚。空见残荷满。今年何以报君恩，一路繁花相送、过青墩。

注释

①甲寅岁：宋高宗绍兴四年（1134）。　②春官：礼部侍郎。　③出守：出任太守。　④秋杪（miǎo）：秋末。　⑤乙卯岁：宋高宗绍兴五年（1135）。⑥琐闼（tà）：宫殿门上镂刻的连琐图，此指宫门。　⑦奉祠：宋代设祠禄之官，有宫观使、提举宫观、提点宫观等职。多以宰相执政兼领，以示优礼。老病废职之官，亦往往使任宫观职，俾食其禄。以宫观使等职，原主祭祀，因称奉祠。⑧卜居：择地定居。　⑨青墩：湖州南边的一座小镇。在桐乡市北二十五里，与湖州乌镇一水相隔。　⑩因病：李心传《建炎以来系年要录》：“绍兴五年六月丁巳，给事中陈与义充显谟阁直学士提举江州太平观。与义与赵鼎论事不合，故引疾求去。”　⑪更值：又遇上。　⑫拏（ná）舟：牵舟，指乘船。

「刘彤」

临江仙

千里长安名利客，轻离轻散寻常。难禁三月好风光。满阶芳草绿，一片杏花香。　　记得年时临上马，看人眼泪汪汪。如今不忍更思量。恨无千日酒，空断九回肠。

注释

①千日酒：酒名。古代传说中山人狄希能造千日酒，饮后醉千日。晋张华《博物志》："昔刘玄石于中山酒家酤酒，酒家与千日酒，忘言其节度，归至家当醉，而家人不知，以为死也，权葬之。酒家计千日满，乃忆玄石前来酤酒，醉向醒耳。往视之，云玄石亡来三年，已葬。于是开棺，醉始醒。俗云，玄石饮酒一醉千日。"

「张元幹」

贺新郎

寄李伯纪丞相

曳杖危楼去。斗垂天、沧波万顷，月流烟渚。扫尽浮云风不定，未放扁舟夜渡。宿雁落寒芦深处。怅望关河空吊影，正人间、鼻息鸣鼍鼓。谁伴我，醉中舞。　　十年一梦扬州路。倚高寒、愁生故国，气吞骄虏。要斩楼兰三尺剑，遗恨琵琶旧语。谩暗涩铜华尘土。唤取谪仙平章看，过苕溪、尚许垂纶否。风浩荡，欲飞举。

注释

①李伯纪：李纲。　②鼻息鸣鼍鼓：人们熟睡，鼾声如击着用鼍皮做成的鼓。鼍（tuó），扬子鳄。　③“谁伴我”二句：用东晋祖逖和刘琨夜半闻鸡同起舞剑的故事。　④“十年”句：杜牧《遣怀》“十年一觉扬州梦”。建炎元年，金兵南侵，焚毁扬州。十年后，宋金和议，主战派遭到迫害，收复扬州已成梦想。⑤“要斩”句：西汉时楼兰王曾勾结匈奴谋杀汉使，傅介子奉命出使，诛杀楼兰王。⑥琵琶旧语：王昭君出嫁匈奴事，她善弹琵琶，有乐曲《昭君怨》。琵琶旧语

即指此。 ⑦“谩暗”句：叹息当时和议已成定局，虽有宝剑也不能用来杀敌，只是使它生铜花（铜锈），弃于尘土中。 ⑧垂纶：垂钓。纶，钓鱼用的丝线。传说吕尚在渭水垂钓，后遇周文王。后世以垂钓指隐居。

贺新郎

送胡邦衡待制

梦绕神州路。怅秋风、连营画角，故宫离黍。底事昆仑倾砥柱。九地黄流乱注。聚万落、千村狐兔。天意从来高难问，况人情、老易悲如许。更南浦，送君去。 凉生岸柳催残暑。耿斜河、疏星淡月，断云微度。万里江山知何处。回首对床夜语。雁不到、书成谁与。目尽青天怀今古，肯儿曹、恩怨相尔汝。举大白，听金缕。

注释

①胡邦衡：即胡铨，字邦衡，庐陵（今江西吉安）人，宋高宗时进士，为枢密院编修官，因反对与金议和，忤秦桧，一再被贬。待制，宋时官名。 ②神州：古称中国为“赤县神州”，此指中原地区。 ③昆仑倾砥柱：传说昆仑山有天柱，天柱崩则天塌。 ④“九地”句：黄河中有砥柱，砥柱崩则黄水泛滥。此皆九州覆灭之灾也。 ⑤狐兔：语出范云《渡黄河》“不睹行人迹，但见狐兔兴”，谓荒凉无人。 ⑥“天意”二句：暗指帝心难测。 ⑦“万里”句：胡铨远贬至广东，故云。 ⑧恩怨相尔汝：韩愈《听颖师弹琴》“妮妮儿女语，恩怨相尔汝”，谓儿女亲昵之语。 ⑨大白：酒杯。 ⑩金缕：《金缕曲》，又名《贺新郎》，即指此词。

点评

《四库全书总目》卷一百九十八《芦川词提要》：“绍兴八年十一月，待制胡铨谪新州，元幹作《贺新郎》以送，坐是除名。又李纲疏谏和议，在是年十一月。纲斯时已提举洞霄宫矣，元幹又有寄词一阕。今观此集，即以此二阕压卷，盖有深意。其词慷慨悲凉，数百年后，尚想其抑塞磊落之气。然其他作，则多清丽婉转，与秦观、周邦彦可以肩随。”

满江红

自豫章阻风吴城山作

春水迷天，桃花浪、几番风恶。云乍起、远山遮尽，晚风还作。绿卷芳洲生杜若。数帆带雨烟中落。傍向来、沙觜共停桡，伤飘泊。　　寒犹在，衾偏薄。肠欲断，愁难著。倚篷窗无寐，引杯孤酌。寒食清明都过却。最怜轻负年时约。想小楼、终日望归舟，人如削。

注释

①题注：豫章，今江西南昌。吴城山，《太平寰宇记》：“南昌县……吴城山在治东一百八十里，临大江。”船行至此，常为风浪所阻。　②桃花浪：桃花水。农历二三月春水涨，正值桃花开，故称。杜甫《春水》有“三月桃花浪”。③“绿卷”句：《楚辞·湘君》：“采芳洲兮杜若。”　④篷窗：船的窗户。⑤年时约：指与家中约定春天返家。　⑥削：形容人体消瘦。

兰陵王

卷珠箔。朝雨轻阴乍阁。阑干外，烟柳弄晴，芳草侵阶映红药。东风妒花恶。吹落。梢头嫩萼。屏山掩，沉水倦熏，中酒心情怕杯勺。　　寻思旧京洛。正年少疏狂，歌笑迷著。障泥油壁催梳掠。曾驰道同载，上林携手，灯夜初过早共约。又争信飘泊。　　寂寞。念行乐。甚粉淡衣襟，音断弦索。琼枝璧月春如昨。怅别后华表，那回双鹤。相思除是，向醉里、暂忘却。

注释

①箔（bó）：帘。　②乍阁：初停。阁，同"搁"。　③侵阶：草长上了台阶。④障泥：挂在马腹两边，用来挡尘土。代指马。　⑤油壁：车上油饰之壁。代指车。⑥华表：古代设在宫殿、城垣或陵墓等前作为标志和装饰用的大柱。

点评

明李攀龙《草堂诗余隽》："上是酒后见春光，中是约后误佳期，下是相思如梦中。"

石州慢

己酉秋吴兴舟中

雨急云飞，惊散暮鸦，微弄凉月。谁家疏柳低迷，几点流萤明灭。夜帆风驶，满湖烟水苍茫，菰蒲零乱秋声咽。梦断酒醒时，倚危樯清绝。　　心折。长庚光怒，群盗纵横，逆胡猖獗。欲挽天河，一洗中原膏血。两宫何处，塞垣只隔长江，唾壶空击悲歌缺。万里想龙沙，泣孤臣吴越。

注释

①己酉年：宋高宗建炎三年（1129），金兵大举南下，宋高宗狼狈南逃。②长庚：金星，又名太白星。《史记·天官书》载，金星主兵戈之事。 ③两宫：徽宗、钦宗。 ④唾壶：《世说新语·豪爽》："王处仲每酒后，辄咏'老骥伏枥，志在千里。烈士暮年，壮心不已'。以如意打唾壶，壶口尽缺。" ⑤龙沙：沙漠边远之地，指徽、钦二帝幽囚之所。

水调歌头

追和

举手钓鳌客，削迹种瓜侯。重来吴会三伏，行见五湖秋。耳畔风波摇荡，身外功名飘忽，何路射旄头。孤负男儿志，怅望故园愁。　　梦中原，挥老泪，遍南州。元龙湖海豪气，百尺卧高楼。短发霜粘两鬓，清夜盆倾一雨，喜听瓦鸣沟。犹有壮心在，付与百川流。

注释

①钓鳌：《列子·汤问》："（勃海之东有五山）而五山之根，无所连著，常随潮波上下往还，不得暂峙焉。仙圣毒之，诉之于帝。帝恐流于西极，失群

圣之居，乃命禺彊使巨鳌十五举首而戴之，迭为三番，六万岁一交焉，五山始峙。而龙伯之国有大人，举足不盈数步而暨五山之所，一钓而连六鳌，合负而趣归其国，灼其骨以数焉。于是岱舆、员峤二山流于北极，沉于大海。”后因以“钓鳌”喻抱负远大或举止豪迈。 ②种瓜侯：《史记·萧相国世家》：“召平者，故秦东陵侯。秦破，为布衣，贫，种瓜于长安城东，瓜美，故世俗谓之‘东陵瓜’，从召平以为名也。” ③“元龙”二句：《三国志》载，许汜、刘备二人与刘表共座，许汜曰：“陈元龙（陈登字元龙）湖海之士，豪气不除。”刘备询问其故。许汜答：“昔遭乱过下邳，见元龙。元龙无客主之意，久不相与语，自上大床卧，使客卧下床。”而刘备驳斥道：“君有国士之名，今天下大乱，帝主失所，望君忧国忘家，有救世之意，而君求田问舍，言无可采，是元龙所讳也，何缘当与君语？如小人，欲卧百尺楼上，卧君于地，何但上下床之间邪？”

渔家傲

题玄真子图

钓笠披云青嶂绕。橛头细雨春江渺。白鸟飞来风满棹。收纶了。渔童拍手樵青笑。　明月太虚同一照。浮家泛宅忘昏晓。醉眼冷看城市闹。烟波老。谁能惹得闲烦恼。

注释

①玄真子：唐张志和。 ②渔童、樵青：张志和的奴婢。 ③太虚：天空，天光。 ④浮家泛宅：以船为家。

瑞鹧鸪

彭德器出示胡邦衡新句次韵

白衣苍狗变浮云。千古功名一聚尘。好是悲歌将进酒，不妨同赋惜余春。　风光全似中原日，臭味要须我辈人。雨后飞花知底数，醉来赢取自由身。

注释

①“白衣”句：化用杜甫《可叹》“天上浮云似白衣，斯须改变如苍狗”。②一聚尘：唐寒山“始忆八尺汉，俄成一聚尘”。③将进酒：汉乐府《铙歌》十八曲之一。④惜余春：词牌名，即“踏莎行”。

浣溪沙

武林送李似表

燕掠风樯款款飞。艳桃秾李闹长堤。骑鲸人去晓莺啼。可意湖山留我住，断肠烟水送君归。三春不是别离时。

注释

①武林：旧时杭州的别称，以武林山得名。②风樯：帆船。③骑鲸：《文选·扬雄〈羽猎赋〉》：“乘巨鳞，骑京鱼。”李善注：“京鱼，大鱼也，字或为鲸。鲸亦大鱼也。”后因以喻隐遁或游仙。

菩萨蛮

三月晦送春有集，坐中偶书

春来春去催人老。老夫争肯输年少。醉后少年狂。白髭殊未妨。　　插花还起舞。管领风光处。把酒共留春。莫教花笑人。

注释

①晦：农历每月最后一天。　②白髭（zī）：胡子发白。　③管领：主管的意思。

谒金门

鸳鸯渚。春涨一江花雨。别岸数声初过橹。晚风生碧树。

艇子相呼相语。载取暮愁归去。寒食烟村芳草路。愁来无着处。

注释

①艇子：船夫。　②无着：无所依托，没有着落。

豆叶黄

唐腔也，为伯南赋早梅，复和韵

冰溪疏影竹边春。翠袖天寒炯暮云。雪里精神澹伫人。隔重门。宝粟生香玉半温。

注释

①疏影：林逋《山园小梅》："疏影横斜水清浅，暗香浮动月黄昏。" ②"翠袖"句：杜甫《佳人》："天寒翠袖薄，日暮倚修竹。"

点绛唇

呈洛滨、筠溪二老

清夜沉沉，暗蛩啼处檐花落。乍凉帘幕。香绕屏山角。堪恨归鸿，情似秋云薄。书难托。尽交寂寞。忘了前时约。

注释

①洛滨、筠溪：均因主战为秦桧所忌，不久被罢职，与苏迟、叶梦得、张元幹、富柔直等交游唱和。张元幹《精严寺化钟疏》："岁在戊辰（绍兴十八年），僧结制日，洛滨、最乐、普现（即筠溪）三居士，拉芦川老隐过其所而宿焉。"此词大约是作于这个时期。

「吕渭老」

薄幸

青楼春晚。昼寂寂、梳匀又懒。乍听得、鸦啼莺弄，惹起新愁无限。记年时、偷掷春心，花间隔雾遥相见。便角枕题诗，宝钗贳酒，共醉青苔深院。　　怎忘得、回廊下，携手处、花明月满。如今但暮雨，蜂愁蝶恨，小窗闲对芭蕉展。却谁拘管。尽无言、闲品秦筝，泪满参差雁。腰支渐小，心与杨花共远。

注释

①角枕：用兽角做装饰的枕头。　②宝钗贳（shì）酒：用钗钿换酒喝。贳酒，赊酒，《史记·高祖本纪》：“常从王媪武负（妇）贳酒。”此指换酒。③却谁拘管：有什么办法管束住摇荡的情思。　④秦筝：古筝。　⑤参差雁：指筝上的弦柱斜列如飞雁。　⑥腰支：腰肢。

一落索

蝉带残声移别树。晚凉房户。秋风有意染黄花，下几点、凄凉雨。　　渺渺双鸿飞去。乱云深处。一山红叶为谁愁，供不尽、相思句。

小重山

七夕病中

半夜灯残鼠上檠。上窗风动竹，月微明。梦魂偏记水西亭。琅玕碧，花影弄蜻蜓。　　千里暮云平，南楼催上烛，晚来晴。酒阑人散斗西倾。天如水，团扇扑流萤。

注释

①檠：灯架。　②流萤：飞行不定的萤火虫。

「冯时行」

虞美人

重阳词

去年同醉黄花下。采采香盈把。今年仍复对黄花。醉里不羞斑鬓、落乌纱。　　劝君莫似阳关柳。飞伴离亭酒。愿君只似月常圆。还使人人一月、一回看。

「杨无咎」

柳梢青

茅舍疏篱。半飘残雪，斜卧低枝。可更相宜，烟笼修竹，月在寒溪。　　亭亭伫立移时。判瘦损、无妨为伊。谁赋才情，画成幽思，写入新诗。

点评

俞陛云《唐五代两宋词选释》：“画梅始于五代，皆著色而俪以禽鸟。至逃禅翁（杨无咎号逃禅老人），始以水墨作花，遂雅逸出群，世称江西墨梅，至今片纸兼金，为画苑秘宝。遗词一卷，选家多未登录。其绵丽工炼，则颇似梦窗。”

齐天乐

和周美成韵

后堂芳树阴阴见。疏蝉又还催晚。燕守朱门，萤粘翠幕，纹蜡啼红慵剪。纱帏半卷。记云亸瑶山，粉融珍簟。睡起援毫，戏题新句谩盈卷。　　睽离鳞雁顿阻，似闻频念我，愁绪无限。瑞鸭香销，铜壶漏永，谁惜无眠展转。蓬山恨远。想月好风清，酒登琴荐。一曲高歌，为谁眉黛敛。

注释

①周美成：周邦彦。②亸(duǒ)：下垂。③援毫：执笔。④睽离：分离，离散。⑤鳞雁：书信。⑥瑞鸭：鸭形香炉。⑦展转：辗转。⑧蓬山：蓬莱山。相传为仙人所居。李商隐《无题》："蓬山此去无多路，青鸟殷勤为探看。"

「曹勋」

饮马歌

此腔自虏传至边，饮牛马即横笛吹之，不鼓不拍，声甚凄断。闻兀术每遇对阵之际，吹此则鏖战无还期也

边头春未到。雪满交河道。暮沙明残照。塞烽云间小。断鸿悲。陇月低。泪湿征衣悄。岁华老。

注释

①饮马歌：词牌名。始见于曹勋词，产生于金国。《松隐乐府》：“金人放牧，饮牛马即横笛吹之，不鼓不拍，声甚凄断。” ②交河：古县名，在今新疆吐鲁番西北交河城故址。这里泛指塞外。

「胡铨」

好事近

富贵本无心，何事故乡轻别。空惹猿惊鹤怨，误薜萝风月。囊锥刚要出头来，不道甚时节。欲驾巾车归去，恐豺狼当辙。

注释

①猿惊鹤怨：孔稚圭《北山移文》“蕙帐空兮夜鹤怨，山人去兮晓猿惊”。意谓山中的夜鹤晓猿都哀怨惊恐，因隐者抛弃它们出来做官。 ②薜（bì）萝：薜荔和女萝。指隐者所居之地。 ③囊锥：口袋中的一种尖锐的钻孔用的工具。喻贤士才能突出。 ④当辙：当道。

点评

《宋名臣言行录》：胡铨以上书论王伦、秦桧，谪吉阳军，又贬新州。张棣曰：“铨何故未过海。”铨偶为词云：“欲驾巾车归去，有豺狼当辙。”棣即迎桧意，奏铨怨望，于是送南海编管。流落几二十年，愁狖饥鲛，涛谲波诡，有非人世所堪者。寿皇即位，首复官，即日召对，留侍经楚。杨万里称其骚词“抉天之幽，泄神之腴，灵均以来，一人而已”。

「岳飞」

满江红

写怀

怒发冲冠，凭栏处，潇潇雨歇。抬望眼、仰天长啸，壮怀激烈。三十功名尘与土，八千里路云和月。莫等闲、白了少年头，空悲切。　　靖康耻，犹未雪。臣子恨，何时灭。驾长车踏破，贺兰山缺。壮志饥餐胡虏肉，笑谈渴饮匈奴血。待从头、收拾旧山河，朝天阙。

注释

①怒发冲冠：气得头发竖起，将帽子顶起，形容愤怒至极。冠，帽子。②“三十”句：三十年来，建立了一些功名，如同尘土。　③“八千”句：形容南征北战、路途遥远、披星戴月。　④靖康耻：宋钦宗靖康二年（1127），金兵攻陷汴京，掳走徽、钦二帝。　⑤贺兰山：贺兰山脉位于宁夏回族自治区与内蒙古自治区交界处。一说是位于邯郸市磁县境内的贺兰山。　⑥朝天阙：朝见皇帝。天阙，本指宫殿前的楼观，此指皇帝生活的地方。

点评

刘体仁《七颂堂词绎》：“词有与古诗同义者，‘潇潇雨歇’，《易水》之歌也。”

沈际飞《草堂诗余正集》：“胆量、意见、文章悉无古今。”又云：“有此愿力，是大圣贤、大菩萨。”

陈廷焯《白雨斋词话》：“何等气概！何等志向！千载下读之，凛凛有生气焉。‘莫等闲’二语，当为千古箴铭。”

满江红

登黄鹤楼有感

遥望中原，荒烟外，许多城郭。想当年、花遮柳护，凤楼龙阁。万岁山前珠翠绕，蓬壶殿里笙歌作。到而今，铁骑满郊畿，风尘恶。　　兵安在，膏锋锷。民安在，填沟壑。叹江山如故，千村寥落。何日请缨提锐旅，一鞭直渡清河洛。却归来、再续汉阳游，骑黄鹤。

注释

①黄鹤楼：在今武汉长江大桥武昌蛇山黄鹤矶桥头。相传因仙人乘黄鹤仙游于此而得名。　②凤楼龙阁：皇宫内雕饰华美的宫殿楼阁。　③万岁山：又称寿山艮岳。徽宗政和四年（1122）所建大型宫廷园林。　④蓬壶殿：万岁山中的一座宫殿。蓬壶，传说中的蓬莱山的别称。　⑤膏锋锷：以血肉滋润箭，指士兵死于刀箭。　⑥请缨：请战。　⑦河洛：黄河、洛水。代指中原。

小重山

昨夜寒蛩不住鸣。惊回千里梦，已三更。起来独自绕阶行。人悄悄，帘外月胧明。　　白首为功名。旧山松竹老，阻归程。欲将心事付瑶琴。知音少，弦断有谁听。

注释

①寒蛩（qióng）：秋天的蟋蟀。　②月胧明：月光不明。胧，朦胧。　③功名：此指为驱逐金兵的入侵，收复失地而建功立业。　④旧山：家乡的山。⑤知音：《列子·汤问》载，伯牙善鼓琴，钟子期善听琴。伯牙琴音志在高山，子期说“峩峩兮若泰山”；琴音意在流水，子期说“洋洋兮若江河”。伯牙所念，钟子期必得之。后世遂以“知音”喻知己、同志。

点评

《历代诗余》卷一百十七引陈郁《藏一话腴》：“武穆《贺讲和赦表》云：‘莫守金石之约，难充溪壑之求。’故作词云：‘欲将心事付瑶筝，知音少，弦断有谁听？’盖指和议之非也。又作满江红，忠愤可见。其不欲‘等闲白了少年头’，足见明其心事。”

「孙道绚」

滴滴金

梅

月光飞入林前屋。风策策，度庭竹。夜半江城击柝声，动寒梢栖宿。　　等闲老去年华促。只有江梅伴幽独。梦绕夷门旧家山，恨惊回难续。

注释

①滴滴金：词牌名，又名“缕缕金”。　②策策：象声词。　③击柝（tuò）：敲梆子巡夜。亦喻战事，战乱。　④夷门：战国时大梁东门 。《史记·魏公子传赞》：“吾过大梁之墟，求问其所谓夷门。”夷门，城之东门。宋时大梁称汴京。

清平乐

雪

悠悠扬扬。做尽轻模样。半夜萧萧窗外响。多在梅边竹上。

朱楼向晓帘开。六花片片飞来。无奈熏炉烟雾，腾腾扶上金钗。

注释

①题注：一作赵彦端词。

「李石」

临江仙

佳人

烟柳疏疏人悄悄，画楼风外吹笙。倚阑闻唤小红声。熏香临欲睡，玉漏已三更。　　坐待不来来又去，一方明月中庭。粉墙东畔小桥横。起来花影下，扇子扑飞萤。

注释

①“一方”句：刘禹锡有“一方明月可中庭”句。 ②“扇子”句：杜牧《秋夕》“轻罗小扇扑流萤”。

「康与之」

菩萨蛮令

金陵怀古

龙蟠虎踞金陵郡。古来六代豪华盛。缥凤不来游。台空江自流。　　下临全楚地。包举中原势。可惜草连天。晴郊狐兔眠。

注释

①龙蟠虎踞：《太平御览》卷一五六引晋吴勃《吴录》："刘备曾使诸葛亮至京，因睹秣陵山阜，叹曰：'钟山龙盘，石头虎踞，此帝王之宅。'"后以"龙盘虎踞"形容地势雄壮险要，宜作帝王之都。　②"缥凤"句：化用李白《登金陵凤凰台》"凤凰台上凤凰游，凤去台空江自流"。缥凤，淡青色的凤鸟。　③晴郊狐兔眠：自庾信《哀江南赋》"昔之虎踞龙盘，加以黄旗紫气，莫不随狐兔而窟穴，与风尘而殄瘁"化出。

长相思

游西湖

南高峰。北高峰。一片湖光烟霭中。春来愁杀侬。　　郎意浓。妾意浓。油壁车轻郎马骢。相逢九里松。

注释

①南高峰、北高峰：均为西湖十景之一。　②“油壁”句：化用古乐府《苏小小歌》：“妾乘油壁车，郎乘青骢马。何处结同心，西陵松柏下。”　③九里松：“钱塘八景”之一，葛岭至灵隐、天竺间的一段路。唐刺史袁仁敬守杭时，植松于左右各三行，长九里，松荫浓密，苍翠夹道，是男女传情达意的好地点。

「曾觌」

壶中天慢

素飙漾碧，看天衢稳送、一轮明月。翠水瀛壶人不到，比似世间秋别。玉手瑶笙，一时同色，小按霓裳叠。天津桥上，有人偷记新阕。　当日谁幻银桥，阿瞒儿戏，一笑成痴绝。肯信群仙高宴处，移下水晶宫阙。云海尘清，山河影满，桂冷吹香雪。何劳玉斧，金瓯千古无缺。

注释

①壶中天慢：即“念奴娇”。此进御月词。上皇大喜曰：“从来月词，不曾用‘金瓯’事，可谓新奇。”　②素飙：秋风。　③天衢：天空广阔，任意通行，如世之广衢，故称。　④瀛壶：瀛洲。　⑤天津桥：古浮桥名，故址在今河南洛阳市西南。隋炀帝大业元年迁都，以洛水贯都，有天汉津梁的气象，因建此桥，名曰天津。隋末为李密烧毁，唐宋屡次改建加固，金以后废圮。　⑥银桥：传说中仙杖变化而成的大桥，可通月宫。前蜀杜光庭《神仙感遇传》：“玄宗于宫中玩月，公远奏曰：‘陛下莫要至月中看否？’乃取拄杖，向空掷之，化为大桥，其色如银。请玄宗同登。约行数十里，精光夺目，寒气侵人，遂至大城阙。公远曰：‘此月宫也。’”　⑦阿瞒：玄宗自称“阿瞒”。

「黄公度」

青玉案

公之初登第也，赵丞相鼎延见款密，别后以书来往。秦益公闻而憾之。及泉幕任满，始以故事召赴行在，公虽知非当路意，而迫于君命，不敢俟驾，故寓意此词。道过分水岭，复题诗云：谁知不作多时别。又题崇安驿诗云：睡美生憎晓色催。皆此意也。既而罢归，离临安有词云：湖上送残春，已负别时归约。则公之去就，盖蚤定矣

邻鸡不管离怀苦。又还是、催人去。回首高城音信阻。霜桥月馆，水村烟市，总是思君处。　裛残别袖燕支雨。漫留得、愁千缕。欲倩归鸿分付与。鸿飞不住，倚栏无语，独立长天暮。

注释

①裛（yì）：同“浥”，沾湿。 ②燕支雨：指夹着胭脂的泪水纷落如雨。燕支，胭脂。

卜算子

薄宦各东西，往事随风雨。先自离歌不忍闻，又何况，春将暮。　　愁共落花多，人逐征鸿去。君向潇湘我向秦，后会知何处。

注释

①卜算子：词牌名，又名《百尺楼》《眉峰碧》《楚天遥》等。双调，四十四字，上下片各两仄韵。　②薄宦（huàn）：官职卑微，仕途不甚得意。③征鸿：远行的大雁。　④潇湘：潇水和湘水，均在湖南境内。代指湖南一带。⑤秦：今陕西一带。

「洪适」

渔家傲引

子月水寒风又烈。巨鱼漏网成虚设。圉圉从它归丙穴。谋自拙。空归不管旁人说。　　昨夜醉眠西浦月。今宵独钓南溪雪。妻子一船衣百结。长欢悦。不知人世多离别。

注释

①渔家傲引：宋代歌舞曲之一，是一种专咏体，以多首合咏一事，即王国维所说的“合数曲而成一曲”（《唐宋大曲考》）。洪适《渔家傲引》共有词十二首。前有骈文“致语”，词后有“破子”“遣队”。十二首词分咏渔家一年十二个月的生活情景，从“正月东风初解冻”起，至“腊月行舟冰凿罅”止，词体与《渔家傲》无异。　②子月：农历十一月。　③“圉（yǔ）圉”句：写巨鱼的逃跑，形象逼真。圉圉，困而未舒貌。《孟子·万章上》：“昔者有馈生鱼于郑子产，子产使校人（管理池沼的小吏）畜之池。校人烹之，反命曰：‘始舍之，圉圉焉；少则洋洋焉，攸然而逝。’”　④丙穴：地名，在今陕西略阳县东南，其地有鱼穴。左思《蜀都赋》有“嘉鱼出于丙穴”句。此指巨鱼所生活的深渊。　⑤西浦月、南溪雪：大自然的美景。　⑥“妻子”句：写渔人全家的经济生活状况。渔家的窘迫困顿，种种艰辛，浓缩在“衣百结”中。

「韩元吉」

霜天晓角

蛾眉亭

倚天绝壁。直下江千尺。天际两蛾凝黛，愁与恨、几时极。

怒潮风正急。酒醒闻塞笛。试问谪仙何处，青山外、远烟碧。

好事近

汴京赐宴闻教坊乐有感

凝碧旧池头，一听管弦凄切。多少梨园声在，总不堪华发。

杏花无处避春愁，也傍野烟发。惟有御沟声断，似知人呜咽。

注释

①凝碧池：唐代洛阳禁苑中池名。 ②梨园：唐明皇选坐部伎子弟三百，教于梨园，号皇帝梨园弟子。宫女数百，亦称梨园弟子。后泛指演剧的地方为梨园。

③御沟：皇宫水沟。

六州歌头

桃花

东风著意，先上小桃枝。红粉腻。娇如醉。倚朱扉。记年时。隐映新妆面。临水岸。春将半。云日暖。斜桥转。夹城西。草软莎平，跋马垂杨渡，玉勒争嘶。认蛾眉凝笑，脸薄拂燕支。绣户曾窥。恨依依。　　共携手处。香如雾。红随步。怨春迟。销瘦损。凭谁问。只花知。泪空垂。旧日堂前燕，和烟雨，又双飞。人自老。春长好。梦佳期。前度刘郎，几许风流地，花也应悲。但茫茫暮霭，目断武陵溪，往事难追。

注释

①著（zhuó）：带着。　②朱扉：朱红的门扉。　③莎（suō）：草名，香附子。④跋马：驰马。　⑤玉勒：玉制的马衔，也泛指马。　⑥蛾眉：指美女。　⑦绣户：女子的闺房。　⑧前度刘郎：用刘禹锡诗和刘晨阮肇天台山遇仙事。作者自指。⑨武陵溪：用陶渊明《桃花源记》典，也指刘晨、阮肇事。

「王千秋」

鹧鸪天

蒸茧

比屋烧灯作好春。先须歌舞赛蚕神。便将簇上如霜样，来饷尊前似玉人。　丝馅细，粉肌匀。从它犀箸破花纹。殷勤又作梅羹送，酒力消除笑语新。

注释

①比屋：家家户户。借指老百姓。　②犀箸：用犀角制成的筷子。

「朱淑真」

谒金门

春半

春已半。触目此情无限。十二阑干闲倚遍。愁来天不管。

好是风和日暖。输与莺莺燕燕。满院落花帘不卷。断肠芳草远。

注释

①“春已半”二句：用李煜《清平乐》“别来春半，触目愁肠断”。　②十二阑干：李商隐《碧城三首》“碧城十二曲阑干”。　③芳草：指思念的人。

减字木兰花

春怨

独行独坐。独倡独酬还独卧。伫立伤神。无奈轻寒著摸人。

此情谁见。泪洗残妆无一半。愁病相仍。剔尽寒灯梦不成。

注释

①独倡：独自吟咏、吟唱。 ②独卧：独眠。 ③著摸：也作“着莫”，撩拨、沾惹意。 ④相仍：依然，仍旧。

眼儿媚

迟迟春日弄轻柔。花径暗香流。清明过了，不堪回首，云锁朱楼。 午窗睡起莺声巧，何处唤春愁。绿杨影里，海棠亭畔，红杏梢头。

蝶恋花

送春

楼外垂杨千万缕。欲系青春，少住春还去。犹自风前飘柳絮。随春且看归何处。 绿满山川闻杜宇。便做无情，莫也愁人苦。把酒送春春不语。黄昏却下潇潇雨。

点评

陈廷焯《云韶集》：“曲折婉转，不减易安。情辞凄艳，晏、欧之匹也。”

鹧鸪天

独倚阑干昼日长。纷纷蜂蝶斗轻狂。一天飞絮东风恶，满路桃花春水香。　　当此际，意偏长。萋萋芳草傍池塘。千钟尚欲偕春醉，幸有荼蘼与海棠。

注释

①荼蘼：酴醾。落叶灌木，春末夏初开花，凋谢后即表示花季结束，有完结意。"开到荼蘼花事了"出自宋王琪《春暮游小园》。

江城子

赏春

斜风细雨作春寒。对尊前。忆前欢。曾把梨花，寂寞泪阑干。芳草断烟南浦路，和别泪，看青山。　　昨宵结得梦夤缘。水云间。悄无言。争奈醒来，愁恨又依然。展转衾裯空懊恼，天易见，见伊难。

注释

①夤（yín）缘：联络，绵延。　②衾裯（dāo）：指被褥床帐等卧具。

清平乐

夏日游湖

恼烟撩露。留我须臾住。携手藕花湖上路。一霎黄梅细雨。　娇痴不怕人猜。随群暂遣愁怀。最是分携时候，归来懒傍妆台。

西江月

春半

办取舞裙歌扇，赏春只怕春寒。卷帘无语对南山。已觉绿肥红浅。　去去惜花心懒，踏青闲步江干。恰如飞鸟倦知还。澹荡梨花深院。

菩萨蛮

山亭水榭秋方半。凤帏寂寞无人伴。愁闷一番新。双蛾只旧颦。　起来临绣户。时有疏萤度。多谢月相怜。今宵不忍圆。

卜算子

咏梅

竹里一枝斜，映带林逾静。雨后清奇画不成，浅水横疏影。

吹彻小单于，心事思重省。拂拂风前度暗香，月色侵花冷。

注释

①小单于：唐大角曲名。《乐府诗集·横吹曲辞四·梅花落》郭茂倩题解："'梅花落'，本笛中曲也。按唐大角曲亦有'大单于''小单于''大梅花''小梅花'等曲，今其声犹有存者。"

菩萨蛮

咏梅

湿云不渡溪桥冷。娥寒初破东风影。溪下水声长。一枝和月香。　　人怜花似旧，花不知人瘦。独自倚阑干，夜深花正寒。

「张抡」

烛影摇红

上元有怀

双阙中天，凤楼十二春寒浅。去年元夜奉宸游，曾侍瑶池宴。玉殿珠帘尽卷。拥群仙、蓬壶阆苑。五云深处，万烛光中，揭天丝管。　驰隙流年，恍如一瞬星霜换。今宵谁念泣孤臣，回首长安远。可是尘缘未断。谩惆怅、华胥梦短。满怀幽恨，数点寒灯，几声归雁。

注释

①“凤楼”句：鲍照《代陈思王京洛篇》：“凤楼十二重，四户八绮窗。”

②长安远：《世说新语·夙惠》：“晋明帝数岁，坐元帝膝上。有人从长安来，元帝问洛下消息，潸然流涕。明帝问何以致泣？具以东渡意告之。因问明帝：‘汝意谓长安何如日远？’答曰：‘日远。不闻人从日边来，居然可知。’元帝异之。明日集群臣宴会，告以此意，更重问之。乃答曰：‘日近。’元帝失色，曰：‘尔何故异昨日之言邪？’答曰：‘举目见日，不见长安。’”后以“长安不见”“长安远”形容不能建立功名。

踏莎行

秋入云山，物情潇洒。百般景物堪图画。丹枫万叶碧云边，黄花千点幽岩下。　　已喜佳辰，更怜清夜。一轮明月林梢挂。松醪常与野人期，忘形共说清闲话。

注释

①松醪：用松肪或松花酿制的酒。

「赵彦端」

点绛唇

途中逢管倅

憔悴天涯，故人相遇情如故。别离何遽。忍唱阳关句。

我是行人，更送行人去。愁无据。寒蝉鸣处。回首斜阳暮。

注释

①我是行人：化用苏轼《临江仙》“我亦是行人”。 ②寒蝉：用柳永“寒蝉凄切”诗意。

「姚宽」

生查子

情景

郎如陌上尘，妾似堤边絮。相见两悠扬，踪迹无寻处。

酒面扑春风，泪眼零秋雨。过了离别时，还解相思否。

点评

清冯金伯《词苑萃编》："词虽以险丽为工，实不及本色语为妙。"此词以"浑成为工"，当属此类。

「袁去华」

水调歌头

定王台

雄跨洞庭野，楚望古湘州。何王台殿，危基百尺自西刘。尚想霓旌千骑，依约入云歌吹，屈指几经秋。叹息繁华地，兴废两悠悠。　登临处，乔木老，大江流。书生报国无地，空白九分头。一夜寒生关塞，万里云埋陵阙，耿耿恨难休。徙倚霜风里，落日伴人愁。

注释

①定王台：在今湖南长沙市东，汉景帝之子定王刘发为望其母唐姬墓而筑，故名。　②楚望：楚地的望郡。唐宋时，州郡县按地势人口及经济状况，划分为畿、赤、望、紧、上、中、下若干等级，形胜富庶的地区称“望”。　③湘州：东晋永嘉时初置，唐初改潭州，此指长沙。　④危基：高大的台基。　⑤自西刘：始建于西汉刘发。　⑥霓旌：旗帜如云霓，形容仪仗之盛。　⑦“空白”句：陈与义《巴丘书事》有“腐儒空白九分头”。表达请缨无路的悲愤。　⑧“一夜”句：喻金人猝然南侵，攻破关塞。　⑨“万里”句：汴京沦于敌手。陵阙，帝王陵墓、京都城阙，为存亡的象征。　⑩耿（gěng）耿：不安的样子。　⑪徙倚：走走停停。

水调歌头

雪

云冻鸟飞灭，春意著林峦。姮娥何事，醉撼瑞叶落人间。斜入酒楼歌处，微褪茅檐烟际，窗户漾光寒。西帝游何许，翳凤更骖鸾。　　玉楼耸，银海眩，倚阑干。渔蓑江上归去，浑胜画图看。三嗅疏枝冷蕊，索共梅花一笑，相对两无言。月影黄昏里，清兴绕吴山。

注释

①瑞叶：雪花。　②西帝：古代称秋天的神。

瑞鹤仙

郊原初过雨。见败叶零乱，风定犹舞。斜阳挂深树。映浓愁浅黛，遥山眉妩。来时旧路。尚岩花、娇黄半吐。到而今，唯有溪边流水，见人如故。　　无语。邮亭深静，下马还寻，旧曾题处。无聊倦旅。伤离恨，最愁苦。纵收香藏镜，他年重到，人面桃花在否。念沉沉、小阁幽窗，有时梦去。

注释

①眉妩：西汉张敞为官无威仪，常为夫人画眉，长安城中称他“眉妩”，

有人将此事上奏汉宣帝。汉宣帝询问此事，他回答：“臣闻闺房之内，夫妇之私，有过于画眉者。”后以“眉妩”形容夫妻恩爱。 ②收香：用晋贾充女盗奇香赠韩寿典。 ③藏镜：用破镜重圆典。

剑器近

夜来雨。赖倩得、东风吹住。海棠正妖饶处。且留取。悄庭户。试细听、莺啼燕语。分明共人愁绪。怕春去。　　佳树。翠阴初转午。重帘未卷，乍睡起、寂寞看风絮。偷弹清泪寄烟波，见江头故人，为言憔悴如许。彩笺无数。去却寒暄，到了浑无定据。断肠落日千山暮。

安公子

弱柳丝千缕。嫩黄匀遍鸦啼处。寒入罗衣春尚浅，过一番风雨。问燕子来时，绿水桥边路。曾画楼、见个人人否。料静掩云窗，尘满哀弦危柱。　　庾信愁如许，为谁都著眉端聚。独立东风弹泪眼，寄烟波东去。念永昼春闲，人倦如何度。闲傍枕、百啭黄鹂语。唤觉来厌厌，残照依然花坞。

「林仰」

少年游

早行

霁霞散晓月犹明。疏木挂残星。山径人稀，翠萝深处，啼鸟两三声。　　霜华重迫驼裘冷，心共马蹄轻。十里青山，一溪流水，都做许多情。

注释

①驼裘：用驼绒制成的衣裳。

「陆淞」

瑞鹤仙

脸霞红印枕。睡觉来、冠儿还是不整。屏间麝煤冷。但眉峰压翠，泪珠弹粉。堂深昼永。燕交飞、风帘露并。恨无人，与说相思，近日带围宽尽。　　重省。残灯朱幌，淡月纱窗，那时风景。阳台路迥。云雨梦，便无准。待归来，先指花梢教看，却把心期细问。问因循、过了青春，怎生意稳。

注释

①麝煤：制墨的原料，后又以为墨的别称。此指水墨画。　②压翠：指双眉紧皱，如同挤压在一起的青翠远山。　③带围宽尽：日渐消瘦。用沈约典。

「向滈」

如梦令

谁伴明窗独坐。和我影儿两个。灯烬欲眠时，影也把人抛躲。无那。无那。好个恓惶的我。

注释

①烬：熄灭。　②无那：无奈，无可奈何。　③恓惶：心神不安的样子。

长相思

桃花堤。柳花堤。芳草桥边花满溪。而今戎马嘶。　千山西。万山西。归雁横云落日低。登楼望欲迷。

「陆游」

钗头凤

红酥手。黄縢酒。满城春色宫墙柳。东风恶。欢情薄。一怀愁绪，几年离索。错错错。　春如旧。人空瘦。泪痕红浥鲛绡透。桃花落。闲池阁。山盟虽在，锦书难托。莫莫莫。

注释

①钗头凤：词牌名。原名“撷芳词”，相传取自北宋政和间宫苑撷芳园之名。后因“可怜孤似钗头凤”句，故名。又名“折红英”。　②黄縢（téng）：酒名，即黄封酒，一种官酿的酒。因用黄罗帕或黄纸封口，故名。　③宫墙：南宋以绍兴为陪都，绍兴的某一段围墙，故有宫墙之说。　④离索：离群索居。⑤浥：湿润。　⑥鲛绡：神话传说鲛人所织的绡，极薄。此指手帕。　⑦山盟：旧时常用山盟海誓，指对山立盟，指海起誓。

点评

千百年来，人们认为陆游和他的原配夫人唐氏是姑表关系。最早记述《钗头凤》这件事的是南宋陈鹄《耆旧续闻》、刘克庄《后村诗话》，均未言及陆、唐是姑表关系。直到宋末周密《齐东野语》称：“陆务观初娶唐氏，闳之女也，于其母为姑侄。”

刘克庄《后村诗话》有“某氏改适某官，与陆氏有中外”句。某氏，即唐氏；某官，即“同郡宗子”赵士程。意即唐氏改嫁给赵士程，赵士程与陆氏有姻娅关系。

陆游姨母瀛国夫人唐氏，是吴越王钱俶的后人钱忱的嫡妻、宋仁宗第十女秦鲁国大长公主的儿媳。赵士程，秦鲁国大长公主的侄孙，即陆游姨父钱忱的表侄行，恰与陆游为同一辈人（陆游《渭南文集·跋唐昭宗赐钱武肃王铁券文》，王明清《挥后录》及《宋史·宗室世系、宗室列传、公主列传》等考定）。

作为刘克庄的晚辈词人的周密很可能看到过刘克庄的记述或听到过这样的传闻，但他错会了刘克庄的意思，以致造成了千古讹传。

水调歌头

多景楼

江左占形胜，最数古徐州。连山如画，佳处缥渺著危楼。鼓角临风悲壮，烽火连空明灭，往事忆孙刘。千里曜戈甲，万灶宿貔貅。　　露沾草，风落木，岁方秋。使君宏放，谈笑洗尽古今愁。不见襄阳登览，磨灭游人无数，遗恨黯难收。叔子独千载，名与汉江流。

注释

①多景楼：在镇江北固山上甘露寺内。1164 年 10 月，任镇江府通判的陆游陪同镇江知府方滋（即“使君”）登楼游宴，作此词。时金兵方踞淮北，镇江为江防前线。　②古徐州：即镇江。　③曜（yào）：照耀。　④貔貅（pí xiū）：猛兽。喻猛士。　⑤叔子：西晋大将羊祜，字叔子，镇守襄阳，曾登临兴悲。

卜算子

咏梅

驿外断桥边，寂寞开无主。已是黄昏独自愁，更著风和雨。

无意苦争春，一任群芳妒。零落成泥碾作尘，只有香如故。

注释

①更著：又遭到。　②争春：与百花争奇斗艳。此指争权。　③群芳：群花、百花。指苟且偷安的主和派。

鹊桥仙

一竿风月，一蓑烟雨，家在钓台西住。卖鱼生怕近城门，况肯到、红尘深处。　潮生理棹，潮平系缆，潮落浩歌归去。时人错把比严光，我自是、无名渔父。

注释

①钓台：汉代隐士严光隐居的地方，在今浙江省富春江畔的桐庐县。　②严光：严子陵，汉代著名隐士。

鹊桥仙

夜闻杜鹃

茅檐人静，蓬窗灯暗，春晚连江风雨。林莺巢燕总无声，但月夜、常啼杜宇。　　催成清泪，惊残孤梦，又拣深枝飞去。故山独自不堪听，况半世、飘然羁旅。

注释

①蓬窗：犹蓬户，即编蓬草为窗，谓窗户之简陋。　②故山：故乡的山林，即故乡。

点评

张宗橚《词林纪事》引《词统》："去国离乡之感，触绪纷来，读之令人於邑。"

陈廷焯《白雨斋词话》："放翁词，唯《鹊桥仙·夜闻杜鹃》一章，借物寓言，较他作为合乎古。"

秋波媚

七月十六晚登高兴亭望长安南山

秋到边城角声哀。烽火照高台。悲歌击筑，凭高酹酒，此兴悠哉。　　多情谁似南山月，特地暮云开。灞桥烟柳，曲江池馆，应待人来。

注释

①高兴亭：亭名，在南郑（今属陕西）内城西北，正对当时在金占领区的长安南山。南郑地处南宋抗金前线，当时作者在南郑任上。

渔家傲

寄仲高

东望山阴何处是。往来一万三千里。写得家书空满纸。流清泪，书回已是明年事。　寄语红桥桥下水。扁舟何日寻兄弟。行遍天涯真老矣。愁无寐。鬓丝几缕茶烟里。

注释

①仲高：陆升之，字仲高。作者堂兄。　②山阴：今浙江省绍兴市，作者家乡。③红桥：又名虹桥，在山阴近郊。

好事近

秋晓上莲峰，高蹑倚天青壁。谁与放翁为伴，有天坛轻策。

铿然忽变赤龙飞，雷雨四山黑。谈笑做成丰岁，笑禅龛榔栗。

注释

①莲峰：指华山。《太平御览》引《华山记》："山顶有池，生千叶莲花，因曰华山。"此指作者攀登的山峰。　②放翁：作者的号。　③天坛：山名，即河南王屋山绝顶，传说为轩辕祈天所。　④忽变赤龙飞：晋葛洪《神仙传》载，壶公以一竹杖给费长房，费骑竹杖还家后，竹杖化为青龙。　⑤禅龛（kān）：供奉佛像的小阁子。泛指禅房。　⑥楖栗（jí lì）：木名，可作杖。后为杖的代称。

汉宫春

初自南郑来成都作

羽箭雕弓，忆呼鹰古垒，截虎平川。吹笳暮归，野帐雪压青毡。淋漓醉墨，看龙蛇、飞落蛮笺。人误许，诗情将略，一时才气超然。　　何事又作南来，看重阳药市，元夕灯山。花时万人乐处，欹帽垂鞭。闻歌感旧，尚时时、流涕尊前。君记取，封侯事在，功名不信由天。

注释

①南郑：地名，即今陕西省汉中市，地处川陕要冲，自古为军事重镇。②截虎：作者在汉中时有射虎事。　③野帐、青毡：野外的帐幕。　④淋漓醉墨：乘着酒兴落笔，写得淋漓尽致。　⑤龙蛇：笔势飞舞的样子。　⑥蛮笺（jiān）：古时四川产的彩色笺纸。　⑦诗情将略：作诗的才能，用兵作战的谋略。

点评

俞陛云《宋词选释》："人当少年气满，视青紫如拾芥，几经挫折，便颓废自甘。放翁独老犹作健，当其上马打围，下马草檄，何等豪气！迨漫游蜀郡，人乐而我悲，怆然怀旧，而封侯夙志，尚欲以人定胜天，可谓壮矣。此词奋笔挥洒，其才气与东坡、稼轩相似。汲古阁刻其词集，谓'超爽处更似稼轩耳。'"

夜游宫

记梦寄师伯浑

雪晓清笳乱起。梦游处、不知何地。铁骑无声望似水。想关河，雁门西，青海际。　　睡觉寒灯里。漏声断、月斜窗纸。自许封侯在万里。有谁知，鬓虽残，心未死。

注释

①题注：孝宗乾道九年（1173）作者自汉中回成都后作。师浑甫，字伯浑，四川眉山人，隐居不仕。陆游说他有才气、能诗文，并为《师伯浑文集》作序。②"铁骑"句：披着铁甲的骑兵，衔枚无声疾走，望去像一片流水。古代夜行军，令士卒口中衔枚，故无声。③关河：关塞、河防。④雁门：雁门关，在今山西省代县西北雁门山上。⑤青海：青海湖，在今青海省。青海际，青海湖边。这两处都是古代边防重地。⑥"自许"句：自信能在万里之外立功封侯。《后汉书·班超传》载，班超少有大志，投笔从戎曰："大丈夫无他志略，犹当效傅介子、张骞立功异域，安能久事笔砚间乎？"后在西域立大功，官至西域都护，封定远侯。此指取法班超。

双头莲

呈范至能待制

华鬓星星，惊壮志成虚，此身如寄。萧条病骥。向暗里。消尽当年豪气。梦断故国山川，隔重重烟水。身万里。旧社凋零，青门俊游谁记。　　尽道锦里繁华，叹官闲昼永，柴荆添睡。清愁自醉。念此际。付与何人心事。纵有楚柂吴樯，知何时东逝。空怅望，鲙美菰香，秋风又起。

注释

①双头莲：词牌名。 ②呈范至能待制：呈上给待制范成大（字至能）。待制，官名，唐置。太宗即位，命京官五品以上，更宿中书、门下两省，以备访问。③星星：形容发白。 ④身如寄：生活漂泊不定。 ⑤病骥：病马。 ⑥俊游：与朋友们美好的交游。 ⑦锦里：本指成都城南锦江一带，后用作成都的别称，亦称锦城。 ⑧柂（duò）、樯（qiáng）：代指船只。柂，古同“舵”。楚柂吴樯，指回东南故乡的下行船只。 ⑨鲙：通“脍”，把鱼肉切细。用晋张翰因秋风思念莼鲈典。

南乡子

归梦寄吴樯。水驿江程去路长。想见芳洲初系缆，斜阳。烟树参差认武昌。　　愁鬓点新霜。曾是朝衣染御香。重到故乡交旧少，凄凉。却恐它乡胜故乡。

注释

①吴樯：归吴的船只。 ②芳洲：鹦鹉洲，在武昌东北长江中。 ③新霜：新添的白发。 ④朝衣染御香：谓在朝中为官。朝衣，上朝拜见皇帝的官服。 ⑤交旧：旧交，老朋友。

谢池春

壮岁从戎，曾是气吞残虏。阵云高、狼烽夜举。朱颜青鬓，拥雕戈西戍。笑儒冠、自来多误。　功名梦断，却泛扁舟吴楚。漫悲歌、伤怀吊古。烟波无际，望秦关何处。叹流年、又成虚度。

注释

①虏：古代对北方外族的蔑视的称呼。 ②狼烟：烽火。古代边疆烧狼粪生烟以报警。 ③儒冠：儒生冠帽。后指儒生。杜甫《奉赠韦左丞丈二十二韵》“纨绔不饿死，儒冠多误身”。

诉衷情

当年万里觅封侯。匹马戍梁州。关河梦断何处。尘暗旧貂裘。胡未灭，鬓先秋。泪空流。此生谁料，心在天山，身老沧洲。

注释

①梁州：陆游曾应四川宣抚使之邀前往南郑军中任职，而宋时梁州治所正是南郑。 ②“尘暗”句：《战国策·秦策》载，苏秦游说秦王，“书十上而说不行，黑貂之裘敝，黄金百斤尽，资用乏绝，去秦而归。”此以苏秦自比。 ③沧洲：泛指近水之处的隐居之地，此指做作者隐居的绍兴镜湖。

诉衷情

青衫初入九重城。结友尽豪英。蜡封夜半传檄，驰骑谕幽并。

时易失，志难成。鬓丝生。平章风月，弹压江山，别是功名。

注释

①青衫：低级官吏的服色。 ②九重城：京城。 ③蜡封：用蜡封固的文书，保密性强。 ④幽并：幽州和并州，此指金国占领区。 ⑤传檄：传送文书。 ⑥平章：品评。 ⑦弹压：描绘。

豆叶黄

一春常是雨和风。风雨晴时春已空。谁惜泥沙万点红。恨难穷。恰似衰翁一世中。

浪淘沙

丹阳浮玉亭席上作

绿树暗长亭。几把离尊。阳关常恨不堪闻。何况今朝秋色里，身是行人。　　清泪浥罗巾。各自消魂。一江离恨恰平分。安得千寻横铁锁，截断烟津。

注释

①“安得”句：指晋灭吴之战吴人以铁索横置长江中以拒晋军事。

鹊桥仙

华灯纵博，雕鞍驰射，谁记当年豪举。酒徒一半取封侯，独去作、江边渔父。　　轻舟八尺，低篷三扇，占断蘋洲烟雨。镜湖元自属闲人，又何必、君恩赐与。

注释

①纵博：纵情赌博。此处视为豪爽任侠的一种行为表现。《剑南诗稿》卷二十五《九月一日夜读诗稿有感走笔作歌》：“四十从戎驻南郑，酣宴军中夜连日……华灯纵博声满楼，宝钗艳舞光照席。”　②酒徒：市井平民，普通人。《史记》卷九十七《郦生陆贾列传》：“郦生嗔目案剑叱使者曰：走，复入言沛公！吾高阳酒徒也，非儒人也。”　③官家赐与：唐开元间，贺知章告老还乡到会稽，玄宗诏赐镜湖剡溪一曲。作者反用其典，表达自己的不满。官家，指皇帝，

此处明指玄宗，实指当时的南宋皇帝。

浣溪沙

和无咎韵

懒向沙头醉玉瓶。唤君同赏小窗明。夕阳吹角最关情。

忙日苦多闲日少，新愁常续旧愁生。客中无伴怕君行。

注释

①无咎：韩元吉，字无咎，号南涧，南宋许昌（今河南省许昌市）人，官至吏部尚书。与陆游友善，多有唱和。 ②玉瓶：此指酒瓶。

浣溪沙

南郑席上

浴罢华清第二汤。红棉扑粉玉肌凉。娉婷初试藕丝裳。

凤尺裁成猩血色，螭奁熏透麝脐香。水亭幽处捧霞觞。

注释

①华清：华清池。 ②螭奁（chī lián）：螭形为饰的熏香铜匣。 ③麝脐香：麝香。 ④霞觞：霞杯。

鹧鸪天

家住苍烟落照间。丝毫尘事不相关。斟残玉瀣行穿竹，卷罢黄庭卧看山。　　贪啸傲，任衰残。不妨随处一开颜。元知造物心肠别，老却英雄似等闲。

注释

①玉瀣（xiè）：美酒。　②黄庭：道家经典著作。

鹧鸪天

懒向青门学种瓜。只将渔钓送年华。双双新燕飞春岸，片片轻鸥落晚沙。　　歌缥渺，橹呕哑。酒如清露鲊如花。逢人问道归何处，笑指船儿此是家。

注释

①种瓜：秦东陵侯召平秦亡后在青门种瓜。后指隐居。　②舻（lú）：桨。③呕哑：形容声音嘈杂。　④鲊（zhǎ）：盐腌的鱼。泛指腌渍食物。两宋是鲊盛行的时代，不都以鱼为原料。制鲊时压榨很重要，不论石压或扭压（放布内绞扭），都为了去水分并入味，因此命名。与“脯”相似，都要去水分，便于贮藏。脯，偏重牲畜之肉，多为晒干。鲊偏重于鱼，多为压干。

鹧鸪天

薛公肃家席上作

南浦舟中两玉人。谁知重见楚江滨。凭教后苑红牙版，引上西川绿锦茵。　　才浅笑，却轻嚬。淡黄杨柳又催春。情知言语难传恨，不似琵琶道得真。

注释

①红牙：乐器名。檀木制的拍板，用以调节乐曲的节拍。

采桑子

宝钗楼上妆梳晚，懒上秋千。闲拨沉烟。金缕衣宽睡髻偏。

鳞鸿不寄辽东信，又是经年。弹泪花前。愁入春见十四弦。

注释

①宝钗楼：女子所居的楼阁。　②鳞鸿：鱼雁，古人认为鱼和雁能代人传递书信。　③十四弦：一种十四根弦的弹拨乐器。又疑指筝，筝本十三弦，此处因平仄所限，将三作四。

朝中措

梅

幽姿不入少年场。无语只凄凉。一个飘零身世，十分冷淡心肠。　　江头月底，新诗旧梦，孤恨清香。任是春风不管，也曾先识东皇。

朝中措

代谭德称作

怕歌愁舞懒逢迎。妆晚托春酲。总是向人深处，当时枉道无情。　　关心近日，啼红密诉，剪绿深盟。杏馆花阴恨浅。画堂银烛嫌明。

注释

①谭德称：西蜀名士，崇庆府学教授，徙成都，与作者交往甚密。　②春酲：春日病酒。酲，喝醉了神志不清。　③啼红：王子午《拾遗记》："魏文帝所爱美人姓薛名灵芸，常山人也。灵芸年十七，容貌绝世，时明帝选良家子入宫，灵芸别父母，歔欷累日，泪下沾衣。至升车就路之时，玉唾壶承泪，壶即如红色。及至京师，壶中之泪凝如血矣。"　④剪绿：剪烛。绿，绿烛。

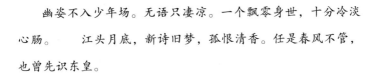

蝶恋花

离小益作

陌上箫声寒食近。雨过园林，花气浮芳润。千里斜阳钟欲暝。凭高望断南楼信。　　海角天涯行略尽。三十年间，无处无遗恨。天若有情终欲问。忍教霜点相思鬓。

注释

①天若有情：用唐李贺《金铜仙人辞汉歌》“天若有情天亦老”。

蝶恋花

桐叶晨飘蛩夜语。旅思秋光，黯黯长安路。忽记横戈盘马处，散关清渭应如故。　　江海轻舟今已具。一卷兵书，叹息无人付。早信此生终不遇，当年悔草长杨赋。

注释

①长安：指南宋首都临安。　②横戈、盘马：指骑马作战。③散关：大散关。作者《书愤》“铁马秋风大散关”。　④“江海”句：化用苏轼《临江仙》“小舟从此逝，江海寄余生”。　⑤“一卷”二句：用张良得《太公兵法》典。⑥长杨赋：汉扬雄作。此二句是说如果早料到我这一生终不会被了解、任用，我当初何必像扬雄写《长杨赋》那样、忠心耿耿地献计献策呢？

水龙吟

荣南作

樽前花底寻春处，堪叹心情全减。一身萍寄，酒徒云散，佳人天远。那更今年，瘴烟蛮雨，夜郎江畔。漫倚楼横笛，临窗看镜，时挥涕、惊流转。　　花落月明庭院。悄无言、魂消肠断。凭肩携手，当时曾效，画梁栖燕。见说新来，网萦尘暗，舞衫歌扇。料也羞憔悴，慵行芳径，怕啼莺见。

注释

①萍寄：浮萍寄迹水面。喻暂寓，行止无定。

临江仙

离果州作

鸠雨催成新绿，燕泥收尽残红。春光还与美人同。论心空眷眷，分袂却匆匆。　　只道真情易写，那知怨句难工。水流云散各西东。半廊花院月，一帽柳桥风。

注释

①鸠雨：三国吴陆玑《毛诗草木鸟兽虫鱼疏》：“（鸠鸟）阴则屏逐其匹，晴则呼之。语曰‘天将雨，鸠逐妇’是也。”　②眷眷：依恋不舍的样子。　③“只

道”二句：化用唐韩愈《荆潭唱和诗序》：“欢愉之辞难工，而穷苦之言易好也。”

乌夜啼

金鸭余香尚暖，绿窗斜日偏明。兰膏香染云鬟腻，钗坠滑无声。　冷落秋千伴侣，阑珊打马心情。绣屏惊断潇湘梦，花外一声莺。

注释

①兰膏：一种润发香油。唐浩虚舟《陶母截发赋》：“象栉重理，兰膏旧濡。”②打马：古代博戏名，宋代妇女闺房中的一种游戏。　③潇湘：暗用岑参《春梦》“洞房昨夜春风起，遥忆美人湘江水。枕上片时春梦中，行尽江南数千里”诗意。

乌夜啼

纨扇婵娟素月，纱巾缥渺轻烟。高槐叶长阴初合，清润雨余天。　弄笔斜行小草，钩帘浅醉闲眠。更无一点尘埃到，枕上听新蝉。

注释

①“纨扇”句：纨扇又称宫扇，细绢织成的团扇，形如满月，故云“素月”。婵娟，美好的样子，暗喻女子娇美的容貌。汉班婕妤《怨歌行》：“新裂齐纨素，

皎洁如霜雪。裁为合欢扇，团团似明月。”　②“弄笔”句：在房里悠闲无事，以写小草打发时光。弄笔，指写字、为文、作画。

长相思

桥如虹。水如空。一叶飘然烟雨中。天教称放翁。　　侧船篷。使江风。蟹舍参差渔市东。到时闻暮钟。

注释

①一叶：小船。　②放翁：《宋史·陆游传》：“范成大帅蜀，游为参议官，以文字交，不拘礼法。人讥其颓放，因自号放翁。”

点绛唇

采药归来，独寻茅店沽新酿。暮烟千嶂，处处闻渔唱。

醉弄扁舟，不怕黏天浪。江湖上，遮回疏放。作个闲人样。

注释

①采药：采集药物，亦指隐居避世。　②沽：买。　③新酿：新酿造的酒。

「唐琬」

钗头凤

世情薄。人情恶。雨送黄昏花易落。晓风干。泪痕残。欲笺心事，独语斜阑。难难难。　　人成各。今非昨。病魂常似秋千索。角声寒。夜阑珊。怕人寻问，咽泪装欢。瞒瞒瞒。

注释

①笺：写出。　②斜阑：栏杆。　③“病魂”句：描写精神恍惚，似飘荡不定的秋千索。　④阑珊：衰残，将尽。

「范成大」

眼儿媚

萍乡道中乍晴，卧舆中，困甚，小憩柳塘

酣酣日脚紫烟浮。妍暖破轻裘。困人天气，醉人花气，午梦扶头。 春慵恰似春塘水，一片縠纹愁。溶溶泄泄，东风无力，欲皱还休。

注释

①酣酣：指太阳如醉。 ②妍暖：晴朗暖和。 ③溶溶泄泄（yì）：春水荡漾的样子。舒缓貌，弛缓之意也。泄泄，一作“曳曳”。 ④东风无力：李商隐《无题》：“东风无力百花残。”

点评

况周颐《蕙风词话》：“词亦文之一体。昔人名作，亦有理脉可寻，所谓蛇灰蚓线之妙。如范石湖《眼儿媚》……‘春慵’紧接‘困’字、‘醉’字来，细极。”

俞陛云《唐五代两宋词选释》：“上阕‘午梦扶头’句领起下文。以下五句借东风皱水，极力写出春慵，笔意深透，可谓入木三分。”

满江红

清江风帆甚快，作此，与客剧饮歌之

千古东流，声卷地、云涛如屋。横浩渺、樯竿十丈，不胜帆腹。夜雨翻江春浦涨，船头鼓急风初熟。似当年、呼禹乱黄川，飞梭速。　　击楫誓，空惊俗。休拊髀，都生肉。任炎天冰海，一杯相属。荻笋蒌芽新入馔，鹍弦凤吹能翻曲。笑人间、何处似尊前，添银烛。

注释

①剧饮：豪饮，痛饮。　②帆腹：船帆受风而鼓起的部分。　③“似当年”二句：乾道六年，作者奉命使金，索求北宋陵寝之地及更改南宋皇帝受书之礼，在金国威逼之下不为所动，保全气节而归。　④击楫：《晋书·祖逖传》载，祖逖渡江北伐苻坚，中流击楫而誓曰：“不能复中原而复济者，有如大江。”⑤“休拊髀”二句：《三国志·先主传》载，刘备寄栖刘表幕下，一次入厕，则大腿（髀）肉生，慨然流涕。备曰：“吾常身不离鞍，髀肉皆消。今不复骑，髀里肉生。日月若驰，老将至矣。而功名不建，是以悲耳。”　⑥鹍（kūn）弦：用鹍鸡筋加工制作的琵琶弦，光润晶莹，呈淡金色，且极坚韧，余音清脆。

鹧鸪天

休舞银貂小契丹。满堂宾客尽关山。从今袅袅盈盈处，谁复端端正正看。　　模泪易，写愁难。潇湘江上竹枝斑。碧云日暮无书寄，寥落烟中一雁寒。

注释

①银貂：银灰色的貂皮衣服。 ②小契丹：契丹（古代居住在西辽河上游的一个少数民族，曾建立辽，北宋宣和七年，1125年为金所灭）的一种舞蹈。王安石《出塞》："涿州沙上饮盘桓，看舞春风小契丹。"作者《次韵宗伟阅番乐》："绣靴画鼓留花住，剩舞春风小契丹。"

鹧鸪天

嫩绿重重看得成。曲阑幽槛小红英。酴醾架上蜂儿闹，杨柳行间燕子轻。　　春婉娩，客飘零。残花浅酒片时清。一杯且买明朝事，送了斜阳月又生。

注释

①酴醾（tú mí）：俗称"佛心草"，落叶灌木。也是一种酒名，亦有因颜色似之。 ②婉娩（wǎn wǎn）：天气温和。亦作"婉晚"，指迟暮。

醉落魄

栖乌飞绝。绛河绿雾星明灭。烧香曳簟眠清樾。花久影吹笙，满地淡黄月。　　好风碎竹声如雪。昭华三弄临风咽。鬓丝撩乱纶巾折。凉满北窗，休共软红说。

注释

①绛河：天河。 ②樾（yuè）：成荫的树木。 ③软红：犹言软红尘。谓繁华热闹。

朝中措

长年心事寄林扃。尘鬓已星星。芳意不如水远，归心欲与云平。 留连一醉，花残日永，雨后山明。从此量船载酒，莫教闲却春情。

注释

①林扃（jiōng）：林园。 ②星星：鬓发花白貌。晋左思《白发赋》：“星星白发，生于鬓垂。”

水调歌头

细数十年事，十处过中秋。今年新梦，忽到黄鹤旧山头。老子个中不浅，此会天教重见，今古一南楼。星汉淡无色，玉镜独空浮。 敛秦烟，收楚雾，熨江流。关河离合、南北依旧照清愁。想见姮娥冷眼，应笑归来霜鬓，空敝黑貂裘。酾酒问蟾兔，肯去伴沧洲。

注释

①题注：作于淳熙四年（1177）中秋，这年五月作者因病辞去四川制置一职，乘舟东去。八月十四日至鄂州（今湖北武昌），十五日晚赴知州刘邦翰设于黄鹤山南楼的赏月宴会。《吴船录》：“天无纤云，月色甚奇，江面如练，空水吞吐，平生所遇中秋佳月，似此夕亦有数。况复修南楼故事，老子于此兴复不浅也。……作乐府诗一篇，俾鄂人传之。” ②“老子”句：东晋庾亮镇守武昌时，秋夜登此南楼，与僚属吟咏谈笑，说：“老子于此处兴复不浅。”（《世说新语·容止》） ③“空敝”句：用苏秦事。苏秦游说秦王，“书十上而说不行，黑貂之裘敝。”终无成而归。（《战国策·秦策》）貂裘敝，形容奔走不止，穷困潦倒。作者此时五十二岁，想起十多年间迁徙不定，不胜漂泊之叹。 ④“酾酒”句：酾酒，斟酒。蟾兔，月亮。沧洲，退隐之地，指故乡。《吴船录》：“余以病丐骸骨，傥恩旨垂允，自此归田园，带月荷锄，得遂此生矣。”此次东归他是打算退休的。

蝶恋花

春涨一篙添水面。芳草鹅儿，绿满微风岸。画舫夷犹湾百转。横塘塔近依前远。　江国多寒农事晚。村北村南，谷雨才耕遍。秀麦连冈桑叶贱。看看尝面收新茧。

注释

①夷犹：犹豫迟疑，这里是指船行迟缓。 ②横塘：在苏州西南，是个大塘。③秀麦：出穗扬花的麦子。 ④看看：转眼之间，即将之意。

南柯子

怅望梅花驿，凝情杜若洲。香云低处有高楼。可惜高楼、不近木兰舟。　　缄素双鱼远，题红片叶秋。欲凭江水寄离愁。江已东流、那肯更西流。

注释

①梅花驿：用南朝陆凯《赠范晔》典。　②杜若洲：生长杜若的水中小岛。《楚辞·九歌·湘君》：“采芳洲兮杜若，将以遗兮下女。”此借谓欲寄杜若给伊人以表情意。杜若，香草。　③缄素：古人用帛写信，因称书信为缄素。缄，捆扎。　④“题红”句：用唐人红叶题诗事。唐宣宗时，卢渥赴京应试，在御沟中偶得一片红叶，上有诗云：“流水何太急，深宫尽日闲。殷勤谢红叶，好去到人间。”后卢渥娶得一宫女，这宫女恰是当年红叶题诗之人。此以题红表示书信。

鹊桥仙

七夕

双星良夜，耕慵织懒，应被群仙相妒。娟娟月姊满眉颦，更无奈、风姨吹雨。　　相逢草草，争如休见，重搅别离心绪。新欢不抵旧愁多，倒添了、新愁归去。

注释

①双星：牵牛、织女二星。　②月姊：月宫中的仙子。　③风姨：传说中司风之神。原为风伯，后衍为风姨。

秦楼月

楼阴缺，阑干影卧东厢月。东厢月，一天风露，杏花如雪。

隔烟催漏金虬咽。罗帏暗淡灯花结。灯花结。片时春梦，江南天阔。

注释

①楼阴缺：高楼被树荫遮蔽，只露出未被遮住的一角。　②一天：满天。③金虬（qiú）：铜龙，造型为龙的铜漏，古代滴水计时之器。　④灯花结：灯芯烧结成花，旧俗以为有喜讯。

霜天晓角

梅

晚晴风歇。一夜春威折。脉脉花疏天淡，云来去、数枝雪。

胜绝。愁亦绝。此情谁共说。惟有两行低雁，知人倚、画楼月。

菩萨蛮

湘东驿

客行忽到湘东驿。明朝真是潇湘客。晴碧万重云。几时逢故人。　　江南如塞北。别后书难得。先自雁来稀。那堪春半时。

点评

语言朴素明白，又含蓄曲折，意蕴深沉。洗尽铅华，返璞归真。

浣溪沙

江村道中

十里西畴熟稻香。槿花篱落竹丝长。垂垂山果挂青黄。

浓雾知秋晨气润，薄云遮日午阴凉。不须飞盖护戎装。

注释

①西畴：西面的田畴。泛指田地。

「杨万里」

好事近

七月十三日夜登万花川谷望月作

月未到诚斋，先到万花川谷。不是诚斋无月，隔一林修竹。

如今才是十三夜，月色已如玉。未是秋光奇绝，看十五十六。

注释

①诚斋：作者字诚斋，也是书房名。　②万花川谷：诚斋不远处一座苑圃。③十五十六：十五十六的月亮。

点评

王奕清《历代词话》卷七引《续清言》：“杨万里不特诗有别才，即词亦有奇致。其《好事近》云：‘月未到诚斋……’昔人谓东坡词是曲子中缚不住者，廷秀词又何多让。乃知有气节人，笔墨自然不同。”

昭君怨

赋松上鸥

晚饮诚斋，忽有一鸥来泊松上，已而复去，感而赋之

偶听松梢扑鹿。知是沙鸥来宿。稚子莫喧哗。恐惊他。

俄顷忽然飞去。飞去不知何处。我已乞归休。报沙鸥。

注释

①扑鹿：状声音。张志和《渔父》："惊起鸳鸯扑鹿飞。" ②归休：辞官退休，归隐。 ③报沙鸥：隐居，约沙鸥为伴。

昭君怨

咏荷上雨

午梦扁舟花底。香满两湖烟水。急雨打篷声。梦初惊。

却是池荷跳雨。散了真珠还聚。聚作水银窝。泻清波。

点评

钱锺书《谈艺录》："诚斋则如摄影之快镜，兔起鹘落，鸢鱼跃，稍纵即逝而及其未逝，转瞬即改而当其未改，眼明手捷，踪矢蹑风，此诚斋之所独也。"

「沈端节」

虞美人

去年寒食初相见。花上双飞燕。今年寒食又花开。垂下重帘不许、燕归来。　　隔帘听燕呢喃语。似说相思苦。东君都不管闲愁。一任落花飞絮、两悠悠。

「严蕊」

卜算子

不是爱风尘，似被前身误。花落花开自有时，总是东君主。

去也终须去。住也如何住。若得山花插满头，莫问奴归处。

注释

①风尘：古代称妓女为堕落风尘。严蕊，南宋孝宗时天台（今属浙江）营妓。周密《癸辛杂识》称其“善琴弈、歌舞、丝竹、书画，色艺冠一时。间作诗词，有新语。颇通古今”。 ②前缘：前世的因缘。 ③“若得”二句：若能头插山花，过山野农夫的自由生活，就不需问我归向何处。淳熙九年（1182），浙东常平使朱熹巡行台州。由于唐仲友的永康学派反对朱熹的理学，朱熹上疏弹劾唐仲友，其中论及其与严蕊的风化之罪，下令黄岩通判抓捕严蕊，关押在台州和绍兴。后朱熹改官，岳霖任提点刑狱，释放严蕊，问其归宿，严蕊作此词以答。

「张孝祥」

念奴娇

风帆更起，望一天秋色，离愁无数。明日重阳尊酒里，谁与黄花为主。别岸风烟，孤舟灯火，今夕知何处。不如江月，照伊清夜同去。　　船过采石江边，望夫山下，酌水应怀古。德耀归来虽富贵，忍弃平生荆布。默想音容，遥怜儿女，独立衡皋暮。桐乡君子，念予憔悴如许。

注释

①题注：绍兴二十六年九月作者在建康送别被遣归的家人李氏之作。　②黄花：菊花，此指李氏。　③采石：采石矶，在今安徽马鞍山市西南。　④望夫山：此指采石矶附近的望夫山。　⑤德耀：梁鸿妻孟光，字德耀。此借指李氏。　⑥荆布：荆钗布裙。　⑦衡皋：蘅皋，生长有蘅草的水边。　⑧桐乡：指今安徽桐城。

念奴娇

过洞庭

洞庭青草，近中秋、更无一点风色。玉鉴琼田三万顷，著我扁舟一叶。素月分辉，明河共影，表里俱澄澈。悠然心会，妙处难与君说。　　应念岭海经年，孤光自照，肝肺皆冰雪。短发萧骚襟袖冷，稳泛沧浪空阔。尽吸西江，细斟北斗，万象为宾客。扣舷独笑，不知今夕何夕。

注释

①洞庭青草：今湖南洞庭湖与青草湖，两湖相通，自古并称。　②风色：风势。　③岭海：一作“岭表”，岭外，五岭以南的两广地区，作者曾为官广西。④挹（yì）：舀。一作“吸”。　⑤西江：长江连通洞庭湖，中上游在洞庭以西，故称西江。　⑥北斗：星座名。由七颗星排成像舀酒的斗的形状。　⑦扣：一作“叩”。敲击。

点评

叶绍翁《四朝闻见录》：“张于湖尝舟过洞庭，月照龙堆，金沙荡射，公得意命酒，唱歌所作词，呼群吏而酌之，曰：‘亦人子也。’其坦率皆类此。”

魏了翁《鹤山大全集》：“张于湖有英姿奇气，著之湖湘间，未为不遇。‘洞庭’所赋在集中最为杰特。方其吸江酌斗，宾客万象时，讵知世间有紫微青琐哉！”

黄苏《蓼园词选》：“写景不能绘情，必少佳致。此题咏洞庭，若只就洞庭落想，纵写得壮观，亦觉寡味。此词开首从洞庭说至玉鉴琼田三万顷，题已说完，即引入扁舟一叶。以下从舟中人心迹与湖光映带写，隐现离合，不可端倪，镜花水月，是二是一。自尔神采高骞，兴会洋溢。”

王闿运《湘绮楼词选》：“飘飘有凌云之气，觉东坡《水调》犹有尘心。”

水调歌头

泛湘江

濯足夜滩急，晞发北风凉。吴山楚泽行遍，只欠到潇湘。买得扁舟归去，此事天公付我，六月下沧浪。蝉蜕尘埃外，蝶梦水云乡。　制荷衣，纫兰佩，把琼芳。湘妃起舞一笑，抚瑟奏清商。唤起九歌忠愤，拂拭三闾文字，还与日争光。莫遣儿辈觉，此乐未渠央。

注释

①濯足：《楚辞·渔父》："沧浪之水浊兮，可以濯吾足。"　②晞发：晾干头发。《楚辞·九歌·少司命》："与女沐兮咸池，晞女发兮阳之阿。"　③吴山楚泽：泛指南方的山水。　④沧浪：水名，此指湘江。　⑤"蝉蜕"二句：《史记·屈原贾生列传》："蝉蜕于浊秽，以浮游尘埃之外，不获世之滋垢，皭然泥而不滓者也。"《庄子·齐物论》："昔者庄周梦为胡蝶，栩栩然胡蝶也。"　⑥制荷衣：用荷叶作衣服。指隐士服。《离骚》有"制芰荷以为衣兮"。⑦纫兰佩：把兰花穿结成佩带。《离骚》有"纫秋兰以为佩"。　⑧把琼芳：手握芳洁的花枝。《九歌·东皇太一》"盍将把兮琼芳"。　⑨"唤起"三句：屈原曾任三闾大夫，《史记·屈原贾生列传》："屈平正道直行，……信而见疑，忠而被谤，能无怨乎？屈平之作《离骚》，盖自怨生也。……推此志也，虽与日月争光可也。"　⑩"莫遣"二句：《世说新语·言语》载，王羲之曰"年在桑榆，自然至此，正赖丝竹陶写，恒恐儿辈觉，损欣乐之趣"。未渠央，亦作"未遽央"，未能仓猝即尽。晋陶潜《杂诗》："严霜结野草，枯瘁未遽央。"

点评

隐括《楚辞》，独具匠心。"蝉蜕尘埃外，蝶梦水云乡"向称名句。

水调歌头

和庞佑父

雪洗虏尘静，风约楚云留。何人为写悲壮。吹角古城楼。湖海平生豪气，关塞如今风景，剪烛看吴钩。剩喜然犀处，骇浪与天浮。　　忆当年，周与谢，富春秋。小乔初嫁，香囊未解，勋业故优游。赤壁矶头落照，肥水桥边衰草，渺渺唤人愁。我欲乘风去，击楫誓中流。

注释

①庞佑父：一作佑甫，名谦孺，生平事迹不详，与张孝祥、韩元吉等皆有交游酬唱。《宋史·高宗本纪》载，绍兴三十一年（1161）十一月，虞允文督建康诸军以舟师拒金主（完颜）亮于东采石，战胜却之。完颜亮因此役失利遭部下缢杀，金兵不得不撤退，这是宋室南渡以来振奋人心的一次大捷，爱国将吏欢欣鼓舞。　②湖海：《三国志》载，陈登，字元龙。许汜说他“湖海之士，豪气不除”。　③风景：西晋末，中原战乱，王室渡江流亡东南。过江人士，每暇日常至新亭饮宴。元帝时，丞相王导与客宴新亭，周顗中坐而叹曰：“风景不殊，正自有山河之异。”皆相对流涕。惟王导愀然变色曰：“当共勠力王室，克复神州，何至作楚囚相对？”后以“风景不殊”悲叹国土破碎或沦亡。　④然犀：《异苑》：“晋温峤至牛渚矶，闻水底有音乐之声，水深不可测。传言下多怪物，乃燃犀角而照之。须臾，见水族覆火，奇形异状，或乘马车著赤衣帻。其夜，梦人谓曰：‘与君幽明道阁，何意相照耶？’峤甚恶之，未几卒。”此把敌兵比作妖魔鬼怪。　⑤富春秋：春秋鼎盛，年富力强。周瑜大破曹军，年三十四。谢玄击败前秦大军，年四十一。　⑥香囊：谢玄“少年时好佩罗香囊”（《晋书·谢玄传》）。“小乔”二句意为虞允文深得周、谢风流儒雅之遗风。⑦乘风去：《南史·宗悫传》载，宗悫（què）少时胸怀大志，曾对叔父说：“愿乘长风破万里浪。”一说袭用苏轼“我欲乘风归去”。作者深受苏轼影响。⑧“击楫”句：用祖逖江中击楫誓师典。

水调歌头

金山观月

江山自雄丽，风露与高寒。寄声月姊，借我玉鉴此中看。幽壑鱼龙悲啸，倒影星辰摇动，海气夜漫漫。涌起白银阙，危驻紫金山。　　表独立，飞霞珮，切云冠。漱冰濯雪，眇视万里一毫端。回首三山何处，闻道群仙笑我，要我欲俱还。挥手从此去，翳凤更骖鸾。

注释

①金山：金山寺，江苏镇江的一座古刹。　②月姊：原指传说中的月中仙子、月宫、嫦娥，借指月亮。　③白银阙：月宫。此指金山寺。　④危驻：高驻。⑤紫金山：此指金山。　⑥表独立：卓然而立。表，特。　⑦霞珮：仙女佩戴的玉饰。　⑧切云冠：古代一种高冠的名称。　⑨眇（miǎo）视：仔细观看。⑩毫端：细毛的末端。比喻极细微。　⑪翳（yì）凤：本谓以凤羽为车盖，后用为乘凤之意。　⑫骖鸾：仙人用鸾鸟来驾车云游。

水调歌头

过岳阳楼作

湖海倦游客，江汉有归舟。西风千里，送我今夜岳阳楼。日落君山云气，春到沅湘草木，远思渺难收。徙倚栏杆久，缺月挂帘钩。　　雄三楚，吞七泽，隘九州。人间好处，何处更似此楼头。欲吊沉纍无所，但有渔儿樵子，哀此写离忧。回首叫虞舜，杜若满芳洲。

注释

①沅湘：沅水和湘水的并称。战国楚屈原遭放逐后，曾长期流浪沅湘间。②君山：在湖南洞庭湖口，又名湘山。 ③徙倚：低回，流连不舍意。 ④三楚：西楚、东楚、南楚，包括湖南、湖北、河南、江苏、安徽、江西等地。 ⑤七泽：古来相传楚地有七泽（七个大湖泊）。 ⑥沉纍（lěi）：指屈原。 ⑦虞舜：上古的一位帝王，相传南巡时死于苍梧之野，葬在九嶷山下（在今湖南宁远县）。

六州歌头

长淮望断，关塞莽然平。征尘暗，霜风劲，悄边声。黯销凝。追想当年事，殆天数，非人力，洙泗上，弦歌地，亦膻腥。隔水毡乡，落日牛羊下，区脱纵横。看名王宵猎，骑火一川明。笳鼓悲鸣。遣人惊。　　念腰间箭，匣中剑，空埃蠹，竟何成。时易失，心徒壮，岁将零。渺神京。干羽方怀远，静烽燧，且休兵。冠盖使，纷驰骛，若为情。闻道中原遗老，常南望、羽葆霓旌。使行人到此，忠愤气填膺。有泪如倾。

注释

①长淮：淮河。宋高宗绍兴十一年（1141）与金和议，以淮河为宋金的分界线。此指远望边界。 ②“关塞”句：草木茂盛，齐及关塞。谓边备松弛。

莽然，草木茂盛。③“征尘暗”三句：飞尘阴暗，寒风猛烈，边声悄然。暗示对敌人放弃抵抗。④黯销凝：感伤出神之状。黯，精神颓丧。⑤当年事：靖康二年（1127）中原沦陷。⑥殆：似乎是。⑦“洙泗上”三句：孔子故乡、礼乐之邦亦陷于敌手。洙、泗，鲁国二水名，流经曲阜（春秋时鲁国国都），孔子曾在此讲学。弦歌地，礼乐文化之邦。《论语·阳货》：“子之武城，闻弦歌之声。夫子莞尔而笑，曰：割鸡焉用牛刀？”膻（shān），腥臊气。⑧毡乡：金国。北方少数民族住在毡帐里，故称。⑨“落日”句：金人生活区的晚景。《诗经·王风·君子于役》：“日之夕矣，羊牛下来。”⑩区（ōu）脱纵横：土堡很多。区脱，匈奴语称边境屯戍或守望之处。⑪“名王”二句：写敌军威势。名王，敌方将帅。宵猎，夜间打猎。骑火，举着火把的马队。⑫埃蠹：尘掩虫蛀。⑬渺神京：收复汴京更为渺茫。神京，北宋都城汴京。⑭“干羽”句：用文德以怀柔远人，谓朝廷正在向敌人求和。干羽，干盾和翟羽，都是舞蹈乐具。⑮静烽燧：边境上平静无战争。烽燧，烽烟。⑯“冠盖”三句：冠盖，冠服求和的使者。驰骛，奔走忙碌，往来不绝。⑰若为情：何以为情，怎么好意思。⑱羽葆霓旌：皇帝的仪仗。以翠鸟羽毛为饰的车盖，虹霓似的彩色旌旗。⑲填膺：塞满胸怀。

点评

《历代诗余》：“张孝祥《紫微雅词》，汤衡称其平昔未尝著稿，笔酣兴健，顷刻即成，却无一字无来处。一日，在建康留守席上作《六州歌头》，张魏公（张浚）读之，罢席而入。”

刘熙载《艺概》：“词莫要于有关系，张元幹仲宗因胡邦衡谪新州，作《贺新郎》送之，坐是除名；然身虽黜，而义不可没也。张孝祥安国于建康留守席上赋《六州歌头》，致感重臣罢席。然则词之兴观群怨，岂下于诗哉！”

陈廷焯《白雨斋词话》：“张孝祥《六州歌头》一阕，淋漓痛快，笔饱墨酣，读之令人起舞。唯‘忠愤气填膺’一句提明，转浅转显，转无余味。或亦耸当途之听，出于不得已耶？”

雨中花慢

一叶凌波，十里驭风，烟鬟雾鬓萧萧。认得兰皋琼佩，水馆冰绡。秋霁明霞乍吐，曙凉宿霭初消。恨微颦不语，少进还收，伫立超遥。　神交冉冉，愁思盈盈，断魂欲遣谁招。犹自待，青鸾传信，乌鹊成桥。怅望胎仙琴叠，忍看翡翠兰苕。梦回人远，红云一片，天际笙箫。

注释

①雨中花慢：词牌名，有平韵、仄韵两体，平韵始自苏轼，仄韵始自秦观。　②烟鬟雾鬓：鬓发蓬乱。　③兰皋（gāo）琼佩：指定情之物。《列仙传》载，江妃二女游于汉江之滨，遇郑交甫，遂解佩赠之。兰皋，长满兰草的水边。④水馆冰绡：传说水下鲛人所织轻柔的丝织品。冰绡，用冰蚕丝织的丝织品。⑤冉冉：飘忽的样子。　⑥青鸾（luán）：神话中西王母的传信使者。　⑦胎仙琴叠：指所爱的女子。《上清黄庭内景经》：“琴心三叠舞胎仙。”琴心，以琴声传达心意。三叠，乐曲重叠演奏三遍。胎仙，胎灵大神。　⑧翡翠兰苕（tiáo）：用郭璞《游仙诗》“翡翠戏兰苕，容色更相鲜”。唐李善注：言珍禽芳草，递相辉映，可悦之甚也。翡翠，鸟名。兰苕，兰花。

西江月

阻风三峰下

满载一船秋色，平铺十里湖光。波神留我看斜阳。放起鳞鳞细浪。　明日风回更好，今朝露宿何妨。水晶宫里奏霓裳。

准拟岳阳楼上。

注释

①“波神”句：行船被风浪所阻。波神，水神。 ②风回：顺风。

西江月

十里轻红自笑，两山浓翠相呼。意行着脚到精庐。借我绳床小住。　　解饮不妨文字，无心更狎鸥鱼。一声长啸暮烟孤。袖手西湖归去。

注释

①轻红：野花。 ②精庐：佛寺，僧舍。 ③狎鸥：《列子·黄帝》：“海上之人有好鸥鸟者，每旦之海上，从鸥鸟游，鸥鸟之至者百住而不止。其父曰：‘吾闻鸥鸟皆从汝游，汝取来，吾玩之。’明日之海上，鸥鸟舞而不下也。”后以“狎鸥”指隐逸。 ④袖手：表示闲逸的神态。

西江月

问讯湖边春色，重来又是三年。东风吹我过湖船。杨柳丝丝拂面。　　世路如今已惯，此心到处悠然。寒光亭下水如天。飞起沙鸥一片。

注释

①湖：指三塔湖。 ②寒光亭：亭名。在江苏省溧阳市西三塔寺内。

浣溪沙

霜日明霄水蘸空。鸣鞘声里绣旗红。澹烟衰草有无中。

万里中原烽火北，一尊浊酒戍楼东。酒阑挥泪向悲风。

注释

①霜日：秋天。 ②明霄：晴朗的天空。 ③水蘸空：指远方的湖水和天空相接。 ④鸣鞘声：从鞘里取刀、剑所发出的声音，词中指的是挥动马鞭发出的响声。

浣溪沙

已是人间不系舟。此心元自不惊鸥。卧看骇浪与天浮。

对月只应频举酒，临风何必更搔头。暝烟多处是神州。

注释

①不系舟：喻自由而无所牵挂。《庄子·列御寇》："巧者劳而知者忧，无能者无所求，饱食而敖游，泛若不系之舟，虚而敖游者也。" ②暝烟：傍晚的烟霭。

「林外」

洞仙歌

飞梁压水，虹影澄清晓。橘里渔村半烟草。今来古往，物是人非，天地里，唯有江山不老。　　雨巾风帽。四海谁知我。一剑横空几番过。按玉龙、嘶未断，月冷波寒，归去也、林屋洞天无锁。认云屏烟障是吾庐，任满地苍苔，年年不扫。

注释

①周密《齐东野语》载，（外）尝为《垂虹亭》词，所谓“飞梁遏水者”，倒题桥下，人亦传为吕翁作。唯高庙（高宗）识之曰：“是必闽人也，不然，何得以‘锁’字协‘扫’字韵。”已而知其果外也。

「赵长卿」

临江仙

暮春

过尽征鸿来尽燕，故园消息茫然。一春憔悴有谁怜。怀家寒食夜，中酒落花天。　　见说江头春浪渺，殷勤欲送归船。别来此处最萦牵。短篷南浦雨，疏柳断桥烟。

注释

①“中酒”句：化用杜牧《睦州四韵》“中酒落花前”。　②短篷：小船。③断桥：杭州西湖东北角，与白堤相连。

「王炎」

南柯子

山冥云阴重，天寒雨意浓。数枝幽艳湿啼红。莫为惜花惆怅、对东风。　　蓑笠朝朝出，沟塍处处通。人间辛苦是三农。要得一犁水足、望年丰。

注释

①山冥：山色昏暗。　②幽艳：在暗处的花。　③啼红：花朵上逐渐聚成水珠，像噙着眼泪。　④沟塍（chéng）：农田的水沟和田埂。塍，田间的土埂子。　⑤三农：指一年中的三次农忙，即春耕、夏耘、秋收。

大美中文课之

唐宋词千八百首

（下）

奥森书友会▼编

天津出版传媒集团
天津人民出版社

「辛弃疾」

汉宫春

立春日

春已归来，看美人头上，袅袅春幡。无端风雨，未肯收尽余寒。年时燕子，料今宵、梦到西园。浑未办、黄柑荐酒，更传青韭堆盘。　　却笑东风从此，便薰梅染柳，更没些闲。闲时又来镜里，转变朱颜。清愁不断，问何人、会解连环。生怕见、花开花落，朝来塞雁先还。

注释

①立春日：古称“立春”春气始而建立，黄河中下游地区土壤逐渐解冻。②春幡：春旗。旧俗于立春日或挂春幡于树梢，或剪缯绢成小幡，连缀簪之于首，以示迎春之意。　③年时燕子：去年南来之燕。　④西园：汴京西门琼林苑。　⑤青韭堆盘：《四时宝鉴》：“立春日，唐人作春饼生菜，号春盘。”⑥解连环：《战国策·齐策六》：“秦始皇尝使使者遗君王后玉连环，曰：‘齐多智，而解此环不？’君王后以示群臣，群臣不知解；君王后引椎椎破之，谢秦使曰：‘谨以解矣！’”后以“解连环”喻解决难题。

点评

卓人月、徐士俊《古今词统》："'燕梦'，奇。下片无迹有象，无象有思，精于观化者。"周济《宋四家词选》："'春幡'九字，情景已极不堪，燕子犹记年时好梦，黄柑青韭，极写晏安酖毒。换头又提动党祸，结用雁与燕激射，却捎带五国城旧恨。辛词之怨，未有甚于此者。"

满江红

暮春

家住江南，又过了、清明寒食。花径里、一番风雨，一番狼藉。流水暗随红粉去，园林渐觉清阴密。算年年、落尽刺桐花，寒无力。　　庭院静，空相忆。无说处，闲愁极。怕流莺乳燕，得知消息。尺素如今何处也，彩云依旧无踪迹。谩教人、羞去上层楼，平芜碧。

注释

①尺素：小幅的绢帛。古人多用以写信和文章。古乐府《饮马长城窟行》："客从远方来，遗我双鲤鱼。呼儿烹鲤鱼，中有尺素书。"　②"谩教人"三句：谩，空、徒。羞，上高楼的次数太多，不好意思再上了。层楼，高楼。平芜，平原、原野。

水调歌头

寿赵漕介庵

千里渥洼种，名动帝王家。金銮当日奏草，落笔万龙蛇。带得无边春下，等待江山都老，教看鬓方鸦。莫管钱流地，且拟醉黄花。　　唤双成，歌弄玉，舞绿华。一觞为饮千岁，江海吸流霞。闻道清都帝所，要挽银河仙浪，西北洗胡沙。回首日边去，云里认飞车。

注释

①“千里”句：《史记·孝武皇帝本纪》载，有骏马生于渥洼水边，人献于朝廷，武帝以为“天马”，遂作《天马》歌。　②钱流地：形容理财得法，钱财充羡。《新唐书·刘晏传》：“诸道巡院，皆募驶足，置驿相望，四方货殖低昂及它利害，虽甚远，不数日即知，是能权万货重轻，使天下无甚贵贱而物常平，自言如见钱流地上。”　③双成：董双成。神话中西王母侍女名。借指美女。　④弄玉：春秋秦穆公女，嫁善吹箫之萧史，夫妻乘凤飞天仙去。⑤绿华：传说中仙女萼绿华之省称。　⑥日边：皇帝身边，指朝廷。

满江红

建康史致道留守席上赋

鹏翼垂空，笑人世、苍然无物。还又向、九重深处，玉阶山立。袖里珍奇光五色，他年要补天西北。且归来、谈笑护长江，波澄碧。　　佳丽地，文章伯。金缕唱，红牙拍。看尊前飞下，日边消息。料想宝香黄阁梦，依然画舫青溪笛。待如今、端的约钟山，长相识。

注释

①史致道：史正志，字致道，宋孝宗乾道三年至六年知建康府，兼建康行宫留守、沿江水军制置使。　②鹏翼：《庄子·逍遥游》："鹏之背，不知其几千里也；怒而飞，其翼若垂天之云。"　③苍然：莽莽苍苍，一片混沌。④九重：天的最高处，喻皇宫。　⑤玉阶：殿前的台阶。　⑥"袖里"二句：《淮南子》载，上古时，共工和祝融交战，不胜，怒而触不周之山，使西北塌了下去，女娲炼就五色彩石以补天。　⑦护长江：史正志时任沿江水军制置使。⑧文章伯：文坛领袖。　⑨宝香：宝鼎香炉，借指京城皇宫。一说为皇帝的诏书上盖印玺的印泥散发出的香味。　⑩黄阁：丞相办事之处，因门黄色，故名。⑪青溪：小河名，秦淮河的上流，在今南京东北。　⑫钟山：又名蒋山，在今南京城外。

念奴娇

登建康赏心亭呈史致道留守

我来吊古，上危楼、赢得闲愁千斛。虎踞龙蟠何处是，只有兴亡满目。柳外斜阳，水边归鸟，陇上吹乔木。片帆西去，一声谁喷霜竹。　　却忆安石风流，东山岁晚，泪落哀筝曲。儿辈功名都付与，长日惟消棋局。宝镜难寻，碧云将暮，谁劝杯中绿。江头风怒，朝来波浪翻屋。

注释

①喷霜竹：吹笛。霜竹，秋天之竹，借以指笛。 ②安石：谢安，字安石，东晋著名政治家。 ③风流：指谢安风采照人，英才盖世。 ④东山岁晚：谢安晚年。谢安出仕前曾隐居东山，后以“东山”指谢安。 ⑤泪落哀筝曲：晋孝武帝末年，谢安位高遭忌。《晋书·桓伊传》载，孝武帝召善乐者桓伊饮宴，谢安侍坐。桓伊抚筝而歌：“为君既不易，为臣良独难，忠信事不显，乃有见疑患。”谢安闻歌潸然泪下，孝武亦面有愧色。但谢安后来还是被罢相。 ⑥“儿辈”二句：《晋书·谢安传》载，太元八年（383）前秦苻坚大军南下。谢安派弟谢石、侄谢玄战于淝水，晋军大败秦军。捷报传至相府，谢安正与客下棋，脸无喜色，下棋如故。客问之，他答：“儿辈道已破贼。” ⑦宝镜难寻：唐李濬《松窗杂录》载，有渔人于秦淮河得一古铜镜，能照人肺腑。后不慎坠水中，遍寻不得。喻知我者难觅。 ⑧杯中绿：杯中酒。

念奴娇

西湖和人韵

晚风吹雨，战新荷、声乱明珠苍璧。谁把香奁收宝镜，云锦红涵湖碧。飞鸟翻空，游鱼吹浪，惯趁笙歌席。坐中豪气，看公一饮千石。　遥想处士风流，鹤随人去，老作飞仙伯。茅舍疏篱今在否，松竹已非畴昔。欲说当年，望湖楼下，水与云宽窄。醉中休问，断肠桃叶消息。

注释

①处士：指林逋。林逋字君复，杭州钱塘人。结庐西湖之孤山，二十年足

不及城市，号西湖处士。 ②桃叶：宋郭茂倩《乐府诗集》："王献之爱妾名桃叶，尝渡此，献之作歌送之曰：桃叶复桃叶，渡江不用楫。但渡无所苦，我自迎接汝。"

满江红

点火樱桃，照一架、荼蘼如雪。春正好，见龙孙穿破，紫苔苍壁。乳燕引雏飞力弱，流莺唤友娇声怯。问春归、不肯带愁归，肠千结。　　层楼望，春山叠。家何在，烟波隔。把古今遗恨，向他谁说。蝴蝶不传千里梦，子规叫断三更月。听声声、枕上劝人归，归难得。

注释

①点火：形容色红。

好事近

西湖

日日过西湖，冷浸一天寒玉。山色虽言如画，想画时难邈。前弦后管夹歌钟，才断又重续。相次藕花开也，几兰舟飞逐。

注释

①寒玉：喻月光。唐李贺《江南弄》："吴歈越吟未终曲，江上团团贴寒玉。"

青玉案

元夕

东风夜放花千树。更吹落、星如雨。宝马雕车香满路。凤箫声动，玉壶光转，一夜鱼龙舞。　　蛾儿雪柳黄金缕。笑语盈盈暗香去。众里寻他千百度。蓦然回首，那人却在，灯火阑珊处。

注释

①元夕：农历正月十五日为上元节，元宵节，此夜称元夕或元夜。 ②“东风”句：形容元宵夜花灯繁多。花千树，花灯之多如千树开花。 ③星如雨：焰火纷纷，乱落如雨。星，指焰火。形容满天的烟花。 ④宝马雕车：豪华的马车。 ⑤“凤箫”句：指笙、箫等乐器演奏。凤箫，箫的美称。 ⑥玉壶：喻明月。亦指彩灯。⑦鱼龙舞：指舞动鱼形、龙形的彩灯，如鱼龙闹海一样。 ⑧“蛾儿”句：蛾儿、雪柳、黄金缕，皆古代妇女元宵节时头上佩戴的各种装饰品。此指盛装的妇女。⑨千百度：千百遍。 ⑩蓦然：突然，猛然。 ⑪阑珊：零落稀疏的样子。

点评

谭献《复堂词话》：“（起句）何尝不和婉。”

陈廷焯《云韶集》：“题甚秀丽，措辞亦工绝，而其气仍是雄劲飞舞，绝大手段。”“艳语亦以气行之，是稼轩本色。”

梁启超《饮冰室评词》：“自怜幽独，伤心人别有怀抱。”

王国维《人间词话》：“古今之成大事业、大学问者，必经过三种之境界：‘昨夜西风凋碧树。独上高楼，望尽天涯路。’此第一境也。‘衣带渐宽终不悔，为伊消得人憔悴。’此第二境也。‘众里寻他千百度，蓦然回首，那人却在灯火阑珊处。’此第三境也。此等语皆非大词人不能道。”

木兰花慢

滁州送范倅

老来情味减，对别酒、怯流年。况屈指中秋，十分好月，不照人圆。无情水、都不管，共西风、只管送归船。秋晚莼鲈江上，夜深儿女灯前。　　征衫。便好去朝天。玉殿正思贤。想夜半承明。留教视草，却遣筹边。长安故人问我，道寻常、泥酒只依然。目断秋霄落雁，醉来时响空弦。

注释

①范倅：范昂。倅，副职。乾道八年（1172）作者在滁州任上，范昂是其副手，帮助处理政事。这年秋天，范昂任满，作者作此词为他送行。　②“秋晚”二句：前句用张翰的故事，后句用黄庭坚“儿女灯前语夜深”诗意。　③玉殿：皇宫。借指皇帝。　④夜半承明：汉有承明庐，朝官值宿之处。　⑤视草：为皇帝起草制诏。　⑥泥酒：沉溺于酒。　⑦“目断”二句：《战国策·楚策四》载，更羸虚拉弓弦，使原已受伤的大雁闻声惊飞，创疤挣裂，坠落下来。

点评

清陈廷焯《白雨斋词话》：“稼轩有吞吐八荒之慨而机会不来，……故词极豪雄而意极悲郁。”

水调歌头

落日古城角，把酒劝君留。长安路远，何事风雪敝貂裘。

散尽黄金身世，不管秦楼人怨，归计狎沙鸥。明夜扁舟去，和月载离愁。　　功名事，身未老，几时休。诗书万卷，致身须到古伊周。莫学班超投笔，纵得封侯万里，憔悴老边州。何处依刘客，寂寞赋登楼。

注释

①敝貂裘：破旧的貂皮衣服。 ②秦楼：指妻室。 ③狎沙鸥：与沙鸥相近，指隐居生涯。 ④致身：出仕做官。 ⑤伊周：伊尹和周公，分别为商、周之开国勋臣。 ⑥班超投笔：《后汉书·班超传》载，（班超）家贫，常为官佣书以供养。久劳苦，尝辍业投笔叹曰："大丈夫无它志略，犹当效傅介子、张骞立功异域，以取封侯，安能久事笔研间乎？"后立功西域，封定远侯。 ⑦"何处"二句：东汉末年，天下大乱。"建安七子"之一的王粲避难荆州，依附刘表，曾登城作《登楼赋》，述其进退畏惧之情。这里是盼友人早归，庶几无寂寞之叹。

一剪梅

独立苍茫醉不归。日暮天寒，归去来兮。探梅踏雪几何时。今我来思。杨柳依依。　　白石江头曲岸西。一片闲愁，芳草萋萋。多情山鸟不须啼。桃李无言，下自成蹊。

注释

①"今我"二句：《诗经·小雅》："昔我往矣，杨柳依依，今我来思，雨雪霏霏。" ②"芳草"句：《招隐士》："王孙游兮不归，春草生兮萋萋。" ③"桃李"二句：《史记·李将军列传》引谚语赞曰："桃李不言，下自成蹊。"

喻实至名归。

菩萨蛮

赏心亭为叶丞相赋

青山欲共高人语。联翩万马来无数。烟雨却低回。望来终不来。　　人言头上发。总向愁中白。拍手笑沙鸥。一身都是愁。

注释

①叶丞相：叶衡，婺州金华人，官至右丞相兼枢密使，曾向朝廷力荐辛弃疾。

太常引

建康中秋为吕叔潜赋

一轮秋影转金波。飞镜又重磨。把酒问姮娥。被白发、欺人奈何。　　乘风好去，长空万里，直下看山河。斫去桂婆娑。人道是、清光更多。

注释

①太常引：词牌名。　②吕叔潜：名大虬，生平事迹不详，似为作者声气相应的朋友。　③金波：月光。苏轼《洞仙歌》“金波淡，玉绳低转”。　④飞镜：飞天之明镜，指月亮。　⑤姮娥：嫦娥。　⑥“斫去”三句：化用杜甫《一百五

日夜对月》“斫却月中桂，清光应更多”。斫，砍。桂，桂树。婆娑，树影摇曳的样子。《酉阳杂俎》：“月桂高五百丈，下有一人常斫之，树创遂合，人姓吴、名刚，西河人，学仙有过，谪令伐树。”

水龙吟

登建康赏心亭

楚天千里清秋，水随天去秋无际。遥岑远目，献愁供恨，玉簪螺髻。落日楼头，断鸿声里，江南游子。把吴钩看了，栏杆拍遍，无人会、登临意。　　休说鲈鱼堪脍。尽西风、季鹰归未。求田问舍，怕应羞见，刘郎才气。可惜流年，忧愁风雨，树犹如此。倩何人，唤取盈盈翠袖，揾英雄泪。

注释

①建康：今江苏南京。《景定建康志》：“赏心亭在（城西）下水门城上，下临秦淮，尽观赏之胜。”　②遥岑（cén）：远山。韩愈、孟郊《城南联句》：“遥岑出寸碧，远目增双明。”　③玉簪螺髻：玉做的簪子，海螺形状的发髻，喻高矮和形状各不相同的山岭。韩愈《送桂州严大夫同用南字》：“江作青罗带，山如碧玉簪。”　④吴钩：钩，兵器，形似剑而曲。春秋吴人善铸钩，故称。后泛指利剑。　⑤“休说”三句：用张季鹰（张翰）思菰菜、莼羹、鲈鱼脍典。　⑥求田问舍：专营家产而无远大志向。《三国志·魏志·陈登传》：“备曰：‘君有国士之名，今天下大乱，帝主失所，望君忧国忘家，有救世之意；而君求田问舍，言无可采。’”　⑦刘郎：刘备。　⑧树犹如此：北周庾信《枯树赋》：“树犹如此，人何以堪！”　⑨倩：请。　⑩翠袖：指女子。⑪揾（wèn）：擦拭。

点评

落日数语，不减王粲《登楼赋》。

清谭献《谭评词辩》："裂竹之声，何尝不潜气内转。"

摸鱼儿

观潮上叶丞相

望飞来、半空鸥鹭。须臾动地鼙鼓。截江组练驱山去，鏖战未收貔虎。朝又暮。诮惯得、吴儿不怕蛟龙怒。风波平步。看红旆惊飞，跳鱼直上，蹙踏浪花舞。　　凭谁问，万里长鲸吞吐。人间儿戏千弩。滔天力倦知何事，白马素车东去。堪恨处。人道是、子胥冤愤终千古。功名自误。谩教得陶朱，五湖西子，一舸弄烟雨。

注释

①观潮：观看钱塘江大潮。　②组练：指精锐的部队或军士的武装军容。③鏖（áo）战：激烈的战斗。　④貔（pí）虎：猛兽。喻勇猛的军队。　⑤吴儿：钱塘江畔的青年渔民。　⑥蹙：通"蹴"，踩，踏。周密《武林旧事·观潮》："吴儿善泅者数百，皆披发文身，手持十幅大彩旗，争先鼓勇，溯迎而上，出没于鲸波万仞中，腾身百变，而旗略不沾湿，以此夸能。"　⑦人间儿戏千弩：《宋史·河渠志》载，钱武肃王筑江堤，为阻潮水冲击，命强弩数百射潮头。　⑧白马素车：指钱塘江潮，传说伍子胥死后化为潮神。　⑨陶朱：范蠡，晚年自号陶朱公。

菩萨蛮

书江西造口壁

郁孤台下清江水。中间多少行人泪。西北是长安。可怜无数山。　　青山遮不住。毕竟江流去。江晚正愁予。山深闻鹧鸪。

注释

①造口：一名皂口，在江西万安县南六十里。　②郁孤台：今江西省赣州市城区西北部贺兰山顶，又称望阙台，因“隆阜郁然，孤起平地数丈”得名。③清江：赣江与袁江合流处旧称清江。　④长安：代指宋都汴京。　⑤鹧鸪：鸟名。传说其叫声如云“行不得也哥哥”，啼声凄苦。

点评

沈际飞《草堂诗余正集》：“无数山水，无数悲愤。伊文公云：若朝廷赏罚明，此等人皆可用。”

清陈廷焯《云韶集》：“血泪淋漓，古今让其独步。结二语号呼痛哭，音节之悲，至今犹隐隐在耳。”

周济《宋四家词选》：“借水怨山。”

梁启超《艺蘅馆词选》：“《菩萨蛮》如此大声镗鞳，未曾有也。”

满江红

汉水东流，都洗尽、髭胡膏血。人尽说、君家飞将，旧时英烈。破敌金城雷过耳，谈兵玉帐冰生颊。想王郎、结发赋从戎，传遗业。　　腰间剑，聊弹铗。尊中酒，堪为别。况故人新拥，汉坛旌节。马革裹尸当自誓，蛾眉伐性休重说。但从今、记取楚楼风，裴台月。

注释

①髭（zī）胡：指入侵的金兵。　②飞将：西汉名将李广，善用兵，作战英勇，屡败匈奴，被匈奴誉为“飞将军”。　③冰生颊：言其谈兵论战明快爽利，词锋逼人，如齿颊间喷射冰霜。苏轼《浣溪沙》：“论兵齿颊带风霜。”　④王郎：三国时王粲曾避乱荆州（江陵），后随曹操西征汉中，作《从军诗》五首。此以王粲喻友人。　⑤汉坛旌节：暗用刘邦筑坛拜韩信为大将事。谓友人新任重要军职。旌节，旌旗，节仗，代表将帅的身份和权力。　⑥马革裹尸：用马皮把尸体包裹起来。谓英勇作战，死于战场。《后汉书·马援传》：“男儿要当死于边野，以马革裹尸还葬耳，何能卧床上在儿女子手中邪？”

霜天晓角

赤壁

雪堂迁客。不得文章力。赋写曹刘兴废，千古事、泯陈迹。　　望中矶岸赤。直下江涛白。半夜一声长啸，悲天地、为予窄。

注释

①赤壁：赤壁有二，均在湖北境内。一在今嘉鱼县东北江滨，有赤矶山，为当年孙、刘联军大破曹兵之地。一在今黄冈市，临江有赤鼻矶。当年苏轼贬黄州曾游赤壁，因地名相同起兴，写下著名的怀古辞赋。辛词所指，当是苏轼笔下的黄州赤壁。　②雪堂：苏轼因“乌台诗案”被贬为黄州团练副使，筑室

于黄州东坡，名“雪堂”。 ③迁客：遭贬迁的官员。语出范仲淹《岳阳楼记》“迁客骚人”。 ④不得文章力：语出刘禹锡“一生不得文章力，百口空为饱暖家”。

水调歌头

淳熙丁酉，自江陵移帅隆兴，到官之二月被召，司马监、赵卿、王漕饯别。司马赋水调歌头，席间次韵。时王公明枢密薨，坐客终夕为兴门户之叹，故前章及之

我饮不须劝，正怕酒尊空。别离亦复何恨，此别恨匆匆。间上貂蝉贵客，花外麒麟高冢，人世竟谁雄。一笑出门去，千里落花风。　　孙刘辈，能使我，不为公。余发种种如是，此事付渠侬。但觉平生湖海，除了醉吟风月，此外百无功。毫发皆帝力，更乞鉴湖东。

注释

①淳熙丁酉：淳熙四年（1177）。 ②自江陵移帅隆兴：这年冬天，作者由知江陵府兼湖北安抚使迁知隆兴府（今江西南昌）兼江西安抚使。帅，地方的长官。 ③被召：指被召为大理寺卿事。 ④司马监：司马汉章，名倬，时为江西京西湖北总领，故称监或大监。 ⑤赵卿：不详何人。 ⑥王漕：王希吕，时任转运副使之职，负责一路漕运等工作，故称漕。 ⑦公明：王炎的字。⑧兴门户之叹：为朝中权贵各立门户、互相倾轧而叹息。 ⑨貂蝉：貂蝉冠，三公、亲王在侍奉天子祭祀或参加大朝时穿戴。貂蝉贵客，指当朝权贵王炎。 ⑩“花外”句：用杜甫《曲江》“苑边高冢卧麒麟”。谓王炎为权贵，今为墓中物。 ⑪“孙刘”三句：《三国志·魏志·辛毗传》：“时中书监刘放、令孙资见信于主，制断时政，大臣莫不交好，而毗不与往来。……不过令吾不作三公而已，何危害之有？”⑫毫发皆帝力：《汉书·张耳陈馀传》：“且先王亡国，赖皇帝得复国，德流

子孙，秋毫皆帝力也。”此言自己的一丝一毫都是皇帝恩赐的。 ⑬更乞鉴湖东：用贺知章归镜湖事。

鹧鸪天

离豫章别司马汉章大监

聚散匆匆不偶然。二年历遍楚山川。但将痛饮酬风月，莫放离歌入管弦。　萦绿带，点青钱。东湖春水碧连天。明朝放我东归去，后夜相思月满船。

注释

①东归：指回故乡。因汉唐皆都长安，中原、江南人士辞京返里多言东归。

念奴娇

书东流村壁

野棠花落，又匆匆、过了清明时节。刬地东风欺客梦，一夜云屏寒怯。曲岸持觞，垂杨系马，此地曾轻别。楼空人去，旧游飞燕能说。　闻道绮陌东头，行人长见，帘底纤纤月。旧恨春江流未断，新恨云山千叠。料得明朝，尊前重见，镜里花难折。也应惊问，近来多少华发。

注释

①东流：东流县，旧地名。在今安徽省东至县东流镇。 ②野棠：野生的棠梨。 ③刬地：宋时方言，相当于“无端地”“只是”。 ④纤纤月：形容美人足纤细。刘过《沁园春》（咏美人足）：“知何似，似一钩新月，浅碧笼云。”

点评

陈廷焯《云韶集》：“起笔愈直愈妙。不减清真，而俊快过之。‘旧恨’二句，矫首高歌，淋漓悲壮。悲而壮，是陈其年之祖。”

谭献《谭评词辨》：“大踏步出来，与眉山异曲同工。然东坡是衣冠伟人，稼轩则弓刀游侠。‘楼空’二句，当识其俊逸清新兼之故实。”

梁启超《艺蘅馆词选》：“此南渡之感。”

鹧鸪天

代人赋

扑面征尘去路遥。香篝渐觉水沉销。山无重数周遭碧，花不知名分外娇。　人历历，马萧萧。旌旗又过小红桥。愁边剩有相思句，摇断吟鞭碧玉梢。

注释

①香篝（gōu）：香炉上的熏笼。 ②萧萧：马鸣声。《诗·小雅·车攻》：萧萧马鸣，悠悠旆旌。 ③吟鞭：马鞭。 ④碧玉梢：指马鞭用碧玉宝石饰成。喻马鞭华贵。

鹧鸪天

送人

唱彻阳关泪未干。功名余事且加餐。浮天水送无穷树，带雨云埋一半山。　　今古恨，几千般。只应离合是悲欢。江头未是风波恶，别有人间行路难。

注释

①阳关：唐王维《送元二使安西》后人乐府，名《渭城曲》，别名《阳关曲》《阳关》，为送别之曲。　②加餐：多吃饭。

满江红

题冷泉亭

直节堂堂，看夹道、冠缨拱立。渐翠谷、群仙东下，珮环声急。闻道天峰飞堕地，傍湖千丈开青壁。是当年、玉斧削方壶，无人识。　　山木润，琅玕温。秋露下，琼珠滴。向危亭横跨，玉渊澄碧。醉舞且摇鸾凤影，浩歌莫遣鱼龙泣。恨此中、风月本吾家，今为客。

注释

①冷泉亭：在西湖灵隐寺西南飞来峰下的深水潭中，为西湖名胜之一。据《临

安志》，此亭为唐时建筑，白居易任刺史时，曾作《冷泉亭记》，并刻石于亭上。宋时移至飞来峰对岸。 ②直节：劲直挺拔貌，指杉树。 ③冠缨：帽子与帽带，代指衣冠楚楚的士大夫。缨，帽带。 ④天峰飞堕：据《临安志》引《舆地志》，东晋时，天竺（今印度）僧惠理见此山曰："此是中天竺国灵鹫山之小岭，不知何年飞来。"因称其峰为"飞来峰"。 ⑤琅玕（láng gān）：原指青色美玉，此指绿竹。

满江红

再用前韵

照影溪梅，怅绝代、幽人独立。更小驻、雍容千骑，羽觞飞急。琴里新声风响珮，笔端醉墨鸦栖壁。是使君、文度旧知名，方相识。　　清可漱，泉长滴。高欲卧，云还湿。快晚风吹赠，满怀空碧。宝马嘶归红旆动，团龙试碾铜瓶泣。怕他年、重到路应迷，桃源客。

注释

①羽觞：古代一种酒器。鸟雀状，左右形如两翼。 ②鸦栖壁：苏轼有"平生痛饮处，遗墨鸦栖壁"句。苏辙有"笔端大字鸦栖壁"句。 ③文度：《晋书·王坦之传》："坦之字文度，弱冠与郗超俱有重名。" ④旧知名：《世说新语·雅量》："桓公伏甲设馔，广延朝士，因此欲诛谢安、王坦之。王甚遽，问谢曰：'当作何计？'谢神意不变……王、谢旧齐名，于此始判优劣。" ⑤团龙：茶名。

水调歌头

舟次扬州和人韵

落日塞尘起，胡骑猎清秋。汉家组练十万，列舰耸高楼。谁道投鞭飞渡，忆昔鸣髇血污，风雨佛狸愁。季子正年少，匹马黑貂裘。　　今老矣，搔白首，过扬州。倦游欲去江上，手种橘千头。二客东南名胜，万卷诗书事业，尝试与君谋。莫射南山虎，直觅富民侯。

注释

①次：停泊。　②人：指杨济翁（杨炎正，杨万里的族弟）、周显先，是东南一带名士。下文“二客”即此意。　③投鞭飞渡：前秦苻坚举兵南侵东晋，号称九十万大军，曾自夸：“以吾之众旅，投鞭于江，足断其流。”结果淝水一战大败而归。此喻完颜亮南侵时的嚣张气焰，并暗示其最终败绩。　④“忆昔”句：绍兴三十一年（1161）金主完颜亮南侵失败为其部下所杀。鸣髇（xiāo），鸣镝，一种响箭，射时发声。　⑤佛（bì）狸：后魏太武帝拓跋焘小字佛狸，曾率师南侵。此指完颜亮。　⑥“季子”二句：苏秦，字季子，战国时的策士，以合纵策游说诸侯佩六国相印。《战国策·赵策》载，李兑送苏秦明月之珠，和氏之璧，黑貂之裘，黄金百镒。苏秦得以为用，西入于秦。此指自己如季子年少时一样有一股锐气，寻求建立功业，到处奔跑貂裘积满灰尘，颜色变黑。⑦“手种”句：汉末李衡为官清廉，晚年派人于武陵龙阳汜洲种柑橘千株。临死，对他的儿子说：“汝母恶我治家，故穷如是。然吾州里有千头木奴，不责汝衣食，岁上一匹绢，亦可足用耳。”　⑧“二客”三句：称颂友人学富志高，愿为之谋划。名胜，名流。杜甫有“读书破万卷”句。　⑨“莫射”二句：《史记·李将军列传》：“天子乃召拜广为右北平太守。……广出猎，见草中石，以为虎而射之，中石没镞。视之，石也，因复更射之，终不能复入石矣。广所居郡闻有虎，尝自射之。及居右北平射虎，虎腾伤广，广亦竟杀之。”《汉书·食货志》：“武

帝末年悔征战之事，乃封丞相为富民侯，以明休息，恩养富民也。”这二句是感叹朝廷偃武修文，做军事工作没有出路。

满江红

江行和杨济翁韵

过眼溪山，怪都似、旧时相识。是梦里、寻常行遍，江南江北。佳处径须携杖去，能消几两平生屐。笑尘埃、三十九年非，长为客。　　吴楚地，东南拆。英雄事，曹刘敌。被西风吹尽，了无陈迹。楼观才成人已去，旌旗未卷头先白。叹人间、哀乐转相寻，今犹昔。

注释

①屐（jī）：木底有齿的鞋，六朝人喜着屐游山。《世说新语·雅量》：“未知一生当箸几量屐？”　②三十九年非：《淮南子·原道训》：“凡人中寿七十岁，然而趋舍指凑，日以月悔也，以至于死，蘧伯玉年五十而有四十九年非。”此时作者年近四十，套用此语自叹。　③“吴楚”二句：化用杜甫《登岳阳楼》“吴楚东南坼，乾坤日夜浮”。言洞庭湖宽广，似将中国大地分裂为二。拆，坼（chè），裂开。　④“英雄”二句：图英雄霸业者，唯曹操和刘备相与匹敌。　⑤“楼观”句：楼阁刚刚建成人已去。苏轼《送郑户曹》：“楼成君已去，人事固多乖。”喻调动频繁，难展才略。　⑥旌旗未卷：战事未休，指复国大业未了。　⑦转相寻：循环往复，辗转相继。

西江月

渔父词

千丈悬崖削翠，一川落日熔金。白鸥来往本无心。选甚风波一任。　　别浦鱼肥堪脍，前村酒美重斟。千年往事已沉沉。闲管兴亡则甚。

注释

①采石：今安徽当涂县西北，为江流最狭之地。历代南北征战，多在此渡江。②别浦：河流流入江海之处。

破阵子

为范南伯寿。时南伯为张南轩辟宰泸溪，南伯迟迟未行，因赋此词勉之

掷地刘郎玉斗，挂帆西子扁舟。千古风流今在此，万里功名莫放休。君王三百州。　　燕雀岂知鸿鹄，貂蝉元出兜鍪。却笑泸溪如斗大，肯把牛刀试手不。寿君双玉瓯。

注释

①“掷地”句：鸿门宴上，项羽不听范增劝告放走刘邦，范增怒而将刘邦赠予自己的一双玉斗掷于地，以剑击碎，愤恨而去。　②“挂帆”句：传说范蠡辞官后与西施一同泛舟西湖。　③貂蝉：指显贵大臣。　④兜鍪（móu）：

古代战士戴的头盔。秦汉以前称胄，后叫兜鍪。

临江仙

为岳母寿

住世都无菩萨行，仙家风骨精神。寿如山岳福如云。金花汤沐诰，竹马绮罗群。　　更愿升平添喜事，大家祷祝殷勤。明年此地庆佳辰。一杯千岁酒，重拜太夫人。

注释

①住世：谓身居现实世界。与“出世”相对。　②金花汤沐：苏轼《送程建用》：“会看金花诏，汤沐奉朝请。”　③竹马：儿童游戏时当马骑的竹竿。《后汉书·郭伋传》：“始至行部，到西河美稷，有童儿数百，各骑竹马，道次迎拜。”

摸鱼儿

淳熙己亥，自湖北漕移湖南，同官王正之置酒小山亭，为赋

更能消、几番风雨。匆匆春又归去。惜春长恨花开早，何况落红无数。春且住。见说道、天涯芳草迷归路。怨春不语。算只有殷勤，画檐蛛网，尽日惹飞絮。　　长门事，准拟佳期又误。蛾眉曾有人妒。千金纵买相如赋，脉脉此情谁诉。君莫舞。

君不见、玉环飞燕皆尘土。闲愁最苦。休去倚危楼，斜阳正在，烟柳断肠处。

注释

①摸鱼儿：唐教坊曲，后用为词牌。又名“摸鱼子”“买陂塘”“迈陂塘”“双蕖怨”等。 ②淳熙己亥：公元1179年。淳熙是宋孝宗的年号，己亥是干支之一。 ③漕：漕司的简称，指转运使。 ④同官王正之：作者调离湖北转运副使，王正之（作者旧交）接任原来职务，故称“同官”。 ⑤长门：汉宫殿名，汉武帝陈皇后（阿娇）因妒失宠，别在长门宫，重金请司马相如作《长门赋》，感动武帝复得宠。 ⑥蛾眉：借指女子容貌的美丽。 ⑦相如赋：司马相如《长门赋》。 ⑧玉环飞燕：杨玉环、赵飞燕皆貌美善妒。《赵飞燕外传》附《伶玄自叙》载，伶玄妾樊通德能讲赵飞燕姊妹故事，伶玄对她说：“斯人（指赵氏姊妹）俱灰灭矣，当时疲精力驰骛嗜欲蛊惑之事，宁知终归荒田野草乎！”

点评

陈廷焯《白雨斋词话》：“稼轩‘更能消几番风雨’一章，词意殊怨，然姿态飞动，极沉郁顿挫之致。起处‘更能消’三字，是从千回万转后倒折出来，真是有力如虎。”又云：“怨而怒矣！然沉郁顿宕，笔势飞舞，千古所无。稼轩词，于雄莽中别饶隽味。……‘休去倚危栏，斜阳正在，烟柳断肠处’，多少曲折，惊雷怒涛中时见和风暖日，所以独绝古今，不容人学步。”

俞陛云《唐五代两宋词选释》：“幼安自负天下才，今薄宦流转，乃借晚春以寄慨。上阕笔势动荡，留春不住，深惜其归，但芳草无涯，春去苦无归处，见英雄无用武之地。蛛网罥花，隐寓同官多情，为置酒少留之意。当其在理宗（此处当为孝宗）朝曾拥节钺，后之奉身而退，殆有谗扼之者，故上阕写不平之气。下阕‘蛾眉曾有人妒’更明言之：玉环飞燕，皆归尘土，则妒人者果何益耶？结句斜阳肠断，无限牢愁，即以词句论，亦绝妙之语。”

梁启超《艺蘅馆词选》：“回肠荡气，至于此极，前无古人，后无来者。”

木兰花慢

席上送张仲固帅兴元

汉中开汉业，问此地、是耶非。想剑指三秦，君王得意，一战东归。追亡事、今不见，但山川满目泪沾衣。落日胡尘未断，西风塞马空肥。　一编书是帝王师。小试去征西。更草草离筵，匆匆去路，愁满旌旗。君思我、回首处，正江涵秋影雁初飞。安得车轮四角，不堪带减腰围。

注释

①“汉中”句：指刘邦以汉中为基础，开创汉王朝的帝业。　②剑指三秦：指刘邦占领关中。三秦，今陕西一带。　③追亡事：指韩信逃亡后萧何将其追回，又劝刘邦拜其为大将。　④“山川”句：唐李峤《汾阴行》有“山川满目泪沾衣”。⑤“一编”句：张良遇黄石公得《太公兵法》事。《史记·留侯世家》：“良尝闲从容步游下邳圯上，有一老父……出一编书，曰：‘读此则为王者师矣。后十年兴。十三年孺子见我济北，谷城山下黄石即我矣。’遂去，无他言，不复见。旦日视其书，乃《太公兵法》也。”　⑥“江涵”句：杜牧《九日齐山登高》：“江涵秋影雁初飞，与客携壶上翠微。”　⑦车轮四角：陆龟蒙《古意》：“君心莫淡薄，妾意正栖托。愿得双车轮，一夜生四角。”盼望车子开不动把行人留下来的意思。　⑧带减腰围：用南朝梁沈约典。因思念友人，腰围渐细，衣带日宽。

阮郎归

耒阳道中

山前风雨欲黄昏。山头来去雪。鹧鸪声里数家村。潇湘逢故人。　　挥羽扇，整纶巾，少年鞍马尘。如今憔悴赋招魂。儒冠多误身。

注释

①耒（lěi）阳：县名，即今湖南耒阳。　②纶巾：有青丝带的帽子。羽扇纶巾是魏晋时代“儒将”的服饰。　③招魂：宋玉怜哀屈原，忠而斥弃，愁懑山泽，魂魄放佚，厥命将落，故作《招魂》。　④儒冠：读书人戴的帽子，指代书生。用杜甫“纨绔不饿死，儒冠多误身”。

满江红

暮春

可恨东君，把春去春来无迹，便过眼、等闲输了，三分之一。昼永暖翻红杏雨，风晴扶起垂杨力。更天涯、芳草最关情，烘残日。　　湘浦岸，南塘驿。恨不尽，愁如积。算年年孤负，对他寒食。便恁归来能几许，风流已自非畴昔。凭画栏、一线数飞鸿，沉空碧。

注释

①“可恨”四句：化用南唐韩熙载“桃李不须夸烂漫，已输了春风一半”。

满江红

倦客新丰，貂裘敝、征尘满目。弹短铗、青蛇三尺，浩歌谁续。不念英雄江左老，用之可以尊中国。叹诗书、万卷致君人，番沈陆。　　休感叹，年华促。人易老，叹难足。有玉人怜我，为簪黄菊。且置请缨封万户，竟须卖剑酬黄犊。叹当年、寂寞贾长沙，伤时哭。

注释

①新丰：在长安东面，陕西临潼东。《新唐书·马周传》："社新丰逆旅，主人不顾之。周命酒一斗八升，悠然独酌。众异之。"作者以马周自喻。　②貂裘敝：衣服破烂不堪。《战国策》："苏秦说秦王，书十上而说不行。黑貂之裘敝，黄金百斤尽，资用乏绝，去秦而归。"　③弹短铗：指孟尝君门客冯谖弹长铗故事。④青蛇：指剑。　⑤君人：君王。　⑦沈陆：即陆沉，埋没，隐居。　⑧醽醁（líng lù）：美酒。　⑨卖剑酬黄犊：《汉书》载，渤海郡饥荒，龚遂为渤海郡太守，劝齐民卖刀剑买牛犊务农桑。　⑩贾长沙：贾谊，在汉文帝朝曾贬为长沙王太傅，人称贾长沙。

满江红

风卷庭梧，黄叶坠、新凉如洗。一笑折、秋英同尝，弄香挼蕊。天远难穷休久望，楼高欲下还重倚。拚一襟、寂寞泪弹秋，无人会。　　今古恨、沉荒垒。悲欢事，随流水。想登楼青鬓，未堪憔悴。极目烟横山数点，孤舟月淡人千里。对婵娟、从此话离愁，金尊里。

沁园春

带湖新居将成

三径初成，鹤怨猿惊，稼轩未来。甚云山自许，平生意气，衣冠人笑，抵死尘埃。意倦须还，身闲贵早，岂为莼羹鲈鲙哉。秋江上，看惊弦雁避，骇浪船回。　东冈更葺茅斋。好都把轩窗临水开。要小舟行钓，先应种柳，疏篱护竹，莫碍观梅。秋菊堪餐，春兰可佩，留待先生手自栽。沉吟久，怕君恩未许，此意徘徊。

注释

①带湖：信州府城北灵山脚下，今江西上饶市。　②三径：《三辅决录》：蒋诩“舍中三径，惟求仲、羊仲从之游”，三人皆隐士。后称退隐者的居处为三径。陶渊明《归去来辞》：“三径就荒，松菊犹存。”　③鹤怨猿惊：表达想归隐的心情。南朝孔稚珪《北山移文》：“至于还飚入幕，写雾出楹，蕙帐空兮夜鹤怨，山人去兮晓猿惊。”　④稼轩：作者号稼轩。洪迈《稼轩记》载，作者在带湖建了一所很宏大的私人别墅，在新居右侧建了上百间的房子，左侧开辟“稻田泱泱”，尚余十弓（十箭的距离）空地，意他日释位得归，必躬耕于此，故凭高作屋下临之，是为“稼轩”。轩，小房子。　⑤衣冠：代称缙绅、士大夫。⑥抵死：终究，毕竟。　⑦“秋江上”三句：喻在官场碰壁，遭人排挤，因此避世。庾信《周大将军襄城公郑伟墓志铭》：“麋兴丽箭，雁落惊弦。”　⑧秋菊：屈原《离骚》：“朝饮木兰之坠露兮，夕餐秋菊之落英。”　⑨春兰：《离骚》：“扈江离与辟芷兮，纫秋兰以为佩。”兰有春秋两种。这里写春兰，与秋菊相对。一说化用屈原《九歌·礼魂》“春兰兮秋菊，长无绝兮终古”，表明自己如屈

原一般志行高洁。

祝英台令

晚春

宝钗分，桃叶渡。烟柳暗南浦。怕上层楼，十日九风雨。断肠片片飞红，都无人管，倩谁唤、流莺声住。　　鬓边觑。试把花卜心期，才簪又重数。罗帐灯昏，呜咽梦中语。是他春带愁来，春归何处。却不解、将愁归去。

注释

①祝英台近：词牌名，又名“祝英台”“祝英台令”“怜薄命”“月底修箫谱”等。调名本意即为咏梁山伯祝英台事。　②宝钗分：古代男女分别，有分钗赠别的习俗，即夫妇离别之意，南宋犹盛此风。白居易《长恨歌》：“唯将旧物表深情，钿合金钗寄将去。钗留一股合一扇，钗擘黄金合分钿。”　③桃叶渡：在南京秦淮河与青溪合流之处，晋王献之送别爱妾桃叶之处，泛指男女送别之处。

点评

张炎《词源》：“辛稼轩《祝英台近》……皆景中带情，而存骚雅。故其燕酣之乐，别离之愁，回文题叶之思，岘首西州之泪，一寓于词。若能屏去浮艳，乐而不淫，是亦汉魏乐府之遗意。”

沈谦《填词杂说》：“稼轩词以激扬奋厉为工，至‘宝钗分，桃叶渡’一曲，昵押温柔，魂销意尽。才人伎俩，真不可测。”

黄苏《蓼园词选》：“按此闺怨词也。此必有所托，而借闺怨以抒其志乎！言自与良人分钗后，一片烟雨迷离，落红已尽，而莺声未止，将奈之何乎？次阕言问卜欲求会，而间阻实多，而忧愁之念，将不能自已矣。意致凄惋，其志可悯。”

水调歌头

盟鸥

带湖吾甚爱，千丈翠奁开。先生杖屦无事，一日走千回。凡我同盟鸥鸟，今日既盟之后，来往莫相猜。白鹤在何处，尝试与偕来。　　破青萍，排翠藻，立苍苔。窥鱼笑汝痴计，不解举吾杯。废沼荒丘畴昔，明月清风此夜，人世几欢哀。东岸绿阴少，杨柳更须栽。

注释

①盟鸥：用《列子·黄帝》狎鸥鸟不惊的典故，指与鸥鸟为友，在水国云乡栖隐。李白有“明朝拂衣去，永与白鸥盟”。　②翠奁：指带湖水面碧绿如镜。　③先生：作者自称。　④杖屦（jù）：手持拐杖，脚穿麻鞋。屦，用麻、葛做成的鞋。　⑤偕来：同来。　⑥畴昔：以往，过去。

水调歌头

汤坡见和，用韵为谢

白日射金阙，虎豹九关开。见君谏疏频上，高论挽天回。

千古忠肝义胆，万里蛮烟瘴雨，往事莫惊猜。政恐不免耳，消息日边来。　笑吾庐，门掩草，径封苔。未应两手无用，要把蟹螯杯。说剑论诗余事，醉舞狂歌欲倒，老子颇堪哀。白发宁有种，一一醒时栽。

注释

①金阙：金门，皇宫之门。　②虎豹九关：《楚辞·招魂》："魂兮归来，君无上天些。虎豹九关，啄害下人些。"喻宫门森严，面君不易。　③"见君"二句：汤朝美屡次进谏，更正君意，被贬前深受重用，孝宗曾手书"以身许国，志若金石，协济大计，始终不移"以赐。挽天回，改变天子的意见。　④"千古"三句：汤朝美忠心为国，却被贬谪蛮荒，劝他莫思往事。新州，今广东新兴。⑤"政恐"二句：指汤朝美不久将被朝廷起用。《世说新语·排调》载，谢安在东山为布衣，弟兄有富贵者，声名远震。刘夫人戏谓安曰："大丈夫不当如此乎？"谢安说："但恐不免耳。"　⑥"未应"二句：叹英雄无用武之地。《世说新语·任诞》载，毕茂世说："一手持蟹螯，一手持酒杯……便足了一生。"⑦说剑论诗：谓文武双全。　⑧老子颇堪哀：《后汉书·马援传》："颇哀老子，使得遨游。"　⑨"白发"二句：黄庭坚有"白发齐生如有种，青山好去坐无钱"。反用其意，白发不是醉时生长的，而是醒时栽种的。

蝶恋花

席上赠杨济翁侍儿

小小华年才月半。罗幕春风，幸自无人见。刚道羞郎低粉面。傍人瞥见回娇盼。　昨夜西池陪女伴。柳困花慵，见说归来晚。劝客持觞浑未惯，未歌先觉花枝颤。

注释

①“小小”句：谓年仅十五岁。

水调歌头

九日游云洞和韩南涧韵

今日复何日，黄菊为谁开。渊明漫爱重九，胸次正崔嵬。酒亦关人何事，正自不能不尔，谁遣白衣来。醉把西风扇，随处障尘埃。　为公饮，须一日，三百杯。此山高处东望，云气见蓬莱。翳凤骖鸾公去，落佩倒冠吾事，抱病且登台。归路踏明月，人影共徘徊。

注释

①云洞：《上饶县志·山川志》：“云洞在县西三十里开化乡，天欲雨则兴云。” ②韩南涧：韩元吉，号南涧。孝宗初年，曾任吏部尚书。主抗战，晚年退居信州。 ③胸次：胸怀。 ④崔嵬（cuī wéi）：块垒，指胸中郁积的不平之气。 ⑤白衣：《续晋·阳秋》：“陶潜九日无酒，出篱边怅望久之，见白衣人至，乃王弘送酒使也。” ⑥三百杯：李白《襄阳歌》：“一日须倾三百杯。” ⑦“翳凤”句：指韩南涧离去。翳凤，以凤羽为车盖，后指乘凤。骖鸾，仙人驾鸾鸟云游。 ⑧落佩倒冠：衣冠不整，喻隐居狂放。落佩，除去官员的佩带。倒冠，摘掉官员戴的帽子。

贺新郎

听琵琶

凤尾龙香拨。自开元、霓裳曲罢，几番风月。最苦浔阳江头客，画舸亭亭待发。记出塞、黄云堆雪。马上离愁三万里，望昭阳、宫殿孤鸿没。弦解语，恨难说。　辽阳驿使音尘绝。琐窗寒、轻拢慢捻，泪珠盈睫。推手含情还却手，一抹梁州哀彻。千古事、云飞烟灭。贺老定场无消息，想沉香亭北繁华歇。弹到此，为呜咽。

注释

①凤尾龙香拨：凤尾，琵琶，尾部刻有凤形，故称。《明皇杂录》：“唐天宝中宦官白秀正使西蜀回，献双凤琵琶，以逻娑檀为槽，以龙香柏为拨，润若圭璧，有金缕红纹蹙成双凤。杨贵妃每自奏于梨园。” ②霓裳曲罢：暗用白居易《长恨歌》“渔阳鼙鼓动地来，惊破《霓裳羽衣曲》”，安禄山叛乱，惊破玄宗的艳梦，暗含兴亡之感。 ③“最苦”句：用白居易《琵琶行》“浔阳江头夜送客”句。 ④昭阳：汉昭阳宫。泛指汉宫。此指昭君出塞回望汉宫。⑤轻拢慢捻、推手、却手：琵琶指法。手指前弹为“推手”，后拨为“却手”。⑥梁州：琵琶曲名，唐教坊曲调名。 ⑦贺老：唐玄宗时善弹琵琶之艺人贺怀智。定场，压场，言琵琶高潮。元稹《连昌宫词》“贺老琵琶定场屋”。苏轼有“定场贺老今何在”。 ⑧沉香亭：唐时宫中亭名。李白《清平调》“沉香亭北倚栏杆”。

点评

陈廷焯《白雨斋词话》：“此词运典虽多，却一片感慨，故不嫌堆垛。心中有泪，故笔下无一字不呜咽。”梁启超《艺蘅馆词选》：“琵琶故事，网罗胪列，杂乱无章，殆如一团野草。唯其大气足以包举之，故不觉粗率。非其人勿学步也。”

唐河传

效花间体

春水。千里。孤舟浪起。梦携西子。觉来村巷夕阳斜。几家。短墙红杏花。　晚云做造些儿雨。折花去。岸上谁家女。太狂颠。那岸边。柳绵。被风吹上天。

注释

①花间体：晚唐五代的一种词体，也称花间词派，因后蜀赵崇祚编《花间集》而得名。河传，词牌名。《河传》之名始于隋代，传为炀帝去江都时所作，今已不传。今所见者以唐温庭筠之作为最早。见本书上册温庭筠部分。　②狂颠：此作活泼欢快讲。

水龙吟

为韩南涧尚书寿甲辰岁

渡江天马南来，几人真是经纶手。长安父老，新亭风景，可怜依旧。夷甫诸人，神州沉陆，几曾回首。算平戎万里，功名本是，真儒事、君知否。　况有文章山斗。对桐阴、满庭清昼。当年堕地，而今试看，风云奔走。绿野风烟，平泉草木，东山歌酒。待他年，整顿乾坤事了，为先生寿。

注释

①韩南涧：韩元吉。作者居信州，与韩相邻，往来唱和频繁。 ②渡江天马：原指晋王室南渡，建立东晋，因晋代皇帝姓司马，故云天马，此指南宋王朝的建立。③经纶：原意为整理乱丝，引申为处理政事，治理国家。 ④长安父老：《晋书·桓温传》：温遂统步骑四万发江陵，水军自襄阳入均口，至南乡，步自淅川，以征关中。……温进至霸上，（苻）健以五千人深沟自固，居人皆安堵复业，持牛酒迎温于路者十八九，耆老感泣曰："不图今日复见官军！" ⑤新亭风景：《世说新语》载，过江诸人，每至美日，辄相邀新亭，藉卉饮宴。周侯中坐而叹，曰："风景不殊，正自有山河之异！"皆相视流泪。唯王丞相愀然变色，曰："当共勠力王室，克复神州。何至作楚囚相对？"此指南宋人们对河山废异的感慨。⑥夷甫：西晋宰相王衍，专尚清谈，不论政事，终致亡国。 ⑦沉陆：陆沉，中原沦丧。《晋书·桓温传》：温自江陵北伐，……过淮、泗，践北境，与诸寮属登平乘楼眺瞩中原，慨然曰："遂使神州陆沉，百年丘墟，王夷甫诸人不得不任其责！" ⑧平戎万里：平定中原，统一国家。戎，金兵。 ⑨"功名"三句：用敦煌曲子词《定风波》"问儒士，谁人敢去定风波"。 ⑩山斗：泰山、北斗。《新唐书·韩愈传》说韩的文章"学者仰之如泰山、北斗"。此赞韩元吉的文章。 ⑪桐阴：韩元吉京师旧宅多种梧桐树，世称桐木韩家。 ⑫绿野：唐宰相裴度退居洛阳，其别墅名绿野堂。 ⑬平泉：唐宰相李德裕在洛阳的别墅名平泉庄。 ⑭东山：在今浙江上虞市。东晋谢安寓居东山，常游赏山水，纵情歌酒。

点评

黄苏《蓼园词评》："按幼安助耿京起义，克复东平。由山东间道赴行在奏事。忠义之气，根于肺腑，见南涧，而劝以功名，亦犹寿史致远之意也。《草堂诗余》载《指迷》云：'寿词尽言富贵而尘俗，尽言功名则谀佞，尽言神仙则迂诞。言功名而慨叹为之寿词中，合踞上座。'此犹刻舟求剑之说也。幼安忠义之气，由山东间道归来，见有同心者，即鼓其义勇。辞似颂美，实句句是规励，岂可以寻常寿词例之。诵其诗，读其书，不知其人可乎。是以论其世，不能知人论世，又岂能以论文。"

满江红

送李正之提刑

蜀道登天，一杯送、绣衣行客。还自叹、中年多病，不堪离别。东北看惊诸葛表，西南更草相如檄。把功名、收拾付君侯，如椽笔。　　儿女泪，君休滴。荆楚路，吾能说。要新诗准备，庐江山色。赤壁矶头千古浪，铜鞮陌上三更月。正梅花、万里雪深时，须相忆。

注释

①李正之：李大正，字正之。　②提刑：提点刑狱使，主管司法、刑狱和监察事务。　③蜀道登天：李白《蜀道难》：“蜀道之难，难于上青天。”　④绣衣：西汉武帝时设绣衣直指官，派往各地审理重大案件。他们身着绣衣以示尊贵。此指李正之。　⑤“还自叹”三句：已值中年，最不堪离别之苦。《世说新语·言语篇》载，谢安曾对王羲之说：“中年伤于哀乐，与亲友别，辄作数日恶。”　⑥“东北”句：三国时诸葛亮作《出师表》北伐，惊动魏国朝野。此喻金人闻风心惊。　⑦“西南”句：汉武帝时司马相如奉命出使西南地区，作《喻巴蜀檄》安抚巴蜀百姓。　⑧君侯：汉代对列侯的尊称，泛指达官贵人，此指李正之。　⑨如椽（chuán）笔：如椽（架屋用的椽木）巨笔，大手笔。《晋书·王珣传》：“珣梦人以大笔如椽与之。既觉，语人曰：‘此当有大手笔事。’俄而帝崩，哀册谥议，皆珣所草。”　⑩荆楚：今湖南、湖北一带，为李由江西入蜀的必经之地。作者曾官湖南、湖北，故谓“吾能说”。　⑪赤壁矶：一名赤鼻矶，在今湖北黄冈市西南，苏轼《念奴娇·赤壁怀古》：“大江东去，浪淘尽、千古风流人物。”　⑫铜鞮（dī）：在今湖北襄阳。

水调歌头

和郑舜举蔗庵韵

万事到白发，日月几西东。羊肠九折岐路，老我惯经从。竹树前溪风月，鸡酒东家父老，一笑偶相逢。此乐竟谁觉，天外有冥鸿。　味平生，公与我，定无同。玉堂金马，自有佳处著诗翁。好锁云烟窗户，怕入丹青图画，飞去了无踪。此语更痴绝，真有虎头风。

注释

①“羊肠”句：《列子·说符》：“杨子之邻人亡羊……歧路之中又有歧焉。吾不知其所之，所以反也。”此喻仕途不畅。　②“好锁”三句：为郑舜举语。③“此语”二句：《晋书·顾恺之传》：“恺之在桓温府，常云：‘恺之体中痴黠各半，合而论之，正得平耳。’故俗传恺之有三绝：才绝，画绝，痴绝。”后以“痴绝”为藏拙或不合流俗之典。恺之，小字虎头。杜甫《题玄武禅师屋壁》：“何年顾虎头，满壁画瀛洲。”

千年调

庶庵小阁名曰卮言，作此词以嘲之

卮酒向人时，和气先倾倒。最要然然可可，万事称好。滑稽坐上，更对鸱夷笑。寒与热，总随人，甘国老。　少年使酒，

出口人嫌拗。此个和合道理，近日方晓。学人言语，未会十分巧。看他门，得人怜，秦吉了。

注释

①庶庵：一作“蔗庵”，即郑汝谐，主抗金，稼轩称他“胸中兵百万”。曾为大理寺少卿，持公论释陈亮，历官吏部侍郎（见《青田县志·人物志》）。②卮（zhī）言：没有独立见地、人云亦云的话。后作自己言论或著作的谦辞。《庄子·寓言》：“卮言日出，和以天倪。” ③“卮酒”二句：做人应如“卮”，满脸和气，一见权贵就倾倒。卮，古时的一种酒器，满酒时就向人倾倒，酒空时则仰起平坐。陆德明释文（引王叔之）：“卮器满则倾，空则仰，随物而变，非执一守故者也。施之于言，而随人从变，已无常主者也。” ④“最要”二句：最要紧的须万事唯唯诺诺，连连称“好”。然然，对对。可可，好好。万事称好，用司马徽事。《世说新语》注引《司马徽别传》：“徽有人伦鉴，居荆州，知刘表性暗，必害善人，乃括囊不谈议。时人有以人物问徽者，初不辨其高下，每辄言‘佳’。其妇谏曰：‘人质所疑，君宜辩论，而一皆言“佳”，岂人所以咨君之意乎？’徽曰：‘如君所言亦复“佳”。’其婉约逊遁如此。” ⑤“滑稽”二句：滑稽、鸱夷，一唱一和，相对而笑，一路货色。滑（gǔ）稽，古代的一种流酒器，能转注吐酒，终日不已。鸱（chī）夷，古代一种皮制的酒袋，容量大，可随意伸缩、卷折。两种器具不停地倒酒，喻滔滔不绝、花言巧语、取媚权贵的小人。 ⑥“寒与热”三句：处世应如甘草，无论寒症热病，均可调和迎合。甘国老，指甘草，其味甘平，能调和众药，医治寒、热引起的多种疾病，故享有“国老”之美称。 ⑦“少年”二句：言己少年时说话不顺世俗，惹人生厌。使酒，喝酒任性。拗，别扭，不顺，不合世俗。 ⑧“此个”四句：谓此种调和折中的处世之道，刚刚懂得，可惜那一套应酬的语言技巧，尚未学到家。 ⑨“看他门”三句：他们正像秦吉了，所以博得人们的喜爱。秦吉了，鸟名，又名鹩哥、八哥。《唐会要》载，林邑国有结辽鸟（秦吉了），能言尤胜鹦鹉，黑色，黄眉。白居易《新乐府·秦吉了》：“耳聪心慧舌端巧，鸟语人言无不通。”

临江仙

金谷无烟宫树绿，嫩寒生怕春风。博山微透暖薰笼。小楼春色里，幽梦雨声中。　别浦鲤鱼何日到，锦书封恨重重。海棠花下去年逢。也应随分瘦，忍泪觅残红。

注释

①金谷：晋石崇所筑的金谷园。指高门大户人家的庭园。　②无烟：寒食、清明。　③嫩寒：微寒。　④博山：香炉。　⑤鲤鱼：书信。　⑥锦书：用苏蕙织锦为《回文璇玑图》赠其夫事。

点评

宋刘克庄《后村诗话》：“其袱纤绵密者，亦不在小晏、秦郎之下。”

清陈廷焯《白雨斋词话》：“婉雅芊丽，稼轩亦能为此种笔路，真令人心折。”

江神子

和人韵

梨花著雨晚来晴。月胧明。泪纵横。绣阁香浓，深锁凤箫声。未必人知春意思，还独自，绕花行。　酒兵昨夜压愁城。太狂生。转关情。写尽胸中，魂磊未全平。却与平章珠玉价，看醉里，锦囊倾。

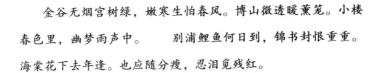

注释

①凤箫：汉刘向《列仙传》："萧史善吹箫，作凤鸣。秦穆公以女弄玉妻之，作凤楼，教弄玉吹箫，感凤来集，弄玉乘凤、萧史乘龙，夫妇同仙去。" ②"酒兵"句：《南史·陈暄传》："酒犹兵也，兵可千日而不用，不可一日而不备；酒可千日而不饮，不可一饮而不醉。" ③太狂生：过于狂放。生，语助词。唐张泌《浣溪沙》："消息未通何计是，便须佯醉且随行，依稀闻道'太狂生'。" ④魂磊：喻郁结在胸中的不平之气。 ⑤锦囊：《新唐书·李贺传》："每旦日出，骑弱马，从小奚奴，背古锦囊，遇所得，书投囊中，及暮归，足成之。"

江神子

博山道中书王氏壁

一川松竹任横斜。有人家。被云遮。雪后疏梅，时见两三花。比着桃源溪上路，风景好，不争多。　旗亭有酒径须赊。晚寒些。怎禁他。醉里匆匆，归骑自随车。白发苍颜吾老矣，只此地，是生涯。

注释

①一川：一片，满地。 ②"归骑"句：韩愈《游城南十六首》："只知闲信马，不觉误随车。"

丑奴儿

书博山道中壁

少年不识愁滋味，爱上层楼。爱上层楼。为赋新词强说愁。

而今识尽愁滋味，欲说还休。欲说还休。却道天凉好个秋。

注释

①少年：年轻的时候。 ②“为赋”句：为了写出新词，没有愁而硬要说有愁。

点评

用“却道天凉好个秋”结束全篇，有许多忧愁不能明说。委婉蕴藉，含而不露，别具一格。

丑奴儿

博山道中效李易安体

千峰云起，骤雨一霎时价。更远树斜阳，风景怎生图画。青旗卖酒，山那畔、别有人间，只消山水光中，无事过这一夏。

午醉醒时，松窗竹户，万千潇洒。野鸟飞来，又是一般闲暇。却怪白鸥，觑着人、欲下未下。旧盟都在，新来莫是，别有说话。

注释

①李易安：李清照，自号易安居士，北宋末南宋初人。礼部郎济南李格非之女，建康帅赵明诚之妻。善于把日常生活用语，信手拈来，谱入音律，语言淡雅，格律严谨，炼字琢句，意境新丽。有《易安居士文集》《易安词》，已散佚。后人有《漱玉词》辑本。 ②一霎时价：一会儿的工夫。价，语助词。李易安《行香子·草际鸣蛩》："甚霎儿晴，霎儿雨，霎儿风。" ③怎生：怎么。李易安《声声慢·寻寻觅觅》："守着窗儿，独自怎生得黑。"

清平乐

博山道中即事

柳边飞鞚。露湿征衣重。宿鹭惊窥沙影动。应有鱼虾入梦。

一川淡月疏星。浣沙人影娉婷。笑背行人归去，门前稚子啼声。

注释

①飞鞚（kòng）：策马飞驰。

点评

况周颐《蕙风词话》："词有淡远取神，只描取景物，而神致自在言外，此为高手。"

清平乐

独宿博山王氏庵

绕床饥鼠。蝙蝠翻灯舞。屋上松风吹急雨。破纸窗间自语。

平生塞北江南。归来华发苍颜。布被秋宵梦觉，眼前万里江山。

注释

①博山：在江西永丰境内（今江西省广丰县），古名通元峰，形似庐山香炉峰，改称博山。博山炉，古代名贵香炉，炉盖上的造型似传闻中的海中名山博山。《西京杂记》："长安巧工丁缓者……又作九层博山香炉，镂为奇禽怪兽，穷诸灵异，皆自然运动。" ②庵：圆形草屋。 ③翻灯舞：绕着灯来回飞。 ④"破纸"句：窗间破纸瑟瑟作响，像自言自语。 ⑤塞北：泛指中原地区。据《美芹十论》，作者称南归前曾受祖父派遣两次去燕京观察形势。 ⑥归来：淳熙八年（1181）冬作者被劾落职归隐。 ⑦华发苍颜：头发苍白，面容苍老。 ⑧"布被"二句：秋夜梦醒，眼前依稀犹是梦中的万里江山。

水龙吟

题雨岩。岩类今所画观音补陀，岩中有泉飞出，如风雨声

补陀大士虚空，翠岩谁记飞来处。蜂房万点，似穿如碍，玲珑窗户。石髓千年，已垂未落，嶙峋冰柱。有怒涛声远，落花香在，人疑是、桃源路。　又说春雷鼻息，是卧龙、弯环

如许。不然应是，洞庭张乐，湘灵来去。我意长松，倒生阴壑，细吟风雨。竟茫茫未晓，只应白发，是开山祖。

注释

①观音补陀：观音，观世音略称，自唐初避李世民讳，省去“世”字。②补陀大士：观音菩萨。③桃源路：用陶渊明《桃花源记》典。④春雷鼻息：韩愈《石鼎联句》序：“道士倚墙，鼻息如雷鸣。”⑤洞庭张乐：《庄子·天运》：“北门成问于黄帝曰：‘帝张《咸池》之乐于洞庭之野，吾始闻之惧，复闻之怠，卒闻之而惑，荡荡默默，乃不自得。’帝曰：‘汝殆其然哉，吾奏之以人，徵之以天，行之以礼义，建之以大清。’”⑥湘灵：《楚辞·远游》：“使湘灵鼓瑟兮，令海若舞冯夷。”⑦开山祖：释氏多择名山，建立寺观。其始创基业者，为之开山祖师。

山鬼谣

雨岩有石状怪甚，取离骚九歌名曰山鬼，因赋摸鱼儿，改今名

问何年、此山来此，西风落日无语。看君似是羲皇上，直作太初名汝。溪上路。算只有、红尘不到今犹古。一杯谁举。笑我醉呼君，崔嵬未起，山鸟覆杯去。　须记取。昨夜龙湫风雨。门前石浪掀舞。四更山鬼吹灯啸，惊倒世间儿女。依约处。还问我、清游杖屦公良苦。神交心许。待万里携君，鞭笞鸾凤，诵我远游赋。

注释

①山鬼谣：词牌名，即“摸鱼儿”。 ②离骚、九歌：屈原作品名。《九歌》凡十一篇，其中第九篇《山鬼》，描写一位山中女神。 ③“看君”二句：怪石似羲皇上人，就以“太初”称之。言怪石来历久远。君，怪石。名汝，以此称你。 ④崔嵬：高大耸立貌，代指怪石。 ⑤覆杯：打翻了酒杯。 ⑥龙湫（qiū）：龙潭。 ⑦石浪：巨大的怪石。作者自注：“石浪，庵外巨石也，长三十余丈。” ⑧“四更”二句：山鬼深夜呼啸而至，吹灯灭火，使人胆战心惊。杜甫《山馆》：“山鬼吹灯灭，厨人语夜阑。” ⑨鞭笞（chī）鸾凤：鞭策鸾凤，指乘鸾驾凤，遨游太空。 ⑩远游：《楚辞》篇名，或谓屈原所作，此指作者的词作。

蝶恋花

月下醉书雨岩石浪

九畹芳菲兰佩好。空谷无人，自怨蛾眉巧。宝瑟泠泠千古调。朱丝弦断知音少。　　冉冉年华吾自老。水满汀洲，何处寻芳草。唤起湘累歌未了。石龙舞罢松风晓。

注释

①九畹（wǎn）：泛指田亩广大。 ②泠泠（líng）：瑟音清越如流水。 ③千古调：高山流水之调。 ④芳草：借喻理想。 ⑤湘累：屈原。

鹧鸪天

鹅湖归病起作

枕簟溪堂冷欲秋。断云依水晚来收。红莲相倚浑如醉，白鸟无言定自愁。　　书咄咄，且休休。一丘一壑也风流。不知筋力衰多少，但觉新来懒上楼。

注释

①鹅湖：在江西铅山县，作者曾谪居于此，卒于此。《铅山县志》："鹅湖山在县东，周回四十余里……《鄱阳记》云：'山上有湖多生荷，故名荷湖。'东晋人龚氏居山蓄鹅，其双鹅育子数百，羽绒成乃去，更名鹅湖。"　②咄咄：《晋书·殷浩传》载，殷浩被放黜后，终日用手指在空中写"咄咄怪事"。　③休休：唐末司空图隐居中条山王官谷，作亭取名"休休"，休，美也。既休而具美存焉。④一丘一壑：《汉书·叙传》载班嗣书简云："渔钓于一壑，则万物不奸其志；栖迟于一丘，则天下不易其乐。"

鹧鸪天

戏题村舍

鸡鸭成群晚不收。桑麻长过屋山头。有何不可吾方羡，要底都无饱便休。　　新柳树，旧沙洲。去年溪打那边流。自言此地生儿女，不嫁金家即聘周。

注释

①屋山：屋脊。 ②要底都无：别无所求。

清平乐

茅檐低小。溪上青青草。醉里吴音相媚好。白发谁家翁媪。

大儿锄豆溪东。中儿正织鸡笼。最喜小儿亡赖，溪头卧剥莲蓬。

注释

①亡（wú）赖：指小孩顽皮、淘气。亡，通“无”。

清平乐

检校山园书所见

连云松竹。万事从今足。拄杖东家分社肉。白酒床头初熟。

西风梨枣山园。儿童偷把长竿。莫遣旁人惊去，老夫静处闲看。

注释

①社：指祭祀土地神的活动，《史记·陈丞相世家》：“里中社，平为宰，

分肉甚均。”可知逢到“社”日，就要分肉，所以有“分社肉”之说。　②白酒：指田园家酿。　③床头：酿酒的糟架。　④西风：秋风。

八声甘州

夜读李广传，不能寐。因念晁楚老、杨民瞻约同居山间，戏用李广事赋以寄之

故将军、饮罢夜归来，长亭解雕鞍。恨灞陵醉尉，匆匆未识，桃李无言。射虎山横一骑，裂石响惊弦。落托封侯事，岁晚田间。　　谁向桑麻杜曲，要短衣匹马，移住南山。看风流慷慨，谈笑过残年。汉开边、功名万里，甚当时、健者也曾闲。纱窗外、斜风细雨，一障轻寒。

注释

①晁楚老、杨民瞻：作者友人，生平不详。　②“故将军”句：《史记·李将军列传》载，李广罢官闲居时，“尝夜从一骑出，从人田间饮。还至霸陵亭。霸陵尉醉，呵止广。广骑曰：‘故李将军。’尉曰：‘今将军尚不得夜行，何乃故也！’止广宿亭下。”　③桃李无言：司马迁《史记·李将军列传》：“谚曰‘桃李不言，下自成蹊’，此言虽小，可以谕大也。”　④“射虎”句：《史记·李将军列传》：“广出猎，见草中石，以为虎而射之，中石没镞，视之石也。因复更射之，终不能复入石矣。”　⑤“落托”二句：指李广一生大小七十余战，屡立战功却不得封侯晚年闲居田园。落托，疑为落拓。　⑥“谁向”句：杜甫《曲江三章》：“自断此生休问天，杜曲幸有桑麻田，故将移往南山边。短衣匹马随李广，看射猛虎终残年。”　⑦健者：《后汉书·袁绍传》：“天下健者，岂惟董公。”

南歌子

世事从头减，秋怀彻底清。夜深犹道枕边声。试问清溪底事、不能平。　　月到愁边白，鸡先远处鸣。是中无有利和名。因甚山前未晓、有人行。

注释

①“世事”二句：忘却世事，胸无尘埃，如溪水一般清澈。从头减，彻底消失。②“夜深”二句：枕边传来溪水声响，试问清溪何以不平常鸣。韩愈《送孟东野序》：“大凡物不得其平则鸣。草木之无声，风挠之鸣。水之无声，风荡之鸣。”底事，为什么。　③“月到”二句：月色苍白，斜照愁人，远处响起第一声鸡鸣。黄庭坚有“想见牵衣，月到愁边总不知”。　④“是中”二句：山村本无名利之争，为何天色未晓，已有人行。是，这，指山村生活。

定风波

暮春漫兴

少日春怀似酒浓。插花走马醉千钟。老去逢春如病酒。唯有。茶瓯香篆小帘栊。　　卷尽残花风未定。休恨。花开元自要春风。试问春归谁得见。飞燕。来时相遇夕阳中。

注释

①千钟：千杯。　②茶瓯：一种茶具。　③香篆：焚香时所起的烟缕，曲折似篆文，故称。　④帘栊：亦作“帘笼”，窗帘和窗牖。泛指门窗的帘子。

鹧鸪天

代人赋

晚日寒鸦一片愁。柳塘新绿却温柔。若教眼底无离恨，不信人间有白头。　　肠已断，泪难收。相思重上小红楼。情知已被山遮断，频倚阑干不自由。

鹧鸪天

代人赋

陌上柔条初破芽。东邻蚕种已生些。平冈细草鸣黄犊，斜日寒林点暮鸦。　　山远近，路横斜。青旗沽酒有人家。城中桃李愁风雨，春在溪头野荠花。

鹧鸪天

游鹅湖醉书酒家壁

春日平原荠菜花。新耕雨后落群鸦。多情白发春无奈，晚日青帘酒易赊。　　闲意态，细生涯。牛栏西畔有桑麻。青裙缟袂谁家女，去趁蚕生看外家。

临江仙

探梅

老去惜花心已懒，爱梅犹绕江村。一枝先破玉溪春。更无花态度，全有雪精神。　　剩向空山餐秀色，为渠著句清新。竹根流水带溪云。醉中浑不记，归路月黄昏。

注释

①雪精神：张元幹有“雪里精神澹伫人”句。　②餐秀色：西晋陆机《日出东南隅行》：“鲜肤一何润，秀色若可餐。”赞妇女容色之美，也可形容山川秀丽，此取后义。

水调歌头

送郑厚卿赴衡州

寒食不小住，千骑拥春衫。衡阳石鼓城下，记我旧停骖。襟似潇湘桂岭，带似洞庭春草，紫盖屹西南。文字起骚雅，刀剑化耕蚕。　　看使君，于此事，定不凡。奋髯抵几堂上，尊俎自高谈。莫信君门万里，但使民歌五袴，归诏凤凰衔。君去我谁饮，明月影成三。

注释

①郑厚卿：郑如峦，字厚卿，曾任衡州太守。 ②石鼓：石鼓山，在衡州城东。 ③停骖：停车。骖，驾车的马。 ④桂岭：香花岭，在湖南临武县北。 ⑤紫盖：衡山中最高的山峰。 ⑥骚雅：《离骚》与《诗经》中的《大雅》《小雅》。 ⑦刀剑化耕蚕：谓郑厚卿到任后会重农桑。 ⑧使君：州府长官的别称，此谓郑厚卿。 ⑨奋髯抵几：《汉书·朱博传》："博迁琅邪太守，齐部舒缓养名。博新视事，右曹掾吏皆移病卧，博奋髯抵几曰：'观齐儿欲以此为俗耶！'"谓郑厚卿到任后将大刀阔斧整顿吏治。 ⑩尊俎：酒杯与盛肉的器具，指宴席。 ⑪民歌五袴：《后汉书·廉范传》载，蜀郡旧制禁止百姓点灯夜作以防火灾，廉范到任后，废除旧制，严令储水防火，百姓歌曰："廉叔度，来何暮。不禁火，民安作。平生无襦今五袴。"谓郑厚卿会取得政绩，得到百姓拥戴。 ⑫归诏：皇帝下诏召回朝廷。 ⑬明月影成三：用李白"举杯邀明月，对影成三人"。

满江红

稼轩居士花下与郑使君惜别醉赋，侍者飞卿奉命书

折尽荼蘼，尚留得、一分春色。还记取、青梅如弹，共伊同摘。少日对花昏醉梦，而今醒眼看风月。恨牡丹、笑我倚东风，形如雪。　人渐远，君休说。榆荚阵，菖蒲叶。算不因风雨，只因鶗鴂。老冉冉兮花共柳，是栖栖者蜂和蝶。也不因、春去有闲愁，因离别。

注释

①荼蘼：春末夏初开花。 ②榆荚：榆钱。 ③菖蒲：初夏开花，民间在端午节常用来和艾叶扎束，挂在门前。 ④鹈鴂（tí jué）：杜鹃，鸣时正是百花凋零时节。 ⑤是栖栖者：《论语·宪问》：“微生亩谓孔子曰：‘丘何为是栖栖者与？无乃为佞乎？”孔子曰：‘非敢为佞也，疾固也。’”栖栖，忙碌貌。

沁园春

戊申岁，奏邸忽腾报，谓余以病挂冠，因赋此

老子平生，笑尽人间，儿女怨恩。况白头能几，定应独往，青云得意，见说长存。抖擞衣冠，怜渠无恙，合挂当年神武门。都如梦，算能争几许，鸡晓钟昏。 此心无有新冤。况抱瓮年来自灌园。但凄凉顾影，频悲往事，殷勤对佛，欲问前因。却怕青山，也妨贤路，休斗尊前见在身。山中友，试高吟楚些，重与招魂。

注释

①题注：宋代于京城设进奏院，诸路州郡各有进奏吏，负责将朝廷命令向各地传达，是为邸报，又称朝报。南宋又有小报，其中所载或是朝报未报之事，或是官员陈乞未曾施行之事，甚至有杜撰命令之事发生；而邸报小报混杂流布，真伪亦不可辨。辛弃疾于淳熙八年罢官后闲居信州，六年后复有“以病挂冠”之事，当属小报凭空杜撰。 ②“抖擞”三句：陶弘景年少成名，但此后仕途不顺，

于是上表辞官，挂朝服于神武门而去。

贺新郎

陈同父自东阳来过余，留十日。与之同游鹅湖，且会朱晦庵于紫溪，不至，飘然东归。既别之明日，余意中殊恋恋，复欲追路。至鹭鹚林，则雪深泥滑，不得前矣。独饮方村，怅然久之，颇恨挽留之正是遂也。夜半，投宿泉湖吴氏四望楼，闻邻笛悲甚，为赋贺新郎以见意。又五日，同父书来索词。心所同然者如此，可发千里一笑

把酒长亭说。看渊明、风流酷似，卧龙诸葛。何处飞来林间鹊，蹙踏松梢微雪。要破帽、多添华发。剩水残山无态度，被疏梅料理成风月。两三雁，也萧瑟。　佳人重约还轻别。怅清江、天寒不渡，水深冰合。路断车轮生四角，此地行人销骨。问谁使、君来愁绝。铸就而今相思错，料当初、费尽人间铁。长夜笛，莫吹裂。

注释

①东阳：今浙江金华。　②朱晦庵：朱熹，字元晦，号晦庵，早期主战，晚年主和，与辛、陈政见相左。　③紫溪：在铅山县南四十里，为建阳、上饶的必经之道。　④鹭鹚（lù cí）林：地名，古驿道所经之地。　⑤“铸就”三句：《资治通鉴》载，唐末魏州节度使罗绍威为应付军内不协，请来朱全忠大军。虽然罗得以解威，但由于朱全忠大军耗费无度，魏州积蓄一空，军力凋敝，罗绍威悔恨道：“合六州四十三县铁，不能为此错也。”此指没留住陈亮是个错误。　⑥长夜笛：《太平广记》载，唐李謩善吹笛，偶遇独孤生，便请其吹笛。独孤生说此笛吹至乐曲“入破”处必裂，一试果然。此指序“闻邻笛悲甚”，希望他不要把笛子吹裂。

贺新郎

同父见和，再用前韵

老大犹堪说。似而今、元龙臭味，孟公瓜葛。我病君来高歌饮，惊散楼头飞雪。笑富贵、千钧如发。硬语盘空谁来听，记当时、只有西窗月。重进酒，换鸣瑟。　　事无两样人心别。问渠侬、神州毕竟，几番离合。汗血盐车无人顾，千里空收骏骨。正目断、关河路绝。我最怜君中宵舞，道男儿、到死心如铁。看试手，补天裂。

注释

①老大：年纪大。《长歌行》：“少壮不努力，老大徒伤悲。”白居易《琵琶行》：“老大嫁作商人妇。” ②元龙臭味：陈登，字元龙。《魏书·陈登传》：“陈元龙湖海之士，豪气不除。” ③孟公瓜葛：《汉书·游侠传》：“陈遵，字孟公，杜陵人也。……居长安中，列侯、近臣、贵戚皆贵重之。牧守当之官，及郡国豪杰至京师者，莫不相因到遵门。遵嗜酒，每大饮，宾客满堂，辄关门，取客车辖投井中。虽有急，终不得去。”瓜葛，关系、交情。 ④钧：古代重量单位，合三十斤。发，像头发一样轻。韩愈《与孟尚书书》：“其危如一发引千钧。” ⑤硬语盘空：形容文章的气势雄伟，矫健有力。韩愈《荐士》“横空盘硬语”。 ⑥渠侬：对他人的称呼，指南宋当权者。渠，他。侬，你，均吴语方言。 ⑦汗血：汗血马。《汉书·武帝纪》应劭注：“大宛归有天马种，蹋石汗血，汗从前肩髆出，如血，号一日千里。” ⑧盐车：《战国策·楚策四》：“夫骥之齿至矣，服盐车而上太行，蹄申膝折，尾湛胕溃，漉汁洒地，白汗交流，中阪迁延，负辕不能上。”骏马拉运盐车，喻人才埋没。 ⑨骏骨：指燕昭王千金购千里马骨以求贤，喻招揽人才。 ⑩中宵舞：祖逖刘琨闻鸡起舞故事。中宵，半夜。 ⑪补天裂：《史记补·三皇本纪》：“天柱折，地维绝，女娲乃炼五色石以补天。”

贺新郎

用前韵送杜叔高

细把君诗说。怅余音、钧天浩荡，洞庭胶葛。千尺阴崖尘不到，惟有层冰积雪。乍一见、寒生毛发。自昔佳人多薄命，对古来、一片伤心月。金屋冷，夜调瑟。　去天尺五君家别。看乘空、鱼龙惨淡，风云开合。起望衣冠神州路，白日销残战骨。叹夷甫、诸人清绝。夜半狂歌悲风起，听铮铮、阵马檐间铁。南共北，正分裂。

注释

①“细把”三句：盛赞叔高诗，像天上的仙乐。胶葛，深远广大。　②阴崖：朝北的山崖。　③层冰：厚冰。　④“自昔”句：用苏轼《薄命佳人》“自古佳人多命薄，闭门春尽杨花落”。佳人，指杜叔高。　⑤金屋：用汉武帝陈皇后失宠事。　⑥“去天”句：《三秦记》“城南韦杜，去天尺五”，长安杜氏本大族，叔高兄弟五人皆有才学，却因不善钻营，未有所成就。⑦“看乘空”三句：化用《易乾·九五》“云从龙，风从虎”，暗喻朝中群小趋炎附势、为谋求权位而激烈竞争。　⑧“起望”三句：昔日文明礼教的中原，满地战骨在逐渐消损。当国者只顾偏安享乐，对中原遗民早已“一切不复关念 ”（陈亮《上孝宗皇帝书》），许多官僚“微有西晋风，作王衍阿堵等语”，“叹夷甫诸人清绝”即是对此辈愤怒斥责。夷甫，王衍，西晋清谈家，言钱为“阿堵物”。　⑨“听铮铮”句：《芸窗私志》：“元帝时临池观竹，竹既枯，后每思其响，夜不能寝，帝为作薄玉龙数十枚，以缕线悬于檐外，夜中因风相击，听之与竹无异。民间效之，不敢用龙，以什骏代，今之铁马，是其遗制。”檐间铁，屋檐下挂着的铁制风铃，称为“铁马”或“檐马”。

破阵子

为陈同甫赋壮语以寄

醉里挑灯看剑，梦回吹角连营。八百里分麾下炙，五十弦翻塞外声。沙场秋点兵。　　马作的卢飞快，弓如霹雳弦惊。了却君王天下事，赢得生前身后名。可怜白发生。

注释

①陈同甫：陈亮，字同父，南宋婺州永康（今浙江永康市）人。词风与辛词相似。　②挑灯：把灯芯挑亮。　③梦回：指旧梦重温。　④吹角连营：各个军营里接连不断响起号角声。　⑤八百里：牛名。八百里，状其善于奔驰。《世说新语·汰侈》："晋王恺有良牛，名八百里驳。"　⑥分麾（huī）下炙：把烤牛肉分赏给部下。麾下，部下。麾，军中大旗。炙，切碎的熟肉。　⑦五十弦：原指瑟，泛指乐器。《史记·封禅书》："太帝使素女鼓五十弦瑟，悲，帝禁不止，故破其瑟为二十五弦。"李商隐《锦瑟》："锦瑟无端五十弦，一弦一柱思华年。"翻，演奏。塞外声，悲壮粗犷的战歌。　⑧"沙场"句：沙场，战场。古代点兵用武多在秋天。点兵，检阅军队。　⑨"马作"句：战马像"的卢"那样跑得飞快。作：像……一样。的卢，良马名，一种烈性快马。《相马经》："马白额入口齿者，名曰榆雁，一名的卢。"《三国志·蜀志·先主传》注引《世语》："刘备屯樊城，刘表惮其为人，不甚信用。曾请备宴会，蒯越、蔡瑁欲因会取备，备觉之，潜遁出。所乘马名的卢，骑的卢渡襄阳城西檀溪水中，溺不得出，备急曰：'的卢，今日厄矣，可努力！'的卢乃一踊三丈，遂得过。"　⑩"弓如"句：《南史·曹景宗传》："景宗谓所亲曰：'我昔在乡里，骑快马如龙，与年少辈数十骑，拓弓弦作霹雳声，箭如饿鸱叫，……此乐使人忘死，不知老之将至。'"霹雳，本是疾雷声，此喻弓弦响声之大。　⑪"了却"句：了却统一国家的大业，特指恢复中原。　⑫身后：死后。

点评

陈廷焯《云韶集》："字字跳掷而出，'沙场'五字，起一片秋声，沉雄悲壮，凌铄千古。"

梁启超《艺蘅馆词选》："无限感慨，哀同甫亦自哀也。"

鹊桥仙

山行书所见

松冈避暑。茅檐避雨。闲去闲来几度。醉扶孤石看飞泉，又却是、前回醒处。　　东家娶妇。西家归女。灯火门前笑语。酿成千顷稻花香，夜夜费、一天风露。

注释

①归女：嫁女儿。古时女子出嫁称"于归"。

水调歌头

送杨民瞻

日月如磨蚁，万事且浮休。君看檐外江水，滚滚自东流。风雨瓢泉夜半，花草雪楼春到，老子已菟裘。岁晚问无恙，归计橘千头。　　梦连环，歌弹铗，赋登楼。黄鸡白酒，君去村社一番秋。长剑倚天谁问，夷甫诸人堪笑，西北有神州。此事君自了，千古一扁舟。

注释

①杨民瞻：作者友人，生平事迹不详。 ②“日月”句：古人把天喻为磨盘，把太阳和月亮喻为磨盘上的蚂蚁，日夜不停地运行。 ③浮休：浮，流动不固定，喻生。休，休息，喻消亡。《庄子·刻意》：“其生若浮，其死若休。” ④瓢泉：在今江西铅山境内。此时作者在瓢泉附近，当有便居，以供览胜小憩。 ⑤雪楼：作者带湖居所的楼名。 ⑥菟（tù）裘：春秋时鲁地名，在今山东泰安东南。鲁隐公曾命人在菟裘建宅，以便隐退后居住。后人遂以此称隐退之所。 ⑦橘千头：用李衡种橘千株典。见辛弃疾《水调歌头》“落日塞尘起”词注释。 ⑧梦连环：梦中还家。“环”与“还”谐音。 ⑨长剑倚天：此喻杰出的军事才能和威武的英雄气概。宋玉《大言赋》：“方地为车，圆天为盖，长剑耿耿倚天外。” ⑩“夷甫”二句：典出《晋书·桓温传》：“温自江陵北伐，……过淮、泗，践北境，与诸寮属登平乘楼眺瞩中原，慨然曰：‘遂使神州陆沉，百年丘墟，王夷甫诸人不得不任其责！’” ⑪“此事”句：《晋书·山涛传》：“钟会作乱于蜀，而文帝将西征，时魏氏诸王公并在邺，帝谓涛曰：‘西偏吾自了之，后事深以委卿。’” ⑫扁舟：用范蠡与西施泛舟五湖的典故。

踏莎行

庚戌中秋后二夕带湖篆冈小酌

夜月楼台，秋香院宇。笑吟吟地人来去。是谁秋到便凄凉。当年宋玉悲如许。 随分杯盘，等闲歌舞。问他有甚堪悲处。思量却也有悲时，重阳节近多风雨。

注释

①篆（zhuàn）冈：地名，在带湖旁。 ②宋玉：战国时楚国诗人，屈原学生，代表作《九辩》有“悲哉秋之为气也，萧瑟兮草木摇落而变衰”。 ③随分：随意，任意。 ④等闲：平常，普通。 ⑤“重阳”句：释惠洪《冷斋夜话》卷四《满城风雨近重阳》：“黄州潘大临工诗，多佳句，然甚贫。东坡、山谷尤喜之。临川谢无逸以书问：‘有新作否？’潘答书曰：‘秋来景物，件件是佳句，恨为俗氛所蔽翳。昨日清卧，闻搅林风雨声，欣然起，题其壁曰：满城风雨近重阳。忽催租人至，遂败意。止此一句奉寄。’闻者笑其迂阔。”

鹧鸪天

和人韵有所赠

趁得东风汗漫游。见他歌后怎生愁。事如芳草春长在，人似浮云影不留。 眉黛敛，眼波流。十年薄幸谩扬州。明朝短棹轻衫梦，只在溪南罨画楼。

注释

①汗漫：广泛，无边际。 ②“十年”句：用杜牧“十年一觉扬州梦，赢得青楼薄幸名”。 ③罨（yǎn）画：色彩鲜明的绘画。

念奴娇

用东坡赤壁韵

倘来轩冕，问还是、今古人间何物。旧日重城愁万里，风月而今坚壁。药笼功名，酒垆身世，可惜蒙头雪。浩歌一曲，坐中人物之杰。　　堪叹黄菊凋零，孤标应也有，梅花争发。醉里重揩西望眼，惟有孤鸿明灭。世事从教，浮云来去，枉了冲冠发。故人何在，长歌应伴残月。

注释

①倘来轩冕：轩，高车。冕，古代地位在大夫以上的官僚戴的礼帽。轩冕，指官位爵禄。《庄子·缮性》："轩冕在身，非性命也，物之倘来，寄者也。"　②药笼功名：《旧唐书·元行冲传》载，元行冲劝当权的狄仁杰留意储备人才，喻之为备药攻病，并自请为"药物之末"，狄仁杰笑而谓之曰："君正吾药笼中物，何可一日无也。"　③酒垆身世：司马相如未遇时，曾与妻卓文君在临邛市场上当垆卖酒。

醉太平

态浓意远。眉颦笑浅。薄罗衣窄絮风软。鬓云欺翠卷。

南园花树春光暖。红香径里榆钱满。欲上秋千又惊懒。且归休怕晚。

注释

①态浓意远：杜甫《丽人行》："态浓意远淑且真，肌理细腻骨肉匀。"

点评

俞陛云《唐五代两宋词选释》：集中作《金荃》丽句者无多，此作情态俱妍。结句有絮飞春昼、日长人倦之意；且有少陵"一卧沧江惊岁晚""扁舟一系故国心"之感。

水调歌头

题永丰杨少游提点一枝堂

万事几时足，日月自西东。无穷宇宙，人是一粟太仓中。一葛一裘经岁，一钵一瓶终日，老子旧家风。更著一杯酒，梦觉大槐宫。　记当年，吓腐鼠，叹冥鸿。衣冠神武门外，惊倒几儿童。休说须弥芥子，看取鹍鹏斥鷃，小大若为同。君欲论齐物，须访一枝翁。

注释

①题注：作于闲居带湖时。永丰，县名，宋属信州，隶江南西路。杨少游，名籍事历未详。一枝堂，取自《庄子·逍遥游》"鹪鹩巢于深林，不过一枝"，极言其小，亦谓隐居之所。　②"无穷"二句：人在宇宙，如一粟在太仓，渺小之至。《庄子·秋水》："计中国之在海内，不似稊米之在太仓乎？"太仓，古代京师储谷的大仓。　③"一葛"三句：谓人生需求何微。裘，皮衣。葛，

葛布之衣。韩愈《送石处士序》有“冬一裘，夏一葛”。《景德传灯录》有“一瓶兼一钵，到处是生涯”。 ④“梦觉”句：唐李公佐《南柯太守传》载，淳于棼梦至槐安国，娶公主，封南柯太守，……醒后，在庭前槐树下掘得蚁穴，即梦中之槐安国。因以指梦境，亦喻空幻。 ⑤吓腐鼠：《庄子·秋水》：“惠子相梁，……庄子往见之，曰：‘南方有鸟，其名为鹓雏，子知之乎？夫鹓雏发于南海而飞于北海，非梧桐不止，非练实不食，非醴泉不饮。于是鸱得腐鼠，鹓雏过之，仰而视之曰：吓！今子欲以子之梁国而吓我邪？’” ⑥叹冥鸿：汉扬雄《法言·问明》：“鸿飞冥冥，弋人何篡焉。”李轨注：“君子潜神重玄之域，世网不能制御之。”后以“冥鸿”喻避世隐居之士。 ⑦衣冠神武门外：神武门，古宫门名，南朝时建康皇宫西首之神虎门。唐初因避太祖李虎讳而改“虎”为“武”或“兽”。相传南朝梁陶弘景曾在此门挂衣冠而上书辞禄。 ⑧须弥芥子：佛教语。谓广狭、大小等相容自在，融通无碍。《维摩诘经·不思议品》：“以须弥之高广内芥子中，无所增减。” ⑨鹍（kūn）鹏：传说中的大鸟。《庄子·逍遥游》“北冥有鱼，其名为鲲，鲲之大，不知其几千里也。化而为鸟，其名为鹏。鹏之背，不知其几千里也。”鲲，后讹为“鹍”。喻才能卓异、志向高远的人。 ⑩斥鷃（yàn）：鷃雀，小鸟。斥，亦作“尺”，小泽。《庄子·逍遥游》：“有鸟焉，其名为鹏，背若泰山，翼若垂天之云，抟扶摇羊角而上者九万里，绝云气，负青天，然后图南，且适南冥也。斥鷃笑之曰：‘彼且奚适也？我腾跃而上，不过数仞而下，翱翔蓬蒿之间，此亦飞之至也。而彼且奚适也？’” ⑪齐物：春秋、战国时老庄学派的一种哲学思想，认为宇宙间一切事物，如生死寿夭，是非得失，物我有无，都应当同等看待。 ⑫一枝翁：一枝堂主人杨少游。

西江月

遣兴

醉里且贪欢笑，要愁那得功夫。近来始觉古人书。信著全无是处。　　昨夜松边醉倒，问松我醉何如。只疑松动要来扶。以手推松曰去。

注释

①“近来”二句：语本《孟子·尽心下》“尽信书，则不如无书”。 ②“以手”句：化用《汉书·龚胜传》：“博士夏侯常见胜应禄不和，起至胜前谓曰：‘宜如奏所言。’胜以手推常曰：‘去！’”

生查子

去年燕子来，帘幕深深处。香径得泥归，都把琴书污。今年燕子来，谁听呢喃语。不见卷帘人，一阵黄昏雨。

注释

①卷帘人：李清照《如梦令》有“试问卷帘人”。

西江月

夜行黄沙道中

明月别枝惊鹊，清风半夜鸣蝉。稻花香里说丰年。听取蛙声一片。　　七八个星天外，两三点雨山前。旧时茅店社林边。路转溪桥忽见。

注释

①黄沙道：在今江西上饶，南宋时的一条繁华官道，东到上饶，西通江西省铅山县。 ②“七八”二句：何光远《鉴诫录》卷五“容易格”条：“王蜀卢侍郎延让吟诗，多着寻常容易言语。有松门寺诗云：‘两三条电欲为雨，七八个星犹在天。’” ③茅店：茅草盖的乡村客店。 ④社林：土地庙附近的树林。社，土地神庙。古时村有社树，为祀神处，故称。 ⑤见：同“现”。

贺新郎

又和

碧海成桑野。笑人间，江翻平陆，水云高下。自是三山颜色好，更著雨婚烟嫁。料未必、龙眠能画。拟向诗人求幼妇，倩诸君、妙手皆谈马。须进酒，为陶写。　回头鸥鹭瓢泉社。莫吟诗、莫抛尊酒，是吾盟也。千骑而今遮白发，忘却沧浪亭榭。但记得、灞陵呵夜。我辈从来文字饮，怕壮怀、激烈须歌者。蝉噪也，绿阴夏。

注释

①幼妇：《世说新语笺疏》：“魏武尝过曹娥碑下，杨修从，碑背上见题作‘黄绢幼妇，外孙齑臼’八字。……修曰：‘黄绢，色丝也，于字为绝。幼妇，少女也，于字为妙。外孙，女子也，于字为好。齑臼，受辛也，于字为辞。所谓“绝妙好辞”也。’” ②谈马：《青箱杂记》：“县有后汉太尉许馘庙，庙碑即许劭记，岁久字多磨灭，至开元中，许氏诸孙重刻之，碑阴有八字云：‘谈马砺毕王田数七。’时人不能晓，延休一见，为解之曰：‘谈马即言午，言午

许字。砺毕必石卑，石卑碑字。王田乃千里，千里重字。数七是六一，六一立字。’此亦杨修辨齑臼之比也。”

水龙吟

过南剑双溪楼

举头西北浮云，倚天万里须长剑。人言此地，夜深长见，斗牛光焰。我觉山高，潭空水冷，月明星淡。待燃犀下看，凭栏却怕，风雷怒，鱼龙惨。　　峡束苍江对起，过危楼、欲飞还敛。元龙老矣，不妨高卧，冰壶凉簟。千古兴亡，百年悲笑，一时登览。问何人又卸，片帆沙岸，系斜阳缆。

注释

①南剑：南剑州，宋代州名。双溪楼在南剑州府城东。　②西北浮云：西北的天空被浮云遮蔽，隐喻中原河山沦陷于金人之手。　③斗牛：星名，二十八宿的斗宿与牛宿。　④鱼龙：指水中怪物，暗喻朝中阻遏抗战的小人。⑤惨：狠毒。　⑥冰壶凉簟：喝冷水，睡凉席，形容隐居自适的生活。　⑦百年悲笑：人生百年中的遭遇。　⑧卸：解落，卸下。

沁园春

再到期思卜筑

一水西来，千丈晴虹，十里翠屏。喜草堂经岁，重来杜老，斜川好景，不负渊明。老鹤高飞，一枝投宿，长笑蜗牛戴屋行。平章了，待十分佳处，著个茅亭。　　青山意气峥嵘。似为我归来妩媚生。解频教花鸟，前歌后舞，更催云水，暮送朝迎。酒圣诗豪，可能无势，我乃而今驾驭卿。清溪上，被山灵却笑，白发归耕。

注释

①卜筑：古人盖新居有请卜者看地形，相风水以定宅地的习俗，也称卜宅、卜居。　②草堂：杜甫曾于唐肃宗年间入蜀，在成都建草堂。　③斜川：在今江西省都昌县，风景优美。陶渊明曾作《斜川诗》，记其与邻居同游斜川的情景。④平章：筹划，品评。　⑤峥嵘：高峻不凡。　⑥妩媚：形容青山秀丽。　⑦“可能”二句：语出陶渊明《晋故征西大将军长史孟府君传》。东晋孟嘉为桓温都下长史，好游山水，至暮方归。桓温曾对他说：“人不可无势，我乃能驾驭卿！”驾驭：主宰，统率。卿，“你”的美称，此指大自然。　⑧山灵：山神。典自南朝孔稚珪《北山移文》，以山林的口吻讽刺假隐士，隐居后又出山为官。

沁园春

期思旧呼奇狮，或云棋师，皆非也。余考之荀卿书云：孙叔敖，期思之鄙人也。期思属弋阳郡。此地旧属弋阳县。虽古之弋阳、期思，见之图记者不同，然有弋阳则有期思也。桥坏复成，父老请余赋，作沁园春以证之

有美人兮，玉佩琼琚，吾梦见之。问斜阳犹照，渔樵故里，长桥谁记，今古期思。物化苍茫，神游仿佛，春与猿吟秋鹤飞。还惊笑，向晴波忽见，千丈虹霓。　　觉来西望崔嵬。更上有

青枫下有溪。待空山自荐，寒泉秋菊，中流却送，桂棹兰旗。万事长嗟，百年双鬓，吾非斯人谁与归。凭阑久，正清愁未了，醉墨休题。

注释

①期思：楚邑名，今戈阳期思县。　②桥：《铅山县志》：“期思桥，在县东二十里，因渡为之。”　③“有美人”二句：《诗·郑风·有女同车》：“有女同车，颜如舜华。将翱将翔，佩玉琼琚。彼美孟姜，洵美且都。”　④物化：《庄子·齐物论》：“昔者庄周梦为胡蝶，栩栩然胡蝶也。……俄然觉，则蘧蘧然周也。……此之谓物化。”　⑤神游：《列子·黄帝》：“黄帝……昼寝而梦游于华胥氏之国。华胥氏之国在弇州之西，台州之北，不知斯齐国几千万里。盖非舟车足力之所及，神游而已。其国无帅长，自然而已；其民无嗜欲，自然而已……黄帝既寤，怡然自得。”　⑥“春与”句：韩愈《柳州罗池庙碑》：“侯朝出游兮暮来归，春与猿吟兮秋鹤与飞。”　⑦“更上”句：《楚辞·招魂》：“湛湛江水兮上有枫。”　⑧“待空山”二句：苏轼《书林逋诗后》：“我笑吴人不好事，好作祠堂傍修竹。不然配食水仙王，一盏寒泉荐秋菊。”　⑨桂棹兰旗：《楚辞·九歌》“桂棹兮兰枻”“荃桡兮兰旌”。　⑩百年双鬓：杜甫《戏题寄上汉中王三首》：“百年双白鬓，一别五秋萤。”　⑪“吾非”句：范仲淹《岳阳楼记》：“微斯人吾谁与归。”

清平乐

谢叔良惠木犀

少年痛饮。忆向吴江醒。明月团团高树影。十里蔷薇水冷。

大都一点宫黄。人间直恁芬芳。怕是九天风露，染教世界都香。

注释

①叔良：余叔良，作者友人。 ②木犀：木樨，桂树学名，又名崖桂。因其树木纹理如犀，故名。 ③痛饮：尽情喝酒。 ④吴江：吴淞江，在今苏州南部，西接太湖。 ⑤团团：圆形。班婕妤《怨歌行》“裁为合欢扇，团团似明月”。⑥宫黄：古代宫中妇女以黄粉涂额，又称额黄，是一种淡妆。此指桂花。 ⑦直恁：竟然如此。

清平乐

题上卢桥

清溪奔快。不管青山碍。千里盘盘平世界。更著溪山襟带。

古今陵谷茫茫。市朝往往耕桑。此地居然形胜，似曾小小兴亡。

注释

①上卢桥：在江西上饶境内。 ②陵谷：高山深谷。《诗经·小雅·十月之交》：“高岸为谷，深谷为陵。”喻君子处下，小人居上。后喻世事变迁，高下易位。③市朝：人口聚集的都市。 ④耕桑：田地。 ⑤形胜：地理形势优越。

沁园春

灵山齐庵赋，时筑偃湖未成

叠嶂西驰，万马回旋，众山欲东。正惊湍直下，跳珠倒溅，小桥横截，缺月初弓。老合投闲，天教多事，检校长身十万松。吾庐小，在龙蛇影外，风雨声中。　　争先见面重重。看爽气朝来三数峰。似谢家子弟，衣冠磊落，相如庭户，车骑雍容。我觉其间，雄深雅健，如对文章太史公。新堤路，问偃湖何日，烟水濛濛。

注释

①灵山：在江西上饶。古有“九华五老虚揽胜，不及灵山秀色多”之说，足见其雄伟秀美。　②齐庵：当在灵山，疑即词中之“吾庐”，为稼轩游山小憩之处。　③偃湖：新筑之湖，时未竣工。　④惊湍（tuān）：急流，此指山上的飞泉瀑布。　⑤缺月初弓：水面的小桥像一弯新月。　⑥投闲：指离开官场，过闲散的生活。　⑦检校：巡查、管理。　⑧长身：高大。　⑨龙蛇影：松树影。⑩相如：《史记·司马相如列传》载，司马相如至临邛，“从车骑，雍容闲雅甚都。”⑪雄深雅健：雄放、深邃、高雅、刚健的文章风格。　⑫太史公：司马迁，字子长，西汉著名的史学家和文学家，曾继父职，任太史令，自称太史公。

南歌子

新开池，戏作

散发披襟处，浮瓜沉李杯。涓涓流水细侵阶。凿个池儿，唤个月儿来。　　画栋频摇动，红蕖尽倒开。斗匀红粉照香腮。有个人人，把做镜儿猜。

注释

①浮瓜沈李：将瓜李等果品浸泡于池水之中，以求凉爽宜口。

添字浣溪沙

日日闲看燕子飞。旧巢新垒画帘低。玉历今朝推戊己，住衔泥。　　先自春光留不住，那堪更著子规啼。一阵晚香吹不断，落花溪。

注释

①戊己：指一旬中的戊日和己日。《礼记·月令》：“（季夏之月）中央土，其日戊己。” 郑玄注：“戊之言茂也，己之言起也。日之行四时之间，从黄道，月为之佐。至此万物皆枝叶茂盛。其含秀者，抑屈而起，故因以为日名焉。”晋张华《博物志》：“燕戊己日不衔泥涂巢，此非才智，自然得之。”

沁园春

将止酒，戒酒杯使勿近

杯汝来前，老子今朝，点检形骸。甚长年抱渴，咽如焦釜，于今喜睡，气似奔雷。汝说刘伶，古今达者，醉后何妨死便埋。

浑如此，叹汝于知己，真少恩哉。　　更凭歌舞为媒。算合作平居鸩毒猜。况怨无大小，生于所爱，物无美恶，过则为灾。与汝成言，勿留亟退，吾力犹能肆汝杯。杯再拜，道麾之即去，招则须来。

注释

①止酒：戒酒。　②汝：你，此指酒杯。　③点检形骸：反省自身。　④抱渴：口渴即想饮酒。　⑤焦釜：烧煳的锅。　⑥气似奔雷：鼾声如雷。　⑦“汝说”三句：《晋书·刘伶传》载，刘伶纵酒放荡，经常乘一辆车，带一壶酒，令人带着锄头跟随，并说“死便掘地以埋”。　⑧为媒：作为媒引，诱人饮酒。⑨鸩毒：用鸩鸟羽毛制成的剧毒，溶入酒中，饮之立死。古时常以鸩酒杀人。⑩成言：说定，约定。　⑪麾（huī）：同“挥”。

点评

清沈雄《古今词话·词品》：“陈子宏曰：稼轩《沁园春》止酒词，如《答宾戏》《解嘲》等作，以游戏文章，寓意填词，词所不禁也。”

玉楼春

戏赋云山

何人半夜推山去。四面浮云猜是汝。常时相对两三峰，走遍溪头无觅处。　　西风瞥起云横度。忽见东南天一柱。老僧拍手笑相夸，且喜青山依旧住。

注释

①云山：白云笼罩之山。 ②"何人"二句：何人半夜把山推走，我猜是四面的浮云。 ③天一柱：天柱一根，指青山。 ④住：在这里。

点评

明卓人月、徐士俊《古今词统》："一气呵成，无穷转折。"

玉楼春

三三两两谁家女。听取鸣禽枝上语。提壶沽酒已多时，婆饼焦时须早去。　醉中忘却来时路。借问行人家住处。只寻古庙那边行，更过溪南乌柏树。

注释

①婆饼焦：鸟名。其鸣声如婆饼焦，故名。

满江红

山居即事

几个轻鸥，来点破、一泓澄绿。更何处、一双鸂鶒，故来争浴。细读离骚还痛饮，饱看修竹何妨肉。有飞泉、日日供明珠，三千斛。　　春雨满，秧新谷。闲日永，眠黄犊。看云连麦垄，雪堆蚕簇。若要足时今足矣，以为未足何时足。被野老、相扶入东园，枇杷熟。

注释

①鸂鶒（xī chì）：水鸟。又名紫鸳鸯。　②“细读”句：《世说新语·任诞篇》：“王孝伯言：名士不必须奇才，但使常得无事，痛饮酒，熟读《离骚》，便可称名士。”　③“饱看”句：苏轼《绿筠轩》：“可使食无肉，不可居无竹。无肉令人瘦，无竹使人俗。”　④闲日永：因为没事干，觉得日子长。

木兰花慢

中秋饮酒，将旦，客谓前人诗词有赋待月无送月者，因用天问体赋

可怜今夕月，向何处、去悠悠。是别有人间，那边才见，光影东头。是天外空汗漫，但长风、浩浩送中秋。飞镜无根谁系，嫦娥不嫁谁留。　　谓洋海底问无由。恍惚使人愁。怕万里长鲸，纵横触破，玉殿琼楼。虾蟆故堪浴水，问云何、玉兔解沉浮。若道都齐无恙，云何渐渐如钩。

注释

①将旦：天快亮了。　②天问体：《天问》是《楚辞》篇名，屈原作，文中向“天”提出了一百七十多个问题。即用《天问》的体式作词。　③汗漫：广阔无边。　④“谓洋”二句：意即据说月亮运行经过海底，又无法探明其究竟，

真让人不可捉摸而发愁。谓，据说。问无由，无处可询问。 ⑤“怕万里”三句：如果月亮果真是从海底经过，就怕海中的鲸鱼横冲直撞，把月中的玉殿琼楼撞坏。长鲸：巨大的鲸鱼。玉殿琼楼，指月亮。神话传说中，月亮上有华丽的宫殿，名“广寒宫”。 ⑥“虾蟆”二句：蛤蟆本来就会游泳，月经海底对它并无妨害，为什么玉兔也能在海中沉浮？虾蟆，蛤蟆，传说月中有蟾蜍。玉兔，传说中月亮上有白兔在捣药。

点评

王国维《人间词话》：“稼轩中秋饮酒达旦，用《天问》体作《木兰花慢》以送月曰：‘可怜今夕月，向何处、去悠悠。是别有人间，那边才见，光影东头。’词人想象，直悟月轮绕地之理，与科学家密合，可谓神悟。”

踏莎行

和赵国兴知录韵

吾道悠悠，忧心悄悄。最无聊处秋光到。西风林外有啼鸦，斜阳山下多衰草。　　长忆商山，当年四老。尘埃也走咸阳道。为谁书便幡然，至今此意无人晓。

注释

①知录：官名，知录事参军，为一种属官，掌管文书，纠查府事等。 ②吾道悠悠：唐陈子昂《登幽州台歌》“念天地之悠悠，独怆然而泣下”。 ③忧心悄悄：忧虑不安貌。《诗·邶风·柏舟》：“忧心悄悄，愠于群小。” ④“长忆”二句：秦末东园公、绮里季、夏黄公、甪里先生，避秦乱，隐商山，年皆八十余，须眉皓白，时称商山四皓。高祖召，不应。后高祖欲废太子，吕后用留侯计，迎四皓，辅太子，遂使高祖辍废太子之议。 ⑤“尘埃”三句：意即连尘埃都

想往咸阳去，为何四老“隐”？既然“隐”，为何“吕后令吕泽使人奉太子书”，四老就幡然出山？信里写了什么至今无人知道。

鹧鸪天

读渊明诗不能去手，戏作小词以送之

晚岁躬耕不怨贫。只鸡斗酒聚比邻。都无晋宋之间事，自是羲皇以上人。　千载后，百篇存。更无一字不清真。若教王谢诸郎在，未抵柴桑陌上尘。

注释

①去手：离手。 ②“晚岁”句：晚岁，晚年。陶渊明四十一岁后，弃官归隐，《庚戌岁九月中于西田获早稻》：“但愿长如此，躬耕非所叹。”《癸卯岁始春怀古田舍诗二首》：“先师有遗训，忧道不忧贫。” ③“只鸡”句：《归田园居》：“漉我新熟酒，只鸡招近局。”《杂诗十二首》：“落地为兄弟，何必骨肉亲。得欢当作乐，斗酒聚比邻。” ④“都无”句：陶作品很少涉及晋宋之际事（东晋末年、刘宋初年）。《桃花源记》“不知有汉，无论魏晋”。⑤“自是”句：陶《与子俨等疏》：“尝言五六月中，北窗下卧，遇凉风暂至，自谓是羲皇上人。”羲皇以上人，上古以远的人。 ⑥“千载”三句：清真，纯真自然。苏轼有“渊明独清真”。陶距作者此时约八百年，举成数，称千载。百篇，陶诗现存 125 篇。 ⑦“若教”二句：王谢是东晋两大望族，其子弟以潇洒儒雅见称。柴桑，古县名，今江西九江一带，陶的故乡。《杂诗十二首》：“人生无根蒂，飘如陌上尘。”

水调歌头

赵昌父七月望日用东坡韵，叙太白东坡事见寄，过相褒借，且有秋水之约。八月十四日，余卧病博山寺中，因用韵为谢，兼简子似

我志在寥阔，畴昔梦登天。摩挲素月，人世俯仰已千年。有客骖麟并凤，云遇青山赤壁，相约上高寒。酌酒援北斗，我亦虱其间。　少歌曰，神甚放，形则眠。鸿鹄一再高举，天地睹方圆。欲重歌兮梦觉，推枕惘然独念，人事底亏全。有美人可语，秋水隔婵娟。

注释

①赵昌父：赵蕃，作者友人。　②七月望日：七月十五。　③用东坡韵：依苏轼《水调歌头·明月几时有》韵填词。　④过相褒借：过于褒奖、推许。⑤秋水之约：或指相约八月中秋泛舟。　⑥子似：吴绍古，鄱阳人，南宋宁宗庆元四年（1198）任铅山县尉。　⑦寥廓：广阔无垠的宇宙太空。　⑧畴昔：昨晚。　⑨俯仰：低头、抬头之间，形容时间极短。是说天上片刻，人间已过千年。　⑩“有客”三句：有客乘鸾跨凤，和李白、苏轼相约，共上月宫游赏。骖（cān）：古代驾车时位于两旁的马。青山、赤壁，指李白和苏轼，李白死后葬于青山，苏轼贬官黄州时，有赤壁之游。高寒，天上高寒之处，指月宫。　⑪“酌酒”二句：他们以北斗为勺，开怀畅饮，我也有幸厕身其间。《楚辞·九歌·东君》：“援北斗兮酌桂浆。”援，手持。虱其间，以渺小无才之身参与其事。　⑫少歌：即“小歌”，指乐章的一部分。《楚辞·九章·抽思》有“少歌曰”，相当于“乱曰”。　⑬神甚放：神魂自由腾飞，无拘无束。　⑭“鸿鹄”二句：神魂高飞，俯视天圆地方之全貌。鸿，大雁。鹄，天鹅。高举，高飞。　⑮底亏全：为什么会有亏有全。

鹧鸪天

石壁虚云积渐高。溪声绕屋几周遭。自从一雨花零乱，却爱微风草动摇。　　呼玉友，荐溪毛。殷勤野老苦相邀。杖藜忽避行人去，认是翁来却过桥。

注释

①溪毛：溪边野菜。《左传·隐公三年》：“苟有明信，涧溪沼沚之毛……可荐于鬼神，可羞于王公。”杜预注：“溪，亦涧也。毛，草也。”

水调歌头

醉吟

四坐且勿语，听我醉中吟。池塘春草未歇，高树变鸣禽。鸿雁初飞江上，蟋蟀还来床下，时序百年心。谁要卿料理，山水有清音。　　欢多少，歌长短，酒浅深。而今已不如昔，后定不如今。闲处直须行乐，良夜更教秉烛，高会惜分阴。白发短如许，黄菊倩谁簪。

注释

①“四坐”句：魏晋无名氏古诗“四坐且勿喧”。　②“池塘”二句：南北朝谢灵运《登池上楼诗》：“池塘生春草，园柳变鸣禽。”　③“蟋蟀”句：《诗经·七月》：“十月蟋蟀，来我床下。”　④“时序”句：杜甫《春日江村》：“乾

坤万里眼，时序百年心。” ⑤“谁要”句：《世说新语》：“王子猷作桓车骑参军。桓谓王曰：卿在府久，比当相料理。初不答，直高视，以手版拄颊云：西山朝来致有爽气。” ⑥“山水”句：左思《招隐》：“非必丝与竹，山水有清音。” ⑦直须行乐：冯延巳《三台令》：“年少，年少，行乐直须及早。” ⑧“良夜”句：《古诗》：“昼短苦夜长，何不秉烛游。”

贺新郎

题傅岩叟悠然阁

路入门前柳。到君家、悠然细说，渊明重九。岁晚凄其无诸葛，惟有黄花入手。更风雨、东篱依旧。斗顿南山高如许，是先生、拄杖归来后。山不记，何年有。　是中不减康庐秀。倩西风、为君唤起，翁能来否。鸟倦飞还平林去，云肯无心出岫。剩准备、新诗几首。欲辨忘言当年意，慨遥遥、我去羲农久。天下事，可无酒。

注释

①题注：此篇作于庆元六年（1200）前，作者罢居铅山瓢泉期间。傅为栋，字岩叟，江西铅山人，鄂州州学讲师，与作者来往甚密。悠然阁在岩叟宅中，取自陶渊明《饮酒》“采菊东篱下，悠然见南山”。 ②“路入”三句：门前柳，《五柳先生传》“门前有五柳树”，借指傅家。渊明重九，用王弘遣白衣使送酒给渊明事。 ③“岁晚”三句：黄庭坚《宿彭泽怀陶令》：“岁晚以字行，更始号元亮。凄其无诸葛，肮脏（刚直倔强貌）犹汉相。”渊明晚年以诸葛自喻。 ④“斗顿”二句：渊明弃官归来，使南山变得高洁。斗顿：突然变化。宋时方言。南山：庐山。 ⑤“是中”三句：悠然阁风光之秀不亚于庐山，请西风唤起陶潜来游，不知他能赏光否？是中：这中间，指悠然阁。康庐：庐山，亦名匡山、

匡庐。宋人避宋太祖赵匡胤讳，改称康庐。⑥“鸟倦”二句：用陶潜《归去来辞》：“云无心以出岫，鸟倦飞而知还。” ⑦“欲辨”二句：用陶诗：“此中有真意，欲辨已忘言。”（《饮酒》诗第五首）“羲农去我久，举世少复真。”（《饮酒》诗第二十首）羲农，伏羲氏和神农氏，上古时代传说中人。

贺新郎

用前韵再赋

肘后俄生柳。叹人生、不如意事，十常八九。右手淋浪才有用，闲却持螯左手。谩赢得、伤今感旧。投阁先生惟寂寞，笑是非、不了身前后。持此语，问乌有。　青山幸自重重秀。问新来、萧萧木落，颇堪秋否。总被西风都瘦损，依旧千岩万岫。把万事、无言搔首。翁比渠侬人谁好，是我常、与我周旋久。宁作我，一杯酒。

注释

①“肘后”句：《庄子·至乐》：“支离叔与滑介叔观于冥伯之丘，昆仑之虚，黄帝之所休。俄而柳生其左肘，其意蹶蹶然恶之。支离叔曰：‘子恶之乎？’滑介叔曰：‘亡，予何恶！生者，假借也。假之而生生者，尘垢也。死生为昼夜。且吾与子观化而化及我，我又何恶焉！’” ②“投阁”句：王莽假借符命之说篡汉后，打算禁绝符命之说，而扬雄也受到牵连。在使者前来逮捕扬雄时，扬雄心中恐惧便从天禄阁上跳下，险些死去。后来王莽虽然赦免了他，但京城中还是嘲笑扬雄：“惟寂寞，自投阁；爱清静，作符命。”

满江红

和傅岩叟香月韵

半山佳句，最好是、吹香隔屋。又还怪、冰霜侧畔，蜂儿成簇。更把香来薰了月，却教影去斜侵竹。似神清、骨冷住西湖，何由俗。　根老大，穿坤轴。枝夭袅，蟠龙斛。快酒兵长俊，诗坛高筑。一再人来风味恶，两三杯后花缘熟。记五更、联句失弥明，龙衔烛。

水调歌头

即席和金华杜仲高韵，并寿诸友，惟酹乃佳耳

万事一杯酒，长叹复长歌。杜陵有客，刚赋云外筑婆娑。须信功名儿辈，谁识年来心事，古井不生波。种种看余发，积雪就中多。　二三子，问丹桂，倩素娥。平生萤雪，男儿无奈五车何。看取长安得意，莫恨春风看尽，花柳自蹉跎。今夕且欢笑，明月镜新磨。

注释

①杜陵：杜甫。　②二三子：出自《论语》，孔子对一些弟子的称呼。③丹桂、素娥：月亮。　④萤雪："囊萤""映雪"典故。　⑤五车：学富五

车典故。 ⑥看取长安得意：出自孟郊《登科》。

归朝欢

题晋臣积翠岩

我笑共工缘底怒。触断峨峨天一柱。补天又笑女娲忙，却将此石投闲处。野烟荒草路。先生柱杖来看汝。倚苍苔，摩挲试问，千古几风雨。　　长被儿童敲火苦。时有牛羊磨角去。霍然千丈翠岩屏，锵然一滴甘泉乳。结亭三四五。会相暖热携歌舞。细思量，古来寒士，不遇有时遇。

注释

①晋臣：赵不遇，字晋臣，江西铅山人，曾为敷文阁学士。 ②敲火：击石取火。 ③锵（qiāng）然：一般形容金属撞击声，此状甘泉滴水时清脆悦耳的响声。 ④不遇：怀才不遇。赵晋臣，名不遇，故有此语。

锦帐春

席上和叔高韵

春色难留，酒杯常浅。把旧恨、新愁相间。五更风，千里梦，看飞红几片。这般庭院。　　几许风流，几般娇懒。问相见、何如不见。燕飞忙，莺语乱。恨重帘不卷。翠屏平远。

注释

①“问相见”句：司马光《西江月》“相见争如不见”。

武陵春

走去走来三百里，五日以为期。六日归时已是疑。应是望多时。　　鞭个马儿归去也，心急马行迟。不免相烦喜鹊儿。先报那人知。

注释

①“五日”二句：《诗经·采绿》：“五日为期，六日不詹。”

夜游宫

苦俗客

几个相知可喜。才厮见、说山说水。颠倒烂熟只这是。怎奈向，一回说，一回美。　　有个尖新底。说底话、非名即利。说得口干罪过你。且不罪，俺略起，去洗耳。

注释

①苦俗客：苦于俗客的骚扰。　②相知：认识的人。　③厮见：相见。

④怎奈向：怎么办，宋人习用口语。向，尾助词，起加强语气作用。 ⑤尖新底：别致的，特别的。底，犹今之“的”。 ⑥罪过你：难为你、多谢你。杨万里《听蝉八绝句》：“罪过渠侬商略秋，从朝至暮不曾休。” ⑦不罪：不责怪。⑧洗耳：厌闻其语。《高士传》载，古代隐士许由不愿做官，洗耳于颍水之滨。其友巢父问其故。对曰：“尧欲召我为九州长，恶闻其声，是故洗耳。”

鹧鸪天

有客慨然谈功名，因追念少年时事戏作

壮岁旌旗拥万夫。锦襜突骑渡江初。燕兵夜娖银胡䩮，汉箭朝飞金仆姑。　追往事，叹今吾，春风不染白髭须。都将万字平戎策，换得东家种树书。

注释

①“壮岁”句：作者领导起义军抗金，当时二十岁出头。《美芹十论》：“臣尝鸠众二千，隶耿京，为掌书记，与图恢复，共藉兵二十五万，纳款于朝。” ②“锦襜”句：指作者南归前统帅部队和敌人战斗。锦襜突骑：穿锦绣短衣的快速骑兵。襜（chān），战袍。衣蔽前曰“襜”。 ③“燕兵”句：金兵在夜晚枕着箭袋小心防备。燕兵，指金兵。娖（chuò），整理。银胡䩮（lù），银色或镶银的箭袋。 ④“汉箭”句：清晨宋军便万箭齐发，向金兵发起进攻。汉，代指宋。金仆姑：箭名。 ⑤髭（zī）须：胡子。唇上曰髭，唇下为须。⑥平戎策：作者南归后，上书朝廷《美芹十论》《九议》等在政治军事上很有价值的抗金意见书。 ⑦“换得”句：归隐山林，过田园生活。

喜迁莺

晋臣赋芙蓉词见寿，用韵为谢

暑风凉月。爱亭亭无数，绿衣持节。掩冉如羞，参差似妒，拥出芙蓉花发。步衬潘娘堪恨，貌比六郎谁洁。添白鹭，晚晴时，公子佳人并列。　休说。搴木末。当日灵均，恨与君王别。心阻媒劳，交疏怨极，恩不甚兮轻绝。千古离骚文字，芳至今犹未歇。都休问，但千杯快饮，露荷翻叶。

注释

①持节：带着传达命令的符节。节，古代使臣用以证明身份的信物。苏轼《江城子·密州出猎》："持节云中，何日遣冯唐。"　②掩冉：掩映。　③步衬潘娘：潘娘，南齐东昏侯宠妃潘妃。《南史》："凿金为莲花，以帖地，令潘妃行其上，曰：'此步步生莲华也。'"　④貌比六郎：武则天男宠张昌宗、张易之，时人号张易之为"五郎"，张昌宗为"六郎"。《新唐书·杨再思传》："再思每曰：'人言六郎似莲华，非也；正谓莲华似六郎耳。'其巧谀无耻类如此。"　⑤搴（qiān）：拔取。　⑥"心阻"三句：《九歌·湘君》："心不同兮媒劳，恩不甚兮轻绝。"　⑦千杯：此以荷叶喻酒杯。　⑧露荷翻叶：谓倾杯一饮。此以叶上露珠喻酒。

千年调

开山径得石壁，事出望外，意天之所赐邪，喜而赋之

左手把青霓，右手挟明月。吾使丰隆前导，叫开阊阖。周

游上下，径入寥天一。览县圃，万斛泉，千丈石。　　钧天广乐，燕我瑶之席。帝饮予觞甚乐，赐汝苍壁。嶙峋突兀，正在一丘壑。余马怀，仆夫悲，下恍惚。

注释

①千年调：词牌名。此调曹组词名“相思会”，因其首韵有“人无百年人，刚作千年调”句，辛弃疾改此名。　②青霓：虹霓。　③丰隆：雷神。　④阊阖：天门。　⑤寥天一：空虚浑然一体的高天。　⑥斛（hú）：古代量米容器，十斗为一斛。　⑦钧天广乐：天上仙乐。　⑧燕：同“宴”，即宴饮。　⑨瑶：瑶池，传说中的仙池，为群仙宴饮之所。　⑩饮（yìn）予：请我饮酒。　⑪余马怀：我的马因怀乡而不肯前行。　⑫仆夫悲：我的驾车人因思家而悲伤。

临江仙

苍壁初开，传闻过实。客有来观者，意其如积翠清风岩石玲珑之胜。既见之，乃独为是突兀而止也，大笑而去。主人戏下一转语，为苍壁解嘲

莫笑吾家苍壁小，棱层势欲摩空。相知惟有主人翁。有心雄泰华，无意巧玲珑。　　天作高山谁得料，解嘲试倩扬雄。君看当日仲尼穷。从人贤子贡，自欲学周公。

注释

①苍壁：作者开山径得石壁，取名为苍壁。　②积翠清风岩石玲珑：积翠岩、清风峡、岩石山、玲珑山。《直斋书录解题》：“何氏山庄次序本末一卷，尚书崇仁何同叔撰。其别墅曰‘三山小隐’。三山者，浮石山、岩石山、玲珑

山，其实一山也。” ③独为是：仅仅是。 ④突兀：高耸。 ⑤而止：而已。 ⑥摩空：摩天，与天接触。 ⑦雄泰华：像泰山、华山一样的雄奇。 ⑧天作高山：《诗经·天作》：“天作高山，大王荒之。” ⑨扬雄：字子云，在长安时仕宦不得意，曾闭门著书，作有《解嘲》。 ⑩从人贤子贡：《论语》：“叔孙武叔语大夫于朝曰：‘子贡贤于仲尼。’”子贡，姓端木，名赐，卫国人，孔子的贤弟子。 ⑪自欲学周公：《论语》：“子曰：‘甚矣吾衰矣，久矣吾不复梦见周公。’”周公，孔子仰慕的圣人，周武王之弟，名旦，武王死，辅佐成王。

贺新郎

邑中园亭，仆皆为赋此词。一日，独坐停云，水声山色，竞来相娱，意溪山欲援例者，遂作数语，庶几仿佛渊明思亲友之意云

甚矣吾衰矣。怅平生、交游零落，只今余几。白发空垂三千丈，一笑人间万事，问何物、能令公喜。我见青山多妩媚，料青山、见我应如是。情与貌，略相似。　一尊搔首东窗里。想渊明、停云诗就，此时风味。江左沉酣求名者，岂识浊醪妙理。回首叫、云飞风起。不恨古人吾不见，恨古人、不见吾狂耳。知我者，二三子。

注释

①邑：指铅山县。作者在江西铅山期思渡建有别墅，带湖居所失火后举家迁之。 ②仆：自称。 ③停云：停云堂，在瓢泉别墅。陶渊明有《停云》诗。 ④甚矣吾衰矣：孔丘慨叹自己“道不行”。《论语·述而》：“甚矣吾衰也！久矣吾不复梦见周公。”作者借此感叹壮志难酬。 ⑤“问何物”句：《世说

新语·宠礼》："王珣、郗超并有奇才，为大司马所眷拔。珣为主簿，超为记室参军。超为人多须，珣状短小。于时荆州为之语曰：'髯参军，短主簿。能令公喜，能令公怒。'" ⑥"不恨"二句：化用《南史·张融传》"不恨我不见古人，所恨古人又不见我"。 ⑦二三子：用《论语》"二三子以我为隐乎"。

点评

宋岳珂《桯史》："稼轩以词名，每燕必命侍妓歌其所作。特好歌《贺新郎》一词，自诵其警句曰：'我见青山多妩媚，料青山见我应如是。'又曰：'不恨古人吾不见，恨古人不见吾狂耳。'每至此，辄拊髀自笑，顾问坐客何如。"

水龙吟

老来曾识渊明，梦中一见参差是。觉来幽恨，停觞不御，欲歌还止。白发西风，折腰五斗，不应堪此。问北窗高卧，东篱自醉，应别有、归来意。 须信此翁未死。到如今、凛然生气。吾侪心事，古今长在，高山流水。富贵他年，直饶未免，也应无味。甚东山何事，当时也道，为苍生起。

注释

①参差：好像，仿佛。 ②停觞（shāng）不御：停杯不饮。御，用，进，此处引申为饮。 ③折腰五斗：陶渊明曾说："我岂能为五斗米折腰向乡里小儿。"五斗，五斗米，指微薄的俸禄。 ④凛然：严肃，令人生畏的样子。 ⑤吾侪（chái）：我辈，我们。 ⑥高山流水：喻知音。 ⑦直饶：即使。 ⑧东山：东晋谢安曾隐居东山。 ⑨苍生：黎民百姓。

贺新郎

别茂嘉十二弟

绿树听鹈鴂。更那堪、鹧鸪声住，杜鹃声切。啼到春归无寻处，苦恨芳菲都歇。算未抵、人间离别。马上琵琶关塞黑，更长门、翠辇辞金阙。看燕燕，送归妾。　　将军百战身名裂。向河梁、回头万里，故人长绝。易水萧萧西风冷，满座衣冠似雪。正壮士、悲歌未彻。啼鸟还知如许恨，料不啼清泪长啼血。谁共我，醉明月。

注释

①马上琵琶：用王昭君出塞事。 ②长门：指陈皇后失宠居长门。 ③燕燕：《诗·邶风·燕燕》："燕燕于飞，差池其羽。之子于归，远送于野。"《左传》载，卫庄公妻庄姜无子，遂以妾戴妫之子完为子。完继位不久，便被其弟州吁杀死，戴妫也被遣送回国。临行前，庄姜作《燕燕》送别。 ④"将军"三句：指李陵苏武事。李陵降匈奴，苏武则持节牧羊十九年而不屈；后来苏武终于得以回国，李陵在河梁为其饯行。 ⑤易水：荆轲刺秦前，太子丹在易水边送行，荆轲和乐而歌："风萧萧兮易水寒，壮士一去兮不复还。"

点评

陈廷焯《云韶集》："悲郁，沉郁顿挫，姿态绝世。换头处，起势崚嶒。"

《白雨斋词话》："稼轩词自以《贺新郎 · 别茂嘉十二弟》一篇为冠。沉郁苍凉，跳跃动荡，古今无此笔力。"

永遇乐

戏赋辛字送茂嘉十二弟赴调

烈日秋霜，忠肝义胆，千载家谱。得姓何年，细参辛字，一笑君听取。艰辛做就，悲辛滋味，总是辛酸辛苦。更十分，向人辛辣，椒桂捣残堪吐。　　世间应有，芳甘浓美，不到吾家门户。比著儿曹，累累却有，金印光垂组。付君此事，从今直上，休忆对床风雨。但赢得，靴纹绉面，记余戏语。

注释

①茂嘉：作者族弟，排行十二，生平不详。　②烈日秋霜：比喻风节刚直。《新唐书·段秀实传赞》："虽千五百岁，其英烈言言，如严霜烈日，可畏而仰哉。"　③细参：细细品味。　④对床风雨：指深挚的手足之情。　⑤靴纹绉面：面容褶皱像靴子的纹络。欧阳修《归田录》载，北宋田元均任三司使，请托人情者不绝于门，他深为厌恶，却又只好强装笑脸，虚与应酬，曾对人说："作三司使数年，强笑多矣，直笑得面似靴皮。"

西江月

以家事付儿曹，示之

万事云烟忽过，一身蒲柳先衰。而今何事最相宜。宜醉宜游宜睡。　　早趁催科了纳，更量出入收支。乃翁依旧管些儿。

管竹管山管水。

注释

①儿曹：儿辈，孩子们。　②蒲柳：蒲与柳入秋落叶较早，喻人之身体孱弱、早衰。《世说新语·言语篇》："顾悦与简文同年而发早白。简文曰：'卿何以先白？'对曰：'蒲柳之姿，望秋而落；松柏之质，经霜弥茂。'"　③"早趁"二句：及早催租纳税，妥善安排一家收入和支出。催科，官府催缴租税。了纳，向官府交纳完毕。　④乃翁：你的父亲，作者自谓。

粉蝶儿

和晋臣赋落花

昨日春如，十三女儿学绣。一枝枝、不教花瘦。甚无情、便下得、雨僝风僽。向园林、铺作地衣红绉。　　而今春似，轻薄荡子难久。记前时、送春归后。把春波、都酿作，一江春酎。约清愁、杨柳岸边相候。

注释

①十三女儿：杜牧《赠别》："娉娉袅袅十三余。"　②不教花瘦：将花绣得肥大，此指春光丰腴。　③下得：忍得。　④雨僝（chán）风僽（zhòu）：原指恶言骂詈，此形容风雨作恶。　⑤地衣红绉：园林里落花满地，像铺上一层带皱纹的红地毯一样。　⑥酎（zhòu）：美酒。

满江红

游清风峡和赵晋臣敷文韵

两峡崭岩，问谁占、清风旧筑。更满眼、云来鸟去，涧红山绿。世上无人供笑傲，门前有客休迎肃。怕凄凉、无物伴君时，多栽竹。　　风采妙，凝冰玉。诗句好，余膏馥。叹只今人物，一夔应足。人似秋鸿无定住，事如飞弹须圆熟。笑君侯，陪酒又陪歌，阳春曲。

注释

①《铅山县志·选举志》载，赵晋臣，名不遇，南宋绍兴二十四年进士，官中奉大夫，直敷文阁学士。清风峡在铅山（今属江西），峡东清风洞，是欧阳修录取的状元刘煇早年读书的地方。

浣溪沙

常山道中

北陇田高踏水频。西溪禾早已尝新。隔篱沽酒煮纤鳞。

忽有微凉何处雨，更无留影霎时云。卖瓜声过竹边村。

注释

①踏水频：忙于踏水车引水灌田。　②尝新：品尝新稻。　③纤鳞：细鳞，代指鱼。

汉宫春

会稽秋风亭怀古

亭上秋风，记去年袅袅，曾到吾庐。山河举目虽异，风景非殊。功成者去，觉团扇、便与人疏。吹不断，斜阳依旧，茫茫禹迹都无。　千古茂陵词在，甚风流章句，解拟相如。只今木落江冷，眇眇愁余。故人书报，莫因循、忘却莼鲈。谁念我，新凉灯火，一编太史公书。

注释

①禹迹：相传大禹死后葬会稽，故称会稽为禹迹。　②茂陵词：指汉武帝所作《秋风辞》。汉武帝葬于茂陵，故以为代称。

南乡子

登京口北固亭有怀

何处望神州。满眼风光北固楼。千古兴亡多少事，悠悠。不尽长江衮衮流。　年少万兜鍪。坐断东南战未休。天下英雄谁敌手。曹刘。生子当如孙仲谋。

注释

①京口：今江苏镇江。　②北固亭：在镇江北固山上，下临长江，三面环水。

③年少：指孙权十九岁继父兄之业统治江东。 ④兜鍪（móu）：指千军万马。原指古代作战时兵士所戴的头盔，代指士兵。 ⑤坐断：坐镇，占据，割据。⑥东南：吴国在三国时地处东南方。 ⑦曹刘：曹操与刘备。曹操曾与刘备论英雄曰："天下英雄，唯使君与操耳。" ⑧"生子"句：曹操率领大军南下，见孙权的军队雄壮威武，喟然而叹："生子当如孙仲谋，刘景升儿子若豚犬耳。"

点评

陈廷焯《云韶集》："魄力雄大，虎视千古。东坡词极名士之雅，稼轩词极英雄之气，千古并称，而稼轩更胜。"又《词则·放歌集》："信手拈来，自然合拍。"

永遇乐

京口北固亭怀古

千古江山，英雄无觅，孙仲谋处。舞榭歌台，风流总被，雨打风吹去。斜阳草树，寻常巷陌，人道寄奴曾住。想当年，金戈铁马，气吞万里如虎。　元嘉草草，封狼居胥，赢得仓皇北顾。四十三年，望中犹记，烽火扬州路。可堪回首，佛狸祠下，一片神鸦社鼓。凭谁问，廉颇老矣，尚能饭否。

注释

①寄奴：南朝宋武帝刘裕小名，两次领兵北伐，收复洛阳、长安等地。 ②"元嘉"句：元嘉，刘裕子刘义隆年号。草草，轻率。南朝宋（不是南宋）刘义隆好大喜功，仓促北伐，让北魏主拓跋焘抓住机会，南下抵长江北岸而返。 ③封狼居胥：公元前119年（汉武帝元狩四年）霍去病远征匈奴，歼敌七万余，封

狼居胥山而还。狼居胥山，在今蒙古境内。刘义隆曾令王玄谟陈述北伐策略，说："闻王玄谟陈说，使人有封狼居胥意。"此用"元嘉北伐"失利事，影射南宋"隆兴北伐"。 ④仓皇北顾：刘义隆北伐失败后，北魏军南侵至扬州，刘义隆惊吓之余登上建康幕府山北望。 ⑤四十三年：作者1162年（宋高宗绍兴三十二年）南归，到写该词时正好为四十三年。 ⑥烽火扬州路：扬州地区已成为当时的抗金前线。 ⑦佛（bì）狸祠：北魏太武帝拓跋焘小名佛狸。公元450年，他曾反击刘宋，在长江北岸瓜步山建立行宫，即后来的佛狸祠。 ⑧神鸦社鼓：在庙里吃祭品的乌鸦、祭祀时的鼓声。指南宋时当地百姓把佛狸祠当作神祠，不知它曾是皇帝行宫。 ⑨廉颇：战国时赵国名将。《史记·廉颇蔺相如列传》："赵王思复得廉颇，廉颇亦思复用于赵。赵王使使者视廉颇尚可用否。廉颇之仇郭开多与使者金，令毁之。赵使者既见廉颇，廉颇为之一饭斗米，肉十斤，被甲上马，以示尚可用。赵使还报王曰：'廉将军虽老，尚善饭，然与臣坐，顷之三遗矢矣。'赵王以为老，遂不召。"

点评

岳珂《桯史 · 稼轩论词》："既而又作一《永遇乐》，序北府事，首章曰：'千古江山，英雄无觅，孙仲谋处。'又曰：'寻常巷陌，人道寄奴曾住。'其寓感慨者则曰：'可堪回首，佛狸祠下，一片神鸦社鼓。凭谁问、廉颇老矣，尚能饭否。'特置酒召数客，使妓迭歌，益自击节。遍问客，必使摘其疵，逊谢不可。客或措一二辞，不契其意，又弗答，然挥羽四视不止。余时年少，勇于言。偶坐于席侧，稼轩因诵启语，顾问再四。余率然对曰：'待制词句，脱去今古轸辙，每见集中有'解道此句，真宰上诉，天应嗔耳'之序，尝以为其言不诬。童子何知，而敢有议？然必欲以范文正以千金求《严陵祠记》一字之易，则晚进尚窃有疑也。'稼轩喜，促膝亟使毕其说。余曰：'前篇豪视一世，独首尾二腔警语差相似；新作微觉用事多耳。'于是大喜，酌酒而谓坐中曰：'夫君实中予痼。'乃咏改其语，日数十易，累月犹未竟。其刻意如此。"

杨慎《词苑萃编》："辛词当以京口北固亭怀古《永遇乐》为第一。"

周济《宋四家词选》："（上片）有英主则可以隆中兴，此是正说；英主必起于草泽，此是反说。（下片）继世图功，前车如此。"

陈廷焯《词则》："稼轩词拉杂使事，而以浩气行之，如五都有中，百宝杂陈，又如淮阴将兵，多多益善，风雨纷飞，鱼龙百变，天地奇观也。岳倦翁讥其用事多，谬矣。"

陈洵《海绡说词》："金陵王气，始于东吴。权不能为汉讨贼，所谓英雄，亦仅保江东耳。事随运去，本不足怀，'无觅'亦何恨哉！至于寄奴王者，则千载如见其人。'寻常巷陌'胜于'舞榭歌台'远矣。以其能虎步中原，气吞万里也。后阕谓元嘉之政，尚足有为。乃草草三十年，徒忧北顾，则文帝不能继武矣。自元嘉二十九年，更谋北伐无功。明年癸巳，至齐明帝建武二年，此四十三年中，北师屡南，南师不复北。至于魏孝文济淮问罪，则元嘉且不可复见矣。故曰'望中犹记'，曰'可堪回首'。此稼轩守南徐日作，作为宋事寄慨。'廉颇老矣，尚能饭否'，谓己亦衰老，恐无能为也。使事虽多，脉络井井可寻，是在知人论世者。"

西江月

堂上谋臣帷幄，边头猛将干戈。天时地利与人和。燕可伐与曰可。　此日楼台鼎鼐，他时剑履山河。都人齐和大风歌。管领群臣来贺。

注释

①"燕可"句：可以讨伐燕国了吗？《孟子·公孙丑下》："沈同以其私问曰：'燕可伐与？'孟子曰：'可。'"　②鼎鼐（nài）：炊器。古时把宰相治国比作鼎鼐调味，古以之代相位。　③大风歌：《史记·高祖本纪》："高祖还归，过沛，留。置酒沛宫，悉召故人父老子弟纵酒，发沛中儿得百二十人，教之歌。酒酣，高祖击筑，自为歌诗曰：'大风起兮云飞扬，威加海内兮归故乡，安得猛士兮守四方！'"

临江仙

手捻黄花无意绪，等闲行尽回廊。卷帘芳桂散余香。枯荷难睡鸭，疏雨暗池塘。　忆得旧时携手处，如今水远山长。罗巾浥泪别残妆。旧欢新梦里，闲处却思量。

注释

①水远山长：谓山河辽阔。后蜀欧阳炯《南乡子》："日暮江亭春影渌，鸳鸯浴，水远山长看不足。"

水调歌头

和马叔度游月波楼

客子久不到，好景为君留。西楼著意吟赏，何必问更筹。唤起一天明月，照我满怀冰雪，浩荡百川流。鲸饮未吞海，剑气已横秋。　野光浮。天宇迥，物华幽。中州遗恨，不知今夜几人愁。谁念英雄老矣，不道功名蕞尔，决策尚悠悠。此事费分说，来日且扶头。

注释

①马叔度：作者友人，生平不详。　②月波楼：宋时有两个月波楼，一在黄州今湖北黄冈，一在嘉禾今福建建阳。不知作者所游何处。　③客子、君：皆指友人马叔度。　④物华：泛指美好景物。　⑤蕞（zuì）尔：微小。

「赵善括」

水调歌头

山险号北固，景胜冠南州。洪涛江上乱云，山里簇红楼。堪笑萍踪无定，拟泊叶舟何许，无计可依刘。金阙自帷幄，玉垒老貔貅。　　问兴亡，成底事，几春秋。六朝人物，五胡妖雾不胜愁。休学楚囚垂泪，须把祖鞭先著，一鼓版图收。惟有金焦石，不逐水漂流。

注释

①北固：在今江苏镇江市东北。有南、中、北三峰。北峰三面临江，形势险要，故称。　②依刘：《三国志·魏志·王粲传》："（王粲）年十七，司徒辟，诏除黄门侍郎，以西京扰乱，皆不就。乃之荆州依刘表。"后以"依刘"谓投靠有权势者。　③楚囚：《左传·成公九年》："晋侯观于军府，见钟仪。问之曰：'南冠而絷者，谁也？'有司对曰：'郑人所献楚囚也。'"本指被俘的楚国人。后借指处境窘迫无计可施者。　④祖鞭：晋虞预《晋书》："刘琨与亲旧书曰：'吾枕戈待旦，志枭逆虏，常恐祖生（祖逖）先吾著鞭耳。'"后以"祖生鞭"为勉人努力进取的典故。　⑤金焦：金山与焦山，都在江苏镇江。金山原名浮玉，因裴头陀江际获金，唐贞元间李骑奏改。焦山因汉焦光隐居此山得名。

「程垓」

水龙吟

夜来风雨匆匆，故园定是花无几。愁多愁极，等闲孤负，一年芳意。柳困花慵，杏青梅小，对人容易。算好春长在，好花长见，元只是、人憔悴。　　回首池南旧事。恨星星、不堪重记。如今但有，看花老眼，伤时清泪。不怕逢花瘦，只愁怕、老来风味。待繁红乱处，留云借月，也须拚醉。

注释

①孤负：徒然错过。同“辜负”。　②池南：池阳之南，指蜀地，即作者故园。③星星：比喻间杂的白发。

摸鱼儿

掩凄凉、黄昏庭院，角声何处呜咽。矮窗曲屋风灯冷，还是苦寒时节。凝伫切。念翠被熏笼，夜夜成虚设。倚阑愁绝。听风竹声中，犀影帐外，簌簌酿寒轻雪。　伤心处，却忆当年轻别。梅花满院初发。吹香弄蕊无人见，惟有暮云千叠。情未彻。又谁料而今，好梦分胡越。不堪重说。但记得当初，重门锁处，犹有夜深月。

渔家傲

独木小舟烟雨湿。燕儿乱点春江碧。江上青山随意觅。人寂寂。落花芳草催寒食。　昨夜青楼今日客。吹愁不得东风力。细拾残红书怨泣。流水急。不知那个传消息。

酷相思

月挂霜林寒欲坠。正门外、催人起。奈离别、如今真个是。欲住也、留无计。欲去也、来无计。　马上离魂衣上泪。各自个、供憔悴。问江路梅花开也未。春到也、须频寄。人到也、须频寄。

注释

①酷相思：词牌名。　②“问江路”句：化用陆凯寄范晔诗“折梅逢驿使，寄与陇头人”，及《西洲曲》“忆梅下西洲，折梅寄江北”一类诗句，描写女

子的临别叮咛，意思是提醒对方别将自己遗忘，希望他看到梅开而想到自己，春天到来时要折梅相寄，人到目的地后也折梅相寄。

卜算子

独自上层楼，楼外青山远。望以斜阳欲尽时，不见西飞雁。

独自下层楼，楼下蛩声怨。待到黄昏月上时，依旧柔肠断。

最高楼

旧时心事，说著两眉羞。长记得、凭肩游。缃裙罗袜桃花岸，薄衫轻扇杏花楼。几番行，几番醉，几番留。　　也谁料、春风吹已断。又谁料、朝云飞亦散。天易老，恨难酬。蜂儿不解知人苦，燕儿不解说人愁。旧情怀，消不尽，几时休。

注释

①缃（xiāng）裙：浅黄色的裙子。

「石孝友」

眼儿媚

愁云淡淡雨潇潇。暮暮复朝朝。别来应是，眉峰翠减，腕玉香销。　　小轩独坐相思处，情绪好无聊。一丛萱草，几竿修竹，数叶芭蕉。

点评

明杨慎《词品》卷二："次仲（石孝友字次仲）词在宋末著名，而清奇宕丽。"

陈廷焯《白雨斋词话》卷八谓其集句诸调"皆脱口而出，运用自如，无凑泊之痕，有生动之趣"。又《云韶集评》："次仲词清奇雄秀，别于诸家外独树一帜。"

《四库总目提要》："长调以端庄为主，小令以轻倩为工；而长调类多献谀之作，小令亦间近于俚俗。"

卜算子

见也如何暮。别也如何遽。别也应难见也难，后会难凭据。

去也如何去。住也如何住。住也应难去也难，此际难分付。

注释

①上片“如何”：为何。 ②暮：迟，晚。 ③遽（jù）：急，仓猝。④难凭据：无把握，无确期。 ⑤下片“如何”：怎样。 ⑥难分付：宋人口语，犹言不好办。

浪淘沙

好恨这风儿。催俺分离。船儿吹得去如飞。因甚眉儿吹不展，叵耐风儿。　　不是这船儿。载起相思。船儿若念我孤恓。载取人人篷底睡，感谢风儿。

「赵师侠」

谒金门

耽冈迓陆尉

沙畔路。记得旧时行处。蔼蔼疏烟迷远树。野航横不渡。

竹里疏花梅吐。照眼一川鸥鹭。家在清江江上住。水流愁不去。

注释

①题注：耽冈在今江西吉安城南，下临赣江。迓，迎。陆尉，陆姓县尉。

柳梢青

和赵显祖

漠漠轻阴。养花天气，乍暗还明。曲径风微，蜂迷红片，蝶趁游人。　　平芜极目青青。谩怅望、谁招断魂。柳外愁闻，莺雏唤友，鸠妇呼晴。

行香子

春日迟迟。春景熙熙。渐郊原、芳草萋萋。天桃灼灼，杨柳依依。见燕喃喃，蜂簇簇，蝶飞飞。　闲庭寂寂，曲沼漪漪。更秋千、红索垂垂。游人队队，乐意嬉嬉。尽醉醺醺，歌缓缓，语低低。

「陈亮」

水调歌头

送章德茂大卿使虏

不见南师久，谩说北群空。当场只手，毕竟还我万夫雄。自笑堂堂汉使，得似洋洋河水，依旧只流东。且复穹庐拜，会向藁街逢。　尧之都，舜之壤，禹之封。于中应有，一个半个耻臣戎。万里腥膻如许，千古英灵安在，磅礴几时通。胡运何须问，赫日自当中。

念奴娇

登多景楼

危楼还望，叹此意、今古几人曾会。鬼设神施，浑认作、天限南疆北界。一水横陈，连岗三面，做出争雄势。六朝何事，只成门户私计。　因笑王谢诸人，登高怀远，也学英雄涕。

凭却长江管不到，河洛腥膻无际。正好长驱，不须反顾，寻取中流誓。小儿破贼，势成宁问强对。

注释

①小儿破贼：谢安之弟谢石、侄谢玄在淝水大破前秦大军，捷报传来时，谢安面不改色而将捷报置于一旁。有客人问时，谢安说：“小儿辈遂已破贼。”

贺新郎

寄辛幼安和见怀韵

老去凭谁说。看几番、神奇臭腐，夏裘冬葛。父老长安今余几，后死无仇可雪。犹未燥、当时生发。二十五弦多少恨，算世间、那有平分月。胡妇弄，汉宫瑟。　树犹如此堪重别。只使君、从来与我，话头多合。行矣置之无足问，谁换妍皮痴骨。但莫使、伯牙弦绝。九转丹砂牢拾取，管精金、只是寻常铁。龙共虎，应声裂。

鹧鸪天

怀王道甫

落魄行歌记昔游。头颅如许尚何求。心肝吐尽无余事，口腹安然岂远谋。　　才怕暑，又伤秋。天涯梦断有书不。大都眼孔新来浅，羡尔微官作计周。

注释

①王道甫：王自中，字道甫，作者的朋友。　②行歌：边走边吟诗。　③头颅如许：指满头白发。　④心肝吐尽：这里指屡次上书朝廷，提出忠告。心肝，真挚的心意。　⑤微官：低级官吏，指王道甫。　⑥作计：考虑安排。

水龙吟

春恨

闹花深处层楼，画帘半卷东风软。春归翠陌，平莎茸嫩，垂杨金浅。迟日催花，淡云阁雨，轻寒轻暖。恨芳菲世界，游人未赏，都付与、莺和燕。　　寂寞凭高念远。向南楼、一声归雁。金钗斗草，青丝勒马，风流云散。罗绶分香，翠绡封泪，几多幽怨。正销魂，又是疏烟淡月，子规声断。

虞美人

春愁

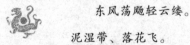

东风荡飏轻云缕。时送萧萧雨。水边台榭燕新归，一口香泥湿带、落花飞。　　海棠糁径铺香绣。依旧成春瘦。黄昏庭

院柳啼鸦。记得那人和月、折梨花。

注释

①香绣：指海棠花瓣。 ②成春瘦：花落则春光减色，如人之消瘦。

南乡子

风雨满蘋洲。绣阁银屏一夜秋。当日袜尘何处去，溪楼。怎对烟波不泪流。 天际目归舟。浪卷涛翻一叶浮。也似我侬魂不定，悠悠。宋玉方悲庾信愁。

注释

①“宋玉”句：宋玉《九辩》有“悲哉秋之为气也，萧瑟兮草木零落而变衰”。庾信有“摇落秋为气，凄凉多怨情”句。

点绛唇

咏梅月

一夜相思，水边清浅横枝瘦。小窗如昼。情共香俱透。

清入梦魂，千里人长久。君知否。雨僝云僽。格调还依旧。

「赵善扛」

小重山

别情

汲水添瓶恰换花。蜂儿争要采，打窗纱。青春谁与度年华。弦索暗，无绪几曾拿。　　春思正交加。马蹄声错认，客还家。花笺欲写寄天涯。羞人见，罗袖急忙遮。

「杨炎正」

水调歌头

把酒对斜日，无语问西风。胭脂何事，都做颜色染芙蓉。放眼暮江千顷，中有离愁万斛，无处落征鸿。天在阑干角，人倚醉醒中。　　千万里，江南北，浙西东。吾生如寄，尚想三径菊花丛。谁是中州豪杰，借我五湖舟楫，去作钓鱼翁。故国且回首，此意莫匆匆。

注释

①斛（hú）：古代容量单位，十斗为一斛，后改为五斗一斛。万斛喻愁多。②“天在”二句：在似醉似醒中倚栏眺望，栏杆一角露出一线天光。　③如寄：喻生命短促。　④三径菊花：赵岐《三辅决录·逃名》载，汉时，蒋诩辞官归乡里，闭门不出，院舍前竹下辟三径（小路），只与求仲、羊仲往来。后遂以“三径”称隐士居所。陶潜《归去来兮辞》：“三径就荒，松菊犹存。”此化用其意，表示归居田园。　⑤五湖：太湖一带。此表示隐遁湖海。

水调歌头

登多景楼

寒眼乱空阔，客意不胜秋。强呼斗酒，发兴特上最高楼。舒卷江山图画，应答龙鱼悲啸，不暇顾诗愁。风露巧欺客，分冷入衣裘。　　忽醒然，成感慨，望神州。可怜报国无路，空白一分头。都把平生意气，只做如今憔悴，岁晚若为谋。此意仗江月，分付与沙鸥。

注释

①多景楼：在今江苏镇江北固山甘露寺内，北临长江，登之可以极目望远。②寒眼：眼睛被江上冷风吹得发涩，感到寒意。　③“应答”句：苏辙《黄州快哉亭记》：“昼则舟楫出没于其前，夜则鱼龙悲啸于其下。变化倏忽，动心骇目，不可久视。”

点评

毛晋在跋《西樵语业》中评杨炎正词：“不作娇艳情态”“俊逸可喜”。

蝶恋花

别范南伯

离恨做成春夜雨。添得春江，刬地东流去。弱柳系船都不住。为君愁绝听橹橹。　　君到南徐芳草渡。想得寻春，依旧当年路。

后夜独怜回首处。乱山遮隔无重数。

注释

①划地：依旧，还是。此处作“一派”讲。 ②南徐：州名。东晋时侨置徐州于京口，后曰南徐。即今江苏镇江市。

「连久道」

清平乐

渔父

阵鸿惊处。一网沉江渚。落叶乱风和细雨。拨棹不如归去。

芦花轻泛微澜。蓬窗独自清闲。一觉游仙好梦，任它竹冷松寒。

注释

①连久道，字可久。年十二能诗，父携之见熊彦诗，赋渔父词，彦诗亦赠以诗，且曰：“此子富贵中留不住。”后果为江湖得道之士，往来西山。

「章良能」

小重山

柳暗花明春事深。小阑红芍药，已抽簪。雨余风软碎鸣禽。迟迟日，犹带一分阴。　　往事莫沉吟。身闲时序好，且登临。旧游无处不堪寻。无寻处，惟有少年心。

注释

①风软碎鸣禽：用杜荀鹤《春宫怨》“风暖鸟声碎”。碎，鸟鸣声细碎。

「张镃」

菩萨蛮

芭蕉

风流不把花为主。多情管定烟和雨。潇洒绿衣长。满身无限凉。　　文笺舒卷处。似索题诗句。莫凭小阑干。月明生夜寒。

满庭芳

促织儿

月洗高梧，露漙幽草，宝钗楼外秋深。土花沿翠，萤火坠墙阴。静听寒声断续，微韵转、凄咽悲沉。争求侣，殷勤劝织，促破晓机心。　　儿时，曾记得，呼灯灌穴，敛步随音。任满身花影，犹自追寻。携向华堂戏斗，亭台小、笼巧妆金。今休说，从渠床下，凉夜伴孤吟。

注释

①漙（tuán）：露水多。　②宝钗楼：唐宋时咸阳酒楼名。　③土花：青苔，苔藓。　④机心：原指机巧功利之心。这里是说蟋蟀为“劝织”而煞费苦心。⑤灌穴：古时抓蟋蟀的一种方法，将水灌进蟋蟀穴，逼迫蟋蟀出来。

昭君怨

园池夜泛

月在碧虚中住。人向乱荷中去。花气杂风凉。满船香。

云被歌声摇动。酒被诗情掇送。醉里卧花心。拥红衾。

注释

①碧虚：蓝天。　②掇送：催迫。

「刘过」

沁园春

寄稼轩承旨

斗酒彘肩，风雨渡江，岂不快哉。被香山居士，约林和靖，与东坡老，驾勒吾回。坡谓西湖，正如西子，浓抹淡妆临镜台。二公者，皆掉头不顾，只管衔杯。　　白云天竺飞来。图画里、峥嵘楼观开。爱东西双涧，纵横水绕，两峰南北，高下云堆。逋曰不然，暗香浮动，争似孤山先探梅。须晴去，访稼轩未晚，且此徘徊。

注释

①承旨：辛弃疾于开禧三年（1207）被任为枢密院都承旨，不过那时刘过已死，"承旨"二字可能是后人加的。　②斗酒彘肩：《史记》载，樊哙见项王，项王赐与斗卮酒（一大斗酒）与彘肩（猪前肘）。　③香山居士：白居易晚年自号香山居士。　④林和靖：林逋，字和靖。　⑤坡仙老：苏轼自号东坡居士，后人称为坡仙。　⑥驾勒吾回：强拉我回来。　⑦"坡谓"二句：苏轼"欲把西湖比西子，淡妆浓抹总相宜"。　⑧"白云"六句：白居易在杭州时，很喜

爱灵隐天竺（寺）一带的景色。《寄韬光禅师》“东涧水流西涧水，南山云起北山云”，即写东西二涧和南北两高峰。 ⑨暗香：林逋《梅花》“疏影横斜水清浅，暗香浮动月黄昏”。 ⑩孤山先探梅：孤山位于里、外两湖之间的界山，山上种了许多梅花。

沁园春

张路分秋阅

万马不嘶，一声寒角，令行柳营。见秋原如掌，枪刀突出，星驰铁骑，阵势纵横。人在油幢，戎韬总制，羽扉从容裘带轻。君知否，是山西将种，曾系诗盟。 龙蛇纸上飞腾。看落笔四筵风雨惊。便尘沙出塞，封侯万里，印金如斗，未惬平生。拂拭腰间，吹毛剑在，不斩楼兰心不平。归来晚，听随军鼓吹，已带边声。

注释

①秋阅：古代军队时常在秋天进行演习，并有长官进行检阅。 ②星驰铁骑：带甲的骑兵如流星般奔驰。 ③油幢：油布制的帐幕。 ④戎韬总制：以兵法来部署指挥。戎韬指的是兵法。 ⑤羽扇从容：三国时诸葛亮常手执羽扇，从容指挥战事。 ⑥裘带轻：轻裘缓带，用西晋羊祜事。羊祜出镇襄阳十年间，轻裘缓带，身不披甲，有儒将之风。 ⑦山西将种：古人认为华山以西之地是出将才的地方。 ⑧龙蛇：喻书法。 ⑨吹毛剑：锋利的剑。 ⑩楼兰：此指金统治者。

念奴娇

留别辛稼轩

知音者少，算乾坤许大，著身何处。直待功成方肯退，何日可寻归路。多景楼前，垂虹亭下，一枕眠秋雨。虚名相误，十年枉费辛苦。　不是奏赋明光，上书北阙，无惊人之语。我自匆忙天未许，赢得衣裾尘土。白璧追欢，黄金买笑，付与君为主。莼鲈江上，浩然明日归去。

注释

①许大：这么大。　②著身：安身，立身。　③明光：汉代宫殿名，后泛指宫殿。此指朝廷。　④北阙：古代宫殿北面的门楼，是臣子等候朝见或上书奏事之处。此处亦指朝廷。

糖多令

安远楼小集，侑觞歌板之姬黄其姓者，乞词于龙洲道人，为赋此糖多令，同柳阜之、刘去非、石民瞻、周嘉仲、陈孟参、孟容，时八月五日也

芦叶满汀洲。寒沙带浅流。二十年、重过南楼。柳下系舟犹未稳，能几日、又中秋。　黄鹤断矶头。故人今在不。旧江山、浑是新愁。欲买桂花同载酒，终不是、少年游。

注释

①安远楼：在今武昌黄鹄山上，又称南楼。姜夔《翠楼吟》词序云：“淳熙十三年（1186）冬，武昌安远楼成。”当时武昌是南宋和金人交战的前方。②小集：此指小宴。 ③侑（yòu）觞歌板：指酒宴上劝饮执板的歌女。侑觞，劝酒。歌板，执板奏歌。 ④龙洲道人：作者自号。 ⑤“二十”句：南楼初建时期，刘过曾漫游武昌，过了一段“黄鹤楼前识楚卿，彩云重叠拥娉婷”（《浣溪沙》）的豪纵生活。南楼，指安远楼。 ⑥黄鹤断矶：黄鹤矶，在武昌城西，上有黄鹤楼。断矶，形容矶头荒凉。

贺新郎

老去相如倦。向文君说似，而今怎生消遣。衣袂京尘曾染处，空有香红尚软。料彼此、魂销肠断。一枕新凉眠客舍，听梧桐、疏雨秋声颤。灯晕冷，记初见。　　楼低不放珠帘卷。晚妆残、翠钿狼藉，泪痕凝面。人道愁来须殢酒，无奈愁深酒浅。但寄兴、焦琴纨扇。莫鼓琵琶江上曲，怕荻花、枫叶俱凄怨。云万叠，寸心远。

注释

①相如：西汉司马相如，此指作者。 ②文君：卓文君，此指作者在客舍所遇的一歌妓。 ③“衣袂”句：指自己在京城艰苦谋生。 ④“空有”句：意为自己漂泊多年只落得歌楼妓馆中的风流名声。香红，指代歌妓。 ⑤焦琴：琴名，即焦尾琴。《后汉书·蔡邕传》：“吴人有烧桐以爨者，邕闻火烈之声，知其良木，因请而裁为琴，果有美音，而其尾犹焦，故时人名曰焦尾琴

焉。”　⑥琵琶江上曲：白居易《琵琶行》：“浔阳江头夜送客，枫叶荻花秋瑟瑟。”

贺新郎

弹铗西来路。记匆匆、经行十日，几番风雨。梦里寻秋秋不见，秋在平芜远树。雁信落、家山何处。万里西风吹客鬓，把菱花、自笑人如许。留不住，少年去。　男儿事业无凭据。记当年、悲歌击楫，酒酣箕踞。腰下光铓三尺剑，时解挑灯夜语。谁更识、此时情绪。唤起杜陵风月手，写江东渭北相思句。歌此恨，慰羁旅。

注释

①弹铗：用冯谖客孟尝君事。冯谖未受重视，他弹着自己的剑铗而歌“长铗归来”。　②菱花：镜子。　③悲歌击楫：《晋书·祖逖传》载，逖统兵北伐，渡江，中流击楫而誓曰：“不能清中原而复济者，有如大江。”　④酒酣箕踞：酒喝得很痛快，把膝头稍微屈起来坐，形状如箕，叫作箕踞，表示倨傲、愤世的态度。典出《世说新语·简傲》。　⑤杜陵风月手：指杜甫。

水龙吟

寄陆放翁

谪仙狂客何如，看来毕竟归田好。玉堂无比，三山海上，虚无缥缈。读罢离骚，酒香犹在，觉人间小。任菜花葵麦，刘郎去后，桃开处、春多少。　　一夜雪迷兰棹。傍寒溪、欲寻安道。而今纵有，新诗冰柱，有知音否。想见鸾飞，如椽健笔，檄书亲草。算平生、白傅风流，未可向、香山老。

注释

①陆放翁：陆游，五十余岁时自称放翁。　②谪仙狂客：唐贺知章称李白谪仙。陆游富诗才，当世呼为小李白。故本词以谪仙、狂客称陆游。　③归田：归隐田园。汉张衡作《归田赋》，寓退隐之志。　④“任菜花”四句：唐刘禹锡参加永贞革新，以事败，贬边州十年，归长安，作诗咏桃树讽新贵；后十四年，再至长安，作《再游玄都观》：“百亩庭中半是苔，桃花净尽菜花开。种桃道士归何处，前度刘郎今又来。”诗前有序：“重游玄都观，荡然无复一树，唯兔葵、燕麦，动摇于春风耳。”此借唐事喻今。　⑤“一夜”三句：用晋时王徽之故事。徽之在山阴，因夜雪，四望皎然，开室命酌酒，忽忆戴安道。时安道在剡县。徽之即夜乘小船寻访之。经宿方至，及门而返。人问不见安道之故，徽之曰：“吾本乘兴而行，兴尽而反，何必见戴？”此以戴安道喻陆游。⑥新诗冰柱：指构思奇巧之作。唐刘叉作《冰柱》诗，为人所称。宋李曾伯《又和答云岩》：“冰柱刘叉素有声。”　⑦鸾（luán）飞：形容书法笔势奇妙。⑧如椽（chuán）健笔：称颂写作才能杰出。《晋书·王珣传》：“珣梦人以大笔如椽与之。既觉，语人云：‘此当有大手笔事。”　⑨檄（xí）书：官方文书。⑩白傅风流：指唐时白居易。白居易晚年官太子少傅，故称白傅。

柳梢青

送卢梅坡

泛菊杯深，吹梅角远，同在京城。聚散匆匆，云边孤雁，水上浮萍。　　教人怎不伤情。觉几度、魂飞梦惊。后夜相思，尘随马去，月逐舟行。

注释

①卢梅坡：刘过在京城杭州交结的朋友。　②泛菊杯深：化用陶渊明诗，写重阳佳节两人共饮菊花酒。泛，漂浮。深，把酒斟满。　③吹梅：吹奏《梅花落》。

六州歌头

题岳鄂王庙

中兴诸将，谁是万人英。身草莽，人虽死，气填膺。尚如生。年少起河朔，弓两石，剑三尺，定襄汉，开虢洛，洗洞庭。北望帝京。狡兔依然在，良犬先烹。过旧时营垒，荆鄂有遗民。忆故将军。泪如倾。　　说当年事，知恨苦，不奉诏，伪耶真。臣有罪，陛下圣，可鉴临。一片心。万古分茅土，终不到，旧奸臣。人世夜，白日照，忽开明。衮佩冕圭百拜，九泉下、荣感君恩。看年年三月，满地野花春。卤簿迎神。

注释

①“定襄汉”三句：岳飞曾平定襄阳六郡、在郾城大捷后收复虢州直指朱仙镇、镇压洞庭湖杨幺起义军等事。　②不奉诏：高宗一日连下十二道金牌逼岳飞还朝，秦桧又诬陷岳飞“受诏不救淮西”，导致岳飞惨死。　③白日照：指宋孝宗为岳飞平反事。　④衮佩冕圭：是古时王者服饰。宋宁宗追封岳飞为鄂王。

西江月

堂上谋臣尊俎，边头将士干戈。天时地利与人和。燕可伐欤曰可。　　今日楼台鼎鼐，明年带砺山河。大家齐唱大风歌，不日四方来贺。

注释

①此词见汲古阁本龙洲词，又见稼轩词丁集，略有不同，均收录之。

「卢炳」

减字木兰花

莎衫筠笠。正是村村农务急。绿水千畦。惭愧秧针出得齐。

风斜雨细。麦欲黄时寒又至。馌妇耕夫。画作今年稔岁图。

注释

①莎：蓑，草衣。“莎”“蓑”音同借用。 ②杜甫《春日江村》五首之一：“农务村村急。” ③惭愧：感幸之辞，犹侥幸。 ④“麦欲”句：农历四月间，有时天气转冷，谓之“麦秀寒”。 ⑤馌（yè）：往田里送饭。《诗经·豳风·七月》：“同我妇子，馌彼南亩。”《左传》僖公三十三年：“见冀缺耨，其妻馌之。” ⑥稔岁：丰年。

「姜夔」

扬州慢

中吕宫

淳熙丙申至日，予过维扬。夜雪初霁，荠麦弥望。入其城，则四顾萧条，寒水自碧，暮色渐起，戍角悲吟。予怀怆然，感慨今昔，因自度此曲。千岩老人以为有“黍离”之悲也

淮左名都，竹西佳处，解鞍少驻初程。过春风十里，尽荠麦青青。自胡马窥江去后，废池乔木，犹厌言兵。渐黄昏，清角吹寒，都在空城。　　杜郎俊赏，算而今、重到须惊。纵豆蔻词工，青楼梦好，难赋深情。二十四桥仍在，波心荡、冷月无声。念桥边红药，年年知为谁生。

注释

①扬州慢：词牌名，又名“郎州慢”，姜夔自度曲，后人多用以抒发怀古之思。②淳熙丙申：淳熙三年（1176）。 ③至日：冬至。 ④维扬：扬州。 ⑤荠麦：荠菜和野生的麦。 ⑥弥望：满眼。 ⑦戍角：军营中发出的号角声。 ⑧千岩老人：南宋诗人萧德藻，字东夫，自号千岩老人。姜夔曾跟他学诗，又是他

的侄女婿。 ⑨黍离：《诗·王风·黍离》，东周大夫路过旧都镐京时感怀故国之作。后以“黍离”指亡国之痛。 ⑩竹西佳处：扬州。杜牧《题扬州禅智寺》“谁知竹西路，歌吹是扬州”。 ⑪淮左名都：扬州。宋朝的行政区设有淮南东路和淮南西路，扬州是淮南东路的首府，故称。左，古人方位名，面朝南时，东为左，西为右。 ⑫“解鞍”句：少驻，稍作停留。初程，初段行程。⑬春风十里：杜牧《赠别》“春风十里扬州路，卷上珠帘总不如”。此指扬州。⑭胡马窥江：金兵侵略长江流域地区，洗劫扬州。 ⑮废池乔木：废毁的池台，残存的古树，皆乱后余物，城中荒芜，人烟萧条。 ⑯清角：凄清的号角声。⑰杜郎：杜牧，曾在扬州任淮南节度使掌书记。 ⑱豆蔻词工：杜牧《赠别》“娉娉袅袅十三余，豆蔻梢头二月初”。 ⑲青楼梦好：杜牧《遣怀》“十年一觉扬州梦，赢得青楼薄幸名”。 ⑳二十四桥：一说扬州原有二十四桥；一说专指扬州西郊吴家砖桥，古之二十四美人吹箫于此，故名。杜牧《寄扬州韩绰判官》：“二十四桥明月夜，玉人何处教吹箫。”

点评

张炎《词源》：“白石词疏影、暗香、扬州慢、一萼红、琵琶仙、探春、八归、淡黄柳等曲，不惟清空，又且骚雅，读之使人神观飞越。”

郑文焯批注《白石道人歌曲》：“绍兴三十年，完颜亮南寇，江淮军败，中外震骇。亮寻为其臣下弑于瓜州。此词作于淳熙三年，寇平已十有六年，而景物萧条，依然有废池乔木之感。”

一萼红

丙午人日，予客长沙别驾之观政堂。堂下曲沼，沼西负古垣，有卢橘幽篁，一径深曲。穿径而南，官梅数十株，如椒、如菽，或红破白露，枝影扶疏。著屐苍苔细石间，野兴横生，亟命驾登定王台。乱湘流，入麓山，湘云低昂，湘波容与。兴尽悲来，醉吟成调

古城阴。有官梅几许，红萼未宜簪。池面冰胶，墙腰雪老，

云意还又沉沉。翠藤共、闲穿径竹，渐笑语、惊起卧沙禽。野老林泉，故王台榭，呼唤登临。　　南去北来何事，荡湘云楚水，目极伤心。朱户黏鸡，金盘簇燕，空叹时序侵寻。记曾共、西楼雅集，想垂杨、还袅万丝金。待得归鞍到时，只怕春深。

注释

①人日：农历正月初七。《北史·魏收传》引晋议郎董勋《答问礼俗说》："正月一日为鸡，二日为狗，三日为猪，四日为羊，五日为牛，六日为马，七日为人。"　②别驾：官名，汉置别驾从事使，为刺史的佐吏，刺史巡视辖境时，别驾乘驿车随行，故名。宋于诸州置通判，近似别驾之职，后世因沿称通判为别驾。　③卢橘：金橘。　④定王台：在长沙城东，汉长沙定王所筑。　⑤乱：横渡。　⑥麓山：一名岳麓山，在长沙城西，下临湘江。　⑦容与：舒缓的样子。⑧冰胶：冰冻。　⑨故王台榭：汉长沙定王刘发所筑之台。　⑩黏鸡：《荆楚岁时记》："人日贴画鸡于户，悬苇索其上，插符于旁，百鬼畏之。"　⑪"金盘"句：金盘，春盘，古俗于立春日，取生菜、果品、饼、糖等，置于盘中为食，取迎新之意。　⑫侵寻：渐进。　⑬万丝金：白居易《杨柳枝》："一树春风万万枝，嫩于金色软于丝。"

霓裳中序第一

丙午岁，留长沙，登祝融，因得其祠神之曲，曰黄帝盐、苏合香。又于乐工故书中得商调霓裳曲十八阕，皆虚谱无辞。按沈氏乐律，霓裳道调，此乃商调。乐天诗云："散序六阕"，此特两阕，未知孰是。然音节闲雅，不类今曲。予不暇尽作，作中序一阕传于世。予方羁游，感此古音，不自知其辞之怨抑也

亭皋正望极。乱落江莲归未得。多病却无气力。况纨扇渐疏，罗衣初索。流光过隙。叹杏梁、双燕如客。人何在，一帘淡月，

仿佛照颜色。　　幽寂。乱蛩吟壁。动庾信、清愁似织。沉思年少浪迹。笛里关山，柳下坊陌。坠红无信息。漫暗水、涓涓溜碧。漂零久，而今何意，醉卧酒垆侧。

注释

①霓裳中序第一：词牌名，姜夔所填“商调”曲。　②祝融：衡山七十二峰之最高峰。　③黄帝盐、苏合香：南宋时献神乐曲。前者原为唐代杖鼓曲，后者原为唐代软舞曲。　④商调：乐曲七调之一，其音凄怆哀怨。　⑤霓裳（cháng）曲：《霓裳羽衣曲》，盛唐著名宫廷音乐，其乐、舞、服饰皆着力描绘仙境与仙女形象，调属黄钟商，乃唐乐之代表作。　⑥沈氏乐律：沈括《梦溪笔谈》论乐律。　⑦散序六阕：白居易《霓裳羽衣歌》“散序六奏未动衣，阳台宿云慵不飞”。　⑧纨扇渐疏：秋天渐近，逐渐疏远团扇。　⑨杏梁：文杏木做的屋梁。汉司马相如《长门赋》“饰文杏以为梁”。　⑩庾信：南北朝时期诗人、文学家，字子山，小字兰成。诗赋抒发怀念故国乡土和对身世的感伤，风格苍劲悲凉。　⑪醉卧酒垆侧：形容豪饮一醉方休。刘义庆《世说新语·任诞》：“阮公（籍）邻家妇有美色，当垆沽酒。阮……常从妇饮酒、阮醉，则卧眠其侧。夫始殊疑之，伺察，绝无他意。”酒垆，置酒瓮的土台。

八归

湘中送胡德华

芳莲坠粉，疏桐吹绿，庭院暗雨乍歇。无端抱影销魂处，还见篠墙萤暗，藓阶蛩切。送客重寻西去路，问水面、琵琶谁拨。最可惜、一片江山，总付与啼鴂。　　长恨相从未款，而今何事，又对西风离别。渚寒烟淡，棹移人远，缥缈行舟如叶。

想文君望久，倚竹愁生步罗袜。归来后、翠尊双饮，下了珠帘，玲珑闲看月。

注释

①八归：词牌名。姜夔自度曲。 ②篠（xiǎo）墙：竹篱院墙。篠，同“筱”，细竹。 ③未款：不能久留。

小重山令

赋潭州红梅

人绕湘皋月坠时。斜横花树小，浸愁漪。一春幽事有谁知。东风冷、香远茜裙归。　　鸥去昔游非。遥怜花可可，梦依依。九疑云杳断魂啼。相思血，都沁绿筠枝。

注释

①潭州：今湖南长沙市。 ②湘：湘江，流经湖南。 ③茜（qiàn）裙：绛红色的裙子。指女子。 ④九疑：山名。在湖南宁远县南。 ⑤断魂啼：任昉《述异记》载，帝舜南巡，死于九疑并葬于此，其二妃娥皇、女英闻讯奔丧，痛哭于湘水之滨，泪染竹而成斑。后二人投湘水而死。 ⑥绿筠（yún）：绿竹。

浣溪沙

予女须家沔之山阳，左白湖，右云梦，春水方生，浸数千里。冬寒沙露，衰草入云。丙午之秋，予与安甥或荡舟采菱，或举火罝兔，或观鱼簺下，山行野吟，自适其适，凭虚怅望，因赋是阕

著酒行行满袂风。草枯霜鹘落晴空。销魂都在夕阳中。

恨入四弦人欲老，梦寻千驿意难通。当时何似莫匆匆。

注释

①沔（miǎn）：沔州，今湖北武汉市汉阳。古属楚国。 ②山阳：村名，山南为阳，在九真山（汉阳西南）之南，故名。 ③白湖：一名太白湖，在汉阳之西。 ④云梦：云梦泽，古薮泽名，今洞庭湖亦在其水域内。这里代指湖泊群。⑤丙午：宋孝宗淳熙十三年（1186）。 ⑥安甥：作者一个名安的外甥。 ⑦罝（jiē）：捕兽的网。这里作动词用，以网捕兔。 ⑧簺（sài）：用竹木编制的栅栏，一种用来拦水捕鱼的工具。 ⑨虚：同“墟”，大丘，大土山。凭虚，犹言凌空、对望蓝天，一说站立在空旷之处。 ⑩著酒：被酒，喝了酒的意思。 ⑪鹘（hú）：一种鸷鸟，一说即隼。霜鹘，即秋天下霜后的这种猛禽。 ⑫四弦：指琵琶。梁简文帝《生别离》：“别离四弦声，相思双笛引。”此用其意，指离别的思念。

探春慢

予自孩幼从先人宦于古沔，女须因嫁焉。中去复来，几二十年。岂惟姊弟之爱，沔之父老儿女子，亦莫不予爱也。丙午冬，千岩老人约予过苕霅，岁晚乘涛载雪而下。顾念依依，殆不能去。作此曲别郑次皋、辛克清、姚刚中诸君

衰草愁烟，乱鸦送日，风沙回旋平野。拂雪金鞭，欺寒茸帽，

还记章台走马。谁念漂零久，谩赢得、幽怀难写。故人清沔相逢，小窗闲共情话。　　长恨离多会少，重访问竹西，珠泪盈把。雁碛波平，渔汀人散，老去不堪游冶。无奈苕溪月，又照我、扁舟东下。甚日归来，梅花零乱春夜。

注释

①探春慢：词牌名，或作“探春”。姜夔首创。　②几二十年：是以他实际在汉阳居住的年月计算，除去了当中离开的时间。这一年姜夔随萧德藻东行，似乎就再没回到过汉阳。　③苕霅（zhá）：指苕溪和霅溪。苕溪在今浙江湖州乌程（今浙江吴兴）南，以多芦苇名。霅，水名，在乌程东南，合四水为一溪，霅，形容四水激射之声。萧德藻绍兴年间登第，初调乌程令。此时自湖湘罢官，携白石同归。　④诸君：郑次皋、辛克清、姚刚中均为白石于沔鄂所交之友。⑤茸帽：绒帽。茸，柔软的兽毛。　⑥章台走马：指少年壮游。汉长安有街名章台，繁华闹市。《汉书·张敞传》：“时罢朝会，过走马章台街。”此指汉阳城内大街。　⑦清沔：指沔水。古代通称汉水为沔水。汉阳位于汉水之畔。　⑧竹西：指扬州名胜竹西亭一带。　⑨雁碛（qì）：大雁栖息的沙滩。

翠楼吟

淳熙丙午冬，武昌安远楼成，与刘去非诸友落之，度曲见志。予去武昌十年，故人有泊舟鹦鹉洲者，闻小姬歌此词，问之颇能道其事，还吴为予言之。兴怀昔游，且伤今之离索也

月冷龙沙，尘清虎落，今年汉酺初赐。新翻胡部曲，听毡幕、元戎歌吹。层楼高峙。看槛曲萦红，檐牙飞翠。人姝丽。粉香吹下，夜寒风细。　　此地。宜有词仙，拥素云黄鹤，与君游

戏。玉梯凝望久，叹芳草、萋萋千里。天涯情味。仗酒祓清愁，花销英气。西山外，晚来还卷，一帘秋霁。

注释

①汉酺：汉律，三人以上无故不得聚饮，违者罚金四两。朝廷有庆祝之事，特许臣民会聚欢饮，称赐酺。 ②“宜有”句：相传仙人子安曾骑黄鹤过武昌黄鹤山。崔颢《黄鹤楼》：“昔人已乘黄鹤去，此地空余黄鹤楼。黄鹤一去不复返，白云千载空悠悠。”

点评

周济《宋四家词选》：“此地宜得人才，而人才不可得。”

许昂霄《词综偶评》：“‘月冷龙沙’五句，题前一层，即为题后铺叙，手法最高。‘玉梯凝望久’五句，凄婉悲壮，何减王粲《登楼赋》？”

陈廷焯《白雨斋词话》：“白石《翠楼吟》后半阕云：‘此地。宜有词仙，拥素云黄鹤，与君游戏。玉梯凝望久，叹芳草、萋萋千里。天涯情味。仗酒被清愁，花消英气’。一纵一操，笔如游龙，意味深厚，是白石最高之作。此词应有所刺，特不敢穿凿求之。”

陈廷焯《云韶集》：“起笔便觉销魂。‘看槛曲萦红，檐牙飞翠’，精丽。丽而有则。‘被’字奇警，情辞双绝。妙是雅音，非秦、柳能到。”

踏莎行

自沔东来，丁未元日至金陵，江上感梦而作

燕燕轻盈，莺莺娇软。分明又向华胥见。夜长争得薄情知，春初早被相思染。　别后书辞，别时针线。离魂暗逐郎行远。

淮南皓月冷千山，冥冥归去无人管。

注释

①沔（miǎn）东：唐宋州名，今湖北汉阳（属武汉市），姜夔早岁流寓此地。②丁未元日：孝宗淳熙十四年（1187）元旦。③燕燕、莺莺：借指伊人。苏轼《张子野八十五岁闻买妾述古令作诗》"诗人老去莺莺在，公子归来燕燕忙"。④华胥：梦境。⑤郎行：情郎那边。⑥淮南：合肥。⑦冥冥：自然界的幽暗深远。

点评

王国维《人间词话》："白石之词，余所最爱者，亦仅二语，曰：'淮南皓月冷千山，冥冥归去无人管。'"

鹧鸪天

己酉之秋苕溪记所见

京洛风流绝代人。因何风絮落溪津。笼鞋浅出鸦头袜，知是凌波缥缈身。　红乍笑，绿长颦。与谁同度可怜春。鸳鸯独宿何曾惯，化作西楼一缕云。

注释

①己酉（yǒu）：宋孝宗淳熙十六年（1189）。②笼鞋：鞋面较宽的鞋子。③鸦头袜：古代妇女穿的分出足趾的袜子。④凌波：曹植《洛神赋》："体迅飞凫，飘忽若神；陵波微步，罗袜生尘。"陵，通"凌"。形容女子的步态身姿轻盈飘逸。这里把该女子喻为曹植笔下的洛神。

杏花天〔影〕

丙午之冬，发沔口。丁未正月二日，道金陵。北望淮楚，风月清淑，小舟挂席，容与波上

绿丝低拂鸳鸯浦。想桃叶、当时唤渡。又将愁眼与春风，待去。倚兰桡、更少驻。　　金陵路。莺吟燕舞。算潮水、知人最苦。满汀芳草不成归，日暮。更移舟、向甚处。

注释

①杏花天〔影〕：此词句律，比《杏花天》多出“待去”“日暮”两个短句，其上三字平仄亦小异，系依旧调作新腔，故名。　②沔口：汉沔本一水，汉入江处谓之沔口，即今湖北汉口。　③挂席：挂帆。　④容与：随水波起伏动荡的样子。　⑤鸳鸯浦：鸳鸯栖息的水滨。喻美色荟萃之所。　⑥桃叶：晋王献之爱妾名。借指爱妾或所爱恋的女子。　⑦“潮水”句：唐李益“早知潮有信，嫁与弄潮儿”。此指相思之苦。

惜红衣

吴兴号水晶宫，荷花盛丽。陈简斋云：“今年何以报君恩。一路荷花相送到青墩。”亦可见矣。丁未之夏，予游千岩，数往来红香中。自度此曲，以无射宫歌之

簟枕邀凉，琴书换日，睡余无力。细洒冰泉，并刀破甘碧。墙头唤酒，谁问讯、城南诗客。岑寂。高树晚蝉，说西风消息。

虹梁水陌。鱼浪吹香，红衣半狼藉。维舟试望故国。眇天北。

可惜渚边沙外，不共美人游历。问甚时同赋，三十六陂秋色。

注释

①惜红衣：词牌名，《白石道人歌曲》所载“自度曲”之一。 ②吴兴：即浙江湖州。 ③邀凉：乘凉，纳凉。 ④琴书换日：指借弹琴读书打发白日时光。 ⑤并刀：古时并州（今山西太原）出产的剪刀，以锋利著称。 ⑥墙头唤酒：化用杜甫《夏日李公见访》“隔屋唤西家，借问有酒不？墙头过浊醪，展席俯长流”。 ⑦城南诗客：作者自指。写《夏日李公见访》时杜甫居“僻近城南楼”。作者感叹不如杜甫，无佳客来访，无邻家有酒可借，一唤能从墙头递过来。 ⑧虹梁水陌：拱桥和湖堤。 ⑨红衣半狼藉：红色的荷花已大半凋零。 ⑩三十六陂（bēi）：泛指湖塘多。

点绛唇

丁未冬过吴松作

燕雁无心，太湖西畔随云去。数峰清苦。商略黄昏雨。
第四桥边，拟共天随住。今何许。凭阑怀古。残柳参差舞。

注释

①丁未：南宋淳熙十四年（1187）。 ②吴松：一作“吴淞”，今吴江市，属江苏省。 ③燕雁无心：指羡慕飞鸟的无忧无虑，自由自在。无心，无机心。④太湖：江苏南境的大湖泊。 ⑤商略：商量，酝酿，准备。 ⑥第四桥：即“吴江城外之甘泉桥”（郑文焯《绝妙好词校录》），“以泉品居第四”故名（乾隆《苏州府志》）。 ⑦天随：晚唐文学家陆龟蒙，自号天随子。

琵琶仙

吴都赋云：户藏烟浦，家具画船。唯吴兴为然。春游之盛，西湖未能过也。己酉岁，予与萧时父载酒南郭，感遇成歌

双桨来时，有人似、旧曲桃根桃叶。歌扇轻约飞花，蛾眉正奇绝。春渐远、汀洲自绿，更添了、几声啼鴂。十里扬州，三生杜牧，前事休说。　　又还是、宫烛分烟，奈愁里、匆匆换时节。都把一襟芳思，与空阶榆荚。千万缕、藏鸦细柳，为玉尊、起舞回雪。想见西出阳关，故人初别。

注释

①吴都赋：当为《西都赋》之误。“户藏烟浦，家具画船”当为“户闭烟浦，家藏画舟”。　②三生杜牧：杜牧曾于扬州任职，常作青楼之游，多有诗文；数年后杜牧再访扬州，有物是人非、恍然隔世之感。其《遣怀》诗云：“十年一觉扬州梦，赢得青楼薄幸名。”后以“三生杜牧”代指恍然隔世之感。

念奴娇

予客武陵，湖北宪治在焉。古城野水，乔木参天。予与二三友日荡舟其间，薄荷花而饮。意象幽闲，不类人境。秋水且涸，荷叶出地寻丈，因列坐其下。上不见日，清风徐来，绿云自动。间于疏处窥见游人画船，亦一乐也。朅来吴兴，数得相羊荷花中。又夜泛西湖，光景奇绝。故以此句写之

闹红一舸，记来时、尝与鸳鸯为侣。三十六陂人未到，水

佩风裳无数。翠叶吹凉，玉容销酒，更洒菰蒲雨。嫣然摇动，冷香飞上诗句。　　日暮。青盖亭亭，情人不见，争忍凌波去。只恐舞衣寒易落，愁入西风南浦。高柳垂阴，老鱼吹浪，留我花间住。田田多少，几回沙际归路。

注释

①武陵：今湖南常德市。　②薄：临近。　③朅（juān）：来，来到。　④吴兴：今浙江湖州。　⑤相羊：亦作“相佯”“相徉”。　⑥三十六陂：地名。在今江苏省扬州市。诗文中常用来指湖泊多。　⑦水佩风裳：以水作佩饰，以风为衣裳。唐李贺《苏小小墓》“风为裳，水为珮”。本写美人的妆饰，后用以形容荷叶荷花之状貌。　⑧菰蒲：水草。菰，茭白。　⑨青盖：特指荷叶。　⑩凌波：行于水波之上。常指乘船。　⑪田田：莲叶盛密的样子。

浣溪沙

辛亥正月二十四日发合肥

钗燕笼云晚不忺。拟将裙带系郎船。别离滋味又今年。杨柳夜寒犹自舞，鸳鸯风急不成眠。些儿闲事莫萦牵。

注释

①钗燕：带有燕子形状装饰之钗。　②笼云：挽结云鬟。　③忺（xiān）：高兴、适意。

满江红

满江红旧调用仄韵，多不协律。如末句云"无心扑"三字，歌者将心字融入去声，方谐音律。予欲以平韵为之，久不能成。因泛巢湖，闻远岸箫鼓声。问之舟师，云：居人为此湖神姥寿也。予因祝曰：得一席风径至居巢，当以平韵满江红为迎送神曲。言讫，风与笔俱驶，顷刻而成。末句云"闻佩环"，则协律矣。书于绿笺，沉于白浪。辛亥正月晦也。是岁六月，复过祠下，因刻之柱间。有客来自居巢云：土人祠姥，辄能歌此词。按曹操至濡须口，孙权遗操书曰：春水方生，公宜速去。操曰：孙权不欺孤。乃彻军还。濡须口与东关相近，江湖水之所出入。予意春水方生，必有司之者，故归其功于姥云

仙姥来时，正一望、千顷翠澜。旌旗共、乱云俱下，依约前山。命驾群龙金作轭，相从诸娣玉为冠。向夜深风定悄无人，闻佩环。

神奇处，君试看。奠淮右，阻江南。遣六丁雷电，别守东关。却笑英雄无好手，一篙春水走曹瞒。又怎知、人在小红楼，帘影间。

注释

①"曹操至濡须口"数句：《三国志·吴志·吴主传》裴松之注引《吴纪》：建安十八年正月，曹操攻濡须口，与孙权相持月余。孙权为笺与曹操，说："春水方生，公宜速去。"别纸言："足下不死，孤不得安。"曹操语诸将曰："孙权不欺孤。"乃还。 ②仙姥：神仙妇女。 ③轭：驾车时套在马颈上的曲型器具，一般木制。 ④相从诸娣（dì）：随从神姥的诸位仙姑。此句下白石自注："庙中列坐如夫人者十三人。娣，古称同夫诸妾。 ⑤奠：镇守。 ⑥淮右：宋时在淮扬一带设置淮南东路和淮南西路。淮南西路称淮右，湖属淮右地区。 ⑦阻：拱卫。 ⑧六丁：传说中的天神。韩愈有"仙宫敕六丁，雷电下取将"。 ⑨别守：扼守。 ⑩曹瞒：曹操小字阿瞒。

淡黄柳

客居合肥南城赤阑桥之西，巷陌凄凉，与江左异。唯柳色夹道，依依可怜。因度此阕，以纾客怀

空城晓角。吹入垂杨陌。马上单衣寒恻恻。看尽鹅黄嫩绿，都是江南旧相识。　　正岑寂。明朝又寒食。强携酒、小桥宅。怕梨花落尽成秋色。燕燕飞来，问春何在，唯有池塘自碧。

注释

①淡黄柳：词牌名，姜夔自度曲。　②客居合肥：时为宋光宗绍熙二年（1191）。　③纾：解除、排除、宽解。　④岑寂：寂静。　⑤小桥宅：作者在合肥情侣的住宅。

长亭怨慢

予颇喜自制曲，初率意为长短句，然后协以律，故前后阕多不同。桓大司马云：昔年种柳，依依汉南。今看摇落，凄怆江潭。树犹如此，人何以堪。此语予深爱之

渐吹尽、枝头香絮。是处人家，绿深门户。远浦萦回，暮帆零乱向何许。阅人多矣，谁得似、长亭树。树若有情时，不会得、青青如此。　　日暮。望高城不见，只见乱山无数。韦郎去也，怎忘得、玉环分付。第一是、早早归来，怕红萼、无人为主。算空有并刀，难翦离愁千缕。

注释

①长亭怨慢：词牌名，又名“长亭怨”，创自姜夔，调名取自此篇词意。②桓大司马：桓温（312—373），字元子，东晋明帝之婿，初为荆州刺史，定蜀，攻前秦，破姚襄，威权日盛，官至大司马。③“昔年种柳”六句：出自庾信《枯树赋》。《世说新语·言语》：“（东晋）桓公北征，经金城，前为琅琊王时种柳，皆已十围，慨然曰：‘木犹如此，人何以堪？’” ④“树若”二句：语出唐李贺《金铜仙人辞汉歌》“天若有情天亦老”及唐李商隐《蝉》“五更疏欲断，一树碧无情”。⑤高城不见：语出欧阳詹《初发太原途中寄太原所思》：“高城已不见，况复城中人。” ⑥韦郎：即韦皋。《云溪友议》卷中《玉箫记》载，唐韦皋游江夏，与玉箫女有情，别时留玉指环，约以少则五载，多则七载来娶，后八载不至，玉箫绝食而死。⑦玉环：指玉箫女留给韦皋的玉指环。⑧红萼：红花，女子自指。

凄凉犯

合肥巷陌皆种柳，秋风夕起骚骚然。予客居阖户，时闻马嘶。出城四顾，则荒烟野草，不胜凄黯，乃著此解。琴有凄凉调，假以为名。凡曲言犯者，谓以宫犯商、商犯宫之类。如道调宫上字住，双调亦上字住。所住字同，故道调曲中犯双调，或于双调曲中犯道调，其他准此。唐人乐书云：犯有正、旁、偏、侧。宫犯宫为正，宫犯商为旁，宫犯角为偏，宫犯羽为侧。此说非也。十二宫所住字各不同，不容相犯，十二宫特可犯商、角、羽耳。予归行都，以此曲示国工田正德，使以哑觱栗角吹之，其韵极美。亦曰瑞鹤仙影

绿杨巷陌。秋风起、边城一片离索。马嘶渐远，人归甚处，戍楼吹角。情怀正恶。更衰草寒烟淡薄。似当时、将军部曲，迤逦度沙漠。　追念西湖上，小舫携歌，晚花行乐。旧游在否，想如今、翠凋红落。漫写羊裙，等新雁来时系著。怕匆匆、

不肯寄与，误后约。

注释

①凄凉犯：词牌名，姜夔自制曲，有乐谱传世，又名“瑞鹤仙影”。 ②边城：南宋之淮北已被金占领，为敌境，此淮南则被视为边境。 ③离索：破败萧索。④部曲：古代军队编制单位。此处泛指部队。 ⑤写羊裙：东晋羊欣，年十二即善书法，为王献之所爱赏。一日羊欣着新绢裙昼寝，王献之便写裙数幅而去。自此，羊欣书艺日益精进。

解连环

玉鞭重倚。却沉吟未上，又萦离思。为大乔、能拨春风，小乔妙移筝，雁啼秋水。柳怯云松，更何必、十分梳洗。道郎携羽扇，那日隔帘，半面曾记。　西窗夜凉雨霁。叹幽欢未足，何事轻弃。问后约、空指蔷薇，算如此溪山，甚时重至。水驿灯昏，又见在、曲屏近底。念唯有、夜来皓月，照伊自睡。

注释

①大乔、小乔：三国时东吴“桥公两女，皆国色也。策自纳大桥，瑜纳小桥”（《三国志·吴书·周瑜传》）。“桥”常又写作“乔”。这里，大乔、小乔代指作者合肥恋人姊妹。 ②雁啼：弹古筝，古筝有承弦之柱斜列如雁行，故云。③曲屏近底：曲折的画屏跟前。

暗香

辛亥之冬，予载雪诣石湖。止既月，授简索句，且徵新声。作此两曲，石湖把玩不已，使工妓隶习之，音节谐婉，乃名之曰暗香、疏影

旧时月色。算几番照我，梅边吹笛。唤起玉人，不管清寒与攀摘。何逊而今渐老，都忘却、春风词笔。但怪得、竹外疏花，香冷入瑶席。　江国。正寂寂。叹寄与路遥，夜雪初积。翠尊易泣。红萼无言耿相忆。长记曾携手处，千树压、西湖寒碧。又片片、吹尽也，几时见得。

注释

①辛亥：南宋光宗绍熙二年（1191）。②止既月：指住满一月。③石湖：范成大，号石湖居士。石湖在苏州西南，与太湖通。范成大居此。④暗香、疏影：作者自度曲，取自林逋“疏影横斜水清浅，暗香浮动月黄昏”。⑤何逊：南朝梁人，早年曾任南平王萧伟的记室。任扬州法曹时，廨舍有梅花一株，常吟咏其下。后居洛思之，请再往。抵扬州，花方盛片，逊对树彷徨终日。杜甫诗“东阁官梅动诗兴，还如何逊在扬州”。⑥翠尊：翠绿酒杯，这里指酒。⑦红萼：指梅花。⑧耿：耿然于心，不能忘怀。⑨千树：杭州西湖孤山的梅花成林。

点评

郑文焯批注《白石道人歌曲》：“此二曲为千古词人咏梅绝调。以托喻遥深，自成馨逸；其暗香一解，凡三字句逗皆为夹协。梦窗墨守綦严，但近世知者盖寡，用特著之。”

疏影

苔枝缀玉。有翠禽小小，枝上同宿。客里相逢，篱角黄昏，无言自倚修竹。昭君不惯胡沙远，但暗忆、江南江北。想佩环、月夜归来，化作此花幽独。　　犹记深宫旧事，那人正睡里，飞近蛾绿。莫似春风，不管盈盈，早与安排金屋。还教一片随波去，又却怨、玉龙哀曲。等恁时、重觅幽香，已入小窗横幅。

注释

①苔枝缀玉：范成大《梅谱》说绍兴、吴兴一带古梅“苔须垂于枝间，或长数寸，风至，绿丝飘飘可玩”。周密《乾淳起居注》：“苔梅有二种，宜兴张公洞者，苔藓甚厚，花极香。一种出越土，苔如绿丝，长尺余。”苔枝，长有苔藓的梅枝。缀玉，梅花像美玉一般缀满枝头。　②“有翠禽”二句：用罗浮之梦典故。旧题柳宗元《龙城录》载，隋代赵师雄游罗浮山，夜梦与一素妆女子共饭，女子芳香袭人。又有一绿衣童子，笑歌欢舞。赵醒来发现自己躺在一株大梅树下，树上翠鸟欢鸣。　③“犹记”三句：用寿阳公主梅花妆典。蛾，形容眉毛的细长。绿，眉毛的青绿颜色。　④玉龙哀曲：马融《长笛赋》：“龙鸣水中不见己，截竹吹之声相似。”玉龙，玉笛。哀曲，笛曲《梅花落》。皮日休《夜会问答》说听《梅花落》“三奏未终头已白”。　⑤小窗横幅：陈与义《水墨梅》：“晴窗画出横斜枝，绝胜前村夜雪时。”翻用其意。

点评

张炎《词源》：“词之赋梅，惟姜白石《暗香》《疏影》二曲，前无古人，后无来者，自立新意，真为绝唱。词用事最难，要体认着题，融化不涩。如白石《疏影》‘犹记深宫旧事’三句，用寿阳事；‘昭君不惯胡沙远’四句，用少陵诗；皆用事而不为事所使。”

玲珑四犯

越中岁暮闻箫鼓感怀

叠鼓夜寒，垂灯春浅，匆匆时事如许。倦游欢意少，俯仰悲今古。江淹又吟恨赋。记当时、送君南浦。万里乾坤，百年身世，唯有此情苦。　扬州柳，垂官路。有轻盈换马，端正窥户。酒醒明月下，梦逐潮声去。文章信美如何用，漫赢得、天涯羁旅。教说与。春来要寻、花伴侣。

注释

①玲珑四犯：词牌名。此调创自周邦彦《清真集》。姜夔此词为自度黄钟商曲。②越中：当指浙江绍兴。越为古越国，绍兴是越国地盘。　③叠鼓：叠为重复，接连不断地击鼓。　④换马：《异闻实录》：鲍生多养歌女，韦生好乘骏马。一日两人相遇，对饮美酒，酒劲发作，商定互换爱好，即以歌女换骏马。意即无聊生活。

齐天乐

丙辰岁，与张功父会饮张达可之堂，闻屋壁间蟋蟀有声、功父约予同赋，以授歌者。功父先成，辞甚美。予裴回末利花间，仰见秋月，顿起幽思，寻亦得此。蟋蟀，中都呼为促织，善斗。好事者或以三二十万钱致一枚，镂象齿为楼观以贮之

庾郎先自吟愁赋。凄凄更闻私语。露湿铜铺，苔侵石井，都是曾听伊处。哀音似诉。正思妇无眠，起寻机杼。曲曲屏山，

夜凉独自甚情绪。　　西窗又吹暗雨。为谁频断续，相和砧杵。候馆迎秋，离宫吊月，别有伤心无数。豳诗漫与。笑篱落呼灯，世间儿女。写入琴丝，一声声更苦。

注释

①齐天乐：词牌名。又名“台城路”“五福降中天”“如此江山”。　②丙辰岁：宁宗庆元二年（1196）。　③张功父：名镃。张俊孙，有《南湖集》。张达可，张链旧字时可，与达可连名，疑是兄弟。　④裴回：徘徊。　⑤中都：犹言都内，指杭州。　⑥庾郎：指庾信，曾作《愁赋》，今唯存残句。　⑦铜铺：装在大门上用来衔环的铜制零件。　⑧候馆：迎客的馆舍。　⑨豳（bīn）诗：指《诗·豳风·七月》“七月在野，八月在宇，九月在户。十月蟋蟀入我床下”。⑩漫与：率意而为之。　⑪写入琴丝：谱成乐曲，入琴弹奏。姜夔自注，“宣政间，有士大夫制《蟋蟀吟》。”

点评

张炎《词源》：“作慢词，看是甚题目，先择曲名，然后命意，命意既了，思量头如何起，尾如何结，方始选韵而后述曲，最是过片，不要断了曲意，须要承上接下。如姜白石词云：‘曲曲屏山，夜凉独自甚情绪。’于过片则云：‘西窗又吹暗雨’。此则曲之意脉不断矣。”

贺裳《皱水轩词筌》：“姜白石咏蟋蟀：‘露湿铜铺，苔侵石井，都是曾听伊处。哀音似诉。正思妇无眠，起寻机杼。’又云：‘西窗又吹暗雨。为谁频断续，相和砧杵。’数语刻划亦工。蟋蟀无可言，而言听蟋蟀者，正姚铉所谓‘赋水不当仅言水，而言水之前后左右’也。”

刘体仁《七颂堂词绎》：“词欲婉转而忌复，不独‘不恨古人吾不见’与‘我见青山多妩媚’，为岳亦斋所诮，即白石之工，如‘露湿铜铺’与‘候馆吟秋’总是一法。”

许昂霄《词综偶评》：“将蟋蟀与听蟋蟀者层层夹写，如环无端，真化工之笔也。”

陈廷焯《白雨斋词话》：“白石《齐天乐》一阕，全篇皆写怨情。独后半云：‘笑篱落呼灯，世间儿女。’以无知儿女之乐，反衬出有心人之苦，最为入妙。

用笔亦别有神味，难以言传。”《云韶集》：“此词精工绝世。只一路写去，而中间自有起伏；正如大江无风，波涛自涌，洵千古绝技也。”

庆宫春

绍熙辛亥除夕，予别石湖归吴兴，雪后夜过垂虹，尝赋诗云：“笠泽茫茫雁影微。玉峰重叠护云衣。长桥寂寞春寒夜，只有诗人一舸归。”后五年冬，复与俞商卿、张平甫、铦朴翁自封禺同载诣梁溪，道经吴松。山寒天迥，云浪四合。中夕相呼步垂虹，星斗下垂，错杂渔火。朔吹凛凛，卮酒不能支。朴翁以衾自缠，犹相与行吟，因赋此阕，盖过旬涂稿乃定。朴翁咎予无益，然意所耽，不能自已也。平甫，商卿，朴翁皆工于诗，所出奇诡，予亦强追逐之。此行既归，各得五十余解

双桨莼波，一蓑松雨，暮愁渐满空阔。呼我盟鸥，翩翩欲下，背人还过木末。那回归去，荡云雪、孤舟夜发。伤心重见，依约眉山，黛痕低压。　　采香径里春寒，老子婆娑，自歌谁答。垂虹西望，飘然引去，此兴平生难遏。酒醒波远，政凝想、明珰素袜。如今安在，唯有阑干，伴人一霎。

注释

①绍熙辛亥：光宗绍熙二年（1191）。　②石湖：指范成大，号石湖居士。③垂虹：吴江城利往桥，因桥上建亭名垂虹，故称垂虹桥。　④笠泽：太湖。⑤玉峰：指太湖中白雪覆盖的西洞庭山缥缈峰和东洞庭山百里峰。　⑥封、禺：皆山名，在今浙江德清。　⑦梁溪：今江苏无锡。　⑧采香径：古迹名。在江苏省苏州市西南灵岩山前。　⑨老子婆娑：老夫我对着山川婆娑起舞。

鬲溪梅令

丙辰冬自无锡归，作此寓意

好花不与殢香人。浪粼粼。又恐春风归去绿成阴。玉钿何处寻。　　木兰双桨梦中云。小横陈。漫向孤山山下觅盈盈。翠禽啼一春。

注释

①鬲溪梅令：姜夔自度曲，调名本意即以令曲的形式歌咏隔溪望梅的怅叹。②殢香人：为花香所陶醉的人，惜花之人。殢，困倦。　③木兰双桨：华美的船桨。代指小船。　④盈盈：本指美女，此处借美人转喻好花之姿容。　⑤翠禽：《龙城录》载，隋代赵师雄遇一美人，淡妆素服，同至酒店对饮；又有一绿衣童子出而笑歌戏舞。赵师雄醉醒后，发现自己睡在大梅花树下，上有翠鸟啼鸣。原来他遇到了梅花神，童子是翠鸟幻化。

浣溪沙

丙辰岁不尽五日吴松作

雁怯重云不肯啼。画船愁过石塘西。打头风浪恶禁持。
春浦渐生迎棹绿，小梅应长亚门枝。一年灯火要人归。

注释

①题注：丙辰岁不尽五日，意为丙辰年还有五日就结束了。吴松，今上海

一带，距作者家杭州已近。 ②恶：猛烈，很。 ③禁持：摆布。 ④亚：接近。

鹧鸪天

元夕有所梦

肥水东流无尽期。当初不合种相思。梦中未比丹青见，暗里忽惊山鸟啼。　　春未绿，鬓先丝。人间别久不成悲。谁教岁岁红莲夜，两处沉吟各自知。

注释

①肥水：淝水。源出安徽合肥紫蓬山，东南流经将军岭，至施口入巢湖。②不合：不应当；不该。 ③种相思：留下相思之情，谓当初不应该动情，动情后尤不该分别。 ④丹青：泛指图画，此处指画像。 ⑤红莲夜：指元宵灯节。红莲，指灯节的花灯。周邦彦《解语花·上元》：“露浥红莲，灯市花相射。”

永遇乐

次稼轩北固楼词韵

云隔迷楼，苔封很石，人向何处。数骑秋烟，一篙寒汐，千古空来去。使君心在，苍崖绿嶂，苦被北门留住。有尊中酒差可饮，大旗尽绣熊虎。　　前身诸葛，来游此地，数语便酬三顾。楼外冥冥，江皋隐隐，认得征西路。中原生聚，神京耆老，南望长淮金鼓。问当时依依种柳，至今在否。

注释

①迷楼：楼名，位于扬州，隋炀帝所建。建成之日，炀帝幸之，曰：“使真仙游此，亦当自迷。”因名迷楼。与北固楼隔江相望。　②很石：北固山甘露寺有石状如伏羊，号很石。相传孙权曾踞石上与刘备（一说诸葛亮）论事。③北门：唐文宗时，曾任裴度为北都留守。诏书云：“卿虽多病，年未甚老，为朕卧镇北门可也。”　④前身诸葛：此处以诸葛亮比喻辛弃疾。　⑤征西：桓温曾率军伐蜀，凯旋后任征西大将军。　⑥依依种柳：用桓温北伐故事。

法曲献仙音

张彦功官舍在铁冶岭上，即昔之教坊使宅。高斋下瞰湖山，光景奇绝。予数过之，为赋此

虚阁笼寒，小帘通月，暮色偏怜高处。树隔离宫，水平驰道，湖山尽入尊俎。奈楚客淹留久，砧声带愁去。　屡回顾。过秋风、未成归计。谁念我、重见冷枫红舞。唤起淡妆人，问逋仙、今在何许。象笔鸾笺，甚而今、不道秀句。怕平生幽恨，化作沙边烟雨。

注释

①铁冶岭：在杭州云居山下。　②离宫：指聚景园。在清波门外，宋孝宗晚年所居之处。　③驰道：天子所行之路。　④尊俎（zǔ）：古代盛酒肉的器皿。代指酒宴。　⑤楚客：作者自称。　⑥“过秋风”句：用张翰见秋风起思家乡菰菜、莼羹、鲈鱼脍弃官归乡典。　⑦淡妆人：指梅花。　⑧逋仙：林逋，宋初诗人，

隐居西湖孤山，梅妻鹤子，终生不仕。 ⑨象笔鸾笺：象牙制成之笔和压有花木麟鸾图案的彩笺。

鹧鸪天

正月十一日观灯

巷陌风光纵赏时。笼纱未出马先嘶。白头居士无呵殿，只有乘肩小女随。　　花满市，月侵衣。少年情事老来悲。沙河塘上春寒浅，看了游人缓缓归。

注释

①题注: 宋周密《武林旧事》载，临安元夕节前常有试灯预赏之事。 ②纵赏：尽情观赏。 ③笼纱：灯笼，又称纱笼。 ④白头居士：作者自指。 ⑤呵殿：前呵后殿，指身边随从。 ⑥乘肩小女：坐在肩膀上的小女孩。 ⑦“花满市”二句：谓花灯满街满市，月光映照衣裘。侵：映照。 ⑧“少年”句：指作者的爱情悲剧。二十多岁时，姜夔在合肥曾有一位情人，后来分手，但一直念念不忘，长久不得见，旧事上心头，无限惆怅。 ⑨沙河塘：地名，在钱塘（今浙江杭州）南五里。

江梅引

丙辰之冬，予留梁溪，将诣淮而不得，因梦思以述志

人间离别易多时。见梅枝。忽相思。几度小窗，幽梦手同携。

今夜梦中无觅处，漫徘徊。寒侵被、尚未知。　　湿红恨墨浅封题。宝筝空、无雁飞。俊游巷陌，算空有、古木斜晖。旧约扁舟，心事已成非。歌罢淮南春草赋，又萋萋。漂零客，泪满衣。

注释

①丙辰：宋宁宗庆元二年（1196）。　②梁溪：在今无锡市，相传因东汉梁鸿曾居此而得名。　③诣淮：到淮南去。合肥在淮河以南。诣，往。　④湿红：一说，红泪。《丽情集》载蜀妓灼灼以软绡聚红泪寄裴质。一说，泪水湿透红笺。⑤恨墨：表达别恨的书信。　⑥封题：封缄书信。　⑦无雁飞：即无人弹奏，雁柱不动。　⑧俊游：胜游，亦指良伴。

水龙吟

黄庆长夜泛鉴湖，有怀归之曲，课予和之

夜深客子移舟处，两两沙禽惊起。红衣入桨，青灯摇浪，微凉意思。把酒临风，不思归去，有如此水。况茂林游倦，长干望久，芳心事、箫声里。　　屈指归期尚未。鹊南飞、有人应喜。画阑桂子，留香小待，提携影底。我已情多，十年幽梦，略曾如此。甚谢郎、也恨飘零，解道月明千里。

注释

①题注：黄庆长，作者友人。鉴湖，今浙江绍兴市南，原名庆湖。又称长湖、镜湖。　②有如此水：有此水作证。祖逖北伐渡江，中流击楫而誓曰：“不

能清中原而复济者，有如此江！”（《晋书·祖逖传》） ③茂陵游倦：司马相如称病免官后家居茂陵。茂陵，汉武帝陵墓，在今陕西兴平市东北。 ④长干：古建康里巷名。故址在今江苏省南京市南。借指南京。 ⑤鹊南飞：鹊噪报喜，行人即归，又有月夜鹊飞报喜之意。曹操《短歌行》：“月明星稀，乌鹊南飞。” ⑥谢郎：谢庄，南朝宋文学家，作有《月赋》，有“美人迈兮音尘阙，隔千里兮共明月”之句。 ⑦月明千里：即指谢庄《月赋》之句，此借指友人原作。

「汪莘」

沁园春

忆黄山

三十六峰，三十六溪，长锁清秋。对孤峰绝顶，云烟竞秀，悬崖峭壁，瀑布争流。洞里桃花，仙家芝草，雪后春正取次游。亲曾见，是龙潭白昼，海涌潮头。　当年黄帝浮丘。有玉枕玉床还在不。向天都月夜，遥闻凤管，翠微霜晓，仰盼龙楼。砂穴长红，丹炉已冷，安得灵方闻早修。谁知此，问原头白鹿，水畔青牛。

注释

①三十六峰：不是实指，乃概略之数。黄山有天都、莲花等三十六大峰，玉屏、始信等三十二小峰。　②洞里桃花：相传黄山炼丹峰的炼丹洞里，有二桃，毛白异色，为仙家之物，“洞里桃花”即指此。　③仙家芝草：指服之可以成仙的灵芝草。相传黄山轩辕峰为黄帝采芝处，今峰下有采芝源。　④龙潭：白龙潭，在桃花溪上游、白云溪白龙桥下。白云溪受众壑之水，泻入白龙潭。每逢大雨倾盆之时，激流怒注，汹涌澎湃，如海潮翻滚。　⑤“当年”二句：相传浮丘公曾来黄山炼丹峰炼得仙丹八粒，黄帝服七粒，与浮丘公一起飞升而去。

⑥天都：黄山主峰之一的天都峰。其高度虽略低于莲花峰和光明顶，但风姿峻伟，气势磅礴，拔地耸天，雄冠群山，因尊称之为天帝神都。 ⑦凤管：凤箫。春秋时萧史善吹箫，秦穆公以女弄玉妻之。萧史教弄玉吹箫作凤鸣，引凤来归，凤箫由此得名。 ⑧“砂穴”三句：浮丘公提炼丹砂的石穴之色，依然长红，可是丹炉火尽，早已冷却，又怎能得到仙方灵丹，修炼成仙呢？ ⑨“谁知此”三句：谁知道这些服丹成仙的事？只有问源头的白鹿和水畔的青牛。相传浮丘公曾在黄山石人峰下驾鹤驯鹿，留下驾鹤洞、白鹿源的遗迹。白鹿既是浮丘公驯化的，定知仙人的灵秘。相传翠微寺左的溪边有一牛，形质迥异，通体青色，一樵夫欲牵回家中，青牛忽入水，无影无踪。此溪因称青牛溪。

「崔与之」

水调歌头

题剑阁

万里云间戍，立马剑门关。乱山极目无际，直北是长安。人苦百年涂炭，鬼哭三边锋镝，天道久应还。手写留屯奏，炯炯寸心丹。　对青灯，搔白发，漏声残。老来勋业未就，妨却一身闲。梅岭绿阴青子，蒲涧清泉白石，怪我旧盟寒。烽火平安夜，归梦到家山。

注释

①“乱山”二句：语本杜甫《小寒食舟中作》“云白山青万余里，愁看直北是长安”。长安，指北宋都城汴京。②镝（dí）：箭头，亦指箭。③天道：古代哲学术语。原指自然界和人类社会发展的规律，其中含有封建迷信成分。④梅岭：即大庾岭，在江西、广东交界处。因岭上多梅，故称。作者为广州人，故云。⑤蒲涧：在广州白云山上，涧中生有九节菖蒲，其水清甜。作者曾隐居于此。

「吴琚」

酹江月

玉虹遥挂，望青山隐隐，一眉如抹。忽觉天风吹海立，好似春霆初发。白马凌空，琼鳌驾水，日夜朝天阙。飞龙舞凤，郁葱环拱吴越。　　此景天下应无，东南形胜，伟观真奇绝。好是吴儿飞彩帜，蹴起一江秋雪。黄屋天临，水犀云拥，看击中流楫。晚来波静，海门飞上明月。

注释

①周密《武林旧事》卷七载：淳熙十年（1183）八月十八日，宋孝宗与太上皇（高宗）往浙江亭观潮。太上皇喜见颜色，曰："钱塘形胜，东南所无。"孝宗起奏曰："钱塘江湖，亦天下所无有也。"太上皇宣谕侍宴官，令各赋《酹江月》一曲，至晚进呈。太上皇以吴琚为第一。　②玉虹：白虹，天上的白气。③青山：临安府对岸西兴、萧山一带的丘陵。　④天风吹海立：苏轼《有美堂暴雨》"天外黑风吹海立"。　⑤"白马"二句：形容潮头波涛汹涌之状。枚乘《七发》："其少进也，浩浩溰溰，如素车白马帷盖之张。"鳌，传说中海上的大龟。《列子·汤问》载，天帝使巨鳌举首承戴海上神山，后世因用"鳌戴""鳌忭"为感恩戴德、欢呼雀跃之词。　⑥飞龙舞凤：喻钱塘山势。杭州形胜，左江右湖，四山环拱，

素有东南第一州之誉。天龙山、凤凰山盘踞东南，凤凰山在五代吴越时为国治，南宋时是皇帝的大内禁苑所在，皇城北起凤山门，西迄万松岭，郁郁葱葱，气象万千 。 ⑦“此景”三句：把太上皇和孝宗的对话用入词中。 ⑧“好是”二句：《武林旧事》：“吴儿善泅者数百，皆披发文身，手持十幅大彩旗，争先鼓勇，溯迎而上，出没于鲸波万仞中，腾身百变，而旗尾略不沾湿，以此夸能。”唐宋时钱塘观潮，每有善泅少年，以彩旗系于竹竿上，执之舞于潮头。 ⑨“黄屋”二句：写皇帝出行观潮的盛况。黄屋，帝王车盖，以黄缯为盖里，故名。水犀，水军 。《国语》载，吴王夫差有“衣水犀之甲”的水军，故称。 ⑩看击中流楫：暗用祖逖之典。《晋书 · 祖逖传》载，祖逖率部渡江，中流击楫而誓曰 ：“祖逖不能清中原而复济者，有如大江！”表示恢复中原的远大抱负。

点评

周密《武林旧事》：“方其远出海门，仅如银线，既而渐近，则玉城雪岭，际天而来，大声如雷霆，震撼激射，吞天沃日，势极雄豪。”可作此词注解。怒潮过后，海晏无波，飞上一轮明月，意境壮阔静美，独具一格。

「杜旟」

酹江月

石头城

江山如此，是天开万古，东南王气。一自髯孙横短策，坐使英雄鹊起。玉树声消，金莲影散，多少伤心事。千年辽鹤，并疑城郭是非。　　当日万驷云屯，潮生潮落处，石头孤峙。人笑褚渊今齿冷，只有袁公不死。斜日荒烟，神州何在，欲堕新亭泪。元龙老矣，世间何限余子。

注释

①髯孙：孙权为紫髯，故称髯孙。石头城本楚金陵城，建安十七年孙权重筑改名。　②玉树：指南朝陈后主所制《玉树后庭花》，被认为是亡国之音。③金莲：南朝齐东昏侯萧宝卷为君荒淫无道，曾凿金为莲花贴地，令潘妃行其上，谓之“步步生莲华”。　④千年辽鹤：辽东人丁令威学道成功后化鹤归辽云：“有鸟有鸟丁令威，去家千年今始归。城郭如故人民非，何不学仙冢垒垒。”　⑤“人笑”二句：南朝宋明帝时，袁粲与褚渊受命拥立太子。后萧道成杀太子，立显帝，袁粲谋诛道成，褚渊泄其谋，袁粲父子遂遇害。时人歌云：“可怜石头城，宁为袁粲死，莫作褚渊生。”　⑥新亭泪：用晋过江诸人新亭对泣典。

「刘仙伦」

念奴娇

送张明之赴京西幕

艅艎东下，望西江千里，苍茫烟水。试问襄州何处是，雉堞连云天际。叔子残碑，卧龙陈迹，遗恨斜阳里。后来人物，如君瑰伟能几。　其肯为我来耶，河阳下士，正自强人意。勿谓时平无事也，便以言兵为讳。眼底山河，楼头鼓角，都是英雄泪。功名机会，要须闲暇先备。

注释

①张明之：作者好友，生平不详。　②京西：路名。宋至道十五路之一。熙宁五年（1072）分南、北两路。北路治所在洛阳，南路治所在襄阳。　③幕：官署，幕府的简称。④艅艎（yú huáng）：大舰名。　⑤西江：西来之大江，指长江中上游。　⑥襄州：襄阳，今湖北襄樊市。　⑦雉堞（zhì dié）：城上排列如齿状的矮墙，作掩护用。　⑧叔子：西晋大臣羊祜，字叔子。曾以尚书左仆射都督荆州诸军事，出镇襄阳。　⑨残碑：指羊碑，又称堕泪碑。羊祜在襄阳十载，有惠政。死后，襄阳百姓为之立庙建碑。　⑩卧龙：诸葛亮。　⑪河阳：地名，在今河南孟州市西。　⑫言兵为讳：忌讳议论军事。南宋统治集团执行

投降政策，禁止朝野议论出师北伐之事。

一剪梅

唱到阳关第四声。香带轻分。罗带轻分。杏花时节雨纷纷。山绕孤村。水绕孤村。　　更没心情共酒尊。春衫香满，空有啼痕。一般离思两销魂。马上黄昏。楼上黄昏。

注释

①“唱到”句：用王维《渭城曲》即《阳关三叠》。②水绕孤村：隋炀帝“寒鸦飞数点，流水绕孤村”。

江神子

洪守出歌姬就席口占

华堂深处出娉婷。语声轻。笑声清。燕语莺啼，一一付春情。恰似洛阳花正发，见花好，不知名。　　金瓯盛酒玉纤擎。满盈盈。劝深深。不怕主人，教你十分斟。只怕酒阑歌罢后，人不见，暮山青。

注释

①玉纤：纤细如玉的手指。多以指美人的手。

「韩淲」

贺新郎

坐上有举昔人贺新郎一词，极壮，酒半用其韵

万事佯休去。漫栖迟、灵山起雾，玉溪流渚。击楫凄凉千古意，怅怏衣冠南渡。泪暗洒、神州沉处。多少胸中经济略，气□□、郁郁愁金鼓。空自笑，听鸡舞。　天关九虎寻无路。叹都把、生民膏血，尚交胡虏。吴蜀江山元自好，形势何能尽语。但目尽、东南风土。赤壁楼船应似旧，问子瑜、公瑾今安否。割舍了，对君举。

注释

①题注：绍兴八年（1138），宋金议和已成定局，高宗向金拜表称臣，李纲时已罢职，上书坚决反对，张元幹赋《贺新郎》“曳杖危楼去”词寄之，表示极力支持。其词慷慨悲壮，乃《芦川词》压卷之作。数十年后，韩淲于酒席上因有人举其词，感其壮，遂步其原韵，挥笔写成此词。方回《瀛奎律髓》载，淲“嘉定初即休官不仕”。此词作于休官退居上饶（今属江西）之时。距张元幹作词那年，已隔50余年。　②栖迟：止息。　③灵山、玉溪：皆在上饶。灵

山，道教福地。北宋张君房《云笈七签》卷二七“洞天福地”第三十三：“在信州上饶县。”玉溪，源出怀玉山，故名，即信江，一称上饶溪。 ④神州沉处：指中原陷落，语出《晋书·桓温传》“神州陆沉，百年丘墟”。 ⑤“空自笑”二句：用祖逖与刘琨闻鸡起舞的故事。纵有闻鸡起舞之志，终是英雄无用武之地。⑥“天关”句：化用《楚辞·招魂》“君无上天些，虎豹九关，啄害下人些”，言君门凶险，无路可通，胸中志略不能得达。 ⑦“叹都把”三句：隆兴和议（1164）以来，宋每年向金上交岁币银二十万两、绢二十万匹。至嘉定和议（1208），岁币增至银绢各三十万两、匹，犒军钱三百万贯。 ⑧“赤壁”二句：赤壁楼船，指三国曹魏南进之军队，此借指敌人。子瑜，诸葛瑾之字。公瑾，周瑜之字。子瑜为东吴之长史，公瑾乃东吴之大将。赤壁之战，周瑜大破曹军。

鹧鸪天

兰溪舟中

雨湿西风水面烟。一巾华发上溪船。帆迎山色来还去，橹破滩痕散复圆。　　寻浊酒，试吟篇。避人鸥鹭更翩翩。五更犹作钱塘梦，睡觉方知过眼前。

注释

①兰溪：在浙江中部，今称兰江，是钱塘江上游一段干流之名。再往下，依次称桐江、富春江、钱塘江，流经杭州入海。这条江流山水清绝，自古名闻遐迩。②“帆迎”句：与敦煌词《浣溪沙》“看山恰似走来迎”有异曲同工之妙。

「俞国宝」

风入松

一春长费买花钱。日日醉花边。玉骢惯识西湖路，骄嘶过、沽酒垆前。红杏香中箫鼓，绿杨影里秋千。　暖风十里丽人天。花压鬓云偏。画船载取春归去，余情寄、湖水湖烟。明日重扶残醉，来寻陌上花钿。

注释

①风入松：词牌名。古琴曲有《风入松》，唐代僧皎然有《风入松歌》，调名源于此。　②一春：整个春天。　③买花钱：旧指狎妓费用。

点评

周密《武林旧事》："淳熙间，德寿三殿游幸湖山。一日御舟经断桥旁，有小酒肆颇雅。舟中饰素屏书《风入松》一词于上，光尧驻目称赏久之，宣问：'何人所作？'乃太学生俞国宝醉笔也。上笑曰：'此词甚好，但末句"明日重携残酒"未免儒酸。'因为改定云'明日重扶残醉'，则迥不同矣，即日命解褐云。"

「程珌」

水调歌头

登甘露寺多景楼望淮有感

天地本无际，南北竟谁分。楼前多景，中原一恨杳难论。却似长江万里，忽有孤山两点，点破水晶盆。为借鞭霆力，驱去附昆仑。　　望淮阴，兵冶处，俨然存。看来天意，止欠士雅与刘琨。三拊当时顽石，唤醒隆中一老，细与酌芳尊。孟夏正须雨，一洗北尘昏。

注释

①“天地”二句：天地之中（指中国）本来没有交界，是谁竟然将其分为南北两部分。　②“却似”三句：长江本来犹如水晶盆那样完美，却因上有两点孤山使之白璧有瑕。暗指金瓯有缺。　③鞭霆力：鞭挞雷霆的力量。用鞭策雷霆的力量把小山驱赶到昆仑（大山）下面去。暗指收复失地。　④兵冶处：冶炼兵器之处。指冶城（今江苏六合区东），汉代吴王濞在此冶铸钱币兵器。淮阴在此北面。　⑤士雅：祖逖，字士雅。意即收复中原是天意（必然趋势），只是缺少像晋代祖逖、刘琨那样的爱国之士。　⑥隆中一老：诸葛亮，早年隐居隆中（今湖北襄阳西）。　⑦拊：击、拍。　⑧顽石：指诸葛亮曾垒石列战

阵于江边，即“八阵图”。再三拊击那堆成八阵图的石子（指备战），与诸葛亮般的战略家酌酒细论。 ⑨孟夏：夏季第一个月。 ⑩雨：指南宋军队。⑪北尘：指金国。

「郑域」

昭君怨

道是花来春未。道是雪来香异。竹外一枝斜。野人家。

冷落竹篱茅舍。富贵玉堂琼榭。两地不同栽。一般开。

点评

明代杨慎《词品》："中卿小词，清醒可喜，如《昭君怨》云云，兴比甚佳。"

「戴复古」

满江红

赤壁怀古

赤壁矶头，一番过、一番怀古。想当时、周郎年少，气吞区宇。万骑临江貔虎噪，千艘列炬鱼龙怒。卷长波、一鼓困曹瞒，今如许。　　江上渡，江边路。形胜地，兴亡处。览遗踪，胜读史书言语。几度东风吹世换，千年往事随潮去。问道傍、杨柳为谁春，摇金缕。

注释

①区宇：即寰（huán）宇，宇宙。　②万骑：借指孙刘联军。　③貔虎：貔和虎。亦泛指猛兽。

水调歌头

题李季允侍郎鄂州吞云楼

轮奂半天上，胜概压南楼。筹边独坐，岂欲登览快双眸。浪说胸吞云梦，直把气吞残虏，西北望神州。百载一机会，人事恨悠悠。　　骑黄鹤，赋鹦鹉，谩风流。岳王祠畔，杨柳烟锁古今愁。整顿乾坤手段，指授英雄方略，雅志若为酬。杯酒不在手，双鬓恐惊秋。

注释

①李季允：名植。曾任礼部侍郎，沿江制置副使并知鄂州（今湖北武昌）。②轮奂：高大华美。　③南楼：在湖北鄂州市南。　④骑黄鹤：崔颢“昔人已乘黄鹤去，此地空余黄鹤楼”。　⑤赋鹦鹉：吞云楼近鹦鹉洲，东汉名士祢衡曾在洲上作《鹦鹉赋》。　⑥岳王祠：惨死在秦桧手中的抗金名将岳飞的祠堂。直至宋宁宗时才追封为鄂王、建立祠庙。

柳梢青

岳阳楼

袖剑飞吟。洞庭青草，秋水深深。万顷波光，岳阳楼上，一快披襟。　　不须携酒登临。问有酒、何人共斟。变尽人间，君山一点，自古如今。

注释

①袖剑：衣袖里藏着短剑。 ②飞吟：临风吟唱。 ③青草：湖名，是洞庭湖的一部分（在洞庭湖的南头）。 ④披襟：散开衣襟。宋玉《风赋》：“有风飒然而至，王乃披襟而当之，曰：‘快哉此风！’” ⑤君山：在洞庭湖中，相传是湘君出没之处，故名。

洞仙歌

卖花担上，菊蕊金初破。说着重阳怎虚过。看画城簇簇，酒肆歌楼，奈没个巧处，安排着我。 家乡煞远哩，抵死思量，枉把眉头万千锁。一笑且开怀，小阁团栾，旋簇着、几般蔬果。把三杯两盏记时光，问有甚曲儿，好唱一个。

注释

①画城：赞美语。李商隐《陈后宫》：“茂苑城如画。” ②簇簇：整齐貌。 ③煞远：很远，是当时口语。 ④小阁：即现在酒馆中的“雅座”“单间”。阁，同“阁”。 ⑤团栾：圆貌，大家围坐。 ⑥旋簇（cù）着：很快地铺设着。

木兰花慢

莺啼啼不尽，任燕语、语难通。这一点闲愁，十年不断，恼乱春风。重来故人不见，但依然、杨柳小楼东。记得同题粉壁，而今壁破无踪。　　兰皋新涨绿溶溶。流恨落花红。念著破春衫，当时送别，灯下裁缝。相思谩然自苦，算云烟、过眼总成空。落日楚天无际，凭栏目送飞鸿。

浣溪沙

病起无聊倚绣床。玉容清瘦懒梳妆。水沉烟冷橘花香。

说个话儿方有味，吃些酒子又何妨。一声啼鸩断人肠。

望江南

壶山宋谦父寄新刊雅词，内有壶山好三十阕，自说平生。仆谓犹有说未尽处，为续四曲

壶山好，文字满胸中。诗律变成长庆体，歌词渐有稼轩风。最会说穷通。　　中年后，虽老未成翁。儿大相传书种在，客来不放酒尊空。相对醉颜红。

注释

①壶山：宋自逊，字谦父，号壶山，南昌人。生卒年均不详，约宋宁宗庆元末前后在世。文笔高绝，当代名流皆敬爱之。与戴复古尤有交谊。

「戴复古妻」

祝英台近

惜多才，怜薄命，无计可留汝。揉碎花笺，忍写断肠句。道旁杨柳依依，千丝万缕，抵不住、一分愁绪。　如何诉。便教缘尽今生，此身已轻许。捉月盟言，不是梦中语。后回君若重来，不相忘处，把杯酒、浇奴坟土。

注释

①陶宗仪《南村辍耕录》：“戴石屏先生复古未遇时，流寓江右武宁。有富家翁爱其才，以女妻之。居二三年忽欲作归计，妻问其故，告以曾娶。妻白之父，父怒，妻宛曲解释。尽以奁具赠夫，仍饯以词云……夫既别，遂赴水死。可谓贤烈也矣！”

「李从周」

清平乐

美人娇小。镜里容颜好。秀色侵入春帐晓。郎去几时重到。

叮咛记取儿家。碧云隐映红霞。直下小桥流水，门前一树桃花。

「史达祖」

绮罗香

咏春雨

做冷欺花，将烟困柳，千里偷催春暮。尽日冥迷，愁里欲飞还住。惊粉重、蝶宿西园，喜泥润、燕归南浦。最妨它、佳约风流，钿车不到杜陵路。　　沉沉江上望极，还被春潮晚急，难寻官渡。隐约遥峰，和泪谢娘眉妩。临断岸、新绿生时，是落红、带愁流处。记当日、门掩梨花，翦灯深夜语。

注释

①绮罗香：史达祖创调。绮罗香用喻豪华旖旎之境，唐宋人多用于诗词。如秦韬玉“蓬门未识绮罗香，欲遣良媒益自伤”。欧阳修“绮罗香里留佳客，弦管声来飏晚风”。词调即取以为名。　②做冷欺花：春天寒冷，妨碍了花儿的开放。　③冥迷：迷蒙。　④粉重：蝴蝶身上的花粉，经春雨淋湿，飞不起来。　⑤西园：泛指园林。　⑥钿车：用珠宝装饰的车，古时为贵族妇女所乘。　⑦杜陵：汉宣帝陵墓所在地。当时附近一带住的多是富贵之家，故用来借指繁华的街道。　⑧官渡：公用的渡船。　⑨谢娘：唐代歌妓名，后泛指歌妓。　⑩眉妩：用卓文君事。《西京杂记》：“文君姣好，眉色如

望远山。” ⑪翦灯：剪烛。唐李商隐《夜雨寄北》：“何当共剪西窗烛，却话巴山夜雨时。”后以“剪烛”为促膝夜谈之典。

点评

刘熙载《艺概》：“周美成律最精审，史邦卿句最警炼，然未得为君子之词者，周旨荡而史意贪也。”

双双燕

咏燕

过春社了，度帘幕中间，去年尘冷。差池欲住，试入旧巢相并。还相雕梁藻井。又软语、商量不定。飘然快拂花梢，翠羽分开红影。 芳径。芹泥雨润。爱贴地争飞，竞夸轻俊。红楼归晚，看足柳昏花暝。应自栖香正稳。便忘了、天涯芳信。愁损翠黛双蛾，日日画阑独凭。

注释

①双双燕：词牌名，始见史达祖《梅溪集》，即以咏双燕。 ②差（cī）池：燕子飞行时，有先有后，尾翼舒张貌。《诗经·邶风·燕燕》：“燕燕于飞，差池其羽。” ③相（xiàng）：端看、仔细看。 ④雕梁：雕有或绘有图案的屋梁。 ⑤藻井：用彩色图案装饰的天花板，形状似井栏，故称。 ⑥芹泥：杜甫《徐步》“芹泥随燕嘴”。 ⑦柳昏花暝：柳色昏暗，花影迷蒙。暝：天色昏暗貌。 ⑧栖香：栖息得很香甜，睡得很好。

点评

周济《介存斋论词杂著》："梅溪甚有心思，而用笔多涉尖巧，非大方家数，所谓一钩勒即薄者。"

东风第一枝

咏春雪

巧沁兰心，偷黏草甲，东风欲障新暖。谩凝碧瓦难留，信知暮寒轻浅。行天入镜，做弄出、轻松纤软。料故园、不卷重帘，误了乍来双燕。　　青未了、柳回白眼。红欲断、杏开素面。旧游忆著山阴，厚盟遂妨上苑。寒炉重暖，便放慢春衫针线。恐凤靴、挑菜归来，万一灞桥相见。

注释

①东风第一枝：词牌名，指梅花，民间有梅为花魁之说，东风即春风，第一枝为梅花。调名本义为咏梅。又名"琼林第一枝"。　②草甲：草之外表，如甲衣，因此得名。　③行天入境：唐韩愈《春雪》"入镜鸾窥诏，行天马度桥"，以镜和天来喻地面、桥面积雪的明净。　④"旧游"句：晋王徽之雪夜泛舟剡溪，访戴逵，至其门而返，人问其故，他说："本乘兴而来，兴尽而返，何必见安道（戴逵字）耶！"　⑤"厚盟"句：司马相如参加梁王兔园之宴，因下雪而迟到。上苑即兔园。　⑥挑菜：周密《武林旧事》："二月二日，宫中办挑菜宴，以资戏笑。"　⑦灞桥：在长安城外，此借指南宋都城临安（今浙江杭州）城外。

点评

张炎《词源》赏其咏物、节序诸作，如《东风第一枝》咏春雪，《绮罗香》

咏春雨，《双双燕》咏燕，“皆全章精粹，所咏瞭然在目，且不留滞于物。”

喜迁莺

月波疑滴。望玉壶天近，了无尘隔。翠眼圈花，冰丝织练，黄道宝光相直。自怜诗酒瘦，难应接、许多春色。最无赖，是随香趁烛，曾伴狂客。　　踪迹。谩记忆。老了杜郎，忍听东风笛。柳院灯疏，梅厅雪在，谁与细倾春碧。旧情拘未定，犹自学、当年游历。怕万一，误玉人、夜寒帘隙。

注释

①月波：指月光。月光似水，故称。　②玉壶：喻月亮。　③翠眼圈花：指各式花灯。　④冰丝：指冰蚕所吐的丝。常用作蚕丝的美称。　⑤黄道宝光相直：指灯光与月光交相辉映。《汉书·天文志》：“日有中道，月有九行。中道者，黄道，一曰光道。”黄道，指太阳在天空周年运行的轨道。　⑥杜郎：杜牧，此用于自指。　⑦春碧：酒名。

三姝媚

烟光摇缥瓦。望晴檐多风，柳花如洒。锦瑟横床，想泪痕尘影，凤弦常下，倦出犀帷，频梦见、王孙骄马。讳道相思，偷理绡裙，自惊腰衩。　　惆怅南楼遥夜。记翠箔张灯，枕肩歌罢。又入铜驼。遍旧家门巷，首询声价。可惜东风，将恨与、闲花俱谢。记取崔徽模样，归来暗写。

注释

①三妹媚：词牌名，又名“三株媚”“三妹媚曲”。史达祖创调。以此篇为正体。以古乐府《三妇艳》得名。调名本意即咏三个姣好美貌的女子。②缥瓦：琉璃瓦。缥，淡青色。 ③犀帷：装有犀牛角饰的帐幔。 ④铜驼：铜驼街，因汉铸铜驼而名，洛阳繁华游冶之地。亦有借指闹市者。 ⑤询声价：周邦彦《瑞龙吟》：“访邻寻里，同时歌舞。唯有旧家秋娘，声价如故。”⑥崔徽：《全唐诗》卷四百二十三《崔徽歌》诗序：“崔徽，河中府娼也，裴敬中以兴元幕使蒲州。与徽相从累月，敬中便还。崔以不得从为恨，因而成疾。有丘夏善写人形，徽托写真寄敬中曰：‘崔徽一旦不及画中人，且为郎死。’发狂卒。”

蝶恋花

二月东风吹客袂。苏小门前，杨柳如腰细。胡蝶识人游冶地。旧曾来处花开未。 几夜湖山生梦寐。评泊寻芳，只怕春寒里。令岁清明逢上巳。相思先到溅裙水。

注释

①评泊：思量，忖度。 ②“今岁”二句：清明节本是一个踏青游春的佳日，其时杭城市民“寻芳讨胜，极意纵游，……无日不在春风鼓舞中”（《武林旧事》卷三）。上巳日又“倾都褉饮踏青”（《梦粱录》卷二）。尽管还是二月，作者已在遥想清明、上巳日伊人在水边游玩的情景。

临江仙

倦客如今老矣，旧时不奈春何。几曾湖上不经过。看花南陌醉，驻马翠楼歌。　　远眼愁随芳草，湘裙忆著春罗。枉教装得旧时多。向来箫鼓地，犹见柳婆娑。

注释

①倦客：作者自指。 ②南陌：游乐之地。 ③翠楼：指妓馆歌楼。 ④婆娑：盘旋起舞。

湘江静

暮草堆青云浸浦。记匆匆、倦篙曾驻。渔榔四起，沙鸥未落，怕愁沾诗句。碧袖一声歌，石城怨、西风随去。沧波荡晚，菰蒲弄秋，还重到、断魂处。　　酒易醒，思正苦。想空山、桂香悬树。三年梦冷，孤吟意短，屡烟钟津鼓。屐齿厌登临，移橙后、几番凉雨。潘郎渐老，风流顿减，闲居未赋。

注释

①石城怨：即《石城乐》，刘宋时臧质所作，见《唐书·乐志》。唐张祜《莫愁乐》：“侬居石城下，郎到石城游。自郎石城出，长在石城头。”故称怨歌。②渔榔：渔人捕鱼时用以敲船舷、惊鱼入网的长木。 ③菰蒲：植物名。 ④闲居：潘岳《闲居赋》，序云“自弱冠涉乎知命之年，八徙官而一进阶，再免，一除名，

一不拜职，迁者三而已矣。虽通塞有遇，抑亦拙者之效也”。潘岳自叹“拙宦”。作者写自己年岁渐老，风流顿减，《闲居赋》却没有写出来。

满江红

中秋夜潮

万水归阴，故潮信、盈虚因月。偏只到、凉秋半破，斗成双绝。有物揩磨金镜净，何人拏攫银河决。想子胥、今夜见嫦娥，沉冤雪。　　光直下，蛟龙穴。声直上，蟾蜍窟。对望中天地，洞然如刷。激气已能驱粉黛，举杯便可吞吴越。待明朝、说似与儿曹，心应折。

注释

①阴：低凹处。　②潮信：潮水。以其涨落有定时，故称。　③半破：半轮月亮。　④斗成：拼成。　⑤双绝：指圆月和潮水。　⑥金镜：喻月亮。⑦拏攫（ná jué）：夺取。拏同“拿”。　⑧子胥：伍子胥，春秋时吴国大夫。⑨蛟龙穴：传说水底有蛟龙居住的宫殿，即龙宫。　⑩“举杯”句：指吴王夫差杀死伍子胥和越王勾践杀死大夫文种的事，是对他们杀害大臣的谴责。

满江红

九月二十一日出京怀古

缓辔西风，叹三宿、迟迟行客。桑梓外，锄耰渐入，柳坊花陌。双阙远腾龙凤影，九门空锁鸳鸾翼。更无人、擫笛傍宫墙，苔花碧。　　天相汉，民怀国。天厌虏，臣离德。趁建瓴一举，并收鳌极。老子岂无经世术，诗人不预平戎策。办一襟、风月看升平，吟春色。

注释

①三宿：犹言三日，三夜。谓时间较久。《孟子·公孙丑下》："三宿而后出昼，是何濡滞也？"　②迟迟行客：《孟子·尽心下》："孔子之去鲁，曰：'迟迟吾行也，去父母国之道也。'"　③桑梓：《诗·小雅·小弁》："维桑与梓，必恭敬止。"朱熹集传："桑、梓二木。古者五亩之宅，树之墙下，以遗子孙给蚕食、具器用者也……桑梓父母所植。"东汉以来一直以"桑梓"借指故乡或乡亲父老。　④锄耰（yōu）：泛指农具。耰，锄柄。　⑤双阙：指大内皇宫。⑥九门：泛指皇宫。　⑦擫（yè）笛：按笛奏曲。　⑧天相：上天帮助，语出《左传·昭公四年》"晋、楚唯天所相"。汉、虏，指宋、金。　⑨天厌：《左传·隐公十一年》"天而既厌周德矣"。厌，厌弃。指事势不利于金，有利于宋。　⑩民怀国：民心向着宋，背着金，大可乘机恢复，统一全国。　⑪鳌极：神话传说中指女娲断鳌足所立的四极天柱。　⑫办：准备。　⑬升平：太平。

秋霁

江水苍苍，望倦柳愁荷，共感秋色。废阁先凉，古帘空暮，雁程最嫌风力。故园信息。爱渠入眼南山碧。念上国。谁是、脍鲈江汉未归客。　　还又岁晚，瘦骨临风，夜闻秋声，吹动岑寂。露蛩悲、清灯冷屋，翻书愁上鬓毛白。年少俊游浑断得。但可怜处，无奈苒苒魂惊，采香南浦，剪梅烟驿。

注释

①秋霁：词牌名，据传始于宋胡浩然，因赋秋晴，故名。　②雁程：雁飞的行程。　③上国：首都。南宋京城临安。此泛指故土。　④鲙鲈：指鲈鱼脍。晋人张翰在洛阳为官，见秋风起而思家乡吴中的鲈鱼脍等美味，辞官归乡。后遂以鲈脍作为思乡的典故。　⑤剪梅：用陆凯寄梅给范晔的典故。

临江仙

草脚青回细腻，柳梢绿转条苗。旧游重到合魂销。棹横春水渡，人凭赤阑桥。　　归梦有时曾见，新愁未肯相饶。酒香红被夜迢迢。莫交无用月，来照可怜宵。

注释

①条苗：犹苗条。细长柔美。　②“莫交”句：交，一作“教”。唐白居易《集贤池答侍中问》“池月幸闲无用处”。北宋杜安世有“可惜一天无用月”句。

临江仙

闺思

愁与西风应有约，年年同赴清秋。旧游帘幕记扬州。一灯人著梦，双燕月当楼。　　罗带鸳鸯尘暗澹，更须整顿风流。天涯万一见温柔。瘦应因此瘦，羞亦为郎羞。

注释

①西风：即秋风。 ②帘幕记扬州：借指风月之地。杜牧《赠别》：“春风十里扬州路，卷上珠帘总不如。” ③著梦：入梦。 ④罗带鸳鸯：绣有鸳鸯图案的丝织衣带。 ⑤整顿：整理，收拾。 ⑥风流：风度、仪态、仪表等。

夜行船

正月十八日闻卖杏花有感

不翦春衫愁意态。过收灯、有些寒在。小雨空帘，无人深巷，已早杏花先卖。　　白发潘郎宽沈带。怕看山、忆它眉黛。草色拖裙，烟光惹鬓，常记故园挑菜。

注释

①夜行船：此调又名“明月棹孤舟”。双调五十五字或五十六字，仄韵格。 ②收灯：宋代习俗，正月十五日元宵节前后数日燃灯纵赏，赏毕收灯，市人争先出城探春。过收灯，指过了收花灯的时间。 ③白发潘郎：潘岳中年鬓发斑白。潘郎，借指妇女所爱慕的男子。 ④宽沈带：指沈约因瘦损而衣带宽，此句为自指。 ⑤挑菜：唐代风俗，农历二月初二曲江拾菜，士民观游其间，谓之挑菜节。

过龙门

一带古苔墙。多听寒螿。箧中针线早销香。燕尾宝刀窗下梦，谁翦秋裳。　　宫漏莫添长。空费思量。鸳鸯难得再成双。昨夜楚山花簟里，波影先凉。

注释

①过龙门：即“浪淘沙令”。 ②寒螀（jiāng）：寒蝉。借指深秋的鸣虫。

过龙门

醉月小红楼。锦瑟箜篌。夜来风雨晓来收。几点落花饶柳絮，同为春愁。 寄信问晴鸥。谁在芳洲。绿波宁处有兰舟。独对旧时携手地，情思悠悠。

注释

①箜篌：古代拨弦乐器名。有竖式和卧式两种。

鹧鸪天

搭柳阑干倚伫频，杏帘胡蝶绣床春。十年花骨东风泪，几点螺香素壁尘。 箫外月，梦中云。秦楼楚殿可怜身。新愁换尽风流性，偏恨鸳鸯不念人。

点评

俞陛云《唐五代两宋词选释》：“花骨”二字颇新，惟《梅溪集》中两用之。“东风”句较《万年欢》调“愁沁花骨”尤为凄艳欲绝。吟此两句，如闻“落叶哀蝉”之歌。昔人咏鸳鸯者，或羡其双飞，或愿为同命，此独言其不复念人，但既言“换尽风流”，则绮习划除，愿归枯衲，安用恨为！恨耶情耶？殆自问亦莫辨也。

鹧鸪天

卫县道中，有怀其人

雁足无书古塞幽。一程烟草一程愁。帽檐尘重风吹野，帐角春销月满楼。　　情思乱，梦魂浮。湘裙多忆敝貂裘。官河水静阑干暖，徒倚斜阳怨晚秋。

燕归梁

独卧秋窗桂未香。怕雨点飘凉。玉人只在楚云傍。也著泪、过昏黄。　　西风今夜梧桐冷，断无梦、到鸳鸯。秋钲二十五声长。请各自，奈思量。

注释

①楚云：楚天之云。《晋书·天文志中》：“韩云如布，赵云如牛，楚云如日，宋云如车。”　②钲（zhēng）：古乐器。形圆如铜锣，悬而击之。　③二十五声：五更。古一夜分五更，一更分五点，击钟鼓报时，故称。

点绛唇

六月十四日夜，与社友泛湖过西陵桥，已子夜矣

山月随人，翠蘋分破秋山影。钓船归尽。桥外诗心迥。

多少荷花，不盖鸳鸯冷。西风定。可怜潘鬓。偏浸秦台镜。

注释

①潘鬓：晋潘岳《秋兴赋》序："余春秋三十有二，始见二毛。"后以"潘鬓"谓中年鬓发初白。

「高观国」

清平乐

春蒲雨湿。燕子低飞急。云压前山群翠失。烟水满湖轻碧。

小莲相见湾头。清寒不到青楼。请上琵琶弦索，今朝破得春愁。

贺新郎

赋梅

月冷霜袍拥。见一枝、年华又晚，粉愁香冻。云隔溪桥人不度，的皪春心未纵。清影怕、寒波摇动。更没纤毫尘俗态，倚高情、预得春风宠。沉冻蝶，挂么凤。　　一杯正要吴姬捧。想见那、柔酥弄白，暗香偷送。回首罗浮今在否。寂寞烟迷翠拢。又争奈、桓伊三弄。开遍西湖春意烂，算群花、正作江山梦。吟思怯，暮云重。

注释

①的皪（de lì）：光亮、鲜明貌。 ②桓伊三弄：《晋书·桓伊传》："（伊）善音乐，尽一时之妙……徽之便令人谓伊曰：'闻君善吹笛，试为我一奏。'伊是时已贵显，素闻徽之名，便下车，踞胡牀，为作三调，弄毕，便上车去。"《神奇秘谱》载，琴曲《梅花三弄》即据此改编而成。后因以"桓伊三弄"指《梅花三弄》曲。亦借为梅花之典。

临江仙

风月生来人世，梦魂飞堕仙津。青春日日醉芳尘。一鞭花陌晓，双桨柳桥春。　　前度诗留醉袖，昨宵香浥罗巾。小姬飞燕是前身。歌随流水咽，眉学远山颦。

少年游

草

春风吹碧，春云映绿，晓梦入芳裀。软衬飞花，远连流水，一望隔香尘。　　萋萋多少江南恨，翻忆翠罗裙。冷落闲门，凄迷古道，烟雨正愁人。

注释

①芳裀：芳草有如厚厚的裀褥。 ②香尘：女子的芳踪。

「魏了翁」

醉落魄

人日南山约应提刑懋之

无边春色。人情苦向南山觅。村村箫鼓家家笛。祈麦祈蚕，来趁元正七。　　翁前子后孙扶掖。商行贾坐农耕织。须知此意无今昔。会得为人，日日是人日。

注释

①人日：与“元正七”都是指农历正月初七。民间旧俗，以七种菜为羹，用彩色的布或金箔剪成人形，贴在屏风上，戴在头上，表示“形容改新”“一岁吉祥”，并饮酒游乐，吹奏乐器，以祈农桑。这是一个快乐吉祥的节日，“人”在这一天显得特别尊贵，李充《登安仁赋铭》有“正月七日，厥日唯人”。②祈麦祈蚕：“麦”“蚕”为诸多农事的代表。　③商行贾坐农耕织：指各行各业的人们。在古代，商人们分为行商和坐商两种。“耕织”则为“农”的本业。

「卢祖皋」

贺新郎

彭传师于吴江三高堂之前钓雪亭，盖擅渔人之窟宅，以供诗境也。赵子野约余赋之

挽住风前柳。问鸱夷、当日扁舟，近曾来否。月落潮生无限事，零落茶烟未久。谩留得、莼鲈依旧。可是功名从来误，抚荒祠、谁继风流后。今古恨，一搔首。　　江涵雁影梅花瘦。四无尘、雪飞风起，夜窗如昼。万里乾坤清绝处，付与渔翁钓叟。又恰是、题诗时候。猛拍阑干呼鸥鹭，道他年、我亦垂纶手。飞过我，共尊酒。

注释

①彭传师：作者好友，生平不详。　②三高堂：在江苏吴江。宋初为纪念春秋越国范蠡、西晋张翰和唐陆龟蒙三位高士而建。　③赵子野：名汝淳，字子野，昆山人。太宗八世孙，开禧元年（1205）进士。作者好友。　④鸱（chī）夷：皮制的口袋。春秋时范蠡协助越王勾践灭亡吴国后，泛舟五湖，弃官隐居，自号鸱夷子皮。　⑤零落茶烟未久：指陆龟蒙，字鲁望，长洲（今江苏吴县）人，后隐居甫里。自号江湖散人、甫里先生，又号天随子。常以笔床茶灶自随。

江城子

画楼帘幕卷新晴。掩银屏。晓寒轻。坠粉飘香，日日唤愁生。暗数十年湖上路，能几度，著娉婷。　　年华空自感飘零。拥春酲。对谁醒。天阔云间，无处觅箫声。载酒买花年少事，浑不似，旧心情。

注释

①娉婷：姿态美好貌。借指美人。　②春酲：春日醉酒后的困倦。

点评

况周颐《蕙风词话》："后段与龙洲（刘过）'欲买桂花同载酒，终不是、少年游'可谓异曲同工。"

「周文璞」

浪淘沙

还了酒家钱。便好安眠。大槐宫里著貂蝉。行到江南知是梦，雪压渔船。　　盘礴古梅边。也信前缘。鹅黄雪白又醒然。一事最奇君听取。明日新年。

注释

①“大槐”句：作者做过小官，此句谓自己也是在大槐宫里待过的人。②盘礴：箕踞而坐，引申为不拘形迹，旷放自适。

「岳珂」

祝英台近

澹烟横，层雾敛。胜概分雄占。月下鸣榔，风急怒涛飐。关河无限清愁，不堪临鉴。正霜鬓、秋风尘染。　　漫登览。极目万里沙场，事业频看剑。古往今来，南北限天堑。倚楼谁弄新声，重城正掩。历历数、西州更点。

满江红

小院深深，悄镇日、阴晴无据。春未足，闺愁难寄，琴心谁与。曲径穿花寻蛱蝶，虚栏傍日教鹦鹉。笑十三、杨柳女儿腰，东风舞。　　云外月，风前絮。情与恨，长如许。想绮窗今夜，为谁凝伫。洛浦梦回留珮客，秦楼声断吹箫侣。正黄昏时候杏花寒，廉纤雨。

「孙惟信」

水龙吟

除夕

小童教写桃符，道人还了常年例。神前灶下，祓除清净，献花酌水。祷告些儿，也都不是，求名求利。但吟诗写字，分数上面，略精进、尽足矣。　饮量添教不醉。好时节、逢场作戏。驱傩爆竹，软饧酥豆，通宵不睡。四海皆兄弟，阿鹊也、同添一岁。愿家家户户，和和顺顺，乐升平世。

注释

①桃符：古代挂在大门上的两块画着神荼、郁垒二神的桃木板，以为能压邪。②祓除：除灾去邪之祭。③驱傩（nuó）：旧时岁暮或立春日迎神赛会，驱逐疫鬼。

「黄机」

满江红

万灶貔貅，便直欲、扫清关洛。长淮路、夜亭警燧，晓营吹角。绿鬓将军思饮马，黄头奴子惊闻鹤。想中原、父老已心知，今非昨。　　狂鲵剪，於菟缚。单于命，春冰薄。政人人自勇，翘关还槊。旗帜倚风飞电影，戈铤射月明霜锷。且莫令、榆柳塞门秋，悲摇落。

霜天晓角

仪真江上夜泊

寒江夜宿。长啸江之曲。水底鱼龙惊动，风卷地、浪翻屋。

诗情吟未足。酒兴断还续。草草兴亡休问，功名泪、欲盈掬。

「严仁」

鹧鸪天

惜别

一曲危弦断客肠。津桥捩柂转牙樯。江心云带蒲帆重，楼上风吹粉泪香。　瑶草碧，柳芽黄。载将离恨过潇湘。请君看取东流水，方识人间别意长。

注释

①捩柂（liè duò）：扭转船舵。捩柂，亦作“捩舵”“捩柁”。捩，扭转。
②牙樯：饰以象牙的帆樯。

一落索

春怀

清晓莺啼红树。又一双飞去。日高花气扑人来，独自价、伤春无绪。　　别后暗宽金缕。倩谁传语。一春不忍上高楼，为怕见、分携处。

鹧鸪天

别意

行尽春山春事空。别愁离恨满江东。三更鼓润官楼雨，五夜灯残客舍风。　　寒淡淡，晓胧胧。黄鸡催断丑时钟。紫骝嚼勒金衔响，冲破飞花一道红。

注释

①鼓润：荡涤，滋润。《易·系辞上》：“鼓之以雷霆，润之以风雨。”
②丑时：旧式计时法，夜里一点到三点。

醉桃源

春景

拍堤春水蘸垂杨。水流花片香。弄花嗺柳小鸳鸯。一双随一双。　　帘半卷，露新妆。春衫是柳黄。倚阑看处背斜阳。风流暗断肠。

「严参」

沁园春

题吴明仲竹坡

竹焉美哉，爱竹者谁，曰君子欤。向佳山水处，筑宫一亩，好风烟里，种玉千余。朝引轻霏，夕延凉月，此外尘埃一点无。须知道，有乐其者，吾爱吾庐。　　竹之清也何如。应料得诗人清矣乎。况满庭秀色，对拈彩笔，半窗凉影，伴读残书。休说龙吟，莫言凤啸，且道高标谁胜渠。君试看，正绕坡云气，似渭川图。

注释

①吾爱吾庐：晋陶潜《读山海经》："众鸟欣有托，吾亦爱吾庐。"　②渭川：《水经注疏》卷十七："渭水之右，磻溪水注之。水出南山兹谷，乘高激流，注于溪中。溪中有泉，谓之兹泉，泉水潭积，自成渊渚，即《吕氏春秋》所谓太公钓兹泉也。今人谓之凡谷，石壁深高，幽隍邃密，林障秀阻，人迹罕交，东南隅有石室，盖太公所居也。水次平石钓处，即太公垂钓之所也。其投竿跽饵，两膝遗迹犹存，是有磻溪之称也。其水清泠神异，北流十二里，注于渭，北去维堆城七十里。"

「葛长庚」

水调歌头

江上春山远，山下暮云长。相留相送，时见双燕语风樯。满目飞花万点，回首故人千里，把酒沃愁肠。回雁峰前路，烟树正苍苍。　　漏声残，灯焰短，马蹄香。浮云飞絮，一身将影向潇湘。多少风前月下，迤逦天涯海角，魂梦亦凄凉。又是春将暮，无语对斜阳。

注释

①回雁峰：又名雁回峰。在湖南衡阳市南，为衡山七十二峰之一。相传雁至衡阳而止，遇春而回，或说其峰势如雁回转，故称。　②马蹄香：杜衡的别名。宋沈括《梦溪笔谈·药议》：“东方南方所用细辛，皆杜衡也。又谓之马蹄香。”③浮云飞絮：比喻旅人。

蝶恋花

绿暗红稀春已暮。燕子衔泥，飞入谁家处。柳絮欲停风不住。杜鹃声里山无数。　白马青衫无定据。好底林泉，信脚随缘寓。拚却此生心已许。一川风月聊为主。

注释

①绿暗红稀：花落叶茂，春光将尽。

行香子

题罗浮

满洞苔钱。买断风烟。笑桃花流落晴川。石楼高处，夜夜啼猿。看二更云，三更月，四更天。　细草如毡。独枕空拳。与山麋、野鹿同眠。残霞未散，淡雾沈绵。是晋时人，唐时洞，汉时仙。

注释

①罗浮：山名，在广东增城、博罗间，相传西晋郭璞曾在此炼丹求仙，东晋葛洪亦得道于此，道家列为第七洞天。　②苔钱：苍苔形圆如钱，故名。③买断：买尽，犹言占尽。　④石楼：在罗浮山上。　⑤山麋（mí）：麋鹿。⑥残霞：此指晓霞。　⑦沈绵：绵绵不尽。

念奴娇

咏雪

广寒宫里，散天花、点点空中柳絮。是处楼台皆似玉，半夜风声不住。万里盐城，千家珠瓦，无认蓬莱处。但呼童、且去探梅花、攀那树。　　垂帘未敢掀开，狮儿初捏就，佳人偷觑。溪畔渔翁蓑又重，几点沙鸥无语。竹折庭前，松僵路畔，满目都如许。问要晴，更待积痕消，须无雨。

「刘克庄」

沁园春

梦孚若

何处相逢，登宝钗楼，访铜雀台。唤厨人斫就，东溟鲸脍，圉人呈罢，西极龙媒。天下英雄，使君与操，余子谁堪共酒杯。车千两，载燕南赵北，剑客奇才。　　饮酣画鼓如雷。谁信被晨鸡轻唤回。叹年光过尽，功名未立，书生老去，机会方来。使李将军，遇高皇帝，万户侯何足道哉。披衣起，但凄凉感旧，慷慨生哀。

注释

①孚（fú）若：方孚若，名信儒，福建莆田人，以使金不屈著名，著有《南冠萃稿》等。　②宝钗楼：汉武帝时建，故址在今陕西咸阳市。　③铜雀台：曹操时建，故址在今河南临漳县西南。　④斫（zhuó）：用刀砍。　⑤东溟（míng）：东海。　⑥脍：切细的肉块。　⑦圉（yǔ）人：养马的官。　⑧西极：西域，古时名马多来自西域。　⑨龙媒：骏马名。《汉书·礼乐志》：“天马徕，龙之媒。”颜师古注引应劭曰：“言天马者，乃神龙之类，今天马已来，此龙必至之效也。”后因称骏马为龙媒。　⑩使君：古时对州郡长官的称呼。

这里指刘备。 ⑪乘（shèng）：古时一车四马叫乘。 ⑫燕（yān）南赵北：指今河北山西一带。 ⑬李将军：指西汉名将李广。 ⑭高皇帝：指汉高祖刘邦。⑮万户侯：《史记·李将军列传》载，李广曾与匈奴作战七十余次，以勇敢善战闻名天下。他虽有战功，却未得封侯。

沁园春

答九华叶贤良

一卷阴符，二石硬弓，百斤宝刀。更玉花骢喷，鸣鞭电抹，乌丝阑展，醉墨龙跳。牛角书生，虬髯豪客，谈笑皆堪折简招。依稀记，曾请缨系粤，草檄征辽。　　当年目视云霄。谁信道凄凉今折腰。怅燕然未勒，南归草草，长安不见，北望迢迢。老去胸中，有些磊块，歌罢犹须著酒浇。休休也，但帽边鬓改，镜里颜凋。

注释

①九华：山名，在安徽省青阳西南。 ②叶贤良：作者友人，生平不详。③阴符：古兵书名。阴符经，旧题黄帝撰，言虚无之道、修炼之术。又，历代史志皆以《周书阴符》著录兵家，而黄帝阴符入道家，判然两书。此当指《周书阴符》。 ④二石（dàn）：古代计量单位，约为现在的120千克。 ⑤玉花骢：唐玄宗所乘骏马名。 ⑥乌丝阑：上下以乌丝织成栏，其间用朱墨界行的绢素，亦指有墨线格子的笺纸。 ⑦龙跳：喻书法笔势纵逸雄健。 ⑧牛角书生：《新唐书》载，李密曾将《汉书》挂于牛角上，且行且读。 ⑨虬髯豪客：唐传奇《虬髯客》载，西京人张仲坚，号虬髯客，为豪迈卓异之士。 ⑩折简：亦折柬、折札。言其礼轻，随便。 ⑪请缨（yīng）系粤：用汉终军请缨出征南越事。粤，同“越”。 ⑫折腰：用陶渊明不为五斗米折腰的典故。 ⑬燕然未勒：东汉窦宪北伐破匈奴后登燕然山，令班固作《燕然山铭》，刻石记功。⑭磊块：一作“垒块”，谓胸中郁结不平之气。

点评

俞陛云《唐五代两宋词选释》："人若具此健笔，胸中当磊落不平时，即泼墨倾写，亦一快事。宋人评东坡词，为以作论之笔为词，后村殆亦同之。"

昭君怨

牡丹

曾看洛阳旧谱。只许姚黄独步。若比广陵花。太亏他。

旧日王侯园圃。今日荆榛狐兔。君莫说中州。怕花愁。

注释

①洛阳旧谱：牡丹谱之类的书。古代洛阳盛产牡丹。 ②姚黄：牡丹珍贵品种之一，被誉为花王，北宋时十分名贵。欧阳修《洛阳牡丹记·风俗记第三》："姚黄者，千叶黄花，出于民姚氏家。"又云："魏家花者，千叶肉红花，出于魏相仁溥家。" ③广陵花：即芍药，为"花相"，广陵（今扬州）盛产芍药。④"旧日"二句：旧时王侯的园圃长满荆榛，狐狸、兔子乱窜。荆榛，荆棘。狐兔，暗喻敌兵。 ⑤中州：以洛阳为中心的中原地带，时在金人占领之下。

满江红

夜雨凉甚，忽动从戎之兴

金甲雕戈，记当日、辕门初立。磨盾鼻、一挥千纸，龙蛇犹湿。铁马晓嘶营壁冷，楼船夜渡风涛急。有谁怜、猿臂故将军，无功级。　　平戎策，从军什。零落尽，慵收拾。把茶经香传，时时温习。生怕客谈榆塞事，且教儿诵花间集。叹臣之壮也不如人，今何及。

注释

①夜雨凉甚：夜里下雨，天气很凉。　②动从戎之兴：产生从军的兴致。　③金甲雕戈：金甲，铠甲。雕戈，雕有花纹的戈。　④辕门初立：宁宗嘉定十年（1217）二月，李珏出任江淮制置使（淮南、江东地区的军事长官），开始组建自己的幕府，作者被辟为制司准遣（制置使司的初级幕职官），进入李珏的幕府。辕门，军营的门。　⑤磨盾鼻：用盾牌的把手作砚台来磨墨。《北史·荀济传》载荀济语："会于盾鼻上磨墨檄之。"　⑥一挥千纸：形容才思敏捷，文章写得快。宋洪天锡《后村先生墓志铭》载，作者在李珏幕府时，"军书檄笔，一时传诵。"　⑦猿臂：臂长如猿。《史记·李将军列传》载，汉名将李广"为人长，猿臂，其善射（擅长射箭）亦天性也"。故将军，汉飞将军李广。　⑧功级：按功劳大小授予不同等次的官爵。《史记·李将军列传》载，李广与匈奴大小七十余战而不得封侯，故云"无功级"。　⑨平戎策：指自己过去所撰扫平金人的策论。　⑩从军什：指自己过去所写记录军旅生活的诗歌。什：《诗经》的"雅""颂"每十篇为一什，后因称多首诗篇为篇什。　⑪零落尽：极言散佚之多。　⑫茶经：唐人陆羽著有《茶经》。　⑬香传：宋人丁谓著有《天香传》，泛指与生活享受有关的专题书籍。　⑭榆塞：《汉书·韩安国传》"树榆为塞"。泛指边塞。　⑮花间集：五代后蜀赵崇祚编选的一部词集，多花前月下、男女欢爱、相思离别之词。　⑯臣之壮也：《左传·僖公三十年》载，秦晋攻郑，郑文公请烛之武出使秦军，烛之武谢曰："臣之壮也，犹不如人；今老矣，无能为也已。"

贺新郎

送陈真州子华

北望神州路。试平章、这场公事，怎生分付。记得太行山百万，曾入宗爷驾驭。今把作、握蛇骑虎。君去京东豪杰喜，想投戈、下拜真吾父。谈笑里，定齐鲁。　两河萧瑟惟狐兔。问当年、祖生去后，有人来否。多少新亭挥泪客，谁梦中原块土。算事业、须由人做。应笑书生心胆怯，向车中、闭置如新妇。空目送，塞鸿去。

注释

①平章：议论，筹划。　②“记得”二句：指靖康之变后在河北、山西等地结集的抗金义军，其中有不少归附东京留守宗爷（宗泽）。宗泽任开封留守时，曾联络黄河以北抗金武装，以此增强军力抗击金军，军力名义上曾达百万之众。③握蛇骑虎：宗泽死后，岳飞将宗泽策略发展为“连结河朔”，但随着岳飞惨死，“连结河朔”策略也不再使用。此后，南宋对义军的态度转变为惧怕。　④真吾父：用郭子仪事。郭子仪曾仅率数十骑入回纥大营，回纥首领马而拜，说：“真吾父也。”张用作乱，岳飞写信招抚，张用看信说：“真吾父也！”遂投降岳飞。　⑤两河：指河北东路、西路，当时为金统治区。　⑥祖生：祖逖。这里指南宋初年的抗金名将宗泽、岳飞等。岳飞之后，宋军已八十年未涉足中原。　⑦“多少”二句：谓士大夫只会痛哭流涕，沽名钓誉，而不去行动。用新亭对泣典。块土，国土。

贺新郎

九日

湛湛长空黑。更那堪、斜风细雨，乱愁如织。老眼平生空四海，赖有高楼百尺。看浩荡、千崖秋色。白发书生神州泪，尽凄凉、不向牛山滴。追往事，去无迹。　少年自负凌云笔。到而今、春华落尽，满怀萧瑟。常恨世人新意少，爱说南朝狂客。把破帽、年年拈出。若对黄花孤负酒，怕黄花、也笑人岑寂。鸿北去，日西匿。

注释

①湛湛：深远的样子。 ②白发书生：作者自指。 ③牛山：在今山东淄博。春秋时齐景公泣牛山，即其地。 ④凌云笔：谓笔端纵横，气势干云。 ⑤南朝狂客：指孟嘉。晋孟嘉为桓温参军，尝于重阳节共登龙山，风吹帽落而不觉。

点评

清纪昀：“文体雅洁，较胜其诗，题跋诸篇，尤为独擅。”

贺新郎

席上闻歌有感

妾出于微贱。小年时、朱弦弹绝，玉笙吹遍。粗识国风关雎乱，羞学流莺百啭。总不涉、闺情春怨。谁向西邻公子说，要珠鞍、迎入梨花院。身未动，意先懒。　　主家十二楼连苑。那人人、靓妆按曲，绣帘初卷。道是华堂箫管唱，笑杀鸡坊拍衮。回首望、侯门天远。我有平生离鸾操，颇哀而不愠微而婉。聊一奏，更三叹。

注释

①“朱弦”二句：对乐器吹弹都精通。朱弦，练朱弦，用练丝制作的琴弦。

玉笙，饰玉的笙。亦用为笙之美称。 ②“粗识”句：《国风·关雎》，《诗经·国风》的首篇。用来代表正声。乱，古乐歌的末章。 ③“要珠鞍”二句：珠鞍，华丽的马车。梨花院，富贵人家庭园。 ④十二楼连苑：楼阁花园很多。 ⑤按曲：按拍子唱曲。 ⑥街坊拍衮：指民间流行的曲调。 ⑦离鸾操：葛洪《西京杂记》载，庆安世“善鼓琴，能为《双凤离鸾》之曲”。离鸾，喻被弃。操，琴曲。 ⑧哀而不愠：哀伤而不怨怒。 ⑨微而婉：精微而委婉。

点评

先著、程洪《词洁辑评》：“‘妾出于微贱’，后村此调埋没于断楮敝墨之中，从前无有人拈出，真风骚之遗，不当仅作词观也。若情深而句婉，犹其余事。”

刘熙载《词概》：“‘粗识《国风·关雎》乱，羞学流莺百啭。’总不涉及闺情春怨。”又：“‘我有平生《离鸾操》，颇哀而不愠，微而婉。’意殆自寓其词品耶？”

贺新郎

实之三和有忧边之语，走笔答之

国脉微如缕。问长缨、何时入手，缚将戎主。未必人间无好汉，谁与宽些尺度。试看取、当年韩五。岂有谷城公付授，也不干、曾遇骊山母。谈笑起，两河路。　少时棋柝曾联句。叹而今、登楼揽镜，事机频误。闻说北风吹面急，边上冲梯屡舞。君莫道、投鞭虚语。自古一贤能制难，有金汤、便可无张许。快投笔，莫题柱。

注释

①韩五：南宋抗金名将韩世忠家中排行第五。 ②谷城公：即黄石公，曾赠张良兵书。 ③骊山母：唐李筌在嵩山得《阴符经》，读不懂，至骊山时得一老妇说《阴符》之义。 ④张许：张巡和许远，安史之乱时曾死守睢阳，后壮烈牺牲。⑤莫题柱：司马相如过升仙桥，题柱曰："不乘高车驷马，不过此桥。"

玉楼春

戏林推

年年跃马长安市。客舍似家家似寄。青钱换酒日无何，红烛呼卢宵不寐。　　易挑锦妇机中字。难得玉人心下事。男儿西北有神州，莫滴水西桥畔泪。

注释

①林推：姓林的推官，作者同乡。推官为唐宋时地方长官的助理，负责刑事诉讼之类的事务。 ②青钱：古铜钱成色不同，分青钱、黄钱两种。 ③无何：不过问其他的事情。 ④红烛呼卢：晚上点烛赌博。呼卢，古时一种赌博，又叫樗蒲，削木为子，共五个，一子两面，一面涂黑，画牛犊，一面涂白，画雉。五子都黑，叫卢，得头彩。掷子时，高声大喊，希望得到全黑，故称。 ⑤锦妇机中字：晋窦滔妻苏蕙，织锦为回文璇玑图诗，赠"徙流沙"的丈夫。 ⑥玉人：美人，这里指妓女。 ⑦神州：指中原沦陷地区。 ⑧水西桥：刘辰翁《须溪集·习溪桥记》载"闽水之西"，在福建建瓯市，为当时名桥之一。又《丹徒县志·关津》载"水西桥在水西门"。此处泛指妓女所居之处。

卜算子

片片蝶衣轻，点点猩红小。道是天公不惜花，百种千般巧。

朝见树头繁，暮见枝头少。道是天公果惜花，雨洗风吹了。

注释

①蝶衣：喻轻盈的花瓣。

清平乐

风高浪快。万里骑蟾背。曾识姮娥真体态。素面元无粉黛。

身游银阙珠宫。俯看积气濛濛。醉里偶摇桂树，人间唤作凉风。

注释

①“俯看”句：表示离人间已很遥远。《列子·天瑞篇》载，杞国有人担心天会掉下来，有人告诉他：“天，积气耳。”

清平乐

五月十五夜玩月

纤云扫迹。万顷玻璃色。醉跨玉龙游八极。历历天青海碧。

水晶宫殿飘香。群仙方按霓裳。消得几多风露，变教人世清凉。

点评

全篇无一月字，读来却觉满卷月华，天上人间，心摇神荡，足见匠心。

一剪梅

余赴广东，实之夜饯于风亭

束缊宵行十里强。挑得诗囊。抛了衣囊。天寒路滑马蹄僵。元是王郎。来送刘郎。　　酒酣耳热说文章。惊倒邻墙。推倒胡床。旁观拍手笑疏狂。疏又何妨。狂又何妨。

注释

①余赴广东：指作者到广东潮州去做通判（州府行政长官的助理）。 ②实之：王迈，字实之，和作者唱和颇多。 ③束缊（yùn）：用乱麻搓成火把。④宵行：由《诗经·召南·小星》“肃肃宵征，夙夜在公”转化而来，暗示远行劳苦之意。 ⑤王郎：王实之。 ⑥刘郎：作者自指。唐刘禹锡多次被贬，自称“刘郎”，此暗用其意。 ⑦胡床：坐具，即交椅，可以转缩，便于携带。⑧疏狂：不受拘束，纵情任性。

忆秦娥

梅谢了。寒垣冻解鸿归早。鸿归早。凭伊问讯，大梁遗老。

浙河西面边声悄。淮河北去炊烟少。炊烟少。宣和宫殿，冷烟衰草。

注释

①塞垣：本指汉代为抵御鲜卑所设的边塞。后亦指长城，边关城墙。　②大梁：战国时魏国都城，即北宋首都汴京。　③宣和：北宋徽宗年号。

清平乐

赠陈参议师文侍儿

宫腰束素。只怕能轻举。好筑避风台护取。莫遣惊鸿飞去。

一团香玉温柔。笑颦俱有风流。贪与萧郎眉语，不知舞错伊州。

注释

①宫腰：女子细腰。　②避风台：相传赵飞燕身轻不胜风，汉成帝为筑七宝避风台（见汉伶玄《赵飞燕外传》）。　③惊鸿：形容女子体态轻盈。　④萧郎：原指梁武帝萧衍，以后泛指所亲爱或为女子所恋的男子。　⑤眉语：以眉之舒敛示意传情。　⑥伊州：曲词名，商调大曲。

满江红

二月廿四夜海棠花下作

老子年来，颇自许、心肠铁石。尚一点、消磨未尽，爱花成癖。懊恼每嫌寒勒住，丁宁莫被晴烘坼。柰暄风烈日太无情，如何得。张画烛，频频惜。凭素手，轻轻摘。更几番雨过，彩云无迹。今夕不来花下饮，明朝空向枝头觅。对残红满院杜鹃啼，添愁寂。

长相思

惜梅

寒相催。暖相催。催了开时催谢时。丁宁花放迟。　角声吹。笛声吹。吹了南枝吹北枝。明朝成雪飞。

满江红

送宋惠父入江西幕

满腹诗书，余事到、穰苴兵法。新受了、乌公书币，著鞭垂发。黄纸红旗喧道路，黑风青草空巢穴。向幼安、宣子顶头行，方奇特。　溪峒事，听侬说。龚遂外，无长策。便献俘非勇，纳降非怯。帐下健儿休尽锐，草间赤子俱求活。到崆峒、快寄凯歌来，宽离别。

注释

①宋惠父：宋慈，建阳人，著有世界第一部法医学专著《洗冤集录》。作者在建阳任县令时与他相识，称之为兄。 ②穰苴（ráng jū）：战国时期齐国将领。齐威王使大夫追论古者司马兵法而附穰苴于其中，因号曰司马穰苴兵法。③黄纸：写在黄麻纸上的诏书，也指赦免的文告。 ④红旗：古代用作军旗或用于仪仗的红色旗帜。 ⑤黑风：峒名，峒在广西东部，嘉定元年（1208）爆发黑风峒瑶汉农民起义。 ⑥青草：峒名。峒在青草山上。 ⑦宣子：南宋大臣王佐（字宣子）。 ⑧龚遂：汉时良吏，为渤海太守，用招抚方法平盗贼，大兴农事。

踏莎行

甲午重九牛山作

日月跳丸，光阴脱兔。登临不用深怀古。向来吹帽插花人，尽随残照西风去。　　老矣征衫，飘然客路。炊烟三两人家住。欲携斗酒答秋光，山深无觅黄花处。

注释

①牛山：在今山东淄博市临淄之南。因牛山之木被人伐尽，后人以为此山不生草木，以“牛山濯濯”形容，多戏喻人秃顶无发。 ②吹帽：《晋书·孟嘉传》：“九月九日，温（桓温）燕龙山，僚佐毕集，时佐吏并著戎服，有风至，吹嘉帽堕落，嘉不之觉。”后以“吹帽”为重九登高雅集的典故。

水龙吟

平生酷爱渊明，偶然一出归来早。题诗信意，也书甲子，也书年号。陶侃孙儿，孟嘉甥子，疑狂疑傲。与柴桑樵牧，斜川鱼鸟，同盟后、归于好。　　除了登临吟啸。事如天、莫相咨报。田园闲静，市朝翻覆，回头堪笑。节序催人，东篱把菊，西风吹帽。做先生处士，一生一世，不论资考。

注释

①陶侃孙儿：陶渊明，其曾祖为东晋大将陶侃，母孟氏，孟嘉女。孟嘉为桓温长史，名为州里之冠，时称盛德，而孟氏又为陶侃之外孙女。　②斜川：古地名。在江西省星子、都昌二县县境。濒鄱阳湖，风景秀丽，陶潜曾游于此，作《游斜川》诗并序。　③东篱采菊：借陶潜《饮酒》诗意。　④西风吹帽：孟嘉落帽事。

忆秦娥

暮春

游人绝。绿阴满野芳菲歇。芳菲歇。养蚕天气，采茶时节。

枝头杜宇啼成血。陌头杨柳吹成雪。吹成雪。淡烟微雨，江南三月。

「周端臣」

玉楼春

华堂帘幕飘香雾。一搦楚腰轻束素。翩跹舞态燕还惊，绰约妆容花尽妒。　　樽前谩咏高唐赋。巫峡云深留不住。重来花畔倚阑干，愁满阑干无倚处。

注释

①一搦：一把。搦，捉，握持。　②楚腰：代指美人之细腰。　③翩跹：飘逸的样子。　④绰约：婉约美好之貌。　⑤高唐赋：宋玉所作，其序中言楚怀王梦巫山神女事。

「赵以夫」

鹊桥仙

富沙七夕为友人赋

翠绡心事，红楼欢宴，深夜沉沉无暑。竹边荷外再相逢，又还是、浮云飞去。　　锦笺尚湿，珠香未歇，空惹闲愁千缕。寻思不似鹊桥人，犹自得、一年一度。

注释

①富沙：地名，即古建瓯县城，为作者任职所在之地。　②翠绡：疏而轻软的碧绿色的丝巾，古代女子多以馈赠情人。　③锦笺：精致华美的信纸。　④珠：珍珠镶嵌的首饰，是“再相逢”时的赠物。　⑤歇：消散。

「宋自逊」

蓦山溪

自述

壶山居士，未老心先懒。爱学道人家，办竹几、蒲团茗碗。青山可买，小结屋三间，开一径，俯清溪，修竹栽教满。

客来便请，随分家常饭。若肯小留连，更薄酒、三杯两盏，吟诗度曲，风月任招呼。身外事，不关心，自有天公管。

注释

①壶山居士：作者自号。居士，犹处士，古代称有才德而隐居不仕的人。②蒲团：信仰佛、道的人，在打坐和跪拜时，多用蒲草编成的团形垫具，称“蒲团”。

「吴渊」

念奴娇

我来牛渚，聊登眺、客里襟怀如豁。谁著危亭当此处，占断古今愁绝。江势鲸奔，山形虎踞，天险非人设。向来舟舰，曾扫百万胡羯。　　追念照水然犀，男儿当似此，英雄豪杰。岁月匆匆留不住，鬓已星星堪镊。云暗江天，烟昏淮地，是断魂时节。栏干捶碎，酒狂忠愤俱发。

注释

①牛渚：在今安徽马鞍山市长江东岸，下临长江，突出江中处为采石矶，风光绮丽，形势险峻，自古为兵家必争之地。　②危亭：指然犀亭，与下文“照水然犀”是同一典故。然，同“燃”。《晋书·温峤传》载，东晋温峤路经牛渚采石矶，听当地人说矶下多妖怪，便命燃犀角而照之，须臾水族覆火，奇形怪状，或乘车马著赤衣者。后用“然犀”形容洞察奸邪。　③胡羯：指金兵。

「李好古」

谒金门

花过雨。又是一番红素。燕子归来愁不语。旧巢无觅处。

谁在玉关劳苦。谁在玉楼歌舞。若使胡尘吹得去。东风侯万户。

江城子

平沙浅草接天长。路茫茫。几兴亡。昨夜波声，洗岸骨如霜。千古英雄成底事，徒感慨，谩悲凉。　　少年有意伏中行。馘名王。扫沙场。击楫中流，曾记泪沾裳。欲上治安双阙远，空怅望，过维扬。

「许玠」

菩萨蛮

西风又转芦花雪。故人犹隔关山月。金雁一声悲。玉腮双泪垂。　　绣衾寒不暖。愁远天无岸。夜夜卜灯花。几时郎到家。

「袁长吉」

水调歌头

贺人新娶，集曲名

紫陌风光好，绣阁绮罗香。相将人月圆夜，早庆贺新郎。先自少年心意，为惜殢人娇态，久俟愿成双。此夕于飞乐，共学燕归梁。　索酒子，迎仙客，醉红妆。诉衷情处，些儿好语意难忘。但愿千秋岁里，结取万年欢会，恩爱应天长。行喜长春宅，兰玉满庭芳。

点评

此词每句暗藏一个词牌，依次是“风光好”“绮罗香”“人月圆”“贺新郎”“少年心”“殢人娇”“愿成双”“于飞乐”“燕归梁”“索酒”“迎仙客”“醉红妆”“诉衷情”“意难忘”“千秋岁”“万年欢”“应天长”“长春”“满庭芳”，共十九支。其中十八支曲今均有宋人作品流传，仅《愿成双》一调未见作者，当是散佚了（在元散曲中还有作品，属黄钟宫），幸有此词，可补充有关词乐文献之不足。所以，此词形式新颖，紧紧配合内容的需要，而且具有文献学意义上的价值。

「冯去非」

喜迁莺

凉生遥渚。正绿芰擎霜，黄花招雨。雁外渔村，蛩边蟹舍，绛叶满秋来路。世事不离双鬓，远梦偏欺孤旅。送望眼，但凭舷微笑，书空无语。　慵觑。清镜里，十载征尘，长把朱颜污。借箸青油，挥毫紫塞，旧事不堪重举。间阔故山猿鹤，冷落同盟鸥鹭。倦游也，便檣云柁月，浩歌归去。

注释

①书空无语：《世说新语·黜免》载，殷浩被废，终日书空作“咄咄怪事”四字。　②借箸：出谋划策。　③青油：军中帐幕。　④紫塞：原指长城。秦筑长城，土色皆紫，故云。这里指边塞。

「王澜」

念奴娇

避地溢江，书于新亭

凭高远望，见家乡、只在白云深处。镇日思归归未得，孤负殷勤杜宇。故国伤心，新亭泪眼，更洒潇潇雨。长江万里，难将此恨流去。　　遥想江口依然，鸟啼花谢，今日谁为主。燕子归来，雕梁何处，底事呢喃语。最苦金沙，十万户尽，作血流漂杵。横空剑气，要当一洗残虏。

注释

①题注：宋宁嘉定十四年，金兵围蕲州，知州李诚之与司理权通判事赵与等坚守。终因援兵迁延不进，致使二十五天后城陷。李自杀身亡，家属皆赴水死。赵只身逃出，写《辛巳泣蕲录》，详述事实经过，本词亦见于此书。王澜因避蕲州失陷之灾，而移居溢江（今江苏南京），在新亭（即劳劳亭，在今南京市南）上写了本词。　②白云：喻亲友。　③江口：蕲水在蕲州城流入长江的地方。④金沙：即金沙湖，在州东十里，又名东湖。此代指蕲州。

「吴潜」

满江红

送李御带祺

红玉阶前，问何事、翩然引去。湖海上、一汀鸥鹭，半帆烟雨。报国无门空自怨，济时有策从谁吐。过垂虹亭下系扁舟，鲈堪煮。

拚一醉，留君住。歌一曲，送君路。遍江南江北，欲归何处。世事悠悠浑未了，年光冉冉今如许。试举头、一笑问青天，天无语。

注释

①题注：《词品》："李祺号竹湖，亦当时名士，所著有春秋王霸，列国分纪，余得之市肆，故书中乃为传之。"御带，也称"带御器械"，官名，为武臣的荣誉性加官。 ②红玉阶：红色的台阶，此处代指宫殿。

满江红

豫章滕王阁

万里西风，吹我上、滕王高阁。正槛外、楚山云涨，楚江涛作。何处征帆木末去，有时野鸟沙边落。近帘钩、暮雨掩空来，今犹昨。

秋渐紧，添离索。天正远，伤飘泊。叹十年心事，休休莫莫。岁月无多人易老，乾坤虽大愁难著。向黄昏、断送客魂消，城头角。

注释

①豫章：郡名，治所在今江西南昌。　②“万里”三句：暗用王勃故事。写自己登临高阁时的兴致。传说王勃往道南昌，水神以风助之，一夕行四百余里。③正槛（jiàn）外：门外正是。　④楚山：指西山，又名南昌山（今湖北省西部）。古时南昌属楚地，故称。　⑤楚江：指赣江。

水调歌头

焦山

铁瓮古形势，相对立金焦。长江万里东注，晓吹卷惊涛。天际孤云来去，水际孤帆上下，天共水相邀。远岫忽明晦，好景画难描。　混隋陈，分宋魏，战孙曹。回头千载陈迹，痴绝倚亭皋。惟有汀边鸥鹭，不管人间兴废，一抹度青霄。安得身飞去，举手谢尘嚣。

注释

①焦山：在今江苏镇江市东，屹立长江中。 ②铁瓮：镇江古名铁瓮城，三国孙权建。 ③金焦：金山和焦山。二山对峙，俱屹立大江中。 ④晓吹：晨风。 ⑤岫（xiù）：峰峦。 ⑥混隋陈：混，统一。这句说隋灭陈，南北统一。 ⑦分宋魏：南朝刘宋与鲜卑族拓跋氏的魏对峙。 ⑧孙曹：孙权、曹操。

南柯子

池水凝新碧，阑花驻老红。有人独立画桥东。手把一枝杨柳、系春风。　　鹊绊游丝坠，蜂拈落蕊空。秋千庭院小帘栊。多少闲情闲绪、雨声中。

江城子

示表侄刘国华

家园十亩屋头边。正春妍。酿花天。杨柳多情，拂拂带轻烟。别馆闲亭随分有，时策杖，小盘旋。　　采山钓水美而鲜。饮中仙，醉中禅。闲处光阴，赢得日高眠。一品高官人道好，多少事，碎心田。

「朱藻」

采桑子

障泥油壁人归后，满院花阴。楼影沉沉。中有伤春一片心。

间穿绿树寻梅子，斜日笼明。团扇风轻。一径杨花不避人。

「淮上女」

减字木兰花

淮山隐隐。千里云峰千里恨。淮水悠悠。万顷烟波万顷愁。

山长水远。遮断行人东望眼。恨旧愁新。有泪无言对晚春。

注释

①淮山：指淮河两岸所见山峰。　②淮水：淮河，源出河南桐柏山，东流经安徽，入江苏洪泽湖。　③东望：作者被掳北上，向东眺望故乡。

「黄孝迈」

湘春夜月

近清明。翠禽枝上消魂。可惜一片清歌，都付与黄昏。欲共柳花低诉，怕柳花轻薄，不解伤春。念楚乡旅宿，柔情别绪，谁与温存。　　空樽夜泣，青山不语，残月当门。翠玉楼前，惟是有、一波湘水，摇荡湘云。天长梦短，问甚时、重见桃根。这次第，算人间没个并刀，翦断心上愁痕。

注释

①湘春夜月：词牌名，黄孝迈自度曲。　②桃根：东晋王献之有爱妾桃叶，其妹桃根。献之作《桃叶歌》：“桃叶复桃叶，桃叶连桃根。相怜两乐事，独使我殷勤。”后多以“桃叶”“桃根”代指意中人。　③者次第：“如此种种”的意思。者，同“这”。　④并刀：并州（今山西太原）的剪刀，当时以锋利著称。

「陈东甫」

长相思

花深深。柳阴阴。度柳穿花觅信音。君心负妾心。　怨鸣琴。恨孤衾。钿誓钗盟何处寻。当初谁料今。

点评

纯为女子声口，明白如话，如诉如泣，故能感染人。

「李曾伯」

青玉案

癸未道间

栖鸦啼破烟林暝。把旅梦、俄惊醒。猛拍征鞍登小岭。峰回路转，月明人静，幻出清凉境。　马蹄踏碎琼瑶影。任露压巾纱未忺整。贪看前山云隐隐。翠微深处，有人家否，试击柴扃问。

注释

①“马蹄”句：化用苏轼“可惜一溪风月，莫教踏破琼瑶”。琼瑶，指月色。②未忺：不想。

「赵崇嶓」

清平乐

怀人

莺歌蝶舞。池馆春多处。满架花云留不住。散作一川香雨。

相思夜夜情悰。青衫泪满啼红。料想故园桃李，也应怨月愁风。

注释

①情悰（cóng）：情怀，情绪。

「方岳」

水调歌头

平山堂用东坡韵

秋雨一何碧，山色倚晴空。江南江北愁思，分付酒螺红。芦叶蓬舟千重，菰菜莼羹一梦，无语寄归鸿。醉眼渺河洛，遗恨夕阳中。　蘋洲外，山欲暝，敛眉峰。人间俯仰陈迹，叹息两仙翁。不见当时杨柳，只是从前烟雨，磨灭几英雄。天地一孤啸，匹马又西风。

注释

①平山堂：在今扬州西北蜀岗上，为欧阳修所建。苏轼《西江月》："三过平山堂下，半生弹指声中。十年不见老仙翁。壁上龙蛇飞动。　欲吊文章太守，仍歌杨柳春风。休言万事转头空。未转头时皆梦。"　②螺红：红色的螺杯。螺杯，用螺壳做的酒杯。后为酒杯的美称。　③菰菜莼羹：指张翰见秋风起，想起家乡的菰菜、莼羹和鲈鱼脍，辞官归乡。　④河洛：黄河与洛水之间的地区。此处泛指沦陷于金兵之手的土地，故词人有遗恨在焉。　⑤两仙翁：指欧阳修与苏东坡。

水调歌头

九日醉中

左手紫螯蟹，右手绿螺杯。古今多少遗恨，俯仰已尘埃。不共青山一笑，不与黄花一醉，怀抱向谁开。举酒属吾子，此兴正崔嵬。　　夜何其，秋老矣，盍归来。试问先生归否，茅屋欲生苔。穷则箪瓢陋巷，达则鼎彝清庙，吾意两悠哉。寄语雪溪外，鸥鹭莫惊猜。

注释

①“穷则”二句：《论语·雍也》载，颜渊一箪食，一瓢饮，居陋巷，而不改其乐，孔子称赞他说：“贤哉回也！”后以“箪瓢陋巷”为生活清贫的典故。鼎彝，古代祭器，上面多刻着表彰有功人物的文字。清庙，太庙，古代帝王的宗庙。②雪溪：用晋王徽之雪夜至剡溪访戴逵事。

瑞鹤仙

寿丘提刑

一年寒尽也。问秦沙、梅放未也。幽寻者谁也。有何郎佳约，岁云除也。南枝暖也。正同云、商量雪也。喜东皇，一转洪钧，依旧春风中也。　　香也。骚情酿就，书味熏成，这些情也。玉堂深也。莫道年华归也。是循环、三百六旬六日，生意无穷已也。但丁宁，留取微酸，调商鼎也。

注释

①序："岁十二月二十有九日，实维绣衣使者焕章公绂麟盛旦也，岳敢拜手而言曰：月穷于纪，星回于天，盖三百有六旬有六日于是焉极、而岁功成矣。惟天之运，循环无穷，一气推移，不可限量，其殆极而无极欤。分岁而颂椒，守岁而爆竹，人知其为岁之极耳。洪钧转而万象春，瑶历新而三阳泰，不知自吾极而始也。始而又极，极而又始，元功宁有穷已哉。天之生申于此时，意或然也。岳既不能测识，而又旧为场屋士，不能歌词，辄以时文体，按谱而腔之，以致其意。" ②丘提刑：丘崈，字宗卿，江阴人，曾任浙东提点刑狱，进焕章阁直学士。提刑与汉代的"绣衣直指"（或称直指绣衣使者）的职责近似，故称"绣衣使者焕章公 "。丘崈生日是十二月二十九，一年最后一天，即除夕。

一翦梅

客中新雪

谁翦轻琼做物华。春绕天涯。水绕天涯。园林晓树恁横斜。道是梅花。不是梅花。　　宿鹭联拳倚断槎。昨夜寒些。今夜寒些。孤舟蓑笠钓烟沙。待不思家。怎不思家。

「许棐」

后庭花

一春不识西湖面。翠羞红倦。雨窗和泪摇湘管，意长笺短。

知心惟有雕梁燕。自来相伴。东风不管琵琶怨。落花吹遍。

注释

①“一春”句：指整个春天自己都独居房中，未去欣赏西湖春景。 ②翠羞红倦：湖面上叶密花谢，春意阑珊。 ③湘管：用湘竹做的毛笔。 ④琵琶怨：汉代乌孙公主远嫁，很不情愿，却也无可奈何，只得一路弹琵琶，幽怨之声不断。

喜迁莺

鸠雨细，燕风斜。春悄谢娘家。一重帘外即天涯。何必暮云遮。　　钏金寒，钗玉冷。薄醉欲成还醒。一春梳洗不簪花。辜负几韶华。

「吴文英」

霜叶飞

重九

断烟离绪。关心事，斜阳红隐霜树。半壶秋水荐黄花，香噀西风雨。纵玉勒、轻飞迅羽，凄凉谁吊荒台古。记醉蹋南屏，彩扇咽、寒蝉倦梦，不知蛮素。　　聊对旧节传杯，尘笺蠹管，断阕经岁慵赋。小蟾斜影转东篱，夜冷残蛩语。早白发、缘愁万缕。惊飙从卷乌纱去。漫细将、茱萸看，但约明年，翠微高处。

注释

①霜叶飞：词牌名，周邦彦创调。　②荐黄花：插上菊花。　③噀（xùn）：含在口中而喷出。　④迅羽：这里形容骏马如疾飞鸟。　⑤荒台：彭城（徐州）戏马台。项羽阅兵于此，南朝宋武帝重阳日曾登此台。　⑥南屏：南屏山在杭州西南三里，峰峦耸秀，环立若屏。“南屏晚景”为西湖十景之一。　⑦蛮素：指歌舞姬。　⑧尘笺蠹（dù）管：信笺积尘，笛管生虫。　⑨小蟾：未圆之月。　⑩乌纱：《旧唐书·舆服志》：“乌纱帽者，视朝及见宴宾客之服也。”此用晋孟嘉登高落帽故事。　⑪翠微：山气青绿色，代指山。

瑞鹤仙

晴丝牵绪乱。对沧江斜日，花飞人远。垂杨暗吴苑。正旗亭烟冷，河桥风暖。兰情蕙盼。惹相思、春根酒畔。又争知、吟骨萦销，渐把旧衫重翦。　　凄断。流红千浪，缺月孤楼，总难留燕。歌尘凝扇。待凭信，拌分钿。试挑灯欲写，还依不忍，笺幅偷和泪卷。寄残云、剩雨蓬莱，也应梦见。

注释

①晴丝：春夏季节在空中飘荡的昆虫的丝，谐音双关为“情思”。　②吴苑：指春秋时吴王阖闾所建宫苑，在苏州。　③旗亭：酒楼。　④兰情蕙盼：形容伊人仪态清幽，眼波含情。兰、蕙，香草。　⑤流红：漂流在水中的落花。⑥拌分钿：分钿，本《长恨歌》“钗留一股合一扇，钗擘（bò）黄金合分钿”，这里作永诀意，即拚出去分金饰盒的一半给你表示从此断绝。拌，判、拚。⑦笺幅：笺纸，信笺。

宴清都

连理海棠

绣幄鸳鸯柱。红情密，腻云低护秦树。芳根兼倚，花梢钿合，锦屏人妒。东风睡足交枝，正梦枕、瑶钗燕股。障滟蜡、满照欢丛，嫠蟾冷落羞度。　　人间万感幽单，华清惯浴，春盎风露。连鬟并暖，同心共结，向承恩处。凭谁为歌长恨，暗殿锁、秋灯夜语。叙旧期、不负春盟，红朝翠暮。

注释

①宴清都：词牌名，又名“宴满都”“四代好”。始见于周邦彦《清真集》。调名本意即咏在帝王居住的都城宴饮。南朝梁沈约《和竟陵王游仙诗二首》有“朝上阊阖宫，暮宴清都阙”。清都，神话传说中天帝居住的宫阙，也指帝王居住的都城。 ②绣幄鸳鸯柱：海棠全株花盛开时如绣幄，连理枝则如鸳鸯柱。③秦树：秦中（今陕西省一带）有双株海棠。 ④钿合：盛珠宝首饰之盒，有上下两扇。 ⑤锦屏人：富贵家女子。 ⑥燕股：玉钗两股如燕尾。 ⑦满照欢丛：夜晚用烛照花丛。 ⑧嫠蟾：嫦娥在月宫无夫，故称嫠蟾。嫠（lí），寡妇。 ⑨华清：指杨贵妃曾浴于华清池。 ⑩连鬟：女子所梳双髻，名同心结。⑪承恩：白居易《长恨歌》“侍儿扶起娇无力，始是新承恩泽时”。 ⑫歌长恨：白居易《长恨歌》。 ⑬夜语：《长恨歌》“七月七日长生殿，夜半无人私语时”。

点评

陈洵《海绡说词》：“只运化一篇长恨歌，乃放出如许异采，见事多，识理透故也。得力尤在换头一句，‘人间万感’，天上嫠蟾，横风忽断，夹叙夹议，将全篇精神振起。”

朱祖谋《彊村老人评词》：“障滟蜡满照欢丛，嫠蟾冷落羞度，‘擩染大笔何淋漓。’”

刘永济《微睇室说词》：“此咏物词之工整者，因咏物亦托物言情……既以杨妃比花，以明皇与杨妃离合之事贯穿其中。实则又以杨妃比去妾以抒写自己离情。作者心细如发，而用笔灵活，绝不沾滞。是卷中咏物最工之作。”

况周颐《蕙风词话》：“令无数丽字一一生动飞舞，如万花为春。”

朱孝臧《梦窗词集》：“濡染大笔何淋漓。”

齐天乐

烟波桃叶西陵路，十年断魂潮尾。古柳重攀，轻鸥聚别，陈迹危亭独倚。凉飔乍起。渺烟碛飞帆，暮山横翠。但有江花，共临秋镜照憔悴。　　华堂烛暗送客，眼波回盼处，芳艳流水。素骨凝冰，柔葱蘸雪，犹忆分瓜深意。清尊未洗。梦不湿行云，漫沾残泪。可惜秋宵，乱蛩疏雨里。

注释

①桃叶：王献之的妾。此指作者所恋歌姬。　②西陵：又名西兴，渡口名，在今浙江萧山区西。　③“十年”句：指十年对歌姬的恋情不断。十年，与歌姬相识分别的时间。潮尾，钱塘江潮减时。　④凉飔（sī）：凉风。　⑤“素骨”二句：素骨，指歌姬的手。柔葱，歌姬的手指。形容手和手指的洁白。

齐天乐

与冯深居登禹陵

三千年事残鸦外，无言倦凭秋树。逝水移川，高陵变谷，那识当时神禹。幽云怪雨。翠萍湿空梁，夜深飞去。雁起青天，数行书似旧藏处。　　寂寥西窗久坐，故人悭会遇，同翦灯语。积藓残碑，零圭断壁，重拂人间尘土。霜红罢舞。漫山色青青，雾朝烟暮。岸锁春船，画旗喧赛鼓。

注释

①冯深居：字可迁，号深居，江西都昌人。淳祐元年（1241）进士，与词人有交往。 ②禹陵：传为夏禹的陵墓。在浙江绍兴市东南，在会稽山下。 ③三千年事：夏禹在位是公元前2140年，至吴文英在世之年1250年，约为3390年，故曰三千年事。 ④高陵变谷：高山变为低谷。喻世事沧桑，变化无常。 ⑤幽云怪雨：谓风雨之不同寻常。 ⑥梁：当为禹庙之梅梁。嘉泰《会稽志》卷六载，梁时修禹庙，“唯欠一梁，俄风雨大至，湖中得一木，取以来梁，即‘梅梁’也。夜或大雷雨。梁辄失去，比复归，水草被其上，人以为神，縻以大铁绳，然犹时一失之。” ⑦旧藏处：大禹治水后藏书之处。《会稽志》：“石匮山，在县东南一十五里，山形如匮。禹治水毕，藏书于此。” ⑧悭（qiān）：稀少。 ⑨零圭断璧：指禹庙发现的古文物。《宝庆会稽续志》：“有古珪璧佩环藏于庙。初，绍兴二十七年，祠之前一夕忽光焰闪烁，人即其处劚之得焉。” ⑩赛鼓：祭神赛会的鼓乐声。此指祭祀夏禹的盛会。

花犯

郭希道送水仙索赋

小娉婷，清铅素靨，蜂黄暗偷晕。翠翘欹鬓。昨夜冷中庭，月下相认。睡浓更苦凄风紧。惊回心未稳。送晓色、一壶葱茜，才知花梦准。　　湘娥化作此幽芳，凌波路，古岸云沙遗恨。临砌影，寒香乱、冻梅藏韵。熏炉畔、旋移傍枕，还又见、玉人垂绀鬒。料唤赏、清华池馆，台杯须满引。

注释

①郭希道：即郭清华，作者友人，唱和甚多。有郭氏池亭（花园）在苏州。 ②清铅素靨：喻水仙花白瓣。 ③蜂黄：喻水仙花蕊。 ④翠翘：翠玉妆饰，

喻水仙绿叶。⑤一壶葱茜：即一盆青翠水仙。⑥绀：黑青色。⑦鬒（zhěn）：美发。⑧清华：即郭希道。⑨台杯：大小杯重叠成套，称台杯。

浣溪沙

门隔花深梦旧游。夕阳无语燕归愁。玉纤香动小帘钩。

落絮无声春堕泪，行云有影月含羞。东风临夜冷于秋。

点评

唐圭璋《唐宋词简释》：此首感梦之作。起句，梦旧游之处。“夕阳”两句，梦人归搴帘之态。换头，抒怀人之情，因落絮以兴起人之堕泪，因行云以比人之含羞。“东风”句，言夜境之凄凉，与贺方回《浣溪沙》结句“东风寒似夜来些”相同。

玉楼春

京市舞女

茸茸狸帽遮梅额。金蝉罗翦胡衫窄。乘肩争看小腰身，倦态强随闲鼓笛。　问称家住城东陌。欲买千金应不惜。归来困顿殢春眠，犹梦婆娑斜趁拍。

注释

①京市：南宋都城临安。周密《武林旧事》卷二“元夕”条：“都城自旧

岁冬孟驾回，则已有乘肩小女，鼓吹舞绾者数十队，以供贵邸豪家幕次之玩。而天街茶肆，渐已罗列灯毬等求售，谓之灯市。自此以后，每夕皆然。三桥等处，客邸最盛，舞者往来最多。每夕楼灯初上，则箫鼓已纷然自献于下。酒边一笑，所费殊不多，往往至四鼓乃还。”这些幼女舞队，每逢佳节，便穿街过市，到天街茶肆，箫鼓齐鸣，为当街演出。 ②梅额：指梅花妆装点的额头。 ③趁拍：合着节拍。

点绛唇

试灯夜初晴

卷尽愁云，素娥临夜新梳洗。暗尘不起。酥润凌波地。

辇路重来，仿佛灯前事。情如水。小楼熏被。春梦笙歌里。

注释

①试灯：上元节前，有“试灯”，宋俗，农历十二月下旬即开始试灯，直至正月十四日。 ②素娥：指月亮。 ③辇路：帝王车驾经行之路，这里指京城繁华的大街。 ④凌波地：是靓装舞女行经的街道。凌波本是形容洛神亭亭玉立的姿态，后借指步履轻盈的女子。

祝英台近

春日客龟溪游废园

采幽香，巡古苑，竹冷翠微路。斗草溪根，沙印小莲步。

自怜两鬓清霜，一年寒食，又身在、云山深处。 昼闲度。

因甚天也悭春，轻阴便成雨。绿暗长亭，归梦趁飞絮。有情花影阑干，莺声门径，解留我、霎时凝伫。

注释

①龟溪：水名，在今浙江德清县。《德清县志》：“龟溪古名孔愉泽，即余不溪之上流。昔孔愉见渔者得白龟于溪上，买而放之。” ②古苑：即废园。③翠微路：指山间苍翠的小路。 ④斗草溪根：在小溪边斗草嬉戏。 ⑤莲步：指女子脚印。 ⑥悭春：吝惜春光。悭，此作刻薄解。 ⑦凝伫：有所思虑或期待，久立不动。

祝英台近

除夜立春

剪红情，裁绿意，花信上钗股。残日东风，不放岁华去。有人添烛西窗，不眠侵晓，笑声转、新年莺语。　旧尊俎。玉纤曾擘黄柑，柔香系幽素。归梦湖边，还迷镜中路。可怜千点吴霜，寒销不尽，又相对、落梅如雨。

注释

①除夜立春：立春一般在二月初，农历除夕日立春称为“年内春”，如果正月初一立春，则称为“岁朝春”。 ②翦红情，裁绿意：指剪裁成红花绿叶。③花信：花信风的简称，犹言花期。 ④钗股：花上的枝杈。 ⑤残日：指除岁。⑥添烛西窗：化用李商隐《夜雨寄北》“何当共剪西窗烛”。 ⑦侵晓：天亮。⑧新年莺语：杜甫有“莺入新年语”。 ⑨尊俎（zǔ）：古代盛酒肉的器具。俎：砧板。 ⑩玉纤擘黄柑：玉纤，妇女手指；擘黄柑，剖分水果。擘（bāi）：分

开，同“掰”。 ⑪幽素：幽美纯洁的心地。 ⑫吴霜：指头发变白。李贺《还自会稽歌》：“吴霜点归鬓。”

点评

彭孙遹《金粟词话》：“余独爱其‘除夕立春’一阕，兼有天人之巧。”

陈廷焯《白雨斋词话》：“梦窗精于造句，超逸处则仙骨珊珊，洗脱凡艳。《祝英台近》‘翦红情，裁绿意……不放岁华去’，俱能超妙入神。”

陈洵《海绡说词》：“前阕极写人家守岁之乐，全为换头三句追摄远神。与‘新腔一唱双金斗’一首，同一机杼。彼之‘何时’此之‘旧’字，皆一篇精神所注。”

澡兰香

淮安重午

盘丝系腕，巧篆垂簪，玉隐绀纱睡觉。银瓶露井，彩箑云窗，往事少年依约。为当时、曾写榴裙，伤心红绡褪萼。黍梦光阴渐老，汀洲烟蒻。　莫唱江南古调，怨抑难招，楚江沈魄。薰风燕乳，暗雨梅黄，午镜澡兰帘幕。念秦楼、也拟人归，应翦菖蒲自酌。但怅望、一缕新蟾，随人天角。

注释

①淮安：今江苏淮安县。 ②重午：端午节。 ③盘丝：腕上系五色丝线。④巧篆：写了咒语或符篆的小笺，戴在发簪上，古人认为端午佩戴符篆可以避兵气。 ⑤绀纱：天青色纱帐。 ⑥银瓶：本指酒皿，此指宴饮。 ⑦彩箑（shà）：彩扇。此指歌舞。 ⑧写榴裙：《宋书·羊欣传》载，王献之到羊欣家，羊著新绢裙午睡，献之在裙上书写数幅而去。 ⑨红绡退萼：石榴花瓣落后留下花萼。⑩黍梦：黄粱梦，典出唐沈既济传奇《枕中记》。 ⑪烟蒻（ruò）：柔弱蒲草。

⑫沈魄：指屈原。沈，即“沉”。 ⑬午镜澡兰：午镜，端午日按习俗要高悬石炼镜，说是有驱鬼避邪的作用。澡兰，端午节人们用兰汤洗浴。 ⑭新蟾：新月，照应端午。

风入松

听风听雨过清明。愁草瘗花铭。楼前绿暗分携路，一丝柳、一寸柔情。料峭春寒中酒，交加晓梦啼莺。 西园日日扫林亭。依旧赏新晴。黄蜂频扑秋千索，有当时、纤手香凝。惆怅双鸳不到，幽阶一夜苔生。

注释

①愁草：没有心情写。 ②瘗花铭：庾信有《瘗花铭》。古代常把铭文刻在墓碑或者器物上，内容多为歌功颂德，表示哀悼，申述鉴戒。瘗（yì），埋葬。铭，文体的一种。 ③分携：分手，分别。 ④绿暗：形容绿柳成荫。 ⑤料峭：形容春天的寒冷。 ⑥双鸳：指女子的绣花鞋，代指女子。

点评

谭献《谭评词辨》：“此是梦窗极经意词，有五季遗响。‘黄蜂’二句，西子衾裙拂过来，是痴语，是深语。结笔温厚。”

莺啼序

残寒正欺病酒，掩沉香绣户。燕来晚、飞入西城，似说春事迟暮。画船载、清明过却，晴烟冉冉吴宫树。念羁情游荡，随风化为轻絮。　　十载西湖，傍柳系马，趁娇尘软雾。溯红渐、招入仙溪，锦儿偷寄幽素。倚银屏、春宽梦窄，断红湿、歌纨金缕。暝堤空，轻把斜阳，总还鸥鹭。　　幽兰旋老，杜若还生，水乡尚寄旅。别后访、六桥无信，事往花委，瘗玉埋香，几番风雨。长波妒盼，遥山羞黛，渔灯分影春江宿，记当时、短楫桃根渡。青楼仿佛，临分败壁题诗，泪墨惨淡尘土。　　危亭望极，草色天涯，叹鬓侵半苎。暗点检、离痕欢唾，尚染鲛绡，亸凤迷归，破鸾慵舞。殷勤待写，书中长恨，蓝霞辽海沉过雁，漫相思、弹入哀筝柱。伤心千里江南，怨曲重招，断魂在否。

注释

①羁情：离情。　②娇尘软雾：这里形容西湖热闹情景。　③溯红：用红叶题诗典故。《云溪友议》载，唐宫女题诗于红叶："流水何太急，深宫尽日闲。殷勤谢红叶，好去到人间。"红叶顺御沟流出，被人捡到而结成佳偶。　④仙溪：指桃源。用刘晨、阮肇天台山采药遇二仙女事。　⑤锦儿：钱塘名妓杨爱爱的侍女，此处是泛指。　⑥断红：眼泪。　⑦金缕：指《金缕曲》"劝君莫惜金缕衣"。　⑧六桥：指西湖外湖堤桥。外湖六桥，乃苏轼所建，名昭波、锁澜、望山、压堤、东浦、跨虹。　⑨瘗玉埋香：指伊人亡故。　⑩桃根渡：桃叶渡，在南京秦淮河与青溪合流处。东晋王献之妾名桃叶，献之常在此迎送桃叶，作《桃叶歌》。此指送别情人之处。　⑪亸（duǒ）凤：垂翅之凤。亸，下垂。　⑫破鸾：破镜。　⑬"伤心"句：屈原《招魂》"目极千里兮伤春心，魂兮归来哀江南"。

点评

陈廷焯《白雨斋词话》："'暝堤空，轻把斜阳，总还鸥鹭'……俱能超妙入神。"又云："全章精粹，空绝千古。"

陈锐《褒碧斋词话》：“柳词《夜半乐》云‘怒涛渐息……’此种长调不能不有此大开大阖之笔。梦窗《莺啼序》云‘长波妒盼，遥山羞黛……’三、四段均用此法。”

蔡嵩云《柯亭词论》：“三、四两遍用大开大阖之笔，纯自屯田、清真二家脱化而出。大力包举，一气舒卷，尤为仅见。”

陈洵《海绡说词》：“通体离合变幻，一片凄迷，细绎之，正字字有脉络，然得其门者寡矣。”

高阳台

丰乐楼分韵得如字

修竹凝妆，垂杨驻马，凭阑浅画成图。山色谁题，楼前有雁斜书。东风紧送斜阳下，弄旧寒、晚酒醒余。自消凝，能几花前，顿老相如。　　伤春不在高楼上，在灯前敧枕，雨外熏炉。怕舣游船，临流可奈清臞。飞红若到西湖底，搅翠澜、总是愁鱼。莫重来，吹尽香绵，泪满平芜。

注释

①丰乐楼：宋代西湖名胜之一。周密《武林旧事》卷五“湖山胜概”：“丰乐楼，旧为众乐亭，又改耸翠楼，政和（北宋徽宗年号，1111—1118 年）中改今名。淳祐（南宋理宗年号，1241—1252 年）间，赵京尹与筹重建，宏丽为湖山冠……吴梦窗曾大书所赋《莺啼序》于壁，一时为人传诵。”　②凝妆：盛妆，浓妆。　③相如：西汉文学家司马相如，此处作者自指。　④舣（yǐ）：停船靠岸。　⑤清臞（qú）：即“清癯”，清瘦。　⑥香绵：柳絮。　⑦平芜：草木丛生的平旷原野。

高阳台

落梅

宫粉雕痕，仙云堕影，无人野水荒湾。古石埋香，金沙锁骨连环。南楼不恨吹横笛，恨晓风、千里关山。半飘零，庭上黄昏，月冷阑干。　　寿阳空理愁鸾。问谁调玉髓，暗补香瘢。细雨归鸿，孤山无限春寒。离魂难倩招清些，梦缟衣、解佩溪边。最愁人，啼鸟清明，叶底青圆。

注释

①宫粉、仙云：喻梅花。　②古石埋香：原指美人死去。此喻落梅。　③金沙锁骨连环：延州有妇人既殁，有西域胡僧谓此即锁骨菩萨。众人开墓，见遍身之骨，皆钩结为锁状。见《续玄怪录》。指梅花虽落但精魂尚在。　④“南楼”句：李白《与李郎中饮听黄鹤楼上吹笛》：“黄鹤楼中吹玉笛，江城五月落梅花。”古笛曲有《梅花落》。　⑤“庭上”二句：用林逋《山园小梅》“疏影横斜水清浅，暗香浮动月黄昏”，因梅已半落，故云“月冷阑干”。阑干，横斜错落貌。　⑥“寿阳”句：用梅花妆典。寿阳公主空对镜发愁。鸾，镜子。　⑦“问谁”二句：三国时吴人孙和月下舞水晶如意，误伤邓夫人颊。太医以獭髓杂玉与琥珀合药敷之，愈后无瘢痕。见《拾遗记》。意谓梅花落尽，无人调之为寿阳公主补瘢增色。⑧孤山：在杭州西湖滨，北宋林逋隐居于此，遍种梅花并养鹤，有“梅妻鹤子”之说，后孤山仍以梅花著称。　⑨“离魂”句：《楚辞》句法，意即离魂难招得回。些（suò），语气词。　⑩解佩：汉刘向《列仙传》：“江妃二女者，不知何所人也，出游于江汉之湄，逢郑交甫。见而悦之，不知其神人也，谓其仆曰：‘我欲下请其佩。’……遂手解佩与交甫。”

三姝媚

过都城旧居有感

湖山经醉惯。渍春衫、啼痕酒痕无限。又客长安，叹断襟零袂，涴尘谁浣。紫曲门荒，沿败井、风摇青蔓。对语东邻，犹是曾巢，谢堂双燕。　　春梦人间须断。但怪得、当年梦缘能短。绣屋秦筝，傍海棠偏爱，夜深开宴。舞歇歌沉，花未减、红颜先变。伫久河桥欲去，斜阳泪满。

注释

①湖山：指西湖及湖边的高山。　②渍：沾染。　③断襟零袂：指衣服破碎。襟：衣领。　④紫曲：指妓女所居的坊曲。

八声甘州

陪庾幕诸公游灵岩

渺空烟四远，是何年、青天坠长星。幻苍厓云树，名娃金屋，残霸宫城。箭径酸风射眼，腻水染花腥。时靸双鸳响，廊叶秋声。　　宫里吴王沉醉，倩五湖倦客，独钓醒醒。问苍波无语，华发奈山青。水涵空、阑干高处，送乱鸦、斜日落渔汀。连呼酒，上琴台去，秋与云平。

注释

①灵岩：又名石鼓山，在苏州市西南的木渎镇西北。山顶有灵岩寺，相传为吴王夫差所建馆娃宫遗址。　②庾幕：幕府僚属的美称。此指苏州仓台幕府。③长星：彗星。　④名娃金屋：指西施，越王勾践献给吴王夫差的美女。金屋，用金屋藏娇事。指吴王在灵岩山上为西施修建的馆娃宫。　⑤残霸：夫差破越败齐，争霸中原，后为勾践所败，霸业有始无终。　⑥箭径：采香径。《苏州府志》："采香径在香山之旁，小溪也。吴王种香于香山，使美人泛舟于溪水采香。今自灵岩山望之，一水直如矢，故俗名箭径。"　⑦酸风射眼：用李贺《金铜仙人辞汉歌》"东关酸风射眸子"。酸风，凉风。　⑧腻水：宫女濯妆的脂粉水。　⑨靸（sǎ）：一种草制的拖鞋。作动词，指穿着拖鞋。　⑩廊：响屧廊。《吴郡志·古迹》："响屧廊在灵岩山寺，相传吴王令西施辈步屧。廊虚而响，故名。"　⑪五湖倦客：范蠡，辅佐越王勾践灭吴后，功成身退，泛舟五湖（太湖）。　⑫涵空：水映天空。　⑬琴台：在灵岩山上。

点评

张炎《词源》："词中句法，要平妥精粹。一曲之中，安能句句高妙？只要拍搭衬副得去，于好发挥笔力处，极要用工，不可轻易放过，读之使人击节可也。如吴梦窗《登灵岩》云：'连呼酒，上琴台去，秋与云平。'《闰重九》云：'帘半卷，带黄花、人在小楼。'姜白石《扬州慢》云：'二十四桥仍在，波心荡冷月无声。'皆平易中有句法。"

夜合花

自鹤江入京泊葑门外有感

柳暝河桥，莺晴台苑，短策频惹春香。当时夜泊，温柔便入深乡。词韵窄，酒杯长。翦蜡花、壶箭催忙。共追游处，凌波翠陌，连棹横塘。　　十年一梦凄凉。似西湖燕去，吴馆巢荒。重来万感，依前唤酒银罂。溪雨急，岸花狂。趁残鸦、飞过苍茫。故人楼上，凭谁指与，芳草斜阳。

注释

①鹤江：白鹤溪，在苏州西部。　②葑（fēng）门：在苏州东城。　③柳暝河桥：日暮时停舟于杨柳掩映的河桥之下。河桥，苏州河上的小桥。　④莺晴台苑：晴日登上莺声婉转的苏州台苑。台苑，苏州姑苏台的苑圃。　⑤策：马鞭。　⑥壶箭：古代的计时仪器。铜壶装水滴漏，壶中有箭标示时辰。　⑦银罂（yīng）：银制的酒器。

踏莎行

润玉笼绡，檀樱倚扇。绣圈犹带脂香浅。榴心空叠舞裙红，艾枝应压愁鬟乱。　　午梦千山，窗阴一箭。香瘢新褪红丝腕。隔江人在雨声中，晚风菰叶生秋怨。

注释

①润玉：指肌肤。　②笼绡：薄纱衣服。　③檀樱：樱唇。　④榴心、艾枝：点明端午节令。　⑤红丝腕：民俗端午节以五色丝系在腕上以驱鬼祛邪。

点评

王国维《人间词话》：“余览《梦窗甲乙丙丁稿》中实无足当此者。有之，其‘隔江人在雨声中，晚风菰叶生秋怨’二语乎。”

望江南

三月暮，花落更情浓。人去秋千闲挂月，马停杨柳倦嘶风。堤畔画船空。　恹恹醉，长日小帘栊。宿燕夜归银烛外，啼莺声在绿阴中。无处觅残红。

唐多令

惜别

何处合成愁。离人心上秋。纵芭蕉、不雨也飕飕。都道晚凉天气好，有明月、怕登楼。　年事梦中休。花空烟水流。燕辞归、客尚淹留。垂柳不萦裙带住，漫长是、系行舟。

注释

①心上秋："心"上加"秋"字，即合成"愁"字。　②飕（sōu）：形容风雨的声音。此指风吹蕉叶之声。　③"燕辞归"句：用曹丕《燕歌行》"群燕辞归鹄南翔，念君客游思断肠。慊慊思归恋故乡，君何淹留寄他方"意。客，作者自指。淹留，停留。

金缕歌

陪履斋先生沧浪看梅

乔木生云气。访中兴、英雄陈迹，暗追前事。战舰东风悭借便，梦断神州故里。旋小筑、吴宫闲地。华表月明归夜鹤，叹当时、花竹今如此。枝上露，溅清泪。　　遨头小簇行春队。步苍苔、寻幽别坞，问梅开未。重唱梅边新度曲，催发寒梢冻蕊。此心与、东君同意。后不如今今非昔，两无言、相对沧浪水。怀此恨，寄残醉。

注释

①题注：履斋先生，吴潜，字毅夫，号履斋，淳中，观文殿大学士，封庆国公。沧浪，沧浪亭，在苏州府学东，初为吴越钱元池馆，后废为寺，寺后又废。②乔木：指梅树。　③中兴英雄：指韩世忠。　④悭：吝惜。　⑤神州故里：指北宋沦陷领土。　⑥小筑：指规模小而比较雅致的住宅，多筑于幽静之处。⑦华表：古代设在桥梁、宫殿、城垣或陵墓等前兼作装饰用的巨大柱子。　⑧遨头：俗称太守为遨头。　⑨东君：春神为东君，此指履斋。　⑩后不如今今非昔：王羲之《兰亭集序》：“后之视今，亦犹今之视昔。”

浪淘沙

灯火雨中船。客思绵绵。离亭春草又秋烟。似与轻鸥盟未了，来去年年。　　往事一潸然。莫过西园。凌波香断绿苔钱。燕子不知春事改，时立秋千。

珍珠帘

春日客龟溪，过贵人家，隔墙闻箫鼓声，疑是按舞，伫立久之

蜜沉烬暖萸烟袅。层帘卷、伫立行人官道。麟带压愁香，听舞箫云渺。恨缕情丝春絮远，怅梦隔、银屏难到。寒峭。有东风嫩柳，学得腰小。　　还近绿水清明，叹孤身如燕，将花频绕。细雨湿黄昏，半醉归怀抱。蠹损歌纨人去久，漫泪沾、香兰如笑。书杳。念客枕幽单，看看春老。

注释

①龟溪：在德清县境内。　②箫鼓：泛指乐奏。　③蜜沉：蜜，蜜炬；沉，沉香，名贵香料。　④蠹损：蛀蚀损坏。　⑤幽单：孤独。　⑥看看：渐渐，眼看着，转瞬间。

点评

张炎《词源》："吴梦窗词，如七宝楼台，眩人眼目，碎拆下来，不成片段。"

王国维《人间词话》："梦窗之词，吾得取其词中一语以评之，曰：'映梦窗，凌乱碧。'"

「潘牥」

南乡子

题南剑州妓馆

生怕倚阑干。阁下溪声阁外山。惟有旧时山共水，依然。暮雨朝云去不还。　　应是蹑飞鸾。月下时时整佩环。月又渐低霜又下，更阑。折得梅花独自看。

注释

①南剑州：今福建南平。　②蹑飞鸾：乘坐飞鸾。

「赵湣」

吴山青

水仙

金璞明。玉璞明。小小杯柈翠袖擎。满将春色盛。　　仙佩鸣。玉佩鸣。雪月花中过洞庭。此时人独清。

注释

①璞：未经雕琢的玉石，此喻水仙的花瓣和花蕊。　②柈：通“盘”。

「李彭老」

四字令

兰汤晚凉。鸾钗半妆。红巾腻雪初香。擘莲房赌双。

罗纨素珰。冰壶露床。月移花影西厢。数流萤过墙。

注释

①兰汤：有香味的热水。 ②腻雪：女子如雪的肌肤。 ③擘莲房赌双：分开莲蓬，看看莲子是否成双。 ④冰壶：月亮。

祝英台近

杏花初，梅花过，时节又春半。帘影飞梭，轻阴小庭院。旧时月底秋千，吟香醉玉，曾细听、歌珠一串。 忍重见。描金小字题情，生绡合欢扇。老了刘郎，天远玉箫伴。几番莺外斜阳，阑干倚遍，恨杨柳、遮愁不断。

「胡浩然」

送入我门来

除夕

茶垒安扉，灵馗挂户，神傩烈竹轰雷。动念流光，四序式周回。须知今岁今宵尽，似顿觉明年明日催。向今夕，是处迎春送腊，罗绮筵开。　今古偏同此夜，贤愚共添一岁，贵贱仍偕。互祝遐龄，山海固难摧。石崇富贵篯铿寿，更潘岳仪容子建才。仗东风尽力，一齐吹送，入此门来。

注释

①送入我门来：《词谱》卷三十三：“调见《草堂诗余》。宋胡浩然除夕词有‘东风尽力，一齐吹送，入此门来’之句，取以为名。”　②荼垒：神荼、郁垒二神的并称。汉蔡邕《独断》卷上：“海中有度朔之山，上有桃木，蟠屈三千里。卑枝东北有鬼门，万鬼所出入也。神荼与郁垒二神居其门，主阅领诸鬼。其恶害之鬼，执以苇索，食虎。故十二月岁竟，常以先腊之夜逐除之也。乃画荼垒，并悬苇索於门户以御凶也。”　③四序：指春、夏、秋、冬四季。　④遐龄：高龄，长寿。　⑤篯铿（jiān kēng）：人名，即彭祖。姓篯名铿，相传古之长寿者，尧时封于彭城，故又称老彭。

「汤恢」

八声甘州

摘青梅荐酒，甚残寒、犹怯苎萝衣。正柳腴花瘦，绿云冉冉，红雪霏霏。隔屋秦筝依约，谁品春词。回首繁华梦，流水斜晖。

寄隐孤山山下，但一瓢饮水，深掩苔扉。羡青山有思，白鹤忘机。怅年华、不禁搔首，又天涯、弹泪送春归。销魂远，千山啼鴂，十里荼蘼。

注释

①荐酒：以果品时鲜等佐酒。荐，进献之意。古人尤喜于青梅初熟时，以蜜渍之佐酒，其风习甚古。 ②苎（zhù）萝衣：苎蔗藤萝制的衣，山野隐士所穿。 ③冉冉：缓缓流动貌。 ④红雪：指凋落的红花。 ⑤霏霏：形容雨雪之密。 ⑥春词：男女之间的情词或咏春之词。 ⑦一瓢饮水：喻生活俭朴。

「徐俨夫」

西江月

曲折迷春院宇，参差近水楼台。吹箫人去燕归来。空有落梅香在。　　花底三更过雨，酒阑一枕惊雷。明朝飞梦隔天涯。肠断流莺声碎。

「黄昇」

南乡子

冬夜

万籁寂无声。衾铁棱棱近五更。香断灯昏吟未稳，凄清。只有霜华伴月明。　　应是夜寒凝。恼得梅花睡不成。我念梅花花念我，关情。起看清冰满玉瓶。

注释

①棱棱：布衾硬得像有棱角。

清平乐

宫怨

珠帘寂寂。愁背银釭泣。记得少年初选入。三十六宫第一。

当年掌上承恩。而今冷落长门。又是羊车过也，月明花落黄昏。

注释

①羊车：帝王所乘之车，这里指帝王御幸其他宫女，经过其居所。

鹧鸪天

沉水香销梦半醒。斜阳恰照竹间亭。戏临小草书团扇，自拣残花插净瓶。　莺宛转，燕丁宁。晴波不动晚山青。玉人只怨春归去，不道槐云绿满庭。

鹧鸪天

张园作

雨过芙蕖叶叶凉。摩挲短发照横塘。一行归鹭拖秋色，几树鸣蝉饯夕阳。　花侧畔，柳旁相。微云澹月又昏黄。风流不在谈锋胜，袖手无言味最长。

酹江月

戏题玉林

玉林何有，有一弯莲沼，数间茅宇。断堑疏篱聊补葺，那得粉墙朱户。禾黍秋风，鸡豚晓日，活脱田家趣。客来茶罢，自挑野菜同煮。　　多少甲第连云，十眉环座，人醉黄金坞。回首邯郸春梦破，零落珠歌翠舞。得似衰翁，萧然陋巷，长作溪山主。紫芝可采，更寻岩谷深处。

注释

①玉林：树林的美称。　②莲沼：莲池，莲塘。　③甲第连云：形容达官显贵住宅高耸入云的样子。　④十眉：指众美女。

点评

《四库总目提要》：“上逼少游，近摹白石，九功赠诗所云‘晴空见冰柱’者，庶几似之。”

「陈郁」

念奴娇

没巴没鼻，霎时间、做出漫天漫地。不论高低并上下，并白都教一例。鼓动滕六，招邀巽二，一任张威势。识他不破，只今道是祥瑞。　　却恨鹅鸭池边，三更半夜，误了吴元济。东郭先生都不管，关上门儿稳睡。一夜东风，三竿暖日，万事随流水。东皇笑道，山河原是我底。

注释

①没巴没鼻：当时俗语，即“没来由”，意即转瞬间来了一场漫天大雪。②滕六：雪神。一作“滕神”。　③巽二：风神。　④误了吴元济：唐宪宗元和十二年（817）李愬雪夜袭蔡州，活捉割据大藩吴元济。　⑤东郭先生：盖由东郭牙而来。东郭牙，周代名臣，能犯颜直谏，刚直不阿，被立为大谏之官。

「张绍文」

酹江月

淮城感兴

举杯呼月，问神京何在，淮山隐隐。抚剑频看勋业事，惟有孤忠挺挺。宫阙腥膻，衣冠沦没，天地凭谁整。一枰棋坏，救时著数宜紧。　　虽是幕府文书，玉关烽火，暂送平安信。满地干戈犹未戢，毕竟中原谁定。便欲凌空，飘然直上，拂拭山河影。倚风长啸，夜深霜露凄冷。

注释

①挺挺：正直貌。　②枰（píng）棋：谓棋局。喻局势。

「陈人杰」

沁园春

诗不穷人，人道得诗，胜如得官。有山川草木，纵横纸上，虫鱼鸟兽，飞动毫端。水到渠成，风来帆速，廿四中书考不难。惟诗也，是乾坤清气，造物须悭。　　金张许史浑闲。未必有功名久后看。算南朝将相，到今几姓，西湖名胜，只说孤山。象笏堆床，蝉冠满座，无此新诗传世间。杜陵老，向年时也自，井冻衣寒。

注释

①诗不穷人：诗使人精神富有，生活穷困不是真正的“穷”。欧阳修曰“文穷而后工”。　②人道：有人说。　③得诗：写出好诗。用唐郑谷《静吟》：“得句胜于得好官。”　④廿四中书考：唐德宗时大臣郭子仪“校中书令考二十有四”，即任中书令（宰相）二十四年，主持了二十四次对百官的政绩考核。　⑤乾坤清气：乾、坤，《周易》八卦中的两个卦，指阴、阳两种对立的势力。乾为阳，象天；坤为阴，象地，合称即指天地、世界。古人认为天地间有清、浊二气，清气生成一切美好的事物，浊气则相反。　⑥造物：古人认为天创造万物，故称天为“造物”“造物主”。　⑦金张许史：西汉时四个富贵显赫的家族。　⑧孤山：林

逋隐居过的孤山。 ⑨象笏堆床：家族中做大官的人多。《旧唐书·崔义玄传》载，玄宗开元年间，崔神庆之子崔琳等都做大官，逢年过节家族宴会时，“以一榻（即床）置笏，重叠于其上”。象笏，象牙制成的笏（官员朝见皇帝时手捧着的记事板）。 ⑩蝉冠满座：家中来往的客人都是显贵。汉代侍中、中常侍等官员的冠帽上有蝉形装饰，后人遂以“蝉冠”为达官贵人的身份标志。 ⑪杜陵老：杜甫。 ⑫井冻衣寒：语本杜甫《空囊》：“不爨井晨冻，无衣床夜寒。”不爨，即断炊。

沁园春

予弱冠之年，随牒江东漕闱，尝与友人暇日命酒层楼。不惟钟阜、石城之胜，班班在目，而平淮如席，亦横陈樽俎间。既而北历淮山，自齐安溯江泛湖，薄游巴陵，又得登岳阳楼，以尽荆州之伟观。孙刘虎视遗迹依然，山川草木，差强人意。洎回京师，日诣丰乐楼以观西湖。因诵友为“东南妩媚，雌了男儿”之句，叹息者久之。酒酣，大书东壁，以写胸中之勃郁。时嘉熙庚子秋季下浣也

记上层楼，与岳阳楼，酾酒赋诗。望长山远水，荆州形胜。夕阳枯木，六代兴衰。扶起仲谋，唤回玄德，笑杀景升豚犬儿。归来也，对西湖叹息，是梦耶非。 诸君傅粉涂脂。问南北战争都不知。恨孤山霜重，梅凋老叶，平堤雨急，柳泣残丝。玉垒腾烟，珠淮飞浪，万里腥风送鼓鼙。原夫辈，算事今如此，安用毛锥。

注释

①题注：古时男子满二十岁时举行冠礼，故称二十岁为弱冠之年。随牒江东漕闱（wéi），指参加江南东路漕司所举办的牒试。牒试相当于省试，参加者

为官员子弟。钟阜，钟山，石城，石头城，均在今江苏南京。齐安，黄州的古称，治所在今湖北黄冈市。巴陵，在今湖南岳阳。洎（jì），及，到。诣，往，到。丰乐楼，在临安丰豫门外，宋时杭州著名的酒楼。嘉熙庚子，理宗嘉熙四年（1240）。下浣，下旬。 ②景升：东汉末刘表，字景升，曾任荆州刺史。曹操曾说："生子当如孙仲谋，刘景升儿子若豚犬耳。" ③"玉垒"三句：四川及淮河地区都有战事。嘉熙二年（1238），蒙古军攻下寿州和泗州，又围攻庐州。嘉熙三年（1239），蒙古军进攻成都。玉垒山，在四川茂汶羌族自治县。珠淮，淮河。④原夫辈：指文墨之士。原夫，为程试律赋中之起转语助词。 ⑤毛锥：毛笔。《五代史·史弘肇传》载，史弘肇曾说："安朝廷，定祸乱，直须长枪大剑，至如毛锥子，焉足用哉？"

沁园春

丁酉岁感事

谁使神州，百年陆沉，青毡未还。怅晨星残月，北州豪杰，西风斜日，东帝江山。刘表坐谈，深源轻进，机会失之弹指间。伤心事，是年年冰合，在在风寒。　说和说战都难。算未必江沱堪宴安。叹封侯心在，鳣鲸失水，平戎策就，虎豹当关。渠自无谋，事犹可做，更剔残灯抽剑看。麒麟阁，岂中兴人物，不画儒冠。

注释

①丁酉岁：宋理宗嘉熙元年（1237）前后，蒙古灭金，发兵南侵攻宋。宋大片土地失陷，南宋政府惊慌。其时南宋政府已腐败不堪，无力回天。 ②陆沉：用西晋王衍等清淡误国使中原沦亡事。 ③青毡：喻中原故土，将敌人比作盗贼。晋王献之夜卧，小偷入室偷尽其物，献之说："偷儿，青毡吾家旧物，

可特置之。”　④东帝：喻岌岌可危的南宋。战国齐王称东帝。　⑤刘表：三国时，刘备劝荆州牧刘表袭许昌，刘表不听，坐失良机，悔之莫及。郭嘉说：“（刘）表坐谈客耳！”　⑥深源：东晋殷浩，字深源，善高谈阔论，奉命北伐，中计兵败许昌。　⑦江沱：代指江南，沱是长江的支流。　⑧平戎策：破敌之策。　⑨虎豹当关：语出《楚辞·招魂》“虎豹九关，啄害下人些”。　⑩“麒麟”三句：汉宣帝号中兴之主，曾命画霍光等十一位功臣之像于未央宫麒麟阁上，表扬其功绩。此句意为难道只有武将才能为中兴立功，读书人就不能为国立功，被画到麒麟阁吗？

「陈允平」

糖多令

秋暮有感

休去采芙蓉。秋江烟水空。带斜阳、一片征鸿。欲顿闲愁无顿处，都著在两眉峰。　　心事寄题红。画桥流水东。断肠人、无奈秋浓。回首层楼归去懒，早新月、挂梧桐。

注释

①顿：安置。　②著（zhuó）在：放置在。　③题红：用宫女题诗于红叶典。

清平乐

凤城春浅。寒压花梢颤。有约不来梁上燕。十二绣帘空卷。

去年共倚秋千。今年独倚阑干。误了海棠时候，不成直待花残。

注释

①凤城：南宋京城临安。　②春浅：初春。

朝中措

欲晴又雨雨还晴。时节又清明。红杏墙头燕语，碧桃枝上莺声。　　轻衫短帽，扁舟小棹，几度旗亭。斗草踏青天气，买花载酒心情。

「文及翁」

贺新郎

西湖

一勺西湖水。渡江来、百年歌舞，百年酣醉。回首洛阳花世界，烟渺黍离之地。更不复、新亭堕泪。簇乐红妆摇画艇，问中流、击楫谁人是。千古恨，几时洗。　　余生自负澄清志。更有谁、磻溪未遇，傅岩未起。国事如今谁倚仗，衣带一江而已。便都道、江神堪恃。借问孤山林处士，但掉头、笑指梅花蕊。天下事，可知矣。

注释

①一勺：形容西湖湖小水浅。　②渡江：宋高宗建炎元年渡过长江，在杭州建都。　③洛阳花石：宋李格非《洛阳名园记》：“洛阳以园林著称，多名花奇石。”宋徽宗爱石，曾从浙中采集珍奇观赏石，号花石纲。　④新亭：又名劳劳亭，建于三国吴时，位于南京。当年东晋渡江后，贵族每逢春光明媚的时节，便登上新亭赏景饮酒。有人说：“风景不殊，正自有山河之异。”众人北望故国，相视而泣。　⑤簇乐：多种乐器一起演奏。　⑥中流击楫：《晋书·祖逖传》：“逖统兵北伐，渡江，中流击楫而誓曰：‘不能清中原而复济者，有

如大江。’”　⑦千古恨：指宋徽宗、宋钦宗被金人掳走的靖康之耻。　⑧磻（pán）溪：指姜太公在磻溪垂钓，遇周文王而拜相的故事。　⑨傅岩：相传傅说原是傅岩地方的一个筑墙的奴隶，后成了商王武丁重用的大臣。　⑩林处士：林逋，隐居西湖孤山三十年，养鹤种梅。喻指那些不问国事的清高之士。

「赵闻礼」

贺新郎

池馆收新雨。耿幽丛、流光几点，半侵疏户。入夜凉风吹不灭，冷焰微茫暗度。碎影落、仙盘秋露。漏断长门空照泪，袖衫寒、映竹无心顾。孤枕掩，残灯炷。　　练囊不照诗人苦。夜沉沉、拍手相亲，騃儿痴女。栏外扑来罗扇小，谁在风廊笑语。竞戏踏、金钗双股。故苑荒凉悲旧赏，怅寒芜、衰草隋宫路。同磷火，遍秋圃。

注释

①微茫：隐隐约约、模模糊糊。　②仙盘秋露：汉武帝曾在宫中造神明台，上铸金铜仙人，手托承露盘，储露水以和长生药。后为魏明帝拆移。　③长门：汉代有长门宫。汉武帝陈皇后失宠，被打入长门冷宫。　④袖衫寒：唐杜甫《佳人》："天寒翠袖薄，日暮倚修竹。"　⑤练囊：粗纱口袋，装上萤火虫，可以照明。⑥騃（ái）儿痴女：天真幼稚或迷于情爱的少男少女。　⑦寒芜：荒凉得长满乱草。又，扬州别称芜城。隋炀帝在扬州等地建立行宫，在扬州行宫设"放萤院"，夜间放出大量萤火虫，代替烛光。古人以为萤火虫为腐草所变。　⑧隋宫：扬州西北隋炀帝所建的隋苑。

「赵汝茪」

恋绣衾

柳丝空有千万条。系不住、溪头画桡。想今宵，也对新月，过轻寒、何处小桥。　　玉箫台榭春多少，溜啼红、脸霞未消。怪别来、胭脂慵傅，被东风、偷在杏梢。

注释

①胭脂慵傅：懒搽脂粉。

「江开」

菩萨蛮

商妇怨

春时江上廉纤雨。张帆打鼓开船去。秋晚恰归来。看看船又开。　嫁郎如未嫁。长是凄凉夜。情少利心多。郎如年少何。

注释

①廉纤：细小，细微。多用以形容微雨。　②看看：转眼之间。　③利心：追逐金钱利益之心。　④郎如年少何：郎该怎样对那青春年少的女子呢?

杏花天

谢娘庭院通芳径。四无人、花梢转影。几番心事无凭准。等得青春过尽。　秋千下、佳期又近。算毕竟、沉吟未稳。不成又是教人恨。待倩杨花去问。

「刘辰翁」

忆秦娥

中斋上元客散感旧，赋忆秦娥见属，一读凄然，随韵寄情，不觉悲甚

烧灯节。朝京道上风和雪。风和雪，江山如旧，朝京人绝。

百年短短兴亡别。与君犹对当时月。当时月。照人烛泪。照人梅发。

注释

①中斋：邓剡，作者同乡，曾入文天祥幕府，参加抗元斗争，宋亡后不仕。②烧灯节：即上元节（俗名元宵节）。 ③梅发：白发。

西江月

新秋写兴

天上低昂仰旧，人间儿女成狂。夜来处处试新妆。却是人

间天上。　　不觉新凉似水，相思两鬓如霜。梦从海底跨枯桑。阅尽银河风浪。

注释

①低昂：起伏，指星月的升沉变化。　②成狂：指欢度七夕的景象。　③“梦从”句：用《神仙传》沧海屡变为桑田的典故，喻世事变化很大。　④“阅尽”句：本指牛郎织女七夕经历银河风浪，暗寓人间经历风浪险恶。银河，横跨星空的一条乳白色亮带，古代又称天河、银汉、星河、星汉、云汉，在中国文化中占有很重要的地位，有著名的汉族神话传说故事鹊桥相会。阅，经历。

山花子

春暮

东风解手即天涯。曲曲青山不可遮。如此苍茫君莫怪，是归家。　　阊阖相迎悲最苦，英雄知道鬓先华。更欲徘徊春尚肯，已无花。

注释

①解手：分手，别离。　②阊阖：宫门。

柳梢青

春感

铁马蒙毡，银花洒泪，春入愁城。笛里番腔，街头戏鼓，不是歌声。　　那堪独坐青灯。想故国、高台云明。辇下风光，山中岁月，海上心情。

注释

①铁马：战马。　②银花：花炮，俗称“放花”。唐苏味道《正月十五夜》：“火树银花合。”　③“笛里”二句：指蒙古的流行歌曲，鼓吹杂戏。　④故国：本意是“故都”，这里兼说“故宫”，连下高台。《武林旧事》卷三：“禁中例观潮于‘天开图画’，高台下瞰，如在指掌。”李煜《虞美人》“故国不堪回首月明中”。　⑤“辇下”三句：辇下，皇帝辇毂之下，京师的代称，犹“都下”。临安陷落后，作者避乱山中，宋室漂流海上。

兰陵王

丙子送春

送春去。春去人间无路。秋千外，芳草连天，谁遣风沙暗南浦。依依甚意绪。漫忆海门飞絮。乱鸦过，斗转城荒，不见来时试灯处。　　春去。最谁苦。但箭雁沉边，梁燕无主。杜鹃声里长门暮。想玉树凋土，泪盘如露。咸阳送客屡回顾，斜日未能渡。　　春去。尚来否。正江令恨别，庾信愁赋。苏堤尽日风和雨。叹神游故国，花记前度。人生流落，顾孺子，共夜语。

注释

①丙子：宋恭帝德祐二年（1276）。是年正月，元兵入杭州。 ②海门：今江苏省南通市东，宋初，犯死罪获贷者，配隶于此。 ③飞絮：暗指南渡的宋室君臣。 ④乱鸦：暗指占据南宋都城的元军。 ⑤斗转城荒：转眼南宋都城临安变成一座荒城。 ⑥梁燕：指亡国后的臣民。 ⑦长门：汉宫名，此指宋帝宫阙。 ⑧玉树、泪盘：用金铜仙人典，喻宋朝。《三辅故事》载，汉武帝时以铜铸承露盘，高二十丈宽十围，上有仙人掌承露，和玉屑饮之以求仙。李贺《金铜仙人辞汉歌》序，魏明帝时“诏宫官牵车西取汉孝武捧露盘仙人，欲立致前殿。宫官既拆盘，仙人临载，乃潸然泪下”。 ⑨江令：江淹被降为建安吴兴令，世称江令，有《别赋》《恨赋》。 ⑩庾信：南北朝时诗人，有《愁赋》。⑪苏堤：西湖长堤，苏轼守杭州时所筑。 ⑫前度：用刘禹锡“前度刘郎今又来”诗意。 ⑬孺子：作者儿子刘将孙，也善作词。

点评

卓人月《词统》引王弈清《历代词话》：“‘送春去’二句悲绝，‘春去谁最苦’四句凄清，何减夜猿，第三叠悠扬徘侧，即以为《小雅》《楚骚》可也。”

张宗橚《词林纪事》：“按樊树论词绝句，‘《送春》苦调刘须溪’信然。”

陈廷焯《白雨斋词话》：“题是《送春》，词是悲宋，曲折说来，有多少眼泪。”

宝鼎现

春月

红妆春骑。踏月影、竿旗穿市。望不尽、楼台歌舞，习习香尘莲步底。箫声断、约彩鸾归去，未怕金吾呵醉。甚辇路、喧阗且止。听得念奴歌起。　　父老犹记宣和事。抱铜仙、清泪如水。还转盼、沙河多丽。滉漾明光连邸第。帘影冻、散红光成绮。月浸葡萄十里。看往来、神仙才子。肯把菱花扑碎。

肠断竹马儿童，空见说、三千乐指。等多时春不归来，到春时欲睡。又说向、灯前拥髻，暗滴鲛珠坠。便当日、亲见霓裳，天上人间梦里。

注释

①宝鼎现：词牌名，又名"三段子"等。 ②穿市：在街道上穿行。 ③习习：形容香气盈盈的样子。 ④彩鸾：指出游的美人。 ⑤金吾：执金吾，古代在京城执行治安任务的军人。 ⑥呵醉：醉酒后执行任务，大声呵斥。 ⑦辇路：天子车驾所经的道路。 ⑧喧阗（tián）：喧哗，热闹。 ⑨念奴：唐天宝中名娼，此借用以说明唱技之精。 ⑩宣和：宋徽宗赵佶最后一个年号。 ⑪"抱铜仙"句：用金铜仙人典故。寓亡国之痛。 ⑫滉漾：形容广阔无涯。 ⑬邸第：达官贵族的府第。 ⑭"月浸"句：月光泻在十里西湖上，现出葡萄般的深绿色。 ⑮三千乐指：宋时旧例，教坊乐队由三百人组成，一人十指，故称。 ⑯拥髻：捧着发髻。 ⑰鲛珠：传说中鲛人泪珠所化的珍珠，指眼泪。

点评

杨慎《词品补》："此词题云'丁酉'，盖元成宗大德元年，亦渊明书甲子之意也。词意凄愧，与《麦秀》歌何殊？"

张孟浩《历代诗余引》："刘辰翁作《宝鼎现》词，时为大德元年，自题曰丁酉元夕，亦义熙旧人，只书甲子之意。其词有云：'父老犹记宣和事，抱铜仙，清泪如水。'又云：'肠断竹马儿童，空见说三千乐指。'又云：'向灯前拥髻，暗滴鲛珠坠，便当日亲见《霓裳》，天上人间梦里。'反反复复，字字悲咽，真孤竹、彭泽之流。"

唐多令

丙子中秋前，闻歌此词者，即席借芦叶满汀洲韵

明月满沧洲。长江一意流。更何人、横笛危楼。天地不管兴废事，三十万、八千秋。　　落叶女墙头。铜驼无恙不。看青山、白骨堆愁。除却月宫花树下，尘坱莽，欲何游。

注释

①题注：次韵刘过《唐多令》“芦叶满汀洲”。　②“天地”句：指天下大乱。③三十万、八千秋：指历劫长久、灾难深重。　④尘坱（yǎng）：犹尘埃。引申指尘世。

永遇乐

余自乙亥上元，诵李易安永遇乐，为之涕下。今三年矣，每闻此词，辄不自堪。遂依其声，又托之易安自喻。虽辞情不及，而悲苦过之

璧月初晴，黛云远澹，春事谁主。禁苑娇寒，湖堤倦暖，前度遽如许。香尘暗陌，华灯明昼，长是懒携手去。谁知道，断烟禁夜，满城似愁风雨。　　宣和旧日，临安南渡，芳景犹自如故。缃帙流离，风鬟三五，能赋词最苦。江南无路，鄜州今夜，此苦又谁知否。空相对、残釭无寐，满村社鼓。

注释

①乙亥：宋恭帝德祐元年（1275）。 ②李易安：李清照，号易安居士。 ③禁苑娇寒：皇帝苑园不许宫外人游玩，故称禁苑。娇寒，嫩寒、微寒。 ④前度遽如许：再次来临安，局势变化如此之快。 ⑤断烟禁夜：断烟，指断火、禁火。禁夜，禁止夜行。 ⑥宣和旧日：宋徽宗宣和年间汴京的繁华盛况。 ⑦“缃帙”三句：在战争中流离失所，人已衰老，所作词反而更觉痛苦。缃帙（zhì），书卷。流离，散失。风鬟，头发散乱的样子。三五，正月十五夜。 ⑧江南无路：江南已沦陷。 ⑨鄜（fū）州：州名。今陕西省延安地区。现作“富县”。 ⑩残釭（gāng）：油尽将熄的灯。 ⑪社鼓：旧时社日祭神所鸣奏的鼓乐。

沁园春

送春

春汝归欤，风雨蔽江，烟尘暗天。况雁门阨塞，龙沙渺莽，东连吴会，西至秦川。芳草迷津，飞花拥道，小为蓬壶借百年。江南好，问夫君何事，不少留连。　江南正是堪怜。但满眼杨花化白毡。看兔葵燕麦，华清宫里，蜂黄蝶粉，凝碧池边。我已无家，君归何里。中路徘徊七宝鞭。风回处，寄一声珍重，两地潸然。

注释

①雁门：雁门关，在山西北部代县境内。 ②阨塞：险塞。 ③龙沙：白龙堆沙漠的缩称，在新疆境内。泛指塞外沙漠。 ④吴会：东汉时分会稽郡为吴、会稽二郡，合称“吴会”。即今江苏南部及浙江部分地区。 ⑤秦川：指东起渔关、西至宝鸡号称八百里的渭水流域。 ⑥杨花化白毡：杜甫《绝句漫兴》：“满眼杨花铺白毡。”以春光老尽，喻国破家亡。 ⑦兔葵燕麦：形容

景象荒凉。刘禹锡《再游玄都观》：“惟兔葵燕麦动摇于春风耳。” ⑧华清宫：唐玄宗在骊山建筑的一所豪华离宫。此指宋宫殿。 ⑨蜂黄蝶粉：指腼颜事仇、趋炎附热的宋朝降臣。李商隐《酬雀八早梅有赠兼示之作》：“何处拂胸资蝶粉，几时涂额藉蜂黄。” ⑩凝碧池：在洛阳。安禄山集数百梨园弟子于此演奏。王维《凝碧池》：“秋槐叶落空宫里，凝碧池头奏管弦。”借指宋宫。 ⑪七宝鞭：以多种珍宝为饰的马鞭，喻以智谋脱身。王敦派兵追赶明帝，帝将七宝鞭与卖食妪，追兵得之，赏玩不已，帝乃得脱（《晋书·明帝纪》）。这里指值得珍惜流连的景物。

摸鱼儿

酒边留同年徐云屋

怎知他、春归何处，相逢且尽尊酒。少年袅袅天涯恨，长结西湖烟柳。休回首。但细雨断桥，憔悴人归后。东风似旧。问前度桃花，刘郎能记，花复认郎否。　君且住，草草留君剪韭。前宵正恁时候。深怀欲共歌声滑，翻湿春衫半袖。空眉皱。看白发尊前，已似人人有。临分把手。叹一笑论文，清狂顾曲，此会几时又。

注释

①剪韭：古人以春初早韭为美味，故以“剪春韭”为召饮的谦辞。杜甫“夜雨剪春韭，新炊间黄粱”。表达旧友重逢时纯朴深厚的真情。 ②把手：握手。③论文：评论文人及其文章。杜甫《春日忆李白》“何时一樽酒，重与细论文”。④顾曲：《三国志·吴志·周瑜传》：“瑜少精意于音乐，虽三爵之后，其有阙误，瑜必知之，知之必顾，故时人谣曰：‘曲有误，周郎顾。’”后遂以“顾曲”为欣赏音乐、戏曲之典。

「张林」

柳梢青

灯花

白玉枝头，忽看蓓蕾，金粟珠垂。半颗安榴，一枝秾杏，五色蔷薇。　　何须羯鼓声催。银釭里、春工四时。却笑灯蛾，学他蝴蝶，照影频飞。

注释

①白玉：白色的灯芯草。　②金粟：桂花的别名，这里形容灯花。　③安榴：石榴原名安石榴，以西域安石国榴种得名。　④羯鼓：出于胡中，状如漆桶，两头蒙革，以双手捶击之，亦称两杖鼓。唐南卓《羯鼓录》：“上（玄宗）洞晓音律……尤爱羯鼓玉笛……时当宿雨初晴，景色明丽，小殿内庭，柳杏将吐，睹而叹曰：‘对此景物，岂得不为他判断之乎！’左右相目，将命备酒；独高力士遣取羯鼓，上旋命之。临轩纵击一曲，曲名《春光好》（上自制也），神思自得。及顾柳杏，皆已发拆。上指而笑，谓嫔御曰：‘此一事不唤我作天公可乎？’嫔御侍官皆称万岁。”　⑤春工四时：《尚书·皋陶谟》：“天工人其代之。”这里反说，言燃点油盏灯草结蕊垂花，由开而谢，其中若有四时，不需人工催唤。

「周密」

四字令

拟花间

眉消睡黄。春凝泪妆。玉屏水暖微香。听蜂儿打窗。
筝尘半妆。绡痕半方。愁心欲诉垂杨。奈飞红正忙。

少年游

宫词拟梅溪

帘消宝篆卷宫罗。蜂蝶扑飞梭。一样东风，燕梁莺院，那处春多。　　晓妆日日随香辇，多在牡丹坡。花深深处，柳阴阴处，一片笙歌。

曲游春

禁烟湖上薄游，施中山赋词甚佳，余因次其韵。盖平时游舫，至午后则尽入里湖，抵暮始出，断桥小驻而归，非习于游者不知也。故中山极击节余闲却半湖春色之句，谓能道人之所未云

禁苑东风外，飏暖丝晴絮，春思如织。燕约莺期，恼芳情偏在，翠深红隙。漠漠香尘隔，沸十里、乱弦丛笛。看画船，尽入西泠，闲却半湖春色。　　柳陌。新烟凝碧。映帘底宫眉，堤上游勒。轻暝笼寒，怕梨云梦冷，杏香愁幂。歌管酬寒食。奈蝶怨、良宵岑寂。正满湖、碎月摇花，怎生去得。

注释

①禁烟：指寒食节。旧俗寒食节禁烟火。　②薄游：游历。薄，句首语气词，无意义。　③施中山：名岳，字中山。能词，精音律。　④游舫：游船。　⑤里湖：杭州里西湖或西里湖的省称。　⑥击节：赞赏之意。　⑦禁苑：帝王的园林。指宫廷。　⑧飏（yáng）：同“扬”。　⑨燕约莺期：比喻相爱的男女约会的时日。　⑩西泠（líng）：桥名，在西湖白堤上。后也称西湖为西泠。　⑪柳陌：植柳之路。　⑫帘底宫眉：宫中丽人。这里指楼中丽人。　⑬游勒：骑马的游人。　⑭梨云梦：梦境。用唐王建梦见梨花云典。　⑮幂：覆盖。　⑯歌管：唱歌奏乐。

乳燕飞

辛未首夏，以书舫载客游苏湾。徙倚危亭，极登览之趣。所谓浮玉山、碧浪湖者，皆横陈于前，特吾几席中一物耳。遥望具区，渺如烟云；洞庭、缥缈诸峰，矗矗献状，盖王右丞、李将军著色画也。松风怒号，暝色四起，使人浩然忘归。慨然怀古，高歌举白，不知身世为何如也。溪山不老，临赏无穷，后之视今，当有契余言者。因大书山楹，以纪来游

波影摇涟甃。趁熏风、一舸来时，翠阴清昼。去郭轩楹才数里，藓磴松关云岫。快展齿、笻枝先后。空半危亭堪聚远，看洞庭、缥缈争奇秀。人自老，景如旧。　　来帆去棹还知否。问古今、几度斜阳，几番回首。晚色一川谁管领，都付雨荷烟柳。知我者、燕朋鸥友。笑拍阑干呼范蠡，甚平吴、却倩垂纶手。吁万古，付卮酒。

注释

①题注：南宋度宗咸淳七年，作者与友人游湖州乌程的苏湾，乃赵菊坡家。《乌程县志》：苏湾在县（乌程县，今属浙江吴兴）南岘山寺前，碧浪湖之西，其堤为苏轼治郡时所筑，故名。　②首夏：始夏，初夏，农历四月。　③具区：古泽薮名，即太湖。又名震泽、笠泽。《周礼·夏官·职方氏》：“东南曰扬州，其山镇曰会稽，其泽薮曰具区。”　④献状：呈现某种形态，做出某种姿态。　⑤举白：泛指饮酒或进酒。　⑥甃（zhòu）：井壁。　⑦熏风：东南风，和风。　⑧云岫：云雾缭绕的峰峦。　⑨快展齿：用谢灵运登山屐事。　⑩聚远：远景尽收眼底。　⑪燕朋鸥友：即“书舫载客”的“吟社”诸友。　⑫“笑拍”三句：化用范蠡平吴退隐事。垂纶，传说吕尚（姜太公）未出仕时曾隐居渭滨垂钓，后指隐居或退隐。　⑬卮酒：杯酒。

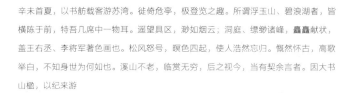

一萼红

登蓬莱阁有感

步深幽。正云黄天淡，雪意未全休。鉴曲寒沙，茂林烟草，俯仰千古悠悠。岁华晚、漂零渐远，谁念我、同载五湖舟。磴古松斜，厓阴苔老，一片清愁。　　回首天涯归梦，几魂飞西浦，泪洒东州。故国山川，故园心眼，还似王粲登楼。最怜他、秦鬟妆镜，好江山、何事此时游。为唤狂吟老监，共赋销忧。

注释

①一萼红：词牌名。有平韵、仄韵两体。仄韵有北宋无名氏词，因词中有“未教一萼，红开鲜蕊”句，乃取以为名。平韵始见于姜夔词。　②蓬莱阁：《全宋词》注“阁在绍兴，西浦、东州皆其地”。旧在浙江绍兴卧龙山下，州治设厅之后，五代时吴越王建，以唐元稹《以州宅夸于乐天诗》“谪居犹得近蓬莱”得名。③鉴曲：鉴湖一曲。《新唐书·贺知章传》“有诏赐镜湖剡川一曲”，镜湖即鉴湖。④茂林：指兰亭。王羲之《兰亭序》：“此处有崇山峻岭，茂林修竹。”　⑤俯仰：又作“俛仰”。《兰亭序》：“俛仰之间，已为陈迹。”　⑥五湖舟：用范蠡事。⑦磴（dèng）：山路，石级。　⑧崖阴：山边。　⑨西浦、东州：作者自注：“阁在绍兴，西浦、东州皆其地。”　⑩王粲登楼：东汉末年，王粲避乱荆州，作《登楼赋》，有“虽信美而非吾土兮，曾何足以少留”句。　⑪秦鬟：指形似发髻的秦望山，在今绍兴东南。　⑫狂吟老监：指贺知章。《旧唐书·贺知章传》：“知章晚年尤加纵诞，无复规检，自号四明狂客，又称秘书外监，遨游里巷，醉后属词，动成卷轴，文不加点，咸有可观。”此言安得有如贺监其人者，与之吟咏消忧。

玉京秋

长安独客，又见西风，素月丹枫，凄然其为秋也。因调夹钟羽一解

烟水阔。高林弄残照，晚蜩凄切。碧砧度韵，银床飘叶。衣湿桐阴露冷，采凉花、时赋秋雪。叹轻别。一襟幽事，砌蛩能说。　客思吟商还怯。怨歌长、琼壶暗缺。翠扇恩疏，红衣香褪，翻成消歇。玉骨西风，恨最恨、闲却新凉时节。楚箫咽，谁倚西楼淡月。

注释

①玉京秋：词牌名。周密自度曲。　②长安：指南宋都城临安。　③夹钟羽一解：夹钟羽，一种律调。一解，一阕。　④“晚蜩”句：柳永《雨霖铃》：“寒蝉凄切，对长亭晚，骤雨初歇。”蜩，蝉。　⑤“碧砧”二句：有青苔的石砧传来有节奏的捣衣声，井旁落满枯黄的桐叶。银床，井上辘轳架。古乐府《淮南王篇》：“后园作井银作床，金瓶素绠汲寒浆。”南朝梁庾肩吾《九日传宴》：“玉醴吹岩菊，银床落井桐。”　⑥凉花：指菊花、芦花等秋日开放的花，此指芦花。唐陆龟蒙《早秋》：“早藕擎霜节，凉花束紫梢。”　⑦秋雪：指芦花，即所采之凉花。　⑧砌蛩：台阶下的蟋蟀。　⑨吟商：吟咏秋天。商，五音之一，《礼记·月令》：“孟秋之月其音商。”　⑩琼壶暗缺：敲玉壶为节拍，使壶口损缺。⑪翠扇恩疏：由于天凉，主人已捐弃扇子。　⑫“红衣”句：古代女子有赠衣给情人的习俗。屈原《九歌·湘夫人》：“捐余袂兮江中，遗余褋兮醴浦。”⑬楚箫咽：李白《忆秦娥》：“箫声咽，秦娥梦断秦楼月。”　⑭谁倚：各本作“谁寄”，此从《词综》卷十九、知不足斋丛书本《苹洲渔笛谱》。

闻鹊喜

吴山观涛

天水碧。染就一江秋色。鳌戴雪山龙起蛰。快风吹海立。

数点烟鬟青滴。一杼霞绡红湿。白鸟明边帆影直。隔江闻夜笛。

注释

①吴山：《名胜志》："吴山在府城内之南，春秋时为吴南界，以别于越，故曰吴山。"今杭州市西湖东南。 ②天水碧：浅青色。《宋史·南唐李氏世家》："煜之妓妾尝染碧，经夕未收。会露下，其色愈鲜明，煜爱之，自是宫中竞收露水染碧以衣之，谓之天水碧。" ③鳌戴雪山：相传渤海中的五座神山，是神仙派巨鳌（大龟）用头顶住使浮于水面。事见《列子·汤问》。 ④龙起蛰（zhé）：过了春眠期。龙开始活动。 ⑤快风：指大风。化用苏轼《有美堂暴雨》"天外黑风吹海立"诗意。 ⑥杼（zhù）：织布梭子。 ⑦红湿：晚霞红如彩绡，疑为织女机杼所成。 ⑧明边：明亮之处。

绣鸾凤花犯

赋水仙

楚江湄，湘娥乍见，无言洒清泪。淡然春意。空独倚东风，芳思谁寄。凌波路冷秋无际。香云随步起，谩记得，汉宫仙掌，亭亭明月底。 冰弦写怨更多情，骚人恨，枉赋芳兰幽芷。春思远，谁叹赏、国香风味。相将共、岁寒伴侣，小窗净、沉烟熏翠袂。幽梦觉，涓涓清露，一枝灯影里。

注释

①绣鸾凤花犯：词牌名，周邦彦自度曲。犯，为“犯调”，是将不同的空调声律合成一曲，使音乐更为丰富。 ②楚江：楚地之江河，此处应指湘江。③湄：河岸，水与草交接的地方。 ④湘娥：舜妃娥皇、女英，没于湘水，为湘水之神。此处喻水仙花。 ⑤汉宫仙掌：汉武帝刘彻曾在建章宫前造神明台，上铸铜柱、铜仙人，手托承露盘以储甘露。 ⑥骚人：指屈原，《离骚》赞兰芷芬芳。后泛指诗人、文人。 ⑦芷（zhǐ）：草本植物，开白花，有香气。⑧国香：指极香的花，一般指兰、梅等。亦用于赞扬人的品德。黄庭坚《次韵中玉水仙花》“可惜国香天不管，随缘流落小民家”。此指水仙。 ⑨翠袂：喻水仙叶。

水龙吟

白荷

素鸾飞下青冥，舞衣半惹凉云碎。蓝田种玉，绿房迎晓，一奁秋意。擎露盘深，忆君凉夜，暗倾铅水。想鸳鸯、正结梨云好梦，西风冷、还惊起。　　应是飞琼仙会。倚凉飙、碧簪斜坠。轻妆斗白，明珰照影，红衣羞避。霁月三更，粉云千点，静香十里。听湘弦奏彻，冰绡偷剪，聚相思泪。

注释

①题注：补题“浮翠山房赋白莲”。《乐府补题》载，在“浮翠山房”相聚唱和的还有王沂孙、王易简、李彭老、张炎、仇远等，并称“南宋遗民词人所

赋咏物词之一”。 ②素鸾：传说中像凤凰一样的仙鸟。 ③蓝田种玉：喻莲藕如蓝田之玉。 ④绿房：莲蓬。 ⑤擎露盘深：如汉宫铜人高举承露盘。这里形容荷叶。 ⑥铅水：喻晶莹凝聚的泪水。这里喻露水。唐李贺《金铜仙人辞汉歌》：“忆君清泪如铅水。” ⑦梨云好梦：春梦。 ⑧湘弦奏彻：用湘灵鼓瑟典。白莲比湘妃。 ⑧冰绡偷剪：化用唐温庭筠《张静婉采莲歌》：“掌中无力舞衣轻，剪断鲛绡破春碧。”喻白莲如南海鲛人。传说鲛人流泪化为珠。

木兰花慢

苏堤春晓

西湖十景尚矣。张成子尝赋应天长十阕夸余曰：“是古今词家未能道者。”余时年少气锐，谓此人间景，余与子皆人间人，子能道，余顾不能道耶，冥搜六日而词成。成子惊赏敏妙，许放出一头地。异日霞翁见之曰：“语丽矣，如律未协何。”遂相与订正，阅数月而后定。是知词不难作，而难于改；语不难工，而难于协。翁往矣，赏音寂然。姑述其概，以寄余怀云

恰芳菲梦醒，漾残月、转湘帘。正翠崦收钟，彤墀放仗，台榭轻烟。东园。夜游乍散，听金壶、逗晓歇花签。宫柳微开露眼，小莺寂妒春眠。　冰奁。黛浅红鲜。临晓鉴、竞晨妍。怕误却佳期，宿妆旋整，忙上雕軿。都缘探芳起早，看堤边、早有已开船。薇帐残香泪蜡，有人病酒恹恹。

注释

①题注：陈允平《西湖十景跋》：“周公谨以所作《木兰花慢》示予，约同赋，因成。时景定癸亥（1263）岁也。”据此可知这十首词作于是年。此选七首，未尽录。 ②张成子：张龙荣，字成子，号梅深。 ③霞翁：紫霞翁杨缵。

《浩然斋雅谈》：“杨缵字嗣翁，号守斋，又号紫霞。”周密师事杨缵似甚早，但问学记载之始则为此序。 ④苏堤：《西湖志》：“宋元祐间，苏轼筑堤湖上，自南山抵北山，夹道植柳，林希榜曰：‘苏公堤’。” ⑤崦（yān）：山的别称。⑥彤墀放仗：彤墀，即丹墀，古代宫殿前的石阶。仗，仪卫。《新唐书·仪卫志上》：“凡朝会之仗，三卫悉番上，分为五仗，号衙内五卫”“朝罢，皇帝步入东序门，然后放仗。” ⑦金壶：铜壶，古代计时器具。 ⑧“小莺”句：化用孟浩然《春眠》“春眠不觉晓，处处闻啼鸟”。 ⑨冰奁：晶莹洁白的梳妆台。此指镜子。 ⑩宿妆：隔夜留下的残妆。 ⑪雕軿（pián）：妇女乘坐的刻有花纹的、装有帷盖的车。⑫薇帐：李贺《昌谷诗》：“愁月薇帐红。”清王琦注：“薇帐，蔷薇交延，丛遮若帐也。” ⑬恹（yān）恹：精神不振貌。

木兰花慢

平湖秋月

碧霄澄暮霭，引琼驾、碾秋光。看翠阙风高，珠楼夜午，谁捣玄霜。沧茫。玉田万顷，趁仙查、咫尺接天潢。仿佛凌波步影，露浓佩冷衣凉。　明珰。净洗新妆。随皓彩、过西厢。正雾衣香润，云鬟绀湿，私语相将。鸳鸯。误惊梦晓，掠芙蓉、度影入银塘。十二阑干伫立，凤箫怨彻清商。

注释

①题注：《西湖志》：“平湖秋月，盖湖际秋而益澄，月至秋而逾洁，合水月以观，而全湖之精神始出矣。” ②“琼驾”句：化用蒋防《中秋对月》“银汉无声转玉盘”诗意。 ③玄霜：仙药。《初学记》卷二引《汉武帝内传》：“仙家上药，有玄霜、绛雪。” ④仙查（chá）：仙槎。刘禹锡《和仆射牛相公》有“仙查归路望回旅”句。 ⑤天潢（huáng）：天河。 ⑥明珰：用珠玉穿成的耳饰。曹植《洛神赋》：“无微情以效爱兮，献江南之明珰。” ⑦绀：天青色。

木兰花慢

断桥残雪

觅梅花信息，拥吟袖、暮鞭寒。自放鹤人归，月香水影，诗冷孤山。等闲。泮寒晛暖，看融城、御水到人间。瓦陇竹根更好，柳边小驻游鞍。　琅玕。半倚云湾。孤棹晚、载诗还。是醉魂醒处，画桥第二，奁月初三。东阑。有人步玉，怪冰泥、沁湿锦鹤斑。还见晴波涨绿，谢池梦草相关。

注释

①题注：《西湖志》："出钱塘门，循湖而行，入白沙堤，第一桥曰断桥，界于前后湖之中，水光潋艳，桥影倒浸，如玉腰金背。"《武林旧事》："断桥又名段家桥，万柳如云，望如裙带。"　②"自放鹤人归"句：用林逋事。《梦溪笔谈》："林逋隐居孤山，常蓄两鹤。纵之则飞入云宵，盘旋久之，复入笼内。"③泮（pàn）寒晛（jiàn）暖：泮、泮通"畔"，水滨。晛，日光。《诗经·小雅》："雨雪，见晛日消。"　④融城：杜甫《晚出左掖诗》："楼雪融城湿，宫云去殿低。"　⑤瓦陇：屋顶的瓦楞。　⑥琅玕：似珠玉的美石。《书·禹贡》："厥贡惟球琳琅玕。"　⑦锦鹤斑：鸟纹绣履。　⑧"谢池"句：化用谢灵运《登池上楼》"池塘生春草"。

木兰花慢

麹院风荷

软尘飞不到，过微雨、锦机张。正荫绿池幽，交枝径窄，临水追凉。宫妆。盖罗障暑，泛青蘋、乱舞五云裳。迷眼红绡绛彩，翠深偷见鸳鸯。　　湖光。两岸潇湘。风荐爽、扇摇香。算恼人偏是，萦丝露藕，连理秋房。涉江。采芳旧恨，怕红衣、夜冷落横塘。折得荷花忘却，棹歌唱入斜阳。

注释

①题注：《西湖志》：“九里松旁，旧有麯（qū）院，宋时取金沙涧之水造麯以酿官酒。其地多荷花，旧称麯院风荷。” ②锦机：彩虹。 ③五云裳：道装，喻荷花。 ④红衣：指荷花。

木兰花慢

南屏晚钟

疏钟敲暝色，正远树、绿愔愔。看渡水僧归，投林鸟聚，烟冷秋屏。孤云。渐沉雁影，尚残箫、倦鼓别游人。宫柳栖鸦未稳，露梢已挂疏星。　　重城。禁鼓催更。罗袖怯、暮寒轻。想绮疏空掩，鸾绡翳锦，鱼钥收银。兰灯。伴人夜语，怕香消、漏永著温存。犹忆回廊待月，画阑倚遍桐阴。

注释

①题注：《西湖志》：“南屏山在净慈寺右兴教寺之后，正对苏堤。寺钟初动，山谷皆应，逾时乃息。盖兹山隆起，内多空穴，故传声独远。” ②愔（yīn）：和悦、安闲貌。陆游《枕上口占》：“小室愔愔夜向分，幽入残睡带残醺。”③鱼钥：鱼形的门锁。唐丁用晦《芝田录》：“门钥必以鱼者，取其不瞑目守

夜之义。” ④兰灯：又称兰釭。兰膏油所燃之灯。

木兰花慢

柳浪闻莺

晴空摇翠浪，昼禽静、霁烟收。听暗柳啼莺，新簧弄巧，如度秦讴。谁䌷。翠丝万缕，飏金梭、宛转织芳愁。风袅余音甚处，絮花三月宫沟。　扁舟。缆系轻柔。沙路远、倦追游。望断桥斜日，蛮腰竟舞，苏小墙头。偏忧。杜鹃唤去，镇绵蛮、竟日挽春留。啼觉琼疏午梦，翠丸惊度西楼。

注释

①题注：《西湖志》：“柳浪桥，宋时在清波门外，聚景园中。” ②新簧：雏莺鸣声。 ③“如度”句：度（duó），歌唱。秦讴，又称秦声，秦地（今陕西一带地方）的歌曲。《史记》李斯《谏逐客书》：“夫击瓮、叩缶、弹筝、搏髀，而歌呼呜呜快耳者，真秦之声也。” ④䌷（chōu）：抽引。宋玉《高唐赋》：“䌷大弦而雅声流，冽风过而增悲哀。” ⑤宫沟：御沟。用御沟题叶事。 ⑥蛮腰：唐孟棨《本事诗》：“白尚书（居易）姬人樊素善歌，姬人小蛮善舞，尝为诗曰：樱桃樊素口，杨柳小蛮腰。” ⑦苏小：此指南宋歌妓。《乐府广题》：“苏小小，钱塘名倡也，盖南齐时人。”《方舆胜览》：“苏小小墓在嘉兴县西南六十步，乃晋之歌妓。今有片石在通判厅，题曰苏小小墓。”唐李贺《苏小小墓》“幽兰露，如啼眼。无物结同心，烟花不堪剪。草如茵，松如盖。风为裳，水为珮……” ⑧琼疏：石窗。《史记·索引》：“疏，谓窗也。” ⑨翠丸：黄莺体小羽翠，故称。

木兰花慢

三潭印月

游船人散后，正蟾影、印寒湫。看冷沁鲛眠，清宜兔浴，皓彩轻浮。扁舟。泛天镜里，溯流光、澄碧浸明眸。栖鹭空惊碧草，素鳞远避金钩。　　临流。万象涵秋。怀渺渺，水悠悠。念汉皋遗佩，湘波步袜，空想仙游。风收。翠奁乍启，度飞星、倒影入芳洲。瑶瑟谁弹古怨，渚宫夜舞潜虬。

注释

①题注：《西湖志》："东坡留意西湖，极力浚复，於湖中立塔以为标表，著令塔以内不许侵为菱荡。旧有石塔三，土人呼为三塔基。"《名胜志》："旧湖心寺外，三塔鼎立，相传湖中有三潭，深不可测，故建浮图以镇之。"　②蟾影：月光。　③湫（qiū）：深潭。　④鲛眠：潜鲛。《山海经·中山经》郭璞注："（蛟）似蛇而四脚，小头细颈，颈有白瘿，大者十数围，卵如一二石瓮。能吞人。"　⑤兔浴：月印水中。《五经通义》："月中有兔，与蟾蜍何？兔阴也，蟾蜍阳也，而与兔并明，阴系阳也。"　⑥汉皋遗佩：用郑交甫事。《初学记》卷二十六引《列仙传》："江滨二女者，不知何许人。步汉江滨，逢郑交甫。挑之，不知神人也，女遂解佩与之。交甫悦，受佩而去，数十步，空怀无佩，女亦不见。"（今本《列仙传》缺文）　⑦湘波步袜：用曹植《洛神赋》典。　⑧"瑶瑟"句：用湘灵鼓瑟事。　⑨"渚宫"句：虬，传说中的无角龙。用苏轼《赤壁赋》"舞幽壑之潜蛟"句意。

高阳台

送陈君衡被召

照野旌旗，朝天车马，平沙万里天低。宝带金章，尊前茸帽风欹。秦关汴水经行地，想登临、都付新诗。纵英游，叠鼓清笳，骏马名姬。　酒酣应对燕山雪，正冰河月冻，晓陇云飞。投老残年，江南谁念方回。东风渐绿西湖柳，雁已还、人未南归。最关情，折尽梅花，难寄相思。

注释

①高阳台：词牌名，又名“庆春泽”。　②陈君衡：名允平，号西麓，四明（今浙江宁波）人。德祐时，授沿海制置司参议官。宋亡后，曾应召至元大者，不仕而归。有词集《日湖渔唱》。词风和婉平正，少数作品表现故国之思。③旌旗：旗帜的总称。　④宝带金章：官服有宝玉饰带，金章即金印。　⑤茸帽风攲（yǐ）：茸帽，皮帽；欹，侧。　⑥英游：英俊之辈，才智杰出的人物。⑦晓陇云飞：柳永《曲玉管》“陇首云飞，江边日晚”。　⑧投老：到老，临老。⑨方回：宋贺铸，此处作者自指。　⑩东风：借用王安石《泊船瓜洲》“春风又绿江南岸”意。　⑪“最关情”三句：用陆凯、范晔事。

拜星月慢

癸亥春，沿檄荆溪，朱墨日宾送，忽忽不知芳事落鹃声草色间。郡僚间载酒相慰荐，长歌清酾，正尔供愁，客梦栩栩，已飞度四桥烟水外矣。醉余短弄，归日将大书之垂虹

腻叶阴清，孤花香冷，迤逦芳洲春换。薄酒孤吟，怅相知

游倦。想人在、絮幕香帘凝望，误认几许，烟樯风幔。芳草天涯，负华堂双燕。　　记箫声、淡月梨花院。研笺红、谩写东风怨。一夜落月啼鹃，唤四桥吟缆。荡归心、已过江南岸。清宵梦、远逐飞花乱。几千万缕垂杨，剪春愁不断。

注释

①朱墨：古代官府文书用朱、墨两色，因用作公文的代称。　②忽忽：恍惚，迷糊。　③客梦：异乡游子的梦。

秋霁

乙丑秋晚，同盟载酒为水月游。商令初肃，霜风戒寒。抚人事之飘零，感岁华之摇落，不能不以之兴怀也。酒阑日暮，怃然成章

重到西泠，记芳园载酒，画船横笛。水曲芙蓉，渚边鸥鹭，依依似曾相识。年芳易失。段桥几换垂杨色。谩自惜。愁损庾郎，霜点鬓华白。　　残蛩露草，怨蝶寒花，转眼西风，又成陈迹。叹如今、才消量减，尊前孤负醉吟笔。欲寄远情秋水隔。旧游空在，凭高望极斜阳，乱山浮紫，暮云凝碧。

注释

①秋霁：词牌名，又名“春霁”“平湖秋月”。调名本意即咏秋晴。　②怃然：怅然失意貌。　③西泠：桥名。在杭州孤山西北尽头处，是由孤山入北山的必经之路。周密《武林旧事·湖山胜概》：“西陵桥，又名西林桥，又名西泠。”

「朱嗣发」

摸鱼儿

对西风、鬓摇烟碧，参差前事流水。紫丝罗带鸳鸯结，的的镜盟钗誓。浑不记、漫手织回文，几度欲心碎。安花著蒂。奈雨覆云翻，情宽分窄，石上玉簪脆。　朱楼外。愁压空云欲坠。月痕犹照无寐。阴晴也只随天意。枉了玉消香碎。君且醉。君不见、长门青草春风泪。一时左计。悔不早荆钗，暮天修竹，头白倚寒翠。

注释

①鬓摇烟碧：形容鬓发如碧空烟霭般蓬松散乱。 ②镜盟：用乐昌公主事。唐孟棨《本事诗》载，南朝陈末兵乱，乐昌公主与其夫徐德言被迫分离，临行前，破镜为二，夫妇各执其一，后经磨难，终于破镜重圆。 ③钗誓：唐陈鸿《长恨歌传》载，唐玄宗与杨贵妃定情之夕，授金钗钿盒为信物，愿世世恩爱不移。此表示对爱情的忠贞。 ④安花著蒂：花朵落地，再将它拾起置放在花蒂上。喻爱情已破裂，难以恢复。 ⑤分窄：缘分太薄。分，情分。 ⑥石上玉簪脆：唐白居易《井底引银瓶》有“石上磨玉簪，玉簪欲成中央折。瓶沉簪折知奈何，似妾今朝与君别”。喻男子负心背盟，将女子遗弃。 ⑦玉消香碎：喻女子死亡。⑧左计：打错了主意。 ⑨荆钗：荆枝制作的髻钗，古代贫家妇女常用之。指女子因贫寒而装束简陋。

「文天祥」

酹江月

驿中言别友人作

水天空阔，恨东风不借、世间英物。蜀鸟吴花残照里，忍见荒城颓壁。铜雀春情，金人秋泪，此恨凭谁雪。堂堂剑气，斗牛空认奇杰。　　那信江海余生，南行万里，属扁舟齐发。正为鸥盟留醉眼，细看涛生云灭。睨柱吞嬴，回旗走懿，千古冲冠发。伴人无寐，秦淮应是孤月。

注释

①题注：一说邓剡（文天祥友人）作。邓剡，字光荐，又字中甫，号中斋。庐陵人。酹江月，词牌名，即“念奴娇”。　②恨东风：三国时吴将周瑜联合刘备大战曹操于赤壁，因东风有利火攻，取得完全胜利，后有孔明借东风的传说。　③蜀鸟吴花：蜀鸟，杜鹃鸟，鸣声凄厉，能动旅客愁思。吴花，江南的花。④铜雀：台名，曹操所造，旧址在今河南临漳县西南。唐杜牧《赤壁》：“东风不与周郎便，铜雀春深锁二乔。”言赤壁之战如果不是东风帮忙，曹操打了胜仗，就会把大乔、二乔姊妹掳往铜雀台。此指宋亡，皇后嫔妃被元兵掳往北方。⑤金人：铜人，传说东汉亡后，魏明帝把长安建章宫前的铜人运往洛阳，在迁运时，

铜人眼里流出泪水，这里借比南宋亡国之惨。 ⑥剑气：古代传说好的宝剑有剑气直冲斗、牛（星名），观望斗、牛之间的剑气，能够根据方位推测宝剑的所在。 ⑦奇杰：宝剑。 ⑧南行：指作者从元军手中逃脱乘海船去温州和福州的事。 ⑨鸥盟：隐居水乡，和鸥鸟结盟做朋友，这里指战友。 ⑩睨（nì）柱：睨柱吞嬴，指蔺相如完璧归赵的故事。睨，斜视。嬴，秦昭王嬴稷。 ⑪回旗走懿（yì）：蜀汉诸葛亮死后，当地百姓见蜀国退兵就告诉司马懿，司马懿断定诸葛亮已经死了，便率兵追杀蜀军，但魏延擅自据南谷口逆击杨仪。断后任务落到姜维手上，姜维令杨仪返旗鸣鼓，做出回击的样子，司马懿以为中计，急忙收军退回，不敢逼近。

酹江月

和

乾坤能大，算蛟龙、元不是池中物。风雨牢愁无著处，那更寒虫四壁。横槊题诗，登楼作赋，万事空中雪。江流如此，方来还有英杰。　　堪笑一叶漂零，重来淮水，正凉风新发。镜里朱颜都变尽，只有丹心难灭。去去龙沙，江山回首，一线青如发。故人应念，杜鹃枝上残月。

注释

①横槊题诗：用曹操典。 ②登楼作赋：用王粲作《登楼赋》典。 ③龙沙：北方沙漠。《后汉书·班超传赞》：“定远慷慨，专功西遐。坦步葱雪，咫尺龙沙。”李贤注：“葱岭、雪山，白龙堆沙漠也。” ④一线青如发：语出苏轼《澄迈驿通潮阁》“青山一发是中原”。

酹江月

南康军和苏韵

庐山依旧，凄凉处、无限江南风物。空翠晴岚浮汗漫，还障天东半壁。雁过孤峰，猿归危嶂，风急波翻雪。乾坤未老，地灵尚有人杰。　　堪嗟漂泊孤舟，河倾斗落，客梦催明发。南浦闲云过草树，回首旌旗明灭。三十年来，十年一过，空有星星发。夜深愁听，胡笳吹彻寒月。

注释

①晴岚：晴日山中的雾气。　②汗漫：广大，漫无边际。　③星星：头发花白貌。

满江红

代王夫人作

试问琵琶，胡沙外、怎生风色。最苦是、姚黄一朵，移根仙阙。王母欢阑琼宴罢，仙人泪满金盘侧。听行宫、半夜雨淋铃，声声歇。　　彩云散，香尘灭。铜驼恨，那堪说。想男儿慷慨，嚼穿龈血。回首昭阳离落日，伤心铜雀迎秋月。算妾身、不愿似天家，金瓯缺。

注释

①王夫人：王清惠，宋末被选入宫为昭仪，宋亡被掳往大都。途中驿馆壁题《满江红》传诵中原，文天祥不满意末三句“问嫦娥，于我肯从容，同圆缺”，因以王清惠口气代作一首。　②姚黄：名贵的牡丹。　③仙人：金铜仙人。汉武帝在建章宫前铸铜人，手捧盛露盘，魏明帝命人把铜人迁往洛阳，铜人流泪。④雨淋铃：唐玄宗在奔蜀途中，听到夜雨淋铃，思念贵妃，分外凄怆，采其声为《雨淋铃》。　⑤铜驼恨：《晋书·索靖传》：“靖有先识远量，知天下将乱，指洛阳宫门铜驼，叹曰‘会见汝在荆棘中耳’。”铜驼，古代置于宫门外。铜驼荆棘，喻兴亡。　⑥嚼穿龈血：唐张巡临战时对敌大呼，经常把牙咬碎，牙龈流血，喷到脸上，说明愤怒已极。　⑦铜雀：曹操所建台名。

沁园春

题潮阳张许二公庙

为子死孝，为臣死忠，死又何妨。自光岳气分，士无全节，君臣义缺，谁负刚肠。骂贼睢阳，爱君许远，留得声名万古香。后来者，无二公之操，百炼之钢。　　人生翕歘云亡。好烈烈轰轰做一场。使当时卖国，甘心降虏，受人唾骂，安得留芳。古庙幽沉，仪容俨雅，枯木寒鸦几夕阳。邮亭下，有奸雄过此，仔细思量。

注释

①题注：潮阳，今广东潮阳市西北。张许二公庙，张巡、许远，唐代著名爱国将领。　②“为子”三句：文天祥主张以孔孟之道立身行事。这三句提出应该为忠、孝而死。　③“自光岳”四句：自宋室沦丧以来，士大夫不能保全

节操，君臣之间欠缺大义，是谁辜负了凛然不屈、刚正不阿的品德？光岳，高山。光岳气分，指国土分裂。君臣义缺，君臣之间欠缺大义。刚肠，坚贞的节操。 ④张巡：唐至德二载（757），安庆绪派尹子琦攻睢阳，张巡、许远在内无粮草、外无援兵的情况下死守睢阳，交战四百余次，使叛军损失惨重，有效阻遏叛军南犯，遮蔽江淮地区，保障唐朝东南的安全。终因粮草耗尽、士卒死伤殆尽而被俘遇害。 ⑤后来者：指以后的士大夫。 ⑥操：操守。 ⑦翕欻（xī xū）：倏忽。 ⑧云亡：死去。“云”字无义。 ⑨古庙：张、许二公庙。 ⑩仪容：指张、许的塑像。 ⑪邮亭：古代设在沿途、供给公家送文书及旅客歇宿的会馆。末三句是对卖国投降的宋末奸臣的警告。

「邓剡」

唐多令

雨过水明霞。潮回岸带沙。叶声寒、飞透窗纱。堪恨西风吹世换，更吹我、落天涯。　　寂寞古豪华。乌衣日又斜。说兴亡、燕入谁家。唯有南来无数雁，和明月、宿芦花。

注释

①唐多令：词牌名，又名“糖多令”“南楼令”“箜篌曲”等。　②水明霞：彩霞照亮了水面。　③西风吹世换：以季节变换暗示朝代的更替。　④豪华：指金陵，六朝京城，以豪华著称。　⑤乌衣：乌衣巷，金陵城内街名，位于秦淮河之南。

摸鱼儿

杨教之齐安任

笑平生、布帆无恙，堂堂稳送君去。江声悲壮崖般血，曾是英雄行处。今亦古。甚一点东风，天不周郎与。城幡夜竖。儿铜爵春残，战沙秋冷，华发遽如许。　　东坡老，千载风流两赋。余音不绝如缕。临皋一笑三生梦，还认岷峨乡语。挥玉麈。尽不碍灯前，痛饮檐花雨。雪堂在否。管驾鹤归来，为君细赏，蝴蝶上阶句。

注释

①布帆无恙：南朝宋刘义庆《世说新语·排调》："顾长康作殷荆州佐，请假还东。尔时例不给布帆，顾苦求之，乃得发；至破冢，遭风，大败。作笺与殷云：'地名破冢，真破冢而出，行人安稳，布帆无恙。'"后以"布帆无恙"为旅途平安之典。　②"东坡"二句：指宋苏轼《前赤壁赋》《后赤壁赋》。齐安，今黄州。临皋、雪堂，皆指东坡黄州事。　③"蝴蝶"句：《容斋随笔》："朱载上，为黄州教授，有诗云'官闲无一事，蝴蝶飞上阶'。东坡公见之，称赏再三，遂为知己。"

「杨佥判」

一剪梅

襄樊四载弄干戈。不见渔歌。不见樵歌。试问如今事若何。金也消磨。谷也消磨。　　柘枝不用舞婆娑。丑也能多。恶也能多。朱门日日买朱娥。军事如何。民事如何。

注释

①弄干戈：指战争。 ②柘（zhè）枝：舞曲名。 ③能多：这样多。 ④朱门：权贵之家，这里指贾似道。 ⑤朱娥：年轻貌美的女子。 ⑥军事：指襄樊城被围，贾似道不发援兵。 ⑦民事：指贾似道对人民加重剥削，而襄樊一带的民兵勇敢地参加了保卫襄阳城的战斗。

「汪元量」

传言玉女

钱塘元夕

一片风流，今夕与谁同乐。月台花馆，慨尘埃漠漠。豪华荡尽，只有青山如洛。钱塘依旧，潮生潮落。　万点灯光，羞照舞钿歌箔。玉梅消瘦，恨东皇命薄。昭君泪流，手捻琵琶弦索。离愁聊寄，画楼哀角。

注释

①传言玉女：《汉武帝内传》：“帝闲居承华殿，东方朔、董仲舒在侧。忽见一女子着青衣，美丽非常，帝愕然问之，女对曰：‘我墉宫玉女王子登也，乃为王母所使，从昆仑山来。’语帝曰：‘闻子轻四海之禄，寻道求生，降帝王之位，而屡祷山岳，勤哉！有似可教者也。从今百日清斋，不闲人事，至七月七日，王母暂来也。’帝下席跪诺，言讫，忽然不知所在，帝问东方朔：‘此何人？’朔曰：‘是西王母紫兰宫玉女，常传使命，往来扶桑，出入灵州交关常阳，传言玄都。阿母昔出配北烛仙人，近又召还，使领命禄，真灵官也。’”词名本此。②“月台”二句：月光下，花丛中，依旧台馆林立，但已弥漫敌骑的尘埃。漠漠，密布貌，布列貌。　③“豪华”二句：昔日繁华都已消歇，只有青山依旧。

唐许浑《金陵怀古》："英雄一去豪华尽，惟有青山似洛中。" ④舞钿歌箔：喻宫廷歌舞的繁华场面。钿，用金片做成的花朵形的装饰品。箔，用金做成的薄片。⑤东皇：春神。 ⑥弦索：泛指弦乐器，此指琵琶。

水龙吟

淮河舟中夜闻宫人琴声

鼓鞞惊破霓裳，海棠亭北多风雨。歌阑酒罢，玉啼金泣，此行良苦。驼背模糊，马头匼匝，朝朝暮暮。自都门燕别，龙艘锦缆，空载得、春归去。 目断东南半壁，怅长淮、已非吾土。受降城下，草如霜白，凄凉酸楚。粉阵红围，夜深人静，谁宾谁主。对渔灯一点，羁愁一搦，谱琴中语。

注释

①鼓鞞（pí）：古代军中常用的乐器，指大鼓和小鼓。鞞，同"鼙"。②霓裳：《霓裳羽衣舞》，唐代宫廷乐舞。唐白居易《长恨歌》："渔阳鼙鼓动地来，惊破霓裳羽衣曲。"以安史之乱喻元军入侵，攻破临安，谴责南宋统治者沉溺酣歌艳舞，导致亡国。 ③海棠亭：唐宫中的沉香亭。玄宗在沉香亭上曾将杨贵妃比为睡起之海棠。 ④玉啼金泣：被俘北行的后妃、宫女、王孙等临行时痛哭流涕。 ⑤"驼背"二句：化用杜甫"马头金匼匝，驼背锦模糊"，描写北上途中羁旅行役的苦状。匼（kē）匝，环绕。 ⑥龙艘锦缆：指被俘北上人员所乘龙船。 ⑦受降城：本为汉代接受匈奴贵族投降而筑的土城，故址在今内蒙古阴山北。词中是指宋朝向元朝投降的临安城。 ⑧粉阵红围：指被掳的宫女。 ⑨一搦（nuò）：一把。

莺啼序

重过金陵

金陵故都最好，有朱楼迢递。嗟倦客、又此凭高，槛外已少佳致。更落尽梨花，飞尽杨花，春也成憔悴。问青山、三国英雄，六朝奇伟。　麦甸葵丘，荒台败垒。鹿豕衔枯荠。正朝打孤城，寂寞斜阳影里。听楼头、哀笳怨角，未把酒、愁心先醉。渐夜深、月满秦淮，烟笼寒水。　凄凄惨惨，冷冷清清，灯火渡头市。慨商女、不知兴废。隔江犹唱庭花，余音亹亹。伤心千古，泪痕如洗。乌衣巷口青芜路，认依稀、王谢旧邻里。临春结绮。可怜红粉成灰，萧索白杨风起。　因思畴昔，铁索千寻，谩沉江底。挥羽扇、障西尘，便好角巾私第。清谈到底成何事。回首新亭，风景今如此。楚囚对泣何时已，叹人间、今古真儿戏。东风岁岁还来，吹入钟山，几重苍翠。

注释

①莺啼序：词牌名，又名“丰乐楼”。　②佳致：美好的景致。　③麦甸：长满荞麦的野地。甸，古时郭外称郊，郊外称甸。　④葵丘：长着葵菜的山丘。⑤鹿豕：麋鹿和野猪。　⑥衔枯荠：衔着枯萎的荠菜。　⑦“月满”二句：化用唐杜牧《泊秦淮》“烟笼寒水月笼沙，夜泊秦淮近酒家”。　⑧“慨商女”三句：化用杜牧《泊秦淮》“商女不知亡国恨，隔江犹唱后庭花”。　⑨亹（wěi）亹：形容余音袅袅不绝。　⑩临春结绮：临春阁、结绮阁，分别为陈后主和张丽华所居的楼阁。　⑪“铁索”二句：化用刘禹锡《西塞山怀古》“千寻铁锁沉江底，一片降幡出石头”。　⑫挥羽扇：《世说新语》载，王导与外戚庾亮共掌大权，其势相抵，一日大风扬尘，王导以扇拂之，说：“元规（庾亮字）

尘污人。”此喻南宋士大夫不能同心合力，共御外侮。 ⑬“便好”句：《世说新语》载，庾亮要带兵到王导的治所来，别人建议他，要严加戒备。王导说：“我与元规虽俱王臣，本怀布衣之好。若其欲来，吾角巾径还乌衣，何所稍严。”此喻南宋士大夫不能以大事为重。角巾，便服。 ⑭清谈：亦称“清言”“玄言”，魏晋时期崇尚虚无、空谈名理的风气。 ⑮新亭：故址在今南京市南，用新亭对泣典。 ⑯“楚囚”句：指作者被俘后的悲痛心情。《左传·成公九年》载，楚钟仪曾被囚禁于晋国，因称楚囚。 ⑰钟山：一名蒋山，又名紫金山，在南京市东北。

一剪梅

怀旧

十年愁眼泪巴巴。今日思家。明日思家。一团燕月明窗纱。楼上胡笳。塞上胡笳。 玉人劝我酌流霞。急捻琵琶。缓捻琵琶。一从别后各天涯。欲寄梅花。莫寄梅花。

注释

①“欲寄”二句：用陆凯、范晔典。

「王清惠」

满江红

太液芙蓉，浑不似、旧时颜色。曾记得、春风雨露，玉楼金阙。名播兰馨妃后里，晕潮莲脸君王侧。忽一声、鼙鼓揭天来，繁华歇。　　龙虎散，风云灭。千古恨，凭谁说。对山河百二，泪盈襟血。客馆夜惊尘土梦，宫车晓碾关山月。问嫦娥、于我肯从容，同圆缺。

注释

①太液芙蓉：唐代长安城东大明宫内有太液池，此借指南宋宫廷。芙蓉，即荷花，喻女子姣好的面容。②浑不似：全不像。③春风雨露：喻帝王的宠爱。④玉楼金阙：富丽的皇宫。⑤兰馨：本是女子首饰，这里借喻宫中的后妃。馨，一作“簪”。⑥晕潮：女性脸上泛起红润的美丽光彩。⑦鼙鼓：战鼓。⑧龙虎：喻南宋君臣。⑨百二：以二敌百。一说，百的一倍。喻山河险固之地。《史记·高祖本纪》：“秦，形胜之国，带河山之险，县隔千里，持戟百万，秦得百二焉。”裴骃集解引苏林曰：“得百中之二焉。秦地险固，二万人足当诸侯百万人也。”

「袁正真」

长相思

南高峰。北高峰。南北高峰云淡浓。湖山图画中。　采芙蓉。赏芙蓉。小小红船西复东。相思无路通。

注释

①作者为南宋宫女。1276 年，元军破临安，谢太后乞降。不久帝后三宫三千多人迁北上元都。当时身为琴师的词人汪元量三次上书，求为道士而返回江南。在其辞别元都将要南行之际，南宋旧宫人为之饯行，并赋诗相送。

「华清淑」

望江南

燕塞雪，片片大如拳。蓟上酒楼喧鼓吹，帝城车马走骈阗。羁馆独凄然。　　燕塞月，缺了又还圆。万里妾心愁更苦，十春和泪看婵娟。何日是归年。

注释

①宋恭帝德祐二年（1276），元军统帅伯颜攻陷临安，恭帝及谢太后、全后等献玺表投降，伯颜将帝、后和一些大臣、宫人、乐师等挟持至元都燕京（今北京），宫人华清淑和乐师汪元量等皆在被俘之列。十多年后，汪元量请为黄冠，获准南归，原宋人被羁留者多有送别之作。《全宋词》中收有金德淑、连妙淑、黄静淑、陶明淑、柳华淑、杨慧淑、华清淑、梅顺淑、吴昭淑、周容淑、吴淑真等十一位宋旧宫人“赠汪水云南还词”（汪元量号水云）各一首，除吴淑真用《霜天晓角》词牌外，其余十人所作，均调寄《望江南》。十一首宫人词中，华词颇有特色。

「王沂孙」

天香

龙涎香

孤峤蟠烟，层涛蜕月，骊宫夜采铅水。汛远槎风，梦深薇露，化作断魂心字。红瓷候火，还乍识、冰环玉指。一缕萦帘翠影，依稀海天云气。　　几回殢娇半醉。剪春灯、夜寒花碎。更好故溪飞雪、小窗深闭。荀令如今顿老，总忘却、樽前旧风味。谩惜余熏，空篝素被。

注释

①天香：词牌名。　②龙涎香：古代香料。　③“孤峤”三句：作者对龙涎产地及鲛人海上采龙涎之情景的想象。孤峤，传说中龙所蟠伏的海洋中大块礁石。蟠烟，蟠绕的云烟，传说“上有云气罩护”。骊宫，骊龙所居之地。④汛远槎风：采香人乘木筏（槎）随潮汛而去。典自张华《博物志》“有人居海上，年年八月见浮槎去来不失期”。　⑤薇露：蔷薇水，制造龙涎香所需的重要香料。　⑥心字：篆香的形状，明杨慎《词品》：“所谓心字香者，以香末萦篆成心字也。”　⑦红瓷候火：《香谱》说龙涎香制时要“慢火焙，稍干带润，入瓷盒窨”。红瓷，存放龙涎香之红色的瓷盒。候火，焙制时所需等候

的慢火。 ⑧冰环玉指：香制成后的形状，有的像白玉环，有的像女子的纤纤细指。 ⑨依稀海云天气：焚香时，《岭南杂记》说龙涎香“能聚香烟，缕缕不散”。 ⑩殢娇：困顿娇柔。意为回想焚香的女子。殢，慵倦，半醉时的娇慵之态。 ⑪花碎：灯花。 ⑫小窗深闭：故乡雪花纷飞，屋内红袖添香，读书养性。《香谱》说焚龙涎香应在“密室无风处”。“小窗深闭”隐含此意。⑬荀令：三国时代做过尚书令的荀彧爱焚香。习凿齿《襄阳记》：“荀令君至人家坐幕，三日香气不歇。” ⑭“谩惜”二句：古人焚香时，常把被子放在笼上熏。意谓香已燃完，还是把被子放在笼上。

眉妩

新月

渐新痕悬柳，澹彩穿花，依约破初暝。便有团圆意，深深拜，相逢谁在香径。画眉未稳，料素娥、犹带离恨。最堪爱、一曲银钩小，宝帘挂秋冷。　千古盈亏休问。叹慢磨玉斧，难补金镜。太液池犹在，凄凉处、何人重赋清景。故山夜永。试待他、窥户端正。看云外山河，还老尽、桂花影。

注释

①眉妩：词牌名，一名“百宜娇”。姜夔创调，有《戏张仲远》，词咏艳情。 ②新痕：初露的新月。 ③淡彩：微光。 ④香径：花间小路，或指落花满地的小径。 ⑤银钩：新月。 ⑥盈亏：满损，圆缺。 ⑦慢磨玉斧：玉斧，指玉斧修月。传说唐太和中郑仁本表弟游嵩山，见一人枕幞而眠，问其所自。其人笑曰：“君知月乃七宝合成乎？月势如丸，其影，日烁其凸处也。常有八万二千户修之，予即一数。”因开幞，有斤凿数件。见唐段成式《酉阳杂俎·天尺》。慢，同“谩”，徒劳。 ⑧金镜：喻月亮。 ⑨太液池：汉唐有太液池在宫禁中。 ⑩故山夜永：故山，旧山，喻家乡。夜永，夜长，夜深。 ⑪端正：

谓圆月。 ⑫云外山河：暗指辽阔的故国山河。 ⑬桂花影：月影。传说月中有桂树，这里指地上的月光。

水龙吟

白莲

淡妆不扫蛾眉，为谁伫立羞明镜。真妃解语，西施净洗，娉婷顾影。薄露初匀，纤尘不染，移根玉井。想飘然一叶，飕飕短发，中流卧、浮烟艇。 可惜瑶台路迥。抱凄凉、月中难认。相逢还是，冰壶浴罢，牙床酒醒。步袜空留，舞裳微褪，粉残香冷。望海山依约，时时梦想，素波千顷。

注释

①真妃解语：指杨贵妃，曾为女道士，号太真。《开元天宝遗事》："明皇秋八月，太液池有千叶白莲数枝盛开，帝与贵戚宴赏焉，左右皆叹羡。久之，帝指贵妃示于左右曰，争如我解语花。" ②牙床：饰以象牙的眠床或坐榻。泛指精美的床。

水龙吟

落叶

晓霜初著青林，望中故国凄凉早。萧萧渐积，纷纷犹坠，门荒径悄。渭水风生，洞庭波起，几番秋杪。想重厓半没，千峰尽出，山中路、无人到。　　前度题红杳杳。溯宫沟、暗流空绕。啼螀未歇，飞鸿欲过，此时怀抱。乱影翻窗，碎声敲砌，愁人多少。望吾庐甚处，只应今夜，满庭谁扫。

注释

①著：附着。　②望中：视野之中。　③萧萧渐积：化用杜甫《登高》“无边落木萧萧下”。萧萧，草木摇落声。　④纷纷犹坠：用范仲淹《御街行》“纷纷坠叶飘香砌”。　⑤渭水风生：唐贾岛《忆江上吴处士》：“秋风吹渭水，落叶满长安。”周邦彦《齐天乐·绿芜凋尽台城路》：“渭水西风，长安乱叶，空忆诗情婉转。”　⑥洞庭波起：屈原《湘夫人》：“袅袅兮秋风，洞庭波兮木叶下。”　⑦秋杪（miǎo）：暮秋，秋末。杪，树梢，引申为末尾。　⑧重崖半没：山中落叶堆积，万木凋零。　⑨题红：范摅《云溪友议》：“中书舍人卢渥，应举之岁，偶临御沟，见一红叶，命仆搴来。叶上有一绝句，置于巾箱，或呈于同志。及宣宗既省宫人，初下诏从百官司吏，独不许贡举人。渥后亦一任范阳，独获所退宫人。宫人睹红叶而呈叹久之，曰：‘当时偶随流，不谓郎君收藏巾箧。’验其书迹无不讶焉。诗曰：‘流水何太急，深宫尽日闲，殷勤谢红叶，好去到人间。’”　⑩宫沟：皇宫之逆沟。　⑪螀（jiāng）：蝉的一种。

绮罗香

红叶

玉杵余丹，金刀剩彩，重染吴江孤树。几点朱铅，几度怨啼秋暮。惊旧梦、绿鬓轻凋，诉新恨、绛唇微注。最堪怜，同拂新霜，绣蓉一镜晚妆妒。　　千林摇落渐少，何事西风老色，争妍如许。二月残花，空误小车山路。重认取、流水荒沟，怕犹有、寄情芳语。但凄凉、秋苑斜阳，冷枝留醉舞。

注释

①“玉杵”二句：玉杵，仙人捣药用的，丹，方士炼丹的朱砂。金刀，剪子。六朝、隋、唐至宋，有立春制作剪彩树的民间习俗，用红绡剪花。 ②吴江：吴淞江的别称。 ③朱铅：胭脂铅粉。 ④“重认取”二句：用红叶题诗的典故。

齐天乐

萤

碧痕初化池塘草，荧荧野光相趁。扇薄星流，盘明露滴，零落秋原飞磷。练裳暗近。记穿柳生凉，度荷分暝。误我残编，翠囊空叹梦无准。　　楼阴时过数点，倚阑人未睡，曾赋幽恨。汉苑飘苔，秦陵坠叶，千古凄凉不尽。何人为省。但隔水余晖，傍林残影。已觉萧疏，更堪秋夜永。

注释

①“碧痕”句：碧痕，萤。古人认为萤火虫为腐草所化。《礼记·月令》：“夏季之月，腐草为萤。” ②野光：萤夜间发出的微绿色光。 ③相趁：萤相逐而飞。④扇薄星流：化用杜牧《秋夕》“轻罗小扇扑流萤”。星流，形容萤飞如流星。⑤盘明露滴：《汉武故事》：“帝以铜作承露盘，上有仙人掌擎玉盘以承云表之露。”此以承露盘中露珠滴滴闪烁喻萤。 ⑥“零落”句：以秋原上飞动的磷火喻萤。磷，俗称鬼火，实为动物骨骸中所含磷氧化时发出的淡绿色光芒。 ⑦练裳暗近：即“暗近练裳”，指萤在暗中飞近读书之人。练裳，素色罗衣，代指着衣之人。⑧度荷：飞过荷塘。 ⑨分暝：划开夜色。 ⑩“误我”二句：反用“车胤囊萤”事，言自己虽好读书，然国破家亡，终难成就功名。残编，指读书太用功而把书翻烂。编，书籍，文章。翠囊，因囊内盛有萤火虫而呈青绿色。 ⑪“汉苑”三句：以汉苑秦陵的荒废感慨千古兴亡更替。

齐天乐

前题

一襟余恨宫魂断，年年翠阴庭树。乍咽凉柯，还移暗叶，重把离愁深诉。西窗过雨。怪瑶佩流空，玉筝调柱。镜暗妆残，为谁娇鬓尚如许。　　铜仙铅泪似洗，叹携盘去远，难贮零露。病翼惊秋，枯形阅世，消得斜阳几度。余音更苦。甚独抱清高，顿成凄楚。谩想薰风，柳丝千万缕。

注释

①“一襟”句：一襟，满腔。马缟《中华古今注》：“昔齐后忿而死，尸变为蝉，登庭树嘒唳而鸣，王悔恨。故世名蝉为齐女焉。”用齐后化蝉典。宫魂，即齐后之魂。　②凉柯：秋天的树枝。　③瑶佩：喻蝉鸣声美妙，下“玉筝”同。④“镜暗妆残”二句：谓不修饰妆扮，为何还那么娇美。魏文帝宫女莫琼树制蝉鬓，缥缈如蝉。　⑤铜仙：用汉武帝金铜仙人典。　⑥枯形：指蝉蜕。

庆宫春

水仙花

明玉擎金，纤罗飘带，为君起舞回雪。柔影参差，幽芳零乱，翠围腰瘦一捻。岁华相误，记前度、湘皋怨别。哀弦重听，都是凄凉，未须弹彻。　　国香到此谁怜，烟冷沙昏，顿成愁绝。花恼难禁，酒销欲尽，门外冰澌初结。试招仙魄，怕今夜、瑶簪冻折。携盘独出，空想咸阳，故宫落月。

注释

①明玉擎金：水仙花花瓣白如玉，花蕊为金黄色。 ②起舞回雪：化用姜夔《琵琶仙》"玉尊起舞回雪"。回雪，如雪飘。 ③一捻：一把。 ④湘皋：湘水岸边。此指告别之处。 ⑤哀弦：古琴曲《水仙操》，调幽怨，称"哀弦"。⑥澌（sī）：流动的冰。 ⑦瑶簪（zān）：玉簪。此指水仙花茎。《群芳谱》描述"水仙花大如簪头"。 ⑧携盘独出：化用唐李贺《金铜仙人辞汉歌》："携盘独出月荒凉，渭城已远声波小。"

扫花游

秋声

商飙乍发，渐淅淅初闻，萧萧还住。顿惊倦旅。背青灯吊影，起吟愁赋。断续无凭，试立荒庭听取。在何许。但落叶满阶，惟有高树。 迢递归梦阻。正老耳难禁，病怀凄楚。故山院宇。想边鸿孤唳，砌蛩私语。数点相和，更著芭蕉细雨。避无处。这闲愁，夜深尤苦。

注释

①秋声：时至秋日，西风起，草木凋零，多肃杀之声，曰秋声。欧阳修《秋声赋》："其为声也，凄凄切切，呼号愤发。" ②商飙（biāo）：秋风。古人把五音与四季相配。商音配秋。商音凄厉。与秋天肃杀之气相应。因以商指秋季。 ③淅淅：象声词，形容风声。欧阳修《秋声赋》："初淅淅以萧飒。"④倦旅：倦于行旅之人。苏轼有"人生如逆旅，我亦是行人"句。此处作者自

指。 ⑤青灯：光线青荧的油灯，借指孤寂清苦的生活。 ⑥愁赋：南北朝庾信，作《愁赋》。 ⑦“断续”五句：欧阳修《秋声赋》：“予谓童子：‘此何声也，汝出视之。’童子曰：‘星月皎洁，明河在天，四无人声，声在树间。’”断续，指风声时断时续。无凭，无准，不定。何许，何处。但，只。 ⑧老耳难禁：老来不堪听取凄凉的秋声。 ⑨孤唳：鸿雁孤鸣。 ⑩“数点”二句：雨打芭蕉声与雁唳蛩鸣声相应和。数点，雨滴。更著，更加上。李清照《声声慢》：“梧桐更兼细雨，到黄昏、点点滴滴。”

醉蓬莱

归故山

扫西风门径，黄叶凋零，白云萧散。柳换枯阴，赋归来何晚。爽气霏霏，翠蛾眉妩，聊慰登临眼。故国如尘，故人如梦，登高还懒。　　数点寒英，为谁零落，楚魄难招，暮寒堪揽。步屧荒篱，谁念幽芳远。一室秋灯，一庭秋雨，更一声秋雁。试引芳樽，不知消得，几多依黯。

注释

①故山：作者故乡会稽山。 ②扫西风门径：即“西风扫门径”。 ③柳换枯阴：柳叶经秋而枯败。 ④赋归来：辞官归乡。东晋陶渊明《归去来辞》：“归去来兮，田园将芜胡不归。” ⑤爽气霏霏：山中弥漫着清新的空气，语出《世说新语·简傲》“西山朝来，致有爽气”。霏霏，纷纷。 ⑥翠蛾眉妩：苍翠的远山像美女的蛾眉。 ⑦故国如尘：故国宋室江山灰飞烟灭。 ⑧寒英：菊花。⑨楚魄难招：《楚辞》有《招魂》，一般认为是屈原为楚怀王作。 ⑩步屧（xiè）：漫步。屧，同“屟”，木制拖鞋。 ⑪依黯：复杂而隐微的愁绪。

长亭怨

重过中庵故园

泛孤艇、东皋过遍。尚记当日，绿阴门掩。屐齿莓阶，酒痕罗袖事何限。欲寻前迹，空惆怅、成秋苑。自约赏花人，别后总、风流云散。　　水远。怎知流水外，却是乱山尤远。天涯梦短。想忘了，绮疏雕槛。望不尽、冉冉斜阳，抚乔木、年华将晚。但数点红英，犹识西园凄婉。

注释

①中庵：所指何人不详。　②孤艇：孤单的小船。　③东皋：中庵寓居之地，泛指田野或高地。三国魏阮籍《辞蒋太尉辟命奏记》：“方将耕于东皋之阳，输黍稷之税，以避当涂者之路。”皋，水边高地。　④当日：昔日，从前。　⑤屐齿：木屐底部前后各二齿，可踏雪踏泥。　⑥莓阶：长满青苔的台阶。⑦风流云散：风吹过，云飘散，踪迹全消。喻人飘零离散。汉王粲《赠蔡子笃》：“风流云散，一别如雨。”　⑧绮疏雕槛：窗户上雕饰花纹。绮疏，雕刻成空心花纹的窗户。《后汉书·梁冀传》：“窗牖皆有绮疏青琐，图以云气仙灵。”雕槛，雕栏。　⑨冉冉：一作“苒苒”。　⑩乔木：高大的树木。　⑪红英：红花。

高阳台

和周草窗寄越中诸友韵

残雪庭阴，轻寒帘影，霏霏玉管春葭。小帖金泥，不知春在谁家。相思一夜窗前梦，奈个人、水隔天遮。但凄然，满树幽香，满地横斜。　　江南自是离愁苦，况游骢古道，归雁平沙。怎得银笺，殷勤与说年华。如今处处生芳草，纵凭高、不见天涯。更消他，几度春风，几度飞花。

注释

①越中：泛指今浙江绍兴一带。　②玉管春葭：古代候验节气的器具叫灰琯，将芦苇（葭）茎中薄膜制成灰，置于十二乐律的玉管内，放在特设的室内木案上。到某一节气，相应律管内的灰就会自行飞出。见《后汉书·律历志》。玉管，指管乐器。葭，芦苇，这里指芦灰。　③小帖金泥：宋代风俗，立春日宫中命大臣为皇帝后妃所居之殿阁撰写帖子词，字用金泥写成。士大夫之间也写来互相赠送。　④“满树”二句：化用林逋《山园小梅》“疏影横斜水清浅，暗香浮动月黄昏”。横斜，指梅花的影子。　⑤游骢（cōng）：旅途上的马。　⑥怎得：安得，怎么能得到。　⑦银笺：洁白的信笺。

高阳台

残萼梅酸，新沟水绿，初晴节序暄妍。独立雕栏，谁怜枉度华年。朝朝准拟清明近，料燕翎、须寄银笺。又争知、一字相思，不到吟边。　　双蛾不拂青鸾冷，任花阴寂寂，掩户闲眠。屡卜佳期，无凭却恨金钱。何人寄与天涯信，趁东风、急整归船。纵飘零，满院杨花，犹是春前。

注释

①萼：在花瓣下部的一圈叶状绿色小片。　②暄妍：天气暖和，景色明媚。③华年：青春年华。　④准拟：希望，料想。　⑤燕翎：燕子传书，江淹《杂

体诗·拟李都尉从军》：“袖中有短书，愿寄双飞燕。”孙惟信《昼锦堂》：“燕翎难系断肠笺。” ⑥吟边：犹“诗名”“词中”。陆游《身世》：“吟边时得寄悠悠。” ⑦“双蛾”句：双眉不画，冷落鸾镜，“谁适为容”意。 ⑧“屡卜”二句：唐于鹄《江南曲》：“众中不敢分明语，暗掷金钱卜远人。”

踏莎行

题草窗词卷

白石飞仙，紫霞凄调。断歌人听知音少。几番幽梦欲回时，旧家池馆生青草。 风月交游，山川怀抱。凭谁说与春知道。空留离恨满江南，相思一夜蒡花老。

注释

①白石：借用白石先生事指姜夔（号白石道人）。《神仙传》载，白石先生为中黄丈人弟子，至彭祖时已二千岁。不肯修升天之道，唯取不死而已。常煮白石为粮。因就白石山而居，时人号曰“白石飞仙”。周密（草窗）词即学白石词的清空俊雅。 ②紫霞：南宋词人杨缵，善识曲创调。这里指周密的词严于音韵。 ③蒡：古“敷”字。《易·说卦》震为蒡。《疏》取其春时气至，草木皆吐，蒡布而生也。

摸鱼儿

洗芳林、夜来风雨。匆匆还送春去。方才送得春归了，那又送君南浦。君听取。怕此际、春归也过吴中路。君行到处。

便快折湖边，千条翠柳，为我系春住。　　春还住。休索吟春伴侣。残花今已尘土。姑苏台下烟波远，西子近来何许。能唤否。又恐怕、残春到了无凭据。烦君妙语。更为我将春，连花带柳，写入翠笺句。

注释

①“洗芳林”三句：化用辛弃疾《摸鱼儿》“更能消几番风雨，匆匆春又归去”。　②“方才”二句：化用王观《卜算子》“才始送春归，又送君归去”。③为我系春住：化用王观《卜算子》“千万和春住”。

「醴陵士人」

一剪梅

宰相巍巍坐庙堂。说着经量。便要经量。那个臣僚上一章。头说经量。尾说经量。　　轻狂太守在吾邦。闻说经量。星夜经量。山东河北久抛荒。好去经量。胡不经量。

注释

①巍巍：高大的样子。　②庙堂：朝堂，君臣朝会的地方。　③经量：丈量土地。　④章：给皇帝的奏章。　⑤轻狂：轻率，浮躁。　⑥太守：汉时一郡之长。宋为刺史，是一州长官。　⑦吾邦：指醴陵（在今湖南）。　⑧星夜：夜晚。　⑨山东河北：崤山函谷关以东、淮河以北。泛指北方沦陷区。　⑩抛荒：此指沦陷。

「褚生」

百字令

半堤花雨。对芳辰消遣，无奈情绪。春色尚堪描画在，万紫千红尘土。鹃促归期，莺收佞舌，燕作留人语。绕栏红药，韶华留此孤主。　真个恨杀东风，几番过了，不似今番苦。乐事赏心磨灭尽，忽见飞书传羽。湖水湖烟，峰南峰北，总是堪伤处。新塘杨柳，小腰犹自歌舞。

注释

①褚生：南宋宋恭帝德祐时太学生。　②百字令，词牌名，即“念奴娇”。③芳辰：风日晴和的好天气。　④“春色”句：虽然满目春色，还可以流连忘返，但元军大兵临近，万紫千红将委于泥土。　⑤鹃促归期：杜鹃鸟的叫声在催促着回家。实指朝中之士离京而走。　⑥莺收佞（nìng）舌：黄莺闭住了嘴。实指台省之臣沉默不言。　⑦燕作留人语：指太学生上书。　⑧“绕栏”二句：春光里只剩下芍药花。实指只剩丞相陈宜中在。红药，芍药。韶光，春光。孤主，单独一个。　⑨东风：暗指当时权臣贾似道祸国殃民。　⑩飞书传羽：指元军已临近。　⑪新塘杨柳：指贾似道新纳的小妾。

「徐君宝妻」

满庭芳

汉上繁华，江南人物，尚遗宣政风流。绿窗朱户，十里烂银钩。一旦刀兵齐举，旌旗拥、百万貔貅。长驱入，歌楼舞榭，风卷落花愁。　　清平三百载，典章文物，扫地俱休。幸此身未北，犹客南州。破鉴徐郎何在，空惆怅、相见无由。从今后，梦魂千里，夜夜岳阳楼。

注释

①汉上：泛指汉水至长江一带。　②江南人物：指南宋的许多人才。江南，长江以南。　③宣政：宣和、政和都是宋徽宗的年号。这句是指南宋的都市和人物，还保持着宋徽宗时的流风余韵。　④烂银钩：光亮的银制帘钩，代表华美的房屋。⑤貔貅：古代传说中的一种猛兽，此处指元军。　⑥舞榭：供歌舞用的楼屋。⑦风卷落花：指元军占领临安，南宋灭亡。　⑧三百载：指北宋建国至南宋灭亡。这里取整数。　⑨典章文物：指南宋时期的制度文物。　⑩南州：南方，指临安。⑪破鉴：破镜。　⑫岳阳楼：在湖南岳阳西，这里指作者故乡。

「唐珏」

水龙吟

浮翠山房拟赋白莲

淡妆人更婵娟，晚奁净洗铅华腻。泠泠月色，萧萧风度，娇红敛避。太液池空，霓裳舞倦，不堪重记。叹冰魂犹在，翠舆难驻，玉簪为谁轻坠。　　别有凌空一叶，泛清寒、素波千里。珠房泪湿，明珰恨远，旧游梦里。羽扇生秋，琼楼不夜，尚遗仙意。奈香云易散，绡衣半脱，露凉如水。

注释

①奁（lián）：古代盛梳妆用品的器具。　②泠（líng）泠：清凉的样子。③娇红敛避：红花失色之意。　④太液池：唐代大明宫内的太液池，曾内植白莲。　⑤舆（yú）：本谓车厢，后代指车。　⑥玉簪（zān）：花名。秋季开花，色白如玉，未开时似簪头，有芳香。　⑦凌空一叶：指荷叶摇荡空中。　⑧珰：古代女子的耳饰。

「蒋捷」

贺新郎

秋晓

渺渺啼鸦了。亘鱼天、寒生峭屿，五湖秋晓。竹几一灯人做梦，嘶马谁行古道。起搔首、窥星多少。月有微黄篱无影，挂牵牛、数朵青花小。秋太淡，添红枣。　　愁痕倚赖西风扫。被西风、翻催鬓鬒，与秋俱老。旧院隔霜帘不卷，金粉屏边醉倒。计无此、中年怀抱。万里江南吹箫恨，恨参差、白雁横天杪。烟未敛，楚山杳。

注释

①亘（gèn）：绵亘，辽阔。　②鱼天：水面。　③峭屿：陡峭的岛屿。　④五湖：太湖的别名。　⑤窥星多少：察看星星多少，来判断天色的迟早。因为近清晨时星渐稀少。　⑥青花：牵牛花。　⑦愁痕：愁容。　⑧翻催：反而催逼。　⑨鬓鬒：面额两旁的黑发。　⑩金粉屏：饰有彩绘的屏风。　⑪天杪（miǎo）：最高处，天边。　⑫敛：消失。　⑬楚山：指太湖一带的山。

贺新郎

梦冷黄金屋。叹秦筝、斜鸿阵里，素弦尘扑。化作娇莺飞归去，犹认纱窗旧绿。正过雨、荆桃如菽。此恨难平君知否。似琼台、涌起弹棋局。消瘦影，嫌明烛。　鸳楼碎泻东西玉。问芳悰、何时再展。翠钗难卜。待把宫眉横云样，描上生绡画幅。怕不是、新来妆束。彩扇红牙今都在，恨无人、解听开元曲。空掩袖，倚寒竹。

注释

①黄金屋：形容极其富贵奢华的生活环境。②斜鸿阵里：筝柱斜列如雁阵。③荆桃：樱桃。④菽（shū）：豆的总称。⑤弹棋局：弹棋，古博戏，此喻世事变幻如棋局。⑥鸳楼：鸳鸯楼，楼殿名。⑦东西玉：《词统》：山谷诗"佳人斗南北，美酒玉东西"，注，酒器也。玉东西亦指酒。⑧悰（cóng）：心情，思绪。⑨横云：唐代妇女眉型之一。⑩生绡：未漂煮过的丝织品。古时多用以作画，因亦以指画卷。⑪红牙：牙板，古乐器。⑫开元曲：盛唐时歌曲。⑬"空掩袖"二句：杜甫《佳人》"天寒翠袖薄，日暮倚修竹"。

贺新郎

兵后寓吴

深阁帘垂绣。记家人、软语灯边，笑涡红透。万叠城头哀怨角，吹落霜花满袖。影厮伴、东奔西走。望断乡关知何处，羡寒鸦、到著黄昏后。一点点，归杨柳。　相看只有山如旧。

叹浮云、本是无心，也成苍狗。明日枯荷包冷饭，又过前头小阜。趁未发、且尝村酒。醉探枵囊毛锥在，问邻翁、要写牛经否。翁不应，但摇手。

注释

①兵后寓吴：指元军攻陷临安（1276）后，作者离开家乡，流寓在苏州一带。 ②帘垂绣：即绣帘垂。 ③涡：酒涡。 ④万叠：乐曲反复不停地吹奏。 ⑤影厮伴：只有影儿相伴。 ⑥浮云苍狗：喻世事变幻无常。杜甫《可叹》："天上浮云如白衣，斯须改变如苍狗。" ⑦小阜：小土山。 ⑧枵（xiāo）囊：空口袋（指没有钱）。 ⑨毛锥：毛笔。 ⑩牛经：关于牛的知识的书。《三国志》注引《相印书》说汉朝有《牛经》。《唐书·艺文志》载宁戚《相牛经》一卷。

贺新郎

吴江

浪涌孤亭起。是当年、蓬莱顶上，海风飘坠。帝遣江神长守护，八柱蛟龙缠尾。斗吐出、寒烟寒雨。昨夜鲸翻坤轴动，卷雕翚、掷向虚空里。但留得，绛虹住。　　五湖有客扁舟舣。怕群仙、重游到此，翠旌难驻。手拍阑干呼白鹭，为我殷勤寄语。奈鹭也、惊飞沙渚。星月一天云万壑，览茫茫、宇宙知何处。鼓双楫，浩歌去。

注释

①孤亭：即垂虹亭。 ②八柱骄龙缠尾：指亭中八根柱子上雕饰蛟龙缠绕。

③斗：争着。 ④坤轴：地轴、地心。 ⑤雕翚：亭上雕饰的飞檐。翚（huī），雉鸟名。 ⑥绛虹：赤色的彩虹，此处特指虹桥。 ⑦五湖：指太湖。 ⑧舣（yǐ）：船靠岸。 ⑨翠旌（jīng）：皇帝的仪仗。此处指群仙。 ⑩浩歌：放声高歌。

贺新郎

乡士以狂得罪，赋此饯行

甚矣君狂矣。想胸中、些儿磊磈，酒浇不去。据我看来何所似，一似韩家五鬼。又一似、杨家风子。怪鸟啾啾鸣未了，被天公、捉在樊笼里。这一错，铁难铸。　濯溪雨涨荆溪水。送君归、斩蛟桥外，水光清处。世上恨无楼百尺，装著许多俊气。做弄得、栖栖如此。临别赠言朋友事，有殷勤、六字君听取。节饮食，慎言语。

注释

①乡士：同乡的书生。 ②甚：过分。 ③磊磈（kuǐ）：亦作“垒块”“块垒”，比喻郁积在胸中的不平之气。 ④五鬼：韩愈《送穷文》：“凡此五鬼，为吾五患。”五鬼，智穷、学穷、文穷、命穷、交穷。 ⑤杨家风子：五代时人杨凝式，唐末为秘书郎，历梁、唐、晋、汉、周，为人放逸，人称“杨风子”。 ⑥怪鸟啾啾：喻乡士的牢骚怪语。 ⑦樊笼：关鸟兽的笼子，喻受到迫害，丧失自由。 ⑧错：本指错刀，这里是指错误。《资治通鉴》载，唐末天雄节度使罗绍威曾后悔地对人说：“合六州四十二县铁，不能为此错也。” ⑨濯溪：荆溪支流。 ⑩荆溪：在江苏省南部，流经作者的家乡宜兴，至大浦附近入太湖。 ⑪斩蛟桥：在宜兴县城，原称长桥。相传西晋义兴阳羡（今江苏宜兴南）人周处，少时横行乡里，人们把他与南山的猛虎、长桥下的恶蛟并称“三害”。

后斩蛟射虎，改过自新，传为美谈。 ⑫楼百尺：用刘备、许汜典故，以百尺楼比喻接待贤能的地方。 ⑬俊气：俊秀之气，指才人贤士。 ⑭栖栖：惊惶不安的样子。

女冠子

元夕

蕙花香也。雪晴池馆如画。春风飞到，宝钗楼上，一片笙箫，琉璃光射。而今灯漫挂。不是暗尘明月，那时元夜。况年来、心懒意怯，羞与蛾儿争耍。　江城人悄初更打。问繁华谁解，再向天公借。剔残红灺。但梦里隐隐，钿车罗帕。吴笺银粉砑。待把旧家风景，写成闲话。笑绿鬟邻女，倚窗犹唱，夕阳西下。

注释

①蕙：香草名。蕙花香也，一作“蕙花风也”。 ②宝钗楼：宋时著名酒楼，泛指精美楼阁。 ③琉璃：灯。宋时元宵节极繁华，有五色琉璃灯，大者直径三四尺。周密《武林旧事》载，（元夕）“灯之品极多，每以‘苏灯’为最，圈片大者径三四尺，皆五色琉璃所成”“禁中尝令作琉璃灯山，其高五丈”。 ④暗尘明月：元宵节灯光暗淡。唐苏味道《上元》：“暗尘随马去，明月逐人来。” ⑤漫：胡乱。 ⑥蛾儿：闹蛾儿，用彩纸剪成的饰物。女子头饰也，亦有以物代人者。《武林旧事》载，元夕节物，妇人皆戴珠翠、闹蛾、玉梅、雪柳、菩提叶、灯球、销金合、蝉貂袖、项帕，而衣多尚白，盖月下所宜也。云闹蛾者，即所谓蛾儿也。此句一作“羞闹蛾儿争耍”。 ⑦灺（xiè）：没点完的蜡烛，泛指灯烛。 ⑧钿车罗帕：钿车，用金为饰的华丽车乘。罗帕，丝织方巾，旧时女子既作随身用品，又作佩戴饰物。古代的罗帕多用于传情，带着说不清道不尽的缠绵之意。 ⑨银粉砑：有光泽的银粉纸。砑，以石碾压、摩擦，使之光亮。光洁貌。 ⑩“笑绿鬟”三句：宋康与之（一说范周）《宝鼎现》咏元

夕词："夕阳西下，暮霭红隘，香风罗绮。"张相《诗词曲语汇释》："此亦欣喜之辞，言喜邻女犹能唱当时'夕阳西下'之词，旧家风景，尚存一二也。"

声声慢

秋声

黄花深巷，红叶低窗，凄凉一片秋声。豆雨声来，中间夹带风声。疏疏二十五点，丽谯门、不锁更声。故人远，问谁摇玉佩，檐底铃声。　　彩角声吹月堕，渐连营马动，四起笳声。闪烁邻灯，灯前尚有砧声。知他诉愁到晓，碎哝哝、多少蛩声。诉未了，把一半、分与雁声。

注释

①黄花：菊花。　②豆雨：农历八月豆子开花时的雨。　③二十五点：古代把一夜分为五更，一更分为五点。表明主人公尤感秋夜的漫漫难挨。　④丽谯（qiáo）：亦作"丽樵"。华丽的高楼。

一剪梅

舟过吴江

一片春愁待酒浇。江上舟摇。楼上帘招。秋娘度与泰娘娇。风又飘飘。雨又萧萧。　　何日归家洗客袍。银字笙调。心字香烧。流光容易把人抛。红了樱桃。绿了芭蕉。

注释

①浇：浸灌，消除。　②帘招：指酒旗。　③秋娘：唐代歌伎常用名，或有用以通称善歌貌美之歌伎者。　④银字笙调：银字笙，管乐器的一种。调，调弄。⑤心字香：心字形的香。

点评

清李佳《左庵词话》：蒋竹山《一剪梅》词，有云："银字笙调。心字香烧。流光容易把人抛。红了樱桃。绿了芭蕉。"久脍炙人口。

虞美人

听雨

少年听雨歌楼上。红烛昏罗帐。壮年听雨客舟中。江阔云低、断雁叫西风。　　而今听雨僧庐下。鬓已星星也。悲欢离合总无情。一任阶前、点滴到天明。

注释

①罗帐：古代床上的纱幔。　②断雁：失群孤雁。　③僧庐：僧寺，僧舍。④星星：白发点点如星，形容白发很多。左思《白发赋》："星星白发，生于鬓垂。"⑤无情：无动于衷。　⑥一任：听凭。

点评

清刘熙载：未极流动自然，然洗练缜密，语多创获，其志视梅溪较贞，其思视梦窗较清。

《四库总目提要》：炼字精深，调音谐畅，为倚声家之榘矱。

霜天晓角

人影窗纱。是谁来折花。折则从他折去，知折去、向谁家。

檐牙。枝最佳。折时高折些。说与折花人道，须插向、鬓边斜。

注释

①人影窗纱：倒装句，谓纱窗映现出一个人影。影，用作动词，映照影子的意思。 ②从：听随，听任。 ③向：到。 ④檐牙：屋檐上翘起如牙的部分。杜牧《阿房宫赋》：“廊腰缦回，檐牙高啄。” ⑤鬓边斜：斜插在两鬓。

梅花引

荆溪阻雪

白鸥问我泊孤舟。是身留。是心留。心若留时、何事锁眉头。风拍小帘灯晕舞，对闲影，冷清清，忆旧游。　旧游旧游今在不。花外楼。柳下舟。梦也梦也，梦不到、寒水空流。漠漠黄云、湿透木绵裘。都道无人愁似我，今夜雪，有梅花，似我愁。

注释

①身留：被雪所阻，被迫不能动身而羁留下来。 ②心留：自己心里情愿留下。 ③旧游：指昔日漫游的伴友与游时的情景。 ④漠漠：密布的样子。

⑤木绵：木棉。

尾犯

寒夜

夜倚读书床，敲碎唾壶，灯晕明灭。多事西风，把斋铃频掣。人共语、温温芋火，雁孤飞、萧萧桧雪。遍阑干外，万顷鱼天，未了予愁绝。　　鸡边长剑舞，念不到、此样豪杰。瘦骨棱棱，但凄其衾铁。是非梦、无痕堪记，似双瞳、缤纷翠缬。浩然心在，我逢著、梅花便说。

注释

①敲碎唾壶：《晋书·王敦传》：“（王敦）每酒后辄咏魏武帝乐府歌曰：‘老骥伏枥，志在千里。烈士暮年，壮心不已。’以如意打唾壶为节，壶边尽缺。”原形容对文学作品的极度赞赏，后亦用以形容抒发壮怀或不平之情。　②芋火：煨芋之火。相传唐代衡岳寺僧明瓒性懒食残，号懒残。李泌尝读书寺中，异其所为，深夜往谒，懒残拨火取芋以啖之，曰：“慎勿多言，领取十年宰相。”后泌显达，封为邺侯。　③鸡边长剑舞：用晋祖逖闻鸡起舞典。

沁园春

为老人书南堂壁

老子平生，辛勤几年，始有此庐。也学那陶潜，篱栽些菊，依他杜甫，园种些蔬。除了雕梁，肯容紫燕，谁管门前长者车。怪近日，把一庭明月，却借伊渠。　　鬓边白雪纷如。又何苦招宾约客欤。但夏榻宵眠，面风欹枕，冬檐昼短，背日观书。若有人寻，只教僮道，这屋主人今自居。休羡彼，有摇金宝辔，织翠华裾。

注释

①紫燕：燕名。也称越燕。体形小而多声，颔下紫色，营巢于门楣之上，分布于江南。 ②长者车：显贵者所乘车辆之行迹。《史记·陈丞相世家》："（陈平）家乃负郭穷巷，以獘席为门，然门外多有长者车辙。"后常用为称颂来访者之典实。

少年游

枫林红透晚烟青。客思满鸥汀。二十年来，无家种竹，犹借竹为名。　　春风未了秋风到，老去万缘轻。只把平生，闲吟闲咏，谱作棹歌声。

注释

①鸥汀：鸥鹭栖息的沙洲。 ②犹借竹为名：作者号竹山，系取家乡竹山之名。无家种竹云云，言其归家不得、身无安居处。

点评

沉痛之情，无以言表。

燕归梁

风莲

我梦唐宫春昼迟。正舞到、曳裾时。翠云队仗绛霞衣。慢腾腾、手双垂。　　忽然急鼓催将起，似彩凤、乱惊飞。梦回不见万琼妃。见荷花。被风吹。

昭君怨

卖花人

担子挑春虽小。白白红红都好。卖过巷东家。巷西家。

帘外一声声叫。帘里鸦鬟入报。问道买梅花。买桃花。

「陈德武」

水龙吟

西湖怀古

东南第一名州，西湖自古多佳丽。临堤台榭，画船楼阁，游人歌吹。十里荷花，三秋桂子，四山晴翠。使百年南渡，一时豪杰，都忘却、平生志。　可惜天旋时异。藉何人、雪当年耻。登临形胜，感伤今古，发挥英气。力士推山，天吴移水，作农桑地。借钱塘潮汐，为君洗尽，岳将军泪。

注释

①“东南”句：指杭州，化用宋仁宗《赐梅挚知杭州》“地有湖山美，东南第一州”。 ②佳丽：俊美，秀丽。三国魏曹植《赠丁仪王粲》：“壮哉帝王居，佳丽殊百城。”南朝齐谢朓《入朝曲》：“江南佳丽地，金陵帝王州。” ③台榭：泛指楼台等建筑物。 ④歌吹：唱歌和吹奏。 ⑤“十里”二句：用柳永《望海潮》“有三秋桂子，十里荷花”。 ⑥四山：四面的山峰。 ⑦晴翠：草木在阳光照耀下映射出的一片碧绿色。 ⑧百年南渡：指靖康二年（1127）宋高宗赵构建立南宋王朝后渡江南下，至南宋灭亡，历一百二十余年，此说百年是约数。⑨天旋时异：谓时世巨变，指北宋覆亡，南宋偏安江南，时势也与南渡前不同。

天旋，喻世局大变。唐白居易《长恨歌》："天旋地转回龙驭，到此踌躇不能去。" ⑩藉（jiè）：同"借"，凭借，依靠。 ⑪形胜：指地形险要、位置优越、山川壮美之地。 ⑫发挥：抒发。 ⑬力士推山：传说古时巴蜀有五丁力士能移山。《蜀王本纪》："天为蜀生五丁力士，能徙山。秦王献美女与蜀王，遣五丁迎女。见一大蛇入山穴中，五丁共引蛇，山崩，压杀五丁、秦女，皆化为石，而山分为五岭。" ⑭天吴：海神名。《山海经·海外东经》："朝阳之谷，有神曰天吴，是为水伯。其为兽也，人面八兽，八足八尾，皆青黄也。" ⑮潮汐：在月球和太阳引力的作用下，海洋水面周期性的涨落现象。在白昼的称潮，夜间的称汐。 ⑯岳将军：岳飞，南宋抗金名将、民族英雄。

「张炎」

高阳台

西湖春感

接叶巢莺，平波卷絮，断桥斜日归船。能几番游，看花又是明年。东风且伴蔷薇住，到蔷薇、春已堪怜。更凄然。万绿西泠，一抹荒烟。　当年燕子知何处，但苔深韦曲，草暗斜川。见说新愁，如今也到鸥边。无心再续笙歌梦，掩重门、浅醉闲眠。莫开帘。怕见飞花，怕听啼鹃。

注释

①高阳台：词牌名，又名“庆春泽”。调名取自宋玉《高唐赋》。　②接叶巢莺：唐杜甫有“接叶暗巢莺”句。　③断桥：西湖孤山侧桥名。　④西泠：杭州西湖桥名。　⑤一抹：一片。　⑥韦曲：唐时长安城南皇子陂西韦氏、杜氏累世贵族，所居之地名韦曲、杜曲。　⑦斜川：在江西庐山侧星子、都昌二县间，陶潜有游斜川诗，词中借指元初宋遗民隐居之处。　⑧“见说”二句：沙鸥色白，因说系愁深而白，如人之白头。辛弃疾《菩萨蛮》：“拍手笑沙鸥，一身都是愁。”

南浦

春水

波暖绿粼粼，燕飞来、好是苏堤才晓。鱼没浪痕圆，流红去，翻笑东风难扫。荒桥断浦，柳阴撑出扁舟小。回首池塘青欲遍，绝似梦中芳草。　　和云流出空山，甚年年净洗，花香不了。新渌乍生时，孤村路、犹忆那回曾到。余情渺渺。茂林觞咏如今悄。前度刘郎归去后，溪上碧桃多少。

注释

①粼粼：形容水波碧绿清澈，泛着光亮。　②苏堤：苏公堤。苏轼知杭州时，疏浚西湖，堆泥筑堤。　③流红：把红花流走。　④梦中芳草：南朝钟嵘《诗品》引《谢氏家录》，谢灵运梦见弟弟谢惠连，因作“池塘生春草”。　⑤茂林觞咏：晋王羲之《兰亭集序》记述暮春三月三日上巳节在溪边会集，饮酒赋诗的故事。茂林，茂密的树林，指会集的地点。觞，饮酒。　⑥前度刘郎：意为当日的欢愉。唐刘禹锡《再游玄都观》“种桃道士归何处，前度刘郎今又来”。

祝英台近

与周草窗话旧

水痕深，花信足，寂寞汉南树。转首青阴，芳事顿如许。不知多少消魂，夜来风雨。犹梦到、断红流处。　　最无据。长年息影空山，愁入庾郎句。玉老田荒，心事已迟暮。几回听得啼鹃，不如归去。终不似、旧时鹦鹉。

注释

①周草窗：周密。周密、王沂孙、蒋捷、张炎并称“宋末四大家”。 ②花信：花信风。《东皋杂录》：“江南自初春至初夏，五日一番风候，谓之花信风。梅花风最先，楝花风最后，凡二十四番。” ③息影：归隐闲居。 ④不如归去：古人以为杜鹃啼声酷似人言“不如归去”，因用为催人归家之词。

浪淘沙令

题陈汝朝百鹭画卷

玉立水云乡。尔我相忘。披离寒羽庇风霜。不趁白鸥游海上，静看鱼忙。　　应笑我凄凉。客路何长。犹将孤影侣斜阳。花底鹓行无认处，却对秋塘。

注释

①水云乡：水云弥漫、风景清幽的地方。多指隐者游居之地。 ②披离：分散貌，散乱貌。 ③鹓（yuān）行：指鹓鸟行列整齐。用以喻官员上朝的行列。

绿意

碧圆自洁。向浅洲远渚，亭亭清绝。犹有遗簪，不展秋心，能卷几多炎热。鸳鸯密语同倾盖，且莫与、浣纱人说。恐怨歌、忽断花风，碎却翠云千叠。　　回首当年汉舞，怕飞去、漫皱留仙裙折。恋恋青衫，犹染枯香，还叹鬓丝飘雪。盘心清露如铅水，又一夜、西风吹折。喜净看、匹练飞光，倒泻半湖明月。

注释

①遗簪：喻未展叶之荷叶芽尖，似绿簪。　②倾盖：二车相邻，车盖相交接。　③翠云千叠：指荷叶堆叠如云的样子。　④留仙初褶：《赵后外传》："后歌归风送远之曲，帝以文犀箸击玉瓯。酒酣风起，后扬袖曰：'仙乎仙乎，去故而就新。'帝令左右持其裙，久之，风止，裙为之皱。后曰：'帝恩我，使我仙去不得。'他日宫姝或襞裙为皱，号'留仙裙'。"　⑤"盘心"典：用金铜仙人典，此喻荷叶带水。

疏影

梅影

黄昏片月。似碎阴满地，还更清绝。枝北枝南，疑有疑无，几度背灯难折。依稀倩女离魂处，缓步出、前村时节。看夜深、竹外横斜，应妒过云明灭。　　窥镜蛾眉淡抹。为容不在貌，独抱孤洁。莫是花光，描取春痕，不怕丽谯吹彻。还惊海上然犀去，照水底、珊瑚如活。做弄得、酒醒天寒，空对一庭香雪。

注释

①前村：五代齐己《早梅》："前村深雪里，昨夜一枝开。"　②"为容"句：唐杜荀鹤《春宫怨》："承恩不在貌，教妾若为容。"　③花光：《冷斋夜话》："宋衡州有花光山，僧仲仁为该山长老，善画梅。"

清平乐

候蛩凄断。人语西风岸。月落沙平江似练。望尽芦花无雁。

暗教愁损兰成，可怜夜夜关情。只有一枝梧叶，不知多少秋声。

注释

①练：素白未染之熟绢。 ②芦花：芦絮。 ③愁损：愁杀。 ④兰成：北周庾信的小字。 ⑤关情：动心，牵动情怀。

点评

《山中白云》舒岳祥序："玉田张君，自社稷变置，凌烟废堕，落魄纵饮。北游燕、蓟，上公车，登承明有日矣。一日，思江南菰米蓴丝，吴江楚岸，枫丹苇白，一奚童负锦囊自随。诗有姜尧章深婉之风，词有周清真雅丽之思，画有赵子固潇洒之意，未脱承平公子故态，笑语歌哭，骚姿雅骨，不以夷险变迁也。"

清平乐

平原放马

辔摇衔铁。蹴踏平原雪。勇趁军声曾汗血，闲过升平时节。

茸茸春草天涯。涓涓野水晴沙。多少骅骝老去，至今犹困盐车。

注释

①衔铁：马嚼子，横放在马嘴里两端连着缰绳的小铁链。 ②蹴：踢、踏。③趁：追逐。 ④汗血：古代良马名，据说能日行千里，流的汗呈鲜红色，像血一样。 ⑤骅骝：骏马名，指千里马。 ⑥盐车：运盐的车子。拉盐车是一种粗笨的活，用千里马去拉盐车，喻大材小用。

清平乐

采芳人杳。顿觉游情少。客里看春多草草。总被诗愁分了。

去年燕子天涯。今年燕子谁家。三月休听夜雨，如今不是催花。

注释

①采芳人：游春采花的女子。 ②草草：草率。 ③燕子：作者自喻。④天涯：形容很远的地方。 ⑤谁家：何处。

渡江云

山阴久客，一再逢春，回忆西杭，渺然愁思

山空天入海，倚楼望极，风急暮潮初。一帘鸠外雨，几处闲田，隔水动春锄。新烟禁柳，想如今、绿到西湖。犹记得、当年深隐，门掩两三株。　　愁余。荒洲古溆，断梗疏萍，更漂流何处。空自觉、围羞带减，影怯灯孤。常疑即见桃花面，甚近来、翻笑无书。书纵远，如何梦也都无。

注释

①鸠外雨：俗谓鸠鸣为雨候。《嘉泰会稽志》："鹘鸠，一名斑鸠，似鹁鸠而大。鹁鸠，灰色，无绣项。阴则屏逐其匹，晴则呼之，语曰'天将雨，鸠逐妇'者是也。"　②动春锄：指春季开始锄地。北魏贾思勰《齐民要术·种谷》："春锄起地，夏为除草。"　③新烟：清明改火，故曰新烟，《辇下岁时记》："清明曰取榆柳之火，以赐近臣。"　④禁柳：宫中或禁苑中的柳树，此泛指西湖一带柳树。五代李存勖《歌头》："灵和殿，禁柳千行，斜金丝络。"杭州为南宋京都，故称西湖之柳为禁柳。　⑤古溆（xù）：古水浦渡头。溆，水浦，小的港汊。　⑥断梗：用桃梗典故，比喻飘荡无定的人或物，也用来描写飘荡无定。《战国策·齐策三》："有土偶人与桃梗相与语。桃梗谓土偶人曰：'子西岸之土也，挻子以为人，至岁八月降雨下，淄水至，则汝残矣。'土偶曰：'不然，吾西岸之土也，吾残则复西岸耳。今子，东国之桃梗也，刻削子以为人，降雨下，淄水至，流子而去，则子漂漂者将何如耳？'"　⑦围羞带减：用沈约典。腰围消瘦，带眼减缩。形容病愁瘦损。　⑧桃花面：谓人面艳美如桃花，指作者意中女子。崔护《题都城南庄》："去年今日此门中，人面桃花相映红。"⑨"书纵远"二句：暗引宋徽宗"和梦也新来不做"。

点评

郑思肖序其词云："吾识张循王孙玉田先辈，喜其三十年汗漫南北数千里，一片空狂怀抱，日日化雨为醉……鼓吹春声于繁华世界，飘飘徵情，节节弄拍，嘲明月以谑乐，卖落花而陪笑，能令后三十年西湖锦绣山水，犹生清响。"

水龙吟

白莲

仙人掌上芙蓉，涓涓犹湿金盘露。轻妆照水，纤裳玉立，飘飖似舞。几度消凝，满湖烟月，一汀鸥鹭。记小舟夜悄，波明香远，浑不见、花开处。　　应是浣纱人妒。褪红衣、被谁轻误。闲情淡雅，冶容清润，凭娇待语。隔浦相逢，偶然倾盖，似传心素。怕湘皋佩解，绿云十里，卷西风去。

注释

①涓涓：细小的水流。　②金盘露：指汉武帝承露盘事。汉武帝好神仙，作承露盘以承甘露，以为服食甘露可以延年。　③消凝：徘徊凝望。　④“应是”句：大抵是浣纱人妒忌白莲美丽，换红衣裳，穿一件素白的罗衫，以便消减白莲动人的魅力。　⑤冶容：艳丽的容貌。　⑥隔浦：化用白居易《隔浦莲曲》：“隔浦爱红莲，昨日看犹在。”　⑦倾盖：指途中相遇，停车交谈，双方车盖往一起倾斜。形容一见如故或偶然的接触。　⑧心素：心事。　⑨湘皋佩解：指郑交甫遇见江水女神得赠玉佩的典故。佩解，喻莲花落瓣。

忆旧游

登蓬莱阁

问蓬莱何处，风月依然，万里江清。休说神仙事，便神仙纵有，即是闲人。笑我几番醒醉，石磴扫松阴。任狂客难招，采芳难赠，且自微吟。　　俯仰成陈迹，叹百年谁在，阑槛孤凭。

海日生残夜，看卧龙和梦，飞入秋冥。还听水声东去，山冷不生云。正目极空寒，萧萧汉柏愁茂陵。

注释

①蓬莱阁：江南名胜之一，浙江绍兴卧龙山下。 ②蓬莱：又称“蓬壶”“蓬山”。神话中渤海里仙人居住的神山。 ③石磴：山路上的石级。 ④狂客：唐贺知章晚年自号四明狂客，居绍兴镜湖之滨。 ⑤微吟：小声吟咏。 ⑥俯仰：低头和抬头，形容时间很短。 ⑦海日生残夜：唐王湾《次北固山下》：“海日生残夜，江春入旧年。”残夜，天快亮时。 ⑧卧龙和梦：陈寿《三国志·蜀书·诸葛亮传》：“诸葛孔明者，卧龙也。” ⑨秋冥：秋天幽深。 ⑩不生云：云气蛰状，一片凄冷不动气象。 ⑪茂陵：汉武帝的陵墓，在今陕西兴平东南。此指南宋帝王的陵墓。

壶中天

夜渡古黄河，与沈尧道、曾子敬同赋

扬舲万里，笑当年底事，中分南北。须信平生无梦到，却向而今游历。老柳官河，斜阳古道，风定波犹直。野人惊问，泛槎何处狂客。　迎面落叶萧萧，水流沙共远，都无行迹。衰草凄迷秋更绿，唯有闲鸥独立。浪挟天浮，山邀云去，银浦横空碧。扣舷歌断，海蟾飞上孤白。

注释

①沈尧道：名钦，字尧道，号秋江。 ②曾子敬：名遇，字子敬，又字心

传。沈、曾二人是作者的朋友。 ③舲（líng）：有窗的小船。 ④底事：何事，为什么。 ⑤“中分”句：原指长江，这里或指黄河。《文选》卷十二郭璞《江赋》李善注引《吴录》：“魏文帝临江叹曰：天所以隔南北也。” ⑥须信：须知。⑦官河：官府组织开凿的人工河。 ⑧野人：河边的土著居民。 ⑨银浦：银汉，天河。 ⑩扣舷歌：一边歌咏，一边叩击船帮以为节拍。语出苏轼《赤壁赋》：“扣舷而歌之。” ⑪断：歇，终了。 ⑫“海蟾”句：旧说月中有蟾蜍，且传为嫦娥所化。《后汉书·天文志》注引张衡《灵宪》：“姮娥遂托身于月，是为蟾蜍。”“蟾”“兔”俱可作为月的代称。海蟾，海月。飞，月的移动。孤白，月的形状。

甘州

辛卯岁，沈尧道同余北归，各处杭越。逾岁，尧道来问寂寞，语笑数日，又复别去。赋此曲，并寄赵学舟

记玉关、踏雪事清游。寒气脆貂裘。傍枯林古道，长河饮马，此意悠悠。短梦依然江表，老泪洒西州。一字无题处，落叶都愁。　　载取白云归去，问谁留楚佩，弄影中洲。折芦花赠远，零落一身秋。向寻常野桥流水，待招来、不是旧沙鸥。空怀感，有斜阳处，却怕登楼。

注释

①题注：元世祖至正辛卯年（1291），作者同沈尧道同游燕京（今北京）后归来。 ②逾岁：过了一年，第二年。 ③赵学舟：人名，张炎词友。 ④“记玉关”二句：指北游的生活。他们未到玉门关，这里用玉关泛指边地风光。清游，清雅游赏。 ⑤长河：黄河。 ⑥江表：江外。指长江以南的地区。 ⑦西州：古城名，在今南京市西。此代指故国旧都。晋谢安死后，羊昙醉至西州门，恸

哭而去，即此处。 ⑧楚佩：《楚辞》中有湘夫人因湘君失约而捐玦遗佩于江边的描写，后因用“楚佩”作为咏深切之情谊的典故。 ⑨弄影：物动使影子也随着摇晃或移动。 ⑩中洲：洲中。《楚辞·九歌·湘君》：“君不行兮夷犹，蹇谁留兮中洲。”王逸注：“中洲，洲中也。水中可居者曰洲。” ⑪赠远：赠送东西给远行的人。 ⑫沙鸥：栖息于沙滩、沙洲上的鸥鸟。旧沙鸥，这里指志同道合的老朋友。 ⑬登楼：汉末王粲避乱客荆州，思归，作《登楼赋》。

点评

楼敬思《词林纪事》：“南宋词人，姜白石外，唯张玉田能以翻笔、侧笔取胜，其章法、句法俱超，清虚骚雅，可谓脱尽蹊径，自成一家。迄今读集中诸词，一气卷舒，不可方物，信乎其为山中白云也。”

满庭芳

小春

晴皎霜花，晓融冰羽，开帘觉道寒轻。误闻啼鸟，生意又园林。闲了凄凉赋笔，便而今、懒听秋声。消凝处，一枝借暖，终是未多情。 阳和能几许。寻红探粉，也恁忺人。笑邻娃痴小，料理护花铃。却怕惊回睡蝶，恐和他、草梦都醒。还知否，能消几日，风雪灞桥深。

注释

①小春：农历十月称小阳春。《梦粱录》卷六“十月”：“十月孟冬，正小春之时，盖因无气融和，百花间有开一二朵者，似乎初春之意思，故曰‘小春’。” ②“误闻”二句：化用谢灵运《登池上楼》“池塘生春草，园柳变鸣禽”。 ③“闲了”三句：欧阳修作《秋声赋》，写暮秋山川寂寥、草木零落的萧条景象。此

指人们被“小春”假象迷误，忘却国破家亡。 ④消凝：默默沉思。 ⑤阳和：春天的暖气，这里指大好春光。《史记·秦始皇本纪》：“时在中春，阳和方起。”⑥能几许：能持续多久。 ⑦寻红探粉：寻找、探访红花和白花。 ⑧恁：那么，那样。 ⑨恔人：使人高兴，适意。 ⑩痴小：小得可爱。白居易《井底引银瓶》：“寄言痴小人家女，慎勿将身轻许人。” ⑪护花铃：《开元天宝遗事》载，宁王李宪为了保护园中的花，特别装置铜铃，用以惊走鸟雀。 ⑫灞桥：在长安（今陕西西安市）城外的灞水上。长安为西汉、唐等朝的首都，这里借指元朝的首都。

甘州

寄李筠房

望涓涓、一水隐芙蓉，几被暮云遮。正凭高送目，西风断雁，残月平沙。未觉丹枫尽老，摇落已堪嗟。无避秋声处，愁满天涯。　　一自盟鸥别后，甚酒瓢诗锦，轻误年华。料荷衣初暖，不忍负烟霞。记前度剪灯一笑，再相逢、知在那人家。空山远，白云休赠，只赠梅花。

注释

①李筠房：李彭老，字商隐，号筠房，作者友人。 ②断雁：孤雁。 ③荷衣：荷叶编成的衣服。后称隐士之服。 ④烟霞：山水云林等自然景物。泛称归隐生涯。 ⑤前度：上次，前一次。 ⑥剪灯一笑：指二人灯下相逢，剪烛夜语。⑦只赠梅花：用陆凯、范晔典。

解连环

孤雁

楚江空晚。怅离群万里，恍然惊散。自顾影、却下寒塘，正沙净草枯，水平天远。写不成书，只寄得、相思一点。料因循误了，残毡拥雪，故人心眼。　　谁怜旅愁荏苒。谩长门夜悄，锦筝弹怨。想伴侣、犹宿芦花，也曾念春前，去程应转。暮雨相呼，怕蓦地、玉关重见。未羞他、双燕归来，画帘半卷。

注释

①解连环：词牌名。本名“望梅”，因周邦彦词有“信妙手能解连环”句，故名。又名“杏梁燕”等。　②楚：泛指南方。　③恍然：失意貌。　④自顾影：顾影自怜。　⑤下寒塘：唐崔涂《孤雁》：“暮雨相呼失，寒塘欲下迟。”⑥写不成书：雁飞行时行列整齐如字，孤雁而不成字，只像笔画中的“一点”，故云。这里暗用苏武雁足传书的故事。　⑦因循：迟延。　⑧残毡拥雪：用苏武事。苏武被匈奴强留，毡毛合雪而吞食，幸免于死。这里喻指困于元统治下有气节的南宋人物。　⑨荏苒：辗转不断。　⑩谩：漫，徒然的意思。　⑪长门：汉宫名，汉武帝时，陈皇后被打入长门冷宫。　⑫锦筝：筝的美称。古筝有十二或十三弦，斜列如雁行，称雁筝，其声凄清哀怨，故又称哀筝。《晋书·桓伊传》“抚哀筝而歌怨诗”。　⑬玉关：玉门关，这里泛指北方。

点评

元孔齐（孔行素）《至正直记》：张炎尝赋孤雁词，有云“写不成书，只寄得、相思一点”。人皆称之曰张孤雁。

月下笛

孤游万竹山中，闲门落叶，愁思黯然，因动黍离之感。时寓甬东积翠山舍

万里孤云，清游渐远，故人何处。寒窗梦里，犹记经行旧时路。连昌约略无多柳，第一是、难听夜雨。谩惊回凄悄，相看烛影，拥衾谁语。　　张绪。归何暮。半零落，依依断桥鸥鹭。天涯倦旅。此时心事良苦。只愁重洒西州泪，问杜曲、人家在否。恐翠袖、正天寒，犹倚梅花那树。

注释

①月下笛：词牌名，周邦彦创调。　②孤游：独自一人，孤单。　③万竹山：《山中白云词》江昱注引《赤城志》："万竹山在《天台》县西南四十五里。绝顶曰新罗，九峰回环，道极险隘。岭丛薄敷秀，平旷幽窈，自成一村。"④闲门：进出往来的人不多，清闲的门庭。　⑤黍离：亡国之悲。《诗经·黍离》写周朝的志士看到故都宫里尽是禾黍，悼念国家的颠覆，彷徨不忍去，作此诗。⑥甬东：今浙江定海县。　⑦连昌：唐宫名，高宗所置，在河南宜阳县西，多植柳，元稹有《连昌宫词》。　⑧约略：大约。　⑨凄悄：伤感寂寞。　⑩张绪：南齐吴郡人，字思曼，官至国子祭酒，少有文才，风姿清雅，武帝置蜀柳于灵和殿前，尝曰："此柳风流可爱，似张绪当年。"此处作者自比。　⑪西州泪：晋羊昙哭悼谢安事。　⑫杜曲：唐时杜氏世居于此，故名。这里指高门大族聚居的地方。　⑬恐翠袖：杜甫《佳人》"天寒翠袖薄，日暮倚修竹"。此处以"翠袖佳人"喻隐居不仕的南宋遗民逸士，即"故人"。

绮罗香

红叶

万里飞霜，千林落木，寒艳不招春妒。枫冷吴江，独客又吟愁句。正船舣、流水孤村，似花绕、斜阳归路。甚荒沟、一片凄凉，载情不去载愁去。　长安谁问倦旅。羞见衰颜借酒，飘零如许。谩倚新妆，不入洛阳花谱。为回风、起舞尊前，尽化作、断霞千缕。记阴阴、绿遍江南，夜窗听暗雨。

注释

①绮罗香：词牌名，最早由史达祖用为词牌。　②春妒：指春天里群芳为争艳而相妒。　③吴江：吴淞江，太湖最大的支流，俗名苏州河。　④舣：停驻船只。　⑤倦旅：疲倦的旅人，作者自指。　⑥衰颜：憔悴的容颜。　⑦如许：如此。　⑧谩：徒然。　⑨洛阳花谱：指《洛阳牡丹记》一类的书，洛阳花，指牡丹。　⑩回风：旋风。

南楼令

有怀西湖，且叹客游之漂泊

湖上景消磨。飘零有梦过。问堤边、春事如何。可是而今张绪老，见说道、柳无多。　客里醉时歌。寻思安乐窝。买扁舟、重缉渔蓑。欲趁桃花流水去，又却怕、有风波。

注释

①安乐窝：宋邵雍自号安乐先生，隐居苏门山，将其居命名为“安乐窝”，后迁洛阳天津桥南仍用此名，作《无名公传》：“所寝之室谓之安乐窝，不求过美，惟求冬暖夏凉。”又作《安乐窝中四长吟》：“安乐窝中快活人，闲来四物幸相亲：一编诗逸收花月，一部书严惊鬼神，一炷香清冲宇泰，一樽酒美湛天真。”后泛指安静舒适的住处。

思佳客

题周草窗武林旧事

梦里瞢腾说梦华。莺莺燕燕已天涯。蕉中覆处应无鹿，汉上从来不见花。　　今古事，古今嗟。西湖流水响琵琶。铜驼烟雨栖芳草，休向江南问故家。

注释

①思佳客：词牌名，又名“思越人”“鹧鸪天”“醉梅花”等。　②瞢（méng）腾：糊里糊涂。　③梦华：梦中的繁华，此指已经逝去的繁华。暗用《列子》黄帝梦游华胥国的典故，亦用《东京梦华录》记北宋汴都旧闻一事，借指周密《武林旧事》。　④莺莺燕燕：借用苏轼《张子野年八十五，尚闻买妾，述古令作诗》“诗人老去莺莺在，公子归来燕燕忙”，代指歌姬舞伎。　⑤铜驼：指南宋王朝已倾覆。

朝中措

清明时节雨声哗，潮拥渡头沙。翻被梨花冷看，人生苦恋天涯。　燕帘莺户，云窗雾阁，酒醒啼鸦。折得一枝杨柳，归来插向谁家。

注释

①渡头：渡口。 ②翻：却，表示转折。 ③天涯：远离家乡的异地。 ④“燕帘”二句：借指歌楼舞榭。 ⑤杨柳：古时清明节有家家户户门上插柳以驱邪的风俗。

「王炎午」

沁园春

又是年时，杏红欲脸，柳绿初芽。奈寻春步远，马嘶湖曲，卖花声过，人唱窗纱。暖日晴烟，轻衣罗扇，看遍王孙七宝车。谁知道，十年魂梦，风雨天涯。　　休休何必伤嗟。谩赢得、青青两鬓华。且不知门外，桃花何代，不知江左，燕子谁家。世事无情，天公有意，岁岁东风岁岁花。拚一笑，且醒来杯酒，醉后杯茶。

注释

①作者是文天祥的同乡，临安陷，谒文天祥，毁家以助军饷，文天祥留置幕府。文天祥被执，作生祭文以励其死，入元，杜门却扫，肆力诗文。

「刘将孙」

踏莎行

闲游

水际轻烟，沙边微雨。荷花芳草垂杨渡。多情移徙忽成愁，依稀恰是西湖路。　　血染红笺，泪题锦句。西湖岂忆相思苦。只应幽梦解重来。梦中不识从何去。

注释

①移徙：移动。　②锦句：华美的文句。

「郑文妻」

忆秦娥

花深深。一钩罗袜行花阴。行花阴。闲将柳带，细结同心。

日边消息空沉沉。画眉楼上愁登临。愁登临。海棠开后，望到如今。

注释

①一钩：常用于形容新月，此喻美人足。　②同心：即同心结。用锦带打成的连环回文样结子，为男女相爱的象征。

「韩璆」

浪淘沙

莫上玉楼看。花雨斑斑。四垂罗幕护朝寒。燕子不知人去也，飞认阑干。　　回首几关山。后会应难。相逢祇有梦魂间，可奈梦随春漏短，不到江南。

「萧泰来」

霜天晓角

梅

千霜万雪。受尽寒磨折。赖是生来瘦硬，浑不怕、角吹彻。

清绝。影也别。知心惟有月。原没春风情性，如何共、海棠说。

注释

①赖是：亏得。一作“赖得”。 ②瘦硬：体瘦细而劲健。 ③角：军中乐器。古曲有《梅花落》。 ④清绝：清洁得一尘不染。

「无名氏」

点绛唇

蹴罢秋千，起来慵整纤纤手。露浓花瘦，薄汗轻衣透。

见客入来，袜刬金钗溜。和羞走，倚门回首，却把青梅嗅。

注释

①编者注：此词隐括韩偓《秋千》“秋千打困解罗裙，指点醍醐索一尊。见客入来和笑走，手搓梅子映中门”。杨升庵《词林万选》标注此词为李清照所作，《花草粹编》《续草堂诗余》《古今词统》皆注为无名氏作。赵万里辑《漱玉词》：“案词意浅薄，不似他作。未知升庵何据？”唐圭璋评：“清照名门闺秀，少有诗名，亦不致不穿鞋而着袜行走。含羞迎笑，倚门回首，颇似市井妇女之行径，不类清照之为人，无名氏演韩偓诗，当有可能。”本书从唐圭璋说。 ②蹴：踏。此处指打秋千。 ③慵：懒，倦怠的样子。 ④袜刬：这里指跑掉鞋子以袜着地。

丑奴儿

晚来一阵风兼雨，洗尽炎光。理罢笙簧，却对菱花淡淡妆。

绛绡缕薄冰肌莹，雪腻酥香。笑语檀郎，今夜纱厨枕簟凉。

注释

①檀郎：西晋潘安，姿仪秀美超群，小字“檀奴”，人称“檀郎”。后世诗文中多用来指情郎。

青玉案

年年社日停针线。怎忍见、双飞燕。今日江城春已半。一身犹在，乱山深处，寂寞溪桥畔。　春衫著破谁针线。点点行行泪痕满。落日解鞍芳草岸。花无人戴，酒无人劝，醉也无人管。

注释

①社日：指立春以后的春社。　②停针线：《墨庄漫录》：“唐宋社日妇人不用针线，谓之忌作。”唐张籍《吴楚词》：“今朝社日停针线。”　③“春衫”二句：苏轼《青玉案·送伯固归吴中》“春衫犹是，小蛮针线，曾湿西湖雨”。

青玉案

一年春事都来几。早过了、三之二。绿暗红嫣浑可事。绿杨庭院，暖风帘幕，有个人憔悴。　　买花载酒长安市。又争似家山见桃李。不枉东风吹客泪，相思难表，梦魂无据，惟有归来是。

注释

①几：若干、多少。　②三之二：三分之二。　③红嫣：红艳、浓丽的花朵。④浑可事：都是愉快的事。浑，全。可事，可心的乐事。　⑤长安：指开封汴梁。⑥争似：怎像。　⑦家山：家乡的山，指故乡。　⑧不枉：不要冤枉、不怪。⑨是：正确。

浣溪沙

蔡州瓜陂铺有用篦刀刻青泥壁为词

剪碎香罗浥泪痕。鹧鸪声断不堪闻，马嘶人去近黄昏。

整整斜斜杨柳陌，疏疏密密杏花村。一番风月更消魂。

注释

①香罗：香罗帕，男女定情时馈赠的信物。　②浥：沾湿。

水调歌头

建炎庚戌题吴江

平生太湖上，短棹几经过。如今重到，何事愁与水云多。拟把匣中长剑，换取扁舟一叶，归去老渔蓑。银艾非吾事，丘壑已蹉跎。　　脍新鲈，斟美酒，起悲歌。太平生长，岂谓今日识兵戈。欲泻三江雪浪，净洗胡尘千里，不用挽天河。回首望霄汉，双泪堕清波。

注释

①银艾：银，银印。艾，绿色像艾草一样拴印的丝带。借指做官。　②丘壑：指隐者所居的山林幽深处。　③脍新鲈：指隐居生活。　④三江：吴淞江、娄江、东江，都流入太湖。　⑤挽天河：杜甫《洗兵马》有“安得壮士挽天河，净洗兵甲长不用”。　⑥霄汉：即高空，暗喻朝廷。

满江红

斗帐高眠，寒窗静、潇潇雨意。南楼近，更移三鼓，漏传一水。点点不离杨柳外，声声只在芭蕉里。也不管、滴破故乡心，愁人耳。　　无似有，游丝细。聚复散，真珠碎。天应分付与，别离滋味。破我一床蝴蝶梦，输他双枕鸳鸯睡。向此际、别有好思量，人千里。

注释

①斗帐：小帐，形如覆斗。 ②高眠：高枕安眠。 ③三鼓：三更。④蝴蝶梦：典自《庄子·齐物论》：“昔者庄周梦为胡蝶，栩栩然胡蝶也。”指美好的梦。

眼儿媚

杨柳丝丝弄轻柔，烟缕织成愁。海棠未雨，梨花先雪，一半春休。　　而今往事难重省，归梦绕秦楼。相思只在，丁香枝上，豆蔻梢头。

注释

①眼儿媚：词牌名，又名“秋波媚”。双调四十八字，前片三平韵，后片两平韵。 ②弄轻柔：摆弄着柔软的柳丝。秦观《江城子》：“西城杨柳弄春柔。” ③“海棠”三句：指春分时节。海棠常经雨开花，梨花开时似雪，故云。④难重省：难以回忆。省（xǐng），明白、记忆。 ⑤秦楼：秦穆公女弄玉与其夫萧史所居之楼。 ⑥丁香：常绿乔木，春开紫或白花，可作香料。 ⑦豆蔻：草本植物，春日开花。

眼儿媚

萧萧江上荻花秋，做弄许多愁。半竿落日，两行新雁，一叶扁舟。　　惜分长怕君先去，直待醉时休。今宵眼底，明朝心上，后日眉头。

注释

①做弄：表现。

一剪梅

漠漠春阴酒半酣。风透春衫，雨透春衫。人家蚕事欲眠三。桑满筐篮，柘满筐篮。　　先自离怀百不堪。樯燕呢喃，梁燕呢喃。篝灯强把锦书看。人在江南，心在江南。

注释

①漠漠：寂静无声。　②蚕事欲眠三：蚕儿已快三眠。　③柘：亦名“黄桑”，叶可饲蚕，故多桑柘并用。　④“樯燕”二句：樯，船上桅杆。樯燕，旅燕。梁燕，家中梁上之燕。　⑤“篝灯”二句：把灯烛放在笼中。强：强自。离愁满怀百无聊赖，点起灯烛再看看家书，表达对写信者和故乡的深切感情。

采桑子

年年才到花时候，风雨成旬。不肯开晴，误却寻花陌上人。

今朝报道天晴也，花已成尘。寄语花神，何似当初莫做春。

注释

①成旬：一作“经旬”，即连续下雨十来天。 ②“何似”句：当初还不如不要做春。

长相思

去年秋，今年秋，湖上人家乐复忧。西湖依旧流。　　吴循州，贾循州，十五年前一转头。人生放下休。

注释

①湖上人家：特指贾似道。他在西湖葛岭筑有“半闲堂”。 ②乐复忧：指乐忧相继，言其祸福无常。 ③吴循州：指吴潜。 ④贾循州：指贾似道。

点评

明杨慎《词品》卷五：似道遭贬，时人题壁云：“去年秋。今年秋。湖上人家乐复忧。西湖依旧流。吴循州，贾循州，十五年前一转头。人生放下休。”此语视雷州寇司户之句尤警。吴循州谓履斋之贬，乃贾挤之也。

御街行

霜风渐紧寒侵被。听孤雁、声嘹唳。一声声送一声悲，云淡碧天如水。披衣告语：雁儿略住，听我些儿事。　　塔儿南畔城儿里，第三个、桥儿外，濒河西岸小红楼，门外梧桐雕砌。请教且与，低声飞过，那里有、人人无寐。

注释

①霜风：刺骨寒风。　②嘹唳：形容声音响亮凄清。

点评

俞平伯《唐宋词选释》：以长句作具体详细的描写，小说散文之意，且开金元曲子风气。

鹧鸪天

枝上流莺和泪闻，新啼痕间旧啼痕。一春鱼鸟无消息，千里关山劳梦魂。　无一语，对芳尊。安排肠断到黄昏。甫能炙得灯儿了，雨打梨花深闭门。

注释

①流莺：即莺。流，谓其鸣声婉转。　②鱼鸟：鱼雁。相传鸿雁、鲤鱼可以传递书信。　③芳尊：精致的酒器。亦借指美酒。　④甫能：宋时方言，刚才。

鹧鸪天

上元词

真个亲曾见太平。元宵且说景龙灯。四方同奏升平曲，天下都无叹息声。　　长月好，定天晴。人人五夜到天明。如今一把伤心泪，犹恨江南过此生。

注释

①景龙：大龙。《宋书·符瑞志上》载："燧人氏没，宓牺代之受《龙图》，画八卦，所谓'河出图'者也，有景龙之瑞。"　②五夜：五更。

九张机

醉留客者，乐府之旧名；九张机者，才子之新调。凭戛玉之清歌，写掷梭之春怨。章章寄恨，句句言情。恭对华筵，敢陈口号。一掷梭心一缕丝，连连织就九张机。从来巧思知多少，苦恨春风久不归

一张机，织梭光景去如飞。兰房夜永愁无寐，呕呕轧轧，织成春恨，留著待郎归。

两张机，月明人静漏声稀。千丝万缕相萦系，织成一段，回纹锦字，将去寄呈伊。

三张机，中心有朵耍花儿。娇红嫩绿春明媚，君须早折，一枝浓艳，莫待过芳菲。

四张机，鸳鸯织就欲双飞。可怜未老头先白，春波碧草，晓寒深处，相对浴红衣。

五张机，芳心密与巧心期。合欢树上枝连理，双头花下，两同心处，一对化生儿。

六张机，雕花铺锦半离披。兰房别有留春计，炉添小篆，日长一线，相对绣工迟。

七张机，春蚕吐尽一生丝。莫教容易裁罗绮，无端剪破，仙鸾彩凤，分作两般衣。

八张机，纤纤玉手住无时。蜀江濯尽春波媚，香遗囊麝，花房绣被，归去意迟迟。

九张机，一心长在百花枝。百花共作红堆被，都将春色，藏头里面，不怕睡多时。

轻丝。象床玉手出新奇。千花万草光凝碧。裁缝衣著，春天歌舞，飞蝶语黄鹂。

春衣。素丝染就已堪悲。尘世昏污无颜色。应同秋扇，从兹永弃，无复奉君时。

歌声飞落画梁尘，舞罢香风卷绣茵。更欲缕陈机上恨，樽前恐有断肠人。敛袂而归，相将好去。

注释

①九张机：词调名，《乐府雅词》列“转踏类”。“转踏”是用一些诗和词组合起来的叙事歌曲。《九张机》比“转踏”简单，是用同一词调组成联章，合为一篇完整作品，重在抒情，可谓“组词”。这组无名氏《九张机》不是民歌，但带有浓厚的民歌色彩。应是文人模仿或加工民间词而成。曾慥为序。 ②戛玉：敲击玉片。形容声音清脆悦耳。 ③掷梭：织布。 ④口号：古诗标题用语。表示随口吟成，和“口占”相似。 ⑤兰房：香闺。旧时妇女所居之室。⑥相对浴红衣：用杜牧《齐安郡后池绝句》“尽日无人看微雨，鸳鸯相对浴红衣”。 ⑦小篆：比喻盘香或缭绕的香烟。 ⑧“素丝”二句：借织锦成衣，完成《九张机》所表的织锦全过程，兴悲引起下文。“尘昏”句，言春衣被人糟踏，被尘土粉汗沾污，失去原来光彩。白居易《缭绫》：“汗沾粉污不再着，曳土踏泥无惜心。”

点评

陈廷焯《白雨斋词话》对此评价颇高，称之为“绝妙古乐府”，“高处不减《风》《骚》，次亦《子夜》怨歌之匹，千年绝调也。”又云：“词至是，已臻绝顶，虽美成（周邦彦）、白石（姜夔）亦不能为。”

九张机

一张机，采桑陌上试春衣。风晴日暖慵无力，桃花枝上，啼莺言语，不肯放人归。

两张机，行人立马意迟迟。深心未忍轻分付，回头一笑，花间归去，只恐被花知。

三张机，吴蚕已老燕雏飞。东风宴罢长洲苑，轻绡催趁，馆娃宫女，要换舞时衣。

四张机，咿哑声里暗颦眉。回梭织朵垂莲子，盘花易绾，愁心难整，脉脉乱如丝。

五张机，横纹织就沈郎诗。中心一句无人会，不言愁恨，不言憔悴，只恁寄相思。

六张机，行行都是耍花儿。花间更有双蝴蝶，停梭一晌，闲窗影里，独自看多时。

七张机，鸳鸯织就又迟疑。只恐被人轻裁剪，分飞两处，一场离恨，何计再相随。

八张机，回纹知是阿谁诗。织成一片凄凉意，行行读遍，厌厌无语，不忍更寻思。

九张机，双花双叶又双枝。薄情自古多离别，从头到底，将心萦系，穿过一条丝。

注释

①吴蚕：吴地之蚕。吴地盛养蚕，故称良蚕为吴蚕。 ②馆娃宫：古代吴宫名。春秋吴王夫差为西施所造。在今江苏省苏州市西南灵岩山上，灵岩寺即其旧址。 ③“四张机”篇：莲，谐“怜”。丝，谐“思”。

青玉案

钉鞋踏破祥符路。似白鹭、纷纷去。试盝幞头谁与度。八厢儿事，两员直殿，怀挟无藏处。　　时辰报尽天将暮，把笔胡填备员句。试问闲愁知几许。两条脂烛，半盂馊饭，一阵黄昏雨。

注释

①钉鞋：旧式雨鞋。用布做帮，用桐油油过，底上有圆头铁钉以防滑。 ②祥符路：北宋都城开封府治所在地，这里借指京城之内。 ③试盝：文具盒之类的用具。盝，小匣。 ④幞头：古代的一种头巾。 ⑤八厢儿事：即许多兵士。 ⑥直殿：指朝廷侍卫武官。 ⑦备员：充数，凑数。 ⑧“试问”四句：

用贺铸《青玉案》“试问闲愁都几许。一川烟草，满城风絮，梅子黄时雨”。讽刺意。

雨中花

改冯相三愿词

我有五重深深愿：第一愿、且图久远。二愿恰如雕梁双燕，岁岁后、长相见。三愿薄情相顾恋。第四愿、永不分散。五愿奴哥收因结果，做个大宅院。

注释

①题注：南唐宰相冯延巳有乐府《长命女》：“春日宴，绿酒一杯歌一遍，再拜陈三愿：一愿郎君千岁，二愿妾身长健，三愿如同梁上燕，岁岁长相见。” ②薄情：指情郎。 ③奴哥：对年轻女性的昵称。这里是自称。 ④收因结果：收场、结果。 ⑤做个大宅院：希望作个普通家庭的女主人，而不是姬妾之类。

阮郎归

春风吹雨绕残枝，落花无可飞。小池寒渌欲生漪，雨晴还日西。　　帘半卷，燕双归。讳愁无奈眉。翻身整顿着残棋，沉吟应劫迟。

注释

①"讳愁"句：想掩抑内心的愁绪，却对双眉奈何不得。 ②应劫：围棋用语。应付对方的抛劫。

卜算子

蹙破眉峰碧。纤手还重执。镇日相看未足时，忍便使鸳鸯只。

薄暮投村驿。风雨愁通夕。窗外芭蕉窗里人，分明叶上心头滴。

注释

①通夕：整夜。

踏莎行

殢酒情怀，恨春时节。柳丝巷陌黄昏月。把君团扇卜君来，近墙扑得双蝴蝶。 笑不成言，喜还生怯。颠狂绝似前春雪。夜寒无处著相思，梨花一树人如削。

注释

①殢酒：苦闷无聊之时以酒解愁，为酒所病。 ②"梨花"句：春夏之交，

夜已深，情人失约，女子似乎一时消瘦了许多。

金明池

琼苑金池，青门紫陌，似雪杨花满路。云日淡、天低昼永，过三点两点细雨。好花枝、半出墙头，似怅望、芳草王孙何处。更水绕人家，桥当门巷，燕燕莺莺飞舞。　　怎得东君长为主，把绿鬓朱颜，一时留住。佳人唱、金衣莫惜，才子倒、玉山休诉。况春来、倍觉伤心，念故国情多，新年愁苦。纵宝马嘶风，红尘拂面，也则寻芳归去。

注释

①金明池：又名“昆明池”。仲殊词名“夏云峰”，乃误题。　②琼苑：琼林苑。金池：金明池。宋孟元老《东京梦华录》：“（金明）池在顺天门街北。周围约九里三十步，池西直径七星许。入池门内。南岸西去百余步，有西北临水殿，车驾临幸，观争标、赐宴于此。”“琼林苑在顺天门大街，面北，与金明池相对。大门牙道，皆古松怪柏；两旁有石榴园、樱桃园之类。各有亭榭，多是酒家所占。”③青门：汉长安城门，此指汴京城门。　④昼永：白天渐长。　⑤芳草王孙：化用《楚辞·招隐士》“王孙游兮不归，春草生兮萋萋”。　⑥“怎得”句：意谓希望春天长驻。东君，春神。　⑦绿鬓朱颜：指青春年华。　⑧金衣莫惜：唐无名氏《金缕衣》：“劝君莫惜金缕衣，劝君须惜少年时。”　⑨“才子”句：形容才子们的醉态。玉山，南朝宋刘义庆《世说新语·容止》：“嵇叔夜之为人也，岩岩若孤松之独立；其醉也，傀俄若玉山之将崩。”后以“醉玉颓山”形容男子风姿挺秀、酒后醉倒的风采。

浣溪沙

水涨鱼天拍柳桥。云鸠拖雨过江皋。一番春信入东郊。

闲碾凤团消短梦，静看燕子垒新巢。又移日影上花梢。

注释

①云鸠：形容云色如黑色的鸠。　②江皋：江岸。　③凤团：宋代贡茶名，用上等茶末制成团状，印有凤纹。宋张舜民《画墁录》：“丁晋公为福建转运使，始制为凤团，后又为龙团。”泛指好茶。

千秋岁令

想风流态，种种般般媚。恨别离时太容易。香笺欲写相思意，相思泪滴香笺字。画堂深，银烛暗，重门闭。　　似当日欢娱何日遂。愿早早相逢重设誓。美景良辰莫轻拌，鸳鸯帐里鸳鸯被，鸳鸯枕上鸳鸯睡。似恁地，长恁地，千秋岁。

注释

①恁地：如此，这样。

檐前铁

悄无人，宿雨厌厌，空庭乍歇。听檐前铁马戛叮当，敲破梦魂残结。丁年事，天涯恨，又早在心头咽。　谁怜我，绮窗前，镇日鞋儿双跌。今番也，石人应下千行血。拟展青天，写作断肠文，难尽说。

注释

①檐前铁：词牌名，也作“柳梢青”。　②厌厌：同“恹恹”，形容人精神不振或气息微弱。此处指夜雨绵绵，似无精打采。　③乍歇：刚刚停。　④铁马：即风铃，又叫檐马。以薄铁制成小片挂于檐间，风吹铮鏦有声。　⑤丁年：成丁之年或壮年。　⑥天涯恨：化用温庭筠《梦江南》“千万恨，恨极在天涯”，表示远离久别之恨。　⑦绮帘：美丽的窗帘。绮，有花纹的丝织品。　⑧镇日：整日。⑨鞋儿双跌：跺脚怨恨的样子。　⑩拟展青天：打算把青天铺展开作为纸张。

折红梅

忆笙歌筵上，匆匆见了，□□相别。红炉暖、画帘绣阁，曾共鬓边斜插。南枝向暖，北槛里、春风犹怯。也应别后，不减芳菲，念咫尺阑干，甚时重折。　清风间发，如天与浓香，粉匀檀颊。纱窗影、故人凝处，冷落暮天残雪。一轩明月。怅望花争清切。便教尽放，都不思量，也须有，蓦然上心时节。

注释

①蓦然：不经心地，猛然。

浣溪沙

武进厅壁

倦客东归得自由。西风江上泛扁舟。夜寒霜月素光流。

想得故人千里外，醉吟应上谢家楼。不多天气近中秋。

注释

①东归：指回故乡。因汉唐皆都长安，中原、江南人士辞京返里多言东归。②谢家楼：谢灵运与从弟谢惠连友爱，灵运《登池上楼》“池塘生春草”，得于梦见惠连之后。因以“谢家楼”作为咏兄弟情谊的典故。

浣溪沙

北固江头浪拍空。归帆一夜趁秋风。月明初上荻花丛。

渐入三吴烟景好，此身将过浙江东。梦魂先在鉴湖中。

注释

①北固：山名，在今江苏省镇江市（古称京口）东北。有南、中、北三峰。

北峰三面临江，形势险要，故称。 ②鉴湖：镜湖。又称长湖、庆湖。在浙江绍兴城西南二公里。

沁园春

小阁深沈，寸心怀感，暗忆旧时。念母兄贫窘，姻亲劝诱，一身权作，七岁为期。及到门阑，小君猜忌，如履轻冰愁过违。多磨难，是房中诟骂，堂上鞭笞。 堪悲。命运乖衰。甚长个孩儿朝夜啼。叹此生缘业，两餐淡薄，无时无泪，如醉如痴。暗里相逢，低声说与，此个恩情休谩为。须知道，联难为夏竦，不易张祁。

注释

①小君：对无亲族关系的长辈或所尊敬者之妻妾的尊称。 ②夏竦：字子乔，江州德安（今属江西）人。初以父荫为润州丹阳县主簿，后举贤良方正，通判台州。召直集贤院，编修国史，迁右正言。仁宗初迁知制诰，为枢密副使、参知政事。明道二年（1033）罢知襄州。历知黄、邓、寿、安、洪、颍、青等州及永兴军。庆历七年（1047）为宰相，旋改枢密吏，封英国公。罢知河南府，徙武宁军节度使，进郑国公。皇祐三年卒。 ③张祁：字晋彦，和州乌江（今安徽和县东北）人。邵弟，孝祥父。以兄使金恩补官。祁负气尚义，为秦桧罗织下狱，桧死获免。累迁直秘阁、淮南转运判官。谍知金人谋，屡闻于朝。言者以张皇生事论罢之，明年敌果大至。后卜居芜湖，筑堂曰归去来，自号总得翁。有文集，已佚。

念奴娇

雨肥红绽，把芳心轻吐，香喷清绝。日暮天寒，独自倚修竹，冰清玉洁。待得春来，百花若见，掩面应羞杀。当风抵雨，犯寒则怕吹霎。　　潇潇爱出墙东，途中遥望，已慰人心渴。斗压阑干，人面共花面，难分优劣。嚼蕊寻香，凌波微步，雪沁吴绫袜。玉纤折了，殢人须要斜插。

注释

①“日暮”二句：杜甫《佳人》“天寒翠袖薄，日暮倚修竹”。　②吴绫：古代吴地所产的一种有文采的丝织品，以轻薄著名。　③玉纤：纤细如玉的手指，多以指美人的手。

鹧鸪天

冷落人间昼掩门。泠泠残粉縠成纹。几枝疏影溪边见，一拂清香马上闻。　　冰作质，月为魂。萧萧细雨入黄昏。人间暂识东风信，梦绕江南云水村。

注释

①泠泠：清白、洁白貌。

烛影摇红

点点飞香，见梅知道春心透。怕寒不卷玉楼帘，羞与花同瘦。手拈青枝频嗅。诮冷落、蔷薇金斗。翻惊绿鬓，不似芳姿，年年依旧。　　才破凝酥，满园桃李看看又。江南幽梦了无痕，啼晕残襟袖。鸳被有谁温绣。怎敢更、十分殢酒。伴君独自，几个黄昏，月明时候。

注释

①绿鬓：乌黑而有光泽的鬓发。形容年轻美貌。

蓦山溪

素苞淡注。自是东君试。占断陇头光，正雪里、前村独步。一枝竹外，日暮怯轻寒，山色远，水声长，寂寞江头路。

小桥斜渡。人静销魂处。淡月破黄昏，影浮疏、清香暗度。竹篱茅舍，斜倚为谁愁，应有恨，负幽情，惟恐风姨妒。

注释

①风姨：古代神话传说中的司风之神。

乌夜啼

一弯月挂危楼。似藏钩。醉里不知黄叶、报新秋。　　征鸿断。归云乱。远峰愁。愁见绿杨凝恨、在江头。

点评

陈廷焯《别情调》卷二："是用后主原韵，挫语自佳，意味稍薄正，情未到极处尔。"

恋绣衾

元宵三五酒半醺。马蹄前、步步是春。闹市里、看灯去，喜金吾、不禁夜深。　　如今老大都休也，未黄昏、先闭上门。待月到、窗儿上，对梅花、如对故人。

注释

①金吾：古官名。负责皇帝大臣警卫、仪仗以及徼循京师、掌管治安的武职官员。其名称、体制、权限历代多有不同，汉有执金吾，唐宋以后有金吾卫、金吾将军、金吾校尉等。

金盏子慢

丽日舒长，正葱葱瑞气，遍满神京。九重天上，五云开处，丹楼碧阁峥嵘。盛宴初开，锦帐绣幕交横。应上元佳节，君臣际会，共乐升平。　　广庭。罗绮纷盈。动一部、笙歌尽新声。蓬莱宫殿神仙景。浩荡春光，迤逦王城。烟收雨歇，天色夜更澄清。又千寻火树，灯山参差，带月鲜明。

注释

①神京：帝都，首都。　②九重天：古人认为天有九层。　③“君臣”二句：《梦粱录》：“上御宣德楼观灯。有牌曰宣和与民同乐。万姓观瞻，皆称万岁。”

贺圣朝

预赏元宵

太平无事，四边宁静狼烟眇。国泰民安，谩说尧舜禹汤好。万民翘望彩都门，龙灯凤烛相照。只听得教坊杂剧欢笑。　　美人巧。宝箓宫前，咒水书符断妖。更梦近、竹林深处胜蓬岛。笙歌闹。奈吾皇，不待元宵景色来到。只恐后月，阴晴未保。

注释

①预赏元宵：《宣和遗事》前集：“为甚从腊月放灯？盖恐正月十五日阴雨，

有妨行乐，故谓之预赏元宵。”　②狼烟：战火，战争。　③翘望：仰首而望。形容盼望殷切。

鹧鸪天

寿江司马正月十三

太华峰头十丈莲。春风种种锦城边。只缘仙驭来人世，要作鳌头看上元。　添宝篆，注金船，曲眉环绕侍歌筵。呼童快秣朝天马，后夜端门月正圆。

注释

①太华：即华山，在陕西省华阴市南，因其西有少华山，故称。　②金船：一种金质的盛酒器。

南乡子

梅蕊露鲜妍。雪态冰姿巧耐寒。南北枝头香不断，堪观。露浥琼苞粉未乾。　画手写应难。横管休吹恐易残。留得佳人临晓际，凭栏。试把新妆比并看。

注释

①琼苞：花苞的美称。　②横管：指笛。

梧桐影

落日斜，西风冷。幽人今夜来不来，教人立尽梧桐影。

注释

①此首原无调名，《全宋词》列为无名氏词。

玉楼春

铅山驿壁

东风杨柳门前路。毕竟雕鞍留不住。柔情胜似岭头云，别泪多如花上雨。　　青楼画幕无重数。听得楼边车马去。若将眉黛染情深，且到丹青难画处。

注释

①铅（yán）山：地名，在今江西铅山县。

望江南

立秋日晓作

清夜老，流水淡疏星。云母窗前生晓色，梧桐叶上得秋声。村落一鸡鸣。　　催唤起，带梦著冠缨。老去悲秋如宋玉，病来止酒似渊明。满院竹风清。

注释

①冠缨：帽带。结于颔下，使帽固定于头上。　②止酒：戒酒。

如梦令

莺嘴啄花红溜，燕尾点波绿皱，指冷玉笙寒。吹彻小梅春透。依旧，依旧，人与绿杨俱瘦。

注释

①红溜：形容花朵娇红。　②绿皱：形容春水绿波。　③小梅：乐曲名。唐《大角曲》里有《大梅花》《小梅花》等曲。

行香子

天与秋光，转转情伤。探金英、知近重阳。薄衣初试，绿蚁初尝。渐一番风、一番雨、一番凉。　　黄昏院落，恓恓惶惶。酒醒时、往事愁肠。那堪永夜，明月空床。闻砧声捣、蛩声细、漏声长。

金

「吴激」

满庭芳

千里伤春，江南三月，故人何处汀州。满簪华发，花鸟莫深愁。烽火年年未了，清宵梦，定绕林丘。君知否，人间得丧，一笑付文楸。　　幽州。山偃蹇，孤云何事，飞去还留。问来今往古，谁不悠悠。怪底眉间好色，灯花报、消息刀头。看看是，珠帘暮卷，天际识归舟。

注释

①林丘：指隐居的地方。　②文楸（qiū）：棋盘。古代多用楸木做成，故名。③偃蹇（yǎn jiǎn）：高耸貌。《楚辞·离骚》：“望瑶台之偃蹇兮，见有娀之佚女。”王逸注：“偃蹇，高貌。”　④刀头：“还”的隐语。还归。刀头有环，环、还音同。古乐府：“藁砧今何在？山上复有山。何当大刀头？破镜飞上天。”藁砧，铁也，问夫何在。重山，出字，夫出也。何当大刀头，刀头有环，何时还也。破镜飞上天，月半还也。

春从天上来

会宁府遇老姬，善鼓瑟。自言梨园旧籍，因感而赋此

海角飘零。叹汉苑秦宫，坠露飞萤。梦里天上，金屋银屏。歌吹竞举青冥。问当时遗谱，有绝艺鼓瑟湘灵。促哀弹，似林莺呖呖，山溜泠泠。　　梨园太平乐府，醉几度春风，鬓变星星。舞破中原，尘飞沧海，飞雪万里龙庭。写胡笳幽怨，人憔悴、不似丹青。酒微醒。对一窗凉月，灯火青荧。

注释

①春从天上来：词牌名。调见《中州乐府》，吴激自度曲。以此词为正体。②会宁府：指金国都城，旧址在今黑龙江省阿城区南。　③梨园旧籍：梨园是唐玄宗培养伶人的处所，后世称戏班为梨园，戏曲演员为梨园弟子。这里是指白发宫姬原籍北宋教坊。　④汉苑秦宫：汉苑，汉上林苑。秦宫，秦阿房宫。⑤呖（lì）呖：鸟叫声。　⑥泠泠：水流声。　⑦太平乐府：泛指乐曲。金朝戏剧院本盛行，当时已有太平乐府之称。元杨朝英辑《太平乐府》九卷，即元代散曲的选集。　⑧龙庭：匈奴单于祭天的场所。也指匈奴的王庭，据说匈奴俗尚龙神，因而得名。　⑨胡笳（jiā）：古代北方民族的管乐器。传说由汉代张骞从西域传入，其音悲凉。　⑩青荧：指灯光。

风流子

书剑忆游梁。当时事、底处不堪伤。兰楫嫩漪，向吴南浦，

杏花微雨，窥宋东墙风。城外燕随青步障，丝惹紫游缰。曲水古今，禁烟前后，莫云楼阁，春草池塘。　　回首断回肠，年芳但如雾，镜发成霜。独有蚁尊陶写，蝶梦悠飏。听出塞琵琶，风沙淅沥，寄书鸿雁，烟月微茫。不似海门潮信，能到浔阳。

注释

①游梁：《史记·司马相如列传》："（司马相如）以赀为郎，事孝景帝，为武骑常侍，非其好也。会景帝不好辞赋，是时梁孝王来朝，从游说之士齐人邹阳、淮阴枚乘、吴庄忌夫子之徒，相如见而说之，因病免，客游梁。"后以"游梁"谓仕途不得志。　②曲水：古代风俗，于农历三月上巳日（上旬的巳日，魏晋以后始固定为三月三日）就水滨宴饮，认为可祓除不祥，后人因引水环曲成渠，流觞取饮，相与为乐，称为曲水。　③年芳：美好的春色。　④蚁尊：酒杯。亦借指酒。　⑤陶写：谓怡悦情性，消愁解闷。　⑥海门：海口。内河通海之处。⑦潮信：潮水。以其涨落有定时，故称。

「蔡松年」

念奴娇

还都后，诸公见追和赤壁词，用韵者凡六人，亦复重赋

离骚痛饮，笑人生佳处，能消何物。夷甫当年成底事，空想岩岩玉壁。五亩苍烟，一丘寒玉，岁晚忧风雪。西州扶病，至今悲感前杰。　　我梦卜筑萧闲，觉来岩桂，十里幽香发。块垒胸中冰与炭，一酌春风都灭。胜日神交，悠然得意，遗恨无毫发。古今同致，永和徒记年月。

注释

①追和赤壁词：步韵苏轼《念奴娇·赤壁怀古》。　②“离骚”三句：人生佳处，但能读《离骚》饮酒，不需他物。《世说新语·任诞》：“王孝伯言：名士不必须奇才，但使常得无事，痛饮酒，熟读《离骚》，便可称名士。”　③夷甫：即王衍，字夷甫。《晋书·王衍传》载，王衍虽位居宰辅却不论世事，唯雅咏玄虚。夷甫当年，一作“江左诸人”。江左诸人，东晋谢安、王导诸人。　④岩岩玉壁：晋王衍，人称“岩岩清峙，壁立千仞”。　⑤“五亩”三句：借岁寒翠竹自比。寒玉，喻寒竹。风雪，喻忧患。　⑥“西州”二句：引谢安故事。

谢安为东晋名臣，文武兼备，有天下之志，淝水大捷后乘胜追击，一度收复河南失地。因位高风大招人忌，被迫出镇广陵，不问朝政。太元十年，谢安扶病入西州，不久病逝。 ⑦卜筑萧闲：作者在镇阳别墅筑有萧闲堂，自号萧闲老人。⑧块垒：指胸中不平之气。 ⑨冰与炭：冰炭一冷一热，不能同器，喻水火中骚乱不宁。 ⑩神交：慕名而没见过面的交往。 ⑪永和：晋穆帝司马聃的年号。

「邓千江」

望海潮

云雷天堑，金汤地险，名藩自古皋兰。营屯绣错，山形米聚，喉襟百二秦关。鏖战血犹殷。见阵云冷落，时有雕盘。静塞楼头，晓月依旧玉弓弯。　　看看。定远西还。有元戎闻令，上将斋坛。区脱昼空，兜铃夕解，甘泉又报平安。吹笛虎牙闲。且宴陪珠履，歌按云鬟。招取英灵毅魄，长绕贺兰山。

注释

①题注：刘祁《归潜志》载："金初，张太尉镇西边，有一士人邓千江者，献一乐章《望海潮》云云，太尉赠以白金百星，其人犹不惬意而去。"　②"云雷"三句：金汤，金城汤池，金属造的城，沸水流淌的护城河。形容城池险固。名藩，地方重镇。皋兰，旧县名，今甘肃省兰州市。　③"营屯"三句：绣错，出自《战国策·秦策》"秦韩之地，形相错如绣"。米聚，出自《东观汉记》中马援劝光武伐隗嚣，"聚米为山川地势，上曰，虏在吾目中矣。"百二秦关，《史记·高祖本纪》："秦形胜之国，带山河之险，悬隔千里，持戟百万，秦得百二焉。"④定远：东汉班超立功西域，封定远侯。后人称为班定远。　⑤"元戎"二句：《史记》载，冯唐在汉文帝前替云中守魏尚辩解时说，古代帝王委将军以重任，将

行，跪而推毂，曰：“阃以内者，寡人制之；阃以外者，将军制之。”阃，门坎，指分内分外。上将斋坛，出自《史记》，萧何荐韩信于刘邦，须拜为大将，言：“王必欲拜之，择良日，斋戒，设坛场，具礼，乃可耳。”此二典故，一说明边疆将帅责任之重，二以魏尚和韩信力赞张太尉超群绝伦的将帅之才。 ⑥区脱：匈奴语。指汉时与匈奴连界的边塞所立的土堡哨所。《汉书·苏武传》：“区脱捕得云中生口。”颜师古注引服虔曰：“区脱，土室，胡儿所作以候汉者也。”一说指双方都管辖不到的边境地带。王先谦补注引沈钦韩曰：“区脱犹俗之边际，匈奴与汉连界，各谓之区脱。”后亦泛称边境哨所。 ⑦虎牙：古代将军的名号。喻其猛锐。《汉书·匈奴传上》：“云中太守田顺为虎牙将军，三万余骑出五原。”《后汉书·盖延传》：“光武即位，以延为虎牙将军。”

「党怀英」

月上海棠

傲霜枝袅团珠蕾。冷香霏、烟雨晚秋意、萧散绕东篱，尚仿佛、见山清气。西风外，梦到斜川栗里。　　断霞鱼尾明秋水。带三两飞鸿点烟际。疏林飒秋声，似知人、倦游无味。家何处。落日西山紫翠。

注释

①月上海棠：词牌名，此词牌有三体，七十字、七十二字和九十一字，该词属于七十二字体。　②傲霜：不为寒霜所屈。　③袅团：状菊，类丛，言盛茂状。④东篱：泛指种菊之处。　⑤西风：秋风。　⑥斜川：东晋陶渊明曾游之地，在今江西星子、昌都二县间。　⑦栗里：陶渊明经行之地。在今江西九江西南。⑧断霞：片霞。唐张说《巴丘春作》：“日出洞庭水，春山挂断霞。”　⑨紫翠：指夕阳照射青翠山林的颜色。

感皇恩

一叶下梧桐，新凉风露。喜鹊桥成渺云步。旧家机杼，巧织紫绡如雾。新愁还织就，无重数。　　天上何年，人间朝暮。回首星津又空渡。盈盈别泪，散作半空疏雨。离魂都付与，秋将去。

注释

①新凉：初秋凉爽的天气。　②机杼：织机。杼，织梭。　③星津：星河，银河。

「赵秉文」

青杏儿

风雨替花愁。风雨罢、花也应休。劝君莫惜花前醉，今年花谢，明年花谢，白了人头。　　乘兴两三瓯。拣溪山、好处追游。但教有酒身无事，有花也好，无花也好，选甚春秋。

注释

①乘兴：趁一时高兴，兴会所至。　②追游：寻胜而游，追随游览。

「完颜璹」

朝中措

襄阳古道灞陵桥，诗兴与秋高。千古风流人物，一时多少雄豪。　　霜清玉塞，云飞陇首，风落江皋。梦到凤凰台上，山围故国周遭。

注释

①灞陵桥：灞桥，今陕西省西安市东灞水上。　②玉塞：玉门关。在今甘肃省敦煌市东。　③陇首：泛指陇山一带地区。

沁园春

壮岁耽书，黄卷青灯，留连寸阴。到中年赢得，清贫更甚，苍颜明镜，白发轻簪。衲被蒙头，草鞋著脚，风雨萧萧秋意深。凄凉否，瓶中匮粟，指下忘琴。　　一篇梁父高吟。看谷变、陵迁古又今。便离骚经了，灵光赋就，行歌白雪，愈少知音。试问先生，如何即是，布袖长垂不上襟。掀髯笑，一杯有味，万事无心。

注释

①耽书：酷嗜书籍。 ②黄卷青灯：谓辛勤夜读。 ③衲被：补缀过的被子。④谷变：陵谷变迁。比喻巨大的变化。 ⑤掀髯：笑时启口张须貌；激动貌。

「王渥」

水龙吟

从商帅国器猎，同裕之赋

短衣匹马清秋，惯曾射虎南山下。西风白水，石鲸鳞甲，山川图画。千古神州，一时胜业，宾僚儒雅。快长堤万弩，平冈千骑，波涛卷，鱼龙夜。　　落日孤城鼓角，笑归来，长围初罢。风云惨淡，貔貅得意，旌旗闲暇。万里天河，更须一洗，中原兵马。看鞬櫜呜咽，咸阳道左，拜西还驾。

注释

①商帅：完颜鼎，《金史·完颜斜烈传》："名鼎，字国器，年二十以善战知名，自寿泗元帅转安平都尉、镇商州。"　②裕之：元好问的字。他有同调词咏此次田猎盛况。　③石鲸鳞甲：语出杜甫《秋兴八首》"石鲸鳞甲动秋风"。《西京杂记》载，汉武帝在长安近郊凿昆明池，以习水战。"池刻玉石为鲸，每至雷雨，鲸常鸣吼，尾皆动。"　④长堤万弩：用吴越王钱镠射潮事。　⑤平冈千骑：语出苏轼《江城子·密州出猎》"锦帽貂裘，千骑卷平冈"。⑥鱼龙夜：本杜甫诗"水落鱼龙夜"，古人认为鱼龙以秋为夜。鱼龙夜，指深

秋季节。　⑦貔貅：传说中的猛兽，喻骁勇的军队。　⑧“万里天河”三句：刘向《说苑》：“武王伐纣，风霁，而乘以大雨。散宜生谏曰：‘此非妖欤？’王曰：‘非也，天洗兵也。’”杜甫《洗兵马》：“安得壮士挽天河，净洗甲兵长不用。”　⑨鞬橐（tuó）：古代马上盛弓矢的器具。

「折元礼」

望海潮

从军舟中作

地雄河岳，疆分韩晋，潼关高压秦头。山倚断霞，江吞绝壁，野烟萦带沧州。虎旆拥貔貅。看阵云截岸，霜气横秋。千雉严城，五更残角月如钩。　西风晓入貂裘，恨儒冠误我，却羡兜鍪。六郡少年，三明老将，贺兰烽火新收。天外岳莲楼。想断云横晓，谁识归舟。剩着黄金换酒，羯鼓醉凉州。

注释

①秦头：今陕西省汉中地区。　②千雉：形容城墙高大。墙长三丈，高一丈为一雉。　③兜鍪：古代战士戴的头盔，喻士兵。　④六郡：汉陇西、天水、安定、北地、上郡、西河六郡。《汉书·地理志下》：“天水、陇西，山多林木，民以板为室屋。及安定、北地、上郡、西河，皆迫近戎狄，修习战备，高上气力，以射猎为先……汉兴，六郡良家子选给羽林、期门，以材力为官，名将多出焉。”⑤三明：晋诸葛恢、荀闿、蔡襄，他们均以“道明”为字，史称中兴三明（见《文选注》）。比喻金军官兵素质的精良。　⑥贺兰：今宁夏贺兰山一带，金时为夏国。⑦烽火新收：是借指，赞扬金之武功。实则当时金、夏间并无战事。时西夏国

力已衰，新皇继位尚须金之册封。 ⑧岳莲：华山中峰莲花峰，因状似莲花，故称。华山在潼关之西，故称莲花峰上的楼阁远在天外，是远眺之景。 ⑨“断云”二句：白云在古人的心目中往往和家乡联系在一起。《新唐书》：“锹仁杰登太行山，见白云孤飞，谓左右曰：‘吾亲舍其下。’瞻怅久之。”这里说望“断云”而无人“识归舟”，亦即无人思家，均志在从军建功立业。 ⑩黄金换酒：喻饮者之豪。 ⑪“羯鼓”句：羯鼓产自羯中，为匈奴人的乐器。凉州，乐曲名。

「元好问」

摸鱼儿

雁丘词

乙丑岁赴试并州，道逢捕雁者云："今旦获一雁，杀之矣。其脱网者悲鸣不能去，竟自投于地而死。"予因买得之，葬之汾水之上，垒石为识，号曰"雁丘"。同行者多为赋诗，予亦有《雁丘词》。旧所作无宫商，今改定之

问世间、情是何物，直教生死相许。天南地北双飞客，老翅几回寒暑。欢乐趣，离别苦，就中更有痴儿女。君应有语，渺万里层云，千山暮雪，只影向谁去。　横汾路，寂寞当年箫鼓，荒烟依旧平楚。招魂楚些何嗟及，山鬼暗啼风雨。天也妒，未信与，莺儿燕子俱黄土。千秋万古，为留待骚人，狂歌痛饮，来访雁丘处。

注释

①雁丘词：嘉庆《大清一统志》：雁丘在阳曲县西汾水旁。金元好问赴府试……累土为丘，作《雁丘词》。　②乙丑岁：金章宗泰和五年（1205），以

天干地支纪年为乙丑年，作者当时十六岁。 ③赴试并州：《金史·选举志》：金代选举之制，由乡至府，由府至省及殿试，凡四试。明昌元年罢免乡试。府试试期在八月。 ④“问世间”三句：问世间，爱情究竟是什么，竟会令这两只飞雁以生死来相对待？问世间，一作“恨人间”。直教，竟使。许，随从。 ⑤双飞客：大雁双宿双飞，秋去春来，故云。 ⑥“就中”句：这雁群中还有更痴迷于爱情的。 ⑦“君应”四句：万里长途，层云迷漫，千山暮景，处境凄凉，形影孤单为谁奔波呢？ ⑧“横汾”三句：这葬雁的汾水，当年汉武帝横渡时何等热闹，如今寂寞凄凉。汉武帝《秋风辞》：“泛楼船兮济汾河，横中流兮扬素波，箫鼓鸣兮发棹歌。”楚，丛木，远望树梢齐平，故称“平楚”。 ⑨“招魂”二句：我欲为死雁招魂又有何用，雁魂也在风雨中啼哭。些（suò）：《楚辞·招魂》句尾皆有“些”字。语气词。何嗟及，悲叹无济于事。山鬼，《楚辞·九歌·山鬼》指山神，此指雁魂。暗啼，一作“自啼”。 ⑩“天也妒”三句：不信殉情的雁子与普通莺燕一样寂灭无闻，变为黄土。

摸鱼儿

泰和中，大名民家小儿女，有以私情不如意赴水者，官为踪迹之，无见也。其后踏藕者得二尸水中，衣服仍可验，其事乃白。是岁此陂荷花开，无不并蒂者。沁水梁国用，时为录事判官，为李用章内翰言如此。此曲以乐府《双蕖怨》命篇。“咀五色之灵芝，香生九窍；咽三危之瑞露，春动七情。”韩偓《香奁集》中自序语

问莲根、有丝多少，莲心知为谁苦。双花脉脉娇相向，只是旧家儿女。天已许。甚不教、白头生死鸳鸯浦。夕阳无语。算谢客烟中，湘妃江上，未是断肠处。 香奁梦，好在灵芝瑞露。人间俯仰今古。海枯石烂情缘在，幽恨不埋黄土。相思树，流年度，无端又被西风误。兰舟少住。怕载酒重来，红衣半落，狼藉卧风雨。

注释

①小儿女：青年男女。 ②内翰：翰林。 ③"问莲根"三句：丝，谐"思"。为情而殉身的青年男女，沉于荷塘，仍藕接丝连爱情之思永存。莲心，实指人心，相爱却只能同死，其冤其恨，可想而知。 ④"算谢客"三句：就算是谢灵运所写的伤感之词，湘妃投江的悲境，都赶不上这青年男女殉情给人们带来的哀伤。谢客，谢灵运，善写伤感之词，造伤感之境。湘妃，传说中尧的两个女儿娥皇、女英嫁给舜，后舜南巡死于途中，二妃寻而不得，投湘水而死。 ⑤"香奁"二句：用韩偓《香奁集》灵芝、瑞露这样的仙物来映衬他们爱情的纯洁神圣。 ⑥"人间"三句：这样的爱情却在俯仰之间，成为陈迹。任凭海枯石烂情缘在，怨恨连黄土也不灭其迹。 ⑦红衣：荷花瓣。

临江仙

自洛阳往孟津道中作

今古北邙山下路，黄尘老尽英雄。人生长恨水长东。幽怀谁共语，远目送归鸿。　盖世功名将底用，从前错怨天公。浩歌一曲酒千钟。男儿行处是，未要论穷通。

注释

①孟津：黄河渡口名。在今河南孟津县东，洛阳东北。 ②北邙（máng）山：邙山，在洛阳北，黄河南。王公贵胄多葬于此。 ③黄尘：指岁月时光。 ④幽怀：隐藏在内心的情感。 ⑤行处：做官或退隐。 ⑥穷通：穷困与显达。

水龙吟

从商帅国器猎于南阳，同仲泽、鼎玉赋此

少年射虎名豪，等闲赤羽千夫膳。金铃锦领，平原千骑，星流电转。路断飞潜，雾随腾沸，长围高卷。看川空谷静，旌旗动色，得意似，平生战。　城月迢迢鼓角，夜如何，军中高宴。江淮草木，中原狐兔，先声自远。盖世韩彭，可能只办，寻常鹰犬。问元戎早晚，鸣鞭径去，解天山箭。

注释

①仲泽：王渥，字仲泽，金人，工诗善赋，词亦闻名。　②鼎玉：据施国祁《元遗山乐府笺注》谓为燕人王铉。　③名豪：英豪，指商帅。　④赤羽千夫膳：赤羽即旗帜。千夫膳即千夫之膳食。两者合起来是指军队人数众多，阵容盛壮。⑤金铃锦领：指车骑之鲜艳。　⑥星流电转：形容打猎车骑奔驰得迅速。　⑦飞潜：天上的飞禽和水里的游鱼。　⑧长围：指打猎合围以困鸟兽。　⑨高宴：庾信《同州远》："将军高宴远，来过青竹园。"　⑩"江淮"三句：谢玄等破苻坚于淝水，坚众奔溃，望八公山上草木，风声鹤唳，皆以为晋兵。这里用来形容敌方兵士的胆战心惊。中原狐兔，不仅指围猎的对象，亦指中原的敌军，他们在和商帅兵戈相见之前，便已闻风丧胆、望风而逃了。　⑪韩彭：指韩信和彭越。两人都是西汉初著名武将，辅佐刘邦建国后，皆获罪被杀。　⑫鹰犬：指为人所驱使利用。　⑬天山箭：唐薛仁贵曾率军战胜九姓突厥于天山，军中有"将军三箭定天山"之称。

鹧鸪天

华表归来老令威。头皮留在姓名非。旧时逆旅黄粱饭，今日田家白板扉。　　沽酒市，钓鱼矶。爱闲真与世相违。墓头不要征西字，元是中原一布衣。

注释

①令威：丁令威，传说中的神仙名。晋陶潜《搜神后记·丁令威》：“丁令威，本辽东人，学道于灵虚山。后化鹤归辽，集城门华表柱。时有少年，举弓欲射之。鹤乃飞，徘徊空中而言曰：‘有鸟有鸟丁令威，去家千年今始归。城郭如故人民非，何不学仙冢垒垒。’遂高上冲天。”　②黄粱：粟米名，即黄小米。　③中原：地区名，广义指整个黄河流域，狭义指今河南一带。

鹧鸪天

只近浮名不近情。且看不饮更何成。三杯渐觉纷华远，一斗都浇块磊平。　　醒复醉，醉还醒。灵均憔悴可怜生。《离骚》读杀浑无味，好个诗家阮步兵。

注释

①情：人情，指好饮乃人之常情。　②纷华：纷扰的尘世浮华。　③块磊：即块垒，胸中的抑郁不平。　④灵均：屈原的字。　⑤读杀：读完。　⑥阮步兵：魏晋之间的著名诗人。

清平乐

离肠宛转，瘦觉妆痕浅。飞去飞来双语燕，消息知郎近远。

楼前小雨珊珊，海棠帘幕轻寒。杜宇一声春去，树头无数青山。

注释

①珊珊：形容风雨等声音。

鹧鸪天

薄命妾辞

复幕重帘十二楼。而今尘土是西州。香云已失金钿翠，小景犹残画扇秋。　　天也老，水空流。春山供得几多愁。桃花一簇开无主，尽著风吹雨打休。

注释

①薄命妾：即“妾薄命”，乐府杂曲歌辞名，见《乐府诗集》卷六十二 。曲名本于《汉书·外戚传》孝成许皇后疏“妾薄命，端遇竟宁前”（竟宁，汉元年号）。　②十二楼：神话传说中的仙人居处。　③西州：古城名。东晋置，为扬州刺史治所。故址在今江苏省南京市。晋谢安死后，羊昙醉至西州门，恸哭而去。　④“桃花”句：杜甫 《江畔独步寻花》：“桃花一簇开无主，可爱深红爱浅红。”

鹧鸪天

薄命妾辞

颜色如花画不成。命如叶薄可怜生。浮萍自合无根蒂，杨柳谁教管送迎。　　云聚散，月亏盈。海枯石烂古今情。鸳鸯只影江南岸，肠断枯荷夜雨声。

注释

①“肠断”句：李商隐《宿骆氏亭寄怀崔雍崔衮》：“秋阴不散霜飞晚，留得枯荷听雨声。”

鹧鸪天

薄命妾辞

一日春光一日深。眼看芳树绿成阴。娉婷卢女娇无柰，流落秋娘瘦不禁。　　霜塞阔，海烟沈。燕鸿何地更相寻。早教会得琴心了，醉尽长门买赋金。

注释

①卢女：亦称“卢姬”。相传三国魏武帝时宫女，善鼓琴。《乐府诗集·杂曲歌辞十三·卢女曲》宋郭茂倩题解：“卢女者，魏武帝时宫人也，故将军阴升之姊。七岁入汉宫，善鼓琴。至明帝崩后，出嫁为尹更生妻。梁简文帝《妾薄命》曰：‘卢姬嫁日晚，非复少年时。’盖伤其嫁迟也。”后以“卢女”泛

指善奏乐器的女子。

水调歌头

汜水故城登眺

牛羊散平楚，落日汉家营。龙拏虎掷何处，野蔓罥荒城。遥想朱旗回指、万里风云奔走，惨澹五年兵。天地入鞭箠，毛发懔威灵。　一千年，成皋路，几人经。长河浩浩东注，不尽古今情。谁谓麻池小竖，偶解东门长啸，取次论韩彭。慷慨一尊酒，胸次若为平。

注释

①平楚：从高处远望，丛林树梢齐平。②韩彭：汉代名将淮阴侯韩信与建成侯彭越的并称。

「段克己」

西江月

久雨新霁秋气益清与二三子登高赋之

人与寒林共瘦，山和老眼俱青。琤然一叶不须惊。叶本无心入听。　　气爽云天改色，潦收烟水无声。夕阳洲外井禽鸣。涵泳一江秋影。

注释

①琤（chēng）然：声音清脆貌。　②涵泳：潜游。

满江红

遁庵主人植菊阶下，秋雨既盛，草莱芜没，殆不可见。江空岁晚，霜余草腐，而吾菊始发数花，生意凄然，似诉余以不遇，感而赋之。凶李生湛然归，寄菊轩弟

雨后荒园，群卉尽、律残无射。疏篱下，此花能保，英英

鲜质。盈把足娱陶令意，夕餐谁似三闾洁。到而今、狼藉委苍苔，无人惜。　　堂上客，须空白。都无语，怀畴昔。恨因循过了，重阳佳节。飒飒凉风吹汝急，汝身孤特应难立。漫临风、三嗅绕芳丛，歌还泣。

注释

①律：原为定音的仪器，后指古乐的十二调。　②无射：亦作亡射，十二律中的阳律之一；古以十二律与十二个月相对应，秋九月律应无射。　③英英：鲜艳貌。　④夕餐：屈原《离骚》有“夕餐秋菊之落英”。　⑤三闾（lǘ）：屈原，曾为三闾大夫。　⑥狼藉：亦为“狼籍”，乱散不堪状。狼藉草而卧，起则践草使乱以灭迹。　⑦畴昔：往昔。　⑧飒飒（sà）：风声。　⑨三嗅：多次闻吸。“三”言其多。

满江红

过汴梁故宫城

塞马南来，五陵草树无颜色。云气黯，鼓鼙声震，天穿地裂。百二河山俱失险，将军束手无筹策。渐烟尘、飞度九重城，蒙金阙。　　长戈袅，飞鸟绝。原厌肉，川流血。叹人生此际，动成长别。回首玉津春色早，雕栏犹挂当时月，更西来、流水绕城根，空呜咽。

注释

①塞马：塞外的骑兵，指元军。　②五陵：长安北有汉代五个皇帝的陵

墓，长陵、安陵、阳陵、茂陵、平陵。此指北宋、金都城汴梁。 ③鼓鼙：古代军中常用的乐器。 ④百二河山：形容山川形势险固。古人称函谷关之险，二万人可以抵挡一百万。这里指险固的河山被一一攻破。 ⑤筹策：计谋策划。⑥九重城：京都。 ⑦蒙金阙：笼罩在宫殿之上。喻国家灭亡。金阙，宫阙。⑧长戈袅：挥动长戈。戈，古代兵器。袅，摇曳。 ⑨原厌肉：原野上堆满了尸体。厌，通“餍”，饱足。 ⑩动成长别：动辄就会彼此永别。 ⑪玉津：园名，在开封南门外。

「段成己」

临江仙

暮秋有感

走遍人闲无一事，十年归梦悠悠。行藏休更倚危楼。乱山明月晓，沧海冷云秋。　　诗酒功名殊不恶，个中未减风流。西风吹散两眉愁。一声长啸罢，烟雨暗汀洲。

注释

①行藏：指出处或行止。语本《论语·述而》：“用之则行，舍之则藏。”

江城子

季春五日有感而作歌以自适也

阶前流水玉鸣渠。爱吾庐。惬幽居。屋上青山、山鸟喜相呼。

少日功名空自许，今老矣，欲何如。　　闲来活计未全疏。月边渔。雨边锄。花底风来、吹乱读残书。谁唤九原摩诘起，添画我，辋川图。

注释

①季春：春季的最后一个月，农历三月。　②吾庐：晋陶潜《读山海经》："众鸟欣有托，吾亦爱吾庐。"　③摩诘：唐王维，字摩诘，有《辋川图》，绘辋川别业二十胜景于其上。　④添画我，辋川图：一作"凭画作，倦游图"。

大美中文课之
唐诗千八百首

大美中文课之
古文观止新编

大美中文课之
唐宋词千八百首

Poems by Kids
孩子们的诗

逃家小兔

山果

孩子们的诗 2

孩子们喜欢的诗

给孩子的晚安故事

给孩子们的大美小古文

给孩子们的大美古诗词

笠翁对韵